U0134821

自 序

　　亞理斯多德的《創作學》義理奧密，文辭難解，而今本文能有這般可讀性，係累集過去幾百年來西方注釋家們共同努力的一項學術成果。對創作文類而言，這本經典具有普世的學理價值。當然，研讀者寄盼注釋者愈注愈明。這本經典是亞氏將既有的創作歸納出創作原理；正好比，以思想來辨別思想。亞氏的這套思想建立在創作實踐的推理上，如何能條理化這套推理？原本一位注釋者即不是、也無能力創作一本經典；譯者不過忠實的迻譯文字而已。不過，凡注釋這本經典稍有點見底的人，卻需要藉著這本經典設想出一套一以貫之的想法，而非僅依節逐次解文述說而已。要之，以自己的推理來理解亞氏的推理，以自己的思想來衡量亞氏思想，為的是將亞氏理論概念放回它們在這套創作體系中應有的功能位置上。雖然，進行的是注釋；實質上，多少帶著幾分自我理論創作的意圖。這就是為什麼本人在承受國科會經典計畫之後，仿照先賢，先發表拙著《論亞理斯多德創作學》，藉向同好就教如何正確的陳述亞氏原始思想。是故，本譯注旨不在匯輯迄今到底有多少注釋家的集注，而是確立自己一孔之見的解說方法，故訂名曰論疏。疏

者通也，治文辭通義理之謂。而本譯文即以本論疏的理念爲基礎，無疑的，夾雜著個人強烈的主觀性，勢將影響到《創作學》本文的涵義，這是不得不先敬告讀者的。

在完稿後，經過修訂損益，保留拙著《論亞理斯多德創作學》導論的大部份，以利初學的讀者對亞氏《創作學》的創作核心情節結構有一個輪廓全貌。就本譯注全書的內容，除譯文、原文對照與導論二章之外，每一章各有釋義，這是本書論疏的部份，闡明各章宗旨；繼之，以注釋，或簡或繁，解說原文詞義，作爲本論疏的輔助。那末，本論疏提出哪些不同的看法呢？僅縷列幾點略加申說之。

首先，本人認定悲劇是表達一個宏偉體裁，它屬於創作。他的創作法（而非一般所譯的「詩學」），透過創新而非模仿。然後從創作元素的發展史確立創作的種差說，於是產生了「行動」四重不同層次的意義，再延伸到劇場所涵蓋的六類創作真實，明確的範疇化全面劇場創作體系。僅就這行動四重意義這一個論點，在三萬多字的全書中，相關術語詞彙多達二百五十處以上。倘若依西方注釋將這四類體系術語，視爲一個同義字，即將四個不同概念，說成爲同一個想法，無怪乎Butcher氏僅指出「創作真實」（poetic truth）一種，不僅混淆亞氏原有四重行動體系，更遑論分析出貫串全書的劇場的六項創作真實的差別義。若這四重行動與六項真實是本人的私見，則可視爲個人的幻覺；如果這些就是亞氏所原有，豈不正因本論疏的思想與推理增加恢復亞氏原義體系的一分可能了嗎？由此，本論疏解說《創作學》明與不明，通抑不通，其褒貶得失，全因這類的論

說（請讀者務必先閱讀本書導論〈新譯關鍵詞彙對照表〉一節，以便對新術語在本書中類似的應用）。

　　隨著，情節之何以能成為悲劇的靈魂？除它的形式定義，特別提出「行動衝突說」，才是形成這種文類的實質性質；在情節結構上，分「單一」與「自身交織」二大類型；在悲劇功能上，將定義中的 καθαρσις 一詞，不是空談或泛論，而是行動者藉著與透過悲劇受難情節完成他所犯悲劇過失行為的贖罪，呈現出希臘悲劇文化理想在不斷的犯罪與贖罪的過程中成長，迥異於西方三大主流思想的一項主張。又如何才構成一個完整而整體的行動呢？這就是「行動必然率」，亞氏舉出實例，以邏輯推論結出正、反兩面定義，近乎完全歸納完成創作悲劇的第一原理。悲劇人物的不可能品格，成為可能的品格，是謂「品格必然率」，本論疏做了較完備申論，但幾與西方詮釋家完全相左的推論與結論。在悲劇與其它文類的比較上，提出「創作真實與歷史真實的調和說」，代替創作的優越性；在最後一章與敘事體創作比較優劣，則從肢體行動體系分析，完全排除一般錯誤的劇場演員表演論點，而回到這二種文類的種差與功能的基礎。

　　以上僅不過枚列一些關係到全書較為重要的論點；事實上，全書二十六章中，或大或小，幾無有一章不曾提出，與西方注釋有不同的釋義。這種情況若加比較，似乎不曾見過任何一家的注釋像本論疏有這麼多的「異」見的。何僅「異」見，簡直可直斥為東方的「異」端。然而，在提出這些「異」說時，本人一本知識良知，無一處，無一義，不是旨在恢復原旨原義。

不過，不得不令人懷疑，亞氏這本經典又不是什麼國王的新衣，豈需一個外來人才看出這麼許多原旨原義；天下焉容得一個人自以為是的原旨原義，才是正確的嗎？誠然，能否維護這些脆弱的「異」說，就端看讀者的批評與回應了。

基於本書論疏，本人認為足以釐清亞氏貫穿全書的思想體系，意已達，讀者自明。至於文字的繁與簡已無關瞭解緊要旨趣。於是在本譯文上，儘量維持原文文字的表達秩序，幾乎近於直譯，排除任何增添促使文義通暢易懂的譯者詮釋性文字，結果本譯文甚至較實際原文還要少些；因而，在閱讀本譯文時，以致有些文句尚嫌詰屈聱牙，就算是保持原文原有的性質吧。這一點，本譯文確實有別於英譯本的風格的。

為了本論疏，三年歲月，日夜念茲，獨居斗室，似坐枯禪。平日教業繁重，惟在更深人靜，握筆不定於一詞一義之間，時感搔首躕躇，不滿難決者，總歸一句話，學養不足之故耳。今雖完稿，捫心自問，有點逞能了，絕非自謙。譯而後而知不足，也譯出一點心得，應可譯得達意些，如多容些時日，在修訂本時，再做思量。

雖初稿已定，心頭卻未寧，這點學習成果，恐有有負長輩的期許。也不論好與不好，值與不值出版，全由不得我，即將付梓，本人是個自了漢，原以為自己懂了，事就了了。若非胡耀恆先生推薦，說真的不會主動撰寫的；黃美序先生不時督促垂問，逼得我透不過氣，以及我的學生們的期盼，還有校方寬容二十餘年教職不寫論文的疏懶。本人一生多病，這段期間遇大阻礙，幸蒙吳義發大夫的調護，以及家人的照顧；還有，樊

光耀、劉耀武爲我校對與排版，一併感謝了。最後，這份敝帚自珍的稿子，如無一分可取的話，就當作對苦難中逝世的父母一絲的思念吧。當然，還有一點奢望，另撰英文版，無意挑戰，而是問道於西方學者。

王士儀 序於華岡宿舍

第二壬午歲暮

導論

一、簡介亞氏《創作學》背景、版本與全書大綱

　　就西方古代論創作與批評的專著，而一直能影響現代的，亞理斯多德《創作學》或《論創作法》（Περὶ ποιητικῆς，一般譯為詩學）是最重要的一部。不論是在戲劇審美觀念的建立或在戲劇理論體系與戲劇批評術語的成熟等各方面上皆產生無比的、無所不在的影響，即使包括後代的同類論著，也無出其右者。凡涉及戲劇、擴及文學、藝術哲學審美學者，不論早晚都要研讀這本古老的，具有原始思想的經典。但這本經典被公認是一部不易了解的書。如何介紹給我們讀者正確的認知，所遇到的困難，當不下於世界上任何一地的讀者，確不是一件容易，也許迄今還是一項尚未曾完成的工作。首先要嘗試讓讀者如何掌握這種古老語言表達的確定涵義。就這一點，可能迄今無任何一位知識良心的研讀者，敢於輕許自己完全了解亞氏原義；為的是怕多一分自我的武斷、無知、或抄襲前人的認知，徒增

一份貽害讀者的誤解。再者，這種原創性的概念，更非另一種
翻譯文字所能迻達。本書面臨這兩個基本困難，在譯文上一本
本人對希臘文直接的認知，努力釐清亞氏原始意義，力求保存
原有面目；在各章釋義與注釋中，介紹亞氏整體理論體系的形
成概念。在這個原則下，本章提出本書幾項採取與不採取的態
度與方法，或許有別於西方學者的努力，先行做扼要的說明。

I. 簡介亞理斯多德的《創作學》的背景

希臘是戲劇發源地。大約Arion(C. 625-585B.C.)發明創造
了人羊劇，到Thespis在534B.C.贏得了第一次比賽的勝利。往後，
在雅典城的酒神劇場，形成了制度化的每一年度而舉行比賽的
戲劇節，希臘三大悲劇家 Aeschylus(C. 523-456B.C.)；
Sophocles(496-406B.C.)與Euripides(C. 480-406B.C.)皆在比賽中
得過獎。他們將得獎者的名字刻在酒神劇場的座位上，本人在
雅典讀書時，尚能見一些名字的刻痕。在367B.C.亞理斯多德
(384-322B.C.)從十七歲到Plato學園追隨Plato(427-347B.C.) 問
學達廿年，直到柏氏過世。即從534B.C.到亞氏的出生，在這一
段期間，希臘戲劇已經過了三大悲劇家，由盛而衰，這段時間
已達150年之久，這也是世界戲劇史上一段非常光輝的黃金時
代。僅500-400B.C.一百年之間，戲劇家創作的劇本多達千本。
現存三大家的劇本雖現存僅卅三本。本人於卅年前在雅典國家
圖書館，將三大家佚失的作品劇名，一一查到，幾達三百本。
由此可以隱略看出，這個時代，比賽之多，作品之豐。亞氏博
學建立自己的博物館，（建立在雅典Agora內，即以現代人的眼

光，也要驚嘆可觀），在331B.C.的前幾年，亞氏在他的侄兒Callisthesres的協助下，編輯Pythian節的得獎名錄與創作；也曾編過類似的雅典酒神節得獎人專著（*Pickard-Cambridge* 103-106），藉以蒐集比賽獲獎資料，所以亞氏對戲劇各方面的關注，是無庸置疑的。亞氏代表這一黃金時代的見證者，讓後世的讀者，能見到當時思想家，對他們當世的文類做了體系的認知與判斷，這是無比的珍貴。

　　由上所述，既有制度化的比賽，就應有標準化的評審標準。從悲劇的緣起之一的說明，將山羊作為獲勝者的獎品，即從Arion得到這個比賽的結果，就已經出現評分的標準。到亞氏已歷經200年的歷史。如從Thespis得獎開始，視為比賽制度化的一部分，且為重要的一部分算起，評分的標準化也已經超過150年。比賽作品要如何獲獎，必然為參賽者所關注。這150至200年的評分標準，從亞氏《創作學》第十八章及第廿五章所提及的評論家，即可知，批評標準化的形成，其來有自。然而能出現多少的體系化的理論，則不得而知；至少不只亞氏一家之說。或許Neoptolemus of Parium一派（*Brink* 43-73），可能是當時顯學，或不下於亞氏學派。關於這派評論部分，本人有不同於前人之看法，則有待拙著《荷氏（Horace）《創作論》（*Ars Poetica*）譯釋注》完成。不管如何，亞氏《創作學》無疑的是這些批評體系中由過去經驗到歸納成為理論化而臻至成熟的結果。

　　從Xenophanes大約在500B.C.攻擊Homer的敘事體創作是對神不道德，與不真實故事予以嚴厲的指責（*Xenophanes* 殘片）及*Heracleitus*（42殘片）也有類似的記載，Plato稱這些批評是「古

代哲學與創作」之爭(*Republic* 607^b)。在亞氏《創作學》轉述
對Aeschylus和Euripides的批評(56^{b}15)。這些亞氏的批評前輩文
字記載,充分證明對比賽創作的批評實用的普遍性。亞氏將這
個傳統做了體系的講解,而完成了《創作學》(Περί ποιητικῆς)。
這本現存抄本的長度僅有15頁,30欄,與*Nicomachean Ethics*的
98頁相比較的話,是份量小得很多的一部未對外發行的書。大
約是亞氏全集百分之一。然而,卻是影響世界文藝審美學最重
要的著作。

II. 簡介亞氏《創作學》的性質

亞氏《創作學》是在柏拉圖提出藝術觀之後,完成歐洲第
一部具備創作架構組織的美學巨著,在335B.C.亞理斯多德由馬
其頓重回雅典城牆外一處奉祭Apollo Lycaeus和謬思(Muses)神
的地方,建立亞氏自己的學校,後世稱為Lyceum學園。《創作
學》與《修辭學》可能在此時期撰寫的。[1]《創作學》一般認為
就是Diogenes Laertius在二、三世紀所收錄書目中的Πραγματειά
ποιητικῆς(英譯為*Treatment of the Art of Poetry*),a. b.卷之一。現
在抄本殘缺,造成後世讀者的困擾,另一卷有關喜劇的部分則
完全失佚。

依照Cicero的*De Oratore*(III. Ad Att. iv 16, 3)提出希臘文

---

[1] 亞氏在雅典分為早期(367-347B.C.);中間(347-336 B.C.)及Lyceum學
園期(335-323/2B.C.)。有人認為亞氏早在早期即開始撰寫《創作學》;
因此,插入的部分,隨修正而增加。考證者甚多,而S. Halliwell的
Appendix, 324-330,詳述精實,足資參考,餘不贅述。

τεχνολογίαν(technologia)的古代意義，係指專著或講課的內容；或者是專業者之間的爭論內容。那末，再依據狄奧根尼書目的命名τεχνής來看，拉丁文譯爲ars，（是英文art的字源）。它的原意是技巧、技術的意思，而ποιητική是創作法。那末，這種ars技巧應用在創作上，係指寫作論著或教本之類作品(*Brink* 3, 22)。再參照狄氏書目的另一個字πραγματεία，係指執行某一行業之意。編撰劇本這一行業要執行什麼？豈不就是指在創作戲劇行動與行動事件而言。亞氏《創作學》原本沒有命名，經後人狄氏加給它的這個書名看來，也即是後人對本書內容的一種認知，認爲本書是：《創作（戲劇行動）技巧指南》，或《戲劇編撰手冊》；一部指導創作戲劇的編撰教科書。而本書正名即採用亞氏專著開始的兩個字：Περὶ ποιητικῆς(《論創作法或創作學》)。

　　亞氏《創作學》在Lyceum學園，到底屬於哪一類的講稿呢？根據Cicero將亞氏所著的作品分爲兩類(*Lucas* ix)，Cicero說：

De summo autem bono guia duo genera librorum sunt, unum populariter scriptum guod ἐξωτερικόν appellabant, alterum limatius guod in commentariis reliquerunt......
(*De Finibus* 5.12)
所講寫成的書一般分爲兩類，一爲對外大眾的抄本，是爲ἐξωτερικόν，另一種限於上課的講稿……。

　　亞氏自創立Lyceum學園起，其著作公開對外發行者稱爲

ἐξωτερικόν(exoteric)，即Cicero所指的第一類，也即是發行本或普及本。這一類從亞氏《創作學》十五章中得到印證：

εἴρηται δὲ περὶ αὑτῶν τῶν ἐν τοῖς ἐκδεδομένοις λόγοις ἱκανῶς.
(54^{b}17-18)

有關這些事件在已出版論著中談得夠多了。

據Rostagni認爲這本對外發行的普及本就是Περὶ ποιητῶν(論創作者)，但早已佚失，無從證實。也有人認爲《論創作者》與《創作學》之間有必然的關係，這種看法，本人認爲並無必要，試問，一位作家寫完《依麗莎白戲劇作家列傳》，就必然能寫出一部《莎劇原理》嗎？不過，這可能就是亞氏一系列的《創作學》、《論喜劇》及《論創作者》的三部作品。可以斷言《創作學》絕非《論創作者》的補充教材。

第二類commentaries是譯自希臘文ὑπομνήματα，這是一種由非常大略的紀要，到非常詳書記載的筆記；或是成爲論著，皆有可能的文件。就亞氏自身言，它是一種ἀκροαματικά，作爲讓別人聽的文稿。這種文稿，可能只是記些重點的摘要(notes)，或有時記得非常詳細的文章。一般認爲這是亞氏在他自己的學園之中，對學生上課，講解給學生聽的課本；換言之，就是上課講義。屬於內部刊物(esoteric)，不對外發行。由此可以確定《創作學》是上課講稿，有其體系的內容，而缺少完整編撰系統的論著。既然，是屬上課所用，就可能是種對話，也可能僅存亞氏自己的要點，在兩個要點之間的各種例證，及學生發問

等，皆不在這本記錄之中。這種書體（例），我國讀者很容易了解的，就是《論語》只存孔子的答，因為記載的學生，皆知道各人自己的問，在各人記載時，反而省略自己的問，上課的學生人人皆能記到，但後世的讀者就得詳加論證了。也許亞氏當時自己加上一些「心血來潮」的眉批，或許一些簡短的回答摘要，而形成往後抄本的內容 [2]。

　　當亞氏過世之後，亞氏這類內部刊物的手稿當然成為Lyceum學園的財產。不幸的是，亞氏受了他著名學生亞歷山大大帝早逝的牽累。323B.C.亞歷山大死於巴比倫，雅典的政治反對派再度反抗馬其頓，亞氏被迫帶著自己的東西回到馬其頓基地Calcis；並勸告雅典人對哲學不要再犯第二次原罪。（第一次原罪是Socrates之死）。第二年322B.C.亞氏病逝。在這種政治環境之中，亞氏遺著就不如Plato幸運，由授業弟子們編撰成書。亞氏大弟子Theophrastus（大約死於285B.C.）接掌Lyceum學園，此人著作甚豐。在他死後，將這些學園中文稿遺贈他的繼承人，Scepsis的Neleus；之後，Neleus再傳給他的繼承人。在這段期間這些繼承人，當然對這些珍藏文稿善加保存，也必然繼續講授亞氏內部刊物文稿，或各人皆增加些眉批，自不無可能，也就造成後世學者對這些文稿考證的困難。由於Neleus的繼承者，生怕這些手稿為Pergamum國王等所搶奪，因此藏在一地窟中，

2　本節此一部分，除本人的認知外，參考Lucas的導論一章，按Lucas在注釋的部分，尤為詳實，對亞氏《創作學》中原義，出處及概念之釐清大有裨助；此故，本人每多參證較多於其他論著，也請讀者特予重視他的注釋。

係受潮溼使手稿受損。之後被Apellicon購回雅典，在Apellicon
過世之後，被Sulla的征服者帶回羅馬。這大約在公元前的後半
世紀的事。在這段流傳期間，手稿的受損、或割裂、失序等等
現象，是可以想像的。從敦煌手卷抄本，或我國名拓本流傳的
經驗，也是可以領略的。最後經由Andronicus將這些內部手稿
編輯，大致就是成爲亞氏文集(*Hutton* 3)³。接下所知，係在公
元二、三世紀，《創作學》收錄在Diogenes的書目中。也是該
書目中，僅與《修辭學》傳世現存的兩本經典。自此以後《創
作學》大約五、六百年的流傳，已無典籍可以查詢。

　　上述亞氏手稿或抄本手稿增加不同時期繼承人增入的眉批
等，再經過後世的抄寫者(scholia)謄寫，將這些可能的眉批文
字，不知如何處理，竟然插入亞氏原稿之中。造成原文原本通
順者，反而在文法的「格」上，格格不能連接的現象，以致後
世學者感嘆文法不通，到無法了解的程度(*Lucas* 63)。藉是之
故，現在西方學者要回到「亞氏原文」。權威學者如Bywater、
Else等等，設法將可能屬於後世插入的部分，盡量的挑出來，
以期恢復「原文」面貌，這種求真與博學，皆足以令人敬佩。
不過，在原始文字與後加物之間如何選擇，多少都有些危險性，
挑出來的可能就是亞氏自己的附錄部分，如此，反而使原文變
成非「原義」了。其中最爲極端者如：F. Grayeff(*Phronesis* i,
105ff)，認爲《創作學》全書從頭徹尾幾乎沒有一個完整的一

---

3 本文僅略述亞氏抄本與版本的流傳，大致參照J. Hutton和Kassel之外，
　如有不足之處，請參閱胡耀恆，〈「詩學」的版本及其主要英文翻譯
　──兼述Aristotle著作的傳遞〉一文。

章是完成於亞氏本人之手。由此，分析《創作學》的原義的艱困，可知一斑了。

本人一生教學的經驗，現已進入全程錄音，或偶因中間需要在黑板上作圖解說明，在課後學生整理錄音講稿，尚且有情節不相連貫之處。既然，了解《創作學》係亞氏上課手稿，並非論著性質，這是可以理解的，本書在釋義上，並不在意《創作學》是否完全出於亞氏的親手，縱然沒有一章是完全爲亞氏所撰，只要它係源於弟子及繼承者的筆錄或增損，都應歸諸或傳自亞氏原有思想體系。凡有助於原文的理解，也無意加以排斥。

因此本書的目的，並無企圖研究《創作學》全文思想之所以支離破碎；相反的，就現存的概念中，拼出一個比較完整的悲劇創作架構全圖，提高讀者的認知，進而能加以應用與實踐。

III. 版本與流傳

如能確認一個最佳的抄本，對論述的表達是有絕對的意義。從流傳到現在《創作學》抄本，大致有三個主要源頭，在這個方面的說明，當以Kassel的研究最具體系性，有關這一問題的述說，大致根據Kassel的序言(v-xiv)，爲說明方便計，略加上個人的一點假設，陳述如下 [4]：

---

4 同注3。

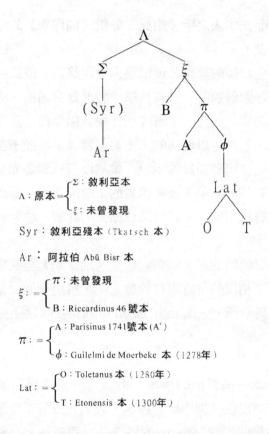

A：原本＝
- Σ：敘利亞本
- ξ：未曾發現

Syr：敘利亞殘本（Tkatsch 本）

Ar：阿拉伯 Abū Bisr 本

ξ：＝
- π：未曾發現
- B：Riccardinus 46 號本

π：＝
- A：Parisinus 1741號本（A˙）
- φ：Guilelmi de Moerbeke 本（1278年）

Lat：＝
- O：Toletanus 本（1280年）
- T：Etonensis 本（1300年）

　　據第三章 ἐνταῦθα（即在此處）一詞推之（48ᵃ31）；亞氏係在雅典撰寫《創作學》（Lucas 69）。至於起迄於何時，則無定論。亞氏在雅典有兩個時期：一係隨Plato的學習，有二十年時間，是爲前期（367-347B.C.）；一爲亞氏重返創立Lyceum學園（335-323/2B.C.），是爲後期。有學者認爲《創作學》前幾章始於前期；後面部分則完成於後期。前期可能早於348B.C.，或遲到

335B.C.。換言之，《創作學》並非一次完成的，亦即不是一次講完的。如果前後期手稿稱為A本，而在亞氏講課增入的要點（notes），以及插入的增文而成的抄本稱為A1本，這種A本與A1本即Kassel表中原稿本（Λ）。（本節討論版本，凡附加括號內者，即指Kassel表中所示者，以下同）。這些祖稿本，經過謄寫者（若參觀希臘正教中世紀大叢林抄經處，就可以了解實際抄寫的情況），成為很多抄本，成為亞氏學園中學生的手本。這些學生手本，加上些聽課心得，自有可能；或者，A與A1祖本成為校產後，經由亞氏的繼承者主講時，再加入，或插入重點，基於不同學生即繼承者的過程，形成不同的B抄本。同一時期的B本因人而異，而有B1、B2、B3…之不同。從十五世紀後的再抄本，可以得到證明。其中任何一本B本，皆有可能成為後世抄本的祖本。

1. 敘利亞本與阿拉伯本

這種抄本的流傳情況如何，從亞氏到公元七世紀，近一千年的流傳，無從確知，直到發現七世紀（或許更早），或遲到九世紀末的敘利亞文《創作學》譯文，稱為敘利亞本（Σ），今已失傳，以及其後的敘利亞殘本（Syr），在不到多少年由Ab Bisr(d. 940)，據Σ本譯成阿拉伯文本（Ar）。在1911年由D. S. Margoliouth據將阿拉伯文本譯成第一本拉丁文本，雖後在1928、1932由J. Tkatsch的英譯本所取代，但敘利亞本與阿拉伯本的譯者或許並不了解戲劇，所以譯文並不為西方學者所重。

2. Parisinus 1741號本，稱A本或Ac本

在阿拉伯文本之後，以Parisinus 1741號抄本，可能是九、十世紀的抄本，爲現今保存最早的，也是最完整的抄本。亞氏編輯專家稱爲A本或Ac本，這個抄本到1427年一直保存在君士坦丁堡。十五世紀流傳到Florence。最後的收藏，即現存巴黎法國國家圖書館。這個A本雖早經Victorius、Tyrwihitt及Bekker等所知悉，但直到1847及1885經Johann Vohlen做了完整說明，在1867年才確定A本是亞氏《創作學》唯一可靠的真本。

與A本相關的抄本，一定要提一下Guilelmi de Moerbeke在1278年所譯他的拉丁文譯本，稱ph本（φ），此人對亞氏著作甚豐，直到1930年，這個譯本受到承認，從其中部分內容可以支持A本，由此可以推想，A本與ph本（φ）必有一個相同來源，應爲π本。同時由φ本可以了解現存十五、六世紀的手抄本，皆以A本爲祖本。自J. Vohlen以後，十九、廿世紀的《創作學》的重要翻譯注釋家，如Bywater、Butcher等，皆以A本爲主；中間又如Gudeman、Rostagni等與其他源頭抄本相對校刊，到1965年Rvdolfvs Kassel綜合各家抄本整理出最完整的校刊本，是爲*Aristotelis De Arte Poetica Liber*。本書所採用的本文依此一系列爲標準。

3. Riccardinus 46號本，稱B本或R本

在A本之外，自從十九世紀以來，研究者認爲Riccardinus 46號本，屬十三、四世紀時代的手抄本，係現存手抄本中僅次於

A本的第二古老本，世稱B本或R本。自F. Susemihl及C. Landi分別在1878及1895提出之後，引起研究者的重視。Margoliouth就B本的第十六章的用語有別其他抄本，因而確認這本B本當絕非來自A本源頭的 π 本。因此B本與 π 本一定抄自另一個源頭，姑稱爲 ξ 本。這個 ξ 抄本，也假定就是出於亞氏或其弟子的B1、B2、B3…中任何一本爲祖本，可惜B本（或R本）係爲孤本，並無子嗣。但這個B本特別重要一點是在最後一句，由於手抄本受損，據西方學者加上補進給個字母，而猜測是：

〈 ...περὶ δὲ ἰάμβων καὶ κωμῳδίας ... 〉
現在進而討論酒神頌與喜劇。

由此B本，不僅提供它另有更早的，或早於 ξ 本的祖本源頭。更重要的提示《創作學》在討論悲劇與敘事體創作到此已經結束；繼之，亞氏要繼續討論另兩種創作文類：酒神頌與喜劇。

據此，學者認爲就是《創作學》的第二卷，甚至推測，亞氏還可能提出katharsis概念的分析。果如此，則katharsis是指戲劇行動事件，抑指觀眾情感，或兩者之間的層次性就更明確化。但因手抄卷的割裂及佚失而失去依據。由B本的這句話，已經使讀者明白，亞氏所論《創作學》絕非專指悲劇而言，而是體系化的包括其他（所有）創作文類。這是比較合理的看法。更使讀者相信，亞氏從《論創作者》、《創作學》，與《論酒神頌與喜劇》是一系列的論著。

4. 拉丁本（Lat）

亞氏《創作學》在整個中世紀受到沈寂。但到1453年君士坦丁堡已淪亡之後，希臘學者紛紛逃亡到義大利。他們的手抄本也隨之而來，在A本時提過Guilelmi de Moerbeke的拉丁文本，在1498年在Giorgio Valla出版了 *Etonensis*（ca. 1300），係皆依A本爲祖本的拉丁文譯本；之後又有Toletanus（ca. 1280）譯本。並在威尼斯於1481出版Averroes的阿拉伯文注釋譯本。所以《創作學》的拉丁文譯文，已經有五百年的歷史。拉丁文譯本應附屬在A本體系之中，爲方便計，另分爲一個源頭。

就上所述，另列一表格，與Kassel的圖表對照，希望讀者大致了解版本流傳的情況，藉以說明恢復原文的不易。這門版本或抄本的特殊知識，對我們東方讀者是非常陌生的，本人自離開歐洲這個學習中心後，就現存的卅多本希臘手抄本，即無緣一見，更不可能對任何抄本有任何校槧上的發現，至於轉述如何對各抄本的校對、筆跡的認定、抄本的風格、抄本的損壞、如何補進哪些可能性的字母，任何這款的轉述，皆屬多餘；因此，這些特有的鑑賞知識，只有仰仗西方學者的努力與成就；本人不予深究，也就不敢多置一詞了。

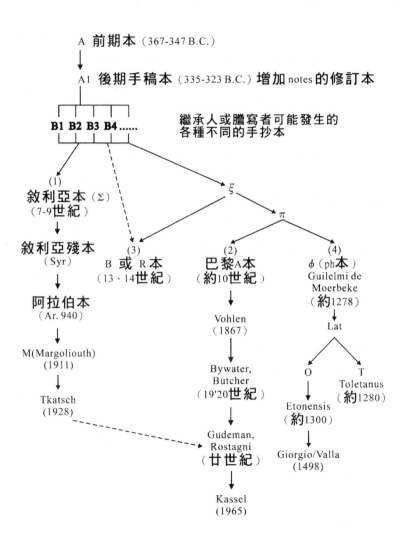

A 前期本（367-347 B.C.）

A1 後期手稿本（335-323 B.C.）增加 notes 的修訂本

B1 B2 B3 B4 ......

繼承人或謄寫者可能發生的
各種不同的手抄本

(1)
敘利亞本（Σ）
（7-9世紀）

ξ

π

敘利亞殘本
（Syr）

(3)
B 或 R 本
（13、14世紀）

(2)
巴黎A本
（約10世紀）

(4)
φ（ph本）
Guilelmi de
Moerbeke
（約1278）

阿拉伯本
（Ar. 940）

Vohlen
（1867）

Lat

M(Margoliouth)
（1911）

Bywater,
Butcher
（19'20世紀）

O

T
Toletanus
（約1280）

Tkatsch
（1928）

Etonensis
（約1300）

Gudeman,
Rostagni
（廿世紀）

Giorgio/Valla
（1498）

Kassel
（1965）

IV. 重擬《創作學》的討論大綱

亞氏指出創作悲劇是一種有機體的結構。這個明確的概念，形成悲劇理論與情節架構，已被接受與應用，若要引導初學者入門，理當回到這個有機體結構體系。通觀近幾十年來西方學者論集，總給讀者一個印象，對每一重要術語的研究，總似見樹不見林，一個單一的獨立體各自強調其重要性；正如，眼睛、耳朵、鼻子，各有其不可取代的功能；然而，就整體個人的有機體而觀論之，總不比大腦重要吧！同樣的，本人是一位非常勤勞的書法家，自許在中國書史上自成風格，由於練習太多，每把管之際指關節處格格作聲，有時痛徹心肝，也感得一點收穫，皆是出自艱辛，不論如何，總不能把這行職業的手指的重要性，誇大到比脊椎更重要吧。藉此比喻，將全書根本術語與概念，全部回歸亞氏發展體系之中。

在國外求學時，凡相關學系討論亞氏這本專論，不少採用 S. H. Butcher 的〈亞理斯多德《創作學》內容分析〉(*Aristotle's Poetics Analysis of Contents*)(*Butcher* 1-3)，作為講述大綱。本書在進行討論亞氏全書中重要關鍵詞，做了徹底性的詮釋；基本上，已不再採用現行英譯術語。因此，布氏大綱已不適用；是故，重新將全書廿六章內容劃分為幾項重大創作主題，成為一個討論大綱，以便能大致了解全書一個全貌，參見圖表，如下：

項目	內容	章節
I.創作學(περί ποιητικῆς)；行動 (πρᾶξις)	1. 確立創作本義 2. 創作的對象與標準	1-3章 1-3章
II.創新說 (μίμησις)	1.創新與臨摹 (ἀπεικάζοντες)	1-3章

III.創作文類 (εἶδος)	1. 創作文類包括敘事體創作，音樂創作，戲劇創作
	2. 文類種差 (διαφορὰ)
	  a. 媒介物 (τῷ ἐν ἑτέροις)
	  b. 對象 (τῷ ἕτερα)
	  c. 方式 (τῷ ἑτέρως)
	3.創作文類屬性 (κατὰ φύσιν)
	4. 悲劇及文類進化元素
	5. 喜劇進化元素
		
		4章
		5章

IV. 論悲劇	1. 悲劇定義與贖罪功能 2. 悲劇成分	6章
V. 情節 (μῦθος)	1. 情節架構 2. 情節結構六部分 3. 情節類型：單一情節 (ἁπλοῖ)； 自身交織情節 (πεπλεγμένοι) 4. 情節結構	7-10章 11-14章 16-18章
VI. 創作與歷史	1. 調和創作真實與歷史真實 2. 必然率與可能率	9章、23章
VII. 情節其他部分	1. 品格 2. 思想 3. 文詞	15章 19章 20-22章
VIII. 敘史創作與悲劇比較	1. 論敘事體創作 2. 比較敘事體創作與悲劇	23-24章
IX. 批評	批評問與答，及批評標準	26章
X. 不存在部分（1）	a. 酒神頌 b. 喜劇 c. 贖罪 (κάθαρσις)	失佚
XI. 不存在部分（2）	論創作者	失佚

S. H. Butcher的《亞理斯多德《創作學》與藝術原理》
(*Aristotle's Theory of Poetry and Fine art*)一書，在近百年來，無
疑的，是研究亞理斯多德成果的指標之一。布氏爲亞理斯多德
創作與悲劇理論建立一套自己的理論，引用亞氏《創作學》原
文，作爲他自己的理論註腳。本書注釋的目標則並不在於建立
新理論，而追求原始意義的重新詮釋，期能恢復原面目，及重
構亞氏悲劇結構體系，這個方法正與布氏相反，以原文爲基礎，
以經解經的基本態度與精神，恪守亞氏開宗明義的第一句話：

> 所論創作法本身；兼論它的各種文類本身。

本書一本這一原則，以詮釋這二層本身相關原義爲限，只
求疏，不求詳。凡不能增加這些原義的任何權威詮釋，或延伸
義，與博學引證，暫爲減輕讀者不必要的困繞，皆棄不引錄。

V.本書新譯關鍵詞彙對照表

近幾十年來亞氏《創作學》的中譯，譯成各自表述的不同
用語，並未能形成一套研究戲劇專用術語；因此，在討論溝通
上缺少共同辭彙基礎。本人發表〈亞氏《詩學》中行動一詞的
四重意義〉一文，即企圖建立亞氏《創作學》的戲劇理論架構
專用術語體系；雖然，確定這些專用術語，多少有本人極主觀
的認知，但本人一直相信：

> 一門先進成熟的知識，就是這門知識自身語言的成

熟；換言之，一門先進知識的成熟史，就是這門知識
自身體系辭彙的成熟史（王士儀 3）。

本人在本書強烈的提出這個想法，可能形成讀者認知共識
的一分過分的奢求；不過，值得努力嘗試，期望能讓這門知識
出乎意外的成熟起來。

現有陳述亞氏詞彙，不足應用以表達原義的釐清，本書另
行擬定新創譯語，可能對讀者感到生疏，而至不解。爲閱讀時
確定語意的認知，就一些重要關鍵詞與希臘文，英譯與現有中
譯，做一粗略對照表如下：

希臘原文	英譯	現用中譯	本書新詞彙
ποιέω (ποιεῖν)	write, making, writer,depict, composing,create, coined, produce	寫	創作（行動）
ποιητής	poet,maker	詩人	創作者
ποίημα	poem	詩	創作品
ποίησις	poetry,	詩	創作行動
ποιητική	poetics, art of poetry, poetic art	詩，詩學，詩藝，詩的藝術	創作法，創作學
πράττειν (πράττω)	acting,performing, agent, fitting	動作	做出戲劇行動
πρᾶξις	action	行動，動作	戲劇行動
πράγμα	action, incidents,	行動，事件，部分	戲劇行動事件

希臘原文	英譯	現用中譯	本書新詞彙
	events		
πράττοντας	man in action	行動中的人	行動者 5
μῦθος (μύθευμα)	plot, subject, story, tale, fable, events, legendary, action	情節	情節，整合戲劇行動事件
δρᾶν	與πράττειν同義 doing	做，現實，從事	表演（行動）
δράμα	drama	戲劇	表演行動
δρῶντες	form of action, doing	動作，實現	行動表演者
κινῶ (κινεῖσθαι)	movement	扭捏出，做出（姿態）	身體動的行動
κίνησις	movement	姿態，做作	身體行動
μίμησις (μιμεῖσθαι)	imitate, mimesis, imitation, present, represent, suggest, express, image-making, reproduction, fiction, emulation, make-believe	模仿，模擬	創新，創新出
ἀπεικάζοντες (ἀπεικάζω)	present, represent, portray, make-likeness, imitation, reproduction, making image, make visible replica	製造，描繪	臨摹
ἦθος (ἠθικός)	character	人物，性格	品格（德行）
ἁμαρτία	hamartia, tragic	缺點，悲劇缺陷，	悲劇行為過失

---

5 行動者僅專用於劇本創作，而一般日常生活，仍然稱為人物。

希臘原文	英譯	現用中譯	本書新詞彙
	flaw, tragic deeds, fault, error, frailty	錯誤,過失	
ἐποποιιά	epic	史詩,敘史詩,敘事詩	敘事體創作
διθυραμβοποιητική	dithyrambic poetry	酒神頌	酒神頌創作(人羊歌創作)
διαφορά	distinction, differentia	差別,區別	(文類)種差
φύσις	nature	自然	本質,本性
μέγεθος	magnitude, length, ample action, length and scope	長度	宏偉,宏偉體裁
κάθαρσις	katharsis, catharsis, purgation, purification, clarification	宣洩,淨化,陶冶	贖罪,補償
ἁπλοῖ	simple plot	簡單,單純情節	單一情節
πεπλεγμένοι	complex plot	複雜情節	自身交織型情節
ἀναγνώρισις	recognition, discovery	發現	揭發,或揭發事件,揭發身分
γνώρισις	discovery	發現	發現
ἀδύνατον	impossible/ impossibility	不可能	不可能
εἰκός	plausible/ probable	必然,蓋然(率)	必然(應有),必然率
δύνατον	possible/ possibility	可能	可能
πιθανόν	plausible/ possibility	可能/可信	可信
ἀπίθανον	implausible/ impossible	不可能/不可信	不可信
ἀναγκαῖος	necessary/ necessity	可然(率)	必需
ἀνάγκη	necessary	蓋然(率)	必需率

以上本表中出現在本書的這些新詞彙，在閱讀時勢將造成讀者不習慣，甚至費解；但這些新詞彙，提供新的批評、審美與創作概念，對釐清與了解亞氏的專書理念，當有助益，本表以備遇有不解時，請讀者勞神，與原有英、中譯詞對照。每一新詞彙的界定並請參讀各相關章節。

二、解析戲劇行動與行動事件結構

亞氏歸納每類創作文類的創新特徵。悲劇創新的對象物是行動者與行動事件，藉以表達一個悲劇宏偉的體裁。此一概念形成一套完整悲劇理論體系，由戲劇行動到受難事件所引起的哀憐與恐懼之情，完成行動者的贖罪（請參閱本書第六章釋義I悲劇的贖罪論），或一般主張的淨化——悲劇功能。繼之，條列構成戲劇行動內在元素，提出一套戲劇行動事件（即情節）整體完整的結構，亞氏自喻一部戲劇創作品正如一個整體完整的生物有機體；因此，被譽為結構主義的創始者。亞氏這套悲劇行動體系，不是一般認為的一個單一行動，而是有四重不同層次的行動即：創作行動（ποίησις）；表演行動（δρᾶν）；做出行動（πρᾶξις）與身體行動（κίνησις）。這四重行動分類及其專用術語之界定與應用，分別見於各章注釋 [6]。本章導論專論這四類行動

---

6 英文action一詞，所指係劇中一個行動者的行動；或一個人的身體動作；或指一個劇本的整體行動。這種一詞數解，使得語意不清（Pfister 199; Fergguson 1961:10）。action源於πρᾶξις。在戲劇學中，它的用法必需加以明確界定而成為一個專用術語。請參閱拙著第八章〈行動一

其中的做出戲劇行動($\pi\rho\hat{\alpha}\xi\iota\varsigma$)的一類而已。它是英文action唯一的源頭，自此界定別無他解。僅這一專用術語——戲劇行動及其形成相關詞彙，在《創作學》中出現超過七十多處之多。自第六章起，迄十八章止，集中在這個命題之下，約佔全書二分之一以上的篇幅。這個概念不僅在悲劇創作所佔核心地位；也形成一個不借外求的理論體系 [7]。在這些節章中，不免引起後世不少的疑義。本章仍然謹守亞氏節次的主要中心思想依次述說，並就剖解情節結構，藉圖表表示之。

I. 戲劇行動本質與相關部分元素

亞氏從形上學的認知，任何一種文類（genre）皆屬創新（$\mu\acute{\iota}\mu\eta\sigma\iota\varsigma$）模式（47[a]17）；創新始於人類原始的天性（48[b]5）；且具有創新後產生的快感（48[b]13）。因此，創新是成為每種文類的創作理論源頭。悲劇是創作文類之一；那末，悲劇要創新什麼；換言之，創新的對象為何？亞氏在第二章提出每類文類的創新對象是行動者（$\pi\rho\acute{\alpha}\tau\tau o\nu\tau\alpha\varsigma$）（48[a]1）。一般英譯者通譯為"men in action"（*Butcher* 11）；中譯又依英譯為「行動中的人」（羅念生

詞的四重意義〉。對action一詞含義的澄清，也請參讀R. Bittner的One Action一文。

7　亞氏《創作學》成為後世從事戲劇者所引證。如Brand Matheus在二十世紀的戲劇理論上，有其成就。在歸納希臘悲劇特徵指出："drama is thought expressed in action"（11）。固然，是正確的重敘亞氏行動的功能與意義。試問這種再多的引證能增加或超越亞氏《創作學》原有的理論體系嗎？因此，本章主旨仍以重塑亞氏《創作學》的行動本身結構體系，而不加外求，或引證後人的理論。

7)。據此語意，行動在先，成爲先決前題，而這些人係參與某計劃好的行動；參與者，可能非主動者。本文依據希臘原文趨向詮釋爲行動者，他們是戲劇行動的主動者，成爲這個創作文類的主體對象。有了戲劇行動者($πράττοντας$)才能做出戲劇行動($πράττειν$)，而產生一連串戲劇行動事件($πράγματα$)最後完成完整整體的戲劇行動($πρᾶξις$)——簡稱行動(action)。亞氏自第一章到第五章依據各種文類本質的不同，推演產生各文類的對象物，媒介物及呈現方式文類三種屬性；換言之，這三種文類屬性的差別性，即產生不同文類；如表一。

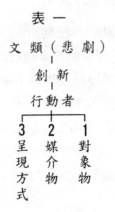

表　一

文　類（悲　劇）

創　新

行 動 者

3	2	1
呈現方式	媒介物	對象物

　　表中增列行動者一項，這是確立創作文類共同創作主體，也不僅可能比較接近亞氏第二章的文義，更可能是創作文類第一層次對象物，作爲創作文類的先決條件與基礎。這是與以往的詮釋有根本性差異處。

　　由戲劇行動者產生戲劇行動，形成行動的正面命題：

1.’Επεὶ δὲ μιμοῦνται οἱ μιμούμενοι πράττοντας.(48ᵃ1)

因此，創新者（或創新作品）創新是（那些戲劇）行動者。

2. ἐπεὶ δὲ πράττοντες ποιοῦνται τὴν μίμησιν. (49ᵇ31)

戲劇行動者創造創新。

3.ἐπεὶ δὲ πράξεώς ἐστι μίμησις, πράττεται δέ ὑπὸ τινῶν πρατ
τόντων. (49ᵇ36-37).[8]

再者創新就是戲劇行動；做出戲劇行動來自戲劇行動者。

　　由第二句的行動者創造是創新（係受詞）；藉此推論這個行
動者的創新對象是什麼？這個答案應是第三句，創作者的創新
就是創新的戲劇行動。接著明確的指明它是來自戲劇行動者所
做出的戲劇行動。[9]

　　行動的反面命題：

ἔτι ἄνευ μὲν πράξεως οὐκ ἂν γένοιτο τραγῳδία, ἄνευ δὲ ἠθῶν
γένοιτ’ ἄν.(50ᵃ23-4)

　　故沒有戲劇行動則不成為悲劇，但無品格則可。

　　由行動正、反兩面命題，可以明確看出，文類（悲劇）創新

8　對πράττοντας的原義。Lucas在解釋其動詞πράττειν，認為絕無在舞台上
　　表演行動之意(62-3)；但又認為πράττοντας是可以看得到的演員(visible
　　actor)，或表演者(performers)(99)。前後相互抵觸。本人維持一詞一
　　義的解說，參見〈行動一詞的四重意義〉，不再贅論。

9　Butcher將tragedy作為本句主詞，這非原文所有；因此，產生不同句
　　義。我國中譯者多表同意（羅念生20；姚一葦67；陳中梅63）。本人認
　　為無有增加，皆可表達本句文義明白。

的第一層次對象物是戲劇行動者，而戲劇行動就是行動者的創
新對象物；也即是文類(悲劇)的第二層次的對象物。而這二個
層次對象物在文類創作中的互動關係爲何呢？

> ἡ γὰρ τραγῳδία μίμησις ἐστιν οὐκ ἀνθρώπων ἀλλὰ πράξεων
> καὶ βίου. (50ᵃ16-17)
> 悲劇的創新不是一個人的一生，而是他的戲劇行動和
> 性命。

　　句中ἀνθρώπων就是人的意思，指社會上的人。經創新後，
就成爲劇作中的行動者。前文已經申論，行動者是任何創作文
類的第一層次的對象物；沒有行動者如何能有他的行動與性
命，因此，亞氏不可能在本句否認這個前題。本句只是表達悲
劇的創新不是這個人(行動者)的一生，而是他的行動與性命；
進而限定什麼性命與行動才是悲劇創新的對象物：

> ⟨ὁ δὲ βίος⟩ ἐν πράξει ἐστίν, καὶ τὸ τέλος πρᾶξίς τις ἐστίν, οὐ π
> οιότης. (50ᵃ17-18)
> 性命組成在行動之中，戲劇行動才是悲劇的目的，而
> 非它的獨有性質。

　　此指不是行動者一生的所有，或任何生活；相反的，只有
組成行動與性命；換言之，有行動與性命，才是悲劇創新的對
象物。由第二層次的對象物——行動與性命的實質內容來界定

第一層次對象物——行動者的創新範疇，除行動是行動者創新
對象物之外；在「再者，創新就是戲劇行動」(49ᵇ36)這句的下
面，接著說：

行動者必需具有在品格與思想。(49ᵇ37-38)

性命不是行動的本質；而行動的本質則在於品格與思想，
如圖表二。以上大致陳述了亞氏行動的基本概念。

表 二

亞氏在其第六章枚列構成悲劇的六個成分，分別爲：1.情
節($\mu\hat{\upsilon}\theta o\varsigma$)；2.品格($\mathring{\eta}\theta o\varsigma$)；3.思想($\delta\iota\acute{\alpha}\nu o\iota\alpha$)；4.語言($\lambda\acute{\epsilon}\xi\iota\varsigma$)；5.音
律製曲($\mu\epsilon\lambda o\pi o\iota\acute{\iota}\alpha$)，及6.場景($\mathring{o}\psi\iota\varsigma$)。

亞氏在首章第一句話，就提出文類創作要研究有哪些組成
的成分($\pi o\acute{\iota}\omega\nu$)與構成多少量($\pi\acute{o}\sigma\omega\nu$)的部分($\mu o\rho\acute{\iota}\omega\nu$)。這個部分
一詞也就是悲劇定義中所指的「每一個部分」。這個詞義爲將
一件東西分成爲多少份中的一份之義（相當英文 piece,

portion）。而在第六章改稱爲μέρη（50ᵃ8），意爲部分（相當英文parts）。但在Butcher的譯文將這個詞引伸爲elements（*Butcher* 23, 25, 29…）。因而中譯爲「要素」（姚一葦 66-68）。然而，讀者在讀Butcher這一章譯文時，如不了解希臘原文會引起前後文義不相一致的困惑。Parts用今人時髦的用語，就是構成一件東西的零件；而elements，則如陶土是製成瓷器不可缺少的元素。因此，piece, portion，或parts和elements比較起來，在文義內涵上，是有明確的差距。[10]有學者放棄這個概念，改譯爲aspects（*Whalley* 68），似乎使它的含義過於一般化。近來西方譯者也都回歸到它的parts的原義（*Lucas* 97；*Hutton* 50；…）；只不過爲明確其定義起見，在指構成悲劇本質成分時稱constituent parts（組成成分）；在指具體形式的量時稱爲quantitative parts（量的部分）。前者用於第六章構成悲劇的這六個成分；後者用來處理第十二章，一部悲劇劇本有多少（ποσόν）部分，即分爲：開場詞（πρόλογος, prologue）；場（ἐπεισόδιον, episode）；退場詞（ἔξοδος, exodes）；和合唱隊部分（χορικόν, choric song）。合唱隊部分又分爲進場詞（πάροδος, parode）與合唱詞（στάσιμον, stasimon）。除此之外，還有一種稱爲對唱抒情詞（κόμμοι, commoi），有無則視各劇而定。有關表達戲劇行動的部分是一個場（episode）加上一個合唱詞（stasimon），是在必然下完成一段完整的戲劇行動事件；相當英文一個act（一幕）。以上這些部分構成劇本的形式段落。

---

10 μέρη 原意爲「部分」，而是與元素有別的。在亞氏第六章所指悲劇六個部分，決定悲劇的質，所以相當於成分。ποσόν 則指悲劇的量，則爲部分。

主要的功能是在必然率與戲劇本質之下，以戲劇行動段落形式來爲戲劇表達一個完整的行動提供服務。如能完成一個完整，段落可多可少；劇本可長可短，依現存的悲劇作品平均在1400行左右，satyr（人羊或人馬）劇則在500行以下。三大家劇本之間各有區別，雖各有各的解說意見。畢竟是形式量的成分，無需一一詳述。

　　亞氏將構成悲劇結構的六個成分，依照創作文類屬性三項種差，規劃爲：情節、品格、思想三項爲悲劇創新的對象物；語言、音律二項爲媒介物；場景爲呈現方式(50ª10-13)。如表

表　三

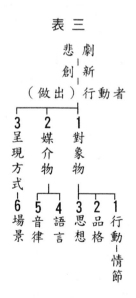

三。

　　事實上，表三並未能充分表達亞氏悲劇創新由行動者到情

節的程序。一位創作者在創新時，在形而上的思想中，不論何等因緣，在創作者的腦海中浮現一位行動者的形象，也即創造了行動者；在創造者的理念中，要爲這位行動者創造出他做什麼行動，要創造行動事件，來表現這位行動者崇高品格，以顯示宏偉主題思想。還要在一個特定的情境中發生這一行動。這些在創作者想像中創造了行動者，行動、品格、思想，與一個發生的情境，只不過是一系列的形象，就像電影影像一般，在創作者的視網上一幕幕導航到最後事件的結束，完成一個想像的完整行動。創作者的創作力不是將這些形象保留在他的想像中，而是將這些形象紀錄下來，依據創作文類的種差及劇種具體化的呈現方式，創新成爲平面文字的創作 —— 劇本。這些原先創作者的創造形象，就成爲劇本中平面文字的行動者、行動情節、品格思想、語言、音律與場景。這也就是本表三所表示的架構。

　　然而，戲劇創新不僅是平面文字作成文學提供閱讀爲目標，而它最終是在如何表演。在本書討論行動四重意義指出有：創作行動、做出行動、表演行動及身體行動。例如表演行動一項，係由劇本文字創作的規定情境中，表演者透過真人的自我心理的尋求與這些平面文字的行動者，行動情節、品格、思想等形象的內在邏輯達到吻合，或最接近的情感真實，重新在具象的舞台上再活一次；就是劇本文字行動者經過表演者想像成爲導航的形象，創造文字行動者的魂轉換附在表演者活人的身體上，完成文字規定行動。這不僅是將平面文字創作立體化、時間化及生命化的呈現在舞台之上。頓時發現戲劇創新的對象

物，不再是文字行動者，而是演員；媒介物，也不再是語言與音律，而是演員說唱的聲音及手勢肢體的動作；呈現方式，也

表 四

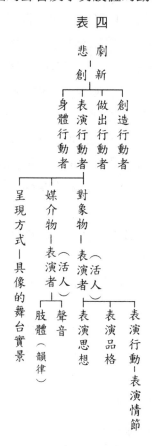

悲劇─創新

創造行動者
做出行動者
表演行動者──表演行動─表演情節
身體行動者──表演品格
　　　　　──表演思想
對象物─表演者（活人）
媒介物─表演者─聲音
　　　　　　　─肢體（韻律）（活人）
呈現方式─具像的舞台實景

不再是文字的敘述情況，而是具象的舞台空間。這又是另一種戲劇創新行動的程序架構，見表四。

從表三、表四中明顯的看出，文類創新的對象物、媒介物

及呈現方式，不是固定一個層次的實物；因而因行動的不同本質而產生實質不同的內容與層次，因此，應該再補上創作行動與身體行動二類架構，且又綜合在一張圖表中，才能全面的呈現或圖表化亞氏戲劇創新的整體及完整體系。[11]

在構成悲劇的成分中，要特別提到場景(ὄψις)。亞氏曾指出場景是這六項成分中最無藝術性的(50ᵇ17-18)。的確，在劇本中描述一個行動的發生地點，如 Oedipus 在 Thebes 宮殿前；Iphigenia in Tauris 在祭壇的前面等等，毋需任何太多描述，不像後來的小說，要以大量的文字重塑事件或情感情境的那般文字技巧與價值。當它的呈現方式由平面文字轉換為三度空間的立體具像舞台實景之後，這屬舞台設計，當然無關悲劇創作法。然而，亞氏竟然將這最不具藝術性的列為構成悲劇成分之一。或許這種看法引起不解或誤解，甚至誤讀原文。試看亞氏是如何解說的，第十七章的首段寫出這段妙文：

> 創作者一定要組合衝突事件的情節，而且藉著對話語
> 言之助將它完成；創作者應將這種情節儘可能的放在

---

11 M. Pfister 的 *The Theory and Analysis of Drama*（《戲劇理論與分析》），是近些年來討論戲劇理論，廣受重視並得到高度的推崇，具有嚴密的分析、歸納與體系化的重要戲劇理論專著。比如，他就戲劇多種媒介物的形式呈現方式；劇本與劇場舞台的呈現方式關係；或甚至幾乎為 B. Brecht 的敘事劇場的呈現方式做了整體性結構分析。請參閱其頁8、頁19、頁84分別以圖表標示每一類的元素，極具其結構性。然而，研讀時，若與亞氏枚列種差元素的結構相比較，不是哪一個的陳述更為詳盡的問題，而是缺少這項種差的基礎，更可看出亞氏歸納文類的原創性。

自己的眼前。如此創作者因為看到最為清楚，正如產
生行動者所做出的行動，可以尋找到適當處理，而與
它相反的，極少逃過注意。(55ª22-26)

亞氏充分的陳述創新悲劇行動發生地點的限制性，絕不能
像敘事體創作或神話的時間、地點，可以任意的描述；而戲劇
的表演受到舞台空間呈現方式的限制，只能容許表演一個行
動，一個時間與一個地點。成為形成情節統一，時間統一與地
點統一的先天條件。由於當時舞台未能像現代科技的應用，後
人可以不重視時間統一或地點統一；但在亞氏已對當時的這種
舞台呈現方式元素，做了最合理的歸納。

更重要的是亞氏指出創作者在進行創作過程中，如同親自
置身處境般的真實。Ibsen在創作劇本時，未下筆之先，對每個
人物已經了然於心，深入他們心靈的每根皺紋(*Zucker* 194)，
在修稿時，人物之要旨已不可能有任何差失；到定稿時，已成
至交好友如今所見，也如未來所見(*Zucker* 208)。也許有人指
稱這是創作者對人物的了解。試問戲劇創作者創新不在行動
者，難道是在描述發生事件背景，寫小說不成。如果認為這是
強詞奪理；請看近百年來，將演員表演體系化者莫過於史坦尼
(C. Stanislavsky)，他的方法是演員刻意揣摩劇本中角色，憑自
己的想像置身於規定情境之中，形成一條內心視象，構成藝術
中不斷的線(史坦尼 II. 99-100)，完成「我就是」的最高任務。
這大致概括了史坦尼的《演員自我修養》全書要義；但真的能
超越了亞氏所指創作者眼前視網上的事件與戲劇行動情境合一
嗎？如果將亞氏這段妙文視為史坦尼整體方法的總綱，豈曰不

宜。

以上粗略的述說了戲劇行動的本質，及枚列構成悲劇的六個成分；附帶說明其中最不具藝術一項 —— 場景的原義。本章是以討論情節爲核心；因此，僅以這六項成分中的情節這一項爲議題。

II. 情節結構的完整與統一

上一節已討論創新的第一、二層次對象物分別爲戲劇行動者(48^{a}1)及戲劇行動(49^{b}31)，亞氏接著界定情節在文類創新中的座標：[12]

ἔστιν δὲ τῆς μὲν πράξεως ὁ μῦθος ἡ μίμησις.（50^{a}3-4）

情節是（屬於）戲劇行動的創新。

這是依文類形成程序類推，先有行動者，再由行動者做出行動，而情節就是行動創新的實質組成部分。因此可以了解情節是悲劇文類創新對象物的第三個歸屬層次。

1.情節的形式定義：組合行動事件

進一步解說情節(μῦθον)的定義：

---

12 依亞氏理論，悲劇是創新的文類；悲劇創新的對象物——行動者、行動以及結構行動的情節，都是創新。本文將這些創新對象物同屬創新，但分爲三個層次。請與C. A. Freeland 的 "Plot Imitates Action"（112-6）一文比較。

λέγω γὰρ μῦθον τοὖτον τὴν σύνθεσιν τῶν πραγμάτων.

（50ᵃ4-5）

我所謂這種情節是戲劇行動事件的組合起來之意。

情節一詞，是西方mythos一字的來源，譯爲plot，它的原義是口頭講述的內容而已。延伸爲story，一直還在相互互用，以及tale, fable, legendary 等。迄今mythos, plot, story, events和action五個術語迄今還相互通用（*Pfister* 196-201），造成困擾。σύνθεσις 的意思是：將一些東西組合或結合在一起；即將諸多戲劇行動事件組合在一起，就是情節。經亞氏的這段定義的界定，係行動者的行動做出一連串的事件（πραγμάτων，incidents）。也即創作者在編劇創新時，將這些諸多事件，在必然率的條件下，做有計劃化的整合；換言之，這就是由多少個行動事件所組成情節的外在形式，是爲情節的形式定義。也即《創作學》首章所指：「如何結構它們的情節……有多少部分。」情節結構有哪些部分，就是指這一系列經過整合而成的諸多事件。因此，行動是體，情節是用，而一連串事件是情節實質組成原料。是故，有人將πραγμάτα 譯成情節（μῦθος）（羅念生1985ᵃ：208）或相互代替互用皆是徒增混淆不明。

2.情節實質定義：衝突事件

從情節形式定義無法表達或了解這些諸多行動事件具有何種性質，於是在第六章相隔僅十行，爲情節事件的性質再進一步做了界定：

μέγιστον δὲ τούτων ἐστὶν ἡ τῶν πραγμάτων σύστασις.
(50ª15)
但其中最為重要者是戲劇行動衝突事件的組合。

*σύστασις*意爲：短兵相接、衝突、戰鬥等意。據此，情節
是組合行動衝突事件。這些衝突事件是悲劇人物雙方會合在一
起共同一致進行戰鬥；因此，確立構成情節的戲劇行動事件，
並非組合任意的一般事件，而是具有衝突條件到戰鬥事件，是
謂情節實質定義。

有了情節形式與實質是否才構成一個結構良好的悲劇創作
呢？在同一章提出這個解答：

ἔχουσα δὲ μῦθον καὶ σύστασιν πργμάτων. (50ª32-3)
只要有情節與組合戲劇行動衝突事件。

情節(*μῦθος*)是組合諸多行動事件，即前面的形式定義；衝
突事件的組合(*σύστασις*)是實質定義。所以，全句的意思是指創
作悲劇最重要的是將情節行事結構要做得好，再加實質的衝突
事件組合，才是成功的悲劇。（請參讀第六章釋義：衝突說）

接著述說情節結構的重要性。悲劇創新有了行動事件與如
何結構行動事件整合而成情節，則：

*ὥστε τὰ πράγματα καὶ ὁ μῦθος τέλος τῆς τραγῳδίας, τὸ δὲ τέ
λος μέγιστον ἁπάντων.* (50ª22-23)

據此，戲劇行動事件與情節才是悲劇的最終目的，也是所有的最大的目的。

經上述行動事件與情節的本質與特徵，亞氏做出結論：

ἀρχὴ μὲν οὖν καὶ οἷον ψυχὴ ὁ μῦθος τῆς τραγῳδίας.
(50ª37-8)
情節是悲劇首要原則，也是悲劇的靈魂。

既然，情節 —— 行動衝突事件的整合 —— 是如此重要；那末，如何才能組成悲劇的靈魂結構呢！

在第六章悲劇形式定義部分需要「整體布局完整，體裁宏偉」；第七章依據以上各章的條件確立原則之後，討論構成悲劇最主要成分 —— 情節，戲劇行動事件的結構，再度依據定義：

κεῖται δὴ ἡμῖν τὴν τραγῳδίαν τελείας καὶ ὅλης πράξεως εἶναι μίμησιν ἐχούσης τι μέγεθος. (50ᵇ24-26)
我們已經奠定了悲劇的定義，悲劇是一個完整（τελείας，complete）而整體（ὅλης，whole）戲劇行動的創新，且具有宏偉的體裁（μέγεθος，magnitude）。

此處所提出的一個完整而整體的行動，就是自義大利文藝復興時期自 L.Castelvetro 以來所認定的行動統一率（unity of action），與時間統一、地點統一、合稱戲劇大三統一，直到新

古典派且奉圭臬。雖然,現代戲劇並不見得重視後二者,然而,行動統一率仍屬情節結構不可缺少的原則。亞氏一再重複說明「行動只有一個而是整體」($πρᾶξις μία καὶ ὅλης$ 51ª31);「一個行動是整體的與完整的」($μία πράξις ὅλη καὶ τελεία$ 59ª19),或「有機的整體」($ζῷον ἐν ὅλον.$ 59ª20)等等,由此,可見結構先講求整體,而後才是完整。那末,何謂整體呢?亞氏歸納一個非常涵蓋性的整體行動的定義:

> 一個整體是具有開始,中間與結局。開始是出於必須
> (率)它不隨著一件事件之後,但在它之後,則是成長
> 出來別的事件,或將被產生出來。結局者則正好相反,
> 或出於必須(率)或一般共同的通則,它是隨繼在別的
> 事件之後成長出來;不過,在它之後,則沒有任何其
> 他的戲劇行動事件。中間者,是一個事件它隨著其他
> 事件之後,其他一個事件也隨著它之後。因此,凡組
> 合良好情節的行動衝突事件,既不在或然的地方做出
> 開始,也不在或然的地方做出結局,而是要遵照我們
> 所說過的要求原則。(50ᵇ26-35)

依這定義,整體($ὅλης$)是先由開始,再中間,再結束所構成的。待完成之後,這個整體行動才是完整($τελεία$)行動。就像畫一張畫,在畫紙或畫布上,由開始部分;其次中間部分;直到結束部分完成一張整體的畫作。這才是最後呈現了一張完整的畫。由此看來,開始、中間與結束是構成整體不可或缺的

部分與過程；而完整是最後整體呈現成品的全貌。一個完整與

表　五

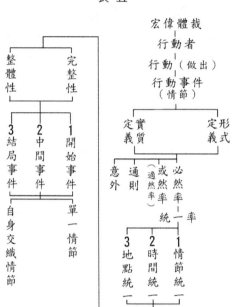

整體的悲劇行動者在表達一項宏偉的體裁；又基於戲劇演出的
本質，一個完整情節必須受到某種程度的長度限制。有關這二
個部分請參閱本書第四、五章釋義與注釋，不另贅述。以上所
述如表五。

　　表五中特增「宏偉體裁」為一重要創作對象物，係以往不
曾有任何詮釋理論者所論及，務請讀者多加思慮。並且加上行
動統一的必然率等相關名詞，皆是亞氏的行動核心概念。

　　這個整體與完整的概念，是亞氏歸納成功劇本情節的結構

經驗。亞氏畢竟是位理論家或批評的推理，而不是位悲劇創作者。在創作上，要到什麼程度一個行動事件才算結束？要如何結束？這不是一個概念而已；而是創作者對情節事件的實際處理。P. Corneille（高乃衣），這位創立新古典主義的大家，以一位創作者的身分，舉他的*Cinna*劇來說明一個戲劇行動的完整性，描述他的創作真實。大大有別於亞氏形式結構的歸納，也充實了亞氏的完整行動的定義。以及本人所發現的實例來支持Corneille的看法。由於需要分析不同情節，得另撰長文闡釋，實已與《創作學》無太大關係。但值得讀者加以重視的。

其次，本節業已提出情節實質定義，凡以下各節所討論情節分類、結構、揭發事件類型與悲劇行為過失分類等等，無一不以衝突事件為基礎，請讀者要特別留心的。

III. 情節的分類與結構

亞氏專著第十章是全書最短的二章之一，對情節的結構有其特殊意義，做了定義性的分類，大別為：單一情節（$\dot{\alpha}\pi\lambda o\hat{\iota}$）與自身交織型情節（$\pi\epsilon\pi\lambda\epsilon\gamma\mu\acute{\epsilon}\nu o\iota$）。這二個戲劇學上重要術語，西方一直譯為simple和complex；中譯據譯為簡單（單純）與複雜情節，延用迄今。這二個術語的正名緣由，已見第十章釋義。亞氏認為情節類型僅此二類，非此即彼（52ª12）。

可能視為另種情節分類是原書第七章的最後一句，指出一系列的戲劇行動事件，依據必需率或必然率，表達將一個宏偉的主題由不幸到幸，或幸到不幸（51ª12-14）。G. Else 據此，將

不幸到幸詮釋為fortunate情節；幸到不幸為fatal情節（*Golden* 141）。Golden並將其應用到解說單一情節與自身交織情節（141-2；165-6）而得出一個結論，認為第七章的這二種分類加上第十章的二種合為四種情節類型（166）。並且構成了Freytag非常出名，且常被引用的戲劇情節金字塔結構圖的理論基礎（*Freytag* 115）。

這個結論可能違背亞氏原書第十章界定情節僅此二類的基本定義。戲劇行動事件在必需率與必然的條件下，固然有第七章由不幸到幸，及幸到不幸兩類；既然如此，就不該排除推理上的可能性，即由幸到更幸，或不幸到更不幸。甚至幸到無結果，或不幸到無結果的可能。這些在劇本的實例中，是可以發生的。據此，可否將這四種推理的可能，也作為情節的分類呢？G. Else 這種劃分，在編劇上增加部分技術性說明；在整體情節結構上，並不能促成亞氏本身分類的周延性。顯然的，這種幸到不幸等概念，是屬於情節結局的功能，及其不同功能的多種可能性；但絕不可能代替情節結構。

這些年來，戲劇結構討論開放情境或封閉情境成為顯學。在情節結構上，西方學者依亞氏原理中的揭發、逆轉、解結、結局；甚至包括天神下降（deux-ex-machina）稱之為封閉結局（closed endings）（*Pfister* 95-6）。近代劇作家反抗這種古典情節結構；從而發展別這種古典形式，不去考慮結局是什麼。正如Samuel Beckett的*Waiting for Godot*（《等待果陀》），就是一個不見結局的戲劇行動。這種形式是布萊希特（B. Brecht）的*The Good Woman of Setzuan*（《四川好女人》）的收場詞中說出幕將

落下還未做出結論，希望觀眾大家如果想出方法，就能讓演員與觀眾皆歡喜的結局。[13]Brecht，一位創作者以本劇情節表達他創作沒有結局的真實。這種現代戲劇成果，被稱為開放結局（open endings）(*Pfister* 96-98)[14]。這種開放結局僅適用於布萊希特等劇作家。與古希臘悲劇作品已離題，也不相干。以上這些延伸性詮釋，充其量，僅屬於前文所論不幸或幸到無結果的那一類情節結局功能而已；對情節結構本身而言，並未產生根本性的架構改變。因此，這些分類法本章一併加以排除，不予引證；情節分類仍以亞氏第七章單一型情節與自身交織型情節為依歸。

在亞氏的創作悲劇理念中，只能創新一個行動($\pi\rho\hat{a}\xi\iota\varsigma\ \mu\iota a$)(51ª19, 28；59ª22；62ᵇ11)；這個行動在必需率下是一個而且整體的(51ª32)以及完整(59ª19,22)。情節整合這一個完整而整體行動的一連串行動事件。情節的兩大類型係單一型情節與自身交織型情節，已如上述。由於這兩類情節結構本質，單一型情節所整合

---

13 有二個譯本：

   I. *The Good Person of Szechwan*. trans, J. Willet（London：Metheun, 1987）（中譯為《四川好人》）

   II. *The Good Woman of Setzuan*. trans. by E. Bentley and M. Apelman（New York, 1957）.

兩譯本在收場有出入，本文採 Bentley 譯本。

14 P. Pütz主張開放結局是由Brecht的《四川好女人》開始創了這種形式(227-9)。對我國讀者可能不了解這種看法。反而比較知道Ibsen的《玩偶家庭》。劇終時，Nara出走。是更早形成這種開放性結局的劇本。

而成的一個完整而整體行動又稱為單一行動（51^{b}33；52^{a}14），也稱為單一悲劇（59^{b}9）；同理，自身交織型情節可稱自身交織行動（52^{a}16）；自身交織悲劇（55^{b}33-4；59^{b}9）。因此，如單一情節；單一行動；單一悲劇，在情節、行動、劇種不同的層面就用不同的名稱，當不致造成名詞與內容不一致之爭。

這兩大類情節在整合行動事件上，有三種形式。單一情節第一種形式是在必然率下所有整合事件只有一條線的連接因果關係（ἀπλῆ πράγματο，56^{a}20），第二種則為雙條線衝突事件情節結構（ἡ διπλῆ τε τήν σύντασιν, 53^{a}31），即形成雙組（行動）事件，以及一種是敘事體創作所採用的多個情節（πολύμυθον）。這在當時除Homer之外，幾乎所有的創作者，皆屬如此（59^{a}29-30），這

表　六

情　節
（整合衝突行動事件）

自身交織情節　單一情節

3 2 1 　 3 2 1
多 雙 單 　 多 雙 單
組 組 組 　 組 組 組
事 事 事 　 事 事 事
件 件 件 　 件 件 件

是三個以上的多組（行動）事件。圖示如表六。

如果將這三種形式加以評定等級的話，在亞氏心目中完美情節結構單組（行動）事件是最好的（53^{a}12-13）；而並非一般其

他人所主張的雙組（情節）事件（53ª30-33）；至於敘事體創作的多組情節亞氏再三告誡不得做爲悲劇創作（56ª11-13）。不論成功的劇本情節或情節完美與否，皆不得排除這三種情節的組合形式。這三種形式當也可應用於自身交織情節。不過，在所有情節分類與形式中，以缺少必需率及必然率而將一連串行動事件湊合在一起的情節或行動是謂拼湊型應是最差的一種（51ᵇ33-35）。

在《創作學》要想把創作做得好的前提下，亞氏在原著中，唯一討論一個完整而整體行動的單組行動事件所整合而成的情節。以下以單組事件爲討論核心對象。

單一情節與自身交織情節，在結構上或整合戲劇行動事件上，有何基本性的差異。重複這段的定義：

> 一方面，我所說單一情節，正如已經限定的，即指一件已發生過的事件，它是一個連貫、而整體的戲劇行動。其中（英雄人物的）命運發生轉變沒有逆轉與揭發；另一方面，自身交織情節是這種行動，係指（其英雄人物）命運的轉變是隨在揭發或逆轉之後，或這種轉變兩者間而有之。（52ª14-18）

據此，單一情節之不同於自身交織情節，僅在有無揭發與逆轉之別。

戲劇行動或情節必須要完整而整體，也就是要整合開始，中間與結局三部分事件的結構。先談單一情節的打結與解結事

件在結構中的功能。亞氏分別界定爲：

λέγω δὲ δέσιν μὲν εἶναι τὴν ἀπ' ἀρχῆς μέχρι τούτου τοῦ μέρου
ς ὃ ἔσχατόν ἐστιν ἐξ οὗ μεταβαίνει εἰς εὐτυχίαν ἢ εἰς ἀτυχίαν.
（55^b26-28）
我所謂打結事件，是它從開始直到哪一個最高點部
分，由此，情節的（英雄命運）由幸或不幸的轉變。

由此定義可以確定打結事件就是安排整體行動中開始到中
間事件，一種創新悲劇行動宏偉體裁的實際實質實踐編劇技術
與實用；接著：

λύσιν δὲ τὴν ἀπὸ τῆς ἀρχῆς τῆς μεταβάσεως μέχρι τέλους.（5
5^b28-29）
（我所謂）解結事件係從（英雄命運）轉變的那一點開始
直到最後的結局。

如果打結（行動）事件是由開始到中間，這個解說是可靠的
話；那末，解結事件就是包括中間事件轉捩點直到整個行動的
結束。換言之，一個完整而整體行動是由這二大部分行動事件
所構成的。這種打結與解結事件，想像中應是不勝枚舉；可惜
的是，在這本專著中亞氏並未提實例與推演實證的方法。最後
一提的，亞氏原著第七章最後一句指出在必然率下，行動事件
由幸到不幸，或由不幸到幸，前文曾指稱不是情節結構分類，

而是屬於情節產生幸與不幸結局的功能的分類；但經由以上的
說明，甚至可以解說它為解結事件的類別。至此，亞氏由第七
章起到十八章止，由行動整體定義到情節的結構做了完整體系
架構的陳述。

再回過頭來討論自身交織情節中二項特殊的事件結構：揭
發事件與逆轉事件。亞氏就它們基本意義與在結構上的功能，
分別解析如下：

ἀναγνώρισις δὲ, ὥσπερ καὶ τοὔνομα σημαίνει, ἐξ ἀγνοίας εἰς
γνῶσιν μεταβολή, ἢ εἰς φιλίαν ἢ εἰς ἔχθραν, τῶν πρὸς εὐτυχί
αν ἢ δυστυχίαν ὡρισμένων. (52ᵃ29-32)

ἀναγνώρισις 的動詞是 ἀναγνωρίζω，係 ἀνα + γνωρίζω。γνωρίζω
意為discover，recognize，detect等。已經涵蓋發現的意思。它
又加上 ἀνα 係結合動詞而成又認識、又發現、又知道等意，如
現譯為discovery或recognition皆未必能完整表達。從實質的情節
應用來看，劇中原本所有的犯罪行為事件，經過情節事件的安
排，使「東窗事發」而得以揭發出來。因此，將這個複合字所
產生的新意，譯為揭發事件代替以往所譯的再發現事件。所以，
將上句譯為：

揭發事件，正如這個名詞的字意，由不知道到全知道
的轉變。不論是對他的一個親人，或一位仇人，被限
定成任何一造(的命運)不是幸就是不幸。

　　揭發事件是行動者在戲劇行動中由不知的事件變成知的事件（或由自知到被人知）的過程。二個行動者原先由於不知而仇恨，經過再相識而成知，變成友善，或反之亦然。Euripides的 *Iphigenia in Tauris* 中二個行動者，Iphigenia和Orestes原本不知；Iphigenia應將Orestes殺了祭神；但由於再相認而知，這是非常有名「揭發」事件。之後情節發展如何呢？由此，它應是他們命運的轉捩點。亞氏特別以 *Oedipus* 來解說，當Oedipus王獲知自己的「生父」Polybus崩駕，以為弒父的神論不靈，感到無限心喜，卻又想到回去即位之後，又怕娶他「生母」Merope的恐懼，這位傳信人，為解除這份憂慮，講出他的身世，竟然揭發他過去不知而做了弒父娶母的事件，透過這個報喪的事件，使得他知道所有真相，這個「揭發」── 由不知到知，是亞氏認為最完美的範例，這個行動就是由開始事件，由不知一直發展到這個「知」的事件。之後，亞氏指出Oedipus王的命運：

> Ἔστι δὲ περιπέτεια μὲν ἡ εἰς τὸ ἐναντίον τῶν πραττομένων μεταβολὴ καθάπερ εἴρηται, καὶ τοῦτο δὲ ὥσπερ λέγομεν κατὰ τὸ εἰκὸς ἢ
> ἀναγκαῖον.（52ᵃ22-24）
>
> 逆轉事件是，正如已經說過的，一個做出行動事件轉變到相反的方向。而這種行動事件，正如我們曾經說過的，依照必然率或必須率。

　　由不知到知的揭發事件導致行動者命運的改變，就是逆轉

事件。從*Iphigenia in Tauris*來看，Iphigenia與弟弟Orestes相識
之後，不是殺死弟弟祭神，由這一點以下情節發展的逆轉事件
是如何騙過國王Thaos和全城的人，設法逃走，直到完成完整的
行動。在*Oedipus*中真相大白之後，戲劇行動尋找凶手，結果是
Oedipus王找到自己，原以為自己是無辜的，反而證明自己就是
罪大滔天的罪人，過去自己所做過的事件，又被回到自己的身
上，他的命運由這轉捩點成為逆轉事件，母親Jocasta自盡，本
人挖掉自己的眼睛直到完成一完整而整體的行動。前者是由不
幸到幸；後者是幸到不幸。由這二個實例的證實，由不知到知
的揭發事件，係由開始到中間構成英雄命運的改變，再由此組
成逆轉事件直到結局。這正與單一情節的打結事件與解結事件
的結構相同。僅不過依兩大情節類型的本質，一個是行動回到
行動者本身；一個則無。亞氏就分別用不同的結構專有術語加
以區別；在單一情節稱打結與解結事件；在自身交織情節則稱
由不知到知揭發事件與逆轉事件。

情節的結構不論是打結與解結；或揭發與逆轉其最終的目
的皆在於創造悲劇的功能或悲劇的快感(53ᵇ11-14)—— 恐懼與
哀憐，以及受難。（在悲劇定義章已做申論）。或許出於當時悲
劇審美的看法或標準；或僅是亞氏個人的主張，指出：

πρὸς δὲ τούτοις τὰ μέγιστα οἷς ψυχαγωγεῖ ἡ τραγῳδία, τοῦ μύ
θου μέρη ἐστίν, αἵ τε περιπέτειαι καὶ ἀναγνωρίσεις. (50ᵃ33-
35)

對這些而言，最能勾引人銷魂的悲劇情節的組成成

分，即是逆轉與揭發事件。

　　有了這充分的理由，提供評定情節結構的優劣等級，亞氏認為最完美的悲劇結構是自身交織情節，而非單一情節（52ᵇ31-32）。而在自身交織情節之中，又以由不知到知的揭發事件與逆轉事件同時出現始為最佳者，尤其推崇 *Oedipus* 永為典範（52ª32-33）。

　　就悲劇審美的好惡而言，亞氏似乎對自身交織悲劇情有獨鍾。像 *Oedipus* 這種純粹的自身交織行動，除偵探小說改編外，極少應用在現代戲劇之中（*Anderson* 511）。換言之，在處理主題結構，只能限用於回溯過去的往事，這應屬於悲劇中的特殊結構模式，並非常態。至少不及單一情節在實際實用上的普遍性。在希臘單一悲劇中，Euripides 的 *Πενθεύς ἢ Βάκχαι*（Pentheus 或《酒神的女信徒》），在他身後演出獲得雅典首獎。被現代學者認為係屬 Euripides 所有（現存）悲劇中結構中最好者（*Kitto* 370），超過 *Hippolytus*，或在亞氏所認定的 *Iphigenia in Tauris* 之上。甚至是所有希臘悲劇中最具代表性者，至少不在 *Oedipus* 之下（*Harsh* 236）。從情節結構的任何分析原則，本劇宜屬單一結構。僅就宏偉的主題而言，一個酒後亂性而發瘋的母親 Agave 殺死，並撕裂自己的獨生子，深切挖掘人性之可怕，令人聽之皆為之驚心動魄，又何下於 *Oedipus*。這還不夠造成悲劇情感（元素）嗎！亞氏不可能不知，卻隻字不提，至於強分優劣，想爭議也無從爭起了。

　　雅典酒神戲劇節制度化的演出，是以三聯劇加上一個

satyr（人馬或人羊）劇。現存唯一的三聯劇是 Aeschylus 的 *Oresteia*。如果將三聯劇這個結構視為表達一個整體的宏偉主題，依情節結構上，在自身交織型的 *Oedipus* 之前或後，演出一個單一情節劇本，則在整體演出中，觀眾看到的是自身交織情節與單一情節同時並存。不過，並不存在於一個單獨劇本之中。本人勉強參照 G. Else 等的情節分類與應用，但總覺得並未構成真正情節結構新類型。因此，提出莎翁 *Hamlet* 的情節結構是結合自身交織情節與單一情節構成一個劇本行動，宜另稱為結合情節（compound plot）。這是一種非純自身交織，也非單一，而是結合，並成為現代戲劇的模式。本人並就 *Hamlet* 為例做出完整實例證實。請參考拙著《論亞里斯多德創作學》第十五章〈試論《衣狄浦斯王》與《哈姆雷特》情節結構形式〉一文。以上三種情節分類與結構解析如上，並見表七。

表 七

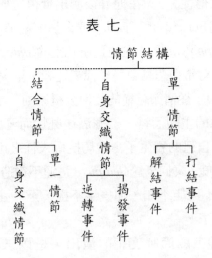

IV. 揭發事件的類型

揭發事件在結構上是構成逆轉事件的前題；正如打結是解結的基礎。也正因情節的重要是構成悲劇靈魂不可缺少的成分。亞氏對單一情節的打結未曾提出推理性的實證；而亞氏特別推許與重視自身交織情節，在亞氏專書十六章中就產生揭發事件種類進行全面的陳述；即使有些不同的詮釋，皆不具必要性的爭議。其可貴處是非常具體的枚舉實例引證：

第一類，經由記號(σημεῖον)，構成揭發事件。記號如人之傷疤和與生俱來的胎記等，使用這種形式係最缺少、無藝術性。卻為才華不高的創作者所採用。

第二類出諸創作者的安排處理(但談不上有太高的藝術)。亞氏舉*Iphigenia in Tauris*中姐弟透過一封要送的信，而造成姐弟再相識的揭發事件。這個部分是Orestes自己講他是Orestes，從情節上是無法證明的。他所說的金羊，編日神圖形，姐姐墓上的頭髮，寶劍等證據，皆是Iphigenia所熟知的家中辛秘，非外人所能知，因故令Iphigenia認定他就是弟弟Orestes(797-823)。但這些與第一類記號形式相同，也非出諸本劇情節的本身。本劇幸虧是Orestes本人；如果換成一個熟悉他家秘密的人，同理使Iphigenia誤信，成為錯誤推理，被騙而識錯人的情節。因此，形成這種揭發事件，因不是出諸情節，僅不過是創作者技術性安排敘說這段證據的話，才能構成解結或逆轉的需要而已。因此，也就談不上有何藝術性。不過，亞氏一再引用這則實例，這是有點矛盾的。

　　第三類，不知的事件經由記憶而揭發。例如 Δικαιογένος (Dicaegenes)的 Κυπρίοις（《塞浦魯斯人》），此人是公元前五世紀末的悲劇作家。可能是述說主人翁 Τεύκρος（Teukros, Teucer）在塞浦魯斯島建立自己的村莊，到老年回到自己的出生故鄉 Salamis，看到他父親（Τελαμιὸν）的畫像時，淚如湧泉泣下，而被別人由記憶中想起他的往事，而認出他的身分，而成揭發事件。

　　第四類，不知的事件經由推理v而得的揭發事件。亞氏舉出 Aeschylus 的 Χοηφόροις（《奠酒人》，Choëphori）(168ff)，在劇中 Electra 在她父親 Agamemnon 的墓上發現一些與她自己相同的頭髮，據此，這一定是她自己的骨肉，推知她的弟弟 Orestes 回來了，爲父親復仇。從現存劇本中發現，這可能是 Aeschylus 首先發明這類揭發事件的最早形式。而後形成悲劇情節結構的創作法，提昇創新悲劇文類品質，值得讀者重視的。

　　第五類，不知事件與錯誤推論結合（συνθετὴ ἐκ παραλογισμοῦ）而到揭發(55ª12-16)。這表示不是一個單獨事件，必須與其他事件結合才構成揭發。本段文字抄本受損，所以文義不明。亞氏指稱它出諸 Ὀδυσσεῖ τῷ Ψευδαγγέλῳ（Odysseus 假扮爲傳話人）一劇，劇本失傳，內容又無所悉。一般詮釋家皆刪除這一則揭發形式，棄而不論。但不能否認它存在過。據本段揭發係出諸 παραλογισμός（錯誤推論）。且二次提到這個詞，就依此推測，本人強作解人，認爲這種揭發形式，可能是先經由一段不合推理的騙人事件，再經過行動者錯誤推理，最後依三段論法，造成揭發，本人擬稱爲「錯誤推理程序揭發」。本劇與《洗腳》一

幕情節甚相似,詳盡推論,請一併參考本書第十三章〈必然率:戲劇創作第一原理β.必然率的推理邏輯程序〉茲不贅錄。

第六類,也是最後一類,揭發事件出諸情節結構本身事件($\dot{\epsilon}\kappa \ \tau \hat{\omega} \nu \ \pi \rho \alpha \gamma \mu \acute{\alpha} \tau \omega \nu$)。這是亞氏評為最好的一種形式。亞氏的典範 *Oedipus*,不再詳述。且再度提到 *Iphigenia* 的送信是合乎必然率,與 *Oedipus* 並重。其次是第四類的推理;本人認為第五類可能更佳。亞氏並指出《洗腳》雖然也是從記號揭發事件;但是經過推理的步驟,所以是具有高度的藝術性。

以上揭發形式本文歸納為六項,[15]並如表八。

表 八

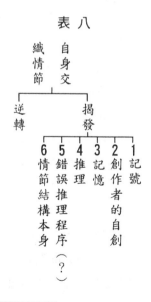

15 W. Lucas 分為五大類,對「錯誤推理程序」一類,未予肯定,指或為特例(167-172)。與本文見解不同。姚一葦先生則分為四類,僅及前四種(137),而分類的方式比較特殊。

V. 悲劇行為的分類

　　情節結構不論揭發與逆轉事件，或打結與解結事件，為的是以最有效的組織，創造悲劇最終的恐懼與哀憐效果以及受難事件。行動者的行為做出這些事件在其品格上必屬悲劇行為（ἁμαρτία，tragic flaw）(53ª10)。討論行動者品格與行為當涉及古代希臘人的倫理，包括引證亞氏《倫理學》、《修詞學》等不同文獻的解說，時代久遠，東西倫理有別，所見必難苟同，別當為另一議題，本章暫置不論，仍回到情節結構。

　　悲劇的哀憐與恐懼以及受難事件，姑且籠統稱之為悲劇行為。產生這種可怕、可憐的受難等悲劇行為對象，不是發生在仇人、非親、非故之間；相反的，是在家庭至親，兄殺弟（Eleocles-Polynices），子殺父（Oedipus-Lauis），母殺子（Auge-Telephus；Merope-Cresphontes；Agave-Pentheus），子殺母（Orestes-Clytemnestra；Alcmaeon-Eriphyle），諸如此類行為，正是創作者所追求的創新體裁(53ᵇ19-22)。所以，悲劇慘絕人寰者莫過於家庭悲劇，希臘三大家允宜為這一類典範。然而，最佳悲劇行動並不多見，僅在少數幾個希臘顯赫家族命運中找到，如：Alcmaeon, Oedipus, Orestes, Meleager, Thyestes, Telephus等所做過的，與受過的苦難，皆是令人寒慄的事件(53ª19-22)。在專書十四章亞氏將行動者的悲劇行為依據創作者適當處理，在行動者「相識，不相識；自知，不自知；與執行，不執行」的前題下，做成分類。這是依據原文 εἰδότας（自知）、γιγνώσκοντας（相識或認識）的原義，而不採用自覺與不自覺之

類的現代心裡分析術語。

第一類是Euripides的*Medea*。Medea因丈夫Jason另娶，憤而殺死自己二個兒子。這種駭人聽聞的行為，是在Medea自知的情況下，知道殺的對象就是親生子，而殺的行為是自知、相識的加以執行。這種情節令人同情，但她的行為令人可怕。

第三類是Sophocles的*Oedipus*為例。Oedipus王弒父娶母的悲劇行止，係在Oedipus自知的、逃避的情況下；竟然不自知、不相識，而加以執行。這種完全不自知、不相識而執行自知相識要逃避的情節與行為，皆令人同情與恐懼。這種不自知、不相識的處理方式，可能在當時悲劇創作者廣泛所採用。亞氏又另舉了Astydemus(係前四世紀悲劇多產作家)，他的*Alcmaeon*，Alcmaeon係在發瘋的情況下不自知，不相識殺死自己的母親。以及Sophocles的 *Τραυματίά 'Οδυσσεῖ* (《受傷的Odysseus》)中的Telegonus，他的母親Circe(或Kirke)要他去尋父。他在黑夜裡在Ithaca登陸，他父親Odysseus認為是個搶劫者，在這夜鬥中，他竟以矛刺死對方。之後才發現是自己要尋找的父親，這是在不自知、不相識的情況加以執行的。

第四類，由於本段抄本有缺文，不僅有害文義難明，且無實例可循，但據「行動者在不自知下可能企圖做出某種罪大惡行，但因及時發現而中止」(53^b35-36)，就現存劇本情節相近者，大致推測係指*Iphigenia in Tauris*。在完全不自知的情況下，Iphigenia原要殺死對方祭神；但她相識的要釋放其中一人，在創作者的處理下，及時發現關係，當然不僅是自知、相識的未執行殺害自己的弟弟Orestes，而且設法共同逃亡。此例當屬由

不自知但相識，到自知、相識而未執行的悲劇行爲。

　　最後再談第二類。依據 Gudeman 等學者的想法（*Else*
1967:97n），就各種抄本的考量，插入：[16]

　　　ἔστιν δὲ μή πρᾶξαι γιγνώσκοντας.（53ᵇ29-30）
　　　行動者在相識對方而未執行。

　　G. Else 認爲這句所指應是第二類（1970:421, 1967:41）。這
個看法解決，解讀亞氏專著第十四章悲劇行爲分類不明的部分
長期困擾。[17]由這句的了解，這正是下文所指，行爲者明知對
方是誰，而企圖加以殺害，而執行未果。因爲這種行爲不能構
成受難事件，也就不具悲劇哀憐和恐懼的效果。故而，只能令
人感到厭惡，所以亞氏評定這是四類悲劇行爲中最差者（53ᵇ37-
39）。亞氏舉 Sophocles 的 *Antigone* 中的 Haemon 爲例，本劇情節
爲讀者所熟悉。係 Antigone 的兄弟 Ἐτεοκλῆς 和 Πολυνεικῆς（Eteocles,
Polynices）二人爲爭王位，互殺而死，這是自知，相識而已執行
的悲劇行爲。Antigone 爲了宗教的信仰違抗 Creon 命令，安葬自
己的兄弟。於是，Creon 堅持處死 Antigone，乃關在山洞中餓死。

16　本句的插入，不論是 Butcher, Lucas 和 Kassel 等認定的最權威的 Ac 抄
　　本皆無這一句。G. Else 係據 Gudeman, Vahlen 等人的研究而增入，才
　　能與下文53ᵇ37-38，所指最差的一種行爲相呼應，而使得第二類獲得
　　具體實例的了解。使長期以來不得解決的困惑得到答案。此不得不歸
　　於 Else 的努力。

17　雖然，解決上述的四種分類；但不能解決亞氏這段原文中所枚列四種
　　行爲的秩序。縱然如此，總算令研讀者明白這四類悲劇行爲的實例。

這是相識、自知而且執行。這兩者同屬第一類型的悲劇行為。
當他聽了先知Teiresias告知有背神旨之後，而生悔意，親往釋
放，不幸Antigone已自縊而死。其子Haemon，也是Antigone的
未婚夫，撫屍哀嚎，悔其父不聽勸言，而處死未婚妻，憤而拔
劍刺父，不中而退。就是亞氏所引証的情境，由自知、相識，
而執行未果。令人同情，但不成受難事件，也不能產生悲劇效
果；所以評為最糟的悲劇行為。

　　事實上，本劇主人翁是Antigone和Creon，而非Haemon。
就本劇宏偉的體裁而論，是部個人主義最傑出的劇作。Haemon
未能刺殺乃父，反而自殺，正如Antigone的白縊，這是自殺主
題二次事件的重現，藉以表示悲上加悲；接著母親聽到不幸，
也跟著自殺，又加上一重自殺，使本劇更增一層悲傷；不僅突
顯Sophocles創造悲劇情感的高明；可能比改為刺死父親，而後
母親自殺，自己放逐，固然符合悲劇行為的要求，卻未必更具
意義。除此之外，更突顯另個宏偉主題，即Creon固執的主見，
造成Antigone堅持信念的不幸，連帶造成兒子與妻子的死亡，
釀成不幸加上雙重不幸，形成Sophocles悲劇中單一情節的最佳
結構。有很多人認為亞氏評定這項最差係指全劇（姚一葦 124）。
這可能是誤讀或誤解亞氏的本義。

　　接著再提出自知對方是誰，但事件最後還是做了，亞氏評
定是次差的一型。這當指第一類型的*Medea*；較好者是起初不
知對方是誰，在殺死之後，才揭發身分，這種行為不致令人厭
惡。這種悲劇行為當屬*Oedipus*，而且劇中的發現令人驚訝。最
佳者是不自知，到及時揭發而終止。這當是Iphigenia；以及

Euripides的*Cresphontes*中的Merope和*Helle*皆相同。有人認爲這類劇本是「誰也沒有殺了誰」，應更接近喜劇，不構成悲劇效果，與亞氏原有的說法相矛盾。即使有不同詮釋尙未有令人信服滿足者（*Grube* 28-29n）。不知本人的贖罪主義的解說能否增加一分滿足。請再參閱本書第六章釋義。從亞氏的評論悲劇行爲優劣的等級，可以確認劃分爲四類是合理的，也總算已經釐清這個程序已如上述。

情節結構最終目標就是要產生悲劇功效的哀憐、恐懼以及受難事件。所謂受難事件係指毀滅或痛苦行動，如死亡，劇烈的痛苦，傷害等等事件（52^b11-13）。行動者在受難事件之後完成淨化，補償，以及贖罪的悲劇最高任務。如表九。

VI. 情節形式結構的部分

第一章亞氏開宗明義要把創作做得好，就要討論情節結構有什麼部分（*μόριον*）。這個部分就是劇本的外在形式，沒有形式不成藝術；形式是表現創作想像的具體紀錄程序，而顯示作品的實質內容。因此，作品的內容是質（quality）；形式就是作品的量（quantity）。悲劇元素在希臘經過長期歲月的發展生長，到三大家表達行動逐漸形式化；不過，仍然還是草創之初，在他們之前，沒有固定形式，所以每一個新的表達形式都是創例；可能每一本都是例外，創作者每種形式都可能代表那個時期的特徵，也皆可能成爲後來者的規範，因此，不能以後人固定的

表 九

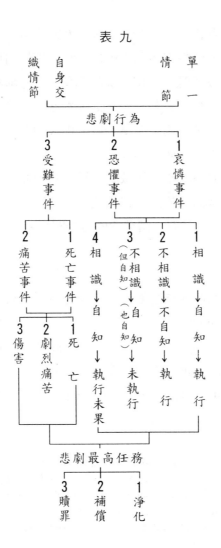

形式來衡量這些創例者[18]。現存的三大家的這三十幾本劇本，並非遵照任何一個特定體例來創作，每一本皆可能單獨討論其形式，也皆可以任意命一個特殊的名稱，如lyrical, old, middle等等[19]。不過，大致說來，到了亞氏所見的形式已經歸納出規格可循。在亞氏專書第十二章，以全書最短的篇幅，做出悲劇形式部分的一個通行常例介紹。

　　表達一個完整而整體的戲劇行動，在必需與必然的因果率下，一個劇本情節量的部分在亞氏十二章的劃分，請參閱本章第一節，不再重複敘錄。請參閱西方相關論著。

結語

　　亞氏將悲劇情節結構架構成一個完整而整體的有機體。本章依據《創作學》中情節相關部分，由第七到十八章也是全書最大的篇幅與內容，依序平鋪直敘，企圖就情節結構每一個概念，以一系列圖表加上說明，即文、表並列的方式來表達悲劇情節架構體系化，最後濃縮集中在一張表中，如表十。

18　J. Gassner在其 "Catharsis and the Modern Theater" 一文中指出：
　　「很多現代嚴肅性的正劇完全不是悲劇；而是新形式的悲喜劇，迄止尚無以名之。」（many serious modern plays are not tragedies at all but a new form of tragi-comedy for which no terms has yet been found.）（517）
　　由此可知，現代人尚未處理現代戲劇，又如何以現代形式來作為衡量古希臘悲劇的標準。

19　古希臘悲劇在創造過程，沒有先例可循，每一種形式，皆是開創者，這種概念，H.D.F. Kitto的 *Greek Tragedy*，這本書的悲劇發展劃分法，是具有參考價值的。

表 十

悲 劇 情 節 結 構 解 剖 圖

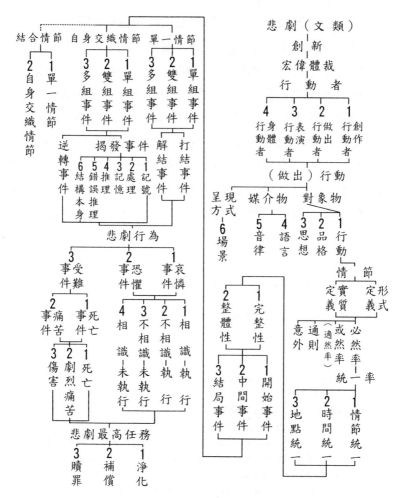

　　表十權充悲劇情節解剖圖，猶如人體解剖，筋骨皆見，旨
在盼望讀者能一目瞭然。但不知是否達到這個企圖；也不知是
否失序，更盼方家賜正。

　　這一章是應我的初習的學生要求特別爲他們寫的。所以，
本人並無意展現太多主觀與爭議。誠然，其中有不少的述說，
也非隨意讀個英文譯本就可了解的，但只不過是本人多比較一
些不同來源，將它們的推理述說清楚一點而已，如與本書主要
章節論點比較本章雖特別佔篇幅，卻談不上有任何特殊創意。

　　這章專論情節，本人特別將傳統的簡單與複雜情節分別正
名爲單一與自身交織情節，也賦以新定義以別以往。請讀者務
必留神加以分辨。如果問及現存三大家劇本哪些屬單一或自身
交織情節呢？對此一問必得重加分析，非短文能究底蘊。僅提
供一個大致的分類，如有興趣，請酌參注釋。[20]

20　茲將三大家現存劇本單一與自身交織情節，大致分類如下：
　　單一情節
　　Aeschylus : *Agamemnon, Prometheus Bounds, Seven Against Thebes,
　　Persians, Eumenides, Suppliants.*
　　Sophocles : *Antigone, Ajax.*
　　Euripides : *Medea*（53^{b}29），*Andromache, Heracleidae, Supplices,
　　Troades, Phoenissae, Rhesus. Bacchae*（＊）.
　　自身交織情節
　　Aeschylus : *Choëphori*（55^{a}4）.
　　Sophocles : *Oedipus*（52^{a}24）. *Electra, Trachiniae, Philoctetes.*
　　Euripides: *Iphigenia in Tauris*（52^{b}6），*Cresphontes*（54^{a}6），*Alcestis,
　　Hecuba, Ion, Helen, Electra, Iphigenia in Aulis, Hippolytus, Orestes,
　　Heracles Furies, Bacchae*（＊）.
　　Tyro（54^{b}25），*Wounded Odysseus*（55^{b}34），*Alcmaeon of Astydamus*
　　（53^{b}33），*Helle*（54^a 8），*Lynceus of Theodecles*（52^{a}28）（係亞氏論及而

不存者）。

有關Euripides的*Bacchae*一般以Agave事後被告知殺死了自己的兒子
Pentheus；因而認定此為揭發事件，所以屬於自身交織情節。本人
認為這場事件情節的有無，已經無關本劇行動的發展。因此，本劇
宜屬單一情節。容另文討論之。其次，本人將「複雜」情節重新界
定為自身交織情節，應對古希臘劇本情節的劃分，有重新檢討的必
要。容以後再處理。以上的分類大致參照Gudeman和Lucas的看法。

《創作學》

Poetics

凡 例

亞氏本文中記號的用法

一、(⋯) ＝ 指括號內的字，係亞氏在正文中使用或增入者。

二、[⋯] ＝ 係指非亞氏插入者。

三、〈⋯〉＝ 係未見於現存抄本，但假定或猜想此處應存在於亞氏手本。

四、†⋯† ＝ 抄本不一或更損，經審定恢復迄未盡滿意者。

五、*⋯* ＝ 抄本受到蝕損的闕文(而致損及文義)。

說明

1. 以上係亞氏本文據Kassel校訂本中所使用的記號，代爲增訂的說明，如有任何不妥，請參考Butcher、Else本考證。

2. 在本譯文中，爲了閱讀文義通暢起見，除偶有必要係經譯者自加外，以上這些記號一概不加引用。

3. 亞氏抄本兩邊的號碼如1447ª8、1447ᵇ10等，其1447ª指亞氏抄本左右ᵃᵇ兩欄的標準頁碼；阿拉伯數字如5、10、15等係一欄的行序數。1447ª8是1447ª欄第8行之意，《創作學》由此行

開始。但在本譯文注釋部分僅寫47ª8，即1447ª8的略寫，亦係一般通例寫法。爲了排版方便起見，抄本號碼一律排在左邊。

4. 亞氏本文中每一句前的阿拉伯數字1、2、3、4等，係本人所增入者，與本譯文每一句的序號完全相同，以便利讀者對照。

5. 在本譯文每章注釋號碼如，1(1)…(10)；2(1)…等，其中的(1)…，(10)…等，係指每一句注釋中有多少個注的序號。所以，47ª8.1(10)，即在1447ª欄第8行的第一句中的第十個注釋之意；餘類推，皆同。每注釋標示序號的先後，大致依該句本文文字出現的秩序爲原則。

第一章

ΑΡΙΣΤΟΤΕΛΟΥΣ ΠΕΡΙ ΠΟΙΗΤΙΚΗΣ

I **1**·Περὶ ποιητικῆς αὐτῆς τε καὶ τῶν εἰδῶν αὐτῆς, ἥν τινα
1447ᵃ δύναμιν ἕκαστον ἔχει, καὶ πῶς δεῖ συνίστασθαι τοὺς μύθους
10 εἰ μέλλει καλῶς ἕξειν ἡ ποίησις, ἔτι δὲ ἐκ πόσων καὶ
ποίων ἐστὶ μορίων, ὁμοίως δὲ καὶ περὶ τῶν ἄλλων ὅσα τῆς
αὐτῆς ἐστι μεθόδου, λέγωμεν ἀρξάμενοι κατὰ φύσιν πρῶ-
τον ἀπὸ τῶν πρώτων. **2**·ἐποποιία δὴ καὶ ἡ τῆς τραγῳδίας
ποίησις ἔτι δὲ κωμῳδία καὶ ἡ διθυραμβοποιητικὴ καὶ τῆς
15 αὐλητικῆς ἡ πλείστη καὶ κιθαριστικῆς πᾶσαι τυγχάνουσιν
οὖσαι μιμήσεις τὸ σύνολον· **3**·διαφέρουσι δὲ ἀλλήλων τρισίν,
ἢ γὰρ τῷ ἐν ἑτέροις μιμεῖσθαι ἢ τῷ ἕτερα ἢ τῷ ἑτέ-
ρως καὶ μὴ τὸν αὐτὸν τρόπον. **4**·ὥσπερ γὰρ καὶ χρώμασι
καὶ σχήμασι πολλὰ μιμοῦνταί τινες ἀπεικάζοντες (οἱ μὲν
20 διὰ τέχνης οἱ δὲ διὰ συνηθείας), ἕτεροι δὲ διὰ τῆς φωνῆς,
οὕτω κἀν ταῖς εἰρημέναις τέχναις ἅπασαι μὲν ποιοῦνται
τὴν μίμησιν ἐν ῥυθμῷ καὶ λόγῳ καὶ ἁρμονίᾳ, τούτοις δ'
ἢ χωρὶς ἢ μεμιγμένοις· **5**·οἷον ἁρμονίᾳ μὲν καὶ ῥυθμῷ χρώ-
μεναι μόνον ἥ τε αὐλητικὴ καὶ ἡ κιθαριστικὴ κἂν εἴ τινες
25 ἕτεραι τυγχάνωσιν οὖσαι τοιαῦται τὴν δύναμιν, οἷον ἡ τῶν
συρίγγων, αὐτῷ δὲ τῷ ῥυθμῷ [μιμοῦνται] χωρὶς ἁρμονίας· ἡ
τῶν ὀρχηστῶν (καὶ γὰρ οὗτοι διὰ τῶν σχηματιζομένων ῥυθμῶν
μιμοῦνται καὶ ἤθη καὶ πάθη καὶ πράξεις)· **6**·ἡ δὲ [ἐποποιία]
μόνον τοῖς λόγοις ψιλοῖς ⟨καὶ⟩ ἡ τοῖς μέτροις καὶ τούτοις εἴτε

1. 所論創作法本身[1]，兼論它的各種文類本身[2]。要想把創作[7]做的好[6]，就得要有必備的要求[3]，不論各文類具有的獨特功能[4]，該如何組合行動衝突事件的情節[5]，進而，有多少構成的成分[8]與有什麼形式的部分[9]，以及像以這些所有相關要論的等等，都是一套探討的方法[10]，我們是各就其本身性質[11]，從這很多首要中的首要開始談論。

2. 由敘事體創作[1]到悲劇創作、加之喜劇與酒神頌創作法、以及雙管笛的情歌[2]、和豎琴的合唱哀歌[3]等絕大部分[4]，就既有的這些，全放在一起來看，皆是各種類別的創新[5]。

3. 它們彼此之不同的差別[1]有三方面：即在創新[2]中的不同媒介物，或不同對象物，或不同呈現方式物[3]；但各個模式皆不相同。

4. 正如很多人藉著彩色與形狀[1]創新[2]，而這些對象很多人則以臨摹[3]。某些人，透過藝術；而某些人，則以傳習前人的習慣[4]；別的則以聲音[5]。如上述的藝術，就整體而言，創新是藉以韻律、語言及協和音[6]來創作；這些創新不是分開成[7]單一的使用，就是加以混合[8]在一起來使用。

5. 例如雙管簫樂與豎琴樂[1]，既使這些既有的其他相同功能的這類藝術，諸如七管排笛樂[2]，就只用協和音樂韻律；而創新出的舞蹈[3]只單用韻律而無協和音。同時由於這些透過舞蹈者姿態[4]的韻律而創新了品格、情感與行動[5]。

$$6 \cdot \dot{\eta} \ \delta \grave{\epsilon} \ [\dot{\epsilon}\pi o\pi o\iota \acute{\iota}a]$$

μόνον τοῖς λόγοις ψιλοῖς ⟨καὶ⟩ ἡ τοῖς μέτροις καὶ τούτοις εἴτε
1447^b μιγνῦσα μετ' ἀλλήλων εἴθ' ἑνί τινι γένει χρωμένη τῶν μέ-
τρων ἀνώνυμοι τυγχάνουσι μέχρι τοῦ νῦν· ^{7}·οὐδὲν γὰρ ἂν
10 ἔχοιμεν ὀνομάσαι κοινὸν τοὺς Σώφρονος καὶ Ξενάρχου μί-
μους καὶ τοὺς Σωκρατικοὺς λόγους οὐδὲ εἴ τις διὰ τριμέτρων
ἢ ἐλεγείων ἢ τῶν ἄλλων τινῶν τῶν τοιούτων ποιοῖτο τὴν
μίμησιν. ^{8}·πλὴν οἱ ἄνθρωποί γε συνάπτοντες τῷ μέτρῳ τὸ
ποιεῖν ἐλεγειοποιοὺς τοὺς δὲ ἐποποιοὺς ὀνομάζουσιν, οὐχ ὡς
15 κατὰ τὴν μίμησιν ποιητὰς ἀλλὰ κοινῇ κατὰ τὸ μέτρον προσ-
αγορεύοντες· ^{9}·καὶ γὰρ ἂν ἰατρικὸν ἢ φυσικόν τι διὰ τῶν
μέτρων ἐκφέρωσιν, οὕτω καλεῖν εἰώθασιν· ^{10}·οὐδὲν δὲ κοινόν
ἐστιν Ὁμήρῳ καὶ Ἐμπεδοκλεῖ πλὴν τὸ μέτρον, διὸ τὸν μὲν
ποιητὴν δίκαιον καλεῖν, τὸν δὲ φυσιολόγον μᾶλλον ἢ ποιη-
20 τήν· ^{11}·ὁμοίως δὲ κἂν εἴ τις ἅπαντα τὰ μέτρα μιγνύων
ποιοῖτο τὴν μίμησιν καθάπερ Χαιρήμων ἐποίησε Κένταυ-
ρον μικτὴν ῥαψῳδίαν ἐξ ἁπάντων τῶν μέτρων, καὶ ποιη-
τὴν προσαγορευτέον. ^{12}·περὶ μὲν οὖν τούτων διωρίσθω
τοῦτον τὸν τρόπον. ^{13}·εἰσὶ δέ τινες αἱ πᾶσι χρῶνται τοῖς εἰρη-
25 μένοις, λέγω δὲ οἷον ῥυθμῷ καὶ μέλει καὶ μέτρῳ, ὥσπερ
ἥ τε τῶν διθυραμβικῶν ποίησις καὶ ἡ τῶν νόμων καὶ ἥ
τε τραγῳδία καὶ ἡ κωμῳδία·

（續前段） 6. 之於敘事體創作[1]很多完全只光用純語言[2]，不押韻的散文以及很多用押韻文，而屬用押韻文則不是混合不同的韻腳，就是只用單一韻腳，既有的這類藝術所用的押韻文[4]，而一直沿用迄今[4]，皆尚沒有為它們命一個名字[3]來稱呼。 7. 是故，在一方面，我們既沒有[1]對Sophron與Xenarchrs的滑稽文體[2]以及《Socrates的對話》[3]；在另一方面，也沒有[1]對那些倘若透過以三音步短長格與哀歌對話體，以及或其他這類押韻文體創作出的創新，都也還沒有為它們命一個共通的名稱。 8. 除此，人們把創作者這個詞連接在那些文體押韻文體上，而命名為：哀歌創作者[1]，或其他如敘事體創作者[2]。實非基於創作者的創新，而是依據一般它的所有共通的押韻文體韻腳來稱呼它們。 9. 事實上，如果有人用押韻文體來產生出醫學或科學的作品[1]，人們習慣的也相同的這麼稱呼它們。 10. Homer與Empedocles[1]除押韻文體之外，無有共通者，但更應該正確的稱二人，一個人為創作者；另一個為科學家，而比創作者更好。 11. 同樣的道理，像一個人將混合所有不同的押韻文體韻腳在一起來創作出創新，如同Chaeremon[1]創作出《馬人》[2]（Centaur），混合的抒誦文體[3]，即出自所有押韻文韻腳；因而，他就被稱為創作者[4]。 12. 的確，有關這些，就讓我們以這個方向來做為這種差別的區分吧。

13. 這些所有用到的全是前面所說的，那就如我所說的韻律，旋律音樂和音步[1]；比如，這些用在創作的酒神頌和亞波羅的神曲，以及悲劇與喜劇[2]。

^{14.}διαφέρουσι δὲ ὅτι αἱ μὲν ἅμα πᾶσιν αἱ δὲ κατὰ μέρος. ^{15.}ταύτας μὲν οὖν λέγω τὰς διαφορὰς τῶν τεχνῶν ἐν οἷς ποιοῦνται τὴν μίμησιν.

（續前段） 14. 但它們之不同種差⁽¹⁾是，一方面，有很多的在同時用所有的⁽²⁾；另一方面，很多的則使用它們之中的一個部分⁽³⁾。

15. 這些確是我所說的這些藝術的種差⁽¹⁾，創作者從這些之中創作出他們的創新。

（續前段） 14. 但它們之不同種差[1]是，一方面，有很多的在同時用所有的[2]；另一方面，很多的則使用它們之中的一個部分[3]。

15. 這些確是我所說的這些藝術的種差[1]，創作者從這些之中創作出他們的創新。

【釋義】

I. 創作學：立論宗旨與體系大綱

亞氏《創作學》完成建立創作法與批評的一套有機體結構體系。由第一到五章係全書理論導論部分。所謂導論係指一門新知識之所以成爲新知識的理論所在。而第一章又是這前五章命題的基礎；也即創作的立論與其體系架構由此而起。它處理三個命題範疇：

1. 界定本專書的研究對象爲創作，其各種文類與創作方法（47ᵃ8-13）。

2. 形成所有創作類皆藉創新(μίμησις)形式完成。確立創作文類的種差，要透過創新什麼東西，以什麼創新，如何創新來完成文類創作品(47ᵃ17-28，47ᵇ24-29)。

3. 論創作的語言與創作品的關係(47ᵃ29-47ᵇ24)。

亞氏將一切的科學知識分爲三大類：論理類，理論類及製作類(Windelband 244-7)。本章第一句，即第一個命題的範疇，確立本書爲 Περὶ ποιητικῆς αὐτῆς,（論創作法的本身），就是製作類，而非單一的知識「詩學」。在創作的屬性與本質(κατὰ φύσιν)爲首要原則下，依次論述創作本身；創作的各種不同文類本身；各種文類具有的獨特功能；每種文類的結構元素成分；及創作品的形式部分，才完成一個創作方法的體系架構。僅據這些內容的秩序，即可推測出來本專書的創作各章節大綱：

I. 創作法(ποιητικῆς)（第一至三章）

II. 各種文類($\varepsilon\hat{\iota}\delta o\varsigma$)(第四章文類元素發展)(第五章喜劇,第六章悲劇)

III. 情節($\mu\acute{\upsilon}\theta o\varsigma$),及多少成分(第七至十章)

IV. 情節多少部分 ($\pi\acute{o}\sigma o\varsigma$)(第十二章)

V. 情節結構:單一情節與自身交織情節(第十一至十四章;十六至十八章)

VI. 其他相關部分:

  1.品格 ($\acute{\eta}\theta o\varsigma$)(第十五章)

  2.思想 ($\delta\iota\acute{\alpha}\nu o\iota\alpha$)(第十九章)

  3.語言 ($\lambda\acute{\varepsilon}\xi\iota\varsigma$)(第二十至廿二章)

  4.敘事體創作(第廿三,廿四章)

就以所列第一句的內容,幾乎囊括本專書的全部主要部分。以後每章依其功能,逐一加以推理的分析,而形成創作法的整體體系。

II. 創作是創新,不是臨摹

第二個命題的關鍵詞是$\mu\acute{\iota}\mu\eta\sigma\iota\varsigma$。依亞氏的理論,一切的創作是屬於$\mu\acute{\iota}\mu\eta\sigma\iota\varsigma$ 的形式來呈現的;換言之,$\mu\acute{\iota}\mu\eta\sigma\iota\varsigma$ 類就是包括一切創作。這個字西方譯文基本上採用imitate(模仿)的意思。如果,亞氏確立這本專書的研究對象是創作;既然是創作,又為何要建立一套以「模仿」的表達方式呢?明顯的違背創作的基本推理。因此,對$\mu\acute{\iota}\mu\eta\sigma\iota\varsigma$ 作為「模仿」的詮釋,不得不引起置疑的。雖然,西方譯者曾有present, represent, sugguest, express, reproduct等等十二個以上的譯法,希望有別於imitate的嘗試,但彼此之間的意思並非絕對的不同;同時,這些譯法也並未看出有邏輯性的推引向著「創作」這個方向的解說。因此, $\mu\acute{\iota}\mu\eta\sigma\iota\varsigma$ 原義,各自界

定，無法獲解的論點。

　　在這一個範疇中，引起重視的另一個關鍵詞是 ἀπεικάζοντες 。它是與μίμησις 是一對相對的詞彙。經本人從字源、字根的解說，認爲它的原義是：臨摹。從而推定μίμησις 的文義當是：創新。這詞在與創作的動機上相吻合。這也是截然不同於過去的詮釋。由此，推演創作是屬於創新類藝術的製作品。

III. 創新文類：模式與種差

　　在第二句枚列創作中各種不同的文類(εἶδος)。那末，一個創作文類爲什麼有別於另一文類，其理由安在？問題在爲什麼可以創新，於是產生「種差」的概念。種差成爲創作的元素基礎，也就是第三句所指：以什麼東西創新一媒介物；創新出什麼東西——對象物；如何創新——呈現方式物。這種種差概念，不必外求，也無需利用現代生物學的實踐來解說，它實源於本專書第廿一章對語言中的屬(γένος)到種(εἶδος)，轉移到視創作類爲同一屬，而與各種文類是種(εἶδος)的應用。當每個創作文類自成爲一個屬時，如戲劇，經由不同的種差而成不同的次文類爲悲劇，喜劇，人羊劇等。創作類的不同是基於種差的不同，亞氏作了實例的說明，如畫家是以彩色、線條與形狀做爲這一文類的種差進行創作產生它特有的功能；音樂，則以協和音與韻律；舞蹈，則以姿體韻律等等。

IV. 語言：媒介物

　　第三個命題是由第6句到12句(47ᵃ29-47ᵇ24)。從第二個命題的討論確認一種創作文類一經其種差元素確立之後，就可以將這種文類命名，正如繪畫，音樂，舞蹈等。問題是在亞氏枚舉純語言(即第六句)作爲創作元素時，不論是押韻文的文類或不押韻文的散文類，也應該命出一個名字；事實上，到亞氏時代爲止，這個

文類，尚且無以名之($\dot{a}v\acute{\omega}v\nu\mu o\varsigma$)；即未有正式命名。不能以後世標準將押韻文稱之爲「詩」，因爲這個詩的名字迄未曾出現。或採一併擴大包括散文的純語言範圍稱之爲「文學」，這個名字也未曾出現過。所以，亞氏這本討論各種文類創作的專書，不大可能是研究單一文類詩的「詩學」。從純語言類的應用而言，二個不同創作者，使用相同的押韻文或不押韻文，但其作品，可能一個是創作類，另一個是論理或理論類。由於這些作品文類未曾命名，只好以創作的韻律來代替文類名稱，也因此稱創作韻腳者爲創作者。歷來研究者將這段的命題稱爲押韻法(ars metrica)，或以爲與第一章的論旨相離題。實則上，亞氏在未找出純語言類文類名稱，或許令他感到困惑的現象，在企圖解決這個問題之前，只好先就純語言類的次文類，如悲劇、喜劇、人馬劇，或敘事體創作等等文類的種差發展與形成，逐一加以討論。據此說明，本人認爲本章第三個命題正是第二個命題的延伸，而非本章主旨的離題。

V. 行動四重概念與組合行動衝突事件

由於本章是開宗立論，在此特別先提出，亞氏創立行動說，成爲構成悲劇的重要概念。就佛格森(Francis Fergusson)等西方學者剖析這個行動涵義，本人擴展到四重意義，即：創作行動($\pi o\acute{\iota}\eta\sigma\iota\varsigma$)；表演行動($\delta\rho\hat{a}v$)；做出行動($\pi\rho\hat{a}\xi\iota\varsigma$)和身體行動($\kappa\acute{\iota}v\eta\sigma\iota\varsigma$)。這四重意義關係到亞氏這本專書整體理論的釐清。這一系列的專用術語詞彙層次分明的表達悲劇創作的體系架構。本章係處理第一類 $\pi o\acute{\iota}\eta\sigma\iota\varsigma$(創作行動)概念。至於這四種詞彙的譯文可能欠安，爲作爲專用術語化，以期能進一步成爲一個相互認知的共同詞彙，是可以加以討論修正的。不過，西方學者動輒將這四種不同意義的系列詞彙詮釋爲同義字，造成本專書內容在認知上的困惑不解。這是必需加以分辯的。請參見各章相關解說，希望

能從這些長期困擾中解脫出來。

　　其次，首句中的συνίστασθαι τοὺς μύθους 一詞，通釋爲：情節的結構。迄今無異議。本人認爲這僅符合它的一般字面意義，不足以明確界定悲劇情節結構的特殊性。本譯文爲：組合行動衝突事件。由於情節是何等性質的結構關係到悲劇創作本身的實質。其重要性以不下於本專書任何一個核心概念，勢將牽動本專書整體思想的解說。爲詮釋方便計，詳見於第六章，僅先在此提出，請讀者加以留神。

注釋

47ᵃ8.1

　　(1)Περὶ ποιητικῆς αὐτῆς，這前二個字是亞氏這本專書命名的依據。ποιητικῆς 源於動詞ποιεῖν，係作當時凡船、屋、刀、衣服等等的製作或製造的動詞。惟在亞氏這本專書中，已與這些職業製作之意無關係，經轉意爲專論各種藝術文類的如何製造，而形成的一種專用術語；因此，本書譯文直取爲：創作。由這個動詞形成一個系列的創作與批評詞彙，即：ποιεῖν，ποίησις，ποίημα，ποιητής，ποιητικῆς。也就是行動四重意義中第一組的詞彙。分別譯爲：創作出(v)，創作(n)，創作品，創作者，而 ποιητικῆς 是指創作的方法。一般英譯爲poetics，仍然保留making的意思；但中譯爲「詩學」時，則失去它創作的原義。或譯爲art of poetry，還是保有方法(art)的意義。本譯文則創作法或創作學，一如 πολιτικῆς(politics，政治學)。αὐτῆς，是某一事物的本身代名詞(self)。由這開頭的三個字，係界定研究範疇爲創作或創作法的本身，意義明確不當有任何其他主觀的詮釋。

(2)$\tau\hat{\omega}\nu$ $\epsilon\hat{i}\delta\hat{\omega}\nu$ $\alpha\hat{v}\tau\hat{\eta}s$ 。$\epsilon\hat{i}\delta os$ 是文類。前二字係所有格,當指爲在創作法中各種文類的本身而言。

(3) $\mu\acute{\epsilon}\lambda\lambda\epsilon\iota$,係一平常用語,意爲要或企圖,就在那時間要做一件事等義,包含要做什麼,就要如何如何等涵義,因而Butcher增譯爲 requisite。本譯文採用此意。

(4)$\delta\acute{v}\nu\alpha\mu\iota\nu$,在全書中出現六次不算少。原義爲:power, strength, might, ability。W. Lucas 認爲與 $\acute{\epsilon}\rho\gamma o\nu$(功能)無別,在各家的譯文上,皆依這個文義。按此則指每種文類的功能或特有的功能,在悲劇則應屬受難事件所產生的恐懼與哀憐。

(5)$\pi\hat{\omega}s$ $\delta\epsilon\hat{\iota}$ $\sigma\upsilon\nu\acute{\iota}\sigma\tau\alpha\sigma\theta\alpha\iota$ $\tauο\grave{\upsilon}s$ $\mu\acute{\upsilon}\theta o\upsilon s$,該如何組合行動衝突事件的情節。情節是悲劇靈魂;結構是創作法體系化的根本。此二者係本專書由第七章,除十五章外,到十八章的核心所在。有關衝突事件的解說,詳見第六章釋義第三節。

(6)$\kappa\alpha\lambda\hat{\omega}s$ $\acute{\epsilon}\xi\epsilon\iota\nu$,指要一件某事物本身好。如指情節,就是要情節本身好;結構,就要結構本身好的意思。所以,創作要好,是指如何使創作本身要好。

(7)$\pi o\acute{\iota}\eta\sigma\iota s$,見注 1.(1)。它是本句 $\acute{\epsilon}\xi\epsilon\iota\nu$ 與 $\mu\acute{\epsilon}\lambda\lambda\epsilon\iota\nu$ 兩個動詞的主詞。

(8)$\pi\acute{o}\sigma\omega\nu$ $\kappa\alpha\grave{\iota}$ $\pi o\acute{\iota}\omega\nu$ 成分與部分。前者是指結構成創作品質的成分;後者組成創作品有多少數量的部分。

(9) $\mu o\rho\acute{\iota}\omega\nu$,係一種物體的部分或成分;與 $\mu\acute{\epsilon}\rho os$,在本專書中的應用上,似乎無差別義。不過前者出現較少而已。

以上由注(1)到(8)所提本專書所論創作學的前提,在全部討論完了之後,在第廿六章最後與敘事體創作,再依這些事項一一做了結論。

(10)$\mu\epsilon\theta\acute{o}\delta o\upsilon$,英譯爲,inquire, inquiry, study 等義。依字典,

它是μετά + ὁδός，依道而行而至，或依方法而至之意。具
有科學迫根究底，問個究竟，探討或科學方法。這個字也
是英文 method 的字源。在亞氏提出創作研究範疇的各大
項目，需要一套體系方法，正是亞氏本專書進行建立的結
構體系。因此，本譯文爲：像諸如此類，以及所有這些都
是一套探討方法。

(11) κατὰ φύσιν，依照事物本身的本質(nature)或性質。英譯
爲 naturally，則減低了它的實質意義。創作學是一套方
法，依照各種文類的本性，加以結構而成，所謂事件的本
質仍是事有必然的道理。因此，亞氏視事物本質爲創作首
要原則。

47ᵃ12.2 本句枚列敘事體創作，悲劇，喜劇，人羊劇，爲各種音樂
創作文類，至少前四者是當時最爲普通與重要的文類。

(1)ἐποποιία，英譯：epic，再中譯爲：史詩或敘事詩。由於詩
的命名在亞氏時代尚未出現，爲避免混淆，仍依字根譯
爲：敘事體創作。

(2)αὐλιτικῆς。αὔλησις 是雙管笛的音樂；αὐλιτής 是吹雙管笛
αὐλός 的演奏樂手；αὐλιτικῆς，則爲這種音樂的演奏法。這
種音樂多半是伴以人羊劇的演出，藉以振奮情緒。

(3)κιθάρισις，豎琴樂。κιθαριστικῆς，是豎琴樂的演奏法。豎琴
樂是用來配合νόμος (nomos，太陽神曲，或稱亞波羅神曲)
所合唱的哀歌。在第 13 句(47ᵇ26)特別作了述說。

(4)πλείστη，大部分。此當暗示雙管笛樂與豎琴樂的呈現，在
本質上並非所有的皆屬於創新的模式。

(5)μίμησεις，爲希臘論創作的原始思想之一，按源於動詞
μιμεῖσθαι，意指做一件或製造一件事與另一件事很類似，
如一個真人被畫成一張肖像畫，結果畫得很像就稱爲

μίμησις；在英文中尚無相當概念的詞彙，譯法甚爲繁多，已見本章釋義。通譯爲 imitate，而中譯：模仿。本譯文名詞則譯爲：創新或創得像；動詞，則爲：創新出。它成爲一系列詞彙，即：μιμεῖσθαι，μίμησις，μίμημα，μιμούμενος，μιμητής，μιμητικός 或 μίμητικῆς。分別譯爲：創新出（v），創新（n），創新（作）品，創新物，創新者，創新法。語意分明，各有所指。

47ᵃ16.3

（1）διαφέρουσι(διαφέρειν)，字義爲不同，差別。亞氏在第廿一章對語言提出屬（γένος）與種（εἶδος）的差別關係；從而，轉移到創作各種文類之間的差別關係，即一個品種與另一個品種之間的不同，這是種與種之間的差別性，是爲種差，成爲一種專用術語取代一般名詞用法。

（2）μιμεῖσθαι，見注 2.(6)。

（3）τῷ ἐν ἑτέροις μιμεῖσθαι ἤ τῷ ἕτερα ἤ τῷ ἑτέρως.

S. Butcher 意譯爲：媒介，對象或方式。然而，原文中並無這三個名詞。這句的原義是：以什麼東西創新，或創新出什麼東西，或如何創新（Whalley 46）。這皆指有實質的事物（matter），因此譯爲：媒介物，對象物，呈現方式物。

47ᵃ18.4

（1）χρώμασι καὶ σχήμασι，彩色與形狀。指明這兩種元素是繪畫的創新媒介物。即以彩色與形狀創作繪畫。在亞氏枚舉各種創作文類藝術，全書中不曾提及希臘最爲傑出成就的雕塑。但有學者主張雕塑應包括在彩色與形狀爲媒介物創作種差之內。

（2）μιμοῦνταί，第三人稱多數自關身被動現在式，參見，注

2.(6)。

(3)ἀπεικάζοντες，做得像(making likeness)。在本專書中僅此
使用過這一次。迄今英譯爲present, represent, portray,
imitation, replica等不下十多個之多，其中有些詞彙完全與
μίμησις 的英譯相互替代，不僅使一詞多義化，更重要的是
亞氏爲什麼在同一個句子中，使用兩個相互訓釋的「同義
字」，而造成同一個「模仿」概念不清，頓使仰賴譯文的
讀者感到認知的混淆。它源於動詞ἀπεικάζειν，這個字如何
解說成爲使一件東西與另一件東西「做得像」呢？它的字
源於ἀπό + εἰκών 所組成的一個結合字。第二十章第17句
(56ᵇ13-4)指出組成結合字後，原有二個字皆失去原有字根
的意思，而另成一個新意，就中國人的文字形成來看這屬
於會意類。那麼，這個結合字的新意爲何呢？按 εἰκών 是
畫像、肖像(icon)等義。最容易令人聯想到中世紀希臘正
教的聖像，這個字也是現在雅典人的日常用字。ἀπό 意爲
「來自」。如果一位畫家從一個真人畫成一張肖像畫，而
畫得很像這位真人，是爲創新(μίμησις)的話；那末，另有
一位畫匠是照著這位畫家這張畫的肖像畫，結果畫了一張
很像那個人的畫像；換言之，這張畫匠畫得很像的畫像，
不是來自一位真人的寫真，而是來自(ἀπό)另一張現成的
畫像(εἰκών)，這就是 ἀπό + εἰκών 的動詞ἀπεικάζοντες 的意
思。依中國人的六書看法，它是「臨摹」的意思，甚至是
copy的意思。由於μίμησις 與ἀπεικάζοντες 是一對相對的詞
彙。後者已經此詮釋爲確定爲：臨摹；那末，μίμησις 就被
釋爲：創新(n)或創新出(v)。這才是這兩個詞彙的直接
義。因爲一位創新者與一位臨摹者以同樣的彩色與形狀進
行繪畫創作，皆是要present或represent那個對象物。所

以，明白的看出，present或represent只是創新或臨摹的共同過程與現象，當屬一種詮釋義或延伸義，無法藉此辨別創新與臨摹定義的差別。這項解釋是對亞氏創作思想根本義的一項大哉辯，直接影響到本專書大約八十處譯文，截然不同於西方的註釋家，請讀者多參酌。全書僅用這一次，然後再討論這個概念時，就完全使用μίμησις 這個系列詞彙，可證亞氏創作本意不在臨摹，而是創新。

τίνες ἀπεικάζοντες，前者係 τίς，代名詞多數；後者業已解釋如上，係現在分詞多數：已經臨摹出的東西。再度重複這句的概念，即藝術家是以彩色與形狀創新出很多作品；同樣的，技匠照著別人的創作品，以相同的彩色與形狀臨摹出很多作品。本句譯文表達出產生作品，一是創新，一屬臨摹的兩個層次，應從兩個詞彙原有相互解釋的謬誤中解脫來；所以，本段亞氏文義，當可解說了。

(4)（οἱ μὲν τέχνης οἱ δὲ διὰ συνηθείας），在一方面，很多人透過藝術；在另一方面，很多人係透過習慣。由注 4.(3)的解說，前者「很多人」當指藝術家，以這些彩色與形狀進行創新。後者「很多人」，係指技匠，也是藉著相同的彩色與形狀臨摹作品，那是傳習前人技巧的習慣。本括號句子咸認係後來插入原文者，當有助於第三句文義的澄清，應予重視。本句也是第一次提τέχνης（藝術）這個術語。

(5) ἕτεροι δὲ διὰ τῆς φωνῆς，另一方面，很多其他的（文類）透過聲音（來創新）。在上句討論繪畫媒介物之後，接著枚舉音樂係以聲音作為創新種差的媒介物。惟聲音（φωνῆς）一義，係指人的聲音或樂器聲音，或兩者兼有，語義不明確。

(6) ἐν ῥυθμῷ καὶ λόγῳ καὶ ἁρμονίᾳ，以韻律，語言和協和音來創

新。進一步指出這三種創新媒介物，韻律指舞蹈；語言指「文學」；但專指純文字或包括口語，語義也欠明；協和音，係音樂。本句指上述所有藝術整體，很明顯也應包括繪畫的媒介物彩色與形狀。

(7)χωρὶς ἢ μεμιγμένοις，前者是分開；後者是μιγνύναι 的被動完成式分詞多數；意為：很多的(媒介物)被結合在一起(見 47ᵇ8，20，60-2)。其用法，即將上列所述的各種不同的媒介物，可以單獨使用成為一種文類，或一個文類集合多種媒介物。接著在第五句做了具體實例的說明。

47ᵃ23.5

(1)αὐλητικὴ καὶ ἡ κιθαριτικὴ，雙管笛樂法和豎琴樂法。見注 2.(2)和(3)。

(2)συρίγγων，七管排笛樂，可能是不及雙管笛功能的一種樂，常見於人羊劇中的樂器。

(3)ὀρχηστῶν(ὀρχηστής)，舞蹈者。發展甚早，是人類宗教基本活動之一，廣被應用於悲劇與人羊劇，雖屬諸文類之一，但上面亞氏並未列入各種藝術文類之中。舞蹈當屬韻律的藝術。這裡是首次提到真人作為表演者。

(4)σχηματιζομένων，已成為一個肢體的形態。以真人表演的舞蹈者創新出以身體的韻律構成為一個肢體的姿體形態。

(5)ἤθη καὶ πάθη καὶ πράξεις，品格、情感與行動。一個真人表演的舞蹈者創新不僅是韻律的肢體形態，同時，藉著韻律肢體呈現品格，情感與行動。這是亞氏對真人表演者創新所提出的對象物三項新元素，也是一個新的命題，而後擴大應用到悲劇中。

47ᵃ28.6 由第六句到十二句(47ᵃ28-47ᵇ24)，也是本章第三個命題範疇，以往認為是屬討論押韻法(ars metrica)；實則上，是處

理語言爲媒介物而形成的各種創作文類與其命名與未命名的由來。

(1)〈ἐποποιία〉，敘事體創作。既有ἐποποιία之名，何來又稱無以名之呢？但在阿拉伯本則無此字。

(2)λόγοις ψιλοῖς，ψιλοῖς 係赤裸裸，完全之意；轉爲純語言。此處 λόγοις，係多數，指文字或也包括口語。

(3)〈ἀνώνυμοι〉，沒有一個名字。指不押韻的散文與押韻文，皆未有一個正式的命名。這個字係 Bernay 據 Ar 本增入，廣被接納。

(4)τυγχάνουσι οὖσα，據 Butcher 本，在此增οὖσα一字，係 being 分詞，指這些既沒有名字的不押韻散文與押韻文（一直延用迄今）。

以上係據 Butcher；分爲 5，6 兩句；而 Kassel 本則爲一句。一般皆從 Butcher。

47ᵇ8.7

(1)οὐδὲν…οὐδὲ，此非……彼也非。指發生前後的兩種情況，前者即非；後者也非。

(2)Σώφρονος καὶ Ξενάρχου，Sophron of Syracuse(大約爲公元前五世紀後期人)與其子Xenarchus。依據他們父子所創作的mime體，係從Epicharmus喜劇發展而成描述日常真實生活，爲Plato所推許。

(3)Σωκρατικοὺς λόγους，即 Plato 的《蘇格拉底對話錄》。是一種創新的文體，其中某些部分係由講述人講出故事，深具戲劇性。

47ᵇ13.8

(1)ἐλεγειποιούς，哀歌創作者。

(2)ἐποποιούς，敘事體創作者。

47ᵇ16.9.

(1)φυσικόν，可能係指 Xenophanes 或 Empedocles 以押韻文所撰寫的《論自然》一書。

47ᵇ17.10

(1)Εμπεδοκλεî，Empedocles，創作者、哲學家及通巫術者。居住在 Sicily 的 Acragas，大約在公元前 493-433 之間，曾以押韻文撰《論自然》（Περὶ φυσεὼς）與《論創作者》（Περὶ ποιητῶν）。與亞氏所著同書名，由此可知他是一位論創作有關的論述者，對亞氏產生影響。

47ᵇ20.11

(1)Χαιρήμων(Chairemon)，與亞氏同時代人物。著 Centaur（《人馬》）。係一位混合押韻文的創作者，亞氏對此人特有興趣，論及舞蹈多韻腳引證他，在第廿四章20句混合押韻文又引證他。

(2)Κένταυροι(《人馬》，Centaur)，已失傳。可能是悲劇，甚至是人羊劇。依據下面押入括號的說明，它可能是綜合多種韻腳撰寫而成；但不稱它爲 πολυμετροποιὸς(多種韻腳創作文體)，或παμμετροποιὸς(所有韻腳創作文體)。

(3)〔μικτὴν ῥαψῳδίαν〕，係後插入原文的二個字，意爲：綜合的 rhapsody。rhapsody 原義爲：「朗誦」。但不知是何種文類，可能是短篇敘事體創作，或長篇敘事體創作中的一部分，其目的是用於誦讀，或兼表演。想來係如此，亞氏在這本專書中僅引用這一次，因無實證，其他考證，也多屬推論而已。參見第廿六章注 9.(3)。

(4)καὶ ποιητὴν προσαγορευτέον，稱他爲創作者。應指所有韻腳的創作者。據注11.(2)的說明，押韻文類的命名，係源自韻腳的三步韻腳，四步韻腳等等，正如我國稱四言詩，五

言詩等等，而不以作品內容作為分類命名的標準。

以上從第七句至十一句，皆屬後來插入本文的句子。做為以純語言的押韻文與非押韻文作為媒介物成創作文類命名，並舉出實例說明來解決這種有了媒介物而不能命名的困惑。

47^{b}24.13 自本句到15句結束(47^{b}24-9)，又回到第二個命題媒介物做為創作種差的範疇。在第三個命題，就純語言中押韻文的多種韻腳形式，作為不同語言創作文類媒介物，亞氏就這個議題做了正本清源之後，再將押韻文的這些韻腳形式應用到各種創作文類之中，經由文類的本質，或採用單一韻腳，或綜合多種韻腳做為創作媒介物，而構成不同的創作文類。

47^{b}24.13

(1)亞氏在本句稱「我所說的 $\dot{\rho}\upsilon\theta\mu\hat{\omega}$ $\kappa\alpha\grave{\iota}$ $\mu\acute{\epsilon}\lambda\epsilon\iota$ $\kappa\alpha\grave{\iota}$ $\mu\acute{\epsilon}\tau\rho\omega$」。事實上亞氏在第四句(47^{a}22)說過的是："$\dot{\epsilon}\nu$ $\dot{\rho}\upsilon\theta\mu\hat{\omega}$ $\kappa\alpha\grave{\iota}$ $\lambda\acute{o}\gamma\omega$ $\kappa\alpha\grave{\iota}$ $\dot{\alpha}\rho\mu o\nu\acute{\iota}\alpha$"。(參見注 4.(6))其中$\dot{\rho}\upsilon\theta\mu\hat{\omega}$(韻律)二句相同，所以，保持不變。經過第三個命題的押韻文討論之後，就可知道凡押韻文的韻腳必定有 $\mu\acute{\epsilon}\lambda\epsilon\iota$(音節性)；因此，以 $\mu\acute{\epsilon}\lambda\epsilon\iota$ 取代泛稱 $\lambda\acute{o}\gamma\omega$(語言)。又凡是具有韻腳的押韻文朗讀起來必定產生音樂的和諧；所以，又以押韻文的韻腳($\mu\acute{\epsilon}\tau\rho\omega$)取代音樂的協和音($\dot{\alpha}\rho\mu o\nu\acute{\iota}\alpha$)。經取代後的這二種名詞，即能用於純語言的媒介物，也可適用於音樂，也可擴及舞蹈；因此，擴大了媒介物適用於不同創作文類的範圍。這三者就成為悲劇定義中「悅耳的語言」。

(2)$\tau\epsilon$ $\tau\hat{\omega}\nu$ $\delta\iota\theta\upsilon\rho\alpha\mu\beta\epsilon\kappa\hat{\omega}\nu...\kappa\omega\mu\omega\delta\acute{\iota}\alpha$，在上句做出純語言三種種差新元素的結論，將這個新用法轉移到「酒神頌、人羊劇、日神亞波羅神曲、繼及悲劇與喜劇」等之中的文類創

作媒介物。在媒介物這個議題上，亞氏按步就班逐步從各
種文類推論到這本專書核心創作對象，完成悲劇的語言媒
介物。

47ᵇ27.14

　(1)*διαφέρουσι*，形成種差。解說見本章釋義。

　(2)*πᾶσιν*，所有的(媒介物)。

　(3)*κατὰ μέρος*，部分(的媒介物)。(2)與(3)指創作者有的使用
　　上述所有媒介物，或其中部分媒介物，產生種差的不同，
　　而進行創作，其結果創新出不同的文類。

47ᵇ29.15

　(1)*διαφοράς*，種差。由於種差的不同結果創新出不同的文
　　類，是本句所做出的推論總結。

第二章

II　　¹·Ἐπεὶ δὲ μιμοῦνται οἱ μιμούμενοι πράττοντας, ἀνάγκη
1448ᵃ δὲ τούτους ἢ σπουδαίους ἢ φαύλους εἶναι (τὰ γὰρ ἤθη σχεδὸν
ἀεὶ τούτοις ἀκολουθεῖ μόνοις, κακίᾳ γὰρ καὶ ἀρετῇ τὰ ἤθη
διαφέρουσι πάντες), ἤτοι βελτίονας ἢ καθ᾽ ἡμᾶς ἢ χείρονας
5 ἢ καὶ τοιούτους, ὥσπερ οἱ γραφεῖς· ²·Πολύγνωτος μὲν γὰρ
κρείττους, Παύσων δὲ χείρους, Διονύσιος δὲ ὁμοίους εἴκαζεν.
³·δῆλον δὲ ὅτι καὶ τῶν λεχθεισῶν ἑκάστη μιμήσεων ἕξει
ταύτας τὰς διαφορὰς καὶ ἔσται ἑτέρα τῷ ἕτερα μιμεῖσθαι
τοῦτον τὸν τρόπον. ⁴·καὶ γὰρ ἐν ὀρχήσει καὶ αὐλήσει καὶ
10 κιθαρίσει ἔστι γενέσθαι ταύτας τὰς ἀνομοιότητας, καὶ [τὸ]
περὶ τοὺς λόγους δὲ καὶ τὴν ψιλομετρίαν, οἷον Ὅμηρος μὲν
βελτίους, Κλεοφῶν δὲ ὁμοίους, Ἡγήμων δὲ ὁ Θάσιος ⟨ὁ⟩ τὰς
παρῳδίας ποιήσας πρῶτος καὶ Νικοχάρης ὁ τὴν Δειλιάδα
χείρους· ⁵·ὁμοίως δὲ καὶ περὶ τοὺς διθυράμβους καὶ περὶ τοὺς
15 νόμους, ὥσπερ †γᾶς† Κύκλωπας Τιμόθεος καὶ Φιλόξενος
μιμήσαιτο ἄν τις. ⁶·ἐν αὐτῇ δὲ τῇ διαφορᾷ καὶ ἡ τραγῳ-
δία πρὸς τὴν κωμῳδίαν διέστηκεν· ⁷·ἡ μὲν γὰρ χείρους ἡ δὲ
βελτίους μιμεῖσθαι βούλεται τῶν νῦν.

1. 既然，從創新者創新出的創新物[1]是行動者[2]，這些人，依必需（率）的，不是崇高，就是卑俗[3]。因爲這些行動總是隨之[5]發展出這些特有的品格[4]；因此，所有的人，在品格上的不同種差，就是在於善與惡[6]。創作者的創新[8]人物不是較日常人好，或與日常人一樣[7]，就是較日常人差。正如畫像家們[10]所畫的人物[9]。　2. 一方面，如Polygnotus[1]所畫的較一般日常人好；另一方面，Pauson[2]則較差，而Dionysius[3]則正如其人[4]。

3. 從這證明，以上所論及的[1]每一種創新，皆擁有這些不同種差；而且從這個方向，創作者就以什麼不同東西的種差，而創新出什麼東西[2]。　4. 事實上，在舞蹈[1]和雙管簫樂以及豎琴樂中也可以形成彼此的這些不一樣；以及所論及散文的那些與純押文體[2]，如Homer[3]則比日常人好，而Cleophon[4]則像一般日常人，Hegemon[5]的*Thasos* —— 這是第一位諷刺文類的創作者，和Nicochares[6]的*Deiliad*，就是比日常人壞。　5. 論及的酒神頌和日神神曲[1]也是相同的情形，就如一個人像Timotheus[2]和Philoxenus[3]創新的《獨眼巨人》（*Cylopes*）一樣。　6. 照著這些中的種差[1]，也將悲劇與喜劇加以區分出來[2]。　7. 一方面[1]，後者則，事實上，是較現在日常人差；另一方面[1]，前者則創新出的人更好，要好過時下的一般人。

【釋義】

I. 第二種創新種差對象物：行動者與品格

創作文類是以不同種差的創新模式呈現。在結束第一章各種文類第一種創新媒介物之後，本章主旨釐清第二項創新模式：創作文類的對象物，即創作者要創新出什麼東西。創作者所創新出的創新物是（做出）行動者（πράττοντας）。行動者是指創作品（ποίημα）世界中的主人翁。由此擴及一切創作文類的對象物皆是那個創作品世界中做出行動的那些行動者。由於有了做出行動者才會產生行動事件（plot），從而展示品格及表現思想，這就完成悲劇定義的對象物（參閱第六章）。做出行動者是行動四重意義的第二組詞彙，也是亞氏專書中核心所在。

既然，做出行動者成為創作文類的對象物；那末，行動者的種差是什麼。那就是行動者品格的崇高（σπουδαίους）與低俗（φαύλους）；善（ἀρετῇ）與惡（κακία）。創作者依據這些種差創新出不同的創作文類。

本章在推演這個命題上，是透過人人了解繪畫中對象物的美醜，做為行動者的種差，再以平行比較的方式，轉移到其他創作文類比擬行動者善、惡品格的種差。首先枚舉不同畫家筆下的行動者比一般平常人（ὁμοίους）較好，或較壞，或與正常人相同。然後將這種行動者的品格種差普及各種創作文類，音樂、舞蹈、敘事體創作、人馬劇、悲劇、喜劇等等。按本章這些句子文義欠明，為確定本章主旨，必需指明這些比較並非在繪畫行動者的形象美醜，而是在品格種差的條件下，釐清行動者的品格善惡，才是對象物種差的創新模式。這些品格種差由適當、正常到不適當、反

常，就成爲第十五章品格必然率的前提。

惟行動者品格種差如崇高，低俗或美、惡，皆成爲行動者悲劇行爲的呈現，且無一不涉及人性，宗教，社會行爲，倫理學，修辭學的知識範疇。由於各個社會文化背景不同，其觀點迥異，論者眾，永無的論。本章所引證的論據，不論相關的創作者，或創作品，多已失傳，不僅讀者感到陌生，甚至不知所云。進一步詳細的考證，固然顯示其學術性，但無補於認知的增加；反而，稀釋本章的焦點。因此，本章注釋僅對提供內容的提示爲限，爲減少文字述說，借重西方注釋家的研究成果，列表示之，以期一目了然；如表一：

表一

文類	創作者	創作品	行動者品格			備註
			高	低	相等	
繪畫創作	Polygnotus	不詳	∨			
	Zeuxis	不詳	∨			
	Pauson	不詳		∨		
	Dionysius	不詳			∨	
敘事（體）創作	Homer	*Odyssey*	∨			
	Homer	*Margites*		∨		
	Hegemon	*Thasos*		∨		
	Nicochares	*Deiliad*		∨		
	Cleophon				∨	
人羊歌與酒神頌	Timotheus	*Cyclops*	∨			
	Philoxenus	*Cyclops*		∨		（Whalley 52）
悲劇創作	Aeschyles	從略	∨			
	Sophocles	從略	∨			
	Euripides	從略	∨			
喜劇創作	Aristophanes	從略		∨		
	Ludicrous			∨		

注釋

48ª1.1 本句是行動者，創新對象物的正面命題，確定πραττεῖν這一
系列的術語是創新對象物種差的專用詞彙。

(1)οἱ μιμούμενοι 係 μιμοῦνται(v，創新出)的過去分詞，多數，
在此做名詞用。意爲：創新者經過創新出的創新物。

(2)πράττοντας，由其動詞 πραττεῖν 所形成的一系列詞彙，
πρᾶξις，πράγμα， πράττοντας， πρακτικός。πραττεῖν 是做一
件的「做」；做是一種行動，成爲戲劇專用術語，宜譯
爲：做出行動。進行「做這件行動」，就是 πρᾶξις，是謂
行動。它是英文 action 一詞的直接源頭，不得他解，當
稱：戲劇行動，但可略稱爲行動。做出行動的結果是
πράγμα，即行動事件。而 πράττοντας 是做這件行動的人，
稱爲行動者。是爲各種創作文類種差的第一層次對象物。
因爲它也就是創作品世界中的主人翁。所以，πραττεῖν絕
無舞台上演出的行動之意(Lucas 63n)。英譯爲 men in
action(Butcher 11)「行動中之人」，或 agents。事實上，
是先有行動者，才做出行動，而非「行動中之人」。如
《獅子王》卡通片中的主角小獅子，牠不是人，也不是行
動中的人，但毫無疑問的，牠是劇中的行動者。
πρακτικός，構成行動的方法，是爲行動法或技巧。這一系
列專用術語詞彙，使用超過九十次以上之多，由第六章至
十八章是本專書中最有關鍵的悲劇審美思想及全書核心所
在。

(3)ἤ σπουδαίους ἤ φαύλους，或崇高或低俗。前者尚有嚴肅、高
雅；後者，卑陋，甚至罪惡等意。所以，這兩個詞的涵
義，絕不僅此。然而，限於行動者的品格考量，暫以此爲

準。

(4) *ἤθη*，包括一個人的先天氣質與後天修養，即是本性，也是品德，姑且譯做：品格（或性格）。但不能因據英譯為 character，而中譯為人物。

(5) *ἀκολουθεῖ μόνοις*，依隨著。指創作者依隨著行動者品格的種差，創新出優於常人，差於常人，或與常人相同的品格。

(6) *κακίᾳ καὶ ἀρετῇ*，惡與善。*κακίᾳ*，在日常生活中指一個人壞心。而 *ἀρετῇ*，也做好，優秀或美德解。這種倫理行為，不另引證闡釋。

(7) *καθ' ἡμᾶς*，像我們當下的人一樣或我們之中的每一個人（*Walley* 52）。

(8) 據 Else 本，在此增入〈*μιμοῦνται*〉（創新者創新出）。

(9) *καὶ τοιούτους*，那些像我們自己常人一樣（*Lucas* 64）。或係指上述的這三種情形，皆如畫家所畫。

(10) *ὥσπερ οἱ γραφεῖς*，如同畫家所畫的畫一樣。亞氏先討論繪畫中的對象物種差，而後平行比較，推演其他文類，這種方法已見於釋義說明。

48ª5.2

(1) *Πολύγνωτος*（Polygnotus），大約公元前460左右的一位名畫家，住在雅典。他的畫像，以劇烈的行動及善於將人物的性格表現在臉部而聞名。屬於品格高於一般常人的一類。亞氏在第六章19句（50ª27），特舉他的人物品格做為說明範例。

(2) *Παύσων*（Pauson），可能與Aristophanes同時代的一位滑稽畫家。其作品還可能包括色情成分，影響少年心靈（《政治學》8.57），屬比常人差的一類。

(3) *Διονύσιος*（Dionysius），公元前五世紀的一位肖像畫家，居

在Colophon，與Polygnotus同時人。他的肖像屬寫實，是
與常人相同的一樣。

(4)*ὁμοίους*，常人的。

48ª7.3

(1)*λεχθεισῶν*，被談論過的。它的原動詞 *λέγειν*。

(2)*ἕτερά τῷ ἕτερα μιμεῖσθαι*，創新者對著一個什麼東西(對象物)
被創新出另一個東西(對象物)。

48ª9.4 由本句擴及其他創作文類的對象物種差：

(1)*ὀρχήσει*，如果本句所示，以舞蹈所呈現的人物品格較一般
常人爲差，當指人馬劇中人物。至於雙管樂與豎琴樂，則
無實例可舉。但可能指 Pan，酒神的玩伴而言。

(2)*λόγους δὲ καὶ τὴν ψιλομετρίαν*，指散文進而至沒有配樂的押
韻文。下文所指 Homer 等作品當屬之。但此處所指的散文
則未見實例。

(3)*Ὅμηρος*(Homer)，他的 *Margites*(《愚人曲》，*Fool's
Epic*)(48ᵇ30)，已失傳。是一部滑稽性的敘事體創作。可
推測其中人物品格低於常人。

(4)*Κλεοφῶν*(Cleophon)，公元前四世紀悲劇作家。據亞氏在
此所指是位寫實主義者，則其作品中人當一如常人。又在
第廿二章第 3 句(58ª20)稱他的作品缺少莊嚴的言辭。不能
因現在任何考證的資料，否定亞氏對他既有的定位，因爲
現在這種再多的考證皆對他的作品無實質的認知。

(5)*Ηγήμων*(Hegemon)，大約是公元前五世紀的一位滑稽敘事
體創作者。即parodies的作者，與prosodia相近的一種諷刺
文類。據亞氏在此所稱他是這種文類的第一位創新者。他
的 *Θάσιος*(Thasos)內容一無所悉。在第廿四章32句(61ª22)
再度提則這種諷刺作品，其中人物品格當不及常人。

（6）Νικοχάρης(Nicochares)，可能公元前四世紀初期的一位喜
劇作家。他的Δειλιάδα(Deiliad)是部滑稽好笑人物之作。
依Δειλιάδα 希臘字根係小膽鬼(coward)的意思。

48ª14.5

（1）περὶ τούς διθυράμβους...νόμους，此處所指酒神頌與日神神曲
有任何相同改進，或從這二種文類在改進上有任何特殊影
響之處，皆無從得知。

（2）Τιμόθεος (Timotheus)與Euripides為友。是位人馬劇或其他
敘事體創作者，他也可能從事音樂的改革。本句所指他的
Scylla有強烈的情感表現。

（3）Φιλόξενος(Philoxenus)，是 436-380 B.C.出生。Cythera 住在
Syracuse 是位人馬劇創作者。他與 Timotheus 相似，創作
新的音樂文類。Cylopes（《獨眼巨人》）是他的作品。

48ª16.6

（1）τῇ διαφρᾷ，針對這些種差。

（2）διέστηκεν(διίστημι)，加以區分。

48ª17.7

（1）μέν...δέ，在這方面……，另一方面……。據此，係指上句
的悲劇與喜劇。因此，依西方注釋，譯為：後者（喜
劇）……；而前者（悲劇）……。

第三章

III   ¹·ˮΕτι δὲ τούτων τρίτη διαφορὰ τὸ ὡς ἕκαστα τούτων
20 μιμήσαιτο ἄν τις. ²·καὶ γὰρ ἐν τοῖς αὐτοῖς καὶ τὰ αὐτὰ
μιμεῖσθαι ἔστιν ὁτὲ μὲν ἀπαγγέλλοντα, ἢ ἕτερόν τι γιγνό-
μενον ὥσπερ Ὅμηρος ποιεῖ ἢ ὡς τὸν αὐτὸν καὶ μὴ μετα-
βάλλοντα, ἢ πάντας ὡς πράττοντας καὶ ἐνεργοῦντας †τοὺς
μιμουμένους†.³·ἐν τρισὶ δὴ ταύταις διαφοραῖς ἡ μίμησίς ἐστιν,
25 ὡς εἴπομεν κατ' ἀρχάς, ἐν οἷς τε ⟨καὶ ἃ⟩ καὶ ὥς. ⁴·ὥστε τῇ
μὲν ὁ αὐτὸς ἂν εἴη μιμητὴς Ὁμήρῳ Σοφοκλῆς, μιμοῦνται
γὰρ ἄμφω σπουδαίους, τῇ δὲ Ἀριστοφάνει, πράττοντας γὰρ
μιμοῦνται καὶ δρῶντας ἄμφω. ⁵·ὅθεν καὶ δράματα καλεῖ-
σθαί τινες αὐτά φασιν, ὅτι μιμοῦνται δρῶντας. ⁶·διὸ καὶ
30 ἀντιποιοῦνται τῆς τε τραγῳδίας καὶ τῆς κωμῳδίας οἱ Δω-
ριεῖς (τῆς μὲν γὰρ κωμῳδίας οἱ Μεγαρεῖς οἵ τε ἐνταῦθα ὡς
ἐπὶ τῆς παρ' αὐτοῖς δημοκρατίας γενομένης καὶ οἱ ἐκ Σι-
κελίας, ἐκεῖθεν γὰρ ἦν Ἐπίχαρμος ὁ ποιητὴς πολλῷ πρό-
τερος ὢν Χιωνίδου καὶ Μάγνητος· ⁷·καὶ τῆς τραγῳδίας ἔνιοι
35 τῶν ἐν Πελοποννήσῳ) ποιούμενοι τὰ ὀνόματα σημεῖον·

　　1. 進而，第三類種差，它正如作為用來創新出這些每一類藝術的方式。　2. 事實上，創新時，假如這些對象物與媒介物相同[1]，則以講述方法[2]，它帶入人物的品格[3]，或變成為其他人物，這正如Homer所創作的[4]，或如講述者以一貫的本人的口吻，而全無改變[5]，或儘可能像似用戲劇行動者[6]和代唱者[7]來創新。

　　3. 這是創新的三種種差，正如我們開始所論述的；此即：對象物，媒介物與呈現方式物[1]。　4. 其中正如，Sophocles與Homer是同一類[1]的創新者，因為他們二人在創新出崇高人物上相同；在另一方面，他又與Aristophanes是同一類創新者，因為他們二人創新出戲劇行動者與行動表演者[2]。　5. 事實上，有人說，以表演行動(δράματα 已通譯為戲劇)[1]來稱呼這類藝術[2]的看法，這就是創新出了行動表演者(δρῶντας)。　6. 因此，Doris人據此申稱悲劇與喜劇起源皆歸於他們，事實上，不僅是在此地[1]的Megaries人也申稱喜劇歸於他們，有關這些大約他們在共和政體時期形成的；而且起自在Sicily的Megaries人，因為創作者 Epicharmos[2] 是這個地方的人，而他又是比Chionides[3]和Magnes[4]人早得很多很多。　7. 同時，悲劇來自在Pelopnnesus[1]的某些Doris人，而由已創造出的這些名稱[2]已成為可以證明的標誌。

$^{B\cdot}αὐτοὶ$
μὲν γὰρ κώμας τὰς περιοικίδας καλεῖν φασιν, Ἀθηναίους
δὲ δήμους, ὡς κωμῳδοὺς οὐκ ἀπὸ τοῦ κωμάζειν λεχθέντας
ἀλλὰ τῇ κατὰ κώμας πλάνῃ ἀτιμαζομένους ἐκ τοῦ ἄστεως·
1448^{b}₉καὶ τὸ ποιεῖν αὐτοὶ μὲν δρᾶν, Ἀθηναίους δὲ πράττειν προσ-
αγορεύειν. ¹⁰·περὶ μὲν οὖν τῶν διαφορῶν καὶ πόσαι καὶ
τίνες τῆς μιμήσεως εἰρήσθω ταῦτα.

（續前段）8. 事實上，這些即：他們稱他們鄉村的說法為 $\kappa\hat{\omega}\mu\alpha\varsigma$(komai)，而雅典人則稱為 $\delta\acute{\eta}\mu o\upsilon\varsigma$(demoi)；正如喜劇演員 $\kappa\omega\mu\omega\delta o\grave{\upsilon}\varsigma$，(komodias)不是來自被大家所稱源於 $\kappa\omega\mu\acute{\alpha}\zeta\epsilon\iota\nu$(狂歡，komazein)，而是他們遊蕩於城外的一個鄉村($\kappa\acute{\omega}\mu\alpha\varsigma$)到另一個鄉村之意；因為受到城裡人的輕視而被驅逐出城外。9. 因此，創作行動($\pi o\iota\epsilon\hat{\iota}\nu$)這個字，在一方面，他們Doris[1]人稱為表演行動($\delta\rho\hat{\alpha}\nu$)；而在另一方面，雅典人則為做出行動($\pi\rho\acute{\alpha}\tau\tau\epsilon\iota\nu$)。

10. 所論創新的種差，以及有多少與那些類別，已經盡如上述的這些。

【釋義】

本章有三個重點。一為第三種創新的種差，所謂創新的呈現方式物。第二是恢復 δρᾶν(表演行動)的原義，也即行動四重意義中第三組概念。第三點，喜劇起源於 Doris人。這個申稱的討論，是否遠離本章的第三種創新種差的主題。對這三方向，本章釋義首先需確定第一點；解說第二點；澄清第三點。

I. 第三種創新種差：呈現方式物

本章的主旨在第一句明明白白的表示要討論第三項創新種差。那末，第三項種差是什麼？經第三句(48ᵃ24-5)重複第一章第三句(47ᵃ16-7)的三種差，減去在前兩章分別討論的二種創新種差模式之外，僅剩下τῷ ἑτέρως(如何創新)一種，即創新的呈現方式物而已。既然認知這一種差是本章首要議題的主旨所在；那末，就成為本章推論思路的導向，其他一切的考據皆供應這個論點而服務。如此，第三句(48ᵃ24-8)的定位也就應該明確的導引到這個方向上。事實上，本句竟然「忽然」轉到Homer敘事體創作的講述方法上，這又做何解說呢？因此，造成本句文文義的不確定性是全書中最難理解的一段。不論如何，也不能離開既經確定為第三項種差——呈現方式物的這個方向。因此，要問什麼才是呈現方式物。這個問題可能正是第二句為什麼亞氏要討論 Homer 敘事體創作的呈現方式，由講述法發展到悲劇文類將表演作為呈現方式的關鍵所在。係肇因於本句文義難懂的關鍵詞是 δρᾶν 的原義不明。由它所形成的一系列戲劇詞彙，δρᾶν(v)→δράμα(n)→δρῶντας →δραματικάς→δραμαποιήσας。經本注釋分別譯為：表演行動→表演行動事件→表演行動者→表演行動法（或技巧）→表演行動創

作。δρáμα是英文drama的源頭字根，與action是截然不同的術語，已經通行譯爲：戲劇。迄廣被應用，但並未表現出它的表演原義。由於西方學者自Butcher至Kassel等權威，其餘不論矣，無一不將 δρâν 視爲πραττεῖν 的同義字，也就是說將這二組做爲同一組的概念來處理。換言之，用πραττεῖν 這一系列表示「對象物種差」術語來代替 δρâν 一系列表示「呈現方式物種差」的術語，造成無可避免的錯誤，混淆本章二個行動意義範疇的界定，嚴重影響到認知上無法了解文義的必然結果。

II. 恢復 δρâν（表演行動）的原義

恢復了δρâν 的原義解說，再回到第二句，重新探討亞氏因何「忽然」述說Homer 講敘方法，在創新呈現方式上的意義，一般認定它爲離題。本句中首先枚舉敘事體創作的二種呈現方式：

1.不改變講述者的身分，由他本人的口吻講述故事，並不改變成爲創作品中的任何角色（48ª21）。

2.講述者改變了他本人的身分，成爲創作品中行動者的品格（48ª22-3）。這種呈現方式只有Homer能做到。

除了這二種呈現方式，又發展到另一種。

3.第三種呈現方式，是Homer創新出來的，除了先用稍許的引子，他立刻將自己化身爲一個男人，時而又是一個女人，從頭徹尾以這種呈現方式完成故事；因此，所有行動者各見品格（60ª9-11）。

由第一種純粹講述到Homer創新出具有表演化的呈現方式；繼而在第四章探索這種發展，稱爲δραμαποιήσας（表演行動事件創作）；這套方法稱爲δραματικάς（表演行動法或技巧）（48ᵇ35-8）。亞氏推崇Homer無比的成就，是奠定敘事體創作的講述表演化的基礎。

　　由上可以肯定的指出，δρᾶν 是標示表演為種差的詞彙系列。在這個δρᾶν(表演)作為創新種差的發展中，亞氏從不曾使用πραττεῖν對象物種差這一系列中任何一個術語，像πραγματοποιήσας取代δραματοποιήσας之類。由此可見亞氏以明確的、截然不同的詞彙對不同種差做出確定語義的界定。因此，做一個小小的結論，本人提出亞氏《創作學》中行動四重意義說，來表達四個不同層次的戲劇行動範疇，做為詮釋本書的基本方法。如果堅持延用西方的看法，將ποιεῖν, πραττεῖν，δρᾶν 與κινεῖν 四個系列的專用術語詞彙，皆視為同義字。換言之，其中任一個種差的系列術語，解釋其他三種不同層次的範疇，這個結果，不僅迷失了亞氏建立創新種差產生新文類的特性與成果，也將使全書中建立這套種差體系的認知，喪失其差別義而致有一個永不可解的差距。這是本章為什麼解說一定要恢復δρᾶν原義的理由，才能確定已被亞氏界定各種不同創新種差的專用詞彙術語本義。

III. δρᾶν(表演行動)元素的發展起源

　　最後是Doris人申稱喜劇與悲劇皆起源於他們，亞氏探索這個議題是為了什麼呢？西方學者咸認這項遠離本章的主旨(*Montmollin*11-14；*Else* 103-23；*Lucas* 66, 69；*Hardison* 88；*Whalley* 55, etc)。在前一章的ars metrica議題上，西方學者也指稱亞氏離題，令讀者不禁要問，亞氏以推理見長，何至於為自己提出理論的推理，竟在前三章出現這麼多的離題。

　　前面討論過Homer奠定表演化的基礎。可惜，Homer時代並無戲劇這個文類。那末，繼之要問，是誰將敘事體創新的表演化呈現方式轉移到戲劇文類，這是最後一項創新元素完成後才使戲劇成為獨立文類。於是，亞氏敘說喜劇起源的不同傳說，在諸多傳說中，似乎偏向於支持Doris人的主張。其理由為何？亞氏從希臘

文的字根作爲原始義的依據。喜劇κωμῳδιά 的原義是由一個鄉村
流浪到另一個村莊之間的歌，這是符合Doris人的字源說法；而非
起於雅典共和時期，也非所謂的狂歡之歌。這個字源確立了Doris
人首創喜劇，其重要意義在那裡呢？這才是第九句(48b1-2)主要意
思的關鍵，明確的指出，是Doris首創δρᾶν(表演)爲表演種差，否
定了雅典人的πραττεῖν，對象物種差。這也就是說Doris人將Homer
的表演化呈現方式，具体轉移到舞台上喜劇表演。這個結論是亞
氏真正的找到表演爲戲劇最早創新種差首創者，這種追根求源的
成果，豈能謂之離題。建議研讀者，在對亞氏推理未能釐清之
前，切莫輕易定位亞氏的論點是離題。所以特加澄清的。

注釋

48a20.2

(1) ἐν τοῖς αυτοῖς καὶ τὰ αὐτὰ，這個類相同和那個相同。係指對
象物和媒介物。

(2) ἀπαγγέλλοντα，講述。此指敘事體創作的創新的呈現方式。

(3) 依Else本加入〈 ὅτί δ ἧθός τί εἰσάγοντα 〉，(講述者)帶入了
人物的品格。ἧθός 是人物的品格或性格；εἰσάγοντα ，係引
進任何新的東西之意。在此處指前置詞講述者引進了創作
品中的人物品格。增加這幾個字使全句文義易懂。這裡當
指Homer而言，由他開始化身作品中人物品格。

(4) ποιεῖ，係ποιεῖν，仍然依創作解，而不採用英譯compose。

(5) μή μεταβάλλοντα，沒有改變成。此係 Homer 之外的那些敘
事體創作者所呈現的方式，即在講述時；沒有改變自己的
身分，成爲作品中的人物。

(6) πράττοντας，譯爲：行動者。指對象物種差的πραττεῖν系列
的詞彙，絕無表演之意(Lucas 63)。

(7) ἐνεργοῦντας，在全書僅出現這一次。是否 Homer 創作出的
「行動者」，經過表演化而轉成為這些ἐνεργοῦντας(代演者)
的呈現方式。似乎在講述者轉變自己的身分成為作品中人
物，雖具有相當程度的表演化，但畢竟有別於戲劇中的演
員才是個完全的表演(δρᾶν)。因此，另以此字ἐνεργοῦντας
以資區別。因而 Butcher 譯為：as living and moving before
us.(13)。本譯文將 ἐνεργοῦντας 譯為：代演者或代唱者。在
我國戲曲發展過程中有類似情況，比如《西廂記》中的鶯
鶯，所有她的唱詞，由一個人代唱；而紅娘由另一人代唱
到底。二人代唱劇中二人，稱為代唱時期(齊如山 1826)，
正與 Homer 的情況極相類似，故譯為：代唱者或代演者。
藉以擺脫英譯 doing, making, acting, working 和 creating 等
之中，無法區別那個英譯意義較為恰當的困惑。

48ª24.3

(1)ἐν οἷς τε καὶ ἃ καὶ ὥς，用ἐν，ἃ，ὥς 介係之詞來表示，這
個，那個與另一個。實際即指第一章第 3 句(47ª17-8)的三
種種差模式：對象物、媒介物及呈現方式物。

48ª25.4

(1)ὁ αὐτός，係指句中二類種差而言。即Sophocles與Homer作
品中的對象物——行動者的行格是同一類；而Sophocles與
Aristophanes作品的呈現方式—表演又是同一類。

(2)δρῶντας，係δρᾶν 創新種差的呈現方式的表演系列的術語詞
彙，譯為：舞台上表演行動者。

48ª28.5

(1)δράματα，係δρᾶν 系列，譯為：表演行動事件。它是英文
drama 的字源，今通譯為戲劇，但已失原義。其餘請參閱
本章釋義。

（2）$a\dot{v}\tau\acute{a}$，係指前句的悲劇與喜劇兩類藝術。

48ᵃ29 6.

(1) $\dot{\epsilon}\nu\tau a\hat{v}\theta a$，即在此地。當指在雅典而言。據此推論亞氏是住在雅典期間開始《創作學》的講課與撰稿。

(2) $\overset{,}{E}\pi\acute{\iota}\xi a\rho\mu o\varsigma$（Epicharmus），是公元前五世紀初在西西里的一位喜劇家，他可能在六世紀末創造出無合唱隊的喜劇。死於 467 B.C.，可能非常長壽。他是早期非常有名的創作者，本專書稱他爲 $\pi o\iota\eta\tau\acute{\eta}\varsigma$。

(3) $X\iota\omega\nu\acute{\iota}\delta o\upsilon$（Chionides），大約在波斯戰爭前 8 年就有過作品，是位公元前五世紀的一位喜劇家。

(4) $M\acute{a}\gamma\nu\eta\tau o\varsigma$（Magnes），已知他在481/2 B.C.曾贏過Dionysia戲劇節比賽首獎。以上三人皆參加過486 B.C.第一屆正式喜劇比賽（*Pichard-Cambridge* 114）。

48ᵃ34.7

(1) $\Pi\epsilon\lambda o\pi o\nu\nu\acute{\eta}\sigma\varphi$，這是希臘本島。依*Herod. 5.67*，中所載在公元前六世紀之初，曾在此處以「悲劇式的合唱團」的表演來祭神。

(2) $\dot{o}\nu\acute{o}\mu a\tau a$，當指下文中，喜劇起源的相關名詞，如 $\kappa\acute{\omega}\mu a\varsigma$ ⌐ $\delta\acute{\eta}\mu o\upsilon\varsigma$；$\delta\rho\hat{a}\nu$ ⌐ $\pi\rho a\tau\tau\epsilon\hat{\iota}\nu$ 等。

48ᵇ1.9

(1) 本句將Doris人的 $\delta\rho\hat{a}\nu$ 恢復它的原義爲表演，是爲表達創新種差的呈現方式的系列術語詞彙；而雅典人的 $\pi\rho a\tau\tau\epsilon\hat{\iota}\nu$ 做出行動，則爲表達創新種差一對象物系列的術語。兩者涵意迴異；因此，本句譯與其他任何中、西譯文截然不同。

48ᵇ2.10 在藉著討論喜劇起源，確立 $\delta\rho\hat{a}\nu$（舞台表演）是爲喜劇呈現方式之後，亞氏認爲所構成戲劇文類的種差元素討論已畢，由本句做成結論。

第四章

IV   ¹·Ἐοίκασι δὲ γεννῆσαι μὲν ὅλως τὴν ποιητικὴν αἰτίαι
5 δύο τινὲς καὶ αὗται φυσικαί. ²·τό τε γὰρ μιμεῖσθαι σύμφυτον
τοῖς ἀνθρώποις ἐκ παίδων ἐστὶ καὶ τούτῳ διαφέρουσι
τῶν ἄλλων ζῴων ὅτι μιμητικώτατόν ἐστι καὶ τὰς μαθή-
σεις ποιεῖται διὰ μιμήσεως τὰς πρώτας, καὶ τὸ χαίρειν
τοῖς μιμήμασι πάντας. ³·σημεῖον δὲ τούτου τὸ συμβαῖνον
10 ἐπὶ τῶν ἔργων· ⁴·ἃ γὰρ αὐτὰ λυπηρῶς ὁρῶμεν, τούτων τὰς
εἰκόνας τὰς μάλιστα ἠκριβωμένας χαίρομεν θεωροῦντες, οἷον
θηρίων τε μορφὰς τῶν ἀτιμοτάτων καὶ νεκρῶν. ⁵·αἴτιον δὲ
καὶ τούτου, ὅτι μανθάνειν οὐ μόνον τοῖς φιλοσόφοις ἥδιστον
ἀλλὰ καὶ τοῖς ἄλλοις ὁμοίως, ἀλλ' ἐπὶ βραχὺ κοινωνοῦ-
15 σιν αὐτοῦ. ⁶·διὰ γὰρ τοῦτο χαίρουσι τὰς εἰκόνας ὁρῶντες, ὅτι
συμβαίνει θεωροῦντας μανθάνειν καὶ συλλογίζεσθαι τί ἕκα-
στον, οἷον ὅτι οὗτος ἐκεῖνος· ⁷·ἐπεὶ ἐὰν μὴ τύχῃ προεωρακώς,
οὐχ ᾗ μίμημα ποιήσει τὴν ἡδονὴν ἀλλὰ διὰ τὴν ἀπ-
εργασίαν ἢ τὴν χροιὰν ἢ διὰ τοιαύτην τινὰ ἄλλην αἰτίαν.
20 ⁸·κατὰ φύσιν δὲ ὄντος ἡμῖν τοῦ μιμεῖσθαι καὶ τῆς ἁρμονίας
καὶ τοῦ ῥυθμοῦ (τὰ γὰρ μέτρα ὅτι μόρια τῶν ῥυθμῶν ἐστι
φανερὸν) ἐξ ἀρχῆς οἱ πεφυκότες πρὸς αὐτὰ μάλιστα κατὰ
μικρὸν προάγοντες ἐγέννησαν τὴν ποίησιν ἐκ τῶν αὐτο-
σχεδιασμάτων.

1. 就整個創作法的誕生[2]，看起來似乎[1]有它們的二個起因[3]，和它們具有的本身性質[4]。　2. 因此，人們進行創新，從小孩時起，就是與生俱來的，人也因此有別於其他動物，也即人是最具有創新性，他們第一件創作的學習就是透過創新的。同時，他們總是從創新中獲得快感。　3. 這些發生在我們實踐中[1]得到證明。　4. 事實上，當我們看到會感到令人痛苦的東西，例如最令人作嘔的動物形狀或屍體；但是看到[3]這些東西創新出成為一幅最為精確[2]的畫像[1]時，則會感到快感。5. 這些原因與學習非僅是愛智慧的人感到快感；同樣的，其他的人，也一復如此，只不過其他的人，在這一方面，對這些的接觸比較少而已。　6. 事實上，這就是為什麼人們看到畫像而感到快感；這是因為他們看到的，就能學習那張畫所發生的，以及合理的推理[1]指出每一個東西；例如，這一個人就是前面曾見過的某某那個人。　7. 因為，假如一個人，在此之前，不曾碰見過這件東西；那末，他是對這種創作的創新品就不會產生樂趣；之所以有，那是籍由完美的好功力，或表面的色彩，或其他的緣由。

8. 由於創新出諸我們的本性，而協和音與韻律亦是。事實上，不同的押韻文體，就是屬於韻律的部分[1]，這是非常明顯的。因此，創作誕生於即興[2]，自開始絕大的部分的從事者，是在此之下，逐漸一點一點的向前發展。

⁹·διεσπάσθη δὲ κατὰ τὰ οἰκεῖα ἤθη ἡ ποίησις·
10.
25 οἱ μὲν γὰρ σεμνότεροι τὰς καλὰς ἐμιμοῦντο πράξεις καὶ
τὰς τῶν τοιούτων, οἱ δὲ εὐτελέστεροι τὰς τῶν φαύλων,
πρῶτον ψόγους ποιοῦντες, ὥσπερ ἕτεροι ὕμνους καὶ ἐγκώμια.
11.
τῶν μὲν οὖν πρὸ Ὁμήρου οὐδενὸς ἔχομεν εἰπεῖν τοιοῦτον
ποίημα, εἰκὸς δὲ εἶναι πολλούς, ἀπὸ δὲ Ὁμήρου ἀρξαμένοις
30 ἔστιν, οἷον ἐκείνου ὁ Μαργίτης καὶ τὰ τοιαῦτα.¹²·ἐν οἷς κατὰ
τὸ ἁρμόττον καὶ τὸ ἰαμβεῖον ἦλθε μέτρον—διὸ καὶ ἰαμβεῖον κα-
λεῖται νῦν, ὅτι ἐν τῷ μέτρῳ τούτῳ ἰάμβιζον ἀλλήλους.¹³·καὶ
ἐγένοντο τῶν παλαιῶν οἱ μὲν ἡρωικῶν οἱ δὲ ἰάμβων ποιη-
ταί.¹⁴·ὥσπερ δὲ καὶ τὰ σπουδαῖα μάλιστα ποιητὴς Ὅμηρος
35 ἦν (μόνος γὰρ οὐχ ὅτι εὖ ἀλλὰ καὶ μιμήσεις δραμα-
τικὰς ἐποίησεν), οὕτως καὶ τὸ τῆς κωμῳδίας σχῆμα
πρῶτος ὑπέδειξεν, οὐ ψόγον ἀλλὰ τὸ γελοῖον δραματο-
ποιήσας· ¹⁵·ὁ γὰρ Μαργίτης ἀνάλογον ἔχει, ὥσπερ Ἰλιὰς
1449ª καὶ ἡ Ὀδύσσεια πρὸς τὰς τραγῳδίας, οὕτω καὶ οὗτος πρὸς
τὰς κωμῳδίας.¹⁶·παραφανείσης δὲ τῆς τραγῳδίας καὶ κω-
μῳδίας οἱ ἐφ᾽ ἑκατέραν τὴν ποίησιν ὁρμῶντες κατὰ τὴν
οἰκείαν φύσιν οἱ μὲν ἀντὶ τῶν ἰάμβων κωμῳδοποιοὶ ἐγέ-
5 νοντο, οἱ δὲ ἀντὶ τῶν ἐπῶν τραγῳδοδιδάσκαλοι, διὰ τὸ
μείζω καὶ ἐντιμότερα τὰ σχήματα εἶναι ταῦτα ἐκείνων.
¹⁷·τὸ μὲν οὖν ἐπισκοπεῖν εἰ ἄρα ἔχει ἤδη ἡ τραγῳδία τοῖς
εἴδεσιν ἱκανῶς ἢ οὔ, αὐτό τε καθ᾽ αὑτὸ κρῖναι καὶ πρὸς
τὰ θέατρα, ἄλλος λόγος.

(續前段)9. 創作行動是依一個人與生俱來所特有的品格而成為差異的。　10. 因為，一方面，凡品格崇高的[1]人物創新成善[2]的行動[3]，與高貴的行動者；凡品格低俗之輩則（創新）為低俗[4]的一類。最初是創作成諷刺類[5]，而後，另一種的，則為英雄頌[7]與神祇頌[6]。　11. 到現在，因此有人說，我們已無有傳下任何人的這類創作品早過Homer的；可能[1]曾經有過很多，但這類是從Homer開始的，如Homer的*The Margites*，以及其他的。　12. 為適合於這類創作品，而轉向以短長格的音步[1]配合押韻，由此，直到[2]現在還是以短長格音步作為稱呼，因為它的這種押韻，慣用於彼此之間的諷刺嘲笑[3]。　13. 同時，自古代就產生英雄體與諷刺體押韻文的創作者。　14. 正如從嘲笑到崇高[1]而言，Homer皆是真正最大的創作者，只有他一個人不僅已創作了表演化[2]的創新，他也是第一位勾勒出喜劇形式[3]成為表演化創作[4]；它不再是諷刺嘲笑，而是可笑[4]的事件。　15. 因而，他的*Margites*之於喜劇所屬有的類比性[1]；正如他的*Iliad*和*Odyssey*之於悲劇。

16. 但當悲劇與喜劇露出曙光之後，創作者們，依據每一種文類的本性，驅向者其中之一；因此，一群產生喜劇創作[1]取代嘲笑；另一群則針對著敘事體創作而成為教化[2]的悲劇；因為這每一種文類，它們的形式較以前的每一種皆更為宏偉，且也更受推崇。

17. 那末. 現在依次來檢視，悲劇是能否成為一個文類形式[1]，這個就得逐一由它的本身足以組成的成分與觀眾[2]來做判斷了。這是要另個討論的。

18·γενομένη δ' οὖν ἀπ' ἀρχῆς αὐτο-
10 σχεδιαστικῆς—καὶ αὐτὴ καὶ ἡ κωμῳδία, καὶ ἡ μὲν ἀπὸ
τῶν ἐξαρχόντων τὸν διθύραμβον, ἡ δὲ ἀπὸ τῶν τὰ φαλ-
λικὰ ἃ ἔτι καὶ νῦν ἐν πολλαῖς τῶν πόλεων διαμένει νομι-
ζόμενα—κατὰ μικρὸν ηὐξήθη προαγόντων ὅσον ἐγίγνετο
φανερὸν αὐτῆς· 19·καὶ πολλὰς μεταβολὰς μεταβαλοῦσα ἡ
15 τραγῳδία ἐπαύσατο, ἐπεὶ ἔσχε τὴν αὑτῆς φύσιν. 20·καὶ τό
τε τῶν ὑποκριτῶν πλῆθος ἐξ ἑνὸς εἰς δύο πρῶτος Αἰσχύ-
λος ἤγαγε καὶ τὰ τοῦ χοροῦ ἠλάττωσε καὶ τὸν λόγον
πρωταγωνιστεῖν παρεσκεύασεν· 21·τρεῖς δὲ καὶ σκηνογραφίαν
Σοφοκλῆς. 22·ἔτι δὲ τὸ μέγεθος· 23·ἐκ μικρῶν μύθων καὶ λέ-
20 ξεως γελοίας διὰ τὸ ἐκ σατυρικοῦ μεταβαλεῖν ὀψὲ ἀπ-
εσεμνύνθη, τό τε μέτρον ἐκ τετραμέτρου ἰαμβεῖον ἐγένετο.
24·τὸ μὲν γὰρ πρῶτον τετραμέτρῳ ἐχρῶντο διὰ τὸ σατυρικὴν
καὶ ὀρχηστικωτέραν εἶναι τὴν ποίησιν, λέξεως δὲ γενομένης
αὐτὴ ἡ φύσις τὸ οἰκεῖον μέτρον εὗρε· 25·μάλιστα γὰρ λεκτι-
25 κὸν τῶν μέτρων τὸ ἰαμβεῖόν ἐστιν· 26·σημεῖον δὲ τούτου,
πλεῖστα γὰρ ἰαμβεῖα λέγομεν ἐν τῇ διαλέκτῳ τῇ πρὸς
ἀλλήλους, ἑξάμετρα δὲ ὀλιγάκις καὶ ἐκβαίνοντες τῆς λεκτι-
28 κῆς ἁρμονίας. 27·ἔτι δὲ ἐπεισοδίων πλήθη. 28·καὶ τὰ ἄλλ' ὡς
30 ἕκαστα κοσμηθῆναι λέγεται ἔστω ἡμῖν εἰρημένα· 29·πολὺ γὰρ
ἂν ἴσως ἔργον εἴη διεξιέναι καθ' ἕκαστον.

（續前段）18. 因此，產生悲劇，如同喜劇，皆源由即興開始[1]。一個是開始於人羊之歌[2]；一個是諷刺之歌[3]，我們成為習慣，這些至今留存在很多的城市裡。不過，悲劇在一點點的緩慢的情況下向前成長，到大家已經看到它的形成。 19. 其中經過很多變化，當在悲劇當獲得到它的本質之後，就停止不再成長[1]。

20. Aeschylus是最早的一位帶領著由一位演員擴充到第二位演員[1]；同時縮減合唱隊，以提供說話成為主角化地位[2]。21. 繼之到第三位演員，以及有畫景[1]的是Sophocles。 22. 進而，是悲劇具有宏偉體裁[1]。 23. 係從人羊劇[1]的簡單情節與調笑的言詞中發展出來，直經過長期[2]才達成莊嚴的內容[3]。它的押韻的韻腳是從長短格的四音步變成短長格三音步。24. 在最初，由於像似人羊劇，因此，使用長短格四音步，因為這種創作是更適合配合舞蹈[1]。當產生了對話之後[2]，由於這種對話本質，就找到了這種特有的短長格三音步押韻音步[3]。 25. 事實上，短長格三音步是最適合用於對話的押韻韻腳。 26. 這個證明，短長格三音步對其他押韻文韻腳而言，是最適合於我們日常對話中的說話；而六音步[1]則罕用；同時，它就使流暢的對話失去抑揚頓挫的和協。 27. 除此，悲劇還有很多行動事件的場次[1]。 28. 仍至傳說下來的，悲劇有其他各種裝飾物[1]，就算我們就把它們這些說過的，視為當然。 29. 因為它們的每一部分，若徹底逐一討論一過，這或許將是很要費事的工作。

【釋義】

本章的內容是比較複雜的，也是具有爭議的一章。主要部分，有：(1)創新出於人性論；(2)快感與創作功能；(3)種差元素發展史；(4)悲劇宏偉體裁等。

I. 創新人性論的不周延性

在前三章建立種差的分類，從不同種差產生不同文類，據此推論形成為一個創新體系。本章進而討論這些種差是如何發生的，由於種差之所以發生，是產生文類的基礎；因此，與其說探求文類，不如說是種差產生的原因。首先亞氏將創新種差的發生歸諸人性，此為創新人性論。事實上，凡是以人性作為一個議題的前提的話，是容易引起爭議的，即不能拒絕，也不能接受，也不能證明。凡人類的思想、慾望、情感行為，有哪一項不能訴諸人性。其結果僅有爭議，即無共識，也無結論，延伸出的一切推演，也缺少周延性。

亞氏指稱出於人性，人類孩童開始，他們第一次創作是透過「模仿」（μιμεῖσθαι）的學習(48ᵇ5-8)。由於一直將μίμησις的意思界定在「模仿」（imitation），因而，推論人類的學習起基於模仿。Butcher，Byweter等認定人類偏向於「模仿」，這似乎是一種折衷性解說。我們也可以相同的將imitation解說成人類不同於動物，他們的學習偏向「創新」。由於無法證明，平行爭議造成不了結論。西方這種詮釋僅屬人類某些行為的特定現象，並不具形而上的普遍性。如果一個「創作者」的學習能力僅限於模仿，終其一生，以模仿為學習，一如動物（如鸚鵡），其結果仍然是模仿；因此，模仿僅屬一種學習的基本能力，而非創作的本源。如果，他

能成為一位創作者，試問，他的創作源頭的能力從何而來？如何從模仿蛻變成為創作，這種創作的特有能力，必有別於模仿。這種有別模仿的創作基因是什麼？又要用什麼專用術語來表達？這些問題皆不是將μίμησις 作為「模仿」所能解說的，也即模仿不能符合構成亞氏創作的邏輯推論基礎。經本人在第一章的解說，藉著ἀπεικάζοντες（臨模）一義，不僅使μίμησις 從Plato界定為「模仿」（*Republic X*），甚至到「拷貝」一義中，脫離出來；進而，在本專書重新界定它為「創新」的新專用術語。由此提供在創作上展示，人類不是透過模仿的學習，而是具有創新能力的學習。所以，本章應是排除模仿一義，而專指具有創新性的學習。雖然，模仿是人類的一種學習方式，可能廣泛的應用不同的知識範疇，但它不是創作的方法。因此，本人堅持將μίμησις 作創新解；且作為創作基因的專用術語。

然而，亞氏何以另創人性新說呢？可能是以另一種學理來抗對Plato認為創作係出於神授，而非某一個人的能力。在亞氏這本專書中，凡論及創作品的行動者時，無處不在排除神的行為；並在第十五章做了展示性具體說明。亞氏人性論，可詮釋為去神論的創作論。

II. 快感與創作功能

其次，人類在進行創新或創作會產生快感，係出諸人性。這是另一項人性論。並以繪畫的類比做說明。一位畫家將令人作嘔的動物創作成畫作而產生快感；然而，如果一位臨摹者以模仿的方式，同樣的，也產生快感；這種非創作仍然也可產生快感。因此，以快感為前提，對創作而言，並無特別義；也產生不了與臨摹的差別義。況且，人性即能產生快感，也能產生痛苦。像這種無共識，無結論可以繼續爭議。畢竟再多的爭議並不能豐富亞氏

《創作學》體系。既然如此，就接受這項創作產生快感的人性論。重點是創作產生的快感，應用在悲劇上，專指的是什麼引起的快感？這才是創作學所探討的課題，由繪畫推而廣之，每一種創作文類無不產生快感。然而，創作文類絕非一般泛論人類行為所產生的快感。於是第8句提出要具備harmony，rhythm，即創作的媒介物，因為創新利用這些媒介物引起快感，是出諸人的天性。再經由前三章的解說，將這些音樂媒介物轉換成為悲劇創作的語言。亞氏主張創作源自即興。難道任何一次即興皆能產生創作文類？即便成為創作也不一定能產生創作功能的快感。換言之，要具有構成創作快感的因素，即對象物，媒介物與呈現方式，才能使即興成為創作，而產生快感。所以，即興到創作，不是任意的，而是有條件的，由此得到界定。那末，悲劇自即興到成熟，產生悲劇功能的快感，有了這一項結論；首先，為悲劇產生快感功能立下了一個立論基礎。其次，才問什麼才能產生悲劇快感及悲劇快感的功能是什麼？這兩問題為後面各章的討論預作伏筆；前者是指受難事件所引起的恐懼與哀憐；後者是katharsis。在前三章完成三種類差之後，本章在種差的基礎延伸到悲劇功力的範疇之上。在十三、十四兩章做出詳盡的解答。

III. 悲劇種差元素發展史

本章第三個議題，西方學者咸認是亞氏在本章述說戲劇發展史。不過，可能與亞氏心目中的認知有所不同。確實四、五兩章提供了戲劇史的重要資料，而它的目的不是在述說歷史。按亞氏曾撰Pythian節及雅典酒神節的戲劇得獎人名錄與創作品（*Pichard-Cambridge* 103-6），及《論創作者》等專書，依此而論，在《創作學》歸納悲劇理論體系另成一本專書時，實無理由重複抄錄亞氏自己其他作品與資料的必要。同時，對相關的議題，亞氏稱「有

關這些事件，在已經出版論著中談得夠多了」(54^b18)。因此，本人不同意四、五兩章是將戲劇史的發展作為討論主旨。那末，本章的用意安在？

回到第一個議題，不同種差的發生，才產生不同文類。如何找出不同種差的發生，就能確立新文類的產生。也就是說本章是在述說創作種差元素的成長史，這才是第18，19句悲劇在它一點點帶著緩慢向前成長的原義。係據這個推論，第10句明示創作（或創新）悲、喜劇對象物（行動者）的源頭，分別為崇高的英雄頌(encomium)與酒神頌(hymn)；與低俗的諷刺歌。且探查這些源頭分別以*Iliad*與*Odyssey*代表前者；*The Margites*（《愚人曲》）代表後者，皆Homer所創作。二種文類對象物的源頭與發展，見表一。押韻文的創作文類，不曾命名；因而以押韻文不同的韻腳，為dactylic hexameter或iambic代表文類。也即以媒介物做為文類命名。

在此要特別說明，悲劇起於人羊之歌（即酒神頌）成為史實依據別無疑義；而喜劇則起於陽具之歌($\phi\alpha\lambda\lambda\iota\kappa\grave{\alpha}$, Phallic)(49^a11)。但依敘利亞(Σ)本此處是$\phi\alpha\upsilon\lambda\lambda\iota\kappa\grave{\alpha}$ (phaullica)，意為諷刺之歌。因而符合本章喜劇起源，特具意義，這個出處受到詮釋家非常重視。唯接著下文稱：「迄今留在很多城市裡已成為習慣，」當指舉行喜劇慶節時，舉著大型陽具遊行。因此，無法肯定這種抄本何者為宜。參見注18.(3)。

IV. 宏偉體裁

最後，還是依照悲劇種差成長的這個推理，悲劇體裁是由調笑的人羊劇經過長期發展才達成莊嚴的內容成為宏偉體裁($\mu\acute{\epsilon}\gamma\epsilon\theta o\varsigma$)。這是在三類種差，悲劇功能之外，本章完成悲劇定義中另一項要件。至於，其他構成悲劇的元素，如演員的成長，即

表一

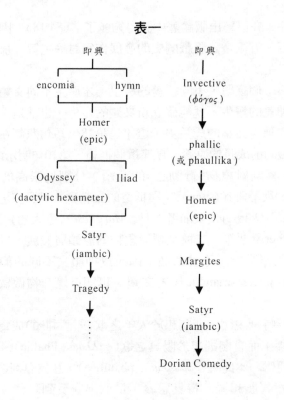

表演行動者，場景，呈現方式的種差；場次的增加，劇本的形
式部分等等，以及不同語言韻腳的應用，則不逐一加以說明，
參見各句注釋。

注釋

$48^b4.1$

(1)ἐοίκασι，似乎之意。本句從開頭的語氣，推知亞氏對人性
　爲發生論是一種假設性的主張。

(2)γεννῆσαι(γεννᾶν)，產生，生產出。

(3)αἰτίαι δύο，兩個緣由。指產生創作的二種原因。

(4)φυσικαί，指人性而言。與下句σύμφυτον（與生俱來）相呼
應。

48ᵇ9.3

(1) ἐπὶ τῶν ἔργων，在工作中。劇 Lucas，譯爲「實踐中」。

48ᵇ10.4

(1) εἰκόνας，此係肖像畫。在亞氏這本專書中所討論繪畫時唯
一的對象物，它不是指一般的繪畫。否則無法據以平行推
論人物品格。

(2)μάλιστα ἠκριβωμένας，完全的，或精確的相像。指肖像畫
的寫實。

(3)θεωροῦντες，與 θεωριά 係同一字根，意爲看或沉思之屬。而
F. Fergusson 視它爲行動（action）的一種意義，這在字源
上，似乎找不出根據。

48ᵇ15.6

(1)συλλογίζεσθαι，是συλλογισμός（三段論法syllogism）的動詞。
在亞氏整體知識中，亞氏完成一套理論的基礎，就是邏輯
推理。本專書中亞氏將情節的發現列出推理發現（54ᵃ4），
更重要的行動必然率的推理，本人認爲，完全建立在推理
假設與前提謬誤（60ᵃ20-25）的基礎上。因此，直譯爲：推
理。同時基於推理性，也就成爲第九章必然率的條件。
其次，在古希臘的繪畫係屬神話中人物。試問有誰見過
這些神話中的諸神。但從繪畫中知道是爲某神等等。必
然是依該畫的相關內容與背景推理而知之。

48ᵇ20.8

(1)μόρια，一部分。指押韻文中的某些部分。也就是構成悲劇
語言中令人悅耳的押韻文部分。

(2)αὐτοσχεδιασμάτων，即興。指一切創作起於即興。本章釋
　　義已爲即興作了界定。

48ᵇ25.10

(1)σεμνότεροι，更爲或比較莊重。與ἀπεσεμνύνθη(49ᵃ20)同義。
　　本句指稱高尙者品格，則在作品中創新成品格也崇高人
　　物；而低俗者，則也低下。

(2)καλὰς，好的或善的(行動)，與σπουδαίους(崇高，48ᵃ2)，同
　　屬悲劇人物品格的種差術語詞彙系列。

(3)πράξεις，係戲劇行動，在本書中第一次出現，是行動四重
　　意義之一。參見49ᵇ24。

(4)φαύλων，與καλὰς是一對相對詞。指爲惡、醜之意，係喜
　　劇種差對象物的品格專用術語。

(5)ψόγους，諷刺之歌。

(6)ὕμνους，神讚(hymn)。

(7)ἐγκώμια，英雄頌(encomium)。

以上各種名詞關係到種差的起源，應細加分辨。

48ᵇ28.11

(1)εἰκὸς，可能。係亞氏的推測。指諷刺文類在Homer之前
　　「可能」存在，但無實存。因此，只好從Homer開始。

(2)Μαργίτης(《愚人曲》，The Margites)。係Homer作品，是
　　所知最早的諷刺文類的作品。

48ᵇ30.12

(1)ἰαμβεῖον，短長格音步。這種韻腳適用於諷刺文類，由於這
　　種文類尙無命名，因此，以這種文類媒介物作爲文類命
　　名。之後這文類發展成喜劇。其動詞ἰάμβιζον再轉意爲諷
　　刺、漫罵嘲諷之意。

(2)ἦλθε(ἐλθεῖν)，到達，來到。指短長格出現成爲這種文類

的押韻格。

(3)*ἰάμβιον ἀλλήλους*，（人馬劇或喜劇人物）彼此之間的相互嘲諷等。

48ᵇ34.14

(1)*ὥσπερ δὲ καὶ τὰ σπουδαῖα*，本人認為 *ὥσπερ δὲ* 的用法，係由一個東西進到另一個東西的意思。如此，當係指如前者，即嘲笑文類，進而接著*καὶ τὰ σπουδαῖα*(和崇高的文類)。因此，本句譯為：諷刺與崇高兩類。與西譯有別。

(2)*δραματικὰς ἐποίησεν*，依第三章戲劇行動呈現方式的詮釋，它是將敘事體(epic)的敘述法中發展成為戲劇表演形式，構成創新戲劇最重要元素。依此，本人譯為：創作表演（行動）法。

(3)*σχῆμα ὑπέδειζεν(ὑποδεικνύναι)*，由 Homer 勾勒出喜劇的形式。

(4)*ψόγον…γελοῖον δραματοποιήσας。γελοῖον*，可笑。它是喜劇最大的功能，藉以有別於悲劇文類的類差。由本句進而說明 Homer 不僅將勾勒出喜劇形式，而且是將原有嘲笑文類的內容主題，創造成為(喜劇人物)可笑事件的表演。

48ᵇ38.15

(1)*ἀνάλογον*，類比(analagy)。本句亞氏明確的指出*Margites*之於喜劇，正類似*Iliad*之於悲劇。這正是亞氏在本專書中的利用各種文類的一種類比法。

49ᵃ2.16

(1) *κωμῳδοποιοί*，創作喜劇。

(2) *τραγῳδοδιδάσκαλοι*，*διδασκαλιά* 有二義：教導，訓練；與演出的排演。如探第一義則譯為：教化。第二義，這個結合字，就是悲劇的排演。如果這個意思的話，就充分顯示，

悲劇與敘事體創作這兩文類的不同;一為敘說;一為表演。

以上從第 9 句(48ᵇ24)起至本句止,係利用喜、悲劇兩種文類的類比,來討論喜、悲劇對象物的種差;即人物品格的崇高與低俗。為便於讀者易於了解,將全書所列出不同文類的人物品格列表,已見於第二章釋義部分的列表一。

49ᵃ7.17

(1)εἴδεσιν,名詞為εἶδος,意為形式,種類,一般解釋它與μέρι 相當。係構成悲劇本身成分而言。

(2)θέατρα,可作劇場與觀眾解。係指受到劇場演出,抑是受觀眾的限定,屬哪一種認知,若依本句無從確知。這是首次提及觀眾與劇場的成為悲劇形成的元素。

49ᵃ9.18 自18句(49ᵃ9)起29句結束的主旨,是悲劇元素緩慢發展成長史(49ᵃ14),其說明參見本章釋義。

(1)ἀπ᾽ ἀρχῆς αὐτοσχεδιαστικῆς,起於即興。指即興而後分別產生的英雄頌與諷刺之歌(φόγος)等這個階段。見本章釋義表一。

(2)τῶν ἐξαρχόντων τόν διθύραμβον,指悲劇起於人羊之歌。唯人羊之歌的人物以嬉笑為主是否適應於悲劇崇高人物;抑僅指人羊之歌的韻律適用於悲劇,因為這種文類作品,無有保存,不得佐證,讀者姑信之,不必求詳;否則徒增困惑。

(3)ἀπὸ τῶν τὰ φαλλικὰ,起於陽具之歌。此係指喜劇而言,而非人羊之歌。這句做為喜劇的起源已經視為當然的證據。不過,據敘利亞 Σ 抄本以及部分 MSS 抄本,皆為φαυλλικὰ。G. Else認為,可能亞氏只寫成為φαυλὰ(1963,87),而φαλλικὰ 是一個無聊的字眼。因而譯為:低級表演

(low performance)。如果 Σ 抄本是對的，則與本章第8句（48ᵇ26）喜劇起於φαυλλῶν 是一致的。因此，本人傾向於相信φαυλλικὰ（陽具之歌）係φαύλα 或φαυλλικὰ（諷刺之歌）的抄本筆誤。就實際的情況考量，在用陽具做為道具是可能的，且不違背喜劇諷刺的功能。所以「迄今留存在很多的城市裡成為習慣」。特此為釋義部分，做補充說明。

49ᵃ14.19

（1）ἐπαύσατο…αὐτῆς φύσιν 。ἐπαύσατο 的原動詞ἐπαῦω，本句指悲劇成長到具備它的性質特徵之後而停止。什麼是悲劇的性質特徵，是研究悲劇成是的關鍵所在。本人認為四、五兩章探求悲劇種差的成長的是這個關鍵的答案。

49ᵃ15.20

（1）ὑποκριτῶν，演員。這是第一次提及演員作為行動表演者。以別於敘事體創作的講述者。第一位演員，一般公認為，是Thespis。但是如何產生第一位演員，則無從得知。其中一種可能是合唱團的隊長，他回答或解釋外面所發生的事，而引起合唱隊進行的歌唱；其他的可能無從一一描述。至於第二個演員則毫無疑問的是為與已經存在的第一位演員相互對話。

（2）λόγον πρωτογωνιστεῖν ，使對話成為首要角色（的地位）。這當指Aeschylus增加第二位演員之後，二個演員的對話變成為悲劇的首要地位，並降低了合唱隊的原有功能，演員成了首要角色。到Sophocles在468 B.C，增加到第三位演員。Aeschylus在他的*Oresteia*（458 B.C）中加以實際應用。於是希臘悲劇行動表演者的發展特徵到此則完全停止。

49ᵃ19.21

（1）σκηνιγραφίαν，指畫出的場景。

49ª19.22

(1)μέγεθος，有二重意義：一表示體積、面積及長度的大小；
一爲內容或體裁的宏偉。西方學者如 Bywater(35)；
Whalley(67)；Butcher(23)；Halliwell(37)；Golden(11)；
Hulton(50)；Else(1963, 25)等大致採用後者：而
Grude(12)；Gassner(22)等則用前者。從本專書全書專用
詞彙一貫的考量，亞氏避免二義並陳，特用 μῆκος，專指
長度，不做他解，以取代μέγεθος 中的第一義；所以，
μέγεθος 在本專書中的用法，僅剩下內容宏偉一解而已，這
個字在這本專書中出現約二十次，用作宏偉體裁解，則無
一例外，也無混淆之虞。

依 Butcher 本，本句與 21 句合爲一句；而 Kassel 則分爲二
句。本譯文依 Kassel。

49ª19.23

(1)ἐκ σατυρικοῦ，亞氏指悲劇出自人羊劇。由於人羊劇迄
無一倖存，僅知人羊劇情節簡單，言詞調笑外，還
有其他那些人羊劇元素發展成悲劇，則無從細論。
唯一現存的人羊劇是Euripides 的Cyclops，恐已非原
始形式。

(2)ὀψέ，經過長期之後。係有多長，起迄何時，皆無從
確知。

(3)ἀπεσεμνύνθη，內容莊嚴。悲劇體裁何時才由人羊劇發
展成爲莊嚴，係指至Aeschylus，也無定論。
由21句至23句，G. Else認爲係後人所插入者。唯這三
句關係到悲劇宏偉體裁的形成，有其不可取代的重

要性。所以，本人認爲只要是係後人依據亞氏之意，而增入者，皆有助於原文的了解，則不必計較是否出於亞氏之手。

49ª22.24 由於Aeschylus增加第二位演員之後，即增加了對話的成分。而短長格三音步適合於對話；而取代人羊劇中長短格四音步適合於舞蹈的部分。這明顯的，說明悲劇媒介物元素語言的改變。

(1) ὀρχηστικωτέραν，指四音步更適合於舞蹈的創新。

(2) λέξεως…(3) εὖρε 。產生了悲劇的對話，依它的性質，再也找不到一個比三音步更適合的韻腳。εὖρε(εὑρίσκειν)，發現。也就亞基米德定律的「我找到了」這個字。

49ª25.26

(1) ἑξάμετρα，六音步，係指敘事體創作所用的韻律。

49ª28.27

(1) ἐπεισοδίων，場次(episode)，係悲劇外在形成元素。仍依場次來計算，一個場次係指一個完整的戲劇行動事件，它的定義見於52ᵇ2；相當於後來的一幕(act)。由於這種場次是以二、三個演員用對話的方式進行戲劇行動事件，因而有人譯爲「插話」。

49ª28.28

(1) κοσμηθῆναι，裝飾。由τὰ ἄλλ'(其他之類)的涵義推之，可能包括三聯劇，而且包括服裝、面具以及佈景等等。

第五章

V   ¹·ʽΗ δὲ κωμῳδία ἐστὶν ὥσπερ εἴπομεν μίμησις φαυλο-
τέρων μέν, οὐ μέντοι κατὰ πᾶσαν κακίαν, ἀλλὰ τοῦ
αἰσχροῦ ἐστι τὸ γελοῖον μόριον. ²·τὸ γὰρ γελοῖόν ἐστιν ἁμάρ-
35 τημά τι καὶ αἶσχος ἀνώδυνον καὶ οὐ φθαρτικόν, οἷον
εὐθὺς τὸ γελοῖον πρόσωπον αἰσχρόν τι καὶ διεστραμμένον
ἄνευ ὀδύνης. ³·αἱ μὲν οὖν τῆς τραγῳδίας μεταβάσεις καὶ
δι' ὧν ἐγένοντο οὐ λελήθασιν, ἡ δὲ κωμῳδία διὰ τὸ μὴ
1449ᵇ σπουδάζεσθαι ἐξ ἀρχῆς ἔλαθεν· ⁴·καὶ γὰρ χορὸν κωμῳδῶν
ὀψέ ποτε ὁ ἄρχων ἔδωκεν, ἀλλ' ἐθελονταὶ ἦσαν. ⁵·ἤδη δὲ
σχήματά τινα αὐτῆς ἐχούσης οἱ λεγόμενοι αὐτῆς ποιηταὶ
μνημονεύονται. ⁶·τίς δὲ πρόσωπα ἀπέδωκεν ἢ προλόγους ἢ
5 πλήθη ὑποκριτῶν καὶ ὅσα τοιαῦτα, ἠγνόηται. ⁷·τὸ δὲ μύ-
θους ποιεῖν ['Επίχαρμος καὶ Φόρμις] τὸ μὲν ἐξ ἀρχῆς ἐκ
Σικελίας ἦλθε, τῶν δὲ Ἀθήνησιν Κράτης πρῶτος ἦρξεν
ἀφέμενος τῆς ἰαμβικῆς ἰδέας καθόλου ποιεῖν λόγους καὶ
μύθους. ⁸·ἡ μὲν οὖν ἐποποιία τῇ τραγῳδίᾳ μέχρι μὲν τοῦ
10 μετὰ μέτρου λόγῳ μίμησις εἶναι σπουδαίων ἠκολούθησεν·
⁹·τῷ δὲ τὸ μέτρον ἁπλοῦν ἔχειν καὶ ἀπαγγελίαν εἶναι, ταύτῃ
διαφέρουσιν· ¹⁰·ἔτι δὲ τῷ μήκει·

1. 已如我們所說過的[1]，喜劇是創新比較低俗的人物；不像是包括這些人所有的罪惡[2]，而僅這些人的丟醜才是它的可笑部分[3]。　2. 因爲，可笑是一種做出令人發笑的行爲[1]；是一種做出糗事，而免於痛苦的丟醜，也不會致人於命[2]。如這一類的例子立即可以找到[3]可笑的面具[4]，雖是醜化且被扭曲；然而，並不造成人的身心的痛苦。

3. 因此，一方面，形成悲劇演變[1]與經過的那些人皆未被忘記[2]；而另一方面，由於喜劇未形成嚴肅性[3]，自一開始就被忘了。　4. 事實上，經過很長時期[2]，雅典執政官才授予喜劇演員[1]的合唱隊；但在此之前，則都是自願[3]參加的。　5. 直到喜劇已有了它的某些形式，從記載裡[2]，我們稱他們是所謂的創作者[1]。　6. 至於是由誰才有了面具，或進場詞，或演員人數的多寡，以及其他之類，這些是如數全已無人知了。7. 從來自Sicily的Epicharmus與Phormus[2]開始創作了喜劇的情節[1]；進而，一個雅典人，Crates[3]，是第一位開始放棄諷刺本質，而創造出完完全全的故事與情節[4]。

8. 所以，從一方面，敘事體創作直到悲劇，相繼[3]皆是創新崇高[2]人物；另一方面，在語言上，也同[1]用押韻文。　9. 只是敘事體創作用單一押韻韻腳[1]與講述的方式[2]，這就是它們所不同的[3]。　10. 再就是它們長度的長短[1]。

11. ἡ μὲν ὅτι μάλιστα πειρᾶται
ὑπὸ μίαν περίοδον ἡλίου εἶναι ἢ μικρὸν ἐξαλλάττειν, ἡ δὲ
ἐποποιία ἀόριστος τῷ χρόνῳ καὶ τούτῳ διαφέρει, καίτοι
15 τὸ πρῶτον ὁμοίως ἐν ταῖς τραγῳδίαις τοῦτο ἐποίουν καὶ ἐν
τοῖς ἔπεσιν.[12]μέρη δ' ἐστὶ τὰ μὲν ταυτά, τὰ δὲ ἴδια τῆς
τραγῳδίας· [13]διόπερ ὅστις περὶ τραγῳδίας οἶδε σπουδαίας
καὶ φαύλης, οἶδε καὶ περὶ ἐπῶν·[14]ἃ μὲν γὰρ ἐποποιία
ἔχει, ὑπάρχει τῇ τραγῳδίᾳ, ἃ δὲ αὐτῇ, οὐ πάντα ἐν τῇ
20 ἐποποιίᾳ.

（續前段）11. 在這方面，一個悲劇最大的努力是以太陽轉一圈[1]，或改變一點點長度；而敘事體創作在這個時間上，則沒有這項界限。這也使它們成為種差。雖然，起初悲劇和敘事體創作是相同的，不受限制。　12. 還有某些構成成分[1]，是二者相同的；有的成分則是悲劇本身所獨有的。　13. 因此，凡人能了解悲劇是崇高嚴肅與罪惡[1]，也就了解敘事體創作也如此。14. 敘事體創作所擁有的成分，皆成為悲劇開始時所有；然而，凡悲劇所擁有的，在敘事體創作中，則不是全有的。

【釋義】

I. 悲劇與喜劇兩大文類屬的屬性差：發笑行爲與犯罪行爲

　　繼第四章戲劇元素的歷史成長，本章分爲二個段落，由第一至七句；及第八句至結束。喜劇與悲劇這二種戲劇文類的差別義在那裡，也就是一種文類的屬（genus）與另一文類屬的屬性差別，可稱爲屬性差。本章首先確立喜劇的屬性差是爲可笑（$\gamma\epsilon\lambda o\hat{i}ov$），以別於悲劇的崇高。藉此明確認知第四章界定喜劇的低俗（$\phi\alpha\hat{v}\lambda o\varsigma$）不是罪過，而是可笑。造成可笑是 $\dot{\alpha}\mu\alpha\rho\tau\eta\mu\dot{\alpha}$，與悲劇的 $\dot{\alpha}\mu\alpha\rho\tau\dot{i}\alpha$ 是截然不同的功能。前者喜劇是一種錯誤行爲，無關緊要，僅是出糗，有羞恥而無痛苦，更不危及生死。因此可譯爲：令人發笑行爲。凡悲劇崇高人物所犯行爲產生恐懼與哀憐；小則受盡苦難；重則自身死亡。故可譯爲：悲劇犯罪行爲或悲劇過失行爲，其類型在第十三章陳述。經此界定，是爲喜、悲劇的屬性差，而非構成一種文類屬中的種差而已。

II. 悲劇行動（$\pi\rho\acute{\alpha}\xi\iota\varsigma$）的形成

　　其次，情節是創作行動（$\pi\rho\acute{\alpha}\xi\iota\varsigma$）結構的首要原則，也是行動（action）這個系列概念與詞彙根據之所在。那末，是誰產生情節？這是戲劇元素發展中，一項溯本清源的課題。亞氏指出喜劇情節的創作者始於Epicharmus（在第三章已論及）和Phormus，以及另一位Crates。他們放棄了原有諷刺文類形式，而創造出情節。

III. 悲劇與敘事創作比較：呈現方式不同

　　第二個部分是透過敘事體創作與悲劇比較，再度確立構成這

二種文類的不同種差，其中以呈現方式最為明顯。敘事體創作是
以講述方式($\dot{\alpha}\pi\alpha\gamma\gamma\epsilon\lambda\dot{\iota}\alpha\nu$)。當然在第三章已經指示悲劇是以表演
($\delta\rho\hat{\alpha}\nu$)形式。

IV. 二種文類創作品的長度：時間統一率與地點統一率

由於呈現方式不同，也就產生二種文類創作品的長度($\mu\dot{\eta}\kappa\epsilon\iota$)
問題。敘事體創作的講述者沒有時間的限制，則創作品可長可
短。而悲劇則受制於演出時間，所以產生「一日」時間長度不同
解說的爭議。成為後世三一律的時間統一律的根據。進而還可以
討論創作體裁要如何也受到這種固定的時間限制。其次，既然討
論呈現方式不同，那末，場景是為戲劇文類所具有的；而是敘事
體創作所無。由此推論當然也就推出悲劇作創作品在呈現方式上
的地點統一律。至於其他不同種差產生的不同處，參見注釋。附
帶說明，由於創作品的長度($\mu\dot{\eta}\kappa\epsilon\iota$)一詞，在全書中的使用，已取
代 $\mu\dot{\epsilon}\gamma\epsilon\theta o\varsigma$ 解說作為長度的意思。因此，確定並澄清 $\mu\dot{\epsilon}\gamma\epsilon\theta o\varsigma$ 只剩
下宏偉一義的認知，不做他解。

不過，這二種文類在結構上的首要差別是敘事體創作屬多組
情節；而悲劇為單一情節。這一議題在本章居然不曾提出，也不
符合亞氏以後的行文暗示。因此，本人懷疑，雖然缺少證據，但
據推理，本章是有缺文的。

注釋

49^{a}26.1

(1)$\ddot{\omega}\sigma\pi\epsilon\rho\ \epsilon\ddot{\iota}\pi o\mu\epsilon\nu$，正像前面曾說過的。此係指喜劇對象物人
物品格的種差(48^{a}2，48^{b}25)。喜劇是創新出比較低俗
($\phi\alpha\dot{\upsilon}\lambda o\upsilon\varsigma$)品格。本句進一步界定這項種差的特質。

(2)$\kappa\alpha\kappa\dot{\iota}\alpha\nu$，與$\dot{\alpha}\rho\epsilon\tau\dot{\eta}$ 是一對的相對詞。意為善與惡。這是希臘

的倫理道德重要概念。對討論人物品格的認知，甚爲緊
要，在全書中構成一系列的詞彙，參見第十五章注。唯
中、西倫理認知有別，論之者眾，不擬加以引述。

(3)γελοῖον，可笑。進一步界定喜劇人物品格的低俗
（φαύλους），不是罪過，而是可笑。也就成爲喜劇屬性差
之外，也是喜劇功能。在悲劇，則成爲恐懼與哀憐。

49ª34.2

(1)ἁμάρτημά，它是討論喜劇時與「悲劇過失行爲」（ἁμαρτιά）
具有同等重要的屬差詞彙。係無心或有意的過失，但非罪
過，又見於60ᵇ20，30。因譯爲：令人發笑行爲。英譯爲
mistake(*Else* 183)；defect(*Butcher* 21)；error(*Hulton*
49)；deformity（Bywater 33)等殊不一。它與悲劇過失行
爲的 ἁμαρτιά(53ª10)同出於 ἁμαρτάνειν 。而 ἁμαρτιά 英譯
爲，tragic flaw, tragic deeds, fault, error, 等等。這二個名詞
是人物品格的重要術語。參見第十三章。

(2)ἀνώδυνον καὶ οὐ φθαρτικόν，免於痛苦與沒有導致生命的死
亡。喜劇的功能僅是人物行爲的可笑，而非人物受到痛苦
與生命死亡。有別於悲劇的恐懼與哀憐。

(3)οἷον εὐθὺς，這類的例子立即可以找到。指下文喜劇面具令
人可笑。

(4)πρόσωπον，面具。喜劇不同的面具皆誇張到滑稽可笑，可
參見現存的古希臘喜劇面具圖片即知。

49ª37.3

(1)μεταβάσεις，與μεταβολαί(49ª14)同義，意爲生長或發展。
在此指悲劇成長而言。

(2)οὐ λελήθασιν(λήθομαι)，沒有被忘記。此指悲劇的每個發展
過程如進場詞、演員人數的增加等皆爲後人所知。喜劇則

不然，不受當時人的重視。

(3)$\mu\grave{\eta}\ \sigma\pi o\upsilon\delta\acute{a}\zeta\epsilon\sigma\theta\alpha\iota$，（喜劇一開始）不具嚴肅性或崇高性。因而其發展過程受人所忽略。

49^{b}1.4

(1)$\kappa\omega\mu\wp\delta\hat{\omega}\nu$，此指喜劇創作者，演員或喜劇的歌唱者均有可能。當這種喜劇表演形式受到承認之後，演出出資人（archor）授於「演出者」一個由政府支付費用的合唱團，演出者就是這個字。

(2)$\grave{o}\psi\acute{\epsilon}\ \pi o\tau\epsilon$，經過長時期。悲劇在 Dionysia 城獲得正式的承認大約在 534 B.C.左右，Thespis 在這次獲獎。喜劇在此之前經過多長時期的發展，則無從得知。49^{a}2 所言，當指悲劇。

(3)$\grave{\epsilon}\theta\epsilon\lambda o\nu\tau\alpha\grave{\iota}$，自願的。應指以往那些喜劇演出者是自願的。換言之，即自願出錢出力。但不知是否包括合唱團。

49^{b}2.5

(1)$oi\ \lambda\epsilon\gamma\acute{o}\mu\epsilon\nu o\iota$，所謂喜劇創作者(*Lucas* 90)。原義為所談到的人，在此即喜劇創作者。

(2)$\mu\nu\eta\mu o\nu\epsilon\acute{\upsilon}o\nu\tau\alpha\iota$，從記憶裡想起之意或是一種紀錄的文獻。從文義此處亞氏並未指出是從那些確定人物的記憶中想起喜劇的發展。

49^{b}4.6 喜劇的面具、進場詞、或演員人數的增加等等，因為不受重視，完全被忘記了，見注3.(2)的說法，當指本句。喜劇演員人數到Aristophanes的*Lysistrata*及《蛙》（*Frags*）已增加到四或五人（*Pichard-Cambridge, Festivales*, 148-52），大大有別於悲劇，但其發展過程，則無人知。

49^{b}5.7

(1)τὸ δὲ μύθους ποιεῖν，進一步創作者創作情節。情節(μύθος)據
後面的定義是一連串戲劇行動事件。而後構成行動
(πρᾶξις，action)。喜劇創作者放棄原有調謔(λόγος)文類創
新出行動事件，完成喜劇固定形式的成長。

(2)Ἐπίχαρμος καὶ Φόρμις，Epicharmus 與 Phormis 二人皆是喜
劇情節的創始者。前者在 48ª33 中已經提及；後者可能是
Phormas 的抄本筆誤。

(3)Κράτης，Crates。在 430-450 B.C.他成爲雅典著名喜劇創作
者。亞氏在此稱他完成喜劇情節創作。果如此，這三位對
戲劇文類有其特殊貢獻，故亞氏提名論及。

(4)καθόλου ποιεῖν λόγους καὶ μύθους，在此處λόγους 當不是純指語
言，而是一個完整的故事之意(參見55ª34的用法)。因
此，本句的意思是：創作者創作出完全的故事與一連串行
動事件(情節)。指創作者放棄原有調笑文類而完成喜劇的
普遍形式。

49ᵇ9.8

(1)τοῦ μετὰ μέτρου〔μεγάλου〕，本句據Butcher本。μετὰ 後跟
著所有格係指前面一件與後面一件的關係是「和」之意，
即相同之意。換言之，人物品格的崇高和言語的押韻的
「崇高」相同。μεγάλου意爲「大」，如此當指押韻雄壯的
韻腳，一如品格的崇高。如據Kassel本，則無此字，在文
義上，就沒有比較這兩種文類在媒介物一押韻雄壯與否的
這層意義。

(2)σπουδαίων，崇高。重申敍事體創作與悲劇的對象物的共同
特徵。

(3)ἠκολούθησεν (ἀκολούθειν)依從。與 διαφέρουσιν(不同或區別，
49ᵇ12)是一對意義相反的詞彙。

$49^b10.9$

    (1) $τὸ\ μέτρον\ ἁπλοῦν$，只有單一韻腳。此即指敘事體創作僅用六音步長短韻格；而悲劇是用多種混合韻腳。

    (2) $ἀπαγγελίαν$，講述。係指敘事體創作的呈現方式的創新種差。

    (3) $διαφέρουσιν$，造成不同（種）。本句指創新的媒介物與呈現方式創新種差不同造成這二種文類的不同。

$49^b12.10$

    (1) $μήκει$，長度大小。由於敘事體創作與悲劇的呈現方式不同，而導致這兩種文創作類品長度的不同，也即呈現方式的時間長短不同。

$49^b12.11$

    (1) $μίαν\ περίοδον\ ἡλίου$，太陽輪轉一圈，即一天。此一天係指十二小時，或日夜廿四小時，皆有人主張作為戲劇行動時間的長度或演出的時間長度。同時，這一句就成為新古典主義「三一律」中的時間統一律（unity of time）的依據。是否符合戲劇通則，不予述說。不過，依本章的文理而論，旨在界定這兩種文類的呈現方式，與構成行動事件的結構無關。推論此處當專指悲劇呈現方式的演出時間之長短而言。按當時實際演出狀況，一天安排演出三或四聯劇，必須在一定的時間內演完；絕不像講述敘事體創作故事，一天講不完，明天、後天再來。因此，所謂一天是泛稱；係指當天的演出時間，就稱為一天。不知可否做此解。不必計較為 12 小時或 24 小時。這些小時數也絕不可能是實際的演出時間。至於事件行動時間是否要受此限制，係屬創作法技巧，而非呈現方式的種差範疇。

$49^b16.12$

（1）*μέρη*，部分。即首章第一句（47ª11）所指的「有那些部分」
（*μορίων*），屬於組成行動結構的成分而言。

49ᵇ17.13

（1）*σπουδαίας καὶ φαύλης*，崇高與罪惡。這二個字亞氏一直是
用來界定戲劇人物（即對象物）的品格。此處指出這二種概
念同爲敘事體創作與悲劇兩種文類人物品格的本質。西方
譯者一致譯爲："good and bad"。固然，所以表達人物品
格。然而，這句英譯應是亞氏全書中的*καλάς*（48ᵇ25）及
κακίαν（49ª32）；因此，此英譯恐非亞氏本義。甚至有學者
延伸上句結構成分，而譯爲「悲劇結構的好壞」（*Epps*
10），也就能認出敘事體創作結構的好壞，這可能離得更
遠了。本譯文爲一貫起見譯如上。在此處要特別提出的是
這二個字中的*σπουδαίας*用於悲劇是全書中非常明確的。但
令人困惑的是亞氏用同一個字*φαύλος*來界定悲劇與喜劇人
物品格。它用於悲劇人物品格成爲罪惡，是可以理解。正
因悲劇人物的罪惡行爲，才要贖罪，也可增加悲劇贖罪論
一項倫理基礎。而它用於喜劇，則亞氏在本章又進一步界
定爲可笑。其間唯一的不同是*φαύλος*用喜劇；而悲劇（與
敘事體創作）爲 *φαύλης*。字尾的不同產生意義不同，有
εἰκός（必然）與*εἰκής*（意外）例可循。但是否可做如此解說，
要請讀者酌斟的。

第六章

VI ¹·Περὶ μὲν οὖν τῆς ἐν ἑξαμέτροις μιμητικῆς καὶ περὶ
κωμῳδίας ὕστερον ἐροῦμεν· ²·περὶ δὲ τραγῳδίας λέγωμεν
ἀναλαβόντες αὐτῆς ἐκ τῶν εἰρημένων τὸν γινόμενον ὅρον
τῆς οὐσίας. ³·ἔστιν οὖν τραγῳδία μίμησις πράξεως σπουδαίας
25 καὶ τελείας μέγεθος ἐχούσης, ἡδυσμένῳ λόγῳ χωρὶς ἑκά-
στῳ τῶν εἰδῶν ἐν τοῖς μορίοις, δρώντων καὶ οὐ δι' ἀπαγ-
γελίας, δι' ἐλέου καὶ φόβου περαίνουσα τὴν τῶν τοιούτων
παθημάτων κάθαρσιν. ⁴·λέγω δὲ ἡδυσμένον μὲν λόγον τὸν
ἔχοντα ῥυθμὸν καὶ ἁρμονίαν [καὶ μέλος], τὸ δὲ χωρὶς τοῖς
30 εἴδεσι τὸ διὰ μέτρων ἔνια μόνον περαίνεσθαι καὶ πάλιν ἕτερα
διὰ μέλους. ⁵·ἐπεὶ δὲ πράττοντες ποιοῦνται τὴν μίμησιν, πρῶ-
τον μὲν ἐξ ἀνάγκης ἂν εἴη τι μόριον τραγῳδίας ὁ τῆς
ὄψεως κόσμος· ⁶·εἶτα μελοποιία καὶ λέξις, ἐν τούτοις γὰρ
ποιοῦνται τὴν μίμησιν. ⁷·λέγω δὲ λέξιν μὲν αὐτὴν τὴν τῶν
35 μέτρων σύνθεσιν, μελοποιίαν δὲ ὃ τὴν δύναμιν φανερὰν
ἔχει πᾶσαν.

1. 有關在六音步格[1]與喜劇中的創新法[2]；在這方面，我們將在以後再談。　2. 另一方面，我們現在討論悲劇，就拿前面所述說過[1]那些已經形成的，劃出一個它的本質定義[2]。

3. 因此，悲劇[1]是一個戲劇行動[3]的創新[2]；需要戲劇行動者的品格崇高[4]，整體布局完整[5]，擁有體裁宏偉[6]；每個組成部分[9]，分開應用令人悅耳[7]各文類[8]的語言；以戲劇行動的表演者[10]；而非敘述方式[11]；且透過那些前面哀憐[12]與恐懼之情[13]的受難事件[14]，完成贖了戲劇行動者的罪[15]。4. 我所說「優美悅耳的語言」[1]，係具有韻律和協和音以及旋律的音樂；我所說「分開應用各文類的語言」，係有的部分只靠透過押韻文完成；有的部分反過來是要透過旋律的音樂。

5. 既然，（悲劇的）創新是來創作出做出戲劇行動者[1]。那末，在悲劇的成分中，出於必需（率），居首要的就是觀看的演出場景物[2]。　6. 其次是製曲創作和語言，因為，創新是從它們這些媒介物之中[1]來創作的。　7. 我所謂語言，是那些押韻文語言的組合[1]；所謂製曲創作，它所具有的功能已全都非常清楚的展示了。

8.ἐπεὶ δὲ πράξεώς ἐστι μίμησις, πράττεται δὲ
ὑπὸ τινῶν πραττόντων, οὓς ἀνάγκη ποιούς τινας εἶναι κατά
τε τὸ ἦθος καὶ τὴν διάνοιαν (διὰ γὰρ τούτων καὶ τὰς
1450ᵃ πράξεις εἶναί φαμεν ποιάς τινας [πέφυκεν αἴτια δύο τῶν
πράξεων εἶναι, διάνοια καὶ ἦθος] καὶ κατὰ ταύτας καὶ
τυγχάνουσι καὶ ἀποτυγχάνουσι πάντες), ἔστιν δὲ τῆς μὲν
πράξεως ὁ μῦθος ἡ μίμησις, λέγω γὰρ μῦθον τοῦτον τὴν
5 σύνθεσιν τῶν πραγμάτων, τὰ δὲ ἤθη, καθ' ὃ ποιούς τινας
εἶναί φαμεν τοὺς πράττοντας, διάνοιαν. δέ, ἐν ὅσοις λέγον-.
τες ἀποδεικνύασίν τι ἢ καὶ ἀποφαίνονται γνώμην—ἀνάγκη
οὖν πάσης τῆς τραγῳδίας μέρη εἶναι ἕξ, καθ' ὃ ποιά τις ἐστὶν
ἡ τραγῳδία· 9.ταῦτα δ' ἐστὶ μῦθος καὶ ἤθη καὶ λέξις καὶ
10 διάνοια καὶ ὄψις καὶ μελοποιία.10.οἷς μὲν γὰρ μιμοῦνται,
δύο μέρη ἐστίν, ὡς δὲ μιμοῦνται, ἕν, ἃ δὲ μιμοῦνται, τρία,
καὶ παρὰ ταῦτα οὐδέν.11.τούτοις μὲν οὖν †οὐκ ὀλίγοι αὐτῶν† ὡς
εἰπεῖν κέχρηνται τοῖς εἴδεσιν·12.καὶ γὰρ †ὄψις ἔχει πᾶν† καὶ
ἦθος καὶ μῦθον καὶ λέξιν καὶ μέλος καὶ διάνοιαν ὡσαύτως.
15 13.μέγιστον δὲ τούτων ἐστὶν ἡ τῶν πραγμάτων σύστασις.
14.ἡ γὰρ τραγῳδία μίμησίς ἐστιν οὐκ ἀνθρώπων ἀλλὰ πρά-
ξεων καὶ βίου [καὶ εὐδαιμονία καὶ κακοδαιμονία ἐν
πράξει ἐστίν, καὶ τὸ τέλος πρᾶξίς τις ἐστίν, οὐ ποιό-
της·15.εἰσὶν δὲ κατὰ μὲν τὰ ἤθη ποιοί τινες, κατὰ δὲ τὰς
20 πράξεις εὐδαίμονες ἢ τοὐναντίον]·

(續前段)8. 既然，戲劇行動就是創新；而做出戲劇行動又來自那個戲劇行動者[1]；他必需（率）是具有某種性質的品格與思想。事實上，有了這些品格與思想；那末，我們就可以說出[2]戲劇行動是哪些性質，產生戲劇行動的二個原因就是品格與思想。所有行動者依據這些做得成功或失敗。進而，情節是戲劇行動的創新；而我在此所謂情節就是將戲劇行動事件組合起來之意[3]。另一方面，品格是判定這些戲劇行動者每一個人的某種性質；思想，是在他們說出的辯證[4]或藉語言展示[5]判斷心靈[6]有多大之中的認知。如此，悲劇組成成分的必需數量是六；它們每一種，也是悲劇所擁有的獨有性質。　9. 這些即是：情節、品格、語言、思想、觀看演出場景物和樂曲創作。10. 事實上，悲劇這些成分中，拿什麼創新[1]的成分是二項）；如何創新[2]是一項[3]；創新什麼[4]是三項；除此，已無有關其他。　11. 因此，這些組成的成分，……不是很少[1]，……如一般所說，使用了這些組成的成分種類。　12. 事實上，一個悲劇要具有整體的觀看演出場景物[1]、品格、情節、語言、樂曲製作和思想，它總是如此這樣。

　　13. 但其中最為重要者是戲劇行動衝突事件的組合[1]。14. 因為，悲劇的創新不是一個人的一生，而是他的戲劇行動和性命。而是在行動中他的性命的興盛與衰敗[1]，戲劇行動才是悲劇的目的，而非它的獨有性質[2]。　15. 一方面，戲劇行動者他的每種性質[1]是依據這些品格；另一方面，他性命的興盛或反之的衰敗[2]，也是依據這些行動。

20   ¹⁶·οὔκουν ὅπως τὰ ἤθη μι-
μήσωνται πράττουσιν, ἀλλὰ τὰ ἤθη συμπεριλαμβάνουσιν
διὰ τὰς πράξεις·¹⁷·ὥστε τὰ πράγματα καὶ ὁ μῦθος τέλος
τῆς τραγῳδίας, τὸ δὲ τέλος μέγιστον ἁπάντων. ¹⁸·ἔτι ἄνευ
μὲν πράξεως οὐκ ἂν γένοιτο τραγῳδία, ἄνευ δὲ ἠθῶν γέ-
25 νοιτ' ἄν·¹⁹·αἱ γὰρ τῶν νέων τῶν πλείστων ἀήθεις τραγῳδίαι
εἰσίν, καὶ ὅλως ποιηταὶ πολλοὶ τοιοῦτοι, οἷον καὶ τῶν γρα-
φέων Ζεῦξις πρὸς Πολύγνωτον πέπονθεν· ²⁰·ὁ μὲν γὰρ
Πολύγνωτος ἀγαθὸς ἠθογράφος, ἡ δὲ Ζεύξιδος γραφὴ οὐδὲν
ἔχει ἦθος.²¹·ἔτι ἐάν τις ἐφεξῆς θῇ ῥήσεις ἠθικὰς καὶ λέξει
30 καὶ διανοίᾳ εὖ πεποιημένας, οὐ ποιήσει ὃ ἦν τῆς τραγῳ-
δίας ἔργον, ἀλλὰ πολὺ μᾶλλον ἡ καταδεεστέροις τούτοις
κεχρημένη τραγῳδία, ἔχουσα δὲ μῦθον καὶ σύστασιν πραγ-
μάτων. ²²·πρὸς δὲ τούτοις τὰ μέγιστα οἷς ψυχαγωγεῖ ἡ
τραγῳδία τοῦ μύθου μέρη ἐστίν, αἵ τε περιπέτειαι καὶ ἀνα-
35 γνωρίσεις.²³·ἔτι σημεῖον ὅτι καὶ οἱ ἐγχειροῦντες ποιεῖν πρό-
τερον δύνανται τῇ λέξει καὶ τοῖς ἤθεσιν ἀκριβοῦν ἢ τὰ
πράγματα συνίστασθαι, οἷον καὶ οἱ πρῶτοι ποιηταὶ σχεδὸν
ἅπαντες.²⁴·ἀρχὴ μὲν οὖν καὶ οἷον ψυχὴ ὁ μῦθος τῆς τρα-
γῳδίας, δεύτερον δὲ τὰ ἤθη (παραπλήσιον γάρ ἐστιν καὶ
1450ᵇ ἐπὶ τῆς γραφικῆς·

16. 因此之故，創新者做出戲劇行動⁽¹⁾不是如何創新那些品格；品格則是因爲與那些戲劇行動周延而緊密的相互結合在一起的處理⁽²⁾。

17. 正如此，諸多戲劇行動事件⁽¹⁾與情節才是悲劇的目的，也是所有的最重大的目標。 18. 再者，產生一個悲劇不能沒有戲劇行動，但可以沒有品格而能產生一個。 19. 事實上，新出的大量悲劇是無品格的；大體上，這些悲劇創作者們很多的也皆如此；遇到這種情形⁽³⁾，此正如畫家中的Zeuxis⁽¹⁾之於Polygnotus⁽²⁾。 20. 事實上，Polygnotus是位畫品格畫的個中好手；然而，Zeuxis所畫的，就未能具有品格了。 21. 再者，倘若創作者依次⁽¹⁾一一連接著表達了品格⁽²⁾，語言和思想，而且創作出的都非常的好，這也不是他們創作出預定的悲劇功能；悲劇，既使在這些方面非常缺少，或比較差，或觸及，或觸及甚微，而悲劇創作只要有情節與戲劇行動衝突事件的組合即可。 22. 對這些而言，最能勾引人消魂⁽¹⁾的悲劇情節的組成成分，即是逆轉與揭發事件⁽²⁾。 23. 再者，另一個證明，即起初投入的新手創作者，在能創作戲劇行動衝突事件組合之前，在語言與品格上，皆很能有精確表達的能力。正如最早的創作者們⁽¹⁾，幾乎所有的皆如此。 24. 依這情況，情節是悲劇的靈魂，也是開始⁽¹⁾的首要⁽²⁾；而品格則列第二；事實上，這是很像繪畫的情形。

1450ᵇ   ²⁵·εἰ γάρ τις ἐναλείψειε τοῖς καλλίστοις
φαρμάκοις χύδην, οὐκ ἂν ὁμοίως εὐφράνειεν καὶ λευκο-
γραφήσας εἰκόνα)· ²⁶·ἔστιν τε μίμησις πράξεως καὶ διὰ ταύτην
μάλιστα τῶν πραττόντων. ²⁷·τρίτον δὲ ἡ διάνοια· ²⁸·τοῦτο δέ
5 ἐστιν τὸ λέγειν δύνασθαι τὰ ἐνόντα καὶ τὰ ἁρμόττοντα,
ὅπερ ἐπὶ τῶν λόγων τῆς πολιτικῆς καὶ ῥητορικῆς ἔργον
ἐστίν· ²⁹·οἱ μὲν γὰρ ἀρχαῖοι πολιτικῶς ἐποίουν λέγοντας, οἱ
δὲ νῦν ῥητορικῶς. ³⁰·ἔστιν δὲ ἦθος μὲν τὸ τοιοῦτον ὃ δηλοῖ
τὴν προαίρεσιν, ὁποία τις [ἐν οἷς οὐκ ἔστι δῆλον ἢ προ-
10 αιρεῖται ἢ φεύγει]· ³¹·διόπερ οὐκ ἔχουσιν ἦθος τῶν λόγων ἐν
10¹ οἷς μηδ' ὅλως ἔστιν ὅ τι προαιρεῖται ἢ φεύγει ὁ λέγων—
³²·διάνοια δὲ ἐν οἷς ἀποδεικνύουσί τι ὡς ἔστιν ἢ ὡς οὐκ ἔστιν
ἢ καθόλου τι ἀποφαίνονται· ³³·τέταρτον δὲ †τῶν μὲν λόγων† ἡ
λέξις· ³⁴·λέγω δέ, ὥσπερ πρότερον εἴρηται, λέξιν εἶναι τὴν
διὰ τῆς ὀνομασίας ἑρμηνείαν, ὃ καὶ ἐπὶ τῶν ἐμμέτρων καὶ
15 ἐπὶ τῶν λόγων ἔχει τὴν αὐτὴν δύναμιν. ³⁵·τῶν δὲ λοιπῶν
ἡ μελοποιία μέγιστον τῶν ἡδυσμάτων, ἡ δὲ ὄψις ψυχαγω-
γικὸν μέν, ἀτεχνότατον δὲ καὶ ἥκιστα οἰκεῖον τῆς ποιη-
τικῆς· ³⁶·ἡ γὰρ τῆς τραγῳδίας δύναμις καὶ ἄνευ ἀγῶνος καὶ
ὑποκριτῶν ἔστιν, ἔτι δὲ κυριωτέρα περὶ τὴν ἀπεργασίαν
20 τῶν ὄψεων ἡ τοῦ σκευοποιοῦ τέχνη τῆς τῶν ποιητῶν ἐστιν.

（續前段）25. 因爲一個人作畫沒有秩序的塗上磨成粉的最好的顏料，還不如用白粉勾勒出的一幅肖像的輪廓所得到的歡樂[1]。　26. 悲劇它是創新戲劇行動；而且其中最爲重要者是透過它的戲劇行動者。

27. 第三是思想。　28. 思想就是，有能力表達一個可能發生的情境，又能說得正如其份的話[1]，這些所說的語言[2]正是政治家的與修辭家[3]的工作所講的話。　29. 事實上，古代的創作者創作政治家技巧[1]所說的話；而現在的這些創作者，則是修辭家技巧[2]所說的話。　30. 在不能[3]展示抉擇[2]或躲避[4]什麼衝突事件這種性質情況[1]之中，品格是指對那些衝突事件的抉擇。　31. 因此，在這種語言表達中，說不出抉擇什麼或躲避什衝突事件，這種語言就是完全是沒有擁有品格。　32. 思想是以語言證明一件事件的真實，是或不是，或以言詞表明一般普遍性的道理。

33. 第四是語言[1]或文字。　34. 我所說的，如我在前面所述說過的，語言就是透過諸多詞類的闡釋；而且籍以押韻文或以散文皆有相同的這種表達效力[1]。

35. 剩下的是樂曲創作，屬於最甜美的成分[1]；觀看演出場景物[2]是能勾引人的魂，但最無藝術性，且與創作行動法關係也最少。

36. 事實上，悲劇存在的效力，既不是靠比賽，也不是演員；再者，它的效力是靠完成創造觀看演出場景物，與畫景製作的藝術比創作者的藝術，更具決定性。

【釋義】

　　如果亞氏本專書的第一章到第五章視爲創作文類的整體導論；那末，第六章就是由第七章到廿二章，約佔全書的三分之二，構成全書悲劇文類核心部分的總綱目。本專書是討論如何創作悲劇，而本章旨在闡述形成一套完整的悲劇體系，勾勒出一套戲劇行動事件整體結構，即亞氏自喻的一個完整生物有機體，本章幾乎囊括了悲劇創作的所有概念，無一不涉及構成悲劇每一結構元素概念的界定；因而成爲悲劇專用術語最多的、也是最豐的、最複雜的一章，且迄今各術語廣爲延用，已成學術討論的共同語言。其中術語一詞一義的確定與詮釋上，皆可影響到對悲劇結構創作體系的實質認知；每一術語在必要時，需進一步加以明確的界定。雖然本章由於概念不明的爭議，宜屬後人的不了解，無損於成爲討論悲劇的總綱目秩序。就亞氏而言，陳述論點節次分明。本章大要分爲三個段落：(1)悲劇定義（第1-3句，49ᵇ21-31）；(2)依悲劇定義所產生構成悲劇的六個部分（第4-12句，49ᵇ31-50ᵃ14）；(3)評定六個部分的重要性等級；並依次論述（第13-36句，49ᵃ15-50ᵇ21）。第三部分是爲第七章到廿二章的導論，以後各章依此一總綱目，逐一加以論述，完成悲劇創作整體完整的有機體系，已見本書導論部分第二章〈析解戲劇行動與行動事件結構〉，並參閱本章原文注釋，不另冗述。本釋義僅就本章幾項至關重要的概念申論如下：

I. 悲劇形式與實質定義及贖罪論

　　首先是第一部分的悲劇定義；它包括了由悲劇構成元素所形成的形式定義，與悲劇功能的實質定義。後者即是如何落實

「katharsis子句」的實踐,才是希臘悲劇的根本意義。

亞氏界定悲劇形式定義的方法,不是依據當時所存悲劇每一本劇本特徵所做的歸納,而是依據前五章構成悲劇文類種差元素的成長。就希臘戲劇而言,這種近乎「完全」歸納的方法,與過去百年來的戲劇理論家推理方法,如F. Brunetiere,W. Archer,A. Jones等等無一例外,迥然有別。亞氏悲劇歸納十一項外在元素所構成的形式定義,詳見於本章注釋。

雖然揭櫫了悲劇形式定義意義,仍然無法了解由人羊劇發展出的悲劇(τραγῳδία)何以爲「悲」,爲何能有幸與不幸兩種皆可的結局。這個訴求必需於悲劇實質定義中探討之。實質定義中有關悲劇功能的 κάθαρσις (katharsis)一詞確實是悲劇美學重要思想,依據抄本這個子句十個字是後來插入本文的,更可能這是亞氏晚年,所新增的思想,至少不是初期講授《創作學》時的見解,也可見亞氏對創作學的整體構思也是自我成長的。爲了方便討論起見,將這個十個字的字句稱爲「katharsis子句」。也就是探討katharsis一詞竟爲何義。這個悲劇的概念究竟是什麼,可能最爲混淆的爭議,百年來集訟無解,莫衷一是。大致講來西方形成三大主流。自Jacob Bernays在1857年提出醫療的詮釋確立渲洩(purgation)說;其次是十九世紀人類學興起,特別是劍橋學派,提出katharsis係藉著宗教儀式,驅散犯罪者的自身罪行,洗滌受傷的心靈,這種宗教的詮釋是爲淨化(purification)說。第三派是1962年Leon Golden主張katharsis係來自悲劇行爲事件的本身,而非來自觀眾的反應,是爲澄清(clarification)說。以上特別前二派,各有相當多的不同主張,論著繁多,難以略述。

亞氏在《創作學》中除了定義之外,另一次用到katharsis一詞是在第十七章(55^{b}15),一般認爲這一章是亞氏弟子所增入者,且無任何實質意義。本人不能同意這種看法。這處所指是在

*Iphigenia in Tauris*全劇中katharsis在日常生活中的真實意義。實際的背景是Orestes殺死他母親之後，受到死神的追逐，被逼發瘋，受盡心身的痛苦，奔逃全國，得到日神的指示，前往Tauris偷取該鎮國女神像返回雅典建廟，則可消取他弒母的孽障。本劇發生katharsis的場景是非常出名的「揭發」情節。在姐弟相認後，Iphigenia設計假裝舉行一場淨罪儀式，以便實質逃亡的計劃。自1037行起1332行成功為止，大約300行，是佔全劇五分之一的篇幅，再加最後一場，一共六次使用katharsis這個字。描述一個完整的希臘宗教淨罪儀式，紀錄希臘人日常宗教生活的無比事實真實。在這個真實的現場宗教淨洗的katharsis的意義，不是洗清一個人的身體，而是一個犯過或做過的罪。本人要提醒讀者重視這個直接證據，也是亞氏自己的直接引證，完全來自生活，而非玄想。這katharsis六次的實用，完全不是十九世紀以來任何權威學者的理論，您可以重視、輕視或否認。這場淨罪儀式是亞氏與讀者對katharsis這個概念認知的共同基礎。根據生活中宗教淨罪的實質意義，本人詮釋贖罪（atonement, expiatio）是katharsis的原義。

　　在日常生活中一個做過錯事犯下罪行的人，找位神職人員安排一場儀式，簡單的叫他買點贖罪券，做些功德或許上個大、小不等的願，付出某種程度的代價還了願。神職人員說他犯的罪已被神赦免了。經過這一場法會儀式，他感到他的罪沒了，心結解了，心中得到安慰與滿足。這種日常生活事實的真實與本劇1037至1332行的淨罪情節完全相同。這種日常生活真實的意義安在？再重複一次，Orestes當時手上、身上弒母的血，早已不見了；所以，不是洗清一個人的身體，而是贖了他犯過的罪。是故，katharsis的第一層原始意義是贖罪。贖罪之後，犯者心中得到安慰而淨化了，或心中的鬱積得到了渲洩，這些是贖罪後的延伸義，或是贖罪的功能，不能代替贖罪的本義。正因有了贖罪的本義，

淨化說與渲洩說才有了人性原始的基礎。現在再回到悲劇定義上，也就是第三派悲劇行動事件的本身上，悲劇行動者在悲劇行動情節中，透過自身恐懼與哀憐的受難事件，甚至無畏於付出生命的代價贖了自己所犯過的罪，造就更偉大的理想人格。這不正是現存希臘悲劇的文化精神嗎？文化是在不斷的犯罪與不斷的贖罪過程中成長。這個概念，除了Euripides之外，可上溯應用到Sophocles及Aeschylus的劇作，以期成長全面及普遍性的理論，（當另撰專文處理之）。這就是本人katharsis贖罪說，也是不屬西方三大主流的另一種主張，能否成立，請讀者來檢視了。

如果不認同「贖罪說」，對這個katharsis子句的認知，仍然習慣於以往的詮釋，則可譯為：

（悲劇行動）經過哀憐與恐懼之情，完成那些前面情感。（哀憐與恐懼之情）受難事件的淨化。

這個譯法，也未畢達意；當然三大主流各有不同譯法，請讀者各取所需，就不一一引錄了。

除了以上的析說之外，對還有二點補充說明贖罪說，如下：

亞氏在悲劇定義中歸納每一項元素，皆在前五章確立這種差等不同層面的存在，始做為下一步推理的前提，幾無例外。然而，$\kappa\acute{\alpha}\theta\alpha\rho\sigma\iota\varsigma$ 一詞似乎缺少這一項論述的基礎，而忽然冒出一個新概念，令人不知從何解說。不過，在研讀時，有一個暗示那就是第四章提出「我們感到快感」（$\chi\alpha\acute{\iota}\rho o\mu\varepsilon\nu$，$48^b8\text{-}11$），這種快感是為每一創作文類的功能（參讀第四章釋義）。據此，什麼才產生悲劇的快感；而悲劇快感的功能又是什麼。在這二個思考前提之下，有一個值得問的問題是「感到快感」與$\kappa\acute{\alpha}\theta\alpha\rho\sigma\iota\varsigma$（贖罪）有何關係？

悲劇所追求的快感是什麼？當然有它的特性，而不是泛指一般人的行為快感。從 $\kappa\acute{\alpha}\theta\alpha\rho\sigma\iota\varsigma$ 子句明確的了解，行動者的受難事件產生恐懼與哀憐，而後引起的情感激盪，也就是行動者犯了悲

劇行為過失，而構成恐懼與哀憐可怕事件，令人驚心動魄。這才是悲劇審美獨有的快感之所在（參閱第十四章）。如果，將該恐懼與哀憐事件變成為不哀憐也不恐懼的結局，那是因為創作者的慈悲迎合觀眾好心腸的結果。徒然令人厭惡，因為這不是悲劇，而是喜劇的快感（請參讀第十三章）。這種令人不寒而慄的悲劇恐懼與哀憐受難事件，它的快感功能又是什麼呢？那就是行動者透過戲劇行動付出自己受難的代價，不論是受到重大痛苦或死亡，乃至幸福收場（happy ending），都補償了自己所犯的罪過，也即以自己受難來贖了自己犯的罪。依此，做一個結論，即產生恐懼與哀憐是悲劇快感之因；而 $\kappa\acute{\alpha}\theta\alpha\rho\sigma\iota\varsigma$ 是快感功能的果。因此，行動者犯了過失而有罪；所以，自我以贖罪。

　　第二點補充是，在第五章討論悲劇與喜劇兩個創作文類的屬（genus），也就是這二種創作文類屬性差，喜劇則在於行動者的引人發笑行為（$\acute{\alpha}\mu\alpha\rho\tau\eta\mu\acute{\alpha}$）造成可笑（$\gamma\epsilon\lambda o\hat{\iota}o\nu$）；而悲劇是由於行動者的悲劇過失行為（$\acute{\alpha}\mu\alpha\rho\tau\acute{\iota}\alpha$）所犯下的罪過（$\phi\alpha\acute{\upsilon}\lambda o\varsigma$）。這是討論這二種差別的根本義。這個悲劇人物 $\phi\alpha\acute{\upsilon}\lambda o\varsigma$（罪過）概念，在全書中不下十次之多，若加引證，允非短文可以處理。大而要之，從悲劇過失行為實例（參讀第十四章及釋注）無不是至親間的慘殺，真是慘絕人寰，何僅一般犯罪而已。既然，悲劇行動者是個重大犯罪者；那末，自己以受難來贖罪，這個推理是存在的。除非行動者以罪人自居；不然，從任何一個角度或盡各種方法自我進行除罪，在清除罪孽之後，而完成贖罪。這才是希臘悲劇創作文類所表達的屬性差特徵。

II. 悲劇正名：災難劇

　　其次，另一個議題是悲劇的意義究竟為何？本章是討論悲劇的總論。但經過縝細研讀之後，會感到不知悲劇兩字如何解說，

缺少一種抓得住的認知，似乎應為悲劇這個術語作個正名的嘗試
與必要。

悲劇正式成為我國戲劇審美術語，係直接來自英文的影響，
而非希臘，國人以先入為主的英文概念，來認知希臘悲劇，這是
有差距的。而英文 tragedy 一詞則毫無疑問的音譯希臘文
τραγῳδία。不過，英文悲劇的概念是指悲劇行動者所產生的戲劇
行動必須具有一個致命的、不可避免的、毀滅的結果，作為構成
悲劇的條件。Shakespeare的四大悲劇提供了這個概念的範例。但
能否契合亞氏悲劇定義呢？

亞氏第七章提出一部悲劇的宏偉體裁，只表現行動者命運的
一次改變由幸轉為不幸（衰敗），或不幸（衰敗）到幸（興盛）。
*Oedipus*是由幸到不幸的代表；*Iphigenia in Tauris*則為由不幸到
幸，以現代人的眼光，幾乎近於喜劇收場，完全不合英文tragedy
的涵意。但在亞氏心目中卻是最佳的悲劇。這一點不知困繞了多
少讀者。為解決不符合英文悲劇標準，於是乎現代權威學者另行
認定該劇是悲喜劇；或從最佳悲劇貶降為浪漫通俗劇（*romantic
melodrama*，*Kitto* 311；*Else* 511），或通俗劇（*melodrama*，*Harsh*
220）。這種推理方法，是將原有陳述（statement）加付新意，如
「必須具一個致命的、不可避免的、毀滅的結果」之類的前提，
再來否定原有陳述的錯誤。這是一種推理上的謬誤；這種謬誤是
將已經發生的事件或真實（如希臘悲劇）基於新增前提，而推理成
為不可信的事實。證明這種謬誤不必外求，請參見第廿五章Icarius
必然率的反面定理，即可一目瞭然。這種謬誤方法，在西方歪曲
論證中國文化，時而可見。

事實上，自希臘文音譯成為英文之後，已孕育成英文悲劇定
義，自然的改變希臘悲劇的原有命題。因此不能用英文tragedy的
冠，戴在希臘悲劇的頭上。正是橘化為枳，這是自然成長現象；

但以後人的新元素否定前人創作特徵，則這是一種強加於人的態度，究其源由是未畢真能了解亞氏原義，而好自我標新；正因此故，就更該考量剖析希臘悲劇實質涵義（implication），才決定採用那一個較爲適當的譯名。

從希臘悲劇（τραγῳδία）的形式定義，即不能認知它爲什麼由幸到不幸的「悲」；也不能了解爲什麼由不幸到幸的「喜」。因此還得回到「kathasis子句」的悲劇實質功能考量，悲劇行動者的所有事件皆是行動者的受難過程；這個過程無一不是攸關人生性命交關的災難，參證第十三、十四兩章實證，有的行動者在他受難的災難過程中，做出錯誤的抉擇而至受盡折磨，造成無比的痛與苦難，如Oedipus；或造成死亡，如Pentheus，成爲名符其實的災難「悲」劇。有的行動者在這受難過程中苦盡甘來，而幸運的得以倖存，且幸福收場（happy ending），如Orestes，可謂是典型的災難「喜」劇。不論是災難悲劇或災難喜劇，希臘這種戲劇的共同特質，不在於結局是悲或喜，也不是生或死的結果，而是災難。因此，悲喜與生死皆未列於實質功能定義之中，而是以透過災難贖清犯罪的受難過程。因此，依據亞氏歸納出的悲劇功能，建議將 τραγῳδία 譯爲：災難劇；或直接音譯爲tragodia，藉以區隔英文的tragedy。既然行動事件本身是災難無關於結局的悲或喜，當然也就無所謂有無悲喜劇之類形式劃分法的必要。由於悲劇一詞延用已成習慣，本人的中譯與注釋文未做更正。如果讀者認同這個正名，可將本書所有悲劇一詞，請自行悉數正名爲：災難劇。同時將tragedy一詞還原到英文的使用法；或視爲希臘災難劇之後另一次戲劇創作次文類的分類；如此，使希臘災難劇與英文悲劇二種術語精確化，而各具獨有涵義，各得其所。

III. 悲劇情節結構：衝突說

在本章出現確立悲劇行動事件結構實質性質概念，那就是組合衝突行動事件。這個概念不僅連接本章第二、三部分；更牽動整本《創作學》的整體意義詮釋。它不獨使研究者重新界定行動事件結構涵意；更從一般結構概念中，突出了希臘(災難)悲劇的獨特性。

首先看到本章第7，8句與第13，21句分別出現 σύνθεσις(49^b35，50^a5)與 σύστασις(50^a15，32)；以及第十四章第8句 συμπιπτόντων(53^b15)，三個構成亞氏衝突情節結構說的關鍵術語詞彙，分別闡釋之。

Σύνθεσις 的意思是：將一些東西放在一起，或組合，或結合起來在一起。所以，英譯家皆譯為 arrangement of events 或 composition。而 σύνθετος 是與 σύνθεσις 相同意義的一個詞，它們的使用幾乎全部集中在第廿、廿一兩章討論語言的結構上，專指一個字加上另一個字組合起來成為一個新的結合字(compound word)，無一例外，語意甚明，即組合。以上二個是同一個字，別無他解。同時，這二個字的共同動詞 συντίθημι 在亞氏這本專書中從未使用過。

其次，σύστασις 有二重義：(1)相合一致在一起(standing together)，會合在一起(meeting)。一般英譯據而譯為：structure of incidents，或與 constructed incidents 互用。這些行動事件結構中的悲劇人物相合或會合在一起一致做些什麼呢？從第一層義並顯示不出任何實質涵義。但 σύστασις 的第二層義是(會合，聚集)，字典上清清楚楚的說，這些悲劇人物會合在一起，從敵意(in hostile sense)來講是一致「短兵相接，衝突，戰鬥」(close combat, conflict, battle)。它的動詞 συνίσταναι，除了包括名詞三義外，還有「參與戰鬥，從事或對峙戰爭(to join battle, to engage, encounters and of the battle)」。原來這個詞彙，除會合之外的涵義(implication)

是衝突到打仗的意思。正如中文的「聚眾」，也是會合的意思；但在聚眾背後的涵義是聚眾「滋事，挑釁，抗爭，示威，械鬥⋯」等聚鬥義，據此它的涵義比第一層本義，更爲重要。且從有這麼一個 σύστασις γνώμης（a conflict of mind，衝突之心）的詞義表達來看，是可以確定 σύστασις 不僅是涵義，而且是有衝突的顯義。因此推演 σύστασις 的全意是悲劇人物雙方會合在一起共同一致進行戰鬥。這個意義對戲劇而言，確定是太重大了。如果僅著重其第一層會合義，而忽略第二層衝突義，就單純翻譯而言，僅是一詞一義之差而已；但對戲劇的本質而言，悲劇人物所犯的悲劇過失行爲造成悲劇，皆是犯罪，會合（συνίσταναι，meeting）這些悲劇人物在一起，當然彼互充滿了敵意的，共同一致進行衝突到戰鬥；這是天大的事，這說明了悲劇情節結構的獨特性，是悲劇行動本質核心中的核心。這層意義的存在與否，關係到一個理論的實質內容，是要斤兩計較的。然而，如此重要的第二層衝突實質意義，西方譯者竟然未加展示，不禁令人懷疑本人的這項解說。亞氏這本專著的理論中是否存在這個思想？或是否該譯出這層涵義？或是否應誇大這一層在悲劇上的意義？那末，當從亞氏推理的體系中求解之。

亞氏建立這套理論系統，先從創作文類的創新種差基礎，認定悲劇創作是創新出一個悲劇行動者（πράττοντας）；有了行動者做出行動（πράξις）。行動是由諸多行動事件（πράγματα）所組成，即爲情節（μῦθος），被譯爲情節結構。但這種情節要具有什麼特殊性呢？亞氏是如何從一般泛論情節歸納出悲劇情節獨特性呢？

亞氏在開宗明義指出：

συνίστασθαι τοὺς μύθους.（47ᵃ9）

創作者組合行動衝突事件的情節。

在第一章釋義已提出這個關鍵語，本人並未解釋情節結構的特殊涵義，以留待本章闡釋。在本章第8句為情節做了進一步的界定。

Λέγω γὰρ μῦθον τοῦτον τὴν σύνθεσιν τῶν πραγμάτων.（50ᵃ4-5）

我所謂情節就是將諸多戲劇行動事件組合起來之意。

這個定義中用了σύνθεσιν（已見上述）而非 σύστασις 。它的意思就是組合戲劇行動中所有戲劇行動事件。這分明是指戲劇情節的結構外在形式，可稱為情節形式定義。也就是開宗明義所指有那些部分。並未顯示情節事件的內在實質內容。而就在第13句確立出這項看法：

μέγιστον δὲ τούτων ἐστὶν ἡ τῶν πραγμάτων σύστασις.（50ᵃ15）

因此，進而最為重要者是諸多戲劇行動衝突事件的組合。

本句亞氏改用σύστασις，以它的二重涵義，已如前釋及譯文，進一層界定情節結構的實質意義，蓋構成情節的戲劇行動事件並非整合任意的一般事件，而是組合具有衝突條件到戰鬥的事件，而後所構成的宏偉體裁。有了這一層的認知，應該更精確的，或更嚴格的說，μῦθος（情節）只等於σύνθεσιν τῶν πραγματών（諸多戲劇行動事件的組合）；但 μῦθος 並不等於，更不包括πραγματών σύστασις（諸多戲劇行動衝突事件的整合）。但亞氏並不曾為讀者將這個特殊含義的概念，另起一個專用術語。因此，只能代為擴大μῦθος（情節）的定義範疇，將前者定為形式定義；後者為實質定義。後者也即開宗明義所指構成「有多少成分」的核心。以上的闡釋，事實上，已經牽動了亞氏理論的體整內容。

再看，西方譯注家將前者情節形式定義的σύνθεσιν τῶν

πραγματών 譯爲：arrangement of events(*Butcher* 25)；後者實質定
義 τῶν πραγματῶν σύστασις 譯爲：structure of the incidents(*Butcher*
25-6)。請看這二句英譯，除了用字不同之外，就戲劇情節結構而
言，能有任何一分的差異嗎？如果依據英譯，試問亞氏在這短短
六句之間，要做出兩次不同的情節定義嗎？因爲無法代替亞氏回
答，如果還是認爲英譯的權威是正確的話，試看，亞氏接著討論
（災難）悲劇的其他成分之後，認爲創作者在其他成分，如思想、
品格，創作差些則無妨，只要戲劇行動衝突事件創作得好即可；
因而，在第21句又指出創作最重要的是戲劇行動衝突事件：

ἔχουσα δὲ μῦθου καὶ σύστασιν πραγμάτων.(50ª32-3)
　　只要有情節與整合戲劇行動衝突事件即可。

　　從這句來看，已如前論，μῦθος(情節)＝σύνθεσιν τῶν πραγμάτων，
即結構的形式定義；而σύστασιν πραγμάτων(組合戲劇行動衝突事件)，
也即實質定義。所以全句的意思是創作悲劇最爲重要的是將情節形
式結構要做好，再加上情節的實質衝突事件組合做得好，才是成
功的悲劇；反面的命題是僅有實質衝突事件，而諸多衝突事件缺
少結構良好的形式組合，則不成爲好的悲劇。由正、反兩面命
題，才構成一個完整情節定義。若不，則擇取其一，何必將兩者
並舉。由此，正反用意至爲明確。
　　如果這一句依照英譯：

　　"…，yet has a plot and artistically constructed
　　incidents."(*Butcher* 27)

　　那末，μῦθος(plot)即是 σύνθεσιν τῶν πραγμάτων，屬形式定義；

而artistically constructed incidents還是情節結構的形式，仍然不出形式定義的意義範疇。試問一個形式又何必（或要重複），再加上另一個形式；這是亞氏所要表達的這句原義嗎？還是這種英譯能增加或保持亞氏的實質內涵嗎？

從以上的原文引證與比較，可以釐清亞氏界定情節由形式到實質的推理過程，條理有序，脈絡分明，如表一。

表 一

行動者

↓

行動

↓

情節
（行動事件）

↓

行動衝突事件

↓

宏偉體裁

在亞氏專書中，凡討論情節除第六章第8句(50^a5)與第十三章第2句(52^b31)主要二次使用 σύνθεσιν 的形式意義之外，其餘皆是以 σύστασις 與其動詞 συνίσταναι 來呈現的實質衝突事件，前後計有十一章之多，無一例外，加以第十三、四兩章實例證明，完全展示衝突成為情節的結構獨有特徵。全章情節結構主旨只在衝突事件一義已明。其他出處，請參閱各章注釋，毋庸一一贅引。

有了以上戲劇行動衝突事件的認知，再說明本章幾點相關的

文義,也即相關的應用。

1. Βίου 是為命,而非生活解

由第13句指出情節的實質是整合戲劇行動衝突事件的明確意義。那末,悲劇行動者會合在一起各懷敵意進行一場衝突的戰鬥;悲劇創作者當然就不需要創新出這位悲劇行動者的一生,而是集中在這些具有衝突性的行動事件。當值雙方悲劇行動者面臨衝突的對峙時,所做出的抉擇,不論是對與不對,或正當與不正當,總有一方將受到極大的痛苦或死亡,這些無一不攸關生與死的性命(βίου),而非一般的生活;再說衝突或戰鬥的結果,行動者是死,他的命運則無疑的由幸轉為不幸,是為(災難)悲劇;反之,行動者倖存,則他的命運是由不幸到幸是為(災難)喜劇。這豈不正是第14句的原義嗎!

2. 品格的定義

其次,亞氏界定悲劇人物在雙方對峙,如能用語言展示出他是如何接受衝突或躲避衝突的抉擇,稱之為行動者的品格;如果沒有用語言表達這種情境的抉擇,則稱為無品格。不然,什麼叫品格?可以任何一個主觀命題,隨意自我演義,其爭議任意引證喋喋無的爭個不休。如果缺少這麼一個明確衝突事件的前提,則品格又依什麼做出抉擇。所以,本人認為沒有比第30,31兩句更為明確品格定義。

3. 無品格可為悲劇解

再說,悲劇行動者雙方會合在一起進行衝突戰鬥時,任何一方能以語言表達為什麼要殺死對方,或被殺,依前30,31句則稱為有品格。如果不能以語言說出為什麼殺死對方,或被殺;換言

之，即創作者沒有這分創作能力；戲劇行動仍然可以進行殺人，仍然不失為行動衝突事件，只不過沒有品格而已，但還是一個悲劇：反之，則不然。這不正是第18句「沒有戲劇行動不能產生悲劇，但沒有品格則可」的意思嗎？

以上所舉本章的幾則例句，原屬晦澀嗷牙，經有衝突事件這個前提之後，其推理意義豁然貫通。不僅證明衝突在戲劇上的實踐性，也標示這個核心概念的不可缺少性。

最後討論的應是第十四章第8句的 συμπιπτόντων (53^{b}15)。它的意思為：戰場相遇、對抗、戰鬥等義。有此明確的詞意藉著第十四章悲劇行動者的悲劇行為過失在兩陣對峙的戰場上，說明發生衝突的情境。不必一一引錄實例，即可了解情節衝突的意義。詳解參見該章注8(2)，不予重複。

連串以上三個衝突關鍵術語詞彙在全書中的原義與應用，藉以顯示衝突事件才是構成悲劇行動情節事件的實質核心。再證諸第十四章的實例，悲劇行動者會合(meeting)在一起是仇人相聚，是聚無好聚，散無好散，正是具體化了悲劇衝突的本質；而衝突到戰鬥事件是構成情節結構的核心對象物。亞氏這套衝突思想，為原創性的理論，比諸後來Hegel, F. Brunetiere 等的相類似的學理，不僅更具原始性，且無比的簡潔。反而，不見西方注釋者做有體系的注疏；理論學者又認為，不論悲、喜劇的衝突概念，皆源於亞氏，但確實的出處為何呢？希望本人的注釋做了明確的認定。做為一個開始嘗試者，本人鼓起勇氣，希望它不是一把開錯門的鑰匙，大膽的將庫藏揭露出來。固然，希望恢復亞氏這本專書原有的豐富理論內容，而不是為了「標新立異」的誤導研讀。

IV. 悲劇組成的六個部分與其重要性的等級

本章幾項中心思想已經闡釋。其中衝突論的理論及應用可將

本章第二部分與第三部分連貫起來。雖然這二個綱領式的部分，在每一組成悲劇成分或部分上所做的界定性意義或多或少皆可產出不同的見解，經過以上幾項論點的本義認知，大致皆已貫通，相形比較之下，這二大部分宜屬技術性的解說了。且原文本文已經可以理解，不擬多佔篇幅，再作複述。

本章第二部分是第5句到12句(49ᵇ3-50ᵃ14)，依據悲劇形成元素定義，枚舉構成悲劇的六個部分，即：情節、品格、思想、語言、韻律及場景。事實上，除思想外，其餘五個部分都是依據文類創新的三類種差元素。也就是第8，9兩句的總結：創新對象物，有情節，品格、思想；媒介物，語言，韻律；呈現方式，場景。並依次討論這些部分在創新過程的處理。在第5句首先再度確定行動者($\pi\rho\acute{\alpha}\tau\tau o\nu\tau\alpha\varsigma$)統御這六個部分；換言之，這六個部分是為呈現行動者所提供的服務。進而，為這六個部分做了初步範疇的界定。接著提出$\H{o}\psi\epsilon\omega\varsigma\ \kappa\acute{o}\sigma\mu o\varsigma$，一般意為：可看得見的裝飾物。但實際上，它是指舞台世界的完全安排之意，如果參照第十七章第1句將「場景儘可能的放在自己的眼前」的意思，它就是要如何將文字的行動者，裝飾成為立體的演員，這可擴大解說成為呈現方式，將文字行動者透過演員在舞台上呈現出來，戲劇才完成為獨立文類；因此，亞氏把這最後特徵作為組成悲劇六項成分中的首要。有了演出的舞台行動者對話，近乎日常生活的語言；以及合唱團表達受難事件($\pi\alpha\theta\acute{\eta}\mu\alpha\tau\alpha$)的情感的音樂製曲($\mu\epsilon\lambda o\pi o\iota\acute{\iota}\alpha\nu$)，也是悲劇最為動人者，此二項是為媒介物。行動者的對象物為什麼呢？接著第8句界定出情節的形式定義；繼之，為思想與品格。以上是三大創新模式及六項元素。

第三部分由第13至36句(50ᵃ15-50ᵇ20)，就悲劇六個部分的重要性依次評論等級，看來是相當長的段落。亞氏在創作的這六個部分中首重情節，由第13句提出情節聚合衝突性事件的實質重要

性，有關衝突性理論與其應用已見前說，至第24句分爲五個不同
層次說明情節爲何重要緣由。其次是品格，在第16句指明行動（事
件）決定品格作爲基本論點，此在第十五章有詳論。繼在第30，31
兩句爲品格的應用下了最佳定義。由於這實質品格的含義，它的
譯文，如拉丁文mores；義大利文，customs或habits；法文moeurs
等，皆比英譯character的意思，易於認知，因爲character易於誤解
爲「人物」。泛論品格係屬倫理學的範疇，在亞氏的*Nicomachean
Ethics* XII至XXII及《修辭學》第二卷XIX至XXIV，分別皆有所引
論；可參考，不轉述。自第27句到結束依次說明第三是思想；第
四是語言；第五製曲；最後將在第5句提出的舞台呈現方式，雖是
產生最佳效果，卻不是創作者的藝術。

注釋

49^b21.1

（1）ἐξαμέτροις，六音步韻格，即敘事體創作。以韻律代替文類
命名，見第一章釋義。這種文類並非唯一的詩文類，實屬
一種文體，爲避免與史詩或敘事詩的詩相混；因此，本書
譯爲：敘事體創作。這個文類於第廿三，廿四兩章討論。

（2）μιμητικῆς，創新法。

49^b22.2

（1）λέγωμεν，我們說過的。即亞氏總結前五章創作類的創作
種差、元素、功能、發展等作爲本章進一步界定悲劇。

（2）ὅρον，界限，界定。通譯爲定義。

49^b24.3 本句是最爲有名的悲劇定義，分爲形式定義與實質功能定
義二個層次。其中所有構成悲劇元素皆歸納自前五章不同
文類種差，最後成長爲悲劇的總結；分述如下：

（1）悲劇（τραγῳδία），創作文類之一（47^a13），從第六章起至二

十二章爲全書的核心議題。

(2)創新($\mu i\mu\eta\sigma\iota\varsigma$)，始於首章 47ª16，爲《創作學》最基礎概念，以往譯爲模擬。它與悲劇是本定義的共同主詞。

(3)戲劇行動($\pi\rho\acute{a}\xi\epsilon\omega\varsigma$)始於 47ª28。這個源於戲劇行動者，$\pi\rho\acute{a}\tau\tau o\nu\tau a\varsigma$(48ª1)。就是戲劇行動者所做出的戲劇行動一連串的事件。

(4)品格崇高($\sigma\pi o\upsilon\delta a\acute{\iota}a\varsigma$，48ª2)，毫無疑問的是指戲劇行動者的品格。

(5)整體布局完整($\tau\epsilon\lambda\epsilon\acute{\iota}a\varsigma$，49ᵇ25)，首度在定義中出現，此處係指情節的形式結構，兼指下個字宏偉體裁要完整。

(6)宏偉體裁($\mu\acute{\epsilon}\gamma\epsilon\theta o\varsigma$，49ª19)，係指創作者($\pi o\iota\acute{\eta}\tau\eta\varsigma$)的創作企圖，創造宏偉內容而言。

(7)悅耳的語言($\dot{\eta}\delta\upsilon\sigma\mu\acute{\epsilon}\nu\omega\ \lambda\acute{o}\gamma\omega$，49ᵇ25)，係指文字媒介物（媒介物的種差性，特指「無以名之」的韻文與散文等各文類)。

(8)各種文類($\epsilon\acute{\iota}\delta\tilde{\omega}\nu$，47ª8)，係指應用各種文類的媒介物而言。

(9)各個部分($\mu o\rho\acute{\iota}o\iota\varsigma$，47ª11)，即開宗明義所指要想把創作做的好，就要討論創作「有多少成分，有什麼部分」。此指創作品形式所組成的部分，與創作品內容的成分。

以上係悲劇定義中第一段落中形成悲劇的九項元素，大體上言，這九項元素，是以文字爲媒介物創造劇本，所歸納出來作爲第一層次戲劇定義部分。

(10)戲劇行動的表演者($\delta\rho\acute{\omega}\nu\tau\omega\nu$，48ª28)。這是戲劇發展成爲獨立創作文類的不可缺少元素，脫離劇本第一層次文字的媒介物爲呈現方式，轉變以表演爲呈現方式。

(11)而非敘述方式($o\acute{\upsilon}\ \delta\iota'\ \dot{a}\pi a\gamma\gamma\epsilon\lambda\acute{\iota}a\varsigma$，48ª21)，雖然悲劇劇本

的傳話人及其轉換成表演為呈現方式，仍然保留敘事體創
作的韻文敘述形式；但到悲劇整體完成表演為呈現方式之
後，已經完全脫離敘事體創作三種的任何一種敘述方式，
藉以了解戲劇文類是集合不同文類的元素而成。

以上二種戲劇形成元素，係由第一層次的劇本，以文字作
為創新的媒介物，作為處理對象物及呈現方式；經表演發
展形成之後，將劇本的文字轉變由表演成為創新的媒介
物，表現對象物與呈現方式的第二層次，構成戲劇文類的
一切元素，至此，希臘悲劇外在形式定形，而停止發展。

以上枚列悲劇定義中第一、二段落中計十一項元素。也即
由第一層次的劇本與第二層次的表演，構成悲劇的外在形
貌。因此，姑稱之為悲劇的形式定義。

(12) ἐλέου，哀憐。

(13) φόβον，恐懼。這二種情感首見於本定義。解說見於本章
釋義。

(14) παθημάτων，受難事件。源於πάθη，受難(47ª28)。就本定
義而言，是以哀憐與恐懼來界定受難事件的實質內容。雖
然，在後面已曾擴及「憤怒或諸如此類」的受難事件情感
(56ᵇ1)，由此可知受難的情感不是絕對的，以此為限，而
是可以有彈性的；但在全書討論這一議題上，全都集中在
這二類情感。

(15) κάθαρσιν，渲洩，淨化，補償，贖罪等義。係亞氏理論中
最重要概念，但其義理也最為不明，引起爭議也最多。
由(12)到(15)共十個字，是本定義中的悲劇功能，因姑稱
為悲劇實質定義。為討論方便起見，研討者將這十個字通
稱為「Katharsis 子句。」其詳說請見於本章釋義〈贖罪
論〉及拙著《論亞理斯多德創作學》。

49ᵇ28.4

(1)*ἡδυσμένον*，見注 3.(7)。它的原義是烹調的著料使食物更有味。以味覺供作比喻語言的悅耳。並將語言悅耳界定在韻律，協和音與音樂節奏(*ῥυθμὸν, ἁρμονίαν, μέλος*)，所產生的快感。本句係解釋定義語言的附屬文字。當指悲劇中的對話與合唱團的語言、音樂與韻律而言。

由第 5 句到 12 句(49ᵇ31-50ᵃ14)爲本章第二部分，係依據本悲劇定義分別枚舉創新悲劇的三種模式：對象物，媒介物與呈現方式(物)；及六種種差元素；場景，製曲，語言，情節，品格，思想。

49ᵇ31.5

(1)*πράττοντες*，做出戲劇行動者。自第六章起亞氏《創作學》已經完全集中在論悲劇一種文類而已；所以，自此以下，將前五章術語改爲悲劇所專用。因此，將*πράττοντας*譯爲：做出戲劇行動者。它源於*πράττειν*到*πράξις*(action)這個系列的戲劇行動詞彙及術語。本句也是悲劇創作者創新悲劇就是創作做出戲劇行動者；也即悲劇對象物的第一層次，及其定義的正面命題。但這個做出戲劇行動者絕非是 visible action (*Lucas* 62)。因此，更明確的說，該是創作劇本中的行動者，而非舞台上的演員。

(2)*ὄψεως κόσμος*，按 *ὄψις* 係指可看得的，在戲劇當指演員，其次指場景(50ᵇ22)，從而延伸到一切舞台演出場景，包括面臉，服裝等。據此，在本句當指戲劇整體呈現方式；也是戲劇成爲獨立文類的最後重成分。

49ᵇ33.6

(1)*ἐν τούτοις*，在這些之中。係指音樂製曲與對話文詞爲創新媒介物而言。

49^{b}34.7

(1)$\mu\acute{\epsilon}\tau\rho\omega\nu$ $\sigma\acute{\upsilon}\nu\theta\epsilon\sigma\iota\nu$。$\sigma\acute{\upsilon}\nu\theta\epsilon\sigma\iota\varsigma$ 分別見於 50^{a}5，52^{b}31，58^{a}28，59^{a}22。而 $\sigma\upsilon\nu\theta\epsilon\tau\acute{o}\varsigma$ 分別見於 55^{a}12，56^{b}23，35；57^{a}11，14，23 以及 58^{a}14。二字係同義字，凡枚列全書各出處，通作組合解，僅此一義，別無例外。特別以第廿章的四處，皆指一字加上另一字而組合一個新結合字，意思最易了解。分見各章注釋。在此處專指悲劇中的文詞是押韻文的組合，而非指音樂和節奏($\mu\acute{\epsilon}\lambda o\varsigma$)與和協音。

49^{b}36.8本句相當的長。在構成悲劇六個部分，除前二句已陳述的演出與音樂製曲外，本句就戲劇行動，創新，做出戲劇行動者，情節，思想，品格及語言，作了基本概念的界定與應用。

(1)$\pi\rho\acute{a}\tau\tau\epsilon\tau\alpha\iota\cdots\pi\rho\alpha\tau\tau\acute{o}\nu\tau\omega\nu$，$\pi\rho\acute{a}\tau\tau o\nu\tau\alpha\varsigma$ 係做出戲劇行動者(已如注 5.(1))由他做出戲劇行動。其依必然率，是他，而非演員，具備品格及思想，本句語意至為明顯。因此，不贊同西方英譯的語法，舞台上不是演員的品格與思想，而是演員展現劇中的行動者品格與思想。所以，做出戲劇行動者具備自己品格與思想而做出戲劇行動，這就是亞氏本句的意思。

(2)$\phi\alpha\mu\epsilon\nu$，英文通譯"we say"或"we speak"。按其字源於 $\phi\acute{a}\nu\alpha\iota$，即$\phi\alpha\acute{\iota}\nu\omega$，其字意甚多如，露出，使出現，指控，控訴等等。基於本句是亞氏界定各項元素的基本概念。這個字應屬較肯定的正式陳述詞彙，展露戲劇行動元素的性質。在本處應是透過品格、思想展露做出戲劇行動者的人物特質。繼之在本句有了相類似的詞意為，$\dot{a}\pi o\delta\epsilon\iota\kappa\nu\acute{\upsilon}\alpha\sigma\iota\nu$(證實，指出)，$\dot{a}\pi o\phi\alpha\acute{\iota}\nu o\nu\tau\alpha\iota$(展示)。

(3)$\sigma\acute{\upsilon}\nu\theta\epsilon\sigma\iota\nu$ $\tau\hat{\omega}\nu$ $\pi\rho\alpha\gamma\mu\acute{a}\tau\omega\nu$，係諸多戲劇行動事件的組合。見

注 7.(1)。此指爲情節的形式定義。一般稱爲情節結構。

(4)*ἀποδεικνύασίν*，係顯示，證實，經過辯明等義。此處指思想是藉著語言的辯證之後而顯示出思想的觀點。

(5)*ἀποφαίνονται*，展示。

(6)*γνώμην*，係有智慧人的見解，或格言，即他們講出來的思想大道理，是以提昇悲劇人物價值，而非街頭巷尾的一般俗論；或爲一個人的心靈(mind)。

50ᵃ10.10 本句與第一章第3句同(47ᵃ16-7，見注3.(3))，原句中並無媒介物，對象物與呈現方式(物)三個術語詞彙。

(1)*οἷς μιμοῦνται*，拿什麼來創新。係指媒介物，有二：語言與韻律。

(2)*ὡς μιμοῦνται*，如何被創新。係指呈現方式，有一：演出。

(3)*ἕν*，就是 *ἕνα*，一的意思。指呈現方式是一個元素。語意甚明，不必多做注釋。

(4)*ἃ μιμοῦνται*，被創新出什麼。係指對象物，有三：即：情節，品格與思想。

50ᵃ12.11

(1)…*οὐκ ὀλίγοι αὐτῶν*…，這些不是很少。由於這三個字的前後，抄本皆有損。不知是指爲數不少的創作者；還是爲數不少的這六項元素被使用或不被使用。這二個爲數不少的疑問，皆無從證實。這些考據，不必太認真。

50ᵃ13.12

(1)…*ὄψις ἔχει πᾶν*…，這三個字的意思容易猜；由於前後抄寫皆有損文，而不容易解。如何據本句的主詞是悲劇；那末，它的意思：「看到一個整體的悲劇，就要有六個部分…。」也就算猜出這三個字的解釋了。

從第 13 到 36 句(50ᵃ15-50ᵇ20)就構成悲劇六個部分的重要

性，依次評論等級。首先是情節由第 13 句到 26 句，分爲
五個層次說明爲何它成爲這六項部分之首。由第 13 句到
第 16 句爲第一層，它說明情節的本質重要性。

50ᵃ15.13 本句是指出情節結構是戲劇行動衝突事件的組合。事實
上，就是行動本質的實質定義。這個戲劇行動衝突說影響
到悲劇創作的整體概念。詳見本章釋義。

　(1)*τῶν πραγμάτων σύστασις*，戲劇行動衝突事件的組合。由於
這個衝突概念關係對悲劇的認知至大，爲讀者對照方便起
見，將它在亞氏本專書中所有出處一一枚列，除本句的根
本定義外，*σύστασις* 有 50ᵃ32；50ᵇ22，23；52ᵃ18；53ᵃ3，
23，31；53ᵇ2；54ᵃ14，34；59ᵇ17，21；60ᵃ3。計14處。它
的動詞 *συνιστάναι*（包括各種時態變化）有47ᵃ9；50ᵃ37；
50ᵇ32，35；51ᵃ29，32；51ᵇ12；52ᵇ28；53ᵇ4；55ᵃ22；
59ᵃ18；59ᵇ14；60ᵃ28，34；62ᵃ16；62ᵇ10。計16處。以這
個字的名詞與動詞的第二層義，即以 in hostile sense（敵意）
的那層衝突到戰鬥的涵義（implication）來解說以上枚列各
處戲劇行動衝突事件本質時，無一不合。經過本句定義的
確認，特別集中在第十三，十四兩章的實例應用，最爲明
確。

50ᵃ16.14 有了第13句的衝突定義認知，即悲劇行動，新增了一個
衝突前提。因此，創作悲劇行動僅是集中在組合戲劇行動
的衝突事件，而非涉及行動者的那個人一生中所有任何事
件。其次，在衝突行動中，其結果行動者不是生就是死；
所以不是一般的生活，而是生死交關的命；當然不限於行
動中的生活。因此，也就毫不猶豫的將 *βίου*，不譯爲「生
活」，也非僅是生命，而是精確的譯爲「命」。接著，在
行動衝突中，行動者輕則受到極大的痛苦，重則喪命，他

的命運當然是由幸到不幸；反之，倖存者則由不幸到幸。
以上正是本句的意思，有了衝突作為行動認知的前提，自
然就可以理解了。

(1)*εὐδαιμονία καὶ κακοδαιμονία*，人生的興盛與衰敗。而較幸與
不幸的意思為廣。

本句在抄本上有些校訂的複雜性，為依Bυτχηερ本：

*ἡ γὰρ τραγῳδία μίμησις ἐστίν οὐκ ἀνθρώπων ἀλλὰ πράξεώς
ἴκαὶ βίου. (ὁ δὲ βιόυς) ἐν πράξει ἐστίν καὶ τὸ τέλος πράξις τις ἐσίν,
οὐ ποιήτης*

（因為，悲劇創新不是一個人（的一生），而是諸多行動與
命。（悲劇）是行動中的命；行動才是（悲劇）的目的，而非
它的性質。）

Ελσε本：

*ἡ γὰρ τραγῳδία μίμησις ἐστίν οὐκ ἀνθρώπων ἀλλὰ πράξεώςκαὶ βί
ου καὶ εὐδαιμονίας, ⟨καὶ εὐδαιμονία⟩ καὶ κακοδαιμονία ἐν πράξει ἐ
στίν, καὶ τὸ τέλος πράξις τις ἐστίν, οὐ ποιήτης.*

因為悲劇創新不是一個人的一生，而是諸多行動與命，及
人生的興，〔而是在行動中〈人生的興〉與衰〕行動才是
（悲劇）的目的，而非它的性質。

據Butcher本將悲劇創新界定不是行動者這個人的一生（或
生活），而是行動與行動者的性命。Else本則擴大到行動者
命運的興盛。進而指為在行動中的行動者的興與衰。但依
其文理，可更精確的解說為：是衝突事件中的興與衰。可
以確知，表達行動者的性命及其命運的興與衰才是行動的
目的；也是悲劇的目的。然而，Butcher刪去興與衰

（*εὐδαιμονία καὶ κακοδαιμονία*），則反而減少了悲劇行動的另一個層次認知。以上這些抄本校訂在文理原本並不易理解，但有增多了衝突概念，不但沒有困撓，反而增進對悲劇行動內容不同層次的理解。

本譯文係依據Kassel本。有些抄本是將第13、14兩句合為一句，則在文義上更為連貫。由於衝突概念的重要，特做出較為詳細的注釋及比較。

(2)*ποιότης*，（行動）的本質，或特質為何？從前面的根據者，當指本章第 8 句 *ὁ ποιούς τίνες*(50ᵃ5)的原義為準，是指品格與思想。但據下句則專指品格。所以，行動的本質，不是行動者的品格（及思想），而是行動者的戲劇行動衝突事件。因此，亞氏繼在第 15 至 20 句，解說為什麼品格不及行動衝突事件的重要。

50ᵃ19.15

(1)*ἤθη ποιοί τινες*，這些品格的性質。則指明為品格。

(2) *τοὐναντίον*，反之亦然。即行動衝突中的行動者品格造成幸；反之，也可造成不幸。品格是指對衝突事件的抉擇，見後注釋。

50ᵃ20.16本句指出行動決定品格的基本概念，並在第十五章做了全面性示範。

(1) *πράττουσιν*，（行動者）做出行動，

(2)*συμπεριλαμβάνουσιν*，融會貫通，密切的集合在一起。意指行動者做出行動事件與他的品格完全集合一致之意。

第 17、18、19、20 句(50ᵃ21-29)提出行動事件比品格更為重要，作第二層次的理由。

50ᵃ22.17

(1)$τὰ$ $πράγματα$，諸多戲劇行動事件。依推理，此處的「諸多戲劇行動事件」，已經與下面的情節($μῦθος$)並舉，當屬「諸多戲劇行動衝突事件」之意。也可解說為$σύστασις$ $πράγματα$，而省去了$σύστασις$。當與第 21 句注釋同。

50ᵃ23.18 句中的 $ἄνευ$ $δὲ$ $ἠθῶν$ 與19句中的 $ἀήθεις$，皆指無品格。品格定義及應用見第30、31句，並參見本章釋義相關部分。

50ᵃ25.19

(1)$Ζεῦξις$(Zeuxis)是位理想畫家。據稱他畫 Helen 時，集五名美女模特兒之美於一人之身。但不知為何在下句，亞氏稱他的畫缺少品格。

(2)$Πολύγνωτον$，已見於第二章第 2 句(48ᵃ5)注 2.(1)，他的畫較常人為優。而亞氏認為他的畫具有人物品格，且出類提萃的好手。

(3)$πέπονθεν$，係$πάσχειν$，意為遭遇到或受到什麼影響。

50ᵃ29.21 本句由情節結構形式與衝突事實的實質，比品格、思想與語言三個部分的總和還要重要。此為第三層次。

(1)$ἐφεξῆς$，依秩序，一系列等意。指依品格、思想、語言的秩序。

(2)$ἠθικὰς$，善於表達了品格。依本句的意思為，即使創作者將品格，思想與語言表達得再好，如果有缺少情節的形式結構，及具備衝突事件，則不能成為好悲劇。

在本句結束之後，Else 依 Castelvetro 的看法，將 24 句後一半到 26 句移在本句之後，直接將肖像畫家與悲劇情節做平行比較，或認為更具解詮釋性。

50ᵃ33.22 本句是情節的結構技巧：逆轉事件與揭發事件，說明行

動的第四層次的重要性。

(1)ψυχαγωγεῖ，意指能把死人的魂勾引回來，藉以比喻情節逆
　轉與揭發事件的悲劇功能是何等的動人。

(2)περιπέτεια καὶ ἀναγνωρίσεις，逆轉與揭發。這是第一次出現
　這二個創作技巧性術語；在全書中並未作任何多餘說明，
　由此推測可能這原本就是當時通用的術語。但在中譯上，
　依第十章定義，將前者譯爲：逆轉；後者爲揭發。特別是
　後者稍有別於一般中、英譯的「發現」。請參閱第十一章
　注釋。注 3.(1)。

　23.24.兩句是第五層次的理由，指出創作情節的優劣決定
　創作者的創新能力。

50ª35.23

(1)πρῶτοι ποιηταί，最早的悲劇創作者們。係當指在 Aeschylus
　之前的創作者。

50ª38.24

(1)ἀρχή，意爲開始。但在此處，其含義遠超過字意，可能作
　開始的第一要件，原理或基礎解。

(2)由此，Else 移前接 21 向之末。

　但本人認爲亞氏在討論情節五重重要性之後，才與繪畫做
　平行比較，以確定情節重於品格，一如畫像的輪廓重於色
　彩。這種推理是合理的。因此，本人傾向 Kassel 與
　Butcher 抄本秩序；所以，本譯文未加更動。

50ᵇ1.25

(1)εὐφράνειεν，歡樂，或快感。是爲藝術的功能在悲劇則爲行
　動事件，而品格次之。

　自 27 句到結束是所餘下的其他悲劇部分的等級。思想列
　爲第三，繼在第十九章做了討論。語言第四，在第廿、廿

一、廿二章；第五是樂曲創作，以及最後一項是場景。

50^b4.28

(1)*ἁρμόττοντα*，動詞*ἁρμόττειν*，意為二音相和。

(2)*ἐπὶ τῶν λόγων*，在說話上，或在演講上。

(3)*πολιτικῆς καὶ ῥητορικῆς*，政治的與修辭的技巧或方法。

50^b7.29

(1)*πολιτικῶς*，政治技巧的，政治術的。

(2)*ῥητορικῆς*，(1)和(2)同上注。

50^b8.30,31 句本人認為是對品格下了最具體的定義，即在衝突事件的概念下，行動者面對衝突事件所做出的抉擇。如能以語言說出行動者何以接受或逃避衝突，就是有品格；反之則否。參見本章釋義。具體實例見於第十五章。

(1)*τὸ τοιοῦτον*，指示代名詞，應是本句主詞，指前面的「行動衝突事件」，而非「思想」。

(2)*προαίρεσιν*，寧願，喜歡做什麼。大部分英譯指為道德的抉擇。本譯文傾向於對行動要做與不做的抉擇。

(3)*ἐν οἷς οὐκ*，英譯殊不一。本人譯為「依在這情況下，不是…，就是…。」

(4)*φεύγει*，意為 avoid，rejecting，to flee take flight 等，即逃避面對衝突的處境。

50^b10¹.31本句除了表達品格外也是明確說明了戲劇語言的功能之一。

50^b11.32本句界定思想，是行動者在抉擇衝突情境之後，陳述該不該做的大道理，即是思想。

50^b12.33

(1)*λέξις*，指有結構的語言。

50^b13.34

（1）τήν αὐτὴν δύναμιν，相同的功能，或所以能做相同的事務。

50^b15.35

（1）ἡδυσμάτων，原義為調味料。已見於悲劇定義，見注 4.(1)。在此引為合唱團音樂的甜美。

（2）ὄψις，本人認為包括一切舞台的演出。

50^b18.36 本句明示劇本創作真實不在於比賽或演員的舞台幻覺真 實；而舞台幻覺真實，是舞台的情境製作與演員的演出效 果，而不決定於創作劇本真實的創作者。這種看法應得到 劇場實務的普遍印證。

第七章

VII   1.Διωρισμένων δὲ τούτων, λέγωμεν μετὰ ταῦτα ποίαν τινὰ δεῖ τὴν σύστασιν εἶναι τῶν πραγμάτων, ἐπειδὴ τοῦτο καὶ πρῶτον καὶ μέγιστον τῆς τραγῳδίας ἐστίν. 2.κεῖται δὴ ἡμῖν τὴν τραγῳδίαν τελείας καὶ ὅλης πράξεως εἶναι μί-
25 μησιν ἐχούσης τι μέγεθος· 3.ἔστιν γὰρ ὅλον καὶ μηδὲν ἔχον μέγεθος. 4.ὅλον δέ ἐστιν τὸ ἔχον ἀρχὴν καὶ μέσον καὶ τε-λευτήν. 5.ἀρχὴ δέ ἐστιν ὃ αὐτὸ μὲν μὴ ἐξ ἀνάγκης μετ' ἄλλο ἐστίν, μετ' ἐκεῖνο δ' ἕτερον πέφυκεν εἶναι ἢ γίνεσθαι· 6.τελευτὴ δὲ τοὐναντίον ὃ αὐτὸ μὲν μετ' ἄλλο πέφυκεν εἶναι ἢ
30 ἐξ ἀνάγκης ἢ ὡς ἐπὶ τὸ πολύ, μετὰ δὲ τοῦτο ἄλλο οὐδέν· 7.μέσον δὲ ὃ καὶ αὐτὸ μετ' ἄλλο καὶ μετ' ἐκεῖνο ἕτερον. 8.δεῖ ἄρα τοὺς συνεστῶτας εὖ μύθους μήθ' ὁπόθεν ἔτυχεν ἄρχεσθαι μήθ' ὅπου ἔτυχε τελευτᾶν, ἀλλὰ κεχρῆσθαι ταῖς εἰρημέναις ἰδέαις. 9.ἔτι δ' ἐπεὶ τὸ καλὸν καὶ ζῷον καὶ ἅπαν
35 πρᾶγμα ὃ συνέστηκεν ἐκ τινῶν οὐ μόνον ταῦτα τεταγμένα δεῖ ἔχειν ἀλλὰ καὶ μέγεθος ὑπάρχειν μὴ τὸ τυχόν·

1. 這些成分已經做了界定[1]，讓我們來談，戲劇行動事件依照它們的性質，應就是行動衝突事件的組合[2]；因為悲劇中首要的與最重要的就是這個。

2. 我們已經奠定了[1]悲劇的定義，悲劇是一個完整[2]與整體[3]戲劇行動的創新，且具有其宏偉體裁[4]。 3. 因為，有的是一個整體的東西，它並不具有宏偉體裁。 4. 一個整體[1]是具有開始，中間和結局。 5. 開始是出於必需(率)[1]它不隨著一件事件之後，但在它之後，則是成長出來別的事件，或將被產生出來。 6. 結局者則正好相反，或出於必需(率)或一般共同的通則[1]，它是隨繼在別的事件之後成長出來；不過，在它之後，則沒有任何其他的戲劇行動事件。 7. 中間者，是一個事件它隨著其他事件之後，其他一個事件也隨著它之後。 8. 因此，凡組合良好情節的行動衝突事件[1]，既不在或然的[2]地方做出開始，也不在或然[3]的地方做出結局，而是要遵照我們所說過的要求原則[4]。

9. 再者，因為一件美的事物[1]，不論有生命物或來自每一個組合行動衝突事件[2]；這些所有的事物不僅應是安排得井然有序，而且要有宏偉體裁，但它不是以一個或然[4]作為開始[3]。

^{10.}τὸ

γὰρ καλὸν ἐν μεγέθει καὶ τάξει ἐστίν, διὸ οὔτε πάμμικρον
ἄν τι γένοιτο καλὸν ζῷον (συγχεῖται γὰρ ἡ θεωρία ἐγγὺς
τοῦ ἀναισθήτου χρόνου γινομένη) οὔτε παμμέγεθες (οὐ γὰρ
1451ᵃ ἅμα ἡ θεωρία γίνεται ἀλλ' οἴχεται τοῖς θεωροῦσι τὸ ἓν
καὶ τὸ ὅλον ἐκ τῆς θεωρίας) οἷον εἰ μυρίων σταδίων εἴη
ζῷον·¹¹·ὥστε δεῖ καθάπερ ἐπὶ τῶν σωμάτων καὶ ἐπὶ τῶν
ζῴων ἔχειν μὲν μέγεθος, τοῦτο δὲ εὐσύνοπτον εἶναι, οὕτω
5 καὶ ἐπὶ τῶν μύθων ἔχειν μὲν μῆκος, τοῦτο δὲ εὐμνημόνευ-
τον εἶναι·¹²·τοῦ δὲ μήκους ὅρος ⟨ὁ⟩ μὲν πρὸς τοὺς ἀγῶνας καὶ
τὴν αἴσθησιν οὐ τῆς τέχνης ἐστίν·¹³·εἰ γὰρ ἔδει ἑκατὸν
τραγῳδίας ἀγωνίζεσθαι, πρὸς κλεψύδρας ἂν ἠγωνίζοντο,
†ὥσπερ ποτὲ καὶ ἄλλοτέ φασιν†.¹⁴·ὁ δὲ κατ' αὐτὴν τὴν
10 φύσιν τοῦ πράγματος ὅρος, ἀεὶ μὲν ὁ μείζων μέχρι τοῦ σύν-
δηλος εἶναι καλλίων ἐστὶ κατὰ τὸ μέγεθος·¹⁵·ὡς δὲ ἁπλῶς
διορίσαντας εἰπεῖν, ἐν ὅσῳ μεγέθει κατὰ τὸ εἰκὸς ἢ τὸ
ἀναγκαῖον ἐφεξῆς γιγνομένων συμβαίνει εἰς εὐτυχίαν ἐκ δυσ-
τυχίας ἢ ἐξ εὐτυχίας εἰς δυστυχίαν μεταβάλλειν, ἱκανὸς
15 ὅρος ἐστὶν τοῦ μεγέθους.

(續前段)10. 事實上，美的事物即是要體裁宏偉，也要佈出一個有秩序的陣勢[1]。因為太小的[2]生命物產生不出美，事實上，它糾在一起而至形狀模糊[3]，觀看的人在靠近時刻變成了，近乎失序，而在一瞬間失去感覺[4]；超大的體積[5]也不行，因為觀看的人不能將全景立刻一眼看完；那末，一個整體就從觀看人的視線上離去[6]，因而，觀看的人就沒有一個東西[7]的整體感[8]。比如一個生命物，假如說是一千里長[9]。　11. 再者，應如身體[1]與生命物要具有它的宏偉。這些是要易於一眼就能看[2]；這也就正像情節要有長度[3]，而這種長度是要能讓人能易於記得住[4]。　12. 這種長度，要受比賽與觀眾的感覺[1]作為限制，這種限制就不是創作藝術的事了。　13. 事實上，假如一百個悲劇進行比賽，有些時候就得依水鐘來完成。……，這方面正如以前某些時候如此；而另一方面，是依據戲劇事件的性質[1]。……　14. 依據戲劇事件本質來的限制，這是就宏偉體裁而論，（較長的）情節總是較偉大的，又能讓人易懂[1]，這就是愈美。　15. 如過去說過的簡略界定，依據必然（率）與必需（率），一個有體裁多麼宏偉，即產生出聚集一連串的連貫行動事件，一個人[1]命運的轉變要由幸到不幸[2]，或一個由不幸到幸，這就是一個宏偉體裁的限制。

【釋義】

I. 情節衝突實質定義的應用

在第六章做了悲劇各項部分界定之後，自本章至十四章逐章討論構成悲劇的情節結構。即經將情節界定爲戲劇行動事件的組合($\sigma\acute{u}\nu\theta\epsilon\sigma\iota\varsigma$)，它屬構成情節的外在形式，不僅適應於悲劇，也當可泛指戲劇文類中各種劇種，故可稱爲廣義情節結構。本人詮釋第六章13句則認爲悲劇情節定義，除其應有形式之外，是悲劇行動衝突事件($\sigma\acute{u}\sigma\tau\alpha\sigma\iota\varsigma$)的組合。從西方咸認$\sigma\acute{u}\sigma\tau\alpha\sigma\iota\varsigma$是$\sigma\acute{u}\nu\theta\epsilon\sigma\iota\varsigma$的替代(alternative)用字的語意中分離出來，確立$\sigma\acute{u}\sigma\tau\alpha\sigma\iota\varsigma$的第二層衝突義才是悲劇情節事件的本質，係專指悲劇所特有，宜稱狹義悲劇情節結構。自本章起亞氏專論情節結構改用$\sigma\acute{u}\sigma\tau\alpha\sigma\iota\varsigma$這一系列的術語，即如何組合悲劇行動事件結構，全都建立在衝突到戰鬥事件的基礎上。以下各章核心集中於這個狹義悲劇情節結構，這是以前從不曾有的狹義注釋法，讀者要先予以認知的。至於爲何亞氏「忽然」放棄$\sigma\acute{u}\nu\theta\epsilon\sigma\iota\varsigma$的本字，而改用它的替代用字$\sigma\acute{u}\sigma\tau\alpha\sigma\iota\varsigma$，似乎還未見到西方有任何辯證。

II. 情節完整的定義：開始，中間與結局事件

本章大致粗分爲兩個段落，第1至8句屬行動完整；第9到結束是討論宏偉體裁相關問題。它們包括了幾項創作的主要概念。就是這個狹義悲劇情節結構要創作什麼體裁？這個創新作品要多長來處理這應有的體裁？何謂衝突情節、行動、體裁的完整性？如何處理才屬於美感或快感？

亞氏原在第四章第22句提出悲劇從人羊劇經過長期發展才具

備宏偉體裁。而悲劇中的一切構成元素皆為它而服務,即悲劇的呈現對象。本章不是重申這一看法,而是如何以一個完整而整體的悲劇行動具體化這個宏偉體裁。

其次,何謂結構的完整與整體性?即何謂宏偉體裁,行動與情節三者的完整與整體性?亞氏為這個完整概念下了一個最為完備的定義,要具備開始,中間與結局事件。雖然這則定義有人認為偏於抽象,但無損於亞氏的歸納,及在實踐上的引證與推演。由於亞氏並非創作者,其他人對實際上創作可產生另種不同完整性的認知,請自行參閱P. Corneille 的悲劇三論。

III. 宏偉體裁、長度與美感的三者統一

在第二段落中,創作品以一個完整而整體的行動呈現一個宏偉體裁,在必然率之下,需要多長的幅篇呢?即作品的長度如何呢?又要如何才算美呢?換言之,宏偉體裁、作品長度與作品的美感三者如何能達成一致的問題。亞氏提出一個整體足以收在眼底的說法,這是一個非常概念化的前提。這是對體積大小或長短度的衡量詞彙。繼而亞氏又提出以一個人能記得住。這是觀看演出時間長短的想法。有了時間的長短,可能表示作品幅篇(體積)的大小,這個推理先統一了時間與長度。但兩者皆不一定能代表宏偉體裁,也就無法涵蓋體裁愈宏偉則愈長的訴求。所以,並未解決這三位一體的一致性。

在已經達成的前二項的統一基礎上,亞氏在本章結論中提出了三者之間的一個創作共同前提,那就是這三者在必然率之下,共同創新一位行動者的命運,由幸到不幸或不幸到幸,以一次改變為限。這是宏偉體裁最為明確的界定。為符合這則狹義定義,更精確的說,再宏偉的體裁在衝突事件中,行動者的命運僅能以一次的改變由幸到不幸,或不幸到幸。其次,悲劇行動雖然是愈

長愈美，但再長只能表達衝突事件中的行動者命運一次改變由幸
到不幸，即限在能記得住的長內，也即在比賽的時間之內，（以現
爲劇本規格大約1,500行左右），就劇作品產生美感而言，這個已經
確定的宏偉的衝突體裁，要井然有序的安排成悲劇行動衝突事件
的完善結構，及既有的規格長度，而致能讓觀眾將其整體盡收眼
底，又能記得住，這種完整而整體的作品，才叫做美（快感）。於
是完成了三位一體的一致性。所以，本章的結論是宏偉體裁的完
整與整體的界定，也就是行動，情節完整與整體，及由完整與整
體產生美感的界定。

　　最後，在第二段落亞氏指出一個活生物縱然大到一千里長，
仍然失去美感。這是亞氏明白的排斥超大作爲美感的標準。正如
前述所謂情節愈長愈美；或體裁愈宏偉愈美。並非超大之爲美，
也非一昧超大狂爲宏偉，更非將所有宏偉體裁集中在一部作品，
而稱爲愈多宏偉，就是愈美。而是以一個衝突事件的宏偉體裁，
在觀眾的客觀條件之下，有一定的長度，且在完整與整體結構之
內，才產生美感（快感）。由此產生節制，而後建立一套創作規範
的悲劇創作法。

IV. 必然率、通則與或然率

　　值得一提的是在本章第4、5、6三句陳述構成情節完整，要符
合必需率或（和）如同一般共同的通則（ἀνάγκης ἤ ὡς ἐπὶ τὸ πολύ）。通
則此一語彙，是當時希臘文的一種普遍用法，但在全專書中使用
僅此一次，與必然率一齊連用，當然也僅此一次。不過，由於這
二個術語的連用，可以看出二層意義：一是通則的重要性不下於
必然率，這是一般詮釋不曾予以重視的；其次，構成情節完整的
約定俗成的一般通則，在創作上，是可以接受的。如果此一解說
是可採用的話，則通則的應用性，當可引用在不同時代的不同劇

種上。至少在討論時，必然率，通則與或然率應予同等重視。

注釋

$50^b21.1$

(1)διωρισμέων (διορίζειν)，這些已被界定。當指第六章的悲劇六個部分；而非前五章內容。

(2) τὴν σύστασιν …τῶν πραγμάτων，自本句起情節結構已不再以形式爲主，而是如何組合悲劇行動實質的衝突事件。也即本人所認定的狹義情節結構定義。亞氏本專書自此不再使用形式定義的σύνθεσις來討論情節。

$50^b23.2$

(1)κεῖται(κεῖσθαι)建立，奠定之意。

(2)τελείας，完整。首見於悲劇定義，以下又見 52^a2，59^a19。計四處爲主要用法。但其意義並未見到明確的界定。

(3)ὅλης，整體。是較多用的術語。(2)和(3) 這兩個概念，似乎是嫌重疊，整體的應是必然完整的。不過亞氏將這二字多次連用，其必有層次性。

(4)μέγεθος，原有二義：一表示體積、面積及長度的大小；一爲宏偉內容。亞氏本專書專指後者，主要用於本章。參見第四章注 22.(1)。

$50^b26.4$本句雖然僅稱：「整體（行動）是具有開始、中間與結局」，即由這三個部分所組成始稱爲整體。但亞氏將這二術語連用；因此，本句應是第 2 句 τελείας καὶ ὅλης πράξεως（完整而整體的悲劇行動）的正式定義。從這則定義來看，這二個術語之間的層次，好像是整體在由開始，中間與結局構成整體行動之後，這個整行動才是完整τελεία行動。

(1)ὅλον，整體。係指整體行動而言。

(2)ἀρχὶν…τελευτήν，開始，中間與結局。由於戲劇行動是由
諸多戲劇行動事件所組成；因此，此三個組成部分應是開
始事件，中間事件及結局事件的簡稱。

第 5、6、7 三句就開始事件，中間事件及結局事件分別加
以結構上的界定。是爲情節事件結構，亞氏做了最具體的
定義。

50ᵇ27.5

(1)ἀνάγκης，必需。係應用在一件戲劇行動事件在發展上必
需，或不必需，隨於另一件行動事件之前或後。這個必需
或必然的發展，在戲劇行動情節結構上稱爲必然或必需
率，即出於此。成爲行動結構原理的關鍵術語，詳論見於
第九章。涉及全書範圍甚廣。

50ᵇ29.6

(1)ἀνάγκης ἤ ὡς ἐπὶ τὸ πολύ，必需率或（和）如同一般共同的通
則（as a general rule），或依 "the usual"，"normal"，
"habitual" 等解皆可（Croix 24）或作慣例解。按創作戲劇行
動事件（或衝突事件），除必需率與或然率係亞氏所論及者
外，還有這項「一般共同的通則」。這些通則可能在當時
已經行之有年，成爲陳規，亞氏也不反對。有學者論及這
些通則的重要性。可惜在亞氏專著僅在此處提及，並未做
進一步提出實例或體系說明。

50ᵇ32.8

(1)συνεστῶτας，（συνιστάναι），與名詞σύστασις 的意義，皆見
於第六章釋義〈衝突說〉。此處是指已聚集或組合成爲良
好情節的那些悲劇行動衝突事件。

本句在第 4、5、6、7 四句界定情節良好結構定義之後，

又使用狹義情節的組合成悲劇行動衝突事件的這個專用動詞（$\sigma\upsilon\nu\epsilon\sigma\tau\hat{\omega}\tau\alpha\varsigma$）。意指組合這些衝突事件才是構成情節良好結構的目標。據此專用術語推之，這則完整而整體的行動定義係專指狹義情節結構而言的。

(2)$\ddot{\epsilon}\tau\upsilon\chi\epsilon\nu$和(3)$\ddot{\epsilon}\tau\upsilon\chi\epsilon$（$\tau\upsilon\gamma\chi\acute{\alpha}\nu\epsilon\iota\nu$），還有其他的動詞變化形式$\tau\acute{\upsilon}\chi o\nu$，$\tau\acute{\upsilon}\chi o\nu\tau\alpha$，$\tau\upsilon\chi\acute{o}\nu\tau\epsilon\varsigma$，$\tau\upsilon\gamma\chi\acute{\alpha}\nu o\upsilon\sigma\iota$ 等，其義爲：或然發生的，湊巧，技巧相遇。此一詞，本書譯爲：或然。按自我們學習代數以來，即以或然率爲通用詞彙。而排除一般譯爲偶然的用法；但邏輯學者認爲當譯爲：適然率，即在條件允許下，適者爲真，也就是成爲真實或事實，請讀者參考。它與$\dot{\alpha}\nu\acute{\alpha}\gamma\kappa\eta\varsigma$ 成爲一對詞，是爲構成戲劇行動事件結構上的或然率。一般的看法亞氏所認爲或然不是正確的結構；事實上，這個看法是有條件的。

(4)$i\delta\acute{\epsilon}\alpha\iota\varsigma$，原意爲形式，但在此可作原理、原則解。

第9、10、11三句（50^{b}34-51^{a}3）討論宏偉體裁（$\mu\acute{\epsilon}\gamma\epsilon\theta o\varsigma$），長度（$\mu\acute{\eta}\kappa o\varsigma$）與美感（或快感）三者之間如何達成調和的統一。

50^{b}34.9

(1)$\kappa\alpha\lambda\grave{o}\nu$ 。在第二章第1句（48^{a}2）規範悲劇人物品格的屬性差爲$\sigma\pi o\upsilon\delta\alpha\acute{\iota}o\upsilon\varsigma$ $\ddot{\eta}$ $\varphi\alpha\acute{\upsilon}\lambda o\upsilon\varsigma$，一般英譯成爲good and bad。這種譯文文義可能失真。因爲good的意思就是這個字$\kappa\alpha\lambda\acute{o}\varsigma$。這是在現今雅典人生活中的口頭禪。亞氏藉著觀看繪畫功能所產生的美感轉換成觀看悲劇功能所產生的快感。在本章所討論的以美感，就悲劇而言，專指快感。

(2)$\sigma\upsilon\nu\acute{\epsilon}\sigma\tau\eta\kappa\epsilon\nu$，亞氏藉一個生命物說明結構，是爲結構有機論；以喻戲劇事件的結構亦復如此。但這裡所指的戲劇行動事件結構，又使用了$\sigma\upsilon\nu\acute{\iota}\sigma\tau\alpha\nu\alpha\iota$這個衝突事件動詞。它屬假設語氣，其意思明示「如已經設定組合的那些行動衝突

事件的結構」要像一個生命物有機般井然有序。

(3)μέγεθος ὑπάρχειν，ὑπάρχειν意爲：將什麼東西作爲開始。那末，悲劇係將宏偉體裁作爲開始；換言之，悲劇的首要元素就是宏偉體裁。

(4)μὴ τὸ τυχόν，它不或然（發生的），或湊巧（出現的）。這三個字緊接在μέγεθος ὑπάρχειν之後，當然是限制宏偉體裁發生不是或然的屬性。依據本句的推理，既然創新悲劇的宏偉體裁，是組合結構良好的衝突事件。衝突事件的發生而非出於或然，這個推理是以理解的。其次，如果依些學者將這裡的μέγεθος一詞作長度解（*Else* 283），試問長度是或然發生出現的嗎？或然（τυχόν）是衡量長度的詞彙嗎？顯然不合本句的文義。如此含有前提性概念的這三個字，至少Bywater和Butcher兩位大家，不曾將其譯出，不知何解；其他如，L. Golden將第8句的二處（見注8.(2)和(3)）與本句的同一個字，分別譯爲：chance和fortuitous。事實上，這二譯文屬同義字，一義多詞的譯法，作弄不懂希臘原文的讀者。

50ᵇ36.10本句討論宏偉體裁（μέγεθος）與美（καλός）的統一。但明顯的排斥超大，超宏偉或泛宏偉之爲美的標準。唯有結構良好的宏偉體裁斯爲美。

(1)τάξει，軍隊作戰所佈置的陣勢。當時作戰，主帥、戰將、武士的戰鬥攻守位置可能極爲謹嚴，也是人人皆知，故亞氏引以借喻悲劇行動衝突事件的安排如同陣勢一般秩序。

(2)πάμμικρον，超小或極小體積。亞氏認爲一件東西太小不爲美的審美觀念，不予討論。

(3)συγχεῖται，困惑。指東西擠在一起看不清而感到困惑。

(4)ἀναισθήτου，失去或沒有感覺。

(5)παμμέγεθες，就物體而言，本字是指巨大的體積，轉移到創作體裁的巨大或超大解，宜當譯爲超宏偉或泛宏偉。何謂超宏偉或泛宏偉，按本字是πὰς + μέγεθος 的結合字而成新義。πὰς 是，all，whole，entire 之意；μέγεθος，宏偉體裁。即將所有宏偉體裁集中在一起，或一個作品之中，而成爲愈多宏偉體裁愈爲美。因譯爲超宏偉；或 πὰς 的用法，正如泛太平洋(pan-Pacific)的泛(pan)，當可譯泛宏偉。是爲超宏偉或泛宏偉解。這些超大、超宏偉之爲美的標準，皆爲亞氏所排斥的。

(6)οἴχεται，從什麼東西上離去。

(7)τὸ ἕν，一個完整的東西(oneness)。

(8)τὸ ὅλον，一個整體。

(9)σταδίων，一個στάδιον(stadium)是606 3/4英尺，相當一個奧林匹克跑道的長度。也是希臘計算長度的單位。μυρίος，是數字的一萬。

51ª3.11本句提出宏偉體裁與作品長度達成統一的前提：在體積再大要能一眼看盡；再宏偉作品長度，要能讓人記得住。

(1)σωμάτων，在物體係指其身軀體積大小；在戲劇則爲戲劇行動事件。此處的軀體與50ᵇ34(第10句)的ἅπαν πρᾶγμα(戲劇行動事件)相對應平行比較。

(2)εὐσύνοπτον，易於一眼看出，一個整體盡收眼底，一眼看出它的宏偉性。

(3)μῆκος，長度。μέγεθος有宏偉與長度兩義。其中長度一義在亞氏專書中完全由μῆκος所取代；所以，μέγεθος只有宏偉一義。然而，在應用上當然可以指體積的宏偉，但當指體積宏偉無關於其長度了。

(4)εὐμνημόνευτον，讓人容易記憶，或長留心頭。此指情節的

　　　　長度而言，與(2)是相對的詞。

51ª6.12

　　(1)*αἴσθησιν*，引起(觀眾)的感覺。

51ª7.13

　　(1)據 Else 本，分爲兩句：

　　　(*ὁ δὲ κατ᾽ αὐτὴν τὴν φύσιν τοῦ πράγματος.*) (*ὅρος...*)。

　　　但本譯文係根據 Kassel 與 Butcher 本，認爲在文義上，較

　　　爲連貫。

51ª9.14宏偉體裁愈宏偉則愈美，這指本質；有別於集愈多宏偉體

　　　裁則愈美的泛宏偉，這是指創新技巧。

　　(1)*μέχρι τοῦ σύνδηλος，σύνδηλος*，除清楚，可以證明等意義外，依

　　　Lucas認爲*σύνδηλος*與第11句的*εὐσύνοπτον*（易見），*εὐμνημόνευτον*（易

　　　記)三字並舉(114)。因此，宜當譯爲「易懂」。

51ª11.15本句是本章主旨結論對宏偉體裁，作品長度，與產生的美

　　　感，提出一個共同前提調和這三個概念的一致性。這個共

　　　同前提就是這三者皆在以創新一位行動者在悲劇行動衝突

　　　事件中造成他的命運改變由幸到不幸，或不幸到幸，僅能

　　　以一次改變爲限。太多次則爲泛宏偉或作品太長，則破壞

　　　三者的一致性。

　　(1)*εἰς*，是一的意思，當指一個人解，如譯出或可增加本文的

　　　理解。

　　(2)*εὐτυχίαν ἐκ δυστυχίας.* 由不幸到幸。這二個術語是第一次出

　　　現於本專書。第六章第 14 句(50ª16-18)創新悲劇的目標是

　　　要表達行動者在悲劇行動衝突事件中他的性命的興與衰

　　　(*εὐδαιμονία καὶ κακοδαιμονία*)。這幸與不幸兩個術語就是人

　　　生興與衰的悲劇行動事件實踐。這在中、英譯文上，是有

　　　其層次的差異的。

第八章

VIII　¹·Μῦθος δ'·, ἐστὶν εἶς οὐχ ὥσπερ τινὲς οἴονται ἐὰν
περὶ ἕνα ᾖ·²·πολλὰ γὰρ καὶ ἄπειρα τῷ ἑνὶ συμβαίνει, ἐξ ὧν
ἐνίων οὐδέν ἐστιν ἕν·³·οὕτως δὲ καὶ πράξεις ἑνὸς πολλαί εἰσιν,
ἐξ ὧν μία οὐδεμία γίνεται πρᾶξις. ⁴·διὸ πάντες ἐοίκασιν
20 ἁμαρτάνειν ὅσοι τῶν ποιητῶν Ἡρακληΐδα Θησηΐδα καὶ
τὰ τοιαῦτα ποιήματα πεποιήκασιν· ⁵·οἴονται γάρ, ἐπεὶ εἶς
ἦν ὁ Ἡρακλῆς, ἕνα καὶ τὸν μῦθον εἶναι προσήκειν. ⁶·ὁ δ'
Ὅμηρος ὥσπερ καὶ τὰ ἄλλα διαφέρει καὶ τοῦτ' ἔοικεν
καλῶς ἰδεῖν, ἤτοι διὰ τέχνην ἢ διὰ φύσιν· ⁷·Ὀδύσσειαν
25 γὰρ ποιῶν οὐκ ἐποίησεν ἅπαντα ὅσα αὐτῷ συνέβη, ⁸·οἷον
πληγῆναι μὲν ἐν τῷ Παρνασσῷ, μανῆναι δὲ προσποιήσασθαι
ἐν τῷ ἀγερμῷ, ὧν οὐδὲν θατέρου γενομένου ἀναγκαῖον ἦν
ἢ εἰκὸς θάτερον γενέσθαι, ἀλλὰ περὶ μίαν πρᾶξιν οἵαν
λέγομεν τὴν Ὀδύσσειαν συνέστησεν, ὁμοίως δὲ καὶ τὴν Ἰλιά-
δα.

1. 情節是單一的一[1]，不是像一般人們所相信的有關一個人一生的一[2]。 2. 事實上，一個人的一生發生很多與無限多的行動事件。所以，出諸一個人[1]一生的一，並非就是情節的一。 3. 因此，正是出諸一個人一生的行動是很多的[1]，出諸他的一生[2]就不能成為一個行動的一[3]。 4. 因為，很多些創作者犯有相同的錯誤[1]正像Heracleid[2]或一位Theseid[3]的創作者，以及像這類所創作出來的創作品。 5. 因為他們創作者相信這個一是Heracles這一個人，既然如此，他的情節的一就是屬於這一個人的一。 6. 但像Homer與這些其他的人不同，不僅從藝術上[1]，而且從創作的本質上[2]，皆相信見到一道好的光芒。 7. 因而，Homer創作*Odyssey*[1]並非把他的一生發生所有的事件，有多少就創作出多少。 8. 例如，他在Parnassus山上受傷[1]；或在出征召集時裝瘋。這些事件，既不要那個人已經做過的事件[2]，依據必需（率）或必然（率），也不要那個人將會發生的這些事件[3]；而是Homer組合他的*Odyssey*行動衝突事件[4]，正如我們已經說的，只有一個行動；相同的，他的*Iliad*亦同[5]。

30   9·χρὴ οὖν, καθάπερ καὶ ἐν ταῖς ἄλλαις μιμητικαῖς ἡ μία
μίμησις ἑνός ἐστιν, οὕτω καὶ τὸν μῦθον, ἐπεὶ πράξεως μίμησίς
ἐστι, μιᾶς τε εἶναι καὶ ταύτης ὅλης, καὶ τὰ μέρη συνεστά-
ναι τῶν πραγμάτων οὕτως ὥστε μετατιθεμένου τινὸς μέρους ἢ
ἀφαιρουμένου διαφέρεσθαι καὶ κινεῖσθαι τὸ ὅλον· ὃ γὰρ προσὸν
35 ἢ μὴ προσὸν μηδὲν ποιεῖ ἐπίδηλον, οὐδὲν μόριον τοῦ ὅλου ἐστίν.

（續前段）9. 因此，正如在所有其他創新藝術法中[1]，一個創新就是一個行動的一；同理，情節也屬如此；因為一個戲劇行動就是一個創新；而且也就是一個整體。以及組合在一起的各戲劇行動衝突事件的成分[2]，如更換或從中拿走了其中一個成分，則這個整體戲劇行動就會自身變成不同，或就會脫節[3]。10. 事實上，增加上一個組成成分或不增加上，而創作不出明確的區別，則這就不是戲劇整體行動的一個組成成分。

【釋義】

　　依亞氏論創作類著作的系統而言，本專書研究的創作對象範疇應是悲劇與敘事體創作兩個文類。在創作的六大原素中，除音樂製作與演出外，這二種文類是完全相同的；因此，本章將這二者相提並論，敘事體創作原本就是悲劇體裁的源頭，釐清敘事體創作成功與失敗的實例，就可提供悲劇創新的借鏡。因此，對本章做出較為詳細的釋義。

I. 行動統一率及其推理到完成

　　繼第七章規範了完整而整體的悲劇行動情節結構之後；進而，本章進行如何使完整的悲劇行動成為統一，是為悲劇行動統一律。自文藝復興時期的L. Castelvetra以來，就將這原則視為悲劇創作三一律中最為重要的行動統一律（unity of action）。全章陳敘推理分明，先由第1-3句界定悲劇行動統一律的定義。不過，這項定義的成立，不像亞氏悲劇定義從正面的歸納每一項形成元素。如將悲劇定義這種方法稱為正面命題定義，而本章所採用悲劇行動統一定義的命題，是先設定一個對象，然後再反面的，逐項一一刪除其中不需要的元素，最後所剩下的元素就是悲劇行動統一的內容，姑稱為反面定義方法。創作悲劇的通則是需要一位行動者，由他做出悲劇行動。但悲劇行動的統一，並非追求這位行動者的統一（unity of a man）。在本章推理方法上，先設定這位悲劇行動者就是悲劇行動統一的對象物。從這位悲劇行動者逐項一一刪除那些元素，所剩下什麼，這就是本章界定這則反面定義方法的推理過程。

　　一位行動者的一生做過很多，甚至無數的事件；每一事件皆

可能成為宏偉體裁。比如一場十年大戰的主帥處理所有的戰役，每一場任何戰役皆可成為悲劇宏偉體裁；而每一戰役皆由一連串事件所組成的，一場戰役與另一場之間並無關連性，如將這位主帥指揮的十年大小所有戰役創作在一部悲劇作品之中，那就是泛宏偉的結果，更何況他的一生。因此，悲劇行動的統一，並非追求這位主帥一個人，也非他一生的統一。如果把行動者一生的統一為Y；他一生做出過無數事件，為a+b+c+d+e+f...+n。所以，行動者的統一公式：

Y＝a+b+c+d+e+f…+n。

相同的，將悲劇行動的統一為X，如正面的定義為a+b+c之間事件所組成，則其公式：

X＝a+b+c。

但本章的這則悲劇行動統一，已如上述，不是直接正面界定，而是刪除中不相干的部分；即，

Y-（d+e+f…+n）＝a+b+c

∴a+b+c＝X

這個結果只剩下這位行動者一個行動中的那些相關事件；雖然，還是這位行動者，但只創作他一生中這一個行動，是為亞氏本章的悲劇行動統一。

以上比喻這位主帥一生統一（Y）的相似情節成為失敗的實例，正是第4，5兩句，亞氏所舉的希臘神話或傳說中二位最偉大的英雄，*Heracleid*和*Thereid*事蹟。這二部敘事體創作，皆是以這二位行動者名字命名，就已暗示以他們一生統一的創作品。這部作品，可能是Heracles的個人傳記，將其一生十二件大事創作在一起，或甚至包括他的家族與子孫則更為複雜。相同的，以Thereus個人一生為主題，亦復如此。二部敘事體創作無疑的皆構成行動者一生的統一，但非單一事件的統一。因此，亞氏評為失敗的創

作實例。

接著第6句提出Homer的*Odyssey*和*Iliad*的實例。前者雖然也是以大英雄Odysseus的名字命名，但Homer並非創新他的一生統一，也非他在Troy戰爭中所有事件，僅是他在戰爭結束後，回到他的家鄉Ithaca的流浪事件，到經過揭發事件，終與他的妻子Penelope團圓。將他在Parnassus上受傷或出征前的裝瘋之類與這一行動不相干事件一一刪除。後者*Iliad*係以Troy的別名為這部敘事體創作命名，但並非敘述十年Troy城戰爭所有戰事，僅是第九年中五十天所發生的事件，主要述說Achilles殺死Hector。至於此後事件甚多（參見第廿三章注8.），Homer一一不選。以上二部構成行動的統一範例。這是亞氏評為行動統一成功創作實例。

II. 行動衝突事件在統一率中的必備性

Homer是創新那些*Odyssey*行動事件，才能構成悲劇行動統一的呢？第8句給了明確答案：「組合Odysseus的悲劇行動衝突事件（τὴν Ὀδύσσειαν συνέστησιν）」。又回到σύστασις這個狹義情節結構定義，由於亞氏使用這個精確的詞彙；那未，就應符合第六、七章狹義行動衝突事件結構定義，應該界定為一個行動者的完整而整體的行動統一，是以改變行動者命運由幸到不幸（或不幸到幸）一次為限的衝突事件統一。

在第9句相當於做出了行動或情節統一的正面定義，雖結出這個重要的定義；但亞氏並未使用形式結構定義的σύνθεσις，而是再度與第8句相同的συνεστάναι，指出就是一個完整而整體的行動或情節部分中「組合悲劇行動衝突事件（τὰ μέρι συνεστάναι）。」既然是組合特定的衝突事件，試問還需要增入行動者一生中那些不相干的多餘事件嗎？又如整體行動中，因缺少一件衝突事件的連接，以致造成這個整體行動脫節，這還需要舉個失敗的劇本加以證明

嗎？

　　在第9句的本章正面定義之後，第10句應屬反面定義的結論，指出：在創作一個整體行動中一系列的衝突事件，如其中增加或減少一個事件，並不是以「明顯」的影響這個整體行動的發展的話，（除了泛衝突事件外，）那麼，這種或增或減，還有任何創作的意義嗎？

　　本章甚短，竟以無比簡明扼要的正反實例釐清與推演出行動統一律。這是項悲劇創作最爲有效的、不可推翻的理論與具體化實踐；以及分析批評行動情節的標準。唯這項核心概念令人讀著往往但知而不甚解的困境。後世論述甚繁，無意引論。本釋義希望儘量能做到明晰化了亞氏建立這項理論的推理。

注釋

51ᵃ16.1

（1）*εἷς*，就是數一、二、三的一，指爲一個東西的一。因此，譯者將它譯做統一的一解。

（2）*περὶ ἕνα ᾖ*，有關一個人一生的一。換言之，就是那個行動者一生的一。由於本句是否定句，所以，行動的統一，不是那個戲劇行動者一生的統一。

51ᵃ17.2

（1）*ὦν*，代名詞，（who）。

51ᵃ18.3

（1）*πράξεις ἑνὸς πολλαί εἰσιν*，這是一個人一生的很多行動。由於是討論悲劇爲核心。此處的一個人一生的很多行動，當改爲專用術語：戲劇行動。

（2）*ἐξ ὦν μία*，*ὦν* 同注 2.(1)，即出諸一個人的一生（的一）。

（3）*οὐδεμία γίνεται πρᾶξις*，此處 *πρᾶξις* 係單數。當指：不是產

生一個戲劇行動的一。

51ª19.4

(1)ἁμαρτάνειν，犯了過失。係 ἁμαρτία(悲劇過失行為)的動詞。此處用以說明那些敘事體創作者，以一個人的一生，做為創作的統一，所犯的過失。

(2) Ἡρακληίδα(Heracleid或Heraclidae)。大約在600 B.C.由Peisander所著。係以Heracles為主的敘事體創作集。而以Heracleid之名的作品流傳於當時者，可能不僅此一部而已。Heracles是Zeus之子，當為當時希臘人最為熟知的神話人物之一。尤以他一生十二件大事最為出名。他是剷除怪物最健強的一個人物，是為英雄中的英雄。他的一生十二件大事，件件皆可成為獨立單一行動。且他有眾多妻妾，生四十九子，五十一女，再加上他的子孫則使情節更複雜。如以他個人一生傳記寫在一起，雖然件件未必相關，卻能成他個人一生的統一。

(3)Θησηίδα(Theseid)。不知為何人所著。係以Theseus的一生為主的敘事體創作集。Theseus是希臘及雅典的主要國家英雄與國王，最為人所樂道，與Heracles同為最受歡迎的故事。他的一生冒險事蹟，包括六大艱難比賽，及很多出征冒險事件。例如他一生六大比賽，件件皆是單一獨立行動，其間並無連貫性。

以上兩則敘述體創作集，亞氏指為Heracles和Thereus一生的統一，但非單一行動的統一。

51ª22.6

(1)τέχνην，創作法的技巧。係指Homer在創作法的技巧上，是從行動者一生的統一，創新出一個行動的統一。

(2)φύσιν，(行動的)本質。係指第8句，「組合Odysseus的衝

突事件才是構成行動統一的本質。」也即狹義的情節結構定義。

51ª24.7

(1)'Οδύσσειαν (*Odyssey*)，Homer著。係以Odysseus冒險爲體裁的敘事體創作。Odysseus是Troy戰爭中的一位賢德與英武兼備的英雄領袖。其他不論，僅就這十年戰事與不幸事蹟，當不在少數，且無一不爲當時人所樂道者。分爲廿四卷，Homer並非敘述這十年，卻是他戰後還回家鄉Ithaca的流浪航程，以及經過揭發事件與妻子Penelope團圓。Homer將與他歸家無關的事件一一刪除，而成爲Odysseus得勝返家的行動統一。(請讀者參讀原著)

51ª25.8

(1)πληγῆναι μὲν ἐν τῷ Παρνασσῷ。Odysseus在Parnassus山上受傷。亞氏舉出實證，Odysseus小時在Parnassus山上受傷，以及出征前裝瘋爲例的事蹟，必爲當時人所熟知，但情節與Odysseus戰後返家無關；於是Home未將這些作爲主要章節。藉以說明Homer創新*Odyssey*的結構是以一個行動的統一，而非一個人的一生統一。從而亞氏確立情節或行動統一的基礎，並提供爲創作法的技巧或行動(情節)的技巧。不僅提昇創作，也成爲典範。

事實上，他小時候在Parnassus山上爲熊所傷留下傷疤一事，Homer並未刪除。相反的，在*Odyssey*第十九卷392-466行有詳細述說，並經由老乳母Eurycleia將這件往事揭露，造成與妻子Penelope出乎意外的驚喜與團圓。從創作法的技巧言，是將過去事件與現在事件交織在一起的揭發事件情節，成爲形成行動必然率的推理基礎，請參讀第廿四章注37。成立行動必然率的完整推理，請參閱拙著《論

亞理斯多德創作學、必然率、戲劇創作第一原理》。

(2) *ὧν οὐδὲν θατέρου γενομένου*，這不是那個人已經做過的那些事情。

(3) *θάτερον γένεσθαι*，是那個人將要發生的那些事情。

(4) *τὴν Ὀδύσσειαν συνέστησεν*，組合Odysseus的行動衝突事件。亞氏使用狹義情節結構定義的衝突(*συνέστησεν*)一詞，不僅說明亞氏之論情節或行動的完整與統一，是以狹義結構為目標；同時，明確的顯示組合那些具有衝突性的事件，才是Homer創作一個完整與統一行動的本質。

(5) *Ἰλιάδα(Iliad)*，原字*Ἰλιάς* 或*Ἰλιάδος*，意為Ilium的土地，或Ilium城。它的別名為Troy，是讀者所熟知的。這是與 *Odyssey*二部Homer所著，成為傳世希臘最偉大的二部敘事體創作。Troy戰爭肇因於斯巴達王Melenaos邀請Troy王Priam之子Paris在家做客；卻拐走了他的妻子Helen，因而發啓這十年戰爭。Homer並非敘說這十年戰事的所有的事件，僅選擇第九年中的五十天發生的事，主要以Achilles殺死Hector；兼述希臘大將喪亡殆盡。此後事件甚多Homer未加採用，以維持行動的統一。（其後事件，請參讀第廿三章注8）。

亞氏舉出Homer這二部創作品，以確立創作行動或情節統一是正確的；並糾正*Heracleid*與*Theseid*及其他創作法在實踐中的錯誤。

51ª30.9在歸納Homer的行動統一之後，本句做成正面結論，指出一個完整情節或行動統一律的正確創新法是：組合悲劇行動衝突事件。

(1) *ἐν ταῖς ἄλλαις μιμητικαῖς*，在其他種創新法中。當指 Homer行動統一律這種正確創新法，當可適用於其他文類。

(2)καὶ τὰ μέρη συνεστάναι τῶν πραγμάτων，而各部分組合一個
完整行動的衝突事件。這是全章主旨的結論，當可視爲行
動統一律的正面定義。從其使用的（衝突）行動統一律的事
件本質，又回到狹義情節結構定義。

(3) κινεῖσθαι τὸ ὅλον，κινεῖσθαι是 κινεῖν 的被動式，原意爲：
動。本人在行動四重義中將它視爲「身體行動」，主要只
使用在第廿六章。此處所使用的含義指把整體行動「被動
開」，因此譯爲一個整體行動被散開。基於一個完整而整
體行動缺少一個連接的事件，而使情節發展前後脫節的認
知，而將κινεῖσθαι譯爲「散開」。

51ª34.10 本句是行動統一律的反面定義，已如釋義。

第九章

IX ¹·Φανερὸν δὲ ἐκ τῶν εἰρημένων καὶ ὅτι οὐ τὸ τὰ γενό-
μενα λέγειν, τοῦτο ποιητοῦ ἔργον ἐστίν, ἀλλ' οἷα ἂν γένοιτο
καὶ τὰ δυνατὰ κατὰ τὸ εἰκὸς ἢ τὸ ἀναγκαῖον. ²·ὁ γὰρ
1451ᵇ ἱστορικὸς καὶ ὁ ποιητὴς οὐ τῷ ἢ ἔμμετρα λέγειν ἢ ἄμετρα
διαφέρουσιν (εἴη γὰρ ἂν τὰ Ἡροδότου εἰς μέτρα τεθῆναι
καὶ οὐδὲν ἧττον ἂν εἴη ἱστορία τις μετὰ μέτρου ἢ ἄνευ μέ-
τρων)· ³·ἀλλὰ τούτῳ διαφέρει, τῷ τὸν μὲν τὰ γενόμενα λέ-
5 γειν, τὸν δὲ οἷα ἂν γένοιτο. ⁴·διὸ καὶ φιλοσοφώτερον καὶ
σπουδαιότερον ποίησις ἱστορίας ἐστίν· ⁵·ἡ μὲν γὰρ ποίησις
μᾶλλον τὰ καθόλου, ἡ δ' ἱστορία τὰ καθ' ἕκαστον λέγει.
⁶·ἔστιν δὲ καθόλου μέν, τῷ ποίῳ τὰ ποῖα ἄττα συμβαίνει
λέγειν ἢ πράττειν κατὰ τὸ εἰκὸς ἢ τὸ ἀναγκαῖον, οὗ στο-
10 χάζεται ἡ ποίησις ὀνόματα ἐπιτιθεμένη· ⁷·τὸ δὲ καθ' ἕκα-
στον, τί Ἀλκιβιάδης ἔπραξεν ἢ τί ἔπαθεν. ⁸·ἐπὶ μὲν οὖν τῆς
κωμῳδίας ἤδη τοῦτο δῆλον γέγονεν· ⁹·συστήσαντες γὰρ τὸν
μῦθον διὰ τῶν εἰκότων οὕτω τὰ τυχόντα ὀνόματα ὑπο-
τιθέασιν, καὶ οὐχ ὥσπερ οἱ ἰαμβοποιοὶ περὶ τὸν καθ' ἕκαστον
15 ποιοῦσιν. ¹⁰·ἐπὶ δὲ τῆς τραγῳδίας τῶν γενομένων ὀνομάτων
ἀντέχονται. ¹¹·αἴτιον δ' ὅτι πιθανόν ἐστι τὸ δυνατόν·

1. 從我們已經說過的⁽¹⁾，非常明確的，創作者的工作不是所說的那些已經發生過的事⁽²⁾；而依據必需率或必然率⁽⁵⁾，是那種將可能⁽⁴⁾發生的事⁽³⁾。　2. 事實上，歷史家與創作者不是在於他們的作品，如所說的押韻或不押韻⁽¹⁾的種差不同，因為既使⁽²⁾假定Herodatus的作品被寫成押韻文來呈現；這種假定⁽³⁾的押韻的歷史作品，實無異於那種沒有押韻的歷史作品。　3. 但這種的種差不同，確實地是，即是所謂的，一個是已經發生的事；一個是將可能發生的事⁽¹⁾。　4. 因此之故，創作比歷史更愛智慧與更為崇高⁽¹⁾。　5. 因為，創作是更具普通性事件⁽¹⁾；歷史，如一般所說的，為單一個體事件⁽²⁾。　6. 普遍性事件是指，某種性質的人依據必需（率）或必然（率），對那類事件，要說什麼，要做出行動又是什麼⁽¹⁾。這就是所以設定命名創作者⁽²⁾這個名稱，也是創作所尋求的目的所在。　7. 單一個體事件，則是Alcibiades⁽¹⁾他已經做出的行動⁽²⁾，或他已經受到的痛苦⁽³⁾。　8. 所以現在，就喜劇⁽¹⁾而論，它已經展示出變得很清楚。　9. 因為喜劇它們的情節是籍著必然（率）組合戲劇行動衝突事件⁽¹⁾；然後，適合那種安排隨著或然⁽²⁾的為他各取個⁽³⁾名字。已不復像以前諷刺劇創作⁽⁴⁾，只是為創作單一個個案。　10. 至於悲劇，則還是緊抓住⁽²⁾已經發生過的名字⁽¹⁾。11. 其理由是凡那可能的事，就是可信的事⁽¹⁾。

[12.]τὰ μὲν
οὖν μὴ γενόμενα οὔπω πιστεύομεν εἶναι δυνατά, τὰ δὲ γε-
νόμενα φανερὸν ὅτι δυνατά[13.] οὐ γὰρ ἂν ἐγένετο, εἰ ἦν ἀδύ-
νατα.[14.] οὐ μὴν ἀλλὰ καὶ ἐν ταῖς τραγῳδίαις ἐν ἐνίαις μὲν ἓν
20 ἢ δύο τῶν γνωρίμων ἐστὶν ὀνομάτων, τὰ δὲ ἄλλα πεποιη-
μένα, ἐν ἐνίαις δὲ οὐθέν, οἷον ἐν τῷ Ἀγάθωνος Ἀνθεῖ[15.] ὁμοίως
γὰρ ἐν τούτῳ τά τε πράγματα καὶ τὰ ὀνόματα πεποίηται,
καὶ οὐδὲν ἧττον εὐφραίνει.[16.] ὥστ' οὐ πάντως εἶναι ζητητέον
τῶν παραδεδομένων μύθων, περὶ οὓς αἱ τραγῳδίαι εἰσίν, ἀντ-
25 έχεσθαι.[17.] καὶ γὰρ γελοῖον τοῦτο ζητεῖν, ἐπεὶ καὶ τὰ γνώ-
ριμα ὀλίγοις γνώριμά ἐστιν, ἀλλ' ὅμως εὐφραίνει πάντας.
[18.] δῆλον οὖν ἐκ τούτων ὅτι τὸν ποιητὴν μᾶλλον τῶν μύθων
εἶναι δεῖ ποιητὴν ἢ τῶν μέτρων, ὅσῳ ποιητὴς κατὰ τὴν μί-
μησίν ἐστιν, μιμεῖται δὲ τὰς πράξεις.[19.] κἂν ἄρα συμβῇ γενό-
30 μενα ποιεῖν, οὐθὲν ἧττον ποιητής ἐστι·[20.] τῶν γὰρ γενομένων
ἔνια οὐδὲν κωλύει τοιαῦτα εἶναι οἷα ἂν εἰκὸς γενέσθαι
[καὶ δυνατὰ γενέσθαι], καθ' ὃ ἐκεῖνος αὐτῶν ποιητής ἐστιν.
[21.] τῶν δὲ ἁπλῶν μύθων καὶ πράξεων αἱ ἐπεισοδιώδεις
εἰσὶν χείρισται·[22.] λέγω δ' ἐπεισοδιώδη μῦθον ἐν ᾧ τὰ ἐπεισ-
35 όδια μετ' ἄλληλα οὔτ' εἰκὸς οὔτ' ἀνάγκη εἶναι.

(續前段)12. 現在，不曾被發生過的事⁽¹⁾，我們從不相信它是可能的事。那些已發生過的事，就非常清楚的展示，它是可能的事。　13. 如果，那些將是不可能的事；事實上，它就是不該將發生的事⁽¹⁾。　14. 但確實的，有某些與那一些悲劇之中，有一個或二個名字屬於已經是很出名的過去人物⁽¹⁾；但其他的都是被創作出來的⁽²⁾；有的連一個也沒有，正如在Agathon的*Antheus*⁽³⁾中的。　15. 事實上，同樣的，在這一些戲劇行動事件中的那些被創作出來的名字，它們產生的歡樂⁽¹⁾是一點也不會差到那兒去。　16. 因此，有關悲劇所做的是什麼，一個人應是勇於反抗不要做一位繼承以往遺產情節的尋求者，而且悲劇卻是這些情節，且執著不放。　17. 而事實上，這種尋求是令人可笑的。既使如此，而那些已經很出名的過去人物熟悉的東西，也只不過為很少人所知悉而已⁽¹⁾；但所有人喜歡它則是平常的一樣。　18. 從以上所述的這些之中，很清楚加以展示，一位創作者應該寧願⁽¹⁾是一位情節，而非一位押韻文的創作者。之所以為創作者是依據創新法，創新出他的戲劇行動。19. 即使一個創作者創作時直接採用已經發生的事件⁽¹⁾，這位創作者仍然是一點也不遜色。　20. 事實上，一件已經發生過的事件，是無法阻止它的是一件這種的事件，依必然(率)而產生，也就是可能產生；依據這種情況，他仍舊是一位創作者。

21. 在所有情節⁽¹⁾與戲劇行動中，最壞者是拼湊發生行動事件場次情節⁽²⁾。　22. 我所謂的拼湊發生行動事件場次情節⁽¹⁾，是在它之中的發生行動事件場次⁽²⁾與發生行動事件場次相互之間⁽³⁾，既沒有必然(率)，也沒有必需(率)。

35 $^{23\cdot}$τοιαῦται

δὲ ποιοῦνται ὑπὸ μὲν τῶν φαύλων ποιητῶν δι' αὑτούς, ὑπὸ
δὲ τῶν ἀγαθῶν διὰ τοὺς ὑποκριτάς· $^{24\cdot}$ἀγωνίσματα γὰρ
ποιοῦντες καὶ παρὰ τὴν δύναμιν παρατείνοντες τὸν μῦθον πολ-
1452ᵃ λάκις διαστρέφειν ἀναγκάζονται τὸ ἐφεξῆς. $^{25\cdot}$ἐπεὶ δὲ οὐ
μόνον τελείας ἐστὶ πράξεως ἡ μίμησις ἀλλὰ καὶ φοβερῶν
καὶ ἐλεεινῶν, ταῦτα δὲ γίνεται καὶ μάλιστα [καὶ μᾶλλον]
ὅταν γένηται παρὰ τὴν δόξαν δι' ἄλληλα· $^{26\cdot}$τὸ γὰρ θαυ-
5 μαστὸν οὕτως ἕξει μᾶλλον ἢ εἰ ἀπὸ τοῦ αὐτομάτου καὶ
τῆς τύχης, ἐπεὶ καὶ τῶν ἀπὸ τύχης ταῦτα θαυμασιώτατα
δοκεῖ ὅσα ὥσπερ ἐπίτηδες φαίνεται γεγονέναι, οἷον ὡς ὁ
ἀνδριὰς ὁ τοῦ Μίτυος ἐν Ἄργει ἀπέκτεινεν τὸν αἴτιον τοῦ
θανάτου τῷ Μίτυι, θεωροῦντι ἐμπεσών· $^{27\cdot}$ἔοικε γὰρ τὰ τοιαῦτα
10 οὐκ εἰκῇ γίνεσθαι· $^{28\cdot}$ὥστε ἀνάγκη τοὺς τοιούτους εἶναι καλλίους
μύθους.

(續前段)23. 這些情節是來自壞的創作者各因他們的[1]缺點創作出來的。或被轉成爲好的一類演出，是爲了演員[2]的緣故。24. 事實上，爲創作參加比賽的作品，其情節能力不足負擔[1]而至一直向下拖[2]，以至經常被逼的扭曲脫節失去它的秩序。

25. 再者，創新不僅是一個完整的悲劇行動，而且是哀憐與恐懼之情的事件。進而，悲劇它產生這種恐懼與哀憐是它的最大效果[1]；而一旦[2]，因爲它的事件相互之間[3][5]產生[2]這種效果，超過(觀眾的)預期[4]則更大。 26. 因爲這種驚奇[1]，如由自然而然的[2]來自情節以及或然[3]而產生，會更大。再者，這種或然產生，卻讓人覺得恰像似故意設計而發生的一樣，這種或然是最驚奇的[3]。就像在Argos城那尊Mitys塑像下的那個男人，肇因於他殺死了Mitys。正當他在這尊塑像下沉思時，這尊像掉下砸死了他[4]。 27. 事實上，人們認爲這種情況看起來不像似意外發生的事件[1]。 28. 這種情況，正像必需(率)，所以，它就是更好的情節[1]。

【釋義】

I. 必然率：悲劇有機體結構的第一定理

在前二章分別爲悲劇行動的完整與整體，以及行動的統一做了界定。倘若一個完整的悲劇行動是由五個悲劇行動事件所組成的，如何組合這原本缺少秩序的事件（如表一Ａ），依什麼個原則使它們排列成一個有機體結構（如表一Ｂ），而成爲完整而整體又統一的悲劇行動呢？這就是本章行動必然率的命題所在。

表 一

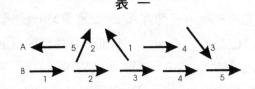

因此，第七，八，九，三章是建立完整到統一行動這套理論的三部曲，推演分明且一氣呵成。本章在論及情節成爲悲劇核心的各章中，是僅次於第六、十四章兩章的篇幅，當然包括構成這個行動理論的核心概念，大致本章分爲：

第1句到7句（51ª37-51ᵇ11）；8-20句（51ᵇ11-32）；21-24（51ᵇ33-52ª1）；及25-28句（52ª1-11）。

但這些段落在乍看之下，皆自成一個獨立單元，雖不像第十八章那般明顯的，看似不同的摘要（notes），還是顯得缺少推理上的連貫性。西方有學者推崇它是亞氏全書中「最重要的一章」

(*Lucas* 118)不過，迄未見到西方貫串全章主旨的詮釋。本人雖已推演本章為亞氏行動必然率的悲劇第一原理基礎。但在完整、整體、統一與必然這四個行動構成概念的認定中，不宜誇大或突出本章的獨特重要性。也正因如此，看似彼此之間是不相連慣的摘要，卻可能具有鏈鎖性的關係，如何推理出全章一以貫之的理解，其間要加上相當主觀想像，這種詮釋，確有其困難度，但有必要性。本章釋義以此為目標，且依本章幾個重要段落，逐一檢討。

II. 創作者與歷史家的不同：可能發生與已經發生

第一個部分，本章第1句就是本章的主旨。它對創作者的工作任務做了界定；即，創作者，在必然率（$εἰκός$）或必需率（$ἀναγκαῖον$）之下，創作可能（$δυνατὰ$）的事件。必然與必需二詞並用，其必有差異性，且暫時放下不予討論。有了創作者的工作定義，進而與歷史家的工作進行比較，兩者的不同，不在於創新的媒介物，語言的押韻與否，而是在對象物已經發生過的事件的處理，即第6句悲劇人物發生些什麼（即行動事件）與說些什麼（即思想與性格），在這兩個前提之下，亞氏說出一句名言「創作比歷史更為哲學」。它的理由是創作表現事件的普遍真實；而歷史則表現特殊的個案真實。特別將 $καθόλου$ 英譯為universal之後，不宜隨著英譯詞彙任意擴延；至少應將彼此的比較限制在這兩種文類所表現事件的所屬的屬性真實的範圍之內，既便如此，在推論上，還是放大了悲劇代表普通性的優越性。

III. 創作的普遍性與創作真實

歷史真實就是日常生活真實，它是本專書六項真實中的第一項。就本節的內容而言，亞氏僅及史實為比較基礎，而未及史識與史論，未能看出亞氏對歷史全面的認知，至少不具備充份條件

的對比，是否刻意附和亞氏認定悲劇創作真實比歷史日常真實更
能代表普遍真實呢？讓創作者感到鼓舞而認爲創作的優越性呢？
詮釋的目的不在延續創作的優越性，而是解決這項爭議。進而，
思考是否是對亞氏普遍性實用認知所產生的誤解。

　　先以悲劇同文類的創作而論，以Oedipus王爲例作爲創作對
象，就不止Sophocles一人；換言之，既使就以三大家而論，以共
同的一個母題，就產生出不同行動與任務，試問那一家的劇作更
具代表普遍真實或最具普通性。舉具體實例的來說，Medea殺了自
己親生子，能成爲母性的標準來代表普遍母性處理愛情的真實
嗎？再看P. Corneille提出Aeschylus的*Oresteia*三聯劇，Agamemnon
殺了Iphigenia，此爲父殺女。而後，Clytemnestra和她的情夫
Aegisthus殺了Agamemnon，此爲母爲女復仇殺夫；而後，Orestes
爲父復仇殺了母親二人；再後復仇女神報復Orestes，把他逼瘋，
而且懲罰整體的雅典人。這三聯劇的犯罪行爲，一劇比一劇在實
質上更大且嚴重，難道這種悲劇過失行爲值得歌頌，還是值得代
表普通真實嗎？依此擴及檢視第十四章亞氏枚舉悲劇大家族、創
作他們的罪行，試問，皆是普世的普遍真實嗎？

　　因此，如將亞氏這種認定創作比歷史更具普遍真實，而不論
歷史真實的意義，這是將創作代表普遍性的理想化。如果將創作
的優越性來對抗Plato的道德訴求，是相同的犯了Plato的理想主義
思維。應從人類行爲差異衡量，不同宗教、倫理、社會，各具行
爲規範，一種規範不能成爲另種的普遍真實，更無所謂一種創作
代表普遍真實。本章的詮釋爲的是要從一種創作代表普遍真實作
爲他種真實標準的泥淖中解構出來；因此，建議該擱置創作、歷
史與哲學三種不同類真實範疇內的廣泛認知的爭議。那末，本章
亞氏提出創作與歷史的意義爲何呢？本章釋義這個部分係著眼於
如何追求創作與歷史兩者相輔相承的共同本質意義，所以仍回到

戲劇行動本身的需求,來調和歷史與創作。

IV. 調和創作與歷史

戲劇的創新源於生活;今天的生活,就是明天的歷史。不論是或然,必然或必需,在太陽底下,不論可能與不可能,只要發生皆成為事實;換言之,就是成為已經發生過的事件,這是無法改變的歷史的事實真實。而創作真實則依第廿四章必然率的總結:

> 創作者寧願將不可能發生的事使它成為必然事件;而不願將可能發生的事,使它成為不可信的事件。(60ª26-7)

按創作真實是悲劇如何經過必然率中不合推理的謬誤前提,將日常生活不可能發生的事實成為可能。(完整的推論,參關第廿四章釋義第二、三節)。歷史與創作兩者之間的差異,只在創作是將日常生活中不可能發生的事,增加一次創新的可能而已。日常生活中不可能發生的事件,就是日常生活中不存在的事實。亞氏就將這一次創作的可能代表將日常生活事實真實成為創作真實。從這種創作真實必然率實際應用,只不過在於將日常生活不可能發生的事,增加一次發生的可能,並無代表(普世)普遍性真實這般廣的涵義。如果將日常生活不可能發生的事,再增加一次可能作為恢復亞氏創作的實用意義的話,那末,為了避免原有亞氏專用語普遍真實(或普遍性)一詞的望文生義與誤解,建議以創作真實(poetic truth)一詞做為它的取代。如此,歷史的日常生活事實真實與創作真實,足以表達自身文類的真實特徵,而無誰比誰更為優越的涵義。

就是由於創作真實增加這一次可能,而產生創作正義(poetic justice),這就是日常生活中所缺少的,而成為創作理想,這份理想具有哲學思維,就被亞氏指比歷史事實更哲學了,但並不表示

比歷史哲學更哲學。

　　將日常生活中不可能發生的事再增加一次可能成為創作真實，這正如第19/20句的結論所指出的，創作者只要創新出戲劇行動或情節，那怕是繼承歷史事件，仍然是創作者。這不正是調和歷史日常生活真實與創作真實了嗎？充分表現了亞氏的包容性，何來比較兩者的優越性。由此推論後來西方這種好比較的哲學，可能不是繼承希臘的原始創作胸懷，也不適用於對亞氏的分析。擴大而論，從呈現方式，將講敘體改變為行動，再為表演，不比優劣，但皆是創作。這也就是第八章將敘事體創作與悲劇並列的理由。

　　那末，進一步要問如何才能將歷史日常生活真實與創作真實，在什麼基礎上調和在一起呢？由第8-13句提出調和的理論基礎，就是事件發生的可能、可信，必需與必然的兩個概念；第14-20句是為調和的實踐。

　　亞氏在第10句指出悲劇之所以仍然延用舊人物的名字。這就是在進行調和歷史與創作的理論與實踐。亞氏認為凡是可能發生的事件是可信的；但不曾發生的事件，則不相信是可能的。據此，已經發生的歷史事件，它是可信的，這個說法是勿庸置疑，但亞氏將已經發生的歷史事件竟稱為「可能的事件」；既然是已經發生的事件，當然就是事實，如何稱為「可能的事件」。這是將日常生活發生的事件，被大家認為的可能，這正如是雅典人懷疑一件事件發生的口語；但將這種發生日常生活事件的可能，轉為創作的可能，是一種移花接木的誤導，應屬一種推理認知的錯覺與謬誤。竟成為亞氏創作行動必然率的推理理論基礎。有了這個創作的可能，於是在14-20句做了實踐的引申。

　　在悲劇創作中引用一、二個舊人物名字。因為這一、二人已經做過而發生的事件，所以是可信的。經過創作將日常事實的真

實轉成為創作真實,所以也可信。這種創作如能產生快感,則不遜色於Agathon的完全創新。第19,20句重申這種創作,在必然率與必需率下,使用已經發生過的事件,是正確的;所以,仍然不是一位遜色的創作者。這不是完成調和歷史與創作了嗎?

V. 拼湊型情節

　　其次是第21-24句陳述必然率在完整統一的行動情節上的具體應用。明確指出行動或情節結構中最差的一種是拼湊型情節(ἐπεισοδιώδεις)。如非亞氏進一步定義化;否則,無法了解這種情節實質所指。依照必然率一個完整統一的行動如由五個行動事件所組成(如表一B),但這種拼湊型情節的結構是事件與事件之間沒有必然或必需的關係,如表二,即在舞台上表演行動3、2、4事件只是拖長演出時間,但事件與事件並無必然性發展,當然不符合完整;換言之,以A花瓣與B花瓣等等拼湊一朵花,如此也就無謂統一。甚至可以說,兩個事件之間不是插入一個不相干事件,而是這二個事件本身就根本不相干,故稱為拼湊情節。至於,這種情節何以受到當時觀眾的歡迎呢?亞氏歸納出二個原因。一是由於演員演得好。這不僅表示觀眾對創作的鑑定水準,更暗示創作真實,舞台的幻覺真實與觀眾的想像真實是不一致的。第二個理由是創作者對戲劇行動的創新能力不足,以致亂湊戲亂拖戲。不過,這種拼湊型情節在實用上,絕非僅適用於單一情節,而排斥自身交織情節的可能性。

表二

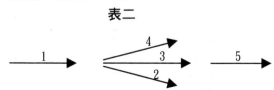

　　亞氏對這種情節提出一個實例，指出Aeschylus的*Prometheus*
就是這種範例。然而，本劇未受到這個理論的批評影響，在全書
中，凡受到亞氏批評迄今尚能倖存者，本劇可能是唯一，或極少
的例外。本人另有解說企圖彌補這則批評的盲點。但不影響到亞
氏歸納總結這項行動必然率的成立。

VI. 悲劇最佳效果：驚奇與必然率的合理化推理

　　最後是第25句到結束。亞氏提出悲劇行動的目的在於創新出
恐懼與哀憐事件，藉以製造預想不到的驚奇($\theta\alpha\upsilon\mu\alpha\sigma\tau\acute{o}\nu$)，這個驚
奇概念是首次出現。看起來似乎這是與本章必然率之外的一個獨
立的或稱為離題概念的一個摘要(note)。不僅此，如果這種驚奇從
或然事件中產生，則為最驚奇($\theta\alpha\upsilon\mu\alpha\sigma\tau\acute{\omega}\tau\alpha\tau\alpha$)，明顯的挑出一個
或然事件來與亞氏自己的必然率相牴觸的議題。

　　亞氏再提出Mitys情節，藉著Mitys一尊雕像砸死Mitys的凶
手，而揭發當年謀殺Mitys事件，充分說明以或然事件產生驚奇的
具體意義。這也就是說，如果能以或然事件的創作方式所產生的
驚奇，那是最驚奇，也即悲劇的最佳效果。這第26句將原先從組
合行動排斥或然事件，在這裡毫無懷疑的，不僅為或然件做了合
理化的解套；更要緊的是：從或然事件產生必然率最大的驚奇，
調和了這原本二個相互排斥、抵觸的前提。並將驚奇視為必然率
的最大目的。這是以往詮釋亞氏必然率從未重視的論點。為了一
以貫之的本章釋義，能否藉此將構成情節驚奇與必然率連貫起來
呢？

　　本人主觀認定驚奇並非孤立議題；在客觀上從驚奇到必然率
的推論則在第廿四章。本節僅標示驚奇是作為討論必然率的一項
最終成果，其推演實例是第廿四章的《洗腳》。亞氏建立這套必
然率，並不反對一般因果，但其基礎則在推理。根據《洗腳》這

個實例，這個推理是以說謊，與一個不合推理事件的謬誤為前提；亦即或然發生的事實。行動者經過錯誤推論，由揭發事件再經三段論法，在必然率下，將日常生活中不可能發生的事件，成為可能的，且可信的事件。此為推理化的亞氏必然率，幾乎達成完全歸納的結論。本人認為是悲劇行動創作第一原理。

本章不是輕易了解的一章。本章釋義比諸西方的宏論，算是相當短的篇幅，僅以一己之私見，不知是否以將本章關鍵概念一一連貫起來，而能說明必然率的形成，而放棄對西方論說的龐徵博引的撰寫論文。以上本章各節，特別是必然率的邏輯推演請與第廿四章及其釋注一併參讀。

VII. 再論喜劇：喜劇的衝突事件組合與屬性差

由於亞氏全書在本章之後，就沒有什麼重要章節論及喜劇；所以，在此還要附帶一提喜劇。

本章第8.9兩句，亞氏「忽然」又提出喜劇，基於全書的核心在悲劇，並未對喜劇做過充分的認知介紹，若僅一個觀點，很難涵蓋這個文類的內涵。經過檢視，特別是第9句在喜劇情節結構上，明確的使用συντήσαντες，它是σύστασις這個系列的詞彙，意為組合喜劇行動衝突事件。據此推論，喜劇以衝突事件構成情節結構的這項原則，一如悲劇，並無二致。喜劇經此創新出的衝突事件情節，再給予行動者的名字，這顯示喜劇的創作法，創新出可能發生的情節與可能的新人物；而不同於悲劇，延用舊人物的名字，即做出已經發生事件的行動者名字。

本人在第六章衝突說中歸納出希臘災難悲劇(tragodia)二個結論分別做為討論這項喜劇的推測。

在悲劇的第一個結論裡不是以悲或喜做為認定這種劇種的種差。因此，既使所有的希臘「喜劇」全都是以幸福或喜做為收場

（happy-ending），也都不能做爲構成這種劇種的特徵，無法用來區別有相同以喜做結局的希臘災難劇（tragodia）。所以我們所謂的這種希臘「喜劇」必需要另加命名，來與英文的comedy區別。爲了方便起見，一如將希臘災難劇 τραγῳδία 直接音譯爲tragodia；而把 κωμῳδία 爲comodia，以示與後來英文的comedy無關；或將comedy作爲comodia之後的次文類來處理。

第二個結論，亞氏明確的確認tragodia和comodia兩種劇種的屬差，是前者是犯罪（φαύλος），而後者爲可笑（γελεῖαν）。因此，推論comodia是行動者所做出的行動不在犯了什麼罪，而是做出令人發笑的事件，而感到自己的愚蠢而後悔，並藉著某種程度的自我懲罰，達到與悲劇相同的功能，那就是贖罪。做出令人發笑的事件可能已經構成Herni Bergesson的「笑」，做爲喜劇原理基礎。

在本章又提出了tragodia創作與歷史之辯。本人提出調和說。同理，本章論創作，也可能提供做爲comodia與歷史之辯，也可進行完全創新與日常生活的真實，進行調和。

喜劇是一項尚未完成的討論，僅提供以上三點做爲討論的參考。

注釋

51ᵃ36.1

　（1）ἐκ τῶν εἰρημένων，出於我們已經說過的。所指是第七章的完整行動，第八章的行動統一，接著本章的主旨討論行動必然率，形成三章一貫的推理。

　（2）γενόμενα，變成爲，係過去分詞，意爲：已經做出過的事情。因此，英譯爲「特定事件。」凡已成爲事實的事件，無不可引申爲特定者。所以，倒不如依其原字義譯。這個在全書係極常見詞彙。

　（3）γένοιτο，與（2）係同一個字，它係關身被動未完成式。意

爲：預期將被完成或發生的事件。所以譯爲：可能發生的事件。

(4)δυνατά，可能的事件。指在必然率或必需率之下，產生的事件。本句係隨第八章第 8 句闡明戲劇行動何以要依據必需率或必然率才能完成結構統一，完整行動的理由。

(5)κατὰ τὸ εἰκὸς ἤ τὸ ἀναγκαῖον，在必然率或必需率之下。這是本章的主旨所在。

51ᵃ39.2

(1)ἔμμετρα…ἄμετρα，加以押韻文…不押韻文。亞氏否定了媒介物，即語言的押韻文或不押韻文，作爲區別創新文類與歷史作品的條件種差。

(2)εἴη，to be，係期望語氣的to be(即存在)。所以，本文譯爲「預期」之意。事實上，並沒有人將Herodates的歷史作品改寫成押韻文，故亞氏用此語氣。譯事之難不一而足，語氣甚難傳達其一也。

(3)τεθῆναι，安置。即將歷史作品置之以押韻文。

51ᵇ3.3

(1) τὰ γενόμενα…ἄν γένοιτο，已經發生過的事件…可能發生的事件。見注 1.(2)、(3)。

51ᵇ5.4

(1)φιλοσοφώτερον καὶ σπουδαιότερον，這是比較級，即創作比歷史更爲智慧，更壯嚴(或崇高)。前者指理想性(或更技巧性)；後者指人物品格的特質。

51ᵇ6.5

(1)καθόλου，包括一切、全面性、或普遍性。如討論人性，不僅是指那一個人的特別或個別行爲，而係人類的普遍性，或涵蓋全面的人性而言。此處轉爲悲劇，因譯爲全面性事

件真實或普遍性事件真實。而非指一般事件而已。並請參
讀釋義。

(2)καθ' ἕκαστον，每一單獨事件。因此英譯爲特殊事件。本句
是指歷史事件。如此則凡發生過的歷史事件，皆屬之。不
如直用本義。

51ᵇ8.6

(1)τῷ ποίῳ τὰ ποιᾶ...λέγειν ἤ πράττειν，什麼及什麼性質……是
他要說的或他要做的行動。係行動者要說些什麼，及其內
容又是什麼性質；相同的，做些什麼，其性質如何。前者
是爲行動者的思想與品格；後者是爲行動與行動事件，皆
爲悲劇對象物。這是悲劇的核心，才是創作追求的目的所
在。這些在廿五章23句並列爲批評的對象。

(2)ἡ ποίησις ὀνόματα ἐπιτιθεμένη，置之爲創作者之名。之所以
名之爲創作者的目的，就是爲了創新出「可能發生之
事」。這是對創作者所下最爲的明確定義。

51ᵇ10.7

(1)Ἀλκιβιάδης(Alcibiades)(c.450-404 B.C.)。 Socrates 的 學
生，雅典大將，甚有野心，無良心，背叛祖國到Sparta。
在Peloponnesian戰爭的末期雖已恢復原職，但後來還是逃
到Persia求庇護。但在此處亞氏雖未明指是那一件事件，
當爲當時人所熟知，且構成受難事件。

(2)ἔπραξεν，已做出的行動事件。即成特殊事件。

(3)ἔπαθεν，已受的痛苦。當指他所受的受難事件，唯其內容
不詳。

51ᵇ11.8

(1)κωμῳδίας，原則上喜劇是不採用神話或傳說體裁；所以，
它是依必然率創新出可能發生的事件且爲可信；其結果構

成與事實相反的涵義，而產生笑。

51ᵇ12.9

(1)συστήσαντες γὰρ τὸν μῦθον，因爲它（喜劇）的情節是組合衝突行動事件。在未進行具體喜劇討論的亞氏這本專書中，這是一處透露出一個了解喜劇核心最關緊要的情節結構概念。

(2)τὰ τυχόντα，這些或然的。指喜劇事件完成之後，隨機湊巧加以命名。

(3)ὑποτιθέασιν，放下一塊基石，或預設前提等義。

(4)οἱ ἰαμβοποιοί，這些依韻腳長短創作。即以不同的韻腳形式作爲創作文類的命名，這種創新出人羊劇的韻腳屬爲諷刺韻腳，因稱這種文類爲諷刺類創作。

51ᵇ15.10

(1)γενομένων ὀνομάτων，已經發生過的人物名字。當然是指當時希臘人所熟知的神話、傳說或歷史人物的名字。

(2)ἀντέχονται，執，握，抓住，或作堅守等解皆可。

51ᵇ16.11

(1) πιθάνον…δυνατόν，可信的事件……可能的事件。這是在亞氏必然率原理中，二個重要術語。至於要使情節如何才是可能，到如何可信。應該有一個劇本情節提供這則原理的具體實踐示範。因此，西方學者認爲Oedipus的傳說是件不合理(ἄλογος)，當然屬不可能事件；但經過Sophocles的創新，使得情節變成可能且可信。也正因如此，也可認定亞氏所指的可能，僅限定在傳說中那種可能性的創作之上。不過，這種推論與本章主旨調和歷史日常事實真實與創作真實不符。因此，本人認爲這則實踐的範例在亞氏全書中是廿四章的《洗腳》，推理到完成，參見該章注37。

51^b16.12

（1）γενόμενα，見前注 1.(2)。

51^b18.13

（1）ἐγένετο，同上，係未完成式，所以譯爲，「未發生的事件」。

51^b19.14

（1）γνωρίμων，非常出名的，此字相當於γενόμενα，已發生的事件，故爲人所知。

（2）τὰ δὲ ἄλλα πεποιημένα，τὰ δὲ ἄλλα，其他的人物，指一、二傳說中出名的人物之外的那些其他人物。πεποιημένα，係ποιεῖν 的現在完成自身動詞，意爲：已被完成創作出來。指這些其他人物是被創作者創新出來的。

（3）'Αγάθωνος 'Ανθεῖ，Agathon是大約480-500 B.C.的一位雅典悲劇作家。他致力改革悲劇，企圖脫離既有的舊傳說體裁，這點可能受到當時重視，特別是從不必然的事件到創作成必然事件的這個理論，就源於他的看法，亞氏特別借重他的說法，（參見第十八章）。亞氏對他特別重視全書中多次引證。

他的作品 'Ανθεῖ，可能有二解：即*Anthos*或*Antheus*。由於失傳，不論是屬那一個，皆不知其情節。唯從下句可以確知這部悲劇情節中的所有人物（即行動者）皆非過去的傳說，而是出於他的創新。可能是真實事件；有人認爲可能是一件謀殺親夫故事，這當然屬悲劇體裁，但無從佐證。

51^b21.15

（1）εὐφραίνει，歡樂。亞氏明確認定劇場的目的在追求快感。

51^b25.17

(1)*γνώριμα ὀλίγοις γνώριμά*，出名的事件卻很少知道人它出名。這是說悲劇創作者雖然在劇中採用一、二歷史知名人物，但當時希臘觀眾熟知歷史者並不多，所以採用與否，與完全出於創作，所引起劇場的歡樂，對觀眾而言，並無差別。

51^b27.18

(1)*μᾶλλον*，寧可，寧願。本句再度界定創作者寧可是創新戲劇行動，而非文字的押韻。即創新出悲劇對象物（情節、品格與思想），而非媒介物（語言與製曲）。

51^b29.19

（1）*γενόμενα ποιεῖν*，創作者以已經發生過的事件來創作。

51^b30.20與18.19 兩句可以歸納出一個概念，即如何將歷史日常生活不可能的事實真實，在創新必然率下，使它成為可能且可信的創作真實。換言之，在歷史日常生活中並無此事。僅藉用這些歷史事件與人物的名字，取信於人而已，經過創作必然率，轉換成創作的可能且可信事件。事實上，這種創作的可能與可信，只要做到這個原則，就是創作者。這就是本章將歷史與創作結合為一的總結，本人稱為二種文類的調和說，代替比較優劣。

51^b33.21

(1)*ἁπλῶν*，單一（情節）。但 Butcher 與 Tyrwhitt。認為是 *ἄλλων*；因此，Butcher 譯為"all plots and actions"（所有情節與行動）。其中最差者是拼湊情節。本人認為這是合理的。如依照其他版本包括 Kassel 本皆以*ἁπλῶν*為準。如果拼湊的單一情節是最差的，難道自身交織情節（見下章解）就沒有可能成為拼湊情節嗎？有。則自身交織拼湊情節就不是最差嗎？所有情節與行動皆應具全面性。故譯文係據

義理取用 Butcher 本的 $\dot{\alpha}\pi\lambda\hat{\omega}\nu$，譯如上。

本句第二個可能的解說，認爲凡屬於拼湊型的單一情節都是最差的。這無庸爭議。本句由拼湊情節就可以解說成拼湊行動也是最差的。因爲悲劇行動是一連串戲劇行動事件所結成的情節結構，既然這種情節結構是拼湊而成的，當然其行動也就是拼湊而成的行動。這應加注意的。其次，本節仍然是在討論必然率，而非討論情節分類，如 G. Else 將這句開始另立一段，或拼入第十章之內，本人認爲無此必要。

(2) $\dot{\epsilon}\pi\epsilon\iota\sigma o\delta\iota\dot{\omega}\delta\epsilon\iota\varsigma$，拼湊場次。

51^b34.22

(1) $\dot{\epsilon}\pi\epsilon\iota\sigma o\delta\iota\dot{\omega}\delta\eta$ $\mu\hat{\upsilon}\theta o\nu$，拼湊情節。

(2) $\dot{\epsilon}\pi\epsilon\iota\sigma\acute{o}\delta\iota\alpha$，場次。$\dot{\epsilon}\pi\epsilon\iota\sigma o\delta\iota\dot{\omega}\delta\epsilon\iota\varsigma$ 與 $\dot{\epsilon}\pi\epsilon\iota\sigma\acute{o}\delta\iota\alpha$，如非亞氏在本句給予明確的定義，不論從那個辭典或字根皆無法確定它們之間的差別義。所指拼湊型情節即一個場次與另一場次之間無必然率或必需率的事件發生關係。同樣的，行動事件與行動事件之間無必然性關係，也就是拼湊型行動。本句指出拼湊情節時所使用「沒有必然，也沒有必需率」的否定用語表達，甚至不使用或然率詞義，這即完全排除一場事件與另一場之間所有因果關係的可能。

(3) $\ddot{\alpha}\lambda\lambda\eta\lambda\alpha$，彼此之間。不論單一情節或自身交織情節所結成的事件與事件前後之間的關係是如何發生的，係必然抑或然；在亞氏這本專書中的術語即用本字。在第十章注 5.(2) 有進一步解說。如何避免與應用場次才是合理的，亞氏在 59^a35-7，作了實例說明。

51^b35.23

(1) $\delta\iota$ $\alpha\dot{\upsilon}\tau o\acute{\upsilon}\varsigma$，透過他們自己。指低俗的創作者在創作技巧或

行動體裁上，有其自身的缺點。由本句可以推知，既然能選為參加比賽的劇作品，其作品當不是差的創作者，但亞氏認為他們低俗（φαύλων），正暗示悲劇至亞氏已經由興而衰了。

(2)διὰ τοὺς ὑποκριτάς，透過演員。係指創作基於適合演員表演的專長的需求。此正說明到亞氏時悲劇創作者已不復擔任演出的演員參加演出比賽。正因如此，創作者僅能投演員之所長、所好，也正可了解演員是如何影響，甚至控制創作。

51^{b}37.24

(1)παρὰ τὴν δύναμιν，原義為：超過它的能力。情節有何能力可言，應是指一個情節，在必然率之下，只能有一定的事件，即承受一定限度的事件，超過與不及，就是不合這個應有的負擔。因此，本句依據此而譯。

(2)παρατείνοντες，一直向下拖（戲）。何以如此，莫非一個悲劇的演出無法湊滿水鐘的比賽規定時間長度，不得不多拖長不相干的事件，使情節失去必然性；或僅受演員演技專長的表演，而與行動事件無關，因此構成拼湊情節。

52^{a}1.25本句再度重申悲劇是創新藝術，不僅創新出一個完整行動，更要重視這行動旨在創新出哀憐與恐懼事件，不惟是組成情節要件，而是產生悲劇效果，更要追求悲劇最大的功能。

(1)ταῦτα δὲ γένεται καὶ μάλιστα，產生這些與最大效果。係指產生恐懼與哀憐事件而言，有了這些事件才產生悲劇最大效果。

(2)ὅταν γένηται，一旦產生。也係指恐懼與哀憐事件。

(3)καὶ μᾶλλον⋯παρὰ⋯ἄλληλα，本句指產生哀憐與恐懼事件出乎預期之外，則悲劇效果就更佳。

(4)$παρὰ τὴν δόξαν$，超過預期。超過誰的預期。Else 認為係觀
眾的預期。這是可以了解的。

(5)$δι' ἄλληλα$，透過彼此之間。見注 22.(3)。

51^{a}4.26本章第14句提出劇場的目的是追求歡樂快感($εὐφραίνει$)，其
最大的功能效果是什麼？就是本句首次提出驚奇
($θαυμαστὸν$)。悲劇產生驚奇給人快感(60^{a}12-7)。其次，說
明驚奇事件發生於或然，實係出於必然性的設計。如果能
將已經發生的事件設計成這種或然事件，超出觀眾的預
期，則其效果更佳。亞氏並舉歷史專實事件的Mitys故事為
例，做為解說發生驚奇的具體史實成為創作真實的可能
性。

(1)$θαυμαστὸν$，一般皆譯為驚奇。按本人在雅典讀書的生活經
驗，體會這種表達是對一件事件的結果感到「精彩極了」
之意。

(2)$τοῦ αὐτομάτου$，指一件演出產生驚奇，當直接，自然而然
的，來自行動事件的本身，非僅自動(automatic)的一般義
而已。本句理當指情節而言。

(3)$τύχης$，或然，即在適當的條件下，是可能發生成為真實的
事實。但不稱為可能率。參見第七章注 8.(2)和(3)。

(4)$ὁ ἀνδριὰς ὁ τοῦ Μίτυος ἐν "Αργει..., ...οῦντι ἐμπεσών$。本句是
一則歷史真實故事。在公元前374年，大約在亞氏著這本
書前25年，Mytis死於Argos城，這可能是當時眾人皆知的
一件奇事。這個情節是這樣的。有一位凶手在Argos城殺
死Mytis。某年，在Argos城舉行宗教慶典，發生這件令人
感到驚奇的致命或然事件，是經過創作性的安排。在這個
慶典中，這位凶手也參加其中，在大家觀看Mytis的雕像
時，這尊雕像竟忽然倒下，在眾目睽睽之下，將這位凶手

砸死，執行了天意，天網不漏，殺人者被殺的人所殺，造成預期之外的驚奇。

這個子句一共16個字，而能表達這麼多的內容，實係根據Plutarch(ca. 66 A.D.)所編的*De Mirabilibus Auscultationibus* 846 A22轉述這則故事，再補入譯文的。現存有四至五世紀的抄本。Else做了很長、且注釋詳盡的考證(334-6)。

在述說這則故事的核心詞彙是θεωροῦντι 。Else概據前輩學者的看法，認為這字意為「參加宗教節目」，而非這個字的本意「正在觀看」。因此，Else採用此說直譯在他的大作之中。或許他是對的。不過，能否做另一個嘗試。按θεωροῦντι 的動詞原形是θεωρεῖν，除以上的解說意思之外，還可作沈思，思考解。本人認為這位凶手正當沉思在他殺死Mytis的回憶中，失去驚覺性，被倒下的雕像砸死，甚具推理性。因此，暫置假借Plutarch轉述的故事內容，直接以這個亞氏所用的本字做為譯文基礎，是否妥當，僅備參考而已。

其次，這個動詞的名詞是θεωρία，在亞氏專著中出現多次。F. Fergusson將它解釋成為他所謂的行動(action)三種呈現模式之一(1961:10)。Fergusson是著名的亞氏權威，特別受到國內前輩學者的推崇。然而，他將θεωρία 視為πράξις的同義字，實在超乎我們知識的認知與想像。

Else對這二行故事做三、四千字的考證，委實非常有學問，且無疑的增進讀者了解其歷史背景，可惜未進一步論及亞氏真正的義旨所在。本注重申本句主旨是亞氏假藉這則故事說明歷史事實真實與創作真實的必然率如何結合在一起，不僅調和而統一。也不僅為第19、20句做出結論；同時，也是為本章第1到20句做出總結，（並請參讀本章釋

義)證明亞氏推理明晰，建立行動必然率的理論體系。

附帶說明，在本章第25句提到行動事件與事件，彼此之間（δι' ἄλληλα），與本句這尊像倒下與凶手之間的關係如何呢？我們可以推測，由於這尊雕像倒下砸死這個凶手，經此揭發所有謀殺的過去事件；也即現在進行的事件與他所做過的過去的事件交織在一起而成為自身交織型情節。可能成為第十一章第6句的情節基礎。（參見第十一章注6.(1)、(4)）。

52ᵃ9.27

(1)εἰκῇ 是，εἰκός(必然率)的反義字。它不同於 τύχης(或然率)，當譯為意外事件。

52ᵃ10.28

(1)καλλίους μύθους，係指Mytis這個情節經過必然率的安排產生預料之外驚奇，這種是好的情節。

第十章

X ¹·Εἰσὶ δὲ τῶν μύθων οἱ μὲν ἁπλοῖ οἱ δὲ πεπλεγμένοι·
²·καὶ γὰρ αἱ πράξεις ὧν μιμήσεις οἱ μῦθοί εἰσιν ὑπάρχου-
σιν εὐθὺς οὖσαι τοιαῦται. ³·λέγω δὲ ἁπλῆν μὲν πρᾶξιν ἧς
15 γινομένης ὥσπερ ὥρισται συνεχοῦς καὶ μιᾶς ἄνευ περι-
πετείας ἢ ἀναγνωρισμοῦ ἡ μετάβασις γίνεται, πεπλεγμένην
δὲ ἐξ ἧς μετὰ ἀναγνωρισμοῦ ἢ περιπετείας ἢ ἀμφοῖν ἡ
μετάβασίς ἐστιν. ⁴·ταῦτα δὲ δεῖ γίνεσθαι ἐξ αὐτῆς τῆς συ-
στάσεως τοῦ μύθου, ὥστε ἐκ τῶν προγεγενημένων συμβαίνειν
20 ἢ ἐξ ἀνάγκης ἢ κατὰ τὸ εἰκὸς γίγνεσθαι ταῦτα· ⁵·διαφέρει
γὰρ πολὺ τὸ γίγνεσθαι τάδε διὰ τάδε ἢ μετὰ τάδε.

1. 一方面，情節某些是屬於單一[1]；另一方面，某些是自身交織[2]。　　2. 而事實上，情節是創新，即是戲劇行動，而戲劇行動的自身本質[1]正是開始於這兩類情節。　　3. 一方面，我所說單一情節[1]，正如已經限定的[3]，即指一件已經發生過的事件[2]它是一個連貫[4]、而整體的戲劇行動。其中（英雄人物的）命運發生轉變[6]沒有逆轉與揭發[5]；另一方面，自身交織情節是這種行動[7]，係指（其英雄人物）命運的轉變是隨在揭發或逆轉之後，或這種轉變兩者兼而有之。

4. 但發生命運[1]轉變這些該係來自情節所組合的行動衝突事件[2]，正如發生一件事件係來自前面一件已經發生完成事件之結果[3]；或出於必需或依據必然[4]，於是發生這些命運轉變[1]。　　5. 事實上發生命運轉變[1]是一件事件透過另一事件；或隨在一件事件之後成為另一事件[2]，這二類情節勢必有非常大的差異的。

【釋義】

本章是全書中最短的一章，處理二個基本問題。首先，對界定悲劇情節二大類作原始意義的解說；其次是探討本章最後一句在情節結構上的實質意義爲何。

I. 情節的分類：單一情節(ἁπλοῖ)與自身交織情節(πεπλεγμένοι)

本章界定悲劇情節爲：單一型(ἁπλοῖ)與自身交織型情節(πεπλεγμένοι)。這一對相對詞，自拉丁文分別譯爲 simplex 和 complexus；而英文自然的繼譯爲 simple 和 complex。再據爲中譯；簡單與複雜。準此，中外無一例外。事實上，ἁπλοῖ 的原意爲單一，即數目字的單一之意；而 επλεγμένοι 則係 πλέκω 的自身動詞分詞被動現在完成式。這個動詞的原義爲「編」或「織」，實與拉丁文與英譯的 complex(複雜)一義無關，且喪失「編」或「織」的原義。可能係由原義延伸出來的隱喻，但任何一種延伸義並不具備、更不能取代原義。希臘文自身動詞的用法，係泛指「行動者所做的行爲要回到行爲者自己的本身」(*Goodwin* 442)。例如，λούω 我洗東西；它的自身動詞 λούομαι 就是「我洗我自己」。按此，πεπλεγμένοι 自身動詞分詞被動現在完成式，依行動者自「編」或「織」的行爲又會到自己本身的原義。本人將這類情節重新加以界定爲：

> 行動者現在所做出的戲劇行動事件(透過揭發事件)與他過去所做過的戲劇行動事件，相互被交織或編在一起，最後又回到他自己身上才完成這件完整行動。

　　亞氏舉*Oedipus*為這類情節的典範。劇中Oedipus過去所做過的
事件，即弒父娶母事件，又回到劇中現在時間自己所要處理的行
動事件。換言之，戲劇行動的進行係透過過去事件，來處理現在
的事件。

　　其次本章提出情節結構只有這二大類，係情節分類的最基本
的根據，不宜依西方學者隨意加以延伸希臘悲劇其他情節類型。
這一概念，請參閱本書導論第二章〈情節分類與結構〉一節。

II. τάδε διὰ τάδε ἤ μετὰ τάδε 釋疑

　　本章第二個困惑的問題，是最後一句 "τάδε διὰ τάδε ἤ μετὰ τάδε"，
在情節結構上具有什麼實質意義，才能令讀者了解它的意義。本
句經Bywater和Butcher這二位大家譯為拉丁文 "propter roc and post
hoe"之後，幾乎沒有疑議。只不過現在的英文讀者或已不習慣拉
丁文；因而又譯為 "of what has gone before or merely after"或 "The
result of those others or merely fellow them"。(*Else*)實與拉丁文無
異。試問這些譯者，依complex或simple情節的字義能說明這兩類
情節在結構上有何不同嗎？本句譯文迄無令人滿意者，僅從這句
的文字義的了解，可譯為：「透過如此如此，而成如此如此；如
此如此之後，而成如此如此」。至於這個意思在情節結構產生何
等截然不同的差異性，本人就其文字義，強作解人，請讀者小心
比較，並請讀本章的注5.(2)。

注釋

52[a]12.1

　　(1)ἁπλοῖ：單一型情節；其原義係數字單一一個的意思；與
　　　　simple 無關。簡單與否，是主觀概念的認知，一個人認為
　　　　簡單，另一人則以為複雜；然而，單一，則一個就是一

個，當無爭議之虞。

(2)*πεπλεγμένοι*，原義已如前譯，因此本譯文譯為：自身交織型情節，使其與原譯的「複雜」一詞隔離出來。複雜也係主觀詞彙，一個概念複雜與否，見仁見智。如將其原義「編」或「織」的概念延伸而隱喻為 complex 或 intricate(*Whalley* 84)，雖具有解釋性意義，不僅不能取代原義且喪失原義。本譯文力求恢復原義。

52ª13.2 本句界定創新對象物，就是創新出情節。情節的定義為諸多行動事件的組合成為一個完整行動。所以，創新情節就是戲劇行動。

(1)*εὐθὺς*，依一般辭典意為「直接的」。Lucas 則解釋為「它們自身的本質」，如此，可譯為「戲劇行動本身的本質」，是由這些類情節開始的。

52ª14.3 本句是單一與自身交織情節的決定元素。單一情節是英雄命運的改變由一個事件接著之後的另一事件，而成為一個整體行動。自身交織則其命運的改變要經過揭發與逆轉。這兩類情節的差別即在於有無揭發與逆轉。這兩種元素決定情節的結構，也決定戲劇行動的本質。

(1)*ἁπλῆν πρᾶξιν*，單一行動，有了單一情節才構成單一戲劇行動。

(2)*γινομένης*，係 *γίγνεσθαι* 或 *γίνεσθαι* 的現在被動自身分詞，意為即「將被發生的事件」。本譯維持這一義直譯，而不採用 as it develops 或 developments。

(3)*ὥρισται*，限定範圍。本句稱「如同已經限定的」。西方學者認為係指第七章最後一句*"ὅρος τοῦ μεγέθους"*。基於劇中英雄人物命運的改變，與其說是對「戲劇行動長度」的限定；不如解釋為對「悲劇宏偉體裁」的界定。同依第七

章，戲劇行動的長度是依一次英雄命運宏偉體裁的轉變由幸到不幸爲準，是故，先有宏偉體裁（即創新對象），其次才論及創作品的長度。

(4)$συνεχοῦς καὶ μιᾶς$，$συνεχοῦς$ 意爲一條不斷的線，即情節在必然率或必需率之下，排除拼湊，成爲一貫或連續的行動事件，而構成一個整體行動。它的意思與$ἐφεξῆς$（有依秩序的）相近（52ª1）。

(5)$περιπετείας ἤ ἀναγνωρισμοῦ$，逆轉和揭發。這是在本句第一次提出的二個重要戲劇情節結構的學術術語。從後者來看不同於$ἀναγνώρισις$，似乎應指揭發的戲劇事件而言，而非僅指「揭發」這個概念而言，因此，本句宜譯爲：逆轉事件和揭發事件。

(6)$μετάβασις$，它是本句的實際主詞，意爲：改變或變化；或許譯爲轉變更爲妥當性。其動詞$μεταβαίνω$，是從一地到另一地之意。依本章前後文的文義，所指這種改變或轉變，應屬劇中行爲者的命運，當可確定。Else在其1963年大作將這個字採用詞典解釋："shift of fortune"。但在1967年的譯本中則改爲reversal。按reversal與peripety（$περιπετείας$）幾乎是同義字。除非能了解英文差異處。否則令不懂希臘文的讀者不知所據。

(7)$ἐξ ἧς$，$ἐξ$ 即$ἐκ$；$ἧς$，是指示代名詞的所有格。指自身交織情節，來自後面的那些東西。據Butcher本爲"$πεπλεγμένη δ᾽ ἐστὶν ἧς…$"（自身交織情節就是那些東西的……）。所指那些當即發生命運改變的逆轉或揭發事件，或兼而有之，其語意甚明。不過，G. Else據Parisinus 2040號抄本，指出這二個是$λέξις$的筆誤，一再考證。但在他的二次譯文中，皆未表達出他考證的成果。這種考證徒令讀者不知所指。

然而，有的中譯據此，譯爲「所謂複雜情節」云云。按本句一開始亞氏以第一人稱說：「我所說的單一情節……；自身交織情節……。」當亞氏再指自身交織情節時，用指示代名詞「那些東西」代之，當然省去再說一次「我所說的自身交織情節」。Else考證的結果不能增加自己的譯文意義。如此，能做爲中譯的根據嗎？因此，以後凡類似這類的考證，本譯文棄而不再引論。

52ª18.4

(1) ταῦτα…ταῦτα。本句首先要確定這二個相同的代名詞，ταῦτα(這些)是指的什麼這些。從前後文，譯者咸認是指前文的「逆轉或揭發」事件。但本人則以爲第三句的主旨是「英雄人物的命運轉變」；故這二個代名詞，實指「命運的轉變」更爲合理。

(2) συστάσεως τοῦ μύθου，組合行動衝突事件的情節。由於行動者出於自身情節的衝突，必然的改變英雄命運。

(3) τῶν προγεγενημένων。這是個綜合字，是由πρό(之前) + γεγενημένων。後者是γίνεσθαι的現在被動自身完成分詞；意即，現在已經被完成發生的事件。那麼這個結合字的意思：「在…之前已經被完成發生的事件」。那末，在什麼之前呢？當即發生命運改變之前已經被完成發生的事件；換言之，之所以發生命運改變是因爲劇中情節，在它之前已經有了之前被完成的事件。這分明是指自身交織情節，現在發生事件透過過去發生事件的揭發，而造成英雄命運的逆轉，這正是自身交織情節所結成的結構，也正與亞氏在下一章，即第十一章所討論的主旨相一致。

(4) ἐξ ἀνάγκης ἤ κατὰ τὸ εἰκὸς γίγνεσθαι ταῦτα，出諸在必需率或必然率之下，將要發生改變命運事件。這已暗示是單一型

行動。

由(3)(4)可以看出，亞氏對自身交織情節在命運改變上重視，出自情節自身的結構；在單一情節則重視必然率。

52ª20.5

(1)$\tau\grave{o}$ $\gamma\acute{\iota}\gamma\nu\epsilon\sigma\theta\alpha\iota$，本句應先確定主詞與動詞。主詞是 $\tau\grave{o}$；動詞 $\gamma\acute{\iota}\gamma\nu\epsilon\sigma\theta\alpha\iota$ 係「將發生的事件」。依前文，當指「改變命運事件」。因此，本譯文為：一件改變命運將要發生的事件。

(2)$\tau\acute{a}\delta\epsilon$ $\delta\iota\grave{a}$ $\tau\acute{a}\delta\epsilon$ $\mathring{\eta}$ $\mu\epsilon\tau\grave{a}$ $\tau\acute{a}\delta\epsilon$ 。本句自Bywater和Butcher分別譯為拉丁文 "propter hoc"(because of this)和 "post hoc"(after this)以來，大致以後的譯者多依此當依歸。英譯文字字皆認識，但實質與「簡單與複雜」情節有何關係？這三個 $\tau\acute{a}\delta\epsilon$ 大概是冠詞作為代名詞用。所指為何呢？令人不解（至少本人認知如此），不曾讀過一個令人滿意的註釋。即使Butcher譯出二個this；但還是少了第一個$\tau\acute{a}\delta\epsilon$ 。讀完譯文，能推敲出這句原文的結論，有何實質意義嗎？因此，本人僅以文字義直譯為下：「透過如此如此，而成如此如此；如此如此之後，而成如此如此」。試說明如下：

按$\tau\acute{a}\delta\epsilon$ $\delta\iota\grave{a}$ $\tau\acute{a}\delta\epsilon$，$\tau\acute{a}\delta\epsilon$意思接近「如此如此」，係指一件行動事件。$\delta\iota\grave{a}$ 是介詞，透過或經過。那末，它的意思：「透過或經過一件戲劇事件成為另一件戲劇事件」之意，這豈不明顯的是指自身交織情節，茲將它的定義再錄如下：

行動者現在所做的戲劇行動事件(透過揭發事件)與他過去所做過的戲劇行動事件相互交織或編在一起，……

依此，這句代名詞是「透過過去如此事件，而成現在如此事件」。這不正是自身交織情節結構的特徵嗎？*Oedipus*

的情節結構不也正是它的證明嗎。

其次是 μετὰ τάδε。依據上句的推理，本人大膽的假定它是：τάδε μετὰ τάδε 的略寫，省了第一個 τάδε。參見廿三章注2.(3)(不知西方希臘文學者能同意本人的見解否。)依此，它意爲：如此如此之後成爲如此如此。由如此如此是代替一件戲劇行動事件。所以，本句應是「一件戲劇行動事件如此之後，成爲如此另一件戲劇行動事件」。如此，這些正是指單一情節。依照單一情節在必然率之下，一件行動事件之後成爲另一行動事件而發展成一連貫相互秩序的整體關係。使 δι' ἄλληλα 的一貫相互關係(52ª4)及第九章第25句的一個重要概念，即注25.(5)，成爲合理的解說了。依以上的闡說，本句與前四句的各節說明相呼應。因此，本句是總結本章兩種情節，即單一情節與自身交織情節在結構本質上是有很大差異的，還用說嗎，這豈不一清兩楚了嗎？這也正是亞氏繼在以下各章討論結構的重點所在。當自身交織情節的結構得出總結之後，發現Butcher的"because of this"，與"after this"，頓然可以理解了，但這不是用「簡單及複雜情節」的意思可供解說的。不知西方希臘文的學者能同意本人的見解否？由於本句這一段的推論，截然不同於西方的看法，本人認爲凡文字不解者，當從上下文的義理中求之；因此建議初學者不宜太消費精神在那些得不出結論的考據上。

附帶說明兩點。1. 這句結論已如上述，本句亞氏不可能是針對拼湊失序情節作爲討論對象的。因此，本文放棄W. Lucas的見解(128)。2. 本章確定情節分類僅此兩種。所以，G. Else與L. Golden等延伸爲其他種劃分法，屬於他們自己的創見或自我解說則可，應與亞氏本章有所隔離。

第十一章

XI   ¹·Ἔστι δὲ περιπέτεια μὲν ἡ εἰς τὸ ἐναντίον τῶν πρατ-
τομένων μεταβολὴ καθάπερ εἴρηται, καὶ τοῦτο δὲ ὥσπερ
λέγομεν κατὰ τὸ εἰκὸς ἢ ἀναγκαῖον, οἷον ἐν τῷ Οἰδί-
25 ποδι ἐλθὼν ὡς εὐφρανῶν τὸν Οἰδίπουν καὶ ἀπαλλάξων τοῦ
πρὸς τὴν μητέρα φόβου, δηλώσας ὃς ἦν, τοὐναντίον ἐποίησεν·
²·καὶ ἐν τῷ Λυγκεῖ ὁ μὲν ἀγόμενος ὡς ἀποθανούμενος, ὁ δὲ
Δαναὸς ἀκολουθῶν ὡς ἀποκτενῶν, τὸν μὲν συνέβη ἐκ τῶν
πεπραγμένων ἀποθανεῖν, τὸν δὲ σωθῆναι. ³·ἀναγνώρισις
30 δέ, ὥσπερ καὶ τοὔνομα σημαίνει, ἐξ ἀγνοίας εἰς γνῶσιν
μεταβολή, ἢ εἰς φιλίαν ἢ εἰς ἔχθραν, τῶν πρὸς εὐτυχίαν ἢ
δυστυχίαν ὡρισμένων· ⁴·καλλίστη δὲ ἀναγνώρισις, ὅταν ἅμα
περιπετείᾳ γένηται, οἷον ἔχει ἡ ἐν τῷ Οἰδίποδι. ⁵·εἰσὶν
μὲν οὖν καὶ ἄλλαι ἀναγνωρίσεις· ⁶·καὶ γὰρ πρὸς ἄψυχα καὶ
35 τὰ τυχόντα †ἐστὶν ὥσπερ εἴρηται συμβαίνει† καὶ εἰ πέ-
πραγέ τις ἢ μὴ πέπραγεν ἔστιν ἀναγνωρίσαι. ⁷·ἀλλ' ἡ μά-
λιστα τοῦ μύθου καὶ ἡ μάλιστα τῆς πράξεως ἡ εἰρημένη
ἐστίν· ⁸·ἡ γὰρ τοιαύτη ἀναγνώρισις καὶ περιπέτεια ἢ ἔλεον
1452ᵇ ἕξει ἢ φόβον (οἵων πράξεων ἡ τραγῳδία μίμησις ὑπόκειται),
ἐπειδὴ καὶ τὸ ἀτυχεῖν καὶ τὸ εὐτυχεῖν ἐπὶ τῶν τοιούτων
συμβήσεται.

1. 逆轉事件[1]是，正如已經說過的，一個做出行動事件轉變到相反的方向。而這種行動事件，正如我們曾經說過的，依照必然率或必需率，例如在*Oedipus*[2]之中信使前來[3]，帶給Oedipus王的歡樂，以及讓他解除對他母親的恐懼；卻因此而確認他是一個什麼人；於是創作出這個相反的逆轉事件。 2. 以及正如相同的，在*Lynceus*[1]之中，Lynceus帶去被處死，Danaos跟隨其後作為去殺死他；結果出於已經發生做出的事件，是自己去執行行動的人被殺死了，而他卻是保住了命。

3. 揭發事件[1]，則正如這個名詞的字意，從不知道到全知道的轉變。不論是對他的一個親人，或一位仇人，被限定成任何一造(的命運)不是幸，就是不幸。 4. 最佳的揭發現事件，當是它與逆轉同時產生，就如在*Oedipus*之中所擁有的這麼一個。 5. 除此還有以及其他不同的揭發事件。 6. 然而……倘若揭發事件是(知道)某人已經被做出行動事件或沒有被做出行動事件的話[3]；那末，事實上，有些無生命的，與或然的事件[1]，以同一道理，正如前面已經說過的[2]，皆可能發生揭發事件[4]，……； 7. 不過，這一部分是情節最重要的[1]，也是戲劇行動最重要的[1]，這是已經說過的。 8. 事實上，這些揭發與逆轉事件帶來哀憐或恐懼[1]。視為這種行動作為奠定悲劇是創新的法則[2]，隨著之後，幸與不幸[3]皆在它們那刻而產生。

9.ἐπεὶ δὴ ἡ ἀναγνώρισις τινῶν ἐστιν ἀναγνώρισις,
αἱ μέν εἰσι θατέρου πρὸς τὸν ἕτερον μόνον, ὅταν ᾖ δῆλος ἅτερος
5 τίς ἐστιν, ὁτὲ δὲ ἀμφοτέρους δεῖ ἀναγνωρίσαι, οἷον ἡ
μὲν Ἰφιγένεια τῷ Ὀρέστῃ ἀνεγνωρίσθη ἐκ τῆς πέμψεως
τῆς ἐπιστολῆς, ἐκείνου δὲ πρὸς τὴν Ἰφιγένειαν ἄλλης ἔδει
ἀναγνωρίσεως.

10.δύο μὲν οὖν τοῦ μύθου μέρη ταῦτ' ἐστί, περιπέτεια
10 καὶ ἀναγνώρισις·11.τρίτον δὲ πάθος.12.τούτων δὲ περιπέτεια μὲν
καὶ ἀναγνώρισις εἴρηται, πάθος δέ ἐστι πρᾶξις φθαρτικὴ ἢ
ὀδυνηρά, οἷον οἵ τε ἐν τῷ φανερῷ θάνατοι καὶ αἱ περι-
ωδυνίαι καὶ τρώσεις καὶ ὅσα τοιαῦτα.

（續前段)9. 再者，揭發事件是屬於人的身分揭發，並且僅在二個人中的一個人對另一個人而已。那就是當一個人明明白白證實誰是另一個人[1]；有時，他們二人應是經過相互揭發出來而相認。例如，Orestes揭發而認出Iphigenia[2]，係出自她的一封送出的信；對於他，Iphigenia還要另一個揭發現事件才能認出。

10. 那末，二個情節組成的成分[1]，它們是逆轉與揭發現事件。　11. 第三個是受難事件[1]。　12. 這一些逆轉與揭發事件，已經說過；受難是一個致命的，或造成身體痛苦的戲劇行動。這些如看得見的凶殺，遭受極端的楚痛和受傷，以及諸如此類等。

【釋義】

I. 自身交織情節結構元素：逆轉事件與揭發事件

本章出現三個悲劇概念。由第一句至十句(52ª22-52ᵇ10)確立逆轉與揭發是自身交織情節中二個結構實質部分，並舉*Oedipus*爲最佳實例，藉以說明逆轉與揭發的實踐與應用。

II. 界定受難事件

其次提出受難事件爲構成悲劇情節的第三部分；並界定受難事件，內容見原文，不另敘說。

注釋

52ª22.1

(1)περιπέτεια，逆轉。依本句定義是其行動發展成爲相反的方向；因此，譯爲逆轉較急轉爲宜。

(2)Οἰδίποδ(*Oedipus*)，係 Sophocles 現存最出名的劇本，也是被承認爲結構最完美的劇本，亞氏推崇備至。爲自身交織情節最爲完美的典範。

(3)ἐλθών，前來。依本故事情節，是信使前來傳報 Corinth 國王 Polybus 的喪訊。所以，譯文加上它的主詞成「信使前來」。

52ª27.2

(1) Λυγκεῖ(*Lynceus*)，係Theodectes(Θεοδεκτός)所著的悲劇，失傳。據十八章(55ᵇ29-32)不足了解本劇全面情節結構。如據一般傳說中，他是Argonaut人曾四處尋找金羊毛

(Golden Fleece)，顯然與本句的背景不合，不符本句解說的要求。可能屬另一說法。他是Aegyptus五十子之一。娶Hypermnestra為妻，她是Danaus五十個女兒之一，也是唯一的女兒在新婚之夜沒有刺死新郎，Lynceus。據此情節推測，她是違背父命，所以兩人被捕，於是將Lynceus帶去處死。Danaos命其女隨其夫之後執行父命，將夫殺死。原來以為Lynceus必死，但Argonaut人認為Danaos過於殘酷，起而營救，但不知本劇情節事件是如何安排，結果Danaos被殺，而Lynceus反而保住了性命。使事件行動造成逆轉。

52ᵃ29.3本句說明在揭發事件之後，命運隨之產生幸與不幸。

(1)$\dot{a}\nu a\gamma\nu\dot{\omega}\rho\iota\sigma\iota\varsigma$，它的動詞是$\dot{a}\nu a\gamma\nu\dot{\omega}\rho\iota\zeta\omega$，係 $\ddot{a}\nu a + \gamma\nu\dot{\omega}\rho\iota\zeta\omega$，已是發現，認出(recognize)等意。加上$\ddot{a}\nu a$(再一次)，成為結合詞，意為：使原有的事件被重新發現，或又被認出之意；因此，它的新義更相當於東窗事發的揭發或揭露。所以名詞譯為：揭發；而動詞則為：揭發，或揭發身分。按悲劇行動者皆屬犯罪行為，待發現其罪過後，情節立即逆轉。此發現罪行，正是揭發之意。

52ᵃ32.4 本句指明最佳的揭發事件與逆轉事件係同時發生。以Oedipus為範例，讀之自明。隨之逆轉事件行動者的命運就由幸轉為不幸，或反之也然。

52ᵃ33.5 其他揭發事件形式，本句僅提示而不論，實係第十六章的主要內容。請參續十六章注釋。要注意的是第6句的內容絕包括不了其他揭發現形式。因此，5、6兩句一定要分開譯。

52ᵃ34.6

(1)$\ddot{a}\psi\upsilon\chi a \kappa a\grave{\iota} \tau\grave{a} \tau\upsilon\chi\acute{o}\nu\tau a$，無生命事件與或然事件。後者源於$\tau\acute{\upsilon}\chi\eta\varsigma$(或然事件，52ᵃ5-6)，不可與$\epsilon\dot{\iota}\kappa\hat{\eta}$(意外事件，52ᵃ10)

混為互譯。當然更不是 Butcher 譯為 "trivial"（瑣碎事件）。
亞氏在戲劇行動與情節上，接受或然事件，而排斥沒有必
然率的意外事件，所以，這是有差別的。

(2) ἐστὶν ὥσπερ εἴρηται συμβαίνει，這幾字的前後，皆可能有缺
文，文義未能確定。從 W. Lucas 的解釋 ἐστὶν ὡς ὥσπερ，
「如同一個道理」，或「如同一個方法」解。在不同的譯
文中，它與 Bywater 相同。那末，這四個字可譯：它是如
同一個道理，像我們已經說過的，將會發生。

(3) εἰ πέπραγέ τις ἤ μὴ πέπραγεν，依語法看，εἰ 是條件詞。
πέπραγέ 與 πέπραγεν 是 πράσσω = πράττειν 的過去式，係屬
πρᾶξις 系列的一個詞，因此本文譯為：已做出行動事件。
τις 是不定代名詞，指某人某事，此處當係某行動者。依
此，本句的意思是：「倘若某一行動者已做出行動事件或
沒有做出行動事件的話，則……。」

(4) ἔστιν ἀναγνωρίσαι，它就是揭發事件。

依上述分段解釋的話，則本句可能譯為：

倘若某一行動者(或某物)已做出行動事件，或沒有做出行
動事件是揭發事件的話；那末，無生物事件或或然事件，
像前面所說過的，如相同的道理也會發生揭發事件。

據這句譯文，讓我們推想，「像前面所說過的」哪個無生
物事件及或然事件與「如同一個道理」的那件事件有相關
聯呢？豈不正是指第九章26句(52ª4-9)中的那尊無生命的
Mitys塑像，已做出的戲劇行動，砸死原來的凶手。而這
位殺死Mitys的凶手，所做出的行動是參加這次宗教節
目，經過安排他在這座他殺死人的塑像前沉思；或然的，

這座塑像倒下把他砸死，或許在他砸死之後，經過事件本身，揭發這個凶手的身分，是否產生逆轉，則不得而知；甚至，從這情節的介紹中，我們讀者也無法了解什麼是「沒有做出的行動事件」。但至少可以了解本句是對Mitys的揭發事件所提出的解說。做為無生物也可構成揭發事件。因此，本句主旨並不在於討論「其他揭發形式」。同時，在此附帶一提，在Oedipus中並沒有「無生物事件」。倘若以這種揭發的形式，認為是用來解釋Oedipus，則可能扯得離題。

52ª36.7

(1)μάλιστα是μάλα 最高比較級。指揭發事件與逆轉事件是情節結構中的最為重要或首要者。不必解釋成其他引伸義。

52ª38.8

(1)ἔλεον…φόβον，哀憐與恐懼之情的事件。它是因揭發現事件與逆轉事件而產生的，在此似專指由自身交織情節所產生的，悲劇實質功能；也是悲劇美學的重要目標。雖然這種功能是悲劇所共有，但在亞氏專著中僅集中在自身交織情節，對單一型情節，則極少論及。

(2)πράξεων…ὑπόκειται。ὑπόκειται 意為制訂法則所做的規定。悲劇是一種創新；在創新出行動；而行動由情節所組成，情節產生哀憐與恐懼事件，這些如同制定法則，一如悲劇結構定義，環環相扣，不得混亂。

(3)τὸ ἀτυχεῖν καὶ τὸ εὐτυχεῖν，產生他的幸與不幸。在哀憐與恐懼事件之後，立刻帶來行動者的幸或不幸，這是悲劇情節的必然結果。

52ᵇ3.9 本句的主旨，在前一半，是說明對產生揭發事件的限制與條件；後一半舉出Iphigenia in Tauris實例，作為展示其實

　　用性。

　（1）ὁτὲ＝ ὅστε，它是人、物代名詞。因此，當屬前面揭發事件
　　　中的那位行動者的代名詞。所以，本句譯文有別於其他譯
　　　本。這在亞氏所舉的例子 Iphigenia 中得到證明，即
　　　Iphigenia自己是明白確知的，要尋找她的弟弟。當她的弟
　　　弟Orestes認出她之後，而她要再經過另一件事件的揭發，
　　　也就是Orestes 敘說他家族密史，讓她確認對方就是
　　　Orestes，因而互相認出，如此才構成揭發事件（參見第十
　　　六章6～8句注譯）。

　（2）Ἰφιγένεια（Iphigenia），爲Euripides現存的名著。亞氏對它
　　　極爲推崇，係僅次於Oedipus的一個好劇本。請讀者自行
　　　研讀。

52ᵇ8.10

　（1）μέρη，係指情節所組成結構的部分。

52ᵇ9.11 亞氏明示πάθος是構成悲劇情節的第三個組成部分，依據全
　　　章文理推論，πάθος 不是指受難的哀憐與恐懼的情感，而是
　　　產生哀憐與恐懼之情的事件。

　（1）πάθος，受難事件。其事件實質的內容，已如本句所指。

第十二章

XII   ¹·Μέρη δὲ τραγῳδίας οἷς μὲν ὡς εἴδεσι δεῖ χρῆσθαι
15 πρότερον εἴπομεν, κατὰ δὲ τὸ ποσὸν καὶ εἰς ἃ διαιρεῖται
κεχωρισμένα τάδε ἐστίν, πρόλογος ἐπεισόδιον ἔξοδος χορι-
κόν, καὶ τούτου τὸ μὲν πάροδος τὸ δὲ στάσιμον, κοινὰ μὲν
ἁπάντων ταῦτα, ἴδια δὲ τὰ ἀπὸ τῆς σκηνῆς καὶ κομμοί.
²·ἔστιν δὲ πρόλογος μὲν μέρος ὅλον τραγῳδίας τὸ πρὸ χοροῦ
20 παρόδου, ἐπεισόδιον δὲ μέρος ὅλον τραγῳδίας τὸ μεταξὺ
ὅλων χορικῶν μελῶν, ἔξοδος δὲ μέρος ὅλον τραγῳδίας
μεθ' ὃ οὐκ ἔστι χοροῦ μέλος· ³·χορικοῦ δὲ πάροδος μὲν ἡ
πρώτη λέξις ὅλη χοροῦ, στάσιμον δὲ μέλος χοροῦ τὸ ἄνευ
ἀναπαίστου καὶ τροχαίου, κομμὸς δὲ θρῆνος κοινὸς χοροῦ καὶ
25 ἀπὸ σκηνῆς. ⁴·μέρη δὲ τραγῳδίας οἷς μὲν ⟨ὡς εἴδεσι⟩ δεῖ
χρῆσθαι πρότερον εἴπαμεν, κατὰ δὲ τὸ ποσὸν καὶ εἰς ἃ
διαιρεῖται κεχωρισμένα ταῦτ' ἐστίν.

1. 應該使用哪些作爲組成悲劇的成分[1]，在此之前已經說過了；在其中有多少個[3]段落部分[2]，這每一個，正如被劃分開爲一段一段編排起來的這些之類[4]；其即是：開場詞[5]；每場發生行動事件[6]；退場詞[7]；和合唱隊部分[8]。而合唱隊部分又分爲進場詞[9]與合唱詞[10]。這些部分是所有悲劇所共同有的。不過，來自舞台演員與合唱隊之間的對唱抒情詞的有無[12]，則視各劇而定[11]。

2. 開場詞是悲劇的一個完整部分[1]，它是在合唱隊的進場詞之前(的部分)；每場發生行動事件，也是悲劇的一個完整部分，夾在一個整體合唱隊歌曲部分與下一個完整合唱隊歌曲部分之間；而退場詞是一個完整部分，但在它之後，就不再有合唱隊歌曲部分[2]。　3. 合唱隊的進場詞是所有合唱隊的第一段完整對話文辭部分[1]；合唱隊部分，則是合唱隊的歌曲部分，但沒有左旋與右旋[2]；對唱抒情詞是合唱隊與舞台上的演員一齊對唱哀傷[3]的情感。　4. 應該使用哪些作爲組成悲劇的成分，在此之前已經說過了；在其中有多少個段落部分，這每一個，正如被劃分開爲一段一段的編排起來，就是這一些。

【釋義】

I. 構成悲劇創作品規格形式的發展

亞氏自第七至十四章專論悲劇行動事件的情節結構。當十一章結束，依文理，應該接上第十三章的開始；然而，忽然被第十二章，一章專門討論創作品的規格形式，而切斷推論的連貫性。本文無意檢視抄本關係，暫且放棄各家不同考據觀點。僅希望讀者了解第十一章應緊接第十三章；至於本章主題可以單獨處理即可。

本章是全書中最短的二章之一。在情節結構的內容是悲劇質（quality）的成分；而規格形式是創作品量（quantity）的部分。悲劇誕生於希臘。它的發展由於宗教意義、節日慶典、社會習慣等文化因素，先從一個演員與原本在祭祀中詠唱的合唱隊對話，而經過Aeschyhus和Sophocles分別增到二、三個演員，使創作的表達形式逐漸形成。這些不同時期，表達創作品內容的規格形式，自然的有所改變。這些各自不同形式，皆出諸創作者的創作與劇作的需求。每種形式，即無前例可循，當然也就不會受到即有固定形式的約束，而都成爲不同形式的創作，代表某形式的特徵。希臘悲劇經過漫長的發展，歲月無情未曾留下每類創作品不同形式，再多研究、考證與成果，也皆缺少現存劇本的佐證。然而，到亞氏時，悲劇黃金光輝已經消退，悲劇創作品形式業已大致有了固定規範化的格式。希臘三大家現存的三十幾個劇本，雖不足代表這種文類形式規格的全面性，至少，提供實質的形式。至於H.D.F.Kitto以現代人的分析，將現存劇本形式特徵，分類爲lyrical、old, middle⋯等等悲劇形式，畢竟不是亞氏心目中的分

類，可棄不採用。形式無絕對的統一性。隨創作者與所表達創作品的內容而異，本注釋也無企圖將現存劇本逐一加以分析比較異同。因此，關於悲劇創作品的形式，仍僅以亞氏本章的歸納爲目標。

II. 悲劇創作品規格形式的部分與其完整性

其次，創作品，即劇本的規格形式部分，是分爲幾個段落而構成的。亞氏提出一個重要概念，是每一個部分，也即每一個段落，需要具有完整性。情節是由很多行動事件所組成，才成爲一個完整的行動。換言之，每一個段落就是情節中很多行動的一個單一事件，而這個段落的一個單一事件必需要完整。整個創作品是一個大的行動必需要完整；而這個大完整行動之中，包涵著很多個小的單一行動事件，這些小的單一行動事件，也必需要完整。這個大完整行動與形成單一部分的小完整行動事件，二個完整概念，不可混合爲一。在創作技巧上，使單一小完整事件成爲完整，才能構成一個行動的大完整。這是處理或理解劇本時，必需明白的概念。

悲劇情節形式段落，分爲以下這些結構術語：開場詞，場次，退場詞，合唱隊。合唱隊又有合唱詞及進場詞，以及抒情詞等。本章雖短，而專用術語甚多，各種段落術語見以下注釋說明。

注釋

52^{b}14.1

（1）*μέρη*，指悲劇情節組成質的成分。

（2）*εἴδεσι*，劃分成爲段落。

（3）*ποσὸν*，多少。指組成情節有多少量的部分。這是在第一章第一句就提出作爲創作法的研究對象，也就成爲本章的

主旨。

(4)*τάδε*，已見於第十章第五句(52ᵃ21)注。它是代名詞，此處
使用的意思，相當於so and so。因譯爲這些之類。

(5)*πρόλογος*，開場詞(prologue)。其主要功能是揭示情節與行
動者品格，到了Sophocles的作品，已經開始進行戲劇行
動。就Aeschylus的*Suppliants*與*Persians*，二個現存最早的
劇本，就沒有這個部分。因此，推論在最初期的悲劇是以
πάροδος(進場詞，parados)以合唱隊進場介紹，作爲戲劇的
開始。

(6)*ἐπεισόδιον*(episode)，它是進場詞之後的一個部分。正式的
戲劇行動一般是由此開始。依據情節的定義，一個完整而
整體的行動是由一連串的戲劇行動事件所組成的。這一連
串戲劇行動事件分成爲幾個單元或段落。這個戲劇行動事
件單元即爲episode。因此譯爲：每場戲劇行動事件，簡稱
場次或一場事件。切切不可根據一般的英文詞典，而譯爲
「插話」之類的譯詞，就完全失去戲劇情節本身的功能意
義。實際上，它不是相當於後世戲劇的一幕(act)；相反
的，是後世依據這個形式發展成爲一幕。有關episode是情
節的主要結構，此一概念務必加以釐清。

(7)*ἔξοδος*(exodos)退場詞。它是在最後一個合唱詞(stasimon)
之後出現。表示這齣戲劇行動的結束。它有二個特殊的技
巧形式；即爲由信使的述說，雖然信使的使用，也見於其
他場次(episode)之中，但用在退場詞以結束行動較爲常
見。如*Oedipus*的退場詞的信使；而*Bacchae*退場詞中的信
使那段轉述，是世界戲劇文學中最偉大的戲劇行動場景之
一。在此，提醒讀者，敘說在悲劇情節形式中所擔任的功
能。其次是用天神下降(deus ex machina)這種方式來結束

行動，如*Medea*與*Iphigenia in Tauris*等劇，這主要道具把
神從舞台的頂端送下來，每當劇情無法結束行動時，即藉
天神的意旨要如此結局，似乎近乎「戲不足，神仙湊」。
因此，成為一種術語，凡表示情節本身行動事件，不能結
束時，只好假借神力或其他特殊怪力亂神，皆可稱之為
deus ex machina。一般通譯：天神下降。不過，譯為「解
圍的神力」（*Nicall*，徐士瑚譯，46），則更能傳意。以上
敘說與天神下降的情節上用法，更進一步的說明，就參閱
第十五章注釋。

(8) *χορικόν*，合唱隊（chorus）。前面所述說場次是帶動戲劇行
動的進行；然而，希臘悲劇形式分開，而非割裂行動前進
的，就是合唱隊。人概悲劇情節的結構上，最初是先由合
唱隊唱，而後由演員回答。這種一唱一答，各成一組段落
的形式，成為基本格式，更多個單元唱與答，這樣形成一
個個段落而完成完整而整體的戲劇行動。這就是悲劇「有
多少部分」組成情節量的形式過程。

(9) *πάροδος*，進場詞（parodos）。合唱隊分為二個形式，第一種
是合唱隊的進場詞，全劇只有一個進場詞，其長度各劇不
一，從 20 行到 200 行不等。依各劇作家所需而定。這段
唱詞最主要的功能是為一個劇本激起的情緒情感定調。

(10) *στάσιμον*，合唱詞（stasimon），這是合唱隊的第二種形
式，也是最主要形式。在進場詞之後，在結構上，出現了
第一個戲劇行動事件，或場次，接著的就是第一個合唱
詞。這二個部分形成一個完整的段落，自 Aeschylus 起，
一個劇本的量部分，就依這個制約，而構成一個約定俗成
的規則，一個完整戲劇行動通常由三至五個這種形式段落
所組成。從此大致成為後世一劇五幕的規格形式。

以上各個枚舉量的部分，是一個劇本所普遍共有必備的；換言之，希臘悲劇至此已發展成熟，形成固定形式。

(11) *ἴδια*，原義是屬於個人所有的東西。各有不同，則各依情況而定。

(12) *κομμοί*，抒情詞。這是合唱隊一種附帶形式，是合唱隊成領隊與舞台上的一位或二位演員對唱，它不像上述合唱隊的二種形式皆表達一個完整段落；而抒情調一般皆甚短，如 *Phicloctedes* 1081-1217 就算相當長。這一部分，或有或無，也不論長或短皆視各劇的需要而定，未有一個確定形式。不過，在此一提，在量的結構中，演員與演員之間的對話或對唱，應該有一個專用術語；似乎是 *διάλογος*（對話，dialogue），但也未見於亞氏的定義。

52ᵇ19.2

(1) *ὅλον*，完整。這是一個非常重要的概念。在情節組合的量中，有四個段落要完整，即：開場詞，戲劇行動事件場次，合唱詞與退場詞。戲劇行動事件場次與合唱詞，四至五段不等，但每一個段落皆是一個完整的部分，也就是釋義中所謂的小完整。依悲劇定義，悲劇具有一個完整行動，即大完整。如果任何一個小完整不完整的話，則造成大完整不完整。因此，此一段落的小完整，與整體行動的大完整，劇作者務必加以釐清。在這些段落中只有 parodos 是否要符合完整性未做明確的界定。

(2) 本句對戲劇行動事件是產生在二個合唱詞之間；而在退場詞之後，則再無合唱隊。這三個部分的關係，做了十分明確的界定。

52ᵇ22.3

(1) *λέξις*，文詞或對話，當有別於 *μέλος*（韻律）。本句造成困

擾，同屬合唱隊，進場詞稱爲完整文詞或對話部分；而合唱詞則稱 $\mu\acute{\epsilon}\lambda o\varsigma$ (韻律)部分。如果進場詞是文詞或對話，則又不合合唱隊的功能。或許基於其中有左旋，右旋的成分，因此推測吟誦文詞重於唱歌。這一部分在 Aeschylus 廣爲應用。到 Sophocles 只有兩劇。以後逐漸 $\kappa o\mu\mu o\acute{\iota}$ (抒情詞)所取代，而至不用。

有學者認「文詞」一詞無從確解。因此懷疑本章是僞作，提供此一有力證據。不過，就現存劇本形式而論，不出本章歸納範圍，不宜因一詞一義未解，動輒歸咎於抄本的真僞問題。

(2) $\dot{\alpha}\nu\alpha\pi\alpha\acute{\iota}\sigma\tau o\nu$ $\kappa\alpha\grave{\iota}$ $\tau\rho o\chi\alpha\acute{\iota}o\nu$，英譯係採音譯分別爲，anepast 與 trochee。這二術語僅出現這一次。按這二種不同的韻律，前者適用於合唱隊向前衝或前進；後者則宜於跑圍場。

(3) $\theta\rho\hat{\eta}\nu o\varsigma$，動詞 $\theta\rho\acute{\epsilon}\omega$，意爲打擊，實際上是指一個人呼天嚎地的捶胸哀痛，以示抒情詞的部分是在表達情感哀傷的性質。

$52^b25.4$ 本句幾乎一字不差的重複第一句，作爲本章的結論。

第十三章

XIII   ¹·Ὧν δὲ δεῖ στοχάζεσθαι καὶ ἃ δεῖ εὐλαβεῖσθαι συν-
ιστάντας τοὺς μύθους καὶ πόθεν ἔσται τὸ τῆς τραγῳδίας ἔρ-
30 γον, ἐφεξῆς ἂν εἴη λεκτέον τοῖς νῦν εἰρημένοις. ²·ἐπειδὴ οὖν
δεῖ τὴν σύνθεσιν εἶναι τῆς καλλίστης τραγῳδίας μὴ ἁπλῆν
ἀλλὰ πεπλεγμένην καὶ ταύτην φοβερῶν καὶ ἐλεεινῶν εἶναι
μιμητικήν (τοῦτο γὰρ ἴδιον τῆς τοιαύτης μιμήσεώς ἐστιν),
πρῶτον μὲν δῆλον ὅτι οὔτε τοὺς ἐπιεικεῖς ἄνδρας δεῖ μετα-
35 βάλλοντας φαίνεσθαι ἐξ εὐτυχίας εἰς δυστυχίαν, οὐ γὰρ
φοβερὸν οὐδὲ ἐλεεινὸν τοῦτο ἀλλὰ μιαρόν ἐστιν· ³·οὔτε τοὺς μο-
χθηροὺς ἐξ ἀτυχίας εἰς εὐτυχίαν, ἀτραγῳδότατον γὰρ τοῦτ'
ἐστὶ πάντων, οὐδὲν γὰρ ἔχει ὧν δεῖ, οὔτε γὰρ φιλάνθρωπον
1453ᵃ οὔτε ἐλεεινὸν οὔτε φοβερόν ἐστιν· ⁴·οὐδ' αὖ τὸν σφόδρα πονηρὸν
ἐξ εὐτυχίας εἰς δυστυχίαν μεταπίπτειν· ⁵·τὸ μὲν γὰρ φιλάν-
θρωπον ἔχοι ἂν ἡ τοιαύτη σύστασις ἀλλ' οὔτε ἔλεον οὔτε
φόβον, ὁ μὲν γὰρ περὶ τὸν ἀνάξιόν ἐστιν δυστυχοῦντα, ὁ δὲ
5 περὶ τὸν ὅμοιον, ἔλεος μὲν περὶ τὸν ἀνάξιον, φόβος δὲ
περὶ τὸν ὅμοιον, ὥστε οὔτε ἐλεεινὸν οὔτε φοβερὸν ἔσται τὸ
συμβαῖνον. ⁶·ὁ μεταξὺ ἄρα τούτων λοιπός. ⁷·ἔστι δὲ τοιοῦτος
ὁ μήτε ἀρετῇ διαφέρων καὶ δικαιοσύνῃ μήτε διὰ κακίαν
καὶ μοχθηρίαν μεταβάλλων εἰς τὴν δυστυχίαν ἀλλὰ δι'
10 ἁμαρτίαν τινά, τῶν ἐν μεγάλῃ δόξῃ ὄντων καὶ εὐτυχίᾳ,
οἷον Οἰδίπους καὶ Θυέστης καὶ οἱ ἐκ τῶν τοιούτων γενῶν
ἐπιφανεῖς ἄνδρες.

1. 就前面所談的之後，在這裡的，現在依次應該要說的是一個創作者將該尋求的[1]；又將注意[2]情節組合行動衝突事件[3]；渴求的是悲劇的功能[4]。

2. 那末，接著最佳的悲劇組合[1]該不是單一情節，而是自身交織情節；以及是它們的哀憐與恐懼之情[2]的創新法。事實上，這些是創新這種的獨特形式。首先這個非常明白的，即不是造成好人的轉變由幸轉為不幸[3]；這種情形，既不哀憐也不恐懼，且這徒然是引起令人厭惡[4]。　3. 也不是那些壞人由不幸轉到幸；事實上，這種是最無悲劇性；也不具有這種所應有的性質；也不合人的愛心；所以，既不恐懼，也不哀憐。　4. 另一方面，也不是一個非常非常壞的人[1]，忽然由幸轉變到不幸。　5. 如果，這種組合行動衝突事件雖具有結構所具有人的愛心，但既不哀憐[1]，也不恐懼[2]。事實上，一般人[4]哀憐那些不值得[3]而得到的的哀憐[5]；同樣的，一般人恐懼那些不值得而得到的恐懼；所以，這種情節既產生不了哀憐，也不恐懼[5]。　6. 因此，所剩下來的，就只有這二者之間的這一種人了[1]。　7. 這種的人[1]，既非具有與眾不同凡響的美德與大公正義[2]；他們轉變到不幸不是由於惡或壞[3]，而是出於他們的悲劇行為過失[4]。這種人是享有偉大的光榮與幸福；正如Oedipus，Thyestes[5]，與出身於這類家族的大大有名的人物。

8.ἀνάγκη ἄρα τὸν καλῶς ἔχοντα μῦθον
ἁπλοῦν εἶναι μᾶλλον ἢ διπλοῦν, ὥσπερ τινές φασι, καὶ μετα-
βάλλειν οὐκ εἰς εὐτυχίαν ἐκ δυστυχίας ἀλλὰ τοὐναντίον
15 ἐξ εὐτυχίας εἰς δυστυχίαν μὴ διὰ μοχθηρίαν ἀλλὰ δι'
ἁμαρτίαν μεγάλην ἢ οἵου εἴρηται ἢ βελτίονος μᾶλλον ἢ
χείρονος. 9.σημεῖον δὲ καὶ τὸ γιγνόμενον·10.πρῶτον μὲν γὰρ
οἱ ποιηταὶ τοὺς τυχόντας μύθους ἀπηρίθμουν, νῦν δὲ περὶ
ὀλίγας οἰκίας αἱ κάλλισται τραγῳδίαι συντίθενται, οἷον
20 περὶ Ἀλκμέωνα καὶ Οἰδίπουν καὶ Ὀρέστην καὶ Μελέαγρον
καὶ Θυέστην καὶ Τήλεφον καὶ ὅσοις ἄλλοις συμβέβηκεν
ἢ παθεῖν δεινὰ ἢ ποιῆσαι.11.ἡ μὲν οὖν κατὰ τὴν τέχνην
καλλίστη τραγῳδία ἐκ ταύτης τῆς συστάσεώς ἐστι.12.διὸ καὶ
οἱ Εὐριπίδῃ ἐγκαλοῦντες τὸ αὐτὸ ἁμαρτάνουσιν ὅτι τοῦτο
25 δρᾷ ἐν ταῖς τραγῳδίαις καὶ αἱ πολλαὶ αὐτοῦ εἰς δυστυχίαν
τελευτῶσιν.13.τοῦτο γάρ ἐστιν ὥσπερ εἴρηται ὀρθόν.14.σημεῖον
δὲ μέγιστον·15.ἐπὶ γὰρ τῶν σκηνῶν καὶ τῶν ἀγώνων τραγι-
κώταται αἱ τοιαῦται φαίνονται, ἂν κατορθωθῶσιν, καὶ ὁ
Εὐριπίδης, εἰ καὶ τὰ ἄλλα μὴ εὖ οἰκονομεῖ, ἀλλὰ τραγι-
30 κώτατός γε τῶν ποιητῶν φαίνεται. 16.δευτέρα δ' ἡ πρώτη
λεγομένη ὑπό τινῶν ἐστιν σύστασις, ἡ διπλῆν τε τὴν σύστα-
σιν ἔχουσα καθάπερ ἡ Ὀδύσσεια καὶ τελευτῶσα ἐξ ἐναντί-
ας τοῖς βελτίοσι καὶ χείροσιν.17.δοκεῖ δὲ εἶναι πρώτη διὰ
τὴν τῶν θεάτρων· ἀσθένειαν·18.ἀκολουθοῦσι γὰρ οἱ ποιηταὶ κατ'
35 εὐχὴν ποιοῦντες τοῖς θεαταῖς. 19.ἔστιν δὲ οὐχ αὕτη ἀπὸ τραγῳ-
δίας ἡδονὴ ἀλλὰ μᾶλλον τῆς κωμῳδίας οἰκεία·

(續前段)8. 具有一個好的情節，必需以單一組情節為優，而非雙組情節[1]，如一般所主張的，以及轉變必不是由不幸轉為幸；相反的，由幸轉到不幸；這種轉變不是因為惡，而是重大的悲劇行為過失；這種人是如前所述說的，寧為較好的，而但非較壞的。　9. 這個可從悲劇[1]已經產生的事件[2]中得到的證明。　10. 事實上，起初創作者採用任何碰到的情節[1]，而現在則組合行動衝突事件的最好的悲劇只是有關少數的幾個的家族：正如相關的Alcmeon[2]，Oedipus，Orestes，Mileager[3]，Thyestes[4]，Telephus，以及那些其他的人，不是曾遭受，或就是製造出[6]這些苦難事件[5]。　11. 依據最佳悲劇的藝術技巧，皆是出於這種組合行動衝突事件[1]的悲劇。　12. 因此，Euripides在他悲劇的表演[1]，以及很多[2]以不幸結局，雖被指控犯了這些過失。　13. 事實上，這才是正如我們所說的正確。　14. 一個重大的證明是：　15. 因為，在舞台上，在比賽時，這種結局產生最悲劇的效果。如果這方面處置得當的話；那末，Euripides，在其他方面雖然是不善於有效[1]的安排，但已是產生最具悲劇性效果的創作者。

16. 第二種情節如一般所說的是第一等的組合行動衝突事件[1]；這種雙組組合行動衝突事件[1]正如*Odyssey*，造成相反的，(不幸的好人)成為較好與(好運的壞人)則成為較壞的結局。　17. 覺得它是第一等，實係由於觀眾慈悲心的弱點。18. 事實上，在這種(觀眾)看到的祈求下，創作者順從著這種看法，並依據這種祈求為觀眾創作。　19. 這種應不是來自悲劇的快感；但更屬於喜劇所特有。

^{20.}ἐκεῖ γὰρ
οἳ ἂν ἔχθιστοι ὦσιν ἐν τῷ μύθῳ, οἷον Ὀρέστης καὶ Αἴγισθος, φίλοι γενόμενοι ἐπὶ τελευτῆς ἐξέρχονται, καὶ ἀποθνήσκει οὐδεὶς ὑπ' οὐδενός.

20. 事實上，這麼一個，倘若喜劇情節中最恨的仇人，如 Orestes與Aegisthus[1]，到結局時，變成了好友，以及一個沒有殺人，或也沒有一個人被殺。

【釋義】

I. 悲劇衝突事件情節的內涵：目的、悲劇行動者及功能

繼十一章組合衝突事件情節後，本章主旨是悲劇要呈現什麼。本章在這個議題之範圍內討論三個主要對象。首先，申述悲劇的目的，如何表達一個宏偉體裁由幸到不幸。從第七章最後一句(51ᵃ11-15)，悲劇的目的表達宏偉體裁，即非追求悲劇形成上的長度，則不言而喻。其次，規範情節結構要注意或避免那些什麼，即那些性質的戲劇行動者，由幸到不幸的命運，才符合悲劇的需求，否則就不算是悲劇的目的。第三是產生悲劇功能的哀憐與恐懼事件的條件，皆源於衝突事件的情節結構，才具備悲劇的最佳效果。

II. 最佳悲劇功能與悲劇行動過失論

本章且兼論自身交織情節所造成不幸的結局，屬最具悲劇性；同時，每劇的情節以單組戲劇行動事件所組成者爲優；進而，否定一般標準所認定的雙組(包括多組)戲劇行動衝突事件的情節是較佳的看法。又從第五章喜劇的行爲不是罪孽，據而推論悲劇行動者因過失行爲所造成的犯罪(ἁμαρτίαν)，在必然率下，他們的命運由幸到不幸，這也是本專書中悲劇過失行爲論的重要術語來源。

注釋

52ᵇ28.1

(1)στοχάζεσθαι，意爲追求的目的爲何。

(2)*εὐλαβεῖσθαι*，主要的意思是：注意，留意。從字義上，當指要注意什麼，能注意到什麼，也就能避免什麼。不過，避免什麼並非本字的正面或積極意義。

(3)*συνιστάντας*，係指狹義情節的「組合衝突事件」。

(4)*πόθεν…ἔργον*，渴望…功能。

以上三點，前二項針對情節所呈現的目標而言，也即本章釋譯的前二項。後一項是指悲劇所產生的功能，而非處理情節的技術問題。

52^{b}30.2 本句比較自身交織情節與單一情節(52^{a}12)，確認前者是最佳情節。進而討論如何創新出情節的哀憐與恐懼事件。並認知那種戲劇行動命運由幸轉為不幸的改變，才符合表達宏偉體裁的期求。首先指出，好人的命運由幸轉為不幸，即不能產生哀憐事件，也非恐懼事件，且會引起厭惡，就不合於宏偉體裁。

(1)*σύνθεσιν*，組合。係指悲劇形式的結構而言，與實質無關。

(2)*φοβερῶν καὶ ἐλεεινῶν*，此係指組成情節中的哀憐事件與恐懼事件而言，當不同於哀憐(*ἔλεος*)與恐懼(*φόβος*)兩種單純的情感而已。

(3)*εὐτυχίας εἰς δυστυχίαν*，幸到不幸。這是繼第七章最後一句，幸與不幸係指悲劇行動者的命運所構成之宏偉體裁，它也是悲劇要表達的目的，因此，表達幸與不幸絕非是以情節長度來衡量的，則可斷言。

(4)*μιαρόν*；文字有兩義：被污染與令人厭惡。凡殺死親人為父子、夫婦、兄弟等體裁，皆令人厭惡。

52^{b}36.3 本句指第二種情況，壞人命運由不幸轉為幸，不僅全無悲劇性，而且不合人情，也就不構成悲劇恐懼事件及哀憐事情。

52ᵇ39.4 不符合哀憐與恐懼事件的第三種情況。

(1)σφόδρα πονηρὸν，指非常壞的人。

53ᵃ2.5 申述，第三種情況，惡人命運得到不幸，是罪有應得的報
應，符合一般因果律的人情或道德要求；但也不構成哀憐
或恐懼行動事件。(此屬亞氏主張，不予爭論)。從而，本
句為哀憐與恐懼的實用性，做了界說。

(1)ἔλεον 與(2)φόβον分別專指哀憐與恐懼情感，而不是指哀憐
事件與恐懼事件。

(3)ἀνάξιόν，原意是不值得。亦即一個人得到不幸的命運是不
值得的。所以令人感到哀憐；換言之，哀憐是一個人的不
幸是他不該有的。

(4)ὅμοιον，一般普通的人。在第二章(48ᵃ2)亞氏將人分為
σπουδαίους 及 φαύλους(崇高與惡人)；本句再提出ὅμοιον(一
般人)。這三類人等σπουδαίος→ὅμοιος→φαύλος，排除惡人
不幸命運所構成哀憐與恐懼事件，就是因為崇尚人格的英
雄與平凡的普通人，皆不是神；所以，所犯的過失同具人
性的弱點，而造成命運的不幸，是為恐懼事件。

(5)ἔλεος μὲν περὶ τὸν ἀνάξιον，φόβος δὲ περὶ τὸν ὅμοιον。本句重複
前文的意思，不過使前文的意義更為明確。

53ᵃ7.6

(1)τούτων，兩者之間的那一種人。所指為何呢？亦即前面所
指第一類好人，與第二類情況中二種惡人。其中的哪一種
人才構成哀憐與恐懼事件的人呢？此一問題正是亞氏在本
章中的另一個重要概念，ἁμαρτίας(過失論)；繼在第十四
章成為討論的主旨。

53ᵃ7.7

(1)τοιοῦτος，指示代名詞，指那一類，即前注所指者。

(2)ὁ μήτε ἀρετῇἰδικαιοσύνη，ἀρετῇ，善 ; δικαιοσύνη，正義。

(3)μήτε διὰ κακίαν καὶ μοχθηρίαν，κακίαν意為壞 ; μοχθηρίαν，惡。

(2)、(3) 中四項品格概念包括 μεγάλη δόξη(偉大的光榮) 皆屬倫理與行為的認定，本注不一一引證倫理學。

(4)ἁμαρτίαν，這是本章中另一重要概念與術語，它是構成悲劇人物哀憐與恐懼事件的實質元素，也是悲劇功能及悲劇實質定義的核心元素部分。這個英譯專用術語的為tragic flaw, tragic deeds, fault, error, frailty, mistake, defect 等等，殊不統一；而今多採用音譯hamartia。本譯文無法正面確定這個字的字義，不便衍生它的專用術語定義及其命題；反之，依據第十四章亞氏歸納四項悲劇行為實質內容的受難事件，來決定這個字在實用上的內涵，據此譯為：悲劇過失行為；簡稱：悲劇行為，或過失行為。

不過，悲劇過失行為的定位倒底在那裡？讀者應有一個基本概念。從本章二、三兩句(52ᵇ34-37)界定發生悲劇過失行為的行動者，應不是屬於好人(ἐπιεικής)的善；也非屬於惡人 (μοχθηρός)，更不是非常壞人 (σφόδρα πονηρόν)的壞(κακία)與罪(φαῦλος)。而是在二者之間的一般普遍的人 (ὅμοιον) 所犯的行為過失 (ἁμαρτίας)。這是一個大致的範圍，亞氏的認定它是否真的罪不及惡，可能是有爭議的，現不做倫理學的申論。這個悲劇行為亞氏在第十四章做了完整的歸納。請參考第十四章各節及注釋。

(5)Οἰδίπους καὶ Θυέστης，Oedipus和Thyestes。前者為讀者所熟知；後者係Atreus家族故事，為希臘神話中有名的家族故事之一，最為古代作家所述及，也是文學中極為豐富的

體材。

Atreus是Argos國王Pelops與Hippodamia所生的兒子，又生其兄弟Thyestes及Alcathous。他們三人爲同父同母所生。後國王又與Nymph生Chrysippus。當Pelops被Mystilus斥逐之後，他們兄弟開始他們流血的事件，他們聯合他們的母親，將同父異母的兄弟Chrysippus投下深井溺死。蓋Chrysippus最受其父的寵愛，且即將繼承王位。Chrysippus死了以後，兄弟約定輪流統治。惟輪到Thyestes時，Atreus拒不讓位。於是Thyestes一怒之下誘奸其嫂Aerope。因而，Atreus將其弟驅逐出境。Thyestes爲了報仇，派送Pleisthenes（爲Atreus之子，由Thyestes撫養成人）來刺殺Atreus，不料此子自殺而死。待Atreus了解實情之後，邀請Thyestes前來，表示協和諒解，誰知竟將Thyestes的兒子烹煮以歡宴其父，意在爲其子復仇。Thyestes受此驚駭之餘，逃到Sicyon，在此與自己女兒（Pelopia）相交成孕，希望能得一子而爲其復仇。Atreus娶了Pelopia，而不知她是誰，也不知道她正身懷六甲。結果Atreus自以爲得一子，即爲Aegiethus；事實上，係爲Thyestes所生。後來Thyestes被Agamemnon與Menelaus所發現而加監禁。Aegisthus殺Thyestes時，他的劍是其母Pelopia由Thyestes處得來給他的，因而父子相識，於是父子共同殺死Atreus，並將Agamemnon與Menelaus驅出國境。

Atreus家族表如下：

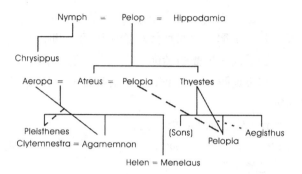

Aegisthus為其父與其姊所生，據說Agamemnon與其母
Aerope生一子即為Pleisthenes。Pleisthenes謀殺Atreus一如
Aegisthus謀殺Thyestes。這類事件在這個家族中反復發
生。Thyestes誘奸其嫂，正如他的兒子Aegisthus誘奸
Clytemnestra一樣。Thyestes殺Atreus一如Aegisthus殺
Agamemnon是相同道理。這個家族的流血題材廣被希臘悲
劇家所引用。

本文將這個故事做較詳細的介紹，其目的希望讀者體認，
亞氏引用其心目中最喜愛的Oedipus和Thyestes家族故事，
以這些具體行動內容來說明悲劇行為過失(ἁμαρτίας)這個
概念。

53ª13.8 本句至11句(53ª12-23)是本章另一個段落，認定悲劇行為
過失造成哀憐與恐懼不幸命運的較佳情節及其體裁的來
源。

(1)μῦθον ἁπλοῦν…διπλοῦν，單一組情節…雙組情節。亞氏一直
主張悲劇行動只有一個(51ª19)；所以，也只有單一一組
的戲劇行動事件所組成的情節，才是最佳情節結構，而非
雙組或多組(59ª29-30)情節，亦即二個以上頭緒的情節。

此說與李漁的「減頭緒」的看法相一致。此處所指
ἁπλοῦν 與以往譯爲簡單情節是同一個字。如果依舊譯爲：
簡單情節…雙組情節。在文義上有不相連接之處。所以，
它不是簡單，而是單一，請參閱第十二章注。

53ª17.9

(1)τό，代名詞，指悲劇而言。

(2)γιγνόμενον，γίγνεσθαι 的完成分詞。意爲：已經變成或產生
之意。

依(1)、(2)的意思爲：它已經產生。因此本句的宜譯爲
「從悲劇已經產生中的事件得到證明」。可能使本句意思
較爲明確。

53ª17.10本句亞氏以舉例式的方式，枚列六個最佳情節的家族。說
明悲劇行爲過失造成哀憐與恐懼的不幸命運。其中
Oedipus，Orestes和Thyestes已經介紹。

(1)ἀπηρίθμουν，除一般字意外，有瞎扯的意思，即情節碰到
什麼就扯什麼。

(2)Ἀλκμέωνα(Alcmaeon)。他殺死自己的母親 Eriphyle。爲他
的父親 Amphiaraus 報仇。與 Orestes 的情節大致相似。這
個故事廣被劇作家所採用。此處，亞氏可能採用
Astydamus 的創作品，已失傳。它的情節是說他殺死母親
係出於不相識(53ᵇ33)，即沒有認出他的母親的誤殺；因
此係屬於過失，而非犯罪的範疇。

(3)Μελέαγρον(Meleager)，他在一場激戰中，一時無法認出自
己的親人，而至意外的殺死自己的叔父。他的意外，當屬
過失，而非罪惡。但他的母親，不信他的說詞。爲她的弟
弟復仇，而殺死自己的兒子。

(4)Τήλεφον(Telephus)，他的故事出處甚多，Else一一加以枚

舉，可資參閱（396-398）。他是Heracles與Auge所生。出生時拋棄山中，與Oedipus相近似，為山羊與牧人所扶養。後與他的父母戲劇性的團圓。但他的叔叔們，係Aleos王之子，並不詳他的出生，而潮笑他不是純種，於是一時憤怒殺死他們，這就中了Delphi的神偷。這個情節中他的殺人，似乎是一種行為過失，而非犯罪。

以上六個實例，本注僅選擇可以闡明亞氏用以表達悲劇行為過失具體可能相關者為限。

(5) $\pi\alpha\theta\epsilon\hat{\iota}\nu$，當不是僅限簡單「受難」一義；應指產生哀憐與恐懼的受難事件。

(6) $\mathring{\eta}$ $\pi o\iota\hat{\eta}\sigma\alpha\iota$，在此只能依這個字的本義，為做出這些恐怖事件。

53ª22.11

(1) $\sigma\upsilon\sigma\tau\acute{\alpha}\sigma\epsilon\acute{\omega}\varsigma$，本句提出最佳悲劇係出於組合行動衝突情節。

53ª23.12本句到15句（53ª24-30）的主旨是確定Euripides悲劇人物不幸命運結局的正確性，也屬最具悲劇效果。

(1) $\tauο\hat{\upsilon}\tauο$ $\delta\rho\hat{\alpha}$。$\tauο\hat{\upsilon}\tauο$，代名詞（這個）。$\delta\rho\hat{\alpha}$ 是 $\delta\rho\hat{\alpha}\nu$（動詞）。這裡與第 15 句稱在比賽時（$\mathring{\alpha}\nu\gamma\acute{\omega}\nu\omega\nu$），當然是指這個「表演戲劇行動」。它是本人主張行動四重意義的「表演行動」類。

(2) $o\acute{\iota}$ $\piο\lambda\lambda\alpha\acute{\iota}$，Euripides 一生共創作八十個劇本，現存十九本，失傳者多達六十一種。在失傳創作品中究竟有多少是屬不幸的結局，再多研究也無從佐證。不過，亞氏博學當皆過目。Euripides 很多的悲劇是以不幸做為結局，這是可以置信的。由於 Euripides 以不幸為命運的結局，故亞氏推崇他是最悲劇效果的創作者。

53ª27.15

(1)*oἰκονομεῖ*，動詞，係economy的字根。一般係指情節上經濟
有效的安排。

53ª30.16 由16句至20句（53ª30-39）申述雙組情節是差的結構。16句
所說好人由幸到不幸，或壞人的不幸結局，皆不合本章哀
憐與恐懼的悲劇行為過失之基本要件。所以，亞氏指出這
種情節，當時人認為是頭一等，這種見解係出於觀眾的喜
好或好心腸，而非出於悲劇哀憐與恐懼的本質。因而，亞
氏將這種情節符合道德報應律，應稱之為喜劇模式。

(1)*σύστασις … σύστασιν*，本句提出二次「組合行動衝突情
節」。

53ª36.20

(1)*Ὀρέστης καὶ Αἴγισθος*，Orestes 和 Aegisthus。Aegisthus 是
Orestes母親Clytemnestra的情夫，聯合殺死她的親夫，也
即Orestes的父親Agamemnon。當Orestes為父復仇弒母之
後，竟然與仇人Aegisthus變成了朋友，誰也沒有殺死誰。
但不知是否有此一劇本，亞氏舉此情節做為喜劇說明，顯
然不屬悲劇，也就更不可能成為最佳悲劇結構可言。

第十四章

XIV 1."Εστιν μὲν οὖν τὸ φοβερὸν καὶ ἐλεεινὸν ἐκ τῆς ὄψεως
1453ᵇ γίγνεσθαι, ἔστιν δὲ καὶ ἐξ αὐτῆς τῆς συστάσεως τῶν πραγ-
μάτων, ὅπερ ἐστὶ πρότερον καὶ ποιητοῦ ἀμείνονος. ²·δεῖ γὰρ
καὶ ἄνευ τοῦ ὁρᾶν οὕτω συνεστάναι τὸν μῦθον ὥστε τὸν
5 ἀκούοντα τὰ πράγματα γινόμενα καὶ φρίττειν καὶ ἐλεεῖν
ἐκ τῶν συμβαινόντων· ³·ἅπερ ἂν πάθοι τις ἀκούων τὸν τοῦ
Οἰδίπου μῦθον. ⁴·τὸ δὲ διὰ τῆς ὄψεως τοῦτο παρασκευά-
ζειν ἀτεχνότερον καὶ χορηγίας δεόμενόν ἐστιν. ⁵·οἱ δὲ μὴ τὸ
φοβερὸν διὰ τῆς ὄψεως ἀλλὰ τὸ τερατῶδες μόνον παρα-
10 σκευάζοντες οὐδὲν τραγῳδίᾳ κοινωνοῦσιν· ⁶·οὐ γὰρ πᾶσαν δεῖ
ζητεῖν ἡδονὴν ἀπὸ τραγῳδίας ἀλλὰ τὴν οἰκείαν. ⁷·ἐπεὶ δὲ
τὴν ἀπὸ ἐλέου καὶ φόβου διὰ μιμήσεως δεῖ ἡδονὴν παρα-
σκευάζειν τὸν ποιητήν, φανερὸν ὡς τοῦτο ἐν τοῖς πράγμα-
σιν ἐμποιητέον. ⁸·ποῖα οὖν δεινὰ ἢ ποῖα οἰκτρὰ φαίνεται
15 τῶν συμπιπτόντων, λάβωμεν. ⁹·ἀνάγκη δὴ ἢ φίλων εἶναι
πρὸς ἀλλήλους τὰς τοιαύτας πράξεις ἢ ἐχθρῶν ἢ μηδετέ-
ρων. ¹⁰·ἂν μὲν οὖν ἐχθρὸς ἐχθρόν, οὐδὲν ἐλεεινὸν οὔτε
ποιῶν οὔτε μέλλων, πλὴν κατ' αὐτὸ τὸ πάθος· ¹¹·οὐδ' ἂν
μηδετέρως ἔχοντες·

1. 所以，哀憐與恐懼之情[1]，既產生於演員的演出形象[2]；也是出自戲劇行動衝突事件的本身[3]，這種屬於較優的[4]，以及較佳的創作者。　2. 甚至，沒有觀看演出這種組合行動衝突事件[1]，只當聽到這些所產生的戲劇行動衝突事件就令人可憐與發抖[2]。　3. 正如聽到Oedipus情節[1]的受難事件。4. 若透過演出形象，製作出[1]這種效果是不藝術的，以及有的要求於合唱隊領隊[2]。　5. 但是有人透過演出形象不是產生恐懼之情，而只是製作奢華的作怪[1]，令人吃驚而已，這些皆不應是悲劇所要享有的。　6. 因此，從悲劇中一個人不該尋求凡是每一類的這種快感[1]，而只是悲劇的一種獨特[2]的快感。7. 於是，創作者一定要透過創新而來的哀憐與恐懼製作出悲劇的快感，非常清楚的，正如這些哀憐與恐懼已經創作出的那些[1]戲劇行動事件之中。

8. 現在，雙方相遇[4]在兩陣對峙[3]的戰鬥的事件之中，產生哪些事件是驚嚇可怕的[1]，哪些事件又是可憐的[2]。　9. 在對這類行動中[2]，一個人與另一個人相互彼此之間，依必需率，必是親人的[1]；或最仇恨的人；或皆不是。　10. 如此，如果是最仇恨的對最仇恨的人，除了，他們那種折磨受難之外，不論是那一方要做，或不論那一方企圖[1]置對方於死地，皆產生不了哀憐之情。　11. 假如，那些人之間沒有任何關係，亦如此。

^{12.}ὅταν δ' ἐν ταῖς φιλίαις ἐγγένηται τὰ
20 πάθη, οἷον ἢ ἀδελφὸς ἀδελφὸν ἢ υἱὸς πατέρα ἢ μήτηρ
υἱὸν ἢ υἱὸς μητέρα ἀποκτείνῃ ἢ μέλλῃ ἤ τι ἄλλο τοιοῦτον
δρᾷ, ταῦτα ζητητέον.^{13.}τοὺς μὲν οὖν παρειλημμένους μύθους
λύειν οὐκ ἔστιν, λέγω δὲ οἷον τὴν Κλυταιμήστραν ἀπο-
θανοῦσαν ὑπὸ τοῦ Ὀρέστου καὶ τὴν Ἐριφύλην ὑπὸ τοῦ Ἀλκμέ-
25 ωνος, αὐτὸν δὲ εὑρίσκειν δεῖ καὶ τοῖς παραδεδομένοις χρῆ-
σθαι καλῶς.^{14.}τὸ δὲ καλῶς τί λέγομεν, εἴπωμεν σαφέστερον.
^{15.}ἔστι μὲν γὰρ οὕτω γίνεσθαι τὴν πρᾶξιν, ὥσπερ οἱ παλαιοὶ
ἐποίουν εἰδότας καὶ γιγνώσκοντας, καθάπερ καὶ Εὐριπίδης
ἐποίησεν ἀποκτείνουσαν τοὺς παῖδας τὴν Μήδειαν^{16.}ἔστιν δὲ
30 πρᾶξαι μέν, ἀγνοοῦντας δὲ πρᾶξαι τὸ δεινόν, εἶθ' ὕστερον
ἀναγνωρίσαι τὴν φιλίαν, ὥσπερ ὁ Σοφοκλέους Οἰδίπους·^{17.}τοῦ-
το μὲν οὖν ἔξω τοῦ δράματος, ἐν δ' αὐτῇ τῇ τραγῳδίᾳ
οἷον ὁ Ἀλκμέων ὁ Ἀστυδάμαντος ἢ ὁ Τηλέγονος ὁ ἐν τῷ
τραυματίᾳ Ὀδυσσεῖ.^{18.}ἔτι δὲ τρίτον παρὰ ταῦτα τὸ μέλλον-
35 τα ποιεῖν τι τῶν ἀνηκέστων δι' ἄγνοιαν ἀναγνωρίσαι πρὶν
ποιῆσαι.^{19.}καὶ παρὰ ταῦτα οὐκ ἔστιν ἄλλως.^{20.}ἢ γὰρ πρᾶξαι
ἀνάγκη ἢ μὴ καὶ εἰδότας ἢ μὴ εἰδότας.^{21.}τούτων δὲ τὸ μὲν
γινώσκοντα μελλῆσαι καὶ μὴ πρᾶξαι χείριστον·^{22.}τό τε γὰρ
μιαρὸν ἔχει, καὶ οὐ τραγικόν·^{23.}ἀπαθὲς γάρ. ^{24.}διόπερ οὐδεὶς
1454ᵃ ποιεῖ ὁμοίως, εἰ μὴ ὀλιγάκις, οἷον ἐν Ἀντιγόνῃ τὸν Κρέοντα
ὁ Αἵμων.

（續前段）12. 但這種哀憐事件僅發生在至親[1]之間，正如一位兄弟對一位兄弟；子對父；母對子；或子對母；或殺死或企圖[2]要做的；或諸如此類，創作者尋求這類事件[4]的表演[3]。 13. 所以，那些來自以前傳下的情節是不可放棄的[1]，我所說的是，如Clytemnestra[2]被Orestes所殺；Eriphyle被Alcmon[2]所殺。不論這種情節是一個人自己的發明[3]；或那些是傳留下來的[4]，皆要處理得好。 14. 我們所說這個「處理得好」，我們要做更清楚[1]說明。 15. 事實上，就像那些古代的創作者[1]創作出來的，在自知[2]以及與對方相識[3]正是產生這種戲劇行動；這正如Euripides創作了Medea殺死她的兒子。 16. 一方面，這是不相識做出行動，但做出行動它是這種可怕的行動[1]；之後，才被揭發[2]這種至親[3]的關係。正如Sophocles的 *Oedipus*[4]。 17. 現在，有的這些[1]是排除在它的表演事件[2]之外，有的則放在這些悲劇演之內，如Astydamas的*Alcmon*[3]，或《受傷的Odysseus》中的Telegonus[4]。 18. 再進一步，除此之外，第三種是企圖[1]做出致人於死的行動，但做出這種行動之前，由之前不相識而到揭發身分而相識。 19. 除這些之外，則別無其他之法了。 20. 事實上，戲劇行動是必然的執行，或不執行；或不是自知就是不自知的執行。 21. 在這些之中，戲劇行動者相識並企圖置對方於死地，但沒有戲劇行動，則這是最差者。 22. 事實上，這種令人討厭[1]；而且全無悲劇性。 23. 因為它沒有受難事件。 24. 因此，沒有創作者創作像這種相似的行動，既使不是沒有，至少很少，像是在 *Antigone*中的Creon與Haemon。

^{25.}τὸ δὲ πρᾶξαι δεύτερον·^{26.}βέλτιον δὲ τὸ ἀγνοοῦντα
μὲν πρᾶξαι, πράξαντα δὲ ἀναγνωρίσαι·^{27.}τό τε γὰρ μιαρὸν
οὐ πρόσεστιν καὶ ἡ ἀναγνώρισις ἐκπληκτικόν·^{28.}κράτιστον δὲ
5 τὸ τελευταῖον, λέγω δὲ οἷον ἐν τῷ Κρεσφόντῃ ἡ Μερόπη
μέλλει τὸν υἱὸν ἀποκτείνειν, ἀποκτείνει δὲ οὔ, ἀλλ' ἀν-
εγνώρισε, καὶ ἐν τῇ Ἰφιγενείᾳ ἡ ἀδελφὴ τὸν ἀδελφόν, καὶ
ἐν τῇ Ἕλλῃ ὁ υἱὸς τὴν μητέρα ἐκδιδόναι μέλλων ἀνεγνώ-
ρισεν.^{29.}διὰ γὰρ τοῦτο, ὅπερ πάλαι εἴρηται, οὐ περὶ πολλὰ
10 γένη αἱ τραγῳδίαι εἰσίν. ^{30.}ζητοῦντες γὰρ οὐκ ἀπὸ τέχνης
ἀλλ' ἀπὸ τύχης εὗρον τὸ τοιοῦτον παρασκευάζειν ἐν τοῖς
μύθοις·^{31.}ἀναγκάζονται οὖν ἐπὶ ταύτας τὰς οἰκίας ἀπαντᾶν
ὅσαις τὰ τοιαῦτα συμβέβηκε πάθη. ^{32.}περὶ μὲν οὖν τῆς τῶν
πραγμάτων συστάσεως καὶ ποίους τινὰς εἶναι δεῖ τοὺς μύ-
15 θους εἴρηται ἱκανῶς.

（續前段）25. 第二種較差[2]的是相識而執行了戲劇行動[1]。 26. 較優者是在做出行動事件時，行動者不相識；但在做出行動事件之後，才揭發身分而知道。 27. 事實上，它不會惹人厭惡；而這種揭發事件，則令人驚嚇[1]。 28. 最後這類是最佳者，我所說這一類，正如在*Cresphontes*[1]的Merope企圖殺死他的兒子；不但未殺，而揭發身分而認出了他；以及在*Iphigenia*中的姐姐對她的弟弟；以及在*Helle*[3]中的兒子，在企圖將他的母親獻給敵人之際，揭發身分而認出了她。 29. 因此，透過這些種種[1]，正如前面所說過的，這些悲劇，是不能取自之於很多家族的。 30. 因此，創作者尋求在那些情節中，發明這些受難事件，係出於意外，而非技巧[1]。 31. 現在，創作者被迫用盡各個方法[1]，全靠類似發生受難事件的這些家族。

32. 那末，有關戲劇行動事件的組合行動衝突事件，以及情節應有的性質；現在，所說過的，已足夠了。

【釋義】

本章條目甚爲繁雜，僅歸納三項重點說明之。

I. 悲劇功能：來自演員形象或衝突事件的情節結構

本章第一句至七句（53^{b}1-14）首論激起觀眾悲劇哀情與恐懼之情，係出諸演員的演出形象，抑來自組合衝突事件的悲劇情節本身結構，二者之間比較何者執優。亞氏強調當以衝突結構爲先。而演員的如何創造演出形象，這是屬演員的表演藝術，本專著僅在此處論及此一議題，並未進一步說明。

II. 再論衝突說：衝突情境

其次，由第一章亞氏提出情節結構，進而在第六章將悲劇情節界定在衝突（σύστασις）情節，（請參讀第六章釋義第三節）；本章完成申論產生悲劇衝突情節特殊化的戰鬥（συμπιπτόντων）情境，這就是第八句（53^{b}14-15）的本章主旨，一項衝突概念的關鍵所在。這個概念是哀憐與恐懼產生於兩陣對峙。兩陣對峙正是戲劇衝突的最爲激烈的形式與狀態，其結果造成悲劇受難事件效果。因此，亞氏形成了悲劇理論的衝突說。這項理論的新解說迄今還未見到嚴肅性的學術討論。

先解說第8句，συμπιπτόντων（53^{b}15）意爲：戰場相遇，對抗，毆打，爭鬥或meet violently等義，這是字典上說得一清二楚的字義，亞氏所示本句產生恐懼與哀憐的情境（circumstances）是兩軍對峙的戰場相遇。在這個對峙中，才產生出那些哀憐事件，那些是恐懼事件。兩軍對峙就是「衝突」。換言之，在衝突的情況下，悲劇行動者的行爲過失能造成什麼哀憐與恐懼事件。姑稱之爲：

衝突說。

試舉幾位西方重要譯者對這個字的譯法：

(1) What kinds of incident. (*Byweter* 53)

(2) What are the circumstances. (*Butcher* 49)

(3) Which kinds of acts. (*Else* 413)

(4) What type of occurrences. (*Golden* 23)

(5) donc parmi les evenements losquel…(*Dupond Roc* 81)

這些譯法，係譯者以自己的詮釋義取代它的原義，而喪失亞氏原有思想意義與悲劇精神。如依這些西方譯者的見解，"What kinds of incident" 是指亞氏只不過歸納以下各種悲劇行為過失的分類情況；事實上，不僅只是發生這些incident, circumstances, acts ，正好相反，亞氏之意是指這些悲劇行為過失只發生在衝突的這個前提條件之下，才將這些 incident, circumstances 成為悲劇行為過失分類。其意義相差不可以里計。因此，本人堅持本字的原義譯法，以彰亞氏原義。

自Hegel的《衝突論和悲劇論》對衝突概念有了明確的定義（朱光潛153），到Ferdinand Brunetiere於1894年發表「衝突說」(*The Law of Drama*)，為戲劇理論以來，廣為世界戲劇界所引證。Brunetiere的理論最主要論據基礎之一，當是Pierre Corneille的*Le Cid*。在本劇中的主人翁Rodrigue 發覺侮辱自己父親，而要決鬥的對象，竟然就是自己愛人Chimère的父親。在家庭的責任與榮譽，及愛情兩大對立力量的衝突下，天人交戰的痛苦，他說：

Que je sons de rudes combats! (*Cid* 62)

這是本劇衝突的最高點之一。按衝突起於行動者的交流→

矛盾→阻礙→衝突。在衝突形式中最爲強烈者莫過於戰爭，或戰鬥。蓋戰爭仍決定生死之謂。那末，combats 就是戰爭或戰鬥。如果將本句譯爲：「我是如此地感到嚴重的衝突」。實不足以表達 Rodrigue 內心戰鬥的強烈。combats 就相當於συμπιπτόντων 。據 P. Corneille《戲劇三論》，可知他對古希臘戲劇理論知識，甚爲豐富，他採取 combat 是否得自亞氏，就不得而知了。如果戲劇衝突概念是起於亞氏的話，則本注是點出這個理論的原始出處。本文大膽堅持本義，至於是否正確，則有待驗證了。

亞氏將戲劇行動事件的對抗，比諸戰爭中兩陣對峙是何等的慘烈呀！從衝突情況中最強烈的形式，作爲悲劇行爲過失分類，產生那些是恐懼事件，那些是可怕事件，這是本章下一半要討論的主旨。

III. 悲劇行爲過失的四項分類

第三，自第9至31句(53^{b}15-54^{b}14)，述說四種主要悲劇行爲過失分類。這種實質分類的前提是基於「相識，不相識；自知，不自知；執行，不執行」的原則之下，其分類簡介參閱本書導論第二章〈悲劇行爲分類〉第五節，及其圖表說明。本章釋、注不再贅述。

IV. 悲劇行爲過失與衝突情境

在此要特別提出者，也是本文要強調者，本章主旨不僅是枚舉悲劇行爲過失分類；而是亞氏提出兩陣對峙這個衝突情境，才是產生悲劇行爲過失條件基礎。凡悲劇行爲過失而造成哀憐與恐懼事件無一不建立在這個概念基礎之上。因此，本章充當作爲亞氏戲劇理論的「衝突說」，至少可提供爲Hegel和F. Brunetiere 的

悲劇理論基礎。

注釋

53ᵇ1.1

(1)φοβερὸν καὶ ἐλεεινὸν，係指哀憐與恐懼事件。經由這些事件而引發或產生哀憐與恐懼的情感。

(2)ὄψεως，這是第六章悲劇六元素中的「場景」(50ᵃ10)。場景包括服裝、化裝、面具、天神下降機械，當然包括表演者的演員，合唱隊等。依這些在舞台上的呈現看來，似乎可譯爲：場景形象或(演員的)演出形象。這種演出形象如何產生恐懼與哀憐的情緒，亞氏曾舉 Aeschylus 的 *Prometheus Bound* 一劇爲實例。不過，亞氏在第六章明白的指出，至少是他的看法，場景是最不具創作品的藝術性。因此，即使由這些表達了哀憐與恐懼之情，如非出自情節本身的結構，那怕再好，僅是屬於表演製作與演員表演罪行範疇，實與創作品的藝術無關。

(3)τῆς συστάσεως τῶν πραγμάτων，組合戲劇行動衝突事件，就是狹義情節的定義。

(4)πρότερον，較優者，指引起哀憐與恐懼之情是緣自情節本身，較出自演員的表演爲優。這種的創作者，也是較好的創作者。

53ᵇ3.2

(1)συνεστάναι τόν μῦθον，係接前句之意，指好的衝突情節或故事衝突結構而言。

(2)φρίττειν，是表達比恐懼更爲強烈的一個字，可能相當於：「不寒而慄」。亞氏專書中只使用了這一次。但不知是否用來以別表演形象所呈現的恐懼與創作品中恐懼事件本身

的恐懼。

53^b6.3

  (1)μῦθον，本有兩義；故事，傳說；情節。但在亞氏討論悲劇
    時，已成爲專用術語，專指戲劇行動事件結構，即情節。
    成爲具體概念。

53^b7.4

  (1)παρασκευάζειν，可作準備解，也可作製作解。

  (2)χορηγίας，合唱隊的領導。他是出資訓練合唱隊及演出費
    用的富豪。爲了表達哀憐與恐懼不足，而增加場景效果，
    不得不求助於此人，以增資製場景效果。

53^b8.5

  (1)τερατῶδες，意爲奢華，驚奇鬥艷；而英譯大致譯爲
    monstrous。

53^b10.6

  (1)ἡδονήν，快感。此爲亞氏專書中少有的幾個明確的陳述概
    念。48^b18，51^b23，53^a36，53^b11，12，等等皆屬之，均指
    悲劇功能而言。

  (2)οἰκείαν，特殊的，特別的，本身的。此指悲劇專有的或特
    有的快感，即哀憐與恐懼之情；除此之外，悲劇別無它
    求。

53^b11.7

  (1)τοῦτο，這些。當不是指單純的快感(ἡδονήν)，而是指「製
    造這些快感」，係屬來自戲劇行動事件者，而非令人吃驚
    的舞台裝置效果。

53^b14.8 本句(51^b14-15)是本章主旨所在。產生本章悲劇行爲過失
    分類，就是建立在本句的前提之上。本譯文與本注文的主
    張未見於其他重要西方注釋家請參閱本章釋義第四節。

(1)δεινὰ⋯，(2)οἰκτρὰ 。在亞氏專著中，這是表達恐懼與哀憐的另一組字。

(3)συμπιπτόντων，已見本章釋義〈衝突說〉說明。由於對這個字原義的解釋，影響到對亞氏這本專著的認知，務望讀者細讀，以免陷入本人的誤解。

(4)λάβωμεν，抓著，掌握，或相遇。即掌握這種兩陣對峙的行動情況，或在兩陣對峙中相遇。

53^b15.9

(1)φίλων，原義是朋友。但據亞氏以下所舉的實例，皆是指至親的關係。

(2)τοιαύτας，那些，指兩陣對峙的戰鬥事件。

53^b16.10

(1)μέλλων，原義：將要做一件事，轉為企圖。而這種企圖不需要表演就可以讓人感受到致人於命的感情。

53^b17.12

(1)φιλίαις，同注 9.(1)。

(2)μέλλη，同注 10.(1)。

(3)τοιοῦτον δρᾷ，這些表演行動。即枚列這些情況以供表演行動。亞氏在此針對創作品，而且擴及演出的表演，皆是這些表演情境為目標，排斥非悲劇的表演成分。

(4)ταῦτα ζητητέον，創作者所尋求者皆是這些。所謂這些是指本句所枚列的各種至親受難事件所產生哀憐與恐懼的悲劇行為過失情況。

53^b23.13 本句表明創作者的情節，所以任意取裁，但仍要受到傳統故事的制約。並舉實例作為悲劇行為過失的基礎，這些實例則無一是創作者自創的故事。

(1)λύειν，解開結。這是第十八章的一個主要概念。但在此處

是解開一個東西使它脫鉤。意指創作者選擇的情節，不可捨棄傳統故事，即不可與傳統故事脫鉤。

(2)二個子殺母的故事：Clytemnestra爲其子Orestes所殺，本劇係Aeschylus所著現存；而Alcmeon殺死他的母親Eriphyle。據本章第十七句亞氏指稱爲Astydomas的作品。

(3)εὑρίσκειν，找到了。這是阿基米德發現比重定理時說出的那個字。進而，解釋成情節是創作者所發明。爲避免與「發現」相混，本文則用尋找到。尋找到之後，要如何處理呢？就是傳達(χρῆσθαι)的意思了。

(4)παραδεδομένοις 與 παρειλημμένους，幾乎是同義字。前者是傳留給子孫；後者是過去傳留下來的。

53^{b}26.14

(1)σαφέστερον，是 σαφῆς，清楚的最高比較級。

53^{b}27.15 自本句開始亞氏枚舉每個實例，以將這個議題陳述說清楚。第一個實例是Euripides的*Medea*，係Medea殺死自己的二個兒子。產生這種哀憐與恐懼的悲劇行爲是行動者，Medea在完全自知，相識而加以執行。但據本句文義，這種完全自知、相識的行爲，係取自古代的創作者；故Euripides僅加延用而已。因此，推想其他不知、不相識而執行的形式，則可能係後來創作者所發明，而促進創作法的進步，形成偉大的戲劇時代。由此也暗示創作法的技巧或藝術的演進。

(1)ὥσπερ οἱ παλαιοὶ ἐποίουν，如同古代創作者們創作。

(2)εἰδότας，知道。指對人對事的知道，自知，也包括自覺。

(3) γιγνώσκοντας，相認識，行動者相互認識對方。因譯爲：相識。一來有別於現行的譯法「自覺」；再來與後世心理學術語 consciousness 或 unconsciousness(自覺或不自覺)隔

離。由於行動者相互認識，所進行的行為才談得上自知、自覺。如反之，就是不知，不自覺，也就無所謂知道與不知道的問題。只知道殺了不相識的人。但 Medea 與自己的二個兒子相識，而做出殺子的事，這是悲劇行為過失。

53ᵇ29.16首先說明：ἔστιν δὲ μὴ πρᾶξαι γιγνώσκοντας（53ᵇ29-30）
行動者相識而未執行行動。

係依據Else插入。他認為這是第二種悲劇行為過失類型（*Else* 1970:421, 1967:41）。但亞氏並未提出實例加以說明。其次，本句是第三個實例，*Oedipus*中Oedipus王與他的父王Laos發生衝突，在互不相識的情況下，結果殺死父親的悲劇行為。

(1)δεινόν，可怕的事件。可能發生多年前；也可能發生在演出的戲劇行動之中。

(2)ἀναγνωρίσαι，相識。這個字與第十章構成自身交織情節要素「揭發」是同一個字根，即由不相識到相識，是謂發現，或「揭發」。如此可以澄清自身交織情節的形成，即自身交織的所有悲劇行為(果)，起於不相識(因)；而非不相識(果)而造成悲劇行為過失(因)。

(3)φιλίαν，見本章注9.(1)。由此一例，可證為至親關係，而非字義的朋友關係，甚明。

(4)Sophocles 的 *Oedipus*，不再加注。

53ᵇ31.17

(1)τοῦτο，指這些悲劇行為過失的三種類型。

(2)δράματος，見16注(1)。恐懼與哀憐事件，可能發生在多年之前；所以，排除在舞台表演之外，如*Oedipus*。也可能發生在戲劇行動之內，就是亞氏指出的以下二個例子。

(3) Ἀστυδάμαντος（Astydamas）的 *Alcmeon*，見第十三章注

10.(1)。Astydamas父子同名。其子大約在370's-340's B.C.
年代,幾與亞氏同時,是雅典一位多產且相當成功的創作
家。他的劇本中的Alcmeon由於未能及時認出自己的母
親,而被殺死。

(4) Τηλέγονος(Telegonos), 此處所指可能是 Sophocles 的
Οδυσσεύς 'Ακανθοπλής (《叉傷的Odysseus》)。Telegonos
是Odysseus之子。其母Cisce命他去尋父。他的父親在黑夜
登陸Ithaca。他誤以為Odysseus是位搶劫者,由於不相
識,在格鬥中,以魚叉致命的誤傷了他的父親而死。
ἀκανθοπλής 即魚叉之意。

53ᵇ34.18 本句枚舉第三種形式,但未提出實例。

(1) μέλλοντα, 即μέλλειν, 見本章 10.(1)注(53ᵇ18), 47ᵃ10 亦
同。

53ᵇ36.20 自本句起批評這幾種悲劇行為過失的優劣。這種主觀的
評價皆依亞氏見解為準。並指出依必然率做出悲劇行為過
失是以自知與不自知為條件。

53ᵇ37.21 評論第一種最差的悲劇行為過失。

53ᵇ38.22

(1) μιαρόν, 見第十三章注 2.(3)(52ᵇ36)。

53ᵇ39.24 本句說明這種行為者相互認識,但未加執行行動;因
此,即無產生受難,也不具悲劇性,甚至具喜劇性。所
以,很少創作,實例也少。亞氏指出Sophocles的*Antigone*
中Creon與Haemon的情節,Haemon刺殺其父Creon,但無
結果,這與注16的說明相呼應。因此,可將本劇作為這種
類型的實例。由於Else等的這種見解,始而解決這四種悲
劇行為過失優劣評價的秩序。(請參讀導論,第二章第五
節)。

54ª2.25

(1)τὸ δὲ πρᾶξαι，指相識而執行了行動。此係指 *Medea*。也即最差的一型。

(2)δεύτερον，這種是高於最差者，所以第二差。

54ª2.26 第三種是較好者，指行動者原不相識，而執行了戲劇行動，此為*Oedipus*。

54ª3.27

(1)ἐκπληκτικόν，令人駭怕，另一個恐懼的詞彙。

54ª4.28 第四種為最佳。它是由行動者互不相識，而在緊要關頭而相互認出對方。在這最佳的形式中，亞氏提出三個實例，除*Iphigenia*有現存劇體外，其餘二則，*Cresphontes*與*Helle*皆失傳。凡再多的考證，無補於情節的了解者，不予贅述。

(1)Κρεσφόντη(*Cresphontes*)，係Euripides作品，失傳。據亞氏《尼各馬所斯倫理學》（3.1.111ª11-12）。Cresphontes是Messenia國王與Merope之子。因為Poluphontes弒君，強娶Merope為妻。Crosphontes由他的導師將他偷送出城。Poluphontes懸賞重金要取得Crosphontes的頭顱。及其長大，為復仇，他以取得重償為由，返回城邦。不但騙過Poluphontes；而且騙過Merope，由於母子不相識，誤以為他真是殺死她兒子的仇人。當晚Merope舉起斧頭要砍死其熟睡中的兒子時，原先保他的導師及時趕進房間，使他們母子相識。這個故事後世的Voltaire和Arnold皆有所改編。

(2)*Iphigenia*，係 Euripides 名作，不再作注。

(3)Ἕλλη (*Helle*)，係Athamas之女。劇作者與情節，皆不可考。其情節之為何成為由不相識到揭發身分。僅能依本句的說明：原是母子不相識，在兩陣對峙時，原擬將其母獻

給敵人，不知爲何事件，竟使他認出母親。

有人批評這種最佳形式，行動者是誰也沒有殺了誰，是爲喜劇結構。這可能是誤解了亞氏悲劇定義，由不幸到幸的結果所致。請參閱第六章釋義第二、三節。

54ᵃ9.29

（1）διὰ γὰρ τοῦτο，因爲透過這些。當指前面所舉的實例而言。所舉這些實例全都是過去傳留下來的幾個家族故事。或許亞氏認爲真正出於創作者很少，好像第卅與卅一兩句重申真正產生悲劇效果的家族故事，實在不多。

54ᵃ10.30

（1）ἀπὸ τέχνη ἀλλ᾽ ἀπὸ τύχης，本句意思，無法明確，不是文字問題，而是無法推理。勉強譯之。

54ᵃ12.31

（1）ἀπαντᾶν，每一種方法。指這些家族所有可能，每一條路，皆被創作者用盡了。

54ᵃ13.32 似乎亞氏討論悲劇情節結構到此爲止。事實上，應該是討論悲劇行爲過失的類型到此爲止。所以，還擴及十六、十七、十八等三章的補充討論。

第十五章

XV   ¹·Περὶ δὲ τὰ ἤθη τέτταρά ἐστιν ὧν δεῖ στοχάζεσθαι, ἐν μὲν καὶ πρῶτον, ὅπως χρηστὰ ᾖ. ²·ἕξει δὲ ἦθος μὲν ἐὰν ὥσπερ ἐλέχθη ποιῇ φανερὸν ὁ λόγος ἢ ἡ πρᾶξις προαίρεσίν τινα ⟨ἤ τις ἂν⟩ ᾖ, χρηστὸν δὲ ἐὰν χρηστήν. ³·ἔστιν δὲ

20 ἐν ἑκάστῳ γένει· ⁴·καὶ γὰρ γυνή ἐστιν χρηστὴ καὶ δοῦλος, καίτοι γε ἴσως τούτων τὸ μὲν χεῖρον, τὸ δὲ ὅλως φαῦλόν ἐστιν. ⁵·δεύτερον δὲ τὸ ἁρμόττοντα. ⁶·ἔστιν γὰρ ἀνδρείαν μὲν τὸ ἦθος, ἀλλ' οὐχ ἁρμόττον γυναικὶ οὕτως ἀνδρείαν ἢ δεινὴν εἶναι. ⁷·τρίτον δὲ τὸ ὅμοιον. ⁸·τοῦτο γὰρ ἕτερον τοῦ

25 χρηστὸν τὸ ἦθος καὶ ἁρμόττον ποιῆσαι ὡς προείρηται. ⁹·τέταρτον δὲ τὸ ὁμαλόν. ¹⁰·κἂν γὰρ ἀνώμαλός τις ᾖ ὁ τὴν μίμησιν παρέχων καὶ τοιοῦτον ἦθος ὑποτεθῇ, ὅμως ὁμαλῶς ἀνώμαλον δεῖ εἶναι. ¹¹·ἔστιν δὲ παράδειγμα πονηρίας μὲν ἤθους μὴ ἀναγκαίας οἷον ὁ Μενέλαος ὁ ἐν τῷ Ὀρέστῃ, τοῦ

30 δὲ ἀπρεποῦς καὶ μὴ ἁρμόττοντος ὅ τε θρῆνος Ὀδυσσέως ἐν τῇ Σκύλλῃ καὶ ἡ τῆς Μελανίππης ῥῆσις, τοῦ δὲ ἀνωμάλου ἡ ἐν Αὐλίδι Ἰφιγένεια· ¹²·οὐδὲν γὰρ ἔοικεν ἡ ἱκετεύουσα τῇ ὑστέρᾳ.

　　1. 有關品格，一個所致力的目的是四項；其中最爲首要者品格應是如何的正當[1]。　　2. 假如已如說過的，非常清楚的，創作品格，即是一個人一定要以語言或戲劇行動做出抉擇[1]。不論它應是產生的那一種[2]，倘若有；那末，一個正當的抉擇，它必是一個正當品格[3]。　　3. 正當品格它是產生在每一種人之中。　　4. 事實上，婦人是正當的；奴隸也是的[1]。雖然，前者是較低卑下的人等；而後者是粗賤[2]的人等。　　5. 第二種品格，則爲適當[2]。　　6. 大丈夫氣概是一種品格。但大丈夫氣概[1]或雄武[2]對於婦女就是不適當。　　7. 第三種是一如平常[1]。　　8. 這是一種與上述所約定的創作品格的正當與適當不同的一種。　　9. 正常[1]是第四種品格。　　10. 因爲，倘若致力於一個人是不正常[1]作爲創新，而這種品格，既提出確立之後，創作者必定將這位人物的品格的不正常成爲正常[2]。　　11. 一些範例，一些懦弱品格沒有任何的必要，如 *Orestes* 中的 Menelaus，即不宜，也不適當的品格[1]；又如 *Scylla* 中的 Odysseus 的悲嘆與 Melanippe 的言詞；以及，如 *Inphigenia in Aulis* 不正常的品格[1]。　　12. 因爲她原先的哀求完全不像她後來的懇求。

¹³·χρὴ δὲ καὶ ἐν τοῖς ἤθεσιν ὁμοίως ὥσπερ καὶ ἐν τῇ τῶν
πραγμάτων συστάσει ἀεὶ ζητεῖν ἢ τὸ ἀναγκαῖον ἢ τὸ εἰκός,
35 ὥστε τὸν τοιοῦτον τὰ τοιαῦτα λέγειν ἢ πράττειν ἢ ἀναγκαῖον
ἢ εἰκὸς καὶ τοῦτο μετὰ τοῦτο γίνεσθαι ἢ ἀναγκαῖον ἢ εἰκός.
¹⁴·φανερὸν οὖν ὅτι καὶ τὰς λύσεις τῶν μύθων ἐξ αὐτοῦ δεῖ τοῦ
1454ᵇ μύθου συμβαίνειν, καὶ μὴ ὥσπερ ἐν τῇ Μηδείᾳ ἀπὸ μη-
χανῆς καὶ ἐν τῇ Ἰλιάδι τὰ περὶ τὸν ἀπόπλουν.¹⁵·ἀλλὰ μη-
χανῇ χρηστέον ἐπὶ τὰ ἔξω τοῦ δράματος, ἢ ὅσα πρὸ τοῦ
γέγονεν ἃ οὐχ οἷόν τε ἄνθρωπον εἰδέναι, ἢ ὅσα ὕστερον, ἃ
5 δεῖται προαγορεύσεως καὶ ἀγγελίας·¹⁶·ἅπαντα γὰρ ἀπο-
δίδομεν τοῖς θεοῖς ὁρᾶν.¹⁷·ἄλογον δὲ μηδὲν εἶναι ἐν τοῖς πράγ-
μασιν, εἰ δὲ μή, ἔξω τῆς τραγῳδίας, οἷον τὸ ἐν τῷ
Οἰδίποδι τῷ Σοφοκλέους.¹⁸·ἐπεὶ δὲ μίμησίς ἐστιν ἡ τραγῳ-
δία βελτιόνων ἢ ἡμεῖς, δεῖ μιμεῖσθαι τοὺς ἀγαθοὺς εἰκονο-
10 γράφους·¹⁹·καὶ γὰρ ἐκεῖνοι ἀποδιδόντες τὴν ἰδίαν μορφὴν ὁμοίους
ποιοῦντες καλλίους γράφουσιν·²⁰·οὕτω καὶ τὸν ποιητὴν μιμού-
μενον καὶ ὀργίλους καὶ ῥαθύμους καὶ τἆλλα τὰ τοιαῦτα
ἔχοντας ἐπὶ τῶν ἠθῶν τοιούτους ὄντας ἐπιεικεῖς ποιεῖν
†παράδειγμα σκληρότητος οἷον τὸν Ἀχιλλέα ἀγαθὸν καὶ
15 Ὅμηρος†.²¹·ταῦτα δὴ διατηρεῖν, καὶ πρὸς τούτοις τὰ παρὰ
τὰς ἐξ ἀνάγκης ἀκολουθούσας αἰσθήσεις τῇ ποιητικῇ·
²²·καὶ γὰρ κατ᾿ αὐτὰς ἔστιν ἁμαρτάνειν· πολλάκις.²³·εἴρηται
δὲ περὶ αὐτῶν ἐν τοῖς ἐκδεδομένοις λόγοις ἱκανῶς.

（續前段）13. 這是在尋求形成這些品格上，依必需（率）或必然（率），正如[1]像在戲劇行動衝突事件結構一樣。這些品格的人所要說的，所要做出的行動，皆得依必需（率）與必然（率）；以及這些將要發生的一個事件之後[2]，也得依必需（率）或必然（率）。　　14. 因此，非常清楚的展示，情節的解結是來自這個所產生的情節；而不是*Medea*來自神仙解圍[1]；以及在*Iliad*中他們的啓航的那一景[2]。　　15. 但如果神仙解圍一定要有，也要放在表演之外[1]；不論如何這些事情發生在事前，已非人類所能知，或這些事件發生在後，這需要預先告知，或傳話人宣告。　　16. 因爲，神所能見到的一切，我們把這些視爲是當然。　　17. 但在結構戲劇行動事件上，則不可以無推理，如果有這種不合推理，排除在悲劇之外[1]，正如像在Sophocles的*Oedipus*中的那一個。　　18. 因爲悲劇是創新更好[1]的人或我們常人，一個人進行創新而必須像好的肖像畫家。

19. 因爲這張肖像畫畫出平常那個人特有的相貌，但創作出的，則畫得更爲好看。　　20. 正因如此，創作者創新出的人物；不論他是易怒，或隨意不在乎，或諸如此類，凡在品格上所具有的，創作出這種存在這一類真實[1]，要創作得好[2]。如固執的範例，那就如Homer創作他的Achilles就是非常的好[3]，且與平常人[4]一樣。　　21. 這些[1]所說過的皆要密切的加以注意，在創作法中，出於必然，隨著情感的感受是不能違背的[2]。　　22. 事實上，這種情況已經有很多的過失。　　23. 有關這些過失，在發行的著作中[1]，已經說得足夠了。

【釋義】

就創作思維的整體架構而言,在第六章到十四章全部情節結構結束之後,亞氏才正式提出品格這項議題。它是僅次於行動情節的悲劇元素;事實上,在此之前多多少少已經談及;例如,在第五章比較悲、喜劇人物的品格差異;第六章提出品格的崇高(σπουδαίας);第十三章論好人(ἐπιεικεῖς ἄνδρας, 52ᵇ34);第九章,在必然率之下,行動者與行動之間,決定行動者的特徵,這明顯的是指品格而言;至於第十三章造成悲劇恐懼與哀憐事件,肇因於悲劇行為過失,而導致幸與不幸的結局,更是以行動者的品格為核心;第十三章細數這種悲劇行為過失(ἁμαρτία)的分類,仍以行動者的品格為對象。以上種種不一一繁述。

就一般品格概念而論,它的範疇,擴及政治學、倫理學、修辭學,其中每一論點皆能涉及悲劇行為。如一一加以引論,則成政治學、倫理學為對象的討論。就悲劇行為而言,反而是項泛論。因此,本注釋一貫主張討論悲劇任何元素必須限制在悲劇範圍之內,其餘視為次要補充資料,則棄而不引。

I. 論品格及其四大類:正當、適當、如常、正常

本章係闡明品格唯一的一章,粗分為二大段落:第一部分由第一句至十五句(54ᵃ16-36)提出追求品格的四大目的;換言之,品格的四大分類;分別為:正當(χρησταί);適當(ἁρμόττοντα);如常(或日常)(ὅμοιον)及正常(ὁμαλόν)。這四種分類從字面意義,甚難令人理解。第二部分是行動情節與品格的關係,從行動必然率的基礎上,如何形成品格必然率,這個部分是本注釋相當不同於傳統的論點。

　　有二個概念成為討論本章四類品格內涵的主旨。其一討論品格的基礎是在行動者一定要做出選擇或抉擇。行動者要做什麼抉擇，這是承繼第六章第30-1句：「……品格就是道德抉擇的展示。……完全說不出抉擇什麼或也說不出躲避什麼，在這種情況之下，這種語言就是沒有說出品格」(50^{b}8-11)的原旨。正是本章第二句「語言與行動」的原義。接著延續第十四章行動者在兩陣對峙的戲劇情境，才是構成討論行動者在品格上做出抉擇的前提。這可能是為什麼接著第十四章之後，才正式討論品格。本注釋在這個前提下，在對抗的抉擇中，討論行動者的四類品格內涵。

II. 論品格必然率及其理論上推論的困繞

　　第二個主旨是以第十句為核心概念。界定正常品格在必然率或必需率之下，如何成為不可能的反常品格；進而，又如何在可能率下，將使不可能的反常品格，視為正常品格。這一重大主旨，或許出於本人主觀的認知，將這項概念歸納成為與亞氏所主張的行動必然率，完全一致的品格必然率。

　　就是因為《創作學》中僅此一章討論品格，引起不了解英譯的困惑也多。所以本章儘量做較詳細的注釋，以注代論，品格四大分類及品格必然率二大主旨參見本章各注。然而，以上這二項主旨與現有西方各家見解幾乎完全相左。本章能否探得亞氏原義，不敢自斷；自認從本章注釋基本上可以解得通本章意旨。有助於現有各大家無法解通本章義理之處；至於是否正確，是妄是非，有待讀者就本注釋中的實證，作為酌斟了。

III. 行動必然率與品格必然率的統一

　　第二部分由十四句到結束(54^{a}37-54^{b}23)是在釐清行動必然率與品格必然率並無二致；且提供品格必然率的實例，做為有力的

佐證。

　　亞氏花了二分之一以上的篇幅分析悲劇第一要素行動情節，卻僅此一章討論第二要素的品格，在整個議題的了解，似乎有欠周延。部分的理由，正如亞氏自己在本章最後一句所示，創作者在品格上所犯的各種錯誤，在他出版的《創作者論》專書已經討論過了。此書失傳，也就無從做完整體系的述論了。

注釋

54ᵃ16.1

　　(1)χρηστὰ，它是動詞 χράομαι 的形容詞，與 χρήσμος 意思相同，據詞典意爲：useful, serviceable或useful of it kind。然而，一般譯爲：好或善。這詞是首次出現，在此之前，亞氏提及人物品格的詞彙或術語是σπουδαῖος（崇高）；而σπουδαῖος，ἐκιεικής，καλός，ἀγαθός 與本字，皆含有「好」，「善」之意。這後四者皆與 φαῦλος（罪惡），κακία（壞）是反義詞。由 χρηστὰ → καλός → ἐκιεικής → σπουδαῖος，皆是以第二章中人物品格的ἀρετῇ（善）（48ᵃ3）爲依據的。在譯詞上，如何將這五個詞的意義加以區分，似難擬出其間的區別。亞氏論「好」在《修辭學》卷二，3章6-7節；12章4節。請參閱。

　　倘若，χρηστὰ 英譯爲：good, goodness。依此，來作爲檢視亞氏所枚舉的悲劇人物在面臨對抗時的品格涵意的話，如Oedipus, Hippolytus, Orestes, Antigone等正面行爲意義是符合好善；那末，Clytemnestra, Medea，甚至Achilles，等反面行爲，也能算是「好」嗎？語意可能未妥；然而，英譯者無不如此。這種譯出的語意恐引起不同的爭議。爲了跳脫英譯語意的影響，本注釋不得已採用本字的第二層意

義：正直，正該如此（upright, deserving），所謂行得正之
謂也；因而譯爲「正當」。如此，則上列悲劇人物，不論
正面行爲如Oedipus或反面能爲如Medea，當面對任何一種
對峙情境，不論他們悲劇行爲是何種的過失，仍然不失
爲，至少自認爲「正當」。這種詮釋或許比「好或善」，
能顧到本字的涵蓋性。譯名之難，一意不合，躊躇終日，
難已哉。本章四類品格，皆類此，無一能譯爲一詞一義
者。英譯者也未能忠於原義，而是遷就自己語言方便而譯
之。本譯文只爲我國文字方便，但能否契合亞氏原旨，則
不敢輕許。

54ᵃ17.2

(1)*ὁ λόγος ἤ ἡ πρᾶξις προαίρεσίν*。語言或行動來表達選擇或抉
擇，這個概念，完全繼承第六章 30-1 句(50ᵇ9-10¹)的主
旨。而本文注釋進一步增加第十四章行動者面臨對抗的情
境。同作爲做出抉擇的前提。

(2)*τινα*係某人，某事的多數代名詞。可能做抉擇的主詞。悲
劇或悲劇人物，皆可。不同抄本也有不同見解。本譯文仍
據字義。

(3)*χρηστὸν δὲ ἐὰν χρηστήν*。一般譯爲：「好的抉擇，就能表明
好的品格」。如果本句仿照另一名句：

προαιρεῖσθαι τὲ δεῖ ἀδύνατα εἰκότα μᾶλλον.

（創作者喜歡選擇不可能發生的事件，使它成爲必然的事
件。）

則本句可仿譯爲：

這些人倘若喜歡選擇正當的抉擇，也就展示正當的品格。

54ᵃ20.4

(1)*καὶ…καὶ*，兩者皆是。據婦女與奴隸，雖皆屬次等與賤

民，但皆具有非常正當品格。

(2)φαῦλόν，指下業階段的粗俗，無教養，低微不足道等意，當非指罪惡之原義。

54ᵃ22.5

(1)ἁρμόττοντα，這是第二類品格；字義為fit together, join，英譯為appropriateness。如果一個行動者是老人，就得像老人；少年像少年，裝農像農，裝買像買，男女老幼無不皆然。因此，本譯文為：恰如其分的適當。

本字與音樂上的和協音(harmony)是同字根，且同義，同音相和之意。這個廣泛的定義，在亞氏《修辭學》XII-XVII(1388ᵇ33-1391ᵇ7)有詳細述說，可加參考。

54ᵃ22.6 本句舉實際人物類型，來闡說品格。如男人應有大丈夫男子漢氣概，才是適當的；女人則應溫柔體貼。反之，則兩者皆不適當。但亞氏特指如女人變成大丈夫氣則不適當。固然，可以確定讀者易於體會適當(ἁρμόττοντα)的涵義；但這恐非適當一義正確的應用法。試看劇本中實際行動者；如，Antigone, Hippolytus, Medea, Melanippe等，那位女性不具男子漢的勇敢，敢做敢擔的丈夫氣；至於《酒神信徒》中的Agave將自己的兒子Pentheus撕成肉塊，那簡直像頭牛，難道還不夠雄武有力嗎？亞氏豈能不知。如果每位婦女皆是溫柔體貼，那還能構成悲劇人物行為過失嗎？如果這些婦女皆是屬於不適當的品格；那末，亞氏理論豈能用來解釋希臘悲劇人物嗎？應該考量的是一位不適當品格在面臨對抗情境時，要如何處理成為正當，這才是討論適當品格的癥結所在。因此，在譯詞上，已經不是一詞一義的問題，而是要如何使它成為一個整體概念來處理了。

(1) ἀνδρείαν，勇敢，男子漢氣概。

(2) δεινήν，雄武有力。但據以下面第十一句實例，有人譯爲
「更聰明」。

54ª24.7

(1) ὅμοιος，形容詞，涵意甚多，一般解釋成「相像」。這是
第三類品格。這個字的意思是說相同羽毛的鳥，因爲彼此
很像，而相聚在一起。那末，這類品格的「像」，作何解
釋呢？悲劇中的行動者皆是人，他們的品格應與我們平常
人很像。如此，這可能是寫實（realistic）或自然的
（naturalistic），不論創新或取義於傳說的再創，皆如一般
人的品格。這個看法從亞氏所引的實例，將神力、魔力無
不排除在品格之外，而得印證。換言之，所謂像日常的平
常人，是指劇中行動者，不論是何等英雄人物，必須要與
常人相同。常人「相像」就是不要像神一般；故亞氏稱神
可以看到現在、過去與未來，這些皆超過凡人的想像，也
不是凡人的品格。

54ª24.8 因此，本句亞氏特別界定「像常人」的品格與前二類的正
當與適當品格是不同的品格類。

54ª26.9

(1) ὁμαλόν，這是第四類品格。本譯文爲「正常」或「規律
的」解。與以上三類相同，需從實例中求解答。英譯爲
consistency，恐難從辭典上得到明確的支持。換言之，這
應是注釋者爲適應英語詞彙使用的方便詮釋義。

54ª26.10 本句是本章全章主旨的所在，本注釋特標而凸顯之。亞
氏指出當創作者在創新一位悲劇行動者的品格時，決定是
一位有異於平常品格，如何在行動必然率或可能率之下，
面臨對抗情境展現出他們的品格是被認爲「正常」的。這

也就是本句ὅμως ὁμαλῶς ἀνώμαλον（將不正常的品格視爲正常的品格）的主旨所在。在現代創作中已有這種看法；不過，真正的源頭，可能就是本章的這一句。

更進一步說，本句是由品格的不可能成爲品格可能，所形成的品格必然率的論據所在。它與「將不可能行動事件變成爲可能行動事件」的行動必然率，並存的另一項悲劇人物品格必然率。換言之，由情節不可能的行動事件成爲可能發生的事件，也就是將不可能發生的情節事件人物品格，成爲可能發生事件的悲劇人物品格。即由平常品格成爲反常；再由反常被視爲正常品格的原理。本此推之，一切悲劇人物品格，正當、適當、如常及正常，到不正當、不適當、不如常與反常，再被視正當、適當、如常與正常的過程，才構成悲劇情節中人物品格，總稱爲亞氏的品格必然率。這項主張尚未見於以往理論者的詮釋。

(1)ἀνώμαλός，它是ὁμαλός 相對的反義詞。依9.(1)，將ὁμαλῶς 訓爲「正常」，則ἀνώμαλός 則當爲「不正常」、「異常」或「反常」。

(2)ὅμως ὁμαλῶς ἀνώμαλον，ὅμως 意爲相等的，相似的。所以，這三個字的意思：反常正如正常。即將不正常品格使它成爲正常品格。正如情節中「將不可能行動事件使它成爲可能行動事件」是同一原理。

54ᵃ28.11就現代戲劇理論觀念，凡論及人物品格與行動意義的內涵，皆屬於戲劇的任務範疇，同一人一事，可能各有不同的詮釋。本句枚舉各個劇本中人物實例說明各類品格內涵。亞氏以παράδειγμα來稱這些例子，在現今雅典日常用語中，是爲正式的例舉，或稱爲範例。因此，本文在詮釋上，仍以這四類品格爲導向。不過，要先申明的是西方注

釋者，幾無例外，咸認本句中的例舉，是批評這些人物品格的錯誤。這與本人的詮釋的方向，不僅有別，而且是完全相左的。先將本句四例的一般文義的解說如下：

1. 以 *Orestes* 中 Menelaous 的懦弱品格為例，來說明第一類不正當的品格。
2. 以 *Scylla* 中的 Odysseus 與 Euripides 的 *Μελανίππη ή Σοφή*（《聰明的女人，Melanippe》）中的 Melanippe，不像他們的（ἀπρέπους）品格，作為不適當的品格。
3. 以 *Iphigenia in Aulis* 中的 Iphigenia 作為不正常品格的例子。

現在再進一步從各個品格實例的情節中來探索，以上四例三類品格有何等可能成為批評的對象。

(1) *Orestes* 中的 Menelaus，因為他的妻子 Helen 私奔，而他的哥哥 Agamemnon 發動了 Troy 戰爭。戰勝歸來被其妻 Clytemnestra 與情夫所殺。其子 Orestes 為父復仇弒母。因而被處死刑。Menelaus 基於懦弱品格而不加營救。造成 Orestes 受盡苦難。這是說明 Menelaous 不正當品格的出處。

(2) *Scylla* 傳係 Timotheus 創作的人羊劇。劇中 Odysseus 是荷馬敘事詩篇中的一員猛將，傳統上英雄本色鋼鐵般意志淚不輕彈。在本劇中，當他的六名隨從被海怪吞食時，而放聲嚎啕痛哭（*Odyssey* 12, 245ff）。因指為有失於平常大英雄身分，是為「不適當」品格。依人羊劇而論，這應屬調笑的本質。

(3) 《聰明的女人，Melanippe》，雖係 Euripides 所作，已失傳。這個情節大致是趁著她的父親 Aeolus 不在的時候，與海神 Poseidon 生了一對雙胞胎。她把他們遺棄了。當他父

親返回時，發現一頭牛舔這對小嬰兒，一時認為是這頭牛
生了這雙小孩，是項凶兆。所以，叫他的女兒把這對小孩
用火燒掉，以獻祭天神。Melanippe企想救自己的骨肉，
說出牛是生不出人的小孩的一段雄辯。至於後來是否由海
神救了他們母子等情節，則不得而知。但這一段動人的辯
詞是亞氏指為Melanippe比男人還聰明，不是女人的美
德，是為「不適當」品格。

(4)Iphigenia 之死是希臘悲劇家所喜愛的宏偉體裁。*Iphigenia
in Aulis* 係 Euripides 最後的創作。也可能是三大家中最具
特殊表現者，在某些改革超過所有已知的悲劇，也可以說
不見容於即有的希臘悲劇精神，所幸本劇現存，毋需多
述。當 Iphigenia 乍聽到為了求風，要將她活祭風神時，時
嚇壞了，先趨前向父親 Agamemnon 致意，繼之泣訴求赦
免一死，表現出女人應有膽小溫順。但當了解為了國家，
她宣示她的光榮決定，她不要危害到她的家庭與祖國，來
阻礙希臘的團結，也不能看著軍隊與自己的未婚夫
Achilles 拼命。Helen 造成戰爭與死亡；而她要變成希臘的
拯救者。這是何等的壯烈一段。但太男性化了；因此，
Iphigenia 被視為「不正常」或「反常」品格實例。

經過以上(1)，(2)，(3)，(4)各種品格類型與其發生情節
的簡介，重新檢視亞氏在第十，十一兩句文字中的可能含
義。應該重視亞氏在第十句對品格創作所訂下的二項前
提，重複如下：

1. 創作者在創新悲劇人物品格時，可以提出一個人的「反
常」品格。

2. 一經確定這種「反常」品格之後，創作者如何將這種

「反常」變成為如同「正常」（ὅμως ὁμαλῶς ἀνώμαλον）。特別這一前提更是檢視品格正確性的眞正核心所在。

準此二項前提，重新檢討上述的四個品格實例如次：

(1)Menelaus 基於懦弱，不去營救自己的親侄兒，這不是一個英雄人物的正常品格。難到一個英雄就該永遠是英雄，一直勇敢而不許有懦弱行爲的過失嗎？依照上二項前提，在創作品格時，一旦一位英雄品格被設定爲懦弱，基於必然率或可能率，創作者就要讓他成爲懦弱。因此，英雄品格由強轉弱，係品格不得不與行動相一致；也即，英雄品格不在強弱，而是在於是否有行動的必然性。

在第廿五章第56句（61ᵇ19-21）再度提出Menelaus的品格，這個議題受到學者們的肯定，就是說亞氏對Euripides造成品格錯誤的批評。不過，希望讀者應該了解，視爲亞氏的批評則可；但不表示Euripides的這種創作品格的不存在。更不能因爲亞氏的批評，就不准許這種品格的可能性與存在性。創作不是已經發生的事，而在必需或必然率下，卻是那種可能發生的事。英雄懦弱的品格是屬於可能發生的事。亞氏當還不至於違背自己在第九章所訂下的這項創作必然率的基本法則。

Orestes故事是個傳統傳說，不論Menelaus是勇敢的營救或懦弱的逃避，皆不能改變傳說中Orestes被死神追逐必然的受難戲劇行動。因此，將Menelaus的品格設定得如此低下、卑劣不像一位正常Sparta的英雄。這是可以批評的，但不否認它的存在。在批評者真實與創作者真實之間是有其差異的。這是可以討論的，但非絕對的。（繼在第十七章作說明，並參考第廿五章注56.(2)。）

(2)英雄陣地殺敵千萬；那是英雄之所以為英雄。但見到喪失
自己親蜜共生死的戰友，而傷心痛哭，這是英雄男兒人性
本色。Odysseus見到自己六位隨從被海怪Scylla所吞食，
基於這個情境而嚎啕大哭，這是荷馬所創設的品格，有何
不可；相反的，創作者即經設定這種品格，就要使它與情
境或情節行動相一致。

(3)從《聰明的女人，Melanippe》劇本的命名，足以了解
Euripides原本設定Melanippe就是一位女性智者。這可能就
是他創作真實的所在。難道設定的一位智者說出的是呆
話，才能符合情節嗎？這明顯的違背行動必然率。或難道
女人聰明就不適當嗎？（如果亞氏果真是批評本劇）試看
Euripides的另一劇本*Iphigenia in Tauris*，這是亞氏最為推
崇的劇本之一，其中Orestes稱讚女人在想辦法上比男人聰
明。如果，亞氏果真是批評Melanippe是「不適當」品
格，那末，Iphigenia是否也是不適當的品格呢？推想對
Melanippe不適當品格的解釋與應用，恐非是亞氏的原
義。

(4)至於*Iphigenia in Aulis*，將她原本求免一死作為正常品格，
經過發現為了國家，她毅然力求一死，成為「不正常」品
格。這種品格的逆轉，猶如行動事件的逆轉。因此，正常
品格變成不正常品格經過創作者情節的必然，使不正常視
為正常。正是將不可能的行動事件成為可能或可信的事
件，就是行動必然率。

歸納以上亞氏四例三類品格的實用實例，做個結論；就
是創作者設定不正當、不適當、不正常的品格，在行動
必然率下，使它成為如同（ὅμως）正當、適當、正常的品
格。換言之，將不可能的品格，在行動必然率下，成為

可能的品格。因此，本人深信，希望不是曲解，在第十句的二個前提之下，將不可能品格創作成爲可能品格，正如亞氏的行動必然率，姑稱爲：品格必然率。

以上是本章第十一句，四例之類品格，構成品格必然率的整體說明。似乎亞氏並未列出如同日常常人的「如常」品格，這個實例容在第十四句（54ᵃ37-54ᵇ2）中，企圖解說之。

54ᵃ32.12 已見前注中相關Iphigenia的說明。

54ᵃ33.13 無行動不成悲劇，無品格則可（50ᵃ23-24）。品格不能單獨存在，須與行動一致。本句將品格的必然與行動必然相接軌。即尋求品格的必然，依照必然率，正如（ὅμως）在戲劇行動事件結構一樣。本句爲第十一句品格實例提供學理基礎。

(1) ὁμοίως ὥσπερ，正如；即 A 事件正如 B 事件。推演爲，品格的不可能到可能的統一，正如不可能的行動到可能的統一。

(2) τοῦτο μετὰ τοῦτο，一件事件在另一事件之後。即行動者所說的什麼事件，做出的什麼行動事件，皆要一件事件接著另一事件，正是單一情節的結構，必須符合必然率。如此，產生人物品格的一件事件在另一事件之後，也要符合必然率。

τοῦτο μετὰ τοῦτο 與第十章最後一句μετὰ τάδε（52ᵃ21），完全相關用法，可作第十章補充說明。（請參閱十章 5.(1)注）

54ᵃ37.14 有了行動與品格如同必然率的理論基礎之後，本句以天神下降做爲情節的解結方式，以其實例與應用藉以具體解說第四類共同日常常人的「如常」品格及其正確意義。

(1) μηχανῆς，舞台設備的一種專用術語，拉丁文譯爲 deus ex

machina。一直延用迄今，係舞台的機械設備道具，以供扮演天神的演員從上而降。其用途是在情節不能解決時，藉著神的意旨，多係出於傳說情節結構，而結束行動；而非出自戲劇行動本身。就現存劇本使用實例，也皆屬如此。因此，譯為機械下降，天神下降皆可。或許為：神仙解圍，則更符合實際功能。亞氏透過這種舞台特殊使用方法。在 Medea 中 Medea 殺死她的二個親生兒子，她的說詞是她逃走之後，這二個小孩必為 Corinth 的仇人所殺。這個說法不合情節的必然。她是女巫，擁有魔力，有能力招來太陽飛車逃走 —— 就是機械下降，或天神下降。然而，她這種女巫魔力，在前面情節未予說明，就忽如其來，成為她的能力。這可不是日常常人所有的。這是怪力、魔力或神力，皆非日常常人所有。造成本劇的結束，不是來自戲劇行動本身及一般常人的能力；而是來自情節之外的神力。藉此述明這種神力，不是戲劇人物品格所應有。

其次，Medea 既然擁有魔力，足能招來太陽飛車，那為什麼不能戴著自己的二個兒子一齊逃走呢？這又不合情節行動的必然率。不合行動的必然，也就不合品格的必然。這也顯示 Euripides 在處理 Medea 的情節與品格上皆有過失的，這是要加以批評的。不過，重要的，是可以充分的體認亞氏所指如同日常常人「如常」品格就是排除神力，劇中的人物品格不得神化，而是有血有肉的日常人，請參考第廿五章注 56(1)。

(2)ʼΙλιάδι τὰ περὶ τόν ἀπόπλουν，《Iliad 中的啓航的一景》。這齣實際情節是以往讀者不能理解的。G. Else 認為係抄本之誤，應將ʼΙλιάδι改為 ʼΑυλίδι⋯。並做了相當詳盡的討論。

如果改爲 Ἀυλίδι 還不如改爲 ἐν Ἀυλίδι … 。《Iphigenia in Aulis啓航的那一景》，使得全句的意思全部皆寫出來。不過，在抄本的那點空間是無法填進這麼多個字母的。事實上，《Iliad中啓航的那一景》就是與*Iphigenia in Aulis*無風出港的那一景，是完全相同的同一件事件。只不過亞氏用了第二個說法，且在筆記上記得簡略了些。就像我們不說石濤，而稱大滌子一般。亞氏以這個劇本的天神下降的實例不符合「如常」的品格。其情節部分請參閱14.(4)注。

Iphigenia在先乞生，後求死之後，當她在獻祭時，爲月神（Artemis）所救，並把她送到Tauris做女祭司。這是天神下降，不是出自情節事件的必然，也非出於Iphigenia品格的必然。雖符合傳說的神力，卻不是如同日常常人「如常」品格。因爲有了風，所以Agamemnon率領希臘船鑑啓航遠征Troy，這與Iphigenia天神下降是同一景。知道這情節之後，實在沒有必要將 Ἰλιάδι 改爲 Ἀυλίδι 。因此，本譯文仍維持Kassel本。

以上*Medea*與《Iliad中的啓航一景》兩則實例。一個目的是天神下降的神力使得行動結束，而非出自情節的必然；所以，不合行動必然率。第二個目的，天神下降不是如同日常常人的「如常」品格，就是不合行動者品格的必然。這可歸納出要排除天神下降的神力，才能呈現什麼是正確的日常之人「如常」品格。以上一併參考第十七章注12.以下相關各句亦同。

54^b2.15 亞氏創作體系建築在四個行動概念的基礎上，如果不能釐清 δρᾶν 與 πραττεῖν 兩個行動術語的根本義，則在戲劇的整體認知上，將增加不能理解的困惑。本句是最主要關鍵句。是一項提供實際情境分辨這兩個術語如何應用所產生

的真實意義。

既然「天神下降」造成情節與品格雙重不合必然率的可能，以及劇中不合推理事件，也不合行動事件必然率；那末，在創作上將要如何處理？先看本句一般英譯的意思：

The deus ex machina must be reserved for events that lie outside the plot。（*Golden*），或

Rather the "machine" should be used for the events outside of the play。（*Else*）

不多引，自Bywater，Butcher等以來不外如此。不論不合必然行動事件，或不合推理事件，不管是發生在劇本行動之前有多久時間；也不論天神下降所引起的事件，是否能符合劇本行動與情節，就亞氏所提及的這些實例，事實上，皆發生在劇本之中。如果Oedipus沒有殺死Laos，則本劇行動還能進行嗎？或天神下降不發生在情節之中，則*Medea*的行動還能結束嗎？在此，大膽的請教於西方戲劇理論學者，依他們的譯法，試問要將這些事件，如何排除在情節(*plot*)或劇本(play)之外？或者提出折衷的解說；如：

To tolerate deus ex machina provided no miracles takes place in the action of the play itself。（*Else* 473）

這種詮釋認為如果天神下降所帶來的行動沒有神力性（no miracles）；那末發生在劇中的行動是可以忍受的（tolerate）。不過，這種看法似乎是多餘的一項前提。蓋不

具神力的天神下降（或合理的推論行動）本來就符合行動必然率，沒有理由加以排除。事實上的困難不在於「忍受」或「不忍受」；而是這些實例的事實不是發生不合推理，就是神力不合必然行動，「不忍受」又能拿它奈何？因此，不論前面所引的譯法與折衷的解說，皆無助於了解本句文義正確認知的困惑。

本句在認知上的關鍵詞彙是 $\delta\rho\acute{a}\mu\alpha\tauο\varsigma$，它源於動詞 $\delta\rho\^{a}\nu$，意為「表演行動」，本人堅持亞氏行動分為四重意義，它不是 $\pi\rho\alpha\tau\tau\varepsilon\^{i}\nu$ 的同義字。亞氏明知這些行動事件，及天神下降皆在劇之中，當然不能排除在劇本（play），或情節（plot）之外。如果，一定要用天神下降或不合推理的事件一定要有；那末，要如何處理？本句指出，那就將這些排除在表演行動（$\delta\rho\acute{a}\mu\alpha\tauο\varsigma$）之外，也即不加表演。不加表演，這些事件還是戲劇一部分；那該怎麼辦呢？亞氏在本句接著建議，將這些事件先加預告或由傳話人來講述的方法（$\grave{\alpha}\lambda\lambda\varepsilon\lambda\acute{\iota}\alpha\varsigma$）即可。這不全都結了嗎。至於天神下降，在下一句中，即十六句，說得更清楚，因為神，仍至魔力、怪力，即能知過去、現在、未來，平常人已經視為當然。所以，不要表演天神下降，改為傳話人宣告一下即可。以上亞氏是否已經陳述了本句全部意思，而無任何互不相容或對立矛盾之虞。

54^{b}5.16 已見於15句注。

54^{b}6.17.

(1)$\check{\varepsilon}\xi\omega\ \tau\^{\eta}\varsigma\ \tau\rho\alpha\gamma\omega\delta\acute{\iota}\alpha\varsigma$，排除在悲劇之外。本句的意思為 Oedipus弒父是件不合推理的事件，Sophocles將它改用敘述方法，而不把它結構為表演事件，成功的排除在劇本行

動事件之外，即不構成情節衝突事件，因此在舞台上不需
要表演。有了第十五句的注，本句中Oedipus的這個例
子，應容易了解了。否則，如何將它「排除在悲劇之外」
呢？從本句的解說似乎更確定第六章悲劇定義中「敘述方
式」的意義及其應用。並參讀第廿四章注39。

自開始到本句爲止，已經籠括本章所有要旨，以下至二十
三句，可能講授創作法中在人物品格上所犯的錯誤，或補
充「如常」品格的說明，皆因實例不足，無從細述。

十八、十九兩句，悲劇要創新出更好的人，正如好的肖像
畫家創新出更好的、優於常人的畫像。這二種文類平行比
較參讀第二章。

54ᵇ8.18

(1)βελτιόνων是ἀγαθός(好)的比較級。

54ᵇ11.20

(1)ὄντας，是否可作事物的本質解。即爲to be，作實質、真實
解。

(2)ἐπιεικεῖς，好，一般認爲是在道德上的好(cf. 52ᵇ34)。因此
有譯者譯爲道德的好。

(3)ἀγαθὸν，是品格上的好。本字當不是指'Aγαθός 這位創作
者，因爲下文已清楚的稱Achilles是爲荷馬所創作，因
此，不可能是出自另位作者'Aγαθός。所以，本句當以本
字字義爲準。否則，就是Agathos與Homer所創作出的
Achilles。

(4)Else本加上〈ὅμοιον〉如同常人。果如此，亞氏提出荷馬創
造出Achilles火爆品格，雖是大英雄，但火爆性格一如常
人，是爲「如常」品格的一個實例。前文除天神下降不合
「如常」品格，而未能實指，但有了這則Achilles實例，

將亞氏本章四類品格等已全部涵蓋。

54^{b}15.21

(1)ταῦτα δὴ διατηρεῖν 中的 ταῦτα δὴ，不知「這些」是指哪一些，是前文所指呢？抑另有所指，欠明。

(2)πρὸς τούτοις τὰ παρὰ τὰς 中的 παρὰ τὰς 更不知所指。本句譯文勉強如字意直譯。

本句主旨似乎是著重演員必須要演出這些人物的品格，如 Achilles 的易怒等，好讓觀眾能感受到每位人物特殊品格。聽覺的感受創作法，可能係指演員的創作技巧而言。

54^{b}16.22 本句所指造成很多在創作法上的過失或錯誤，倒底有那些？亞氏在他《論創作者》專書中，必詳加枚列，也必為學園中學生所熟知，故本章略而不論，現在讀者也就無從知曉了。

54^{b}17.23

(1)ἐκδεδομένοις λόγοις：已出版的著作（或刊物）。係無疑的是指亞氏《論創作者》專著而言。已失傳。由此一書中內在證據，可以確信及證明《論創作者》、《論創作學》、《論喜劇，酒神頌》等等是亞氏一系列的創作類討論。

第十六章

XVI   ¹·Ἀναγνώρισις δὲ τί μέν ἐστιν, εἴρηται πρότερον· ²·εἴδη
20 δὲ ἀναγνωρίσεως, πρώτη μὲν ἡ ἀτεχνοτάτη καὶ ᾗ πλείστῃ
χρῶνται δι᾽ ἀπορίαν, ἡ διὰ τῶν σημείων. ³·τούτων δὲ τὰ μὲν
σύμφυτα, οἷον "λόγχην ἣν φοροῦσι Γηγενεῖς" ἢ ἀστέρας
οἵους ἐν τῷ Θυέστῃ Καρκίνος, τὰ δὲ ἐπίκτητα, καὶ τούτων
τὰ μὲν ἐν τῷ σώματι, οἷον οὐλαί, τὰ δὲ ἐκτός, οἷον τὰ περι-
25 δέραια καὶ οἷον ἐν τῇ Τυροῖ διὰ τῆς σκάφης. ⁴·ἔστιν δὲ καὶ
τούτοις χρῆσθαι ἢ βέλτιον ἢ χεῖρον, οἷον Ὀδυσσεὺς διὰ
τῆς οὐλῆς ἄλλως ἀνεγνωρίσθη ὑπὸ τῆς τροφοῦ καὶ ἄλλως
ὑπὸ τῶν συβοτῶν· ⁵·εἰσὶ γὰρ αἱ μὲν πίστεως ἕνεκα ἀτεχνό-
τεραι, καὶ αἱ τοιαῦται πᾶσαι, αἱ δὲ ἐκ περιπετείας, ὥσ-
30 περ ἡ ἐν τοῖς Νίπτροις, βελτίους. ⁶·δεύτεραι δὲ αἱ πεποιη-
μέναι ὑπὸ τοῦ ποιητοῦ, διὸ ἄτεχνοι. ⁷·οἷον Ὀρέστης ἐν τῇ
Ἰφιγενείᾳ ἀνεγνώρισεν ὅτι Ὀρέστης· ⁸·ἐκείνη μὲν γὰρ διὰ τῆς
ἐπιστολῆς, ἐκεῖνος δὲ αὐτὸς λέγει ἃ βούλεται ὁ ποιητὴς ἀλλ᾽
35 οὐχ ὁ μῦθος· ⁹·διὸ ἐγγύς τι τῆς εἰρημένης ἁμαρτίας ἐστίν, ἐξῆν
γὰρ ἂν ἔνια καὶ ἐνεγκεῖν. ¹⁰·καὶ ἐν τῷ Σοφοκλέους Τηρεῖ ἡ
τῆς κερκίδος φωνή.

1. 何謂是揭發事件已如前所述說[1]。　2. 揭發事件的類型。第一種[1]是最無藝術性，卻是用得最多的，創作者缺少才智，只用透過記號。　3. 這類記號有些是與生俱來的，諸如「地生人身上的矛頭記號[1]」，或如Carcinue[2]所用在他的 *Thyestes*[3]中的「星星」狀記號，或也有的出於需求，在身體上的，如傷口疤痕；和有些係身外之物，如項鏈，以及像*Tyro*[4]中的，係透過小舟。　4. 這類在使用上，有的較好，有的較差，如Odysseus[1]的揭發身分是，透過他的傷疤：一次是由褓母[2]；另一次是由牧豬人[3]。　5. 因為這些只能為了取信於人的原故，但所有的這些都沒有藝術性。不過，但有那些係出諸逆轉[1]，如在《洗腳》[2]中，則屬於較好[3]的一種。

6. 第二種較差的是來自創作者自行創作出來的[1]；因此，沒有藝術性。　7. 正如在*Iphigenia*中，　Orestes被揭發他是Orestes。　8. 在這種情況，是透過那封信，這是創作者認定他說他就是Orestes，但並非出諸它的情節。　9. 因此，這一種接近前面所述說過的過失[1]；事實上，他仍然是可以帶些記號而完成的。　10. 還有，如在Sophocles的*Tereus*[1]中的是紡織梭子的聲音[2]。

^{11.}ἡ τρίτη διὰ μνήμης, τῷ αἰσθέσθαι
1455ᵃ τι ἰδόντα, ὥσπερ ἡ ἐν Κυπρίοις τοῖς Δικαιογένους, ἰδὼν γὰρ
τὴν γραφὴν ἔκλαυσεν, καὶ ἡ ἐν Ἀλκίνου ἀπολόγῳ, ἀκούων
γὰρ τοῦ κιθαριστοῦ καὶ μνησθεὶς ἐδάκρυσεν, ὅθεν ἀνεγνω-
ρίσθησαν.^{12.}τετάρτη δὲ ἡ ἐκ συλλογισμοῦ, οἷον ἐν Χοηφόροις,
5 ὅτι ὅμοιός τις ἐλήλυθεν, ὅμοιος δὲ οὐθεὶς ἀλλ᾽ ἢ Ὀρέστης,
οὗτος ἄρα ἐλήλυθεν.^{13.}καὶ ἡ Πολυίδου τοῦ σοφιστοῦ περὶ τῆς
Ἰφιγενείας.^{14.}εἰκὸς γὰρ ἔφη τὸν Ὀρέστην συλλογίσασθαι ὅτι
ἥ τ᾽ ἀδελφὴ ἐτύθη καὶ αὐτῷ συμβαίνει θύεσθαι.^{15.}καὶ ἐν τῷ
Θεοδέκτου Τυδεῖ, ὅτι ἐλθὼν ὡς εὑρήσων τὸν υἱὸν αὐτὸς ἀπόλ-
10 λυται.^{16.}καὶ ἡ ἐν τοῖς Φινείδαις.^{17.}ἰδοῦσαι γὰρ τὸν τόπον συν-
ελογίσαντο τὴν εἱμαρμένην ὅτι ἐν τούτῳ εἵμαρτο ἀποθανεῖν
αὐταῖς, καὶ γὰρ ἐξετέθησαν ἐνταῦθα.^{18.}ἔστιν δέ τις καὶ συν-
θετὴ ἐκ παραλογισμοῦ τοῦ θεάτρου, οἷον ἐν τῷ Ὀδυσσεῖ τῷ
14 ψευδαγγέλῳ.^{19.}τὸ μὲν γὰρ τὸ τόξον ἐντείνειν, ἄλλον δὲ
14¹ μηδένα, πεποιημένον ὑπὸ τοῦ ποιητοῦ καὶ ὑπόθεσις,
14² καὶ εἴ γε τὸ τόξον ἔφη γνώσεσθαι ὃ οὐχ ἑωράκει·

（續前段）11. 第三種是透過記憶，由看到這件事，而感觸另一件事；正如在Dicaeogenes的*Cypriotes*[1]中的主人翁，因看到一幅畫像而失聲痛哭；和在《給Alcinous講故事》[2]中，（Odysseus）聽到豎琴手[3]的唱述，而勾起回憶，因而灑下淚來；因此，每人皆被揭發了身分。

12. 第四種是出自三段推論推理[1]；正如在《奠酒人》[2]中，說：「像我的人回來了，沒有人能像我，除非Orestes；所以，這當兒他回來了。」 13. Polyidus[1]，一位詭辯家，在他的*Iphigenia*， 14. 依必然（率），Orestes將做出推理[1]大聲的說：「我的姐姐已是獻祭而死；現在，將我變成祭品[2]。」 15. 又如在Theodectes[1]的*Tydeus*[2]中，說：「我回來是為了找到我的兒子；反而是我自己毀滅了。」 16. 以及，在《Phineus的女兒們》[1]中， 17. 當這些女兒們看到這個地方，一齊推論，她們命中註定，就得到這份應得的，就該死在這兒；因為她們曾被遭遺棄丟在這兒。 18. 另外一種是出於與觀眾[3]的謬誤推論[1]相結合在一起[2]；正如在《Odysseus假扮為傳話人》[4]中的。 19. 因為在這個劇中，有一把弓，除了他並假定沒有人能拉得開，這是創作者創作出來的，這把弓他雖不曾見過，而他能認得出[1]。

²⁰·₁₅ τὸ δὲ ὡς δι' ἐκείνου ἀναγνωριοῦντος διὰ τούτου ποιῆσαι
παραλογισμός.²¹·πασῶν δὲ βελτίστη ἀναγνώρισις ἡ ἐξ αὐτῶν
τῶν πραγμάτων, τῆς ἐκπλήξεως γιγνομένης δι' εἰκότων,
οἷον ἐν τῷ Σοφοκλέους Οἰδίποδι καὶ τῇ Ἰφιγενείᾳ·²²·εἰκὸς
γὰρ βούλεσθαι ἐπιθεῖναι γράμματα.²³·αἱ γὰρ τοιαῦται μόναι
20 ἄνευ τῶν πεποιημένων σημείων καὶ περιδεραίων.²⁴·δεύτεραι δὲ
αἱ ἐκ συλλογισμοῦ.

（續前段）20. 如同這種揭發事件，是透過創作者創作了謬誤推論所致。21. 這些所有之中的最佳揭發，它是來自戲劇行動事件本身，它透過必然（率）而產生令人感到驚嚇[1]；正如在 Sophocles的 *Oedipus* 之中，以及 *Iphigenia* 之中。 22. 她應是必然（率）的企望送出這封信。 23. 事實上，這類揭發創作者免於創作出來的只有記號和項鍊而已。 24. 次佳的一種是出於三段推理。

【釋義】

在第十四章最後一句，亞氏稱悲劇情節已盡於此。而且在第十五章論品格之後，依據悲劇元素的秩序應該是第三元素思想，當繼之為文字。何以本章又再回到情節這個議題；再提揭發事件的分類。因此，有人，如Whalley，索性將這章移接在第十八章之後，以符合一般認知的抄本應該秩序。另有人主張，以Else作代表，認為本章屬孤立的一章，與後續各章無關，其內容自成一章作為第十一章揭發的補充說明，而非亞氏企圖想作的部分。進而，認為本章的討論純屬寫作技術，無關於自身交織情節揭發結構及悲劇情感功能，不過限於揭發的技術類型分類而已等理由（*Else* 484），棄本章之而不論。本人主張則為，不論是否基於抄本失序或非原作，或後人增入，凡有助創作學的了解，且一個學術體系的完成，也不必成就於一人；因此，對本章在情節結構上的價值，應予相當程度的重視。至於其他詮釋性爭議，在本注釋中概不引述。

I. 揭發事件的分類與自身交織情節的關係

本章介紹部分請參讀本書導論第二章第四節〈揭發事件的類型〉一節，不予重複敘錄。然就本章仍有幾項補充要點如下：

首先，本章專論揭發事件類型。揭發係形成自身交織情節，不可缺少基本條件，也是靈魂之所在。創作者不斷創新出揭發事件形式是提昇悲劇實質創作品水準的必要手段。

其次，揭發事件是構成悲劇行為過失（harmatia）的基礎，沒有揭發事件，就無法具體展示行動者悲劇行為過失的品格，其重要性與悲劇行為過失，密不可分，並重並存。在深論此一議題上，

豈可輕易或略。所幸本章能進一步討論揭發作爲創作技術深化工具，也是由亞氏理論到付諸實踐的驗證，且有助於對已有的悲劇作品實際內容，增進其門道的了解；再來對未來創作者在創作法上有了明確的編劇方法，而有所損益。

II. 揭發事件的類型、等級與三段論法

第三，就本章揭發事件類型的認知，有人分爲四類（姚一葦137），或五類（*Lucas* 166），以及六類爲Golden, Bywater與本人。在這六類之中，提出最佳的揭發事件的形成，要符合三段推論法。這種推論方法不是依據一般經驗法則的因果律，而是出諸邏輯推理的必然。由第九章，本章及廿四，廿五章做爲戲劇行動必然率的核心章節及推論條件，構成這種理論的推理化，完成悲劇第一原理：戲劇行動必然率。

就以上三點說，不論本章是否自亞氏原作或係其弟子所插入，對本創作學專書而言，應具有正面貢獻與意義。不宜對本章的實質加以排斥。就本章注釋而言，其研究的目的，不在破，而在立，要緊的是如何將本章融入亞氏創作的整體體系之中，至於本章是否亞氏原作，乃非重要或唯一研究訴求。

注釋

54^{b}19.1

（1）*εἴρηται πρότερον*，前面所說過的。本句當指第十一章所說及的「揭發事件」定義。

54^{b}19.2

（1）*πρώτη*，第一類。依六類分類由最差到最佳。第一類實係最差，即揭發事件形式是出諸記號，如人生而即有胎痣，或身體上的傷疤，或身體的特徵，或身外之物，如項鍊之類。

54^b21.3

(1)λόγχεν…Γηγενεῖς，Γηγενεῖς，地裡生出來的。原是Cadmus
灑龍牙在地裡而後從地裡長出一群好武的武士。而他們的
後人，身上皆長出有矛頭的胎痣。在Euripides的*Antigone*
中，Cleon就有這種胎痣。因而從陌生人之中被認了出
來。Heamon和Antigone所生的孩子，就是Cleon的孫子，
也應有這種胎痣。

(2)Καρκίνος(Carcinus)，其祖、父兩代皆為劇作家，他自己活
動在公元前四世紀，劇作超過 100 種，十一次獲獎。在十
六、十七兩章中，亞氏皆引證他。可惜作品全失傳。

(3) Θυέτη(Thyestes)，Pelops之子，Atreus之弟。詳介請參閱
第十三章注7.(5)。本句是指Pelops的子孫身上皆有一個
「星」狀的胎痣，與他自己身上的胎痣相同。Tantalus曾
殺了自己的兒子Pelops獻祭。除了Demeter吃了他肩上的一
塊肉之外，其他諸神皆未碰這道荣，於是諸神奉了Zeus之
命將它還原，用一塊玉填在他的肩處做為紀念。本句故
事，可能由此演伸。可能是Pelops煮了他弟弟Thyestes的兒
子，作為款待時，因發現肉上有個「星星」胎痣，而知道
自己的兒子遭到了毒手。

(4)Τυροῖ(*Tyro*)，係Sophocles作品，分上、下兩集，失傳。
Tyro是大美女，為Salmoneus和Alcidice 所生。其故事大致
是，海神冒充她的情人Enipeus，而生下Neleus和Pelias二
個小孩。放在一個小船上浮流拋棄。後來因為她認出了小
船，而至認出了人。

54^b25.4 本句指Odysseus腳上的傷疤。作為揭發事件有二次，在應
用上一次較佳；一次較差。前者即《洗腳》一劇，由褓母
揭發身分；後者是牧豬人揭發身分。

（1）'Οδυσσεύς(Odysseus)，小時候在山中為熊所傷，而留下腳上一個傷疤，僅有他的乳母Eurycleia知此事。

（2）τροφοῦ，褓母，即指 Eurycleia(*Ody.* 19, 386ff)。

（3）συβοτῶν，牧豬人。Odysseus 在山中為熊所傷，被牧豬人所救(*Ody.* 21, 205-225)。當 Odysseus 回到 Ithaca 之後，牧豬人單純的發現他腳上的疤，而將他認出。所以，它屬差的揭發類型。

54ᵇ28.5

（1）περιπετείας，即逆轉事件。不宜解說成 "exciting" 或 "dramatic"（如Bywater，Butcher，Else等）；因而，使一詞多義化，造成混淆讀者。依據《洗腳》一例，它就是逆轉到揭發的典型例子。

（2）*Νίπτροις*（《洗腳》）(*Ody.* 19, 317, 392ff)。係 Sophocles 所作，失傳。本劇係由推理而得出揭發產生逆轉，形成行動必然率的一個範例。其三段論法的推理部分，請一併參讀第廿四章釋義第三節，及拙著《論亞理斯多德創作學》第十三章有全面性推論過程。

（3）βελτίους，是好的比較級。不論中英譯不宜譯為「不差」等。

54ᵇ30.6 本句是第二差的揭發類型。係出諸創作者自行創作，而非出諸情節本身。

（1）πεποιημένοι，它是 ποιεῖν 的自身動詞被動分詞，意為：被（創作者）自行創作出來的。

54ᵇ31.7.8.9三句是討論Euripides的*Iphigenia in Tauris*，這也是亞氏引證最多的劇本。這三句指當Orestes從信中情節，認出對方這位女祭司，就是自己的姐姐Iphigenia，當然感到意外與驚訝。這是有名的「揭發」的一幕。可是他的姐姐以為

他是冒認，以求免於一死，所以，要這位年青希臘人拿出
證據。於是乎Orestes講一大段非外人所能知悉的他家族辛
密。所以Iphigenia相信他就是她的弟弟。這也就是亞氏所
說當一方認出對方；另一方還要再經過一次揭發事件，才
認出對方。可是Orestes這一大段所說的，構成再一次的揭
發事件，並非出於情節的自身行動事件，而是創作者自行
編出來的，或謅出來的，如果有別的一個人也敘說這段辛
密，使Iphigenia信以為真，就可造成情節的謬誤。所以，
它與一個天生的痣或疤等記號相同。因此，亞氏稱這種揭
發形式的藝術價值不高；但在後面又說是較佳者，這是亞
氏在本專著中少有的前後理論矛盾的實例。

54^{b}35.9

(1)$\tau\hat{\eta}\varsigma$ $\epsilon\iota\rho\eta\mu\acute{\epsilon}\nu\eta\varsigma$ $\acute{\alpha}\mu\alpha\rho\tau\acute{\iota}\alpha\varsigma$，已經說過的悲劇行為過失。是指
Euripides這個劇本中的那封信，是相當於一個記號，但不
宜屬於過失，更不是悲劇行為過失。或許Euripides在別的
劇本有過這種過失。然而，這是討論揭發類型，只有好與
差的主觀認定問題，但不至於屬於過失或悲劇行為過失。
因此，本句意義，不明所指。

54^{b}36.10

(1)$T\eta\rho\epsilon\hat{\iota}$(Tereus)，Sophocles失傳的劇作。本劇故事是Tereus
是Thracian國王，娶Pandion之女Procne。後來強暴了妻妹
Philomeda。為防洩漏他的罪行，將她的舌頭拔掉。
Philomeda以紡織織出這一幕，可能不是織出一幅圖，而
是文字，讓她的姐姐發現了此真相(cf. Ody, 8, 521ff)。

(2)$\kappa\epsilon\rho\kappa\acute{\iota}\delta o\varsigma$ $\phi\omega\nu\acute{\eta}$，紡織梭子的聲音。當是引自 Tereus 劇中的
一句名言。

54^{b}37.11 第三種差的揭發類型，係出自行動者的記憶。

（1）*Κυπρίοις*（《塞浦魯斯人》），係 *Δικαιογένης*（Dicaeogenes）的劇作。故事情節，請參讀導論。

（2）*'Αλκίνου ἀπολόγῳ*（《給Alcinous講故事》），是指*Odysseus*第八至十二卷全部故事。本句所指出於*Ody.* 8，521ff；9,16-20，Odyssey要Demodocus吟唱希臘人木馬攻破Troy的故事，Odysseus忍不住痛哭，由此露出了自己的身分，而被揭發。接著他自己向Alcinous述說了全部經過。要注意的是亞氏在此處並未提出Odysseus的痛哭，有失大英雄的品格，也未批評他的品格是不適當或反常。讀此處時當與十五章論品格一併考量。

（3）*κιθαριστοῦ*（豎琴手），就是Demodocus，一位吟唱者。

55ª4.12 由本句到本章結束另成一個重要段落，指出後三種揭發類型是出於邏輯的推理。形成戲劇行動事件產生於必然率，而非經驗的因果律。本人認為後三種推理揭發形式，形成亞氏行動必然率提供實例基礎。

（1）*συλλογισμοῦ*（syllogism），它是 *σύν* ＋ *λόγος*的結合字。前者為集合在一起；後者是合理化。基本意是：從不同地方合理化的東西集合在一起。應用在推理上，就成了由前提到推理得出結論的推演過程。後來成為英文syllogism（三段論法），一個邏輯專用術語。用在現在語言上，正是：推理主義。由於這個概念的應用，將亞氏的行動事件的組成形成為推理的必然率。已大大不同於百年來戲劇理論的經驗歸納法。

（2）*Χοηφόροις*（《奠酒人》，*Choephore*），係Aeschylus現存唯一的三聯劇之一。本句出於166-234行，是非常有名的一場。即Electra在她父親Agamemnon墓的祭壇上發現一束頭髮，而認定她的弟弟Orestes回來。這大概是希臘的宗教風

格，在奠祭親人時要獻上一束頭髮。因而，本劇情節產生
了「揭發」。這種揭發形式，是由情節中的一物推想到另
一物而成爲推理性。這次的揭發是三大家現存所有劇本
中，所見到第一個實例。是否爲Aeschylus所首創則不得而
知，但無庸置疑的，先有揭發事件才產生逆轉，這才構成
自身交織情節；所以，肯定的說有了「揭發」概念而提昇
了悲劇創作的技術。

55ª6.13 本句暗示三段論法之說，並非亞氏首創，仍係由Polyidus
根據*Iphigenia*中的Orestes所形成悲劇必然率而提出的。

(1)Πολυίδου(Polyidus)，亞氏稱他是位詭辯家。詭辯家所屬於
古希臘教任何職業的教師。此處當指他是一位對辯論術的
教師。本專書中二次提到他，(cf.，55ᵇ10，第十七章注
13.(2))；不過，其生平則一無所悉。

(2)Iphigenia，已詳前各相關注釋。

55ª7.14

(1)συλλογίσασθαι，動詞，譯爲：「做出三段推理」。

(2) ἀδελφὴ…θύεσθαι，本句出處是詩句或屬Polyidus的劇本本
文字句，劇本不傳。在Euripudes的*Iphigenia in Tauris*相關
情節725-830行中，查不出這一句。

55ª8.15

(1)Θεοδέκτου (Theodectes)，修辭家及悲劇創作者是亞氏之
友，約在375-334B.C.生於Lukia的Phaselis，寫過五十部悲
劇，八次獲獎。

(2)Τυδεῖ (Tydeus)，Oineus之子，Dimedes之父，是位矮小強
悍的武士(*Iliad*. 5, 801)。由於Theodectes的這本劇本失
傳，無法理會得與本句相關的情節。

55ª10.16

(1)Φινείδαις(《Phineus的女兒們》)，國王Phineus的後妻虐待
前妻(Kleopatra)的孩子。如何找出其推理事件，本句相關
情節已無從查證。僅推測可能是其後妻遺棄前妻女兒們的
事件相關。其推理情節僅能依第17句所說而已。

55ª10-14.17 第五種揭發事件類型是三段論法的反面命題，本文暫
稱爲謬誤推論(παραλογισμοῦ)揭發事件類型，簡稱謬誤推
論。詳細的這些一類型說明，請讀拙著《論亞理斯多德創
作學》。

55ª12-14.18

(1)συνθετή，是把不同的東西放在一起之意。依這個字演推，
是說一個正面三段論法的前提與另一個謬誤的推論前提放
在一起，才產生這類推理揭發事件類型；如此，則爲一個
綜合型的揭發事件，也屬較複雜者。

(2)παραλογισμοῦ，謬誤推論。達成這種揭發的謬誤推論，其
關鍵在於被欺騙(ψευδός)。

(3)θεάτρου，這是依據Kassel版本的校訂。一般通意：觀眾或
劇場。不過，這種謬誤推論揭發類型要件與第廿四章《洗
腳》實例的驗證，對這個字是否恰當，不得不提出懷疑。
構成謬誤類型的元素是劇中行動者要受到另一個行動的欺
騙，才完成謬誤事件到揭發的推理，並非台下的觀眾受
騙；相反的，觀眾看到劇中行動者被騙，而產生高度興
趣，這才是謬誤推論的結果。因此，觀眾不可能受騙。也
就不可能構成謬誤，雖是Kassel的版本校訂，也無法滿意
這種類型本身的實質應用。

又據Hermann的校訂，認爲θεάτρου 是θεταροῦ 抄本的筆誤。
Bywater和Burcher二氏據這個校訂，分別譯爲："on the
part of one of the character"(Butcher 61)；"on the side of the

other party"(Bywater 60)。這二句譯文，質言之，可用二
個字，another persona，足以概括。由於 θετάρου 這個字並
非依據字典可以解釋；因此，借助於這二位英譯者。所以
本文將 θετάρου 譯爲：另一個對方。並採用這個字的校
訂，將原文更正爲 παραλογισμοῦ τοῦ θετάρου，並譯爲：另
一個對方的謬誤。

(4) Ὀδυσσεῖ τῷ ψευδαγγέλῳ，劇名《Odyssey假扮爲傳話人》。
本劇情節與作者一無所悉。由本劇劇名來看，Odysseys返
回家鄉自扮傳話人帶口信，對他的妻子Penelope說他已經
死了。可能他帶回他的那把無人拉得開的弓，做爲信物。
自然的這把弓就與他的返鄉事件相連起來(Ody. 21卷述說
此事)。本句出處已無可考，其所述內容，僅能依第十八
句。

55ª14.19 ἐντείνειν⋯τόξον，即抄本14，14¹，14²三行，共計15字爲B
抄本所獨有。也是B抄本另有源頭，而有別於A抄本的明
證。

55ª15.20 就本劇情節而論，是無法了解創作者是何以創造出謬誤
推論事件。而這類型唯一可知者即《洗腳》，可資參考。

55ª16.21 第六種係最佳揭發類型，它是出自悲劇行動事件的本身
結構。亞氏並提出最推崇的二個範例分別爲：Sophocles的
*Oedipus*和Euripides的*Iphigenia in Tauris*。在這種類型，一
般對亞氏的Oedipus情節認定，無疑議，也無異議，只是在
本章同時提出*Iphigenia*是第二差的揭發類型(54ᵇ30-1，注
6)，而在此處又稱爲最佳者，前後文有所矛盾。

(1)ἐκπλήξεως，令人驚嚇，係悲劇揭發行動的效果，引起觀眾
情感的另一個詞彙。

55ª18.22.23 本二句強調Iphigenia送出的那封信是出自行動的必然

性；而不是創作者隨便創造出一個什麼記號或項鍊、傷疤之類作為揭發的情節依據。也許這就是亞氏批評它為較佳類型的原因。

第十七章

XVII　¹·Δεῖ δὲ τοὺς μύθους συνιστάναι καὶ τῇ λέξει συναπ-
εργάζεσθαι ὅτι μάλιστα πρὸ ὀμμάτων τιθέμενον· ²·οὕτω γὰρ
ἂν ἐναργέστατα [ὁ] ὁρῶν ὥσπερ παρ' αὐτοῖς γιγνόμενος τοῖς
²⁵ πραττομένοις εὑρίσκοι τὸ πρέπον καὶ ἥκιστα ἂν λανθάνοι
[τὸ] τὰ ὑπεναντία. ³·σημεῖον δὲ τούτου ὃ ἐπετιμᾶτο Καρκίνῳ.
⁴·ὁ γὰρ Ἀμφιάραος ἐξ ἱεροῦ ἀνῄει, ὃ μὴ ὁρῶντα [τὸν θεατὴν]
ἐλάνθανεν, ἐπὶ δὲ τῆς σκηνῆς ἐξέπεσεν δυσχερανάντων
τοῦτο τῶν θεατῶν. ⁵·ὅσα δὲ δυνατὸν καὶ τοῖς σχήμασιν
³⁰ συναπεργαζόμενον· ⁶·πιθανώτατοι γὰρ ἀπὸ τῆς αὐτῆς φύσεως
οἱ ἐν τοῖς πάθεσίν εἰσιν, καὶ χειμαίνει ὁ χειμαζόμενος
καὶ χαλεπαίνει ὁ ὀργιζόμενος ἀληθινώτατα. ⁷·διὸ εὐφυοῦς ἡ
ποιητική ἐστιν ἢ μανικοῦ· ⁸·τούτων γὰρ οἱ μὲν εὔπλαστοι οἱ δὲ
ἐκστατικοί εἰσιν. ⁹·τούς τε λόγους καὶ τοὺς πεποιημένους
1455ᵇ δεῖ καὶ αὐτὸν ποιοῦντα ἐκτίθεσθαι καθόλου, εἶθ' οὕτως ἐπεισ-
οδιοῦν καὶ παρατείνειν. ¹⁰·λέγω δὲ οὕτως ἂν θεωρεῖσθαι τὸ καθ-
όλου, οἷον τῆς Ἰφιγενείας·

1. 創作者一定要組合衝突事件的情節[1]，而且藉著對話語言之助將它完成[2]；創作者應將這種情節儘可能的放置在自己的眼前[3]。　2. 如此，創作者因爲看到最爲清楚[1]，正如產生行動者所做出的行動，可以尋找到適當[2]處理而與它相反的[4]，極少逃過注意[3]。　3. 比如Carcinus[1]所受到的責難，這就是個明證。　4. 也就是因爲Amphiaraus；他從原來神廟的原路走回來[1]。觀眾不看演出[2]，就會不注意的忘記，但在舞台上演出[3]，於是引起觀眾不滿，將他從舞台上攆了下台[4]。　5. 因此，創作者盡其所有能力，憑靠著演員形體[1]之助完成[2]這些行動事件。

6. 事實上，因爲最能引起令人情感[1]感動的事件，是來自那些情感的本身性質[2]；只有身受痛苦之中，才是痛苦。受到大風暴，才知道大風暴的痛苦[3]。受冤才知憤怒[4]。這些才能是最最感人的真實[5]。　7. 因此之故，創作法是更寧願[2]重天分[1]，而非顛狂。　8. 因爲這二類是：一類善於塑造[1]別人；一類精神情感易於失序[2]。

9. 凡是構思[1]，不論採用既有創作的行動事件[2]，或是創作者展露他的創作，一定要產生一個全盤情境[3]，然後只是它的那些發生行動事件場次[4]的排列開展[5]。　10. 我所謂，如果只思考[1]一個全盤情境大綱，正如可以舉*Iphigenia*爲例。

$^{11.}$τυθείσης τινὸς κόρης καὶ ἀφανι-
σθείσης ἀδήλως τοῖς θύσασιν, ἱδρυνθείσης δὲ εἰς ἄλλην
5 χώραν, ἐν ᾗ νόμος ἦν τοὺς ξένους θύειν τῇ θεῷ, ταύτην ἔσχε
τὴν ἱερωσύνην·$^{12.}$χρόνῳ δὲ ὕστερον τῷ ἀδελφῷ συνέβη ἐλθεῖν
τῆς ἱερείας, τὸ δὲ ὅτι ἀνεῖλεν ὁ θεὸς [διά τινα αἰτίαν ἔξω τοῦ
καθόλου] ἐλθεῖν ἐκεῖ καὶ ἐφ' ὅ τι δὲ ἔξω τοῦ μύθου·$^{13.}$ἐλθὼν
δὲ καὶ ληφθεὶς θύεσθαι μέλλων ἀνεγνώρισεν, εἴθ' ὡς Εὐρι-
10 πίδης εἴθ' ὡς Πολύιδος ἐποίησεν, κατὰ τὸ εἰκὸς εἰπὼν ὅτι
οὐκ ἄρα μόνον τὴν ἀδελφὴν ἀλλὰ καὶ αὐτὸν ἔδει τυθῆναι,
καὶ ἐντεῦθεν ἡ σωτηρία.$^{14.}$μετὰ ταῦτα δὲ ἤδη ὑποθέντα τὰ
ὀνόματα ἐπεισοδιοῦν·$^{15.}$ὅπως δὲ ἔσται οἰκεῖα τὰ ἐπεισόδια,
οἷον ἐν τῷ 'Ορέστῃ ἡ μανία δι' ἧς ἐλήφθη καὶ ἡ σω-
15 τηρία διὰ τῆς καθάρσεως.$^{16.}$ἐν μὲν οὖν τοῖς δράμασιν τὰ
ἐπεισόδια σύντομα, ἡ δ' ἐποποιία τούτοις μηκύνεται.$^{17.}$τῆς γὰρ
'Οδυσσείας οὐ μακρὸς ὁ λόγος ἐστίν·$^{18.}$ἀποδημοῦντός τινος
ἔτη πολλὰ καὶ παραφυλαττομένου ὑπὸ τοῦ Ποσειδῶνος καὶ
μόνου ὄντος, ἔτι δὲ τῶν οἴκοι οὕτως ἐχόντων ὥστε τὰ χρή-
20 ματα ὑπὸ μνηστήρων ἀναλίσκεσθαι καὶ τὸν υἱὸν ἐπιβου-
λεύεσθαι, αὐτὸς δὲ ἀφικνεῖται χειμασθείς, καὶ ἀναγνωρίσας
τινὰς ἐπιθέμενος αὐτὸς μὲν ἐσώθη τοὺς δ' ἐχθροὺς δι-
έφθειρε.$^{19.}$τὸ μὲν οὖν ἴδιον τοῦτο, τὰ δ' ἄλλα ἐπεισόδια.

(續前段)11. 某一個殺以獻祭的少女，在祭殺時，在沒有人能看見且無人知曉的被帶走了。而被安全的安置在另一個國家，在這個國度裡，依他們的習俗要殺外國人以祭他們的女神，她已具有這種祭司的職責。 12. 之後的某一時間，她的弟弟碰巧來此相會；事實上，是神的指引，基於某些理由，要放在全盤情境之外[1]，在此相會；而帶走的神像[2]等這些一定就排除在情節之外[3]。 13. 到此相會，而即刻被逮捕，在將殺以祭神之際，隨之，他企圖揭發「他姐姐[1]」身分。或者另一方法如Euripides，如Polydes[2]所創作的；在必然（率）下，說出：「如此，不僅是我姐姐，而且我也成了祭品」，旋而獲得解救。

14. 在這些之後，已經準備就緒，放下了基石[1]，逐一為這些人命名，以及分出它的行動事件場次。 15. 這類的發生行動事件場次之間是如何的關係，如在那場次之中Orestes發瘋了[1]，或透過他的抵達相會，及透過贖淨罪孽[2]而獲得解救。16. 然而，現在像在這種表演中[1]，這些發生行動事件場次則縮得短了，不像在敘事體創作中把它拖得那般長。 17. 因此，*Odyssey*的構思是也不長的。 18. 某一個人飄泊國外很多年，又被海神[1]盯緊不放，最後只剩下他一個人而已；在家中的狀況是所有財產皆被求婚者們所耗盡，而且設計謀害他的兒子。當他在受到大風暴的災難脫險回抵家園。某些人揭發了[2]他的身分，並且出擊毀了他的仇人，保住自己的安全。 19. 所以，這些才是根本[1]；其餘的是發生行動事件場次。

【釋義】

　　本章是亞氏專書中極為獨特的部分，幾乎沒有包括在第六章總題綱之內，似乎可視為一個孤立或獨立而單一的議題。如Montmollin 就認為非亞氏原始講稿的原有部分，或許係後來附加上去的，這雖是猜測的成分居多，但也正如悲劇定義中最後的一個贖罪功能子句也是後填入的，藉此也可看出亞氏本人這個知識體系逐步形成的痕跡。

I. 創作學中戲劇的六項真實

　　自從 S. Butcher 提出亞氏《創作學》的創作定位為 poetic truth(創作真實)。自此之後，這百年來幾乎無不奉準則。然而，僅此一項真實，不足以涵蓋亞氏對創作理想的全面性。透過本章呈現出一個最凸出的論點。檢視亞氏在本專書中呈現悲劇真實，有六個不同的層次，或範疇，即：(1)創作者的形象(image)真實；(2)劇本的創作真實，(即 poetic truth)；(3)演員與舞台的幻覺真實；(4)觀眾的想像真實；(5)批評者的詮釋真實；以及以上五項真實共同基礎的(6)日常生活的事實真實。亞氏雖然不曾使用過這六個本文所擬定的術語；卻在亞氏本專書中實例勾勒出這六個真實實際現象，(這六個真實層次可以延伸到後世劇場的解說)。

II. 創作者的形象真實，劇本創作真實與觀眾的想像真實

　　本章規劃二個主旨。第一個是由創作者的形象真實完成為劇本世界的創作真實，正如觀眾看到而意會的想像真實，使這三種真實達到完全一致。如此複雜的創作屬次與趨向認同，亞氏僅以本章第一、二句兩句話來表達，其簡略如此，實未曾有。這三項

真實是本章主旨的所在，也是論悲劇創作者、劇作、觀眾的基礎
一切由此而生。在演員方面，他們表演所產生的舞台幻覺真實，
未能表達或破壞劇本的創作真實，而非僅是單純演技（如
gesture），就無法構成觀眾所認定的想像真實時，則將演員轟下
台。這是本章三、四兩句的大意。

　　至於擴及的議題，如悲劇行動者品格，例如老人要像老人，
武士要像武士，以及女人、奴隸一切諸色人等各有內在、外在因
素與特徵。如何就這些特徵產生創作者的形象真實與其他五種真
實之間，竟然能得到一致的共同認同或認知；固然，有各類的共
同本質，及各種社會、文化不同的差異性。柏拉圖與亞氏著述各
有界定本注釋不一一轉錄。

III. 亞氏示範創作大綱的構思

　　第二主旨，討論如何處理悲劇創作者的形象真實，經具體化
而成為劇本世界的創作真實。換言之，這一個程序就是創作者所
見到的形象，用寫的文字將它記錄下來，就成為劇本世界的創作
真實。正是本章開宗第一句話的本意。如何將創作者的形象真實
製作出來，亞氏的專用術語是 λόγος。本譯文譯為：構思。係採取
它的基本義：用語言表達一種想法之意。它不是故事，更不宜譯
為情節。因為故事已是概念具體化的呈現結果；而情節是行動事
件的組合，更是進一步故事的結構實體。創作者見到的形象是他
的構思基礎。依此推論本章，是創作者先有形象或情境真實，才
出現悲劇行動者，繼而有行動，而後形成情節。這個公式，似乎
超過亞氏原先的行動者作為創新的第一層次對象物。這也正說明
了先有構思，才成為行動者之何以造出來的緣由（當然，也不能排
斥創作者見到的形象真實中就已呈現行動者的可能）。亞氏以
*Iphigenia in Tauris*的實例，自擬「構思」構成創作示範的過程大綱。

　　從亞氏悲劇六元素來看，已經討論過的有情節與品格。本章
似乎是暗示討論演員的技巧，當屬演出場景，也即是第六元素的
一部分，曾被亞氏認爲與創作者最無相關的一項元素。不過，亞
氏指出這二類真實的關係；一旦，創作真實失真，則演員的演出
幻覺真實也就失真。

IV. 在日常生活眞實中贖罪的意義及其應用

　　此外，極爲要緊的亞氏在本章提及第二次 $\kappa\acute{a}\theta a\rho\sigma\iota\varsigma$ 的實際用
法。並藉著 *Iphigenia in Tauris* 的情節，展現 $\kappa\acute{a}\theta a\rho\sigma\iota\varsigma$ 在日常生活真
實中的真正意義。本人根據希臘人這項日常生活，也是其他五項
真實的共同基礎，將這個百年爭議的術語詮釋爲贖罪，成爲悲劇
創作及創新的最高功能。有別於西方世界三大派別的詮釋。請參
讀第六章釋義第一節，不另複述。

注釋

55ª22.1

　　（1） $\sigma\nu\nu\iota\sigma\tau\acute{a}\nu a\iota$，組合行動衝突事件（的情節）。

　　（2） $\sigma\nu\nu a\pi\epsilon\rho\gamma\acute{a}\zeta\epsilon\sigma\theta a\iota$，藉著一件東西之助而成功。 $\sigma\acute{\nu}\nu$ 在這個結
　　　　合字中是在加強語氣。因此，較妥譯爲：必得藉著……。
　　　　創作者在組成情節結構之後，提供語言（以及音樂）來表
　　　　達。亞氏討論悲劇六元素，獨獨缺少音樂。

　　（3） $\acute{o}\mu\mu\acute{a}\tau\omega\nu\ \tau\iota\theta\acute{\epsilon}\mu\epsilon\nu o\nu$，置於眼前。創作者用看到（ $\acute{o}\mu\mu\acute{a}\tau\omega\nu$ ）代
　　　　替沉思（ $\theta\epsilon\hat{\omega}\rho\omega$ ）。因爲已經看到了；所以，不可能產生情
　　　　節的不連貫。換言之，創作者不是以想像，而是像看到的
　　　　形象（image）一樣。此說與後來強調創作「想像說」是有
　　　　差別的。

55ª23.2

(1)ἐναργέστατα，看得頂頂清楚。它是ἐναργής(看得清楚)的最高比較級。

(2)πρέπον，適當的，合適的。此指創作者適當的做出戲劇行動設計。

(3)λανθάναι，逃過注意。是逃過誰的注意？一般皆指爲逃過觀眾在觀賞時的注意。但本章第1，2句係專討論創作者，即將所有產生行動事件置於創作者的眼前。當指任何得失情況，皆逃不過創作者自己的注意。如果創作者的創作劇本真實連這一點也做不到；當然，在演出時，也逃不過觀眾的注意。

(4)ὑπεναντία，一般英譯爲discrepancies；中譯藉以譯爲：「矛盾」。這個字是相反的意思。相反之事未必是矛盾。

55ª26.3

(1)Καρκίνῳ(Carcinus)，這位多產悲劇作者，所知不詳。至於本句所提起這本劇本，也一無所悉。所以，犯了何種性質的過失與指責，皆無法指實。

55ª27.4 本句與Amphiaraus有關的故事，是因爲他的妻子Eriphyle接受了賄賂；因而勸他參與七將攻打Thebes，他自知不能生還，囑其子Alcmaeon 殺其母，爲他復仇。(cf.53ª20，並參見14章13.(2)注)。然而，這個情節並不足以了解他在舞台上實際動作所犯的錯誤。

不過，就本句的了解，可以擬定一個可能的情境，即Amphiaraus原先離開舞台的時候，是一個地方，比如說是Thebes，但他再進場時，卻從另一個地方的神廟；那末，就與原來Thebes的地點相反。這種情況，亞氏認爲如果不發生在觀賞演出，就會被忽略；然而，若在舞台上演出時，觀眾立刻可以覺察出來，也就是感到舞台的真實有背

於觀眾的想像真實。既然,觀眾們一下子就能共同的認出錯誤,該指責的是,在演出前,不可能沒有排演,那難道導演就看不到。因此,亞氏認爲這是創作者Carcinus所犯創作真實的過失。由於創作真實失真;當然,演出的舞台幻覺真實,也就失真。這就是這二種真實不一致的原因。

(1) ἀνήει(ἀνέρχεσθαι),原義爲溯源。

(2)ὁρῶντα,與 55ª24 行的ὁρῶν(觀看)是同一字。

(3)σκηνῆς,即舞台的建築。

(4)ἐξέπεσεν,失敗或被驅趕。此處可能不僅是失敗而已。就這個字義而言,可能是演員被噓了,而攆了下台。這是一個廣爲人知的實例;因而,值得亞氏提出。

55ª29.5

(1)σχήμασιν,有figure,form等義。因而英譯成:gesture。所以,這個字無法直譯,需要經過解釋。這種姿態想當然就是演員肢體的演出。所以,用「形體」或「肢體」更適當些。不過,亞氏已經指出演出與創作的關係最少。因此,這裡應是指行動者的形體出現在創作者視網上的形象。

(2)συναπεργαζόμενον 與 1.(1)注同,完全相同的一個語法,而意義也完全相同。

55ª30.6

(1)πιθανώτατοι,最令人感動的情感,係最高比較級。

(2) ἀπὸ τῆς αὐτῆς φύσεως,相同的本質。

(3) χειμαίνει,受到暴風雨引起的痛苦。

(4) χειμαζόμενος,係完成被動式,即已感受到大風暴所吃的苦,如同身受之意。

(5)ἀληθινώτατα,是成爲真實的最高比較級。本句由「最令人感動」起至「最高真實」止。

55ª32.7

(1)εὐφυοῦς，指天賦，天才。至於什麼是天才的定義。本注不加界定。

(2)〈μᾶλλον〉，Tyriwhitt主張插入本字。本譯文依(*Else* 486)加入。否則本句則譯為：創作法是天才或瘋狂。甚難令人理解。

(3)μανικοῦ，係一個人受到刺激的瘋狂。

55ª33.8

(1)εὔπλαστοι，係εὐ(good)＋πλαστοι (plastic)的結合字，擅長於塑造之意。

(2)ἐκστατικοί，易喜易怒的喜怒無常或失序。是英文ecstasy的字源。

55ª34.9 從本句到本章結束(55ᵇ1-23)亞氏敘說創作者如何產生創作。首先，創作者一定要有一個創作構思，再由這個構思進行全面的，或全盤情境中的戲劇行動事件安排規劃，使用了兩個專用術語：λογός(構思)與καθόλους(全盤情境)。

接著亞氏以*Iphigenia in Tauris*為例，自擬一個創作構思的全盤情境。先要有構思，構思中包涵幾個主要想法，每個想法就像一顆種子，排除一切人為之外的因素，讓每顆種子構成一個個段落的行動事件(episode)。最後才對行動者逐一加以命名。構思是創作之本；而構成每段落行動事件是創作法之技。這可能是亞氏教導創作者進行創作最為具體的示範與實踐。

(1)λόγους，一般認為它與情節或故事無所分別。故事是內容已經具體化，則還未定形；而情節更是故事結構的實際化，更屬實踐的下一個層次。因此，本譯文依λόγος的第一義：表達內在思想的語言。而將這個專用術語稱為構

思。

(2)πεποιημένους，係ποιεῖν的過去分組完成。意為：「已經創作出來的行動事件」。係指傳統傳留下來的，既有的故事。

(3)καθόλου，名詞，包括一切的東西；故是全面的或全盤的，英譯：generalized。

(4)ἐπεισοδιοῦν，同第十二章 1.(6)注。

(5)παρατείνειν(cf.51ᵇ38)，即將每一個戲劇行動事件連貫起來向下延伸，（而構成完整的戲劇行動）。

55ᵇ2.10

(1)θεωρεῖσθαι，對一件事件的沉思。F. Fergusson認定它是另一類行動(1961:10)，這種解說，可能偏離它的原義。

55ᵇ3.11.12.13.三句是亞氏自擬的*Iphigenia*構思大綱。

55ᵇ6.12

(1)ἔξω τοῦ καθόλου，排除在全盤情節之外。本句是指神，即神指引Orestes來到Tauris一事，在本劇中將它排除在構思大綱之外。透過第十五章注14的了解，亞氏堅持將「機械下降的神」排除在表演之外，本句是可以理解的。

(2)ἐφ’ ὅ τι，不知這個代名詞實指何物。據(*Lucas* 181)，ὅ τι是指在*Iphigenia*中獲得的Artemis神像，當是姐弟帶著神像逃走，而「天神機械下降」的那一幕。

(3)ἔξω τοῦ μύθου，排除在情節之外。依據十五章解說，帶著神像逃走，而接著「天神下降」，不是排除在情節之外，而排除在表演之外。就是說這超過常人的天神，不要構成一段「戲劇行動事件」，以供表演演出。如果在故事中非有不可；那末，僅以傳話人的方式來代替表演，可以就將情節中的事件，排除在表演之外。如此，就可以了解本句實質內容與意義了。一併參考第十五章注14。

55^{b}8.13

    (1) 係 Gudeman 等依阿拉伯來加入〈 $\tau\dot{\eta}\nu\ \dot{a}\delta\epsilon\lambda\phi\dot{\eta}\nu$ 〉（他的姐姐），$\dot{a}\nu\epsilon\gamma\nu\dot{\omega}\rho\iota\sigma\epsilon\nu$，（cf.54^{b}32）動詞，原意揭發，在此係「他認出（或揭發）了他的姐姐（身分）」。

    (2) $\Pi o\lambda\dot{\upsilon}\iota\delta o\varsigma$（Polyides），參見十六章 55^{a}6。依本句推測，Polyides 在本劇中創作另一種發現型式；因此，可能亞氏再次加以引證。

55^{b}12.14

    (1) $\dot{\upsilon}\pi o\theta\dot{\epsilon}\nu\tau a$，係設定，虛構之意，並參考 51^{b}13。

55^{b}13.15

    (1) $'O\rho\dot{\epsilon}\sigma\tau\eta\ \dot{\eta}\ \mu a\nu\dot{\iota}a$，Orestes 受到死神的追逐而被逼發狂。其情節見於 *Iphigenia* 260-335 行。

    (2) $\delta\iota\dot{a}\ \tau\hat{\eta}\varsigma\ \kappa a\theta\dot{a}\rho\sigma\epsilon\omega\varsigma$。亞氏在本專著中，僅二次提到 $\kappa\dot{a}\theta a\rho\sigma\iota\varsigma$。一次在悲劇定義。在本句是提出 *Iphigenia* 的實例，做為闡明它的本義。

    凡研究 $\kappa\dot{a}\theta a\rho\sigma\iota\varsigma$ 者，在字義上無法取得真正本義的認知時，希望透過各種不同領域的學理解釋，這個成果會產生見仁見智的分歧。從本句檢視 *Iphigenia* 情節中 $\kappa\dot{a}\theta a\rho\sigma\iota\varsigma$ 的實用性及其功能，皆是希臘人日常生活中宗教的具體實踐；換言之，即以日常生活的事實真實做證驗 $\kappa\dot{a}\theta a\rho\sigma\iota\varsigma$ 概念的依據。日常生活事實真實正是形成悲劇其他五項真實的共同基礎。

    這則日常生活事實真實是敘說 Iphigenia 姐弟相認後，設計逃亡。她的藉口是因為 Orestes 是弒母罪行的髒人，一定要舉行一個淨罪的儀式，用海水來洗淨他的罪，才能殺了祭神。事實上，藉機出海逃亡。敘述這段祭典儀式大約三百行（1037-1332）。約佔全劇的五分之一篇幅，一連用了五

次 $κάθαρσις$。它是希臘日常宗教生活中無比真實的宗教儀
式,比水晶還要清澈的說明 $κάθαρσις$ 的宗教淨罪意義,海
水,或山羊血,不是洗淨一個人身上殺人的血,而是一個
人所犯的罪。就宗教儀式而言,這是爲了贖他犯過的罪。
贖罪才是 $καθάρσις$ 的第一層原始意義。犯者在贖罪之後,
心結解了,得到安慰而淨化,或心中的鬱積得到了渲洩,
這些是贖罪後的延伸義,或是贖罪的功能,但不能取代贖
罪的本義。那末,悲劇中的行動者,既沒有宗教儀式的淨
罪,又如何能贖罪呢?仍是悲劇行動者透過自身恐懼與哀
憐的受難事件,甚至付出生命價值,完成自己贖了所犯過
的罪。這正是悲劇定義中katharsis子句的原義所在。藉此
稱爲贖罪說。本劇這則實例的重要性,是亞氏對 $κάθαρσις$
唯一直接的引證,也亞氏與讀者之間對 $κάθαρσις$ 這個概念
認知的共同推論基礎。所以,不得不予於重視。

55^{b}15.16

(1) $δράμασιν$,成爲表演演出。本句比較演出的戲劇行動事件
場次,受到表演的時間限制,約束得很短;但在敘事創作
中,則篇幅可以拖得很長。

55^{b}17.18

(1) $θεοῦς$,一位神祇。係Vahlen依拉丁本增入者。

(2) $ἀναγνωρίσας$,揭發,或相認出。

55^{b}23.19

(1) $ἴδιον$,一件東西所持有之處。在此指一種文類自身的特殊
性。

第十八章

XVIII 1.Ἔστι δὲ πάσης τραγῳδίας τὸ μὲν δέσις τὸ δὲ λύσις, τὰ
25 μὲν ἔξωθεν καὶ ἔνια τῶν ἔσωθεν πολλάκις ἡ δέσις, τὸ δὲ
λοιπὸν ἡ λύσις· 2.λέγω δὲ δέσιν μὲν εἶναι τὴν ἀπ' ἀρχῆς
μέχρι τούτου τοῦ μέρους ὃ ἔσχατόν ἐστιν ἐξ οὗ μεταβαίνει
εἰς εὐτυχίαν ἢ εἰς ἀτυχίαν, λύσιν δὲ τὴν ἀπὸ τῆς ἀρχῆς τῆς
μεταβάσεως μέχρι τέλους· 3.ὥσπερ ἐν τῷ Λυγκεῖ τῷ Θεοδέκτου
30 δέσις μὲν τά τε προπεπραγμένα καὶ ἡ τοῦ παιδίου λῆψις καὶ
πάλιν ἡ αὐτῶν * * λύσις δ' ἡ ἀπὸ τῆς αἰτιάσεως τοῦ θανάτου
μέχρι τοῦ τέλους. 4.τραγῳδίας δὲ εἴδη εἰσὶ τέσσαρα (τοσαῦτα
γὰρ καὶ τὰ μέρη ἐλέχθη), ἡ μὲν πεπλεγμένη, ἧς τὸ ὅλον
ἐστὶν περιπέτεια καὶ ἀναγνώρισις, ἡ δὲ παθητική, οἷον οἵ τε
1456ᵃ Αἴαντες καὶ οἱ Ἰξίονες, ἡ δὲ ἠθική, οἷον αἱ Φθιώτιδες καὶ ὁ
Πηλεύς· 5.τὸ δὲ τέταρτον †οης†, οἷον αἵ τε Φορκίδες καὶ ὁ Προ-
μηθεὺς καὶ ὅσα ἐν ᾅδου. 6.μάλιστα μὲν οὖν ἅπαντα δεῖ πει-
ρᾶσθαι ἔχειν, εἰ δὲ μή, τὰ μέγιστα καὶ πλεῖστα, ἄλλως τε
5 καὶ ὡς νῦν συκοφαντοῦσιν τοὺς ποιητάς· 7.γεγονότων γὰρ καθ'
ἕκαστον μέρος ἀγαθῶν ποιητῶν, ἑκάστου τοῦ ἰδίου ἀγαθοῦ
ἀξιοῦσι τὸν ἕνα ὑπερβάλλειν. 8.δίκαιον δὲ καὶ τραγῳδίαν
ἄλλην καὶ τὴν αὐτὴν λέγειν οὐδενὶ ὡς τῷ μύθῳ·

1. 每部悲劇皆有的部分是：一個是打結部分[1]與一個解結部分[2]。凡幾個事件在戲劇之外經常與，很多情況，是幾個事件在戲劇之內，是爲打結部分；其餘部分則爲解結[3]。 2. 我所謂打結，是它從開始直到那一個最高點部分[1] [2]；由此，情節由幸或不幸的轉變[3]。所謂解結，係從轉變的這一點開始直到最後的結局。 3. 正如在Theodectes的*Lynceus*[1]中，它的打結部分是從那個在前面被預先構成的戲劇行動事件[2]與那個被捕的小男孩；還有，以及〈……兩親被捕……〉；解結部分，它是從控訴凶手直到結局。

4. 悲劇的種類[1]有四，事實上，構成情節組成成分種類，也是已經說過的[2]，它是自身交織類[3]，全屬逆轉與揭發；受難類[4]，如*Ajax* [5]，與*Ixion* [6]也是；品格類，如《*Phthia*的女人》[8]與 *Peleus* [9]； 5. 第四類，是場面情節類[1]，如《*Phorcys*的女兒們》[2]與*Prometheus*[3]，以及所有與發生在冥府[4]（相關）的劇本。 6. 現在創作者要儘可能企圖使用這些所有的成分；如果，不能兼備的話，則用其最重要的，及儘可能多的成分；尤其在今日對這些創作者所做的錯誤指控[1]。 7. 因爲創作者們曾擅長於個別單一成分；現在期待創作者們在每一特殊個別成分上的擅長能壓倒對方。 8. 有不同類的與同類[2]的悲劇要判定那個才是正確的[1]，所述說的但再也沒有像論述它們的情節[3]。

⁹˙τοῦτο
δέ, ὧν ἡ αὐτὴ πλοκὴ καὶ λύσις. ¹⁰˙πολλοὶ δὲ πλέξαντες εὖ
10 λύουσι κακῶς· ¹¹˙δεῖ δὲ ἀμφότερα ἀρτικροτεῖσθαι. ¹²˙χρὴ δὲ ὅ-
περ εἴρηται πολλάκις μεμνῆσθαι καὶ μὴ ποιεῖν ἐποποιικὸν
σύστημα τραγῳδίαν—ἐποποιικὸν δὲ λέγω τὸ πολύμυθον—
οἷον εἴ τις τὸν τῆς Ἰλιάδος ὅλον ποιοῖ μῦθον. ¹³˙ἐκεῖ μὲν γὰρ
διὰ τὸ μῆκος λαμβάνει τὰ μέρη τὸ πρέπον μέγεθος, ἐν
15 δὲ τοῖς δράμασι πολὺ παρὰ τὴν ὑπόληψιν ἀποβαίνει. ¹⁴˙ση-
μεῖον δέ, ὅσοι πέρσιν Ἰλίου ὅλην ἐποίησαν καὶ μὴ κατὰ
μέρος ὥσπερ Εὐριπίδης, ⟨ἢ⟩ Νιόβην καὶ μὴ ὥσπερ Αἰσχύλος,
ἢ ἐκπίπτουσιν ἢ κακῶς ἀγωνίζονται, ἐπεὶ καὶ Ἀγάθων ἐξ-
έπεσεν ἐν τούτῳ μόνῳ. ¹⁵˙ἐν δὲ ταῖς περιπετείαις καὶ ἐν τοῖς
20 ἁπλοῖς πράγμασι στοχάζονται ὧν βούλονται θαυμαστῶς·
¹⁶˙τραγικὸν γὰρ τοῦτο καὶ φιλάνθρωπον. ¹⁷˙ἔστιν δὲ τοῦτο, ὅταν
ὁ σοφὸς μὲν μετὰ πονηρίας ⟨δ'⟩ ἐξαπατηθῇ, ὥσπερ Σίσυ-
φος, καὶ ὁ ἀνδρεῖος μὲν ἄδικος δὲ ἡττηθῇ. ¹⁸˙ἔστιν δὲ τοῦτο καὶ
εἰκὸς ὥσπερ Ἀγάθων λέγει, εἰκὸς γὰρ γίνεσθαι πολλὰ
25 καὶ παρὰ τὸ εἰκός. ¹⁹˙καὶ τὸν χορὸν δὲ ἕνα δεῖ ὑπολαμ-
βάνειν τῶν ὑποκριτῶν, καὶ μόριον εἶναι τοῦ ὅλου καὶ συναγω-
νίζεσθαι μὴ ὥσπερ Εὐριπίδῃ ἀλλ' ὥσπερ Σοφοκλεῖ. ²⁰˙τοῖς
δὲ λοιποῖς τὰ ᾀδόμενα οὐδὲν μᾶλλον τοῦ μύθου ἢ ἄλλης
τραγῳδίας ἐστίν·

(續前段)9. 這也就是它們的交織[1]與解結。　10. 很多的創作者在這交織[1]上做得很好;但在解結上,則壞。　11. 這二種方法,一定要能相互榫接[1]在一起。

12. 有必要回想起我們已經說過很多的,就是不能把一部創作敘事體創作全部撰集在它的一個(悲劇)之中。我所謂敘事體創作,它是多組情節的[1],就像是將整個*Iliad*創作成一部悲劇情節。　13. 因為,敘事體創作的長度[1],每一個部分容納適當的宏偉體裁[2]。而在這些表演[3]中,結果就很違背創作者原先的想法了。

14. 這個證明;即所有創作者創作包括所有*Iliad*[1];而非像Euripides採用只依其中的每一個部分;如*Niobe*[2],也不像Aeschylus;在比賽時,不是被撻下台,就是甚差;因此,不止Agathon也在這方面[3]是失敗的。　15. 但在它們逆轉與在單一事件行動上[1],創作者所尋求的目標所希望的是這類的驚奇[2]。　16. 因為,這些有悲劇性[1]與同情別人的慈悲心[2]。　17. 這種情況是當一個有智慧的惡人,被人所騙弄,正如Sisypheus[1];又如一個為非作歹的蠻漢,竟被人打敗。　18. 而這些事件是合於必然(率)的,正如Agathon所說的:很多產生必然事件,而它們是產生於不必然。　19. 論及合唱隊,應作為演員的一個;也應作為整體的一部分有助於共同參與[1]比賽中得勝,但不是像Euripides,而應如Sophocles。　20. 至於其他的創作者們[1]借來插入合唱詞唱的歌,絕非[2]它們的情節部分或任何其他悲劇部分。

^{21.}διὸ ἐμβόλιμα ᾄδουσιν πρώτου ἄρξαντος
30 Ἀγάθωνος τοῦ τοιούτου.^{22.}καίτοι τί διαφέρει ἢ ἐμβόλιμα
ᾄδειν ἢ εἰ ῥῆσιν ἐξ ἄλλου εἰς ἄλλο ἁρμόττοι ἢ ἐπεισόδιον
ὅλον;

21. 現在合唱隊這種[1]插入的合唱詞，這種形式是由Agathon第一個開始的。 22. 那末，插入一段借來的合唱詞，或來自別的地方的一段講詞，或者一個完整發生行動事件場次[1]，與另一劇聯合在一起，那又有何不同呢？

【釋義】

本章處理四項內容：(1)情節結構的打結與解結；(2)悲劇類型；(3)比較悲劇與敘事創作在創作行動體裁的取向；以及(4)合唱隊的功能。除第三項外本章似乎又回到情節相關問題的討論。依第十四章所說：「有關戲劇行動事件的結構……所說過的，已是足夠了。」因此，本章與十六章皆涉及情節，也遇到相同的疑問。它在敘說的推論體系上，不符合第六章總綱目的秩序。即不能前承第十七章的餘緒，又不能開啓第十章的脈胳，比較合適的安排，應宜移前接在第十一章之後。這顯示本章內容具有它的孤立性；正因此故，有人主張本章是亞氏後加上的筆記摘要。

I. 情節結構：打結與解結

首先，就本章內容分析，情節打結與解結是一個嶄新的概念。在此之前，無任何相關的前提。所謂打結是製造情節複雜化；而解結是複雜化的情節解構。並指出這二個部分是所有悲劇情節結構所必需俱有的，是一項普遍性命題。但在實際的應用方法，就這二個新概念所做的界定，可能偏向於自身交織型情節。由於，缺少具體前提，使論者失去依據，所做出的推論，不足周延；不管如何，這二個新概念，在自身交織與單一情節，同具情節結構創作技巧的實用性，且廣爲應用。至少以保守的看法，依它的定義，不妨先將這二個新概念限定在自身交織型情節上的處理；雖然，自身交織情節以揭發與逆轉爲主。

II. 悲劇四種類型分類

其次，悲劇類型的四種分類，也是一項在本章之前，即在第

七、九兩章中不曾提過任何相關參考基礎的分類法，且與第十與十三章的二種情節分類有所不同，更是造成困惑難以理解的分類法。檢視亞氏情節的分類，必先有一個穩定的先決條件，比如，依情節結構，有了單一情節，才有單一行動(51^b33，52^a14)，而後有單一悲劇(59^b9)；同理，有自身交織型情節；始有自身交織行動(52^a16)；而有自身交織悲劇(55^b33-40，59^b9)。然而，本章的四類悲劇類型的新分類，似乎是以組成悲劇六元素成分($μέρη$，55^b33)爲前提。又似乎是悲劇情節的特徵分類。所以，這四類是：(1)行動結構類；(2)品格類；(3)場面類；另加上悲劇定義中悲劇功能的(4)受難類。其餘元素中的思想，音律及語言三種，基於無實例劇本的存在，未見列於分類之中(或許現代戲劇可提供案例，但並非本章範圍)。畢竟這悲劇四種類型分類缺少一個全面性推理的前提，導致不確定性的認知。不過，在推論上，不妨做一個假設，即第一類是屬自身交織情節，其餘三類係單一情節。如果這個看法，是合理的話，就可符合第十章情節只有自身交織與單一的基本原則。

III. 比較敘事體創作與悲劇的結構基本差異

第三議題是與敘事體創作，比較悲劇及其演出，就這兩種文類在處理相同的宏偉體裁及其情節結構上的差異性。本章僅在這方面做了提示，繼在第廿三章才再進一步申論。

IV. 合唱團的演員功能

最後，亞氏認定合唱隊應列爲演員之一。(請參讀十二章及注釋)。不過，就現存三大家作品中合唱隊所佔的分量比例是明顯的遞減。至法國新古典主義時，P. Corneille則完全廢除。因此，合唱團應視爲組成悲劇量的成份，而非質的部分，它的存在與否，

會因時、因人而改變的。

本章內容看來是獨立的一章。就歸納出的每個議題單元的性質而論，其間又無必然的連貫性。在研讀上可將每一議題分開處理，更恰當的可視爲前幾章相關論點延續性的補充說明。

注釋

55ᵇ24.1

(1)δέσις，原義是打一個結；而與λύσις 成爲一對術語。

(2)λύσις，把打起來的結解開。兩者即(1)和(2)當稱爲打結事件及解結事件。前者是使情節事件複雜化；而後者是解開原有複雜化後的情節，成爲創作法的技巧。英文分別意譯爲：complication，denouement或resolution。這種譯法或許爲了延伸義的方便解說，未必比原意更爲妥當。如果使用在別的論述，並無不可；不過，打結與解結兩術語，它們與自身交織情節所使用的 πλέκω， πλοκή(交織在一起)(56ᵃ9)是一系列的連貫概念。一但採用延伸義之後，就失去了亞氏建立原有術語體系關係。

(3)τὰ μὲν ἔξωθεν…ἡ δέσις 。本句是形成打結事件的實質定義，即戲劇行動之外的事件與戲劇行動之內的事件集合(打結)在一起。換言之，戲劇行動之外的事件與戲劇行動之內的很多事件組成爲整體打結情節。所謂戲劇行動之內的很多事件，當指在舞台上進行的現在事件；而戲劇行動之外的事件，第十四章 53ᵇ32 及第十七章 55ᵇ8 皆已論及，不再細論有那些可能發生的事件，且見下句所舉 Lynceus 情節實例，以資解說。

從何打結起，不明。僅就此打結定義而論，似乎更偏向及適應於自身交織情節。即，戲劇行動之外的過去事件與舞

台上現在時間的戲劇行動事件交織或打結在一起。
Oedipus 則為顯例。如果擴及解說「戲劇行動之外事件」，也可包括現在事件，則打結與解結事件，也可適應於單一情節。

55ᵇ26.2 本句是為打結與解結的實用性，諸如開始、最高點、轉變，幸與不幸、最後結局等，與第七章所使用的共同專用術語並無特殊之處。就本章實用意義而言，在結成一個整體的開始事件、中間事件及結局中，做進一步實踐如何打結與解結結構具體化。確實，在編劇的技術上，從那一幕到那一幕是為打結事件；再由那一幕到結局為解結事件。本章提供了一個可循的規律。

(1)τοῦ μέρους，在此所指可能即非元素的成分，也非組成量的部分；而是情節由那一點到那一點為打結的「部分」；再由那一點到結局是為解結的「部分」之意。

(2)ἔσχατον，不是情節上的任何一點，而是最高點；由此，情節開始巨變。

(3)μεταβαίνει，轉變。它與μεταβάλλειν(51ª14)同義。

55ᵇ29.3

(1)Λυγκεῖ(*Lynceus*)，係 Theodectes 劇作。見十一章注2.(52ª24-26)。因為作者與故事情節均不詳。在抄本55ᵇ31處有損，雖經考證據補入「雙親被捕」，所指是Lynceus和他的小孩Abas，仍無法恢復實際情節。不知事件從那一點(事件)起為打結，而又發展到那一點(即高點)之後，由此到結局為解結。

(2)προπεπραγμένα，是πρό ＋ πεπραγμένα的結合字。前者為「預先」，後者係πραττεῖν的現在完成被動關身分詞。依此，它的意思：預先已被自身做出的戲劇行動事件。正是

指「戲劇行動之外的事件」，也就第一句打結的定義，即
自身交織型情節中發生在過去事件，又回到劇中行動者的
事件之中。

依這個解說，*Lynceus* 劇中一定有一個過去做過的事件，
它與現在劇中事件相互交織在一起。當這一過去事件不明
時，則這實例，就失去推演基礎。雖然，以上三句具有實
用性，但無法周延亞氏這個新概念的全貌。

55^{b}32.4 本句至第8句(56^{a}2-8)枚舉悲劇類型有四。係以構成悲劇元
素做為分類基礎，並不與打結與解結相關。由此可知本章
各個主題之間，缺少推理的或必然的連貫性，僅是筆記中
的幾項摘要抄錄在一起而已。

(1)εἴδη，類。一種文類到同屬的次文類。即在　悲劇這個文
類中有那些同屬次文類。

(2)μερή ἐλέχθη，曾經說過的(組成悲劇的元素)成分。也即，
情節、品格、思想、語言、音樂及場面六元素。W. Lucas
將這二個分類術語從亞氏專著中的使用法，做了統計表，
甚可參考(185)。

(3)πεπλεγμένη，自身交織情節(參見第十章)，而以逆轉與揭
發為必備條件，藉以別於單一情節。

(4)παθητική，受難事件情節。其定義見第十一章最後一句
(52^{b}17-13)。

(5)Αἴαντες(*Ajaxes*)，是Sophocles劇作，亞氏舉本劇與*Ixion*二
劇作為受難類實例。Ajax一直受難直到自殺遭受極端身心
的楚痛，當屬受難類無疑。本劇現存。

(6)'Ιξίονες (Ixion)是三大家共同創作過的體裁。他是傳說中
Thessalian國王，罪行甚多，其中之一是他企圖強暴Hera女
神，而遂被打進冥府，坐在風火輪上，永受煎熬，成為受

難體裁。從這二個劇本情節看出，即自開始一直發展到結
局，當屬單一情節。

(7)*ηθική*，品格類(cf. 50ª29)；以語言表達面對衝突情境的抉
擇之品格(見第十五章)。

(8)*Φθιώτιδες*(《Phthia的女人》，*Phthiotides*)。Phthia是Peleus
和Achilles的家鄉，爲Thessalian國所轄的一個城。本劇係
Sophocles所作，失傳，其情節一無所悉。

(9)*Πηλεύς*(*Peleus*)，Sophocles與Euripides的劇作，均失傳。
從現存有關Peleus的一些情節，完全看不出他何以成爲受
難；更看不出何以成爲自身交織型情節的可能。
從(8)和(9)兩劇無法確定品格類的實際內容。

56ª2.5 本句是敘說第四類：

(1) *＊οης* 。由於抄本受損，而至不能確定第四類確實的命
名。因有不同的看法。1.認爲這個受損的字是
ἀπλοῦν(Morel)或*ἀπλῆ*(Bursian)，Gudeman 認爲這個字是
合理的。所以，Butcher 譯爲：簡單情節。也即認定第四
類是簡單類，這明顯不符合二個基本類型的分類。2.
Tyrwhitts 及 Else 等認爲係：*ἡ δὲ ἐπεισοδιώδης*；所以譯爲：
episode(拼湊類型)。本人認爲該受損的地方填不進
ἐπεισοδιώδης 這麼長的字。更重要的是亞氏已經申明是以
μερή(組成元素成分)，單一與拼湊皆非形成情節元素。再
多的引論皆屬多餘。3. Bywater 據拉丁本，認爲是 *ὄψις*(場
面)。這個看法可能比較合理，從以下二個實例，至少其
之一，得到應證。

(2)*Φορκίδες*(Phorcys的女兒們)。Aeschylus創作，可能是一部
失傳的人羊劇。情節內容不知，難以確定類型。

(3)*Προμηθεύς*，可能不是單一劇本，而是 Aeschylus的三聯

劇： *Προμηθεὺς Δεσμώτης*（《被縛的 Prometheus》）；
Προμηθεὺς Λυόμενος（《被釋放的 Prometheus》）及
Προμηθεὺς Πυρφόρος（《傳火種的Prometheus》）。其中第一
部現存，比較容易了解其屬單一情節。本劇可謂無行動，
以口敘方式敘說「衝突」。演出的進行全仗場面的安排，
按依次先由威力神（*Κρατός*）、暴力神（*Bía*）和工匠神
（*Ἐφαιστός*）進場將Prometheus（係做成一巨大的人物體）釘
在高加索萬丈山崖間（舞台造形），十二女子組成的合唱
隊，乘著飛車進場；*Ὠκεάνος*（河神，Prometheus岳父）騎著
飛鳥進場；Io頭上生角如同牝牛般的裝飾；Hermes（眾神
使者）係從空而降，從空而去。最後一段大地動搖，雷電
火光交加，狂風奔騰，海濤洶湧，Prometheus與合唱隊在
這個景象中隨之消失。這種場面堪稱壯觀。依此證實，第
四類宜當為場面類。

(4)*ὅσα ἐν ᾅδου*，所有與冥府（*ᾅδου*）相關的劇本，皆屬之。可能
是指 Aeschylus 的 *Ψυχαγωγοι*（《消遣者》）與
Σίσυφος δααπέτης（*Sisyphos*）（見下注17.(1)），Euripides 的
Περίθους（*Pirithous*），以及其他劇作家劇作。唯全數失傳，
無具體場面可供參考。因此，僅依*Prometheus*一劇，權充
認定第四類，宜當為場面類。

從以上第二、三、四類的情節實例來衡量，雖不是以代表
全部類型，但皆屬單一情節；依此，這三類是以單一情節
為分類標準，枚舉在單一情節中的三類情節類型特徵。果
如此，悲劇類型仍然不違背只有自身交織與單一情節兩種的
分類原則。不過，拼湊情節是在這兩類中皆可能產生的。

56ᵃ3.6.7.8 三句說明亞氏時代出現這四類悲劇，其劇作者各有天
分，無法做到眾體（即組成悲劇元素成分）兼備的悲劇創作

最高標。但求儘量涵蓋，至少各有專擅，或長於情節或品格，各展所長，以致勝過對方。而在亞氏評定其中仍以情節為悲劇成就標準。至於亞氏所指「對創作者錯誤的指控」，雖未做明確的依歸。但肯定的與確定的以打結與解結的情節才是決定的準則。也可由本句足以顯示當時對悲劇比賽的評分標準分歧性。

56ª3.6

(1)συκοφαντοῦσιν，原意是敲竹槓，侗嚇。在本句是錯誤的批評或指控之意。

56ª7.8

(1) δίκαιον，做得對，正當或合理。此字是συκοραντοῦσιν相對詞。這是一對在評價標準上是重要的詞彙。

(2)ἄλλην καὶ τὴν αὐτήν，有的同，而有的異。

(3)οὐδενὶ ὡς，加強語氣的用法，即再也沒有什麼像似（打結與解結的情節）。

56ª8.9.10.11 三句重申決定一種悲劇做得對的標準，其優劣之所在全決定於打結與解結。這在創作法或方法上，是一項具體的實踐。對創作者而言，是實質的提昇創作法的價值。

56ª8.9

(1)πλοκή，πλέκω（動詞）的名詞。πλέκω 係紡織，織，編等意，它成為關身動詞πεπληγμένη 之後，解釋為「自身交織」，參見第十二章。在本句此處，πλοκή（交織）的意義等於打結（δέσις）。在翻譯上，以Butcher為例，將πλοκή 譯為complication；而πεπληγμένη 則為complex。將二者之間「織」的涵意完全消失了，也將亞氏術語詞彙系列中分別義的關係，降低了。

56ª9.10

(1)πλέξαντες，即 πλέκω（交織）。

56ᵃ10.11

(1)ἀρτικροτεῖσθαι 木匠把二根木材做好的榫，而後用錘子將這二個榫子捶接起來。如果二個榫子連不起來或接不好，就不成一件器具，也就是一個失敗的木匠。亞氏以實際生活中的詞彙表達交織（或打結）與解結，就是要結合到如此密不通風的地步，才是上乘，否則創作就是失敗。這也就是本句的主旨。

56ᵃ10.12到18句（56ᵃ10-27），是本章另一段落，主要是界定敘事創作與悲劇兩種文類在處理結構與體裁上的基本原則，並舉實例說明優劣。

56ᵃ10.12

(1)τὸ πολύμυθον，多組（包括雙組）情節結構。本句比較這兩文類在創作結構上最根本差異。悲劇是單組情節，截然不同於敘事創作可以多頭緒故事成爲多組情節結構；也即，多組行動事件所組成。亞氏比較這兩種文類，已經說過多次，但就它們的結構上的差異，則僅提出這一次。所以，這是認定它們之間不可忽略的，唯一的基本原則。

56ᵃ13.13 在處理體裁上，這兩種文類最大差異是在於悲劇受到演出一定時間的限制，以這個時間內的長度（μῆκος）來表達一個適當的宏偉體裁（πρέπον μέγεθος）。通常皆以英雄的命運一次改變由幸到不幸爲度。由於敘事創作是很長的，（亞氏似乎僅以Homer作品爲對象，而不及其他），其中每一個部分皆有一個宏偉體裁，將這些部分各具長度的宏偉體裁，通通表演出來，這不是悲劇創作者所願望的；換言之，如果要如此的做，也是失敗的。

(1)μῆκος，長度。僅屬用於長度的詞彙。

(2)πρέπον μέγεθος，適當的宏偉體裁。在本句同時出現 μῆκος(長度)與μέγεθος(宏偉體裁)。如果分別英譯為 length(長度)和bulk(*Else* 540)。試問以長度如何來表達 bulk？

(3)δράμασι，表演行動。

56ª15.14本句亞氏舉當時實例，凡悲劇創作者將所有*Iliad*或*Niobe* 全部情節放在比賽時的一個悲劇表演中，證明一定失敗。 相反的，不論Euripides和Aeschylus僅採用*Iliad*中的一個宏 偉體裁則成功。因此，經此實證，歸納出這二種文類創作 規律的正確性。

(1)'Ιλίου ὅλην，所有的*Iliad*。即整個Troy戰爭故事。

(2)Νιόβην(*Niobe*)，係Aeschylus所作。可能只擷取Niobe一生 中一個行動作為創作體裁。已失傳。但據拉丁本，將 *Niobe*修定為*Hecuba*。

(3)τούτῳ，這些或這方面。當指Agathon的劇本。

56ª19.15

(1)ἁπλοῖς πράγμασι，組成單一行動事件，即單一情節。

(2)θαυμαστῶς，驚奇。係悲劇的功能。Else本增 τῶν 從之。因 而譯為：這類的驚奇。

56ª21.16

(1)τραγικὸν，悲劇性。指哀憐與恐懼事件。

(2)φιλάνθρωπον，這是一個常之用字，關愛別人的好心腸，同 情別人，富人情味。有人意譯為：滿足人的道德感。

56ª21.17

(1)Σίσυφος(*Sisyphus*)，Aeschylus的劇作。失傳。傳說中他是 Corinth國王，以狡滑、精明出名，被罰至冥府，負一巨石 走到底，再走回至頂，如此往返不絕。這裡所指，可能是

他去騙人，結果反被他人所騙的情節。因此情節而列爲受
難類悲劇，參見注5.(4)。

56ª23.18本句是亞氏引用Agathon的說法，成爲行動必然率的基
礎，基於必然率，使不可能的事件成爲必然事件的結果。

56ª23.19句至22句(56ª25-32)，討論合唱隊的功能，可視爲十二章
的補充部分。

56ª25.19本句稱合唱隊當視爲演員之一。在比賽中幫助獲勝，蓋合
唱隊具有製造悲劇氣氛的誦唱部分，抒發哀憐與恐懼的情
感。亞氏在本專書中不曾有專章來討論組成悲劇之元素中
的音樂製作，是否在此可能暗示合唱隊就是具有這種音樂
的功能，也就算是對音樂製作的討論。亞氏在合唱隊方
面，特別推崇Sophocles優於Euripides，這也或許就是因爲
Sophocles在處理合唱隊的音樂效果最爲成功之故。就合唱
隊而論在Euripides劇作中所佔的功能遞減；而Sophocles又
遠不及Aeschylus的重要。如果不如前敘，就不知亞氏何以
獨鍾Sophocles了。

(1)συναγωνίζεσθαι，共同參與，或有助於比賽，而有成就。也
即獲勝之意。本句視爲演員的表演技巧，而非劇作法。

56ª27.20本句指出其他創作者的唱詞已與情節，甚至行動無關。爲
什麼如此，繼在21句做了說明。

(1)τοῖς δὲ λοιποῖς，其餘的。按 19 句，亞氏是指在 Sophocles
與 Euripides 之後的創作者而言。

(2)οὐδὲν μᾶλλον 已非。加強語氣，或絕非之意。

56ª29.21合唱隊的抒情部分及其功能，甚至擔任commoi(抒情歌)
部分，皆是回應劇中行動與行動者所產生的哀憐與恐懼之
情。但至亞氏時創作者已經不再創作合唱隊的部分。竟然
從別處，(可能不限於其他既有的劇作中，借上一段相類

的，卻實質上與情節無的唱詞，或許這段唱詞甚受歡迎）而
插入。頗類似歌仔戲的唱段，如情節中有借傘，演員順口
就將歌仔薄中的借傘唱詞加入表演之中。希臘的這位始做
俑者就是Agathon。由經此，合唱隊的部分，已經失去了創
作的功能。而亞氏在本句並未預測合唱隊終將消失。

（1）τοῦ τοιούτου，指這一類插入的合唱詞。但拉丁O本，為
τοῦ ποιητοῦ，這位創作者。係指Agathon。不過，並改變不
了本句的原意。

56ᵃ30.22亞氏更進一步推論。既然，合唱詞能從別處借上一段插入
表演，那末，又何異於從別的劇本中借一個完整行動事件
（episode）插入呢？由此可知，至亞氏時，公元前四世紀，
希臘悲劇的創作能力已經由盛而衰了。

（1）ἐπεισόδιον ὅλον，完整的一個（戲劇行動事件）場次。

第十九章

XIX ¹·Περὶ μὲν οὖν τῶν ἄλλων εἰδῶν εἴρηται, λοιπὸν δὲ περὶ
λέξεως καὶ διανοίας εἰπεῖν.²·τὰ μὲν οὖν περὶ τὴν διάνοιαν ἐν
35 τοῖς περὶ ῥητορικῆς κείσθω·³·τοῦτο γὰρ ἴδιον μᾶλλον ἐκείνης
τῆς μεθόδου. ⁴·ἔστι δὲ κατὰ τὴν διάνοιαν ταῦτα, ὅσα ὑπὸ
τοῦ λόγου δεῖ παρασκευασθῆναι.⁵·μέρη δὲ τούτων τό τε ἀπο-
δεικνύναι καὶ τὸ λύειν καὶ τὸ πάθη παρασκευάζειν (οἷον
1456ᵇ ἔλεον ἢ φόβον ἢ ὀργὴν καὶ ὅσα τοιαῦτα) καὶ ἔτι μέγεθος
καὶ μικρότητας. ⁶·δῆλον δὲ ὅτι καὶ ἐν τοῖς πράγμασιν ἀπὸ
τῶν αὐτῶν ἰδεῶν δεῖ χρῆσθαι ὅταν ἢ ἐλεεινὰ ἢ δεινὰ ἢ
μεγάλα ἢ εἰκότα δέῃ παρασκευάζειν· ⁷·πλὴν τοσοῦτον δια-
5 φέρει, ὅτι τὰ μὲν δεῖ φαίνεσθαι ἄνευ διδασκαλίας, τὰ δὲ
ἐν τῷ λόγῳ ὑπὸ τοῦ λέγοντος παρασκευάζεσθαι καὶ παρὰ
τὸν λόγον γίγνεσθαι.⁸·τί γὰρ ἂν εἴη τοῦ λέγοντος ἔργον, εἰ
φαίνοιτο ἢ δέοι καὶ μὴ διὰ τὸν λόγον; τῶν δὲ περὶ τὴν λέ-
ξιν ἓν μέν ἐστιν εἶδος θεωρίας τὰ σχήματα τῆς λέξεως,
10 ἅ ἐστιν εἰδέναι τῆς ὑποκριτικῆς καὶ τοῦ τὴν τοιαύτην ἔχον-
τος ἀρχιτεκτονικήν, οἷον τί ἐντολὴ καὶ τί εὐχὴ καὶ δι-
ήγησις καὶ ἀπειλὴ καὶ ἐρώτησις καὶ ἀπόκρισις καὶ εἴ τι
ἄλλο τοιοῦτον. ⁹·παρὰ γὰρ τὴν τούτων γνῶσιν ἢ ἄγνοιαν οὐδὲν
εἰς τὴν ποιητικὴν ἐπιτίμημα φέρεται ὅ τι καὶ ἄξιον σπου-
15 δῆς.¹⁰·τί γὰρ ἄν τις ὑπολάβοι ἡμαρτῆσθαι ἃ Πρωταγόρας
ἐπιτιμᾷ, ὅτι εὔχεσθαι οἰόμενος ἐπιτάττει εἰπὼν "μῆνιν ἄειδε
θεά"; τὸ γὰρ κελεῦσαι, φησίν, ποιεῖν τι ἢ μὴ ἐπίταξίς
ἐστιν.¹¹·διὸ παρείσθω ὡς ἄλλης καὶ οὐ τῆς ποιητικῆς ὂν
θεώρημα.

1. 因此，有關其他已經說過的種類，即所剩下的[1]，就是要談的有關語言[2]與思想。　2. 有關思想是已被放置在修辭學[1]中討論。　3. 因為，這項特別的種類性質更適合這種研討的方法[1]。　4. 在思想下的是，含有所有來自語言[1]所能應產生的功能。　5. 它的成分包括證明與反證[1]產生情感（如哀憐，或恐懼，或忿怒[2]；以及諸如此類），以及誇張與貶抑[3]。　6. 這很清楚的說明，當處理戲劇行動事件產生哀憐或恐懼情感的重大或必然功能時[1]，也是應該使用思想這一項目。　7. 除此之外，它們的差異，那就是前者[1]不要教導就一定產生效果；而後者要由[2]說話的人透過語言產生，這是由語言變成的。

8. 因為，如果能產生思想，而不需要透過他的語言；那末，什麼是說話人的功能呢？有關語言的種類以及撿視語言的形式，諸如，命令式，祈求，威脅，詰難與回答，以及其他的；這種知識是屬於演員法[1]要知道的；以及要擁有這些擅長的技術[2]。　9. 至於，經由[1]這些類別知與不知，對戲劇創作法[2]，即不值得批評[3]，也不值得認真。　10. 那就是，Protagoras捉住創作者（Homer）一個失誤：「唱那憤怒吧！女神呀[1]！」，他批評應該是命令式，而Homer用為祈求式，他說催促一個人做或不做一件事，這是一個命令。　11. 如此，這是可能像是其他類問題，而不在創作法中來撿視。

【釋義】

在處理特殊的十七、十八兩章之後，亞氏又回到原有元素秩序的論述。敘說所剩下的元素部分：思想與語言。依一般看來，亞氏僅處理了情節與品格二元素。在十七章注裡，本人提出亞氏所呈現的六項真實，其中演員與舞台的幻覺真實，再加上十八章第五句(56ª2)注(5)的第四類悲劇，皆可作為場面的範疇。又在十八章的合唱隊(56ª25-32)可能屬於音樂製曲元素。那末，本章所稱只剩「語言與思想」兩種元素是合理的。在本章分為二個部分，由一句至八句為前一半(56ª33-56ᵇ8)為思想；接著第八句至十一句(56ᵇ8-11)，事實上，一直延伸到第廿二章結束一共三章半，全部皆屬語言部分。

I. 思想及其成分

在第六章總論第27-32句(50ᵇ4-13)是討論思想的基本概念的原則與範疇。本章首先提出思想要如何研究？《修辭學》可提供更適當的研究法，這正符合第六章28-29兩句的原旨。其次，思想是什麼？本章提出三個主要論點；(1)證明與反證；(2)提供情感；(3)宏偉化與極小化。也屬第六章32句的延續闡明，且分別見於《修辭學》第二卷第廿一章〈格言〉，廿二章的證明法，反駁法及三段論法；廿三章的28種主題推論證；尚可包括廿四章。請讀者自行參讀，在討論悲劇主題上，有導引的作用。其次，提供情感，即哀憐與恐懼事件，這在本專著第十四章有相當完整的述說。並且附帶在第十五章討論品格的抉擇及行動事件的必然性，皆做相關討論。至於第三項重點：宏偉化與極小化(或稱誇大與貶抑)，是否就是《修辭學》第二卷廿六章的內容；是一種推理方法

爲了表明事物的大小，正如一件事情的好與壞，公平與不公平的思想概念。

最後比較二種悲劇行動事件所表達思想的認知。其一是當觀眾「看到」行動事件，不必經過別人的教導，就立即感受到哀憐與恐懼之情，亞氏舉以*Oedipus*爲例，足以說明。而一方面是在劇場舞台上，則非經過演員的語言不可，說出之後，觀眾聽到之後，才能產生哀憐與恐懼情感的認知，否則還要演員幹嗎？亞氏在此比較了形象意義與聲音意義的差別性。

II. 語言及其應用

本章第二個主題是語言部分，語言就是研究辭章用字的應用。亞氏提出語言與戲劇相關的二個重點：(1)演員與創作者的什麼知識應與語言相關；(2)對創作者而言，在語言上的什麼，是可以不必加以批評的。第一點在亞氏的《修辭學》第二卷十二章論及爭辯的用語中指出：「在表達性情的形式與表達激情的形式上，演員總是爭著要這類用語形式的劇本；而創作者總是尋求這樣的一類演員」(1413ᵇ10-13)。有關第二點是Homer的一句詩：「唱那憤怒吧！女神！」。Protogoras指責應該使用祈求式，而非命令式。荷馬這句請求Muse女神的詩，再度出現在《修辭學》中，亞氏爲荷馬辯護，認爲用這種句法與語氣，作爲敘事體創作、悲劇乃至喜劇的開場詞，做爲劇情的引言，在創作法上是合理的(1415ᵃ10-20)。因此，像這一類的語言，對創作者而言是可以不加批評的。確實像這類的批評，以一位東方讀者從語言上的認知而言，是很難體會其語言的差異性。藉是之故，有關語言部分，本注釋缺少詳加解說的能力。

注釋

56ᵃ33.1

(1)λοιπὸν，其餘的，剩下的。指情節、品格等元素在前面已
討論完畢之外的元素，所剩下的僅有思想與語言。

(2)λέξεως，在亞氏專書中其用法與 λόγος相當。前者可能重在
文詞；而後者則用在口語。

56ᵃ34.2

(1)ῥητορκῆς，修辭法，即修辭學。此處暗示《修辭學》第
一、二卷早於《創作學》完成；然而，第三卷在討論詞的
定義時，反而稱見於《創作學》。

56ᵃ35.3

(1) μεθόδου，即英文 method 的字根。

56ᵃ36.4

(1)λόγου。λέξις 是悲劇組成元素。在此，反而不用 λέξις 一
詞，而代之以 λόγος。表示λόγος 是用在舞台的口語，藉以
傳達思想。而 λέξις 則在閱讀劇本時成爲傳達思想的媒
介。實指同一物（元素），而二種不同情境的用法。

56ᵃ37.5

(1)ἀποδεικνύναι καὶ τὸ λύειν，證明與反駁。詳論見於《修辭
學》第二卷廿二，廿三兩章。

(2)ὀργὴν，憤怒、生氣。在亞氏專書中，提及悲劇情感，自悲
劇定義起，皆僅限於哀憐與恐懼二種情感範圍爲對象。本
句增加「忿怒」，甚至擴及「諸如此類」。唯在此之後，
可惜亞氏未加任何申論。

(3)μέγεθος καὶ μικρότητας。在此處前者，依英譯爲「誇張」，
以雄壯的語言來誇張敘說的對象。μέγεθος 應用在語言上，
這已經遠離一般英譯「長度或體積」的解釋。因此，
μέγεθος 在修辭學與創作學兩個不同知識領域，形成不同涵

義。似乎無法維持本譯文譯爲「宏偉」的一貫性與一致
性；這也是 μέγεθος 在本專書中唯一的例外。後者是原有
的對象說成不重要，而成貶抑，而稱爲極小化。

56^{b}2.6

(1)ἀπὸ τῶν αὐτῶν ἰδεῶν，來自這些方面、形式，甚至功能或做
法。指前面五句的功能等。

56^{b}4.7

(1)τὰ μὲν，前者。係指διὰ τῶν πραγμάτων，這些透過戲劇行動
事件之意。

(2)παρὰ，相當διὰ，透過，經過或由。

56^{b}7.8

(1)τῆς ὑποκριτικῆς，係指演員法或演員術，當屬演員的演技。
在此當專指發音與演講術。參見《修辭學》第二卷十二
章，討論演員爭辯的用語(1413^{b}10-13)。

(2)ἀρχιτεκτονικήν，擅長的技術。本字義是指建築的技巧。

56^{b}13.9

(1)παρὰ，與7.(2)注同。

(2)τήν ποιητικήν，創作法。

(3)ἐπιτίμημα，指責或批評。

56^{b}15.10

(1)"μῆνιν ἄειδε θεά"。出於Homer的*Iliad* 1.1。本句中未提及
Homer的名字。

第二十章

XX 20   1.Τῆς δὲ λέξεως ἁπάσης τάδ' ἐστὶ τὰ μέρη, στοιχεῖον συλλαβὴ σύνδεσμος ὄνομα ῥῆμα ἄρθρον πτῶσις λόγος. 2.στοιχεῖον μὲν οὖν ἐστιν φωνὴ ἀδιαίρετος, οὐ πᾶσα δὲ ἀλλ' ἐξ ἧς πέφυκε συνθετὴ γίγνεσθαι φωνή· 3.καὶ γὰρ τῶν θηρίων εἰσὶν ἀδιαίρετοι φωναί, ὧν οὐδεμίαν λέγω στοι-

25   χεῖον. 4.ταύτης δὲ μέρη τό τε φωνῆεν καὶ τὸ ἡμίφωνον καὶ ἄφωνον. 5.ἔστιν δὲ ταῦτα φωνῆεν μὲν ⟨τὸ⟩ ἄνευ προσβολῆς ἔχον φωνὴν ἀκουστήν, ἡμίφωνον δὲ τὸ μετὰ προσβολῆς ἔχον φωνὴν ἀκουστήν, οἷον τὸ Σ καὶ τὸ Ρ, ἄφωνον δὲ τὸ μετὰ προσβολῆς καθ' αὑτὸ μὲν οὐδεμίαν ἔχον φωνήν, μετὰ δὲ

30   τῶν ἐχόντων τινὰ φωνὴν γινόμενον ἀκουστόν, οἷον τὸ Γ καὶ τὸ Δ. 6.ταῦτα δὲ διαφέρει σχήμασίν τε τοῦ στόματος καὶ τόποις καὶ δασύτητι καὶ ψιλότητι καὶ μήκει καὶ βραχύ-τητι ἔτι δὲ ὀξύτητι καὶ βαρύτητι καὶ τῷ μέσῳ· 7.περὶ ὧν καθ' ἕκαστον ἐν τοῖς μετρικοῖς προσήκει θεωρεῖν. 8.συλλαβὴ

35   δέ ἐστιν φωνὴ ἄσημος συνθετὴ ἐξ ἀφώνου καὶ φωνὴν ἔχον-τος· 9.καὶ γὰρ τὸ ΓΡ ἄνευ τοῦ Α †συλλαβὴ καὶ† μετὰ τοῦ Α, οἷον τὸ ΓΡΑ. 10.ἀλλὰ καὶ τούτων θεωρῆσαι τὰς διαφορὰς τῆς μετρικῆς ἐστιν.

　　1. 就語言整體而言[1]，它的部分[2]是：單音字母，音節，連接詞，名詞，動詞，冠詞，語(格)尾變化，與辭句。

　　2. 那末，單音字母是確不可分割的音，並非指所有每一個音，但只有從它生產出一個組合的[1]那些音。

　　3. 因為動物也是有不可分割的音；那些不是我所講的單音字母。　4. 它的部分分為：母音，半母音與啞音[1]。　5. 這些母音是不需要舌與口腔接觸[1]那些就成為發出可以聽見的聲音，半母音則是在舌與口腔接觸[1]下才有聽見得到的聲音，例如，Σ 和 P；啞音是每一個自身從不曾有聲音，只有在舌與口腔接觸[1]下，才有聲音，在有了這個聲音之後，才產生聽得到的音，正如 Γ 和　。　6. 然而，這些字有以下的形式的差異，即是：發音口形和部位，以及送氣與不送氣；發音的長與短；以至發高音或低音及中音等。　7. 有關這些的每一部分是屬於在音韻學[1]中探討的。

　　8. 音節是一個不具有意義出自一個啞音或一個母音而組合[1]的音。　9. 如 Γ P [1]，不論它要不要 A，……成為一音節……或有 A，例如 Γ P A。　10. 但是探討所有這些的差異性也都是屬於音韻學的。

^{11.}σύνδεσμος δέ ἐστιν φωνὴ ἄσημος ἢ οὔ-
1457ᵃ τε κωλύει οὔτε ποιεῖ φωνὴν μίαν σημαντικὴν ἐκ πλειόνων
φωνῶν πεφυκυῖα συντίθεσθαι καὶ ἐπὶ τῶν ἄκρων καὶ ἐπὶ τοῦ
μέσου ἣν μὴ ἁρμόττει ἐν ἀρχῇ λόγου τιθέναι καθ' αὑτήν,
οἷον μέν ἤτοι δέ.^{12.}ἢ φωνὴ ἄσημος ἢ ἐκ πλειόνων μὲν φω-
5 νῶν μιᾶς σημαντικῶν δὲ ποιεῖν πέφυκεν μίαν σημαντικὴν
φωνήν.^{13.}ἄρθρον δ' ἐστὶ φωνὴ ἄσημος ἢ λόγου ἀρχὴν ἢ
τέλος ἢ διορισμὸν δηλοῖ.^{14.}οἷον τὸ ἀμφί καὶ τὸ περί καὶ
τὰ ἄλλα.^{15.}ἢ φωνὴ ἄσημος ἢ οὔτε κωλύει οὔτε ποιεῖ φωνὴν
μίαν σημαντικὴν ἐκ πλειόνων φωνῶν πεφυκυῖα τίθεσθαι καὶ
10 ἐπὶ τῶν ἄκρων καὶ ἐπὶ τοῦ μέσου.^{16.}ὄνομα δέ ἐστι φωνὴ
συνθετὴ σημαντικὴ ἄνευ χρόνου ἧς μέρος οὐδέν ἐστι καθ'
αὑτὸ σημαντικόν·^{17.}ἐν γὰρ τοῖς διπλοῖς οὐ χρώμεθα ὡς καὶ
αὐτὸ καθ' αὑτὸ σημαῖνον, οἷον ἐν τῷ Θεόδωρος τὸ δωρος
οὐ σημαίνει.^{18.}ῥῆμα δὲ φωνὴ συνθετὴ σημαντικὴ μετὰ χρό-
15 νου ἧς οὐδὲν μέρος σημαίνει καθ' αὑτό, ὥσπερ καὶ ἐπὶ τῶν
ὀνομάτων·^{19.}τὸ μὲν γὰρ ἄνθρωπος ἢ λευκόν οὐ σημαίνει τὸ
πότε, τὸ δὲ βαδίζει ἢ βεβάδικεν προσσημαίνει τὸ μὲν τὸν
παρόντα χρόνον τὸ δὲ τὸν παρεληλυθότα.

(續前段)11. 連接詞[1]，是無意義的音，即不阻止，也不能從很多個音所組合而製造出的一個有意思的音，而它是適合放在一個辭句子之末或中間[2]；而不適合在一個單獨辭句子的開始，例如像 μέν ἤτοι δέ[2]。　12. 或是一個無意義的音，或出自幾個音，成為一個有意義的字，進而，能製造出而產生一個有意義的音。

　14. 諸如像 ἀμφί 與 περί 以及其他等等。　13. 冠詞[1]是一個無意義的音，它能標示一個辭句子的開始，或結尾，或分段。　15.（重複11句）

　16. 名詞[1]是由音組合[2]有意義的字，但不能表示時態，其中無有任何一個部分可以自身產生它的意義。　17. 因為在結合字[1]中，它們各自分開部分的意思，我們不能應用來作為它的意義，例如，Θεόδωρος(Θεό 神＋δωρος)中的δωρος(禮物)，在這個字就不具(禮物)的意思。

　18. 動詞是由有意義的音所組合，以表示時態，但它每一部分不具原有意思，正如所論有關的名詞一樣。　19. 因為「人」或「白」，它們並不表示什麼時間的意義；不過，「他走」(βαδίζει)，或「他已經走了」(βεβάδικεν)則明示現在時態與過去式時態的意思。

²⁰·πτῶσις δ' ἐστὶν
ὀνόματος ἢ ῥήματος ἡ μὲν κατὰ τὸ τούτου ἢ τούτῳ ση-
20 μαῖνον καὶ ὅσα τοιαῦτα, ἡ δὲ κατὰ τὸ ἑνὶ ἢ πολλοῖς, οἷον
ἄνθρωποι ἢ ἄνθρωπος, ἡ δὲ κατὰ τὰ ὑποκριτικά, οἷον κατ'
ἐρώτησιν ἐπίταξιν·²¹·τὸ γὰρ ἐβάδισεν; ἢ βάδιζε πτῶσις ῥή-
ματος κατὰ ταῦτα τὰ εἴδη ἐστίν. ²²·λόγος δὲ φωνὴ συνθετὴ
σημαντικὴ ἧς ἔνια μέρη καθ' αὑτὰ σημαίνει τι (οὐ γὰρ
25 ἅπας λόγος ἐκ ῥημάτων καὶ ὀνομάτων σύγκειται, οἷον ὁ
τοῦ ἀνθρώπου ὁρισμός, ἀλλ' ἐνδέχεται ἄνευ ῥημάτων εἶναι
λόγον, μέρος μέντοι ἀεί τι σημαῖνον ἕξει) οἷον ἐν τῷ βαδί-
ζει Κλέων ὁ Κλέων.²³·εἷς δέ ἐστι λόγος διχῶς, ἢ γὰρ ὁ ἓν
σημαίνων, ἢ ὁ ἐκ πλειόνων συνδέσμῳ, οἷον ἡ Ἰλιὰς μὲν
30 συνδέσμῳ εἷς, ὁ δὲ τοῦ ἀνθρώπου τῷ ἓν σημαίνειν.

(續前段)20. 語(格)尾⁽¹⁾變化，用於係名詞或動詞的字尾變化，不是表示「屬於」，就是「對於」的關係；以及所有這些，皆如此，也表示單數或多數，如一個人 (ἄνθρωπος) 或眾人 (ἄνθρωποι)；或屬於一個句子的陳述的語氣⁽²⁾，像提出一個發問或一個命令。　21. 如「他已走了嗎？」(ἐβάδισεν)；或「走開！」(βάδιζε)，這個情況，就是動詞在語尾變化的類型。

22. 一個辭句子⁽²⁾是組合⁽¹⁾有意義的音，它的某些部分是各有意思，不是每個辭句子皆由動詞和名詞所組成的⁽³⁾，例如，「人的定義」；因為，它就是沒有動詞，這是一個辭句子，但它是可以接受的，但一個辭句它的某些部分則需具有意思。例如，像是：

βαδίζει Κλέων ὁ Κλέων.⁽⁴⁾

走開的Χλεον，就是這個Χλεον。

23. 一個辭句子表達一個完整的意思有二種方式，不是組成很多事件在一起，例如像Iliad所連接起來的；就如同在「人的定義」中的意思是表示一個事物的意思。

【釋義】

　　自十九章的後一半至廿二章止，亞氏討論最後一個元素，其佔的分量僅次於情節，這一部分應該是很重要而受到重視。這三章半的主旨是語言，但從實質上來研判，並非針對悲劇的用語，精確的說，是通論希臘語的文法與語法。既使做詳盡的介紹，皆偏向文法及其發展，對悲劇創作法無太直接關聯。雖然歐美語言與希臘有血緣關係，很多西方研究者仍將這三章棄而不論。更何況我們東方讀者與希臘語言談不上任何淵源；甚至連字母發音皆感陌生。在學習與認知上，第廿一、二兩章措辭語法，更非精於希臘古文者莫知其奧密；因此，這三章半對增進悲劇用語的了解無太多實質助益。僅建議凡有志於了解希臘文的讀者，先選讀一本具有權威性的文法；以及與這三章半有密切關係的《修辭學》，特別是第三卷，對本廿一、二兩章，可以相互訓詮。必能增進希臘語文的認知，如本文引證這些相關內容，必然造成非常冗長的轉錄。畢竟是涉及語言及修辭者多，而與悲劇相關者少。

　　本人研讀《創作學》以來，不論什麼文字，從不讀這三章。本擬棄而不譯，也無損於讀者對《創作學》的理解。鑑於聊盡譯者的職責，勉強句譯。除譯文外，做了一點基本介紹，及增加稍許一點注，以增加對本文的了解，希望能讓讀得懂。除此就不另加闡釋性的解說了。

I. 語言：語音學、詞類、語法、語意與文法

　　第二十章敘說希臘語文由音到意的形成。希臘語文是拼音體系，其形成由不可分割的單音起到一個完整辭句的表達。前一部分是語言學中的語音學；後一部分是一群有意思的音來表達一個

完整辭句意識，是爲文字修辭。亞氏並引*Iliad*爲例，這部偉著，就是由一個完整意義的辭句聯接另一個完整意義辭句而完成的。

II. Συνθετή 的詞義

本章要提出另一個重點將影響到悲劇特殊性情節結構的概念，這就是συνθετή(組合)，實直接延繼第六章σύνθεσιν(情節組合)一詞，它在本章語言上的應用，透過它明確的語意，有助於對σύστασις(組合行動衝突事件情節)一義的釐清，請參讀第六、七、十三、十四等章注釋。

注釋

56^{b}20.1 本句枚舉構成語言的八個成分，已如譯文。

(1)λέξεως ἀπάσης，就整體語言。由此可知本章所論的語言，並非專論悲劇；而是通論一般的語言。

(2)μέρη，指構成發音的成分，與悲劇結構的成分無關。

56^{b}22.2

(1)συνθετή，即第六章第 8 句σύνθεσιν(50^{a}5)的名詞，見同句注(2)，是單純組合起來的意思。將它應用在語言上，是一個字結合另一個字構成一個新詞。以下本章第 8、16、22 句；第廿一章第 32 句；第廿二章第一句，所用的συνθετή完全同義，無一例外。它絕無第六章第 22 句σύστασιν(50^{a}32)(衝突)之意。這是二個截然不同意義的詞彙，務必予以釐清。

56^{b}25.4

(1)ἄφωνον，是發不出音的一種氣音。可譯爲啞音或無音。

56^{b}26.5

(1)προσβολῆς，據Lucas的解說，係應用舌頭在口腔中不同部
位所產生而發出的音(200)。與一般辭典的「應用」的意
思，有相當大的差異。但Lucas的說法比較符合語言學的
實踐。因據而譯成本句。

56ᵇ33.7

(1)μετρικοῖς，音韻學。以討論押韻爲研究對象。

56ᵇ34.8

(1)συνθετή，同注 2.(1)。

56ᵇ36.9

(1)ΓΡ(gr)，依希臘文的發音，這二個字母依現在日常用法，
屬子音。但亞氏稱不論配上母音(a)與否，皆可成爲一個
音節。既然，亞氏如此說，只有相信，古希臘的發音就是
如此。

56ᵇ38.11

(1)σύνδεσμος，連接詞。係連接字與字，子句，或句子的字。

(2)ἢν μὴ ἁρμόττει…μέν ἤτοι δέ。有的本文係將這個句子移接在
第十二句之末。本譯係據Kassel本爲準。

57ᵃ4.12

(1)本句之後，將抄本的第十四句移接本句之末，始有意義；
否則，第十四句單獨成句，則不知所措。

57ᵃ6.13

(1)ἄρθρον，它的字義是連起來(joint)；後來被稱爲冠詞。亞
氏在此處的用法，顯然不限於後來冠詞的用法。

57ᵃ8.15 本句φωνή ἄσημος…τοῦ μέσου。與第十一句完全相同，可能
出於原抄本的誤抄。譯文不重複，參讀第十一句即可。

57ᵃ10.16

(1)ὄνομα，字義雖爲名詞，但不限名詞而已。而是指代名詞，

形容詞，及副詞等，或許應包括動詞在內的一切的詞。有
此明確的涵義，故不宜譯為名詞，其用法見於第廿一章。

(2)συνθετή，同注 2.(1)。

57ª12.17

(1)διπλοῖς，結合字。係由一個(名)詞加上另一個以上的(名)
詞，而形成一個新詞之意。

57ª18.20

(1) πτῶσις，相當於英文的「格」(case)。

(2)τὰ ὑποκριτικά，指陳述語氣。希臘文中沒有發問的標點符
號，所以一個動詞，可用於陳述，也可用於發問，其差別
僅在於語氣。

57ª23.22

(1)συνθετή，同注 2.(1)。

(2)λόγος，係一群有意思的字。

(3)καθ' αὑτὰ σημαίνει τι，可能指名詞及動詞才形成一群有意
思的字；但也有例外，並舉「人的定義」即屬一例。

(4)βαδίζει Κλέων ὁ Κλέων 。這個句子除非意為：「這個
Κλέων，就是走開的Κλέων。」否則，這第二個Κλέων不構
成任何意義。不然，也沒有加的必要。

57ª28.23本句舉Iliad來說明辭句的形成。即一群完整意義的辭句聯
接另一群完整意義辭句，而完成整部偉著的故事。

第二十一章

XXI　¹·Ὀνόματος δὲ εἴδη τὸ μὲν ἁπλοῦν, ἁπλοῦν δὲ λέγω ὃ
μὴ ἐκ σημαινόντων σύγκειται, οἷον γῆ, τὸ δὲ διπλοῦν·²·τούτου
33 δὲ τὸ μὲν ἐκ σημαίνοντος καὶ ἀσήμου,· πλὴν οὐκ ἐν τῷ
33¹ ὀνόματι σημαίνοντος καὶ ἀσήμου, τὸ δὲ ἐκ σημαινόντων
σύγκειται.³·εἴη δ᾽ ἂν καὶ τριπλοῦν καὶ τετραπλοῦν ὄνομα καὶ
35 πολλαπλοῦν, οἷον τὰ πολλὰ τῶν Μασσαλιωτῶν, Ἑρμοκαϊ-
1457ᵇ κόξανθος * *. ⁴·ἅπαν δὲ ὄνομά ἐστιν ἢ κύριον ἢ γλῶττα ἢ
μεταφορὰ ἢ κόσμος ἢ πεποιημένον ἢ ἐπεκτεταμένον ἢ ὑφ-
ῃρημένον ἢ ἐξηλλαγμένον. ⁵·λέγω δὲ κύριον μὲν ᾧ χρῶνται
ἕκαστοι, γλῶτταν δὲ ᾧ ἕτεροι·⁶·ὥστε φανερὸν ὅτι καὶ γλῶτ-
5 ταν καὶ κύριον εἶναι δυνατὸν τὸ αὐτό, μὴ τοῖς αὐτοῖς δέ·
⁷·τὸ γὰρ σίγυνον Κυπρίοις μὲν κύριον, ἡμῖν δὲ γλῶττα.⁸·μετα-
φορὰ δέ ἐστιν ὀνόματος ἀλλοτρίου ἐπιφορὰ ἢ ἀπὸ τοῦ
γένους ἐπὶ εἶδος ἢ ἀπὸ τοῦ εἴδους ἐπὶ τὸ γένος ἢ ἀπὸ τοῦ εἴ-
δους ἐπὶ εἶδος ἢ κατὰ τὸ ἀνάλογον. ⁹·λέγω δὲ ἀπὸ γένους μὲν
10 ἐπὶ εἶδος οἷον "νηῦς δέ μοι ἥδ᾽ ἕστηκεν".¹⁰·τὸ γὰρ ὁρμεῖν ἐστιν
ἑστάναι τι. ¹¹·ἀπ᾽ εἴδους δὲ ἐπὶ γένος "ἦ δὴ μυρί᾽ Ὀδυσ-
σεὺς ἐσθλὰ ἔοργεν".¹²·τὸ γὰρ μυρίον πολύ ἐστιν, ᾧ νῦν ἀντὶ
τοῦ πολλοῦ κέχρηται.

1. 詞[1]的種類，有單一詞類。我所謂單一詞類[2]，是一個不具意思的部分所組成的，例如「地」($\gamma\tilde{\eta}$)(3)；以及結合詞類[3]。　2. 這些結合詞類是由有意義部分與無意義部分所組成，但在這個詞中沒有一個部分是有意思的，或兩個部分皆有意義。　3. 像一個詞，有三個與四個詞[1]組成，同時，還有多個組成的，例如像很多在 Massilian 的用語中，如 $^{ϲ}E\rho\mu o\kappa\alpha\ddot{\iota}\kappa\acute{o}\xi\alpha\nu\theta o\varsigma$[2] "$\dot{\epsilon}\pi\epsilon\upsilon\xi\acute{\alpha}\mu\epsilon\nu o\varsigma$ $\Delta\iota\acute{\iota}$ $\pi\alpha\tau\rho\acute{\iota}$"[3] (向天神天父祈禱)。

4. 詞共有：通用詞[1]，外地詞[2]，隱喻詞[3]，修飾詞，新創詞[4]，增音節詞，減音節詞，代用詞[5]等。

5. 我所謂通用詞，係每個人皆所要使用的；外地詞則用在別的地方人民。　6. 甚至，這是可能的，一個詞同時是通用詞，也是外地詞，但不是同一個人民所使用。　7. 因此，$\sigma\acute{\iota}\gamma\upsilon\nu o\nu$(矛的一種)，在塞普魯斯人是通用語，但在我們雅典就屬於外地詞。

8. 隱喻詞，就是一個詞轉變成屬於另一個意思。它的產生是經過「屬」[1]做成「種」[2]，或從種到屬；或從種到種，或由此類推之彼類的類比。　9. 我所謂從屬到種，正如「我的船放置在這兒」。　10. 其實，它是錨停置在這兒。　11. 從種到屬，如「Odysseus做了一萬件了不起的事。」　12. 其實，這個「一萬」是指很多，正如現在被應用做很多之意。

¹³˙ἀπ' εἴδους δὲ ἐπὶ εἶδος οἷον "χαλκῷ
ἀπὸ ψυχὴν ἀρύσας" καὶ "τεμὼν ταναήκεϊ χαλκῷ".¹⁴˙ἐνταῦθα
15 γὰρ τὸ μὲν ἀρύσαι ταμεῖν, τὸ δὲ ταμεῖν ἀρύσαι εἴρηκεν˙
¹⁵˙ἄμφω γὰρ ἀφελεῖν τί ἐστιν.¹⁶˙τὸ δὲ ἀνάλογον λέγω, ὅταν
ὁμοίως ἔχῃ τὸ δεύτερον πρὸς τὸ πρῶτον καὶ τὸ τέταρτον
πρὸς τὸ τρίτον˙¹⁷˙ἐρεῖ γὰρ ἀντὶ τοῦ δευτέρου τὸ τέταρτον ἢ
ἀντὶ τοῦ τετάρτου τὸ δεύτερον.¹⁸˙καὶ ἐνίοτε προστιθέασιν ἀνθ'
20 οὗ λέγει πρὸς ὃ ἐστι˙¹⁹˙λέγω δὲ οἷον ὁμοίως ἔχει φιάλη πρὸς
Διόνυσον καὶ ἀσπὶς πρὸς Ἄρη˙²⁰˙ἐρεῖ τοίνυν τὴν φιάλην ἀσπίδα
Διονύσου καὶ τὴν ἀσπίδα φιάλην Ἄρεως.²¹˙ἢ ὃ γῆρας πρὸς
βίον, καὶ ἑσπέρα πρὸς ἡμέραν˙²²˙ἐρεῖ τοίνυν τὴν ἑσπέραν γῆ-
ρας ἡμέρας ἢ ὥσπερ Ἐμπεδοκλῆς, καὶ τὸ γῆρας ἑσπέραν βίου
25 ἢ δυσμὰς βίου.²³˙ἐνίοις δ' οὐκ ἔστιν ὄνομα κείμενον τῶν ἀνά-
λογον, ἀλλ' οὐδὲν ἧττον ὁμοίως λεχθήσεται˙²⁴˙οἷον τὸ τὸν
καρπὸν μὲν ἀφιέναι σπείρειν, τὸ δὲ τὴν φλόγα ἀπὸ τοῦ
ἡλίου ἀνώνυμον˙²⁵˙ἀλλ' ὁμοίως ἔχει τοῦτο πρὸς τὸν ἥλιον καὶ
τὸ σπείρειν πρὸς τὸν καρπόν, διὸ εἴρηται "σπείρων θεοκτίσταν
30 φλόγα".²⁶˙ἔστι δὲ τῷ τρόπῳ τούτῳ τῆς μεταφορᾶς χρῆσθαι
καὶ ἄλλως, προσαγορεύσαντα τὸ ἀλλότριον ἀποφῆσαι τῶν
οἰκείων τι, οἷον εἰ τὴν ἀσπίδα εἴποι φιάλην μὴ Ἄρεως ἀλλ'
ἄοινον.

(續前段)13. 從種到種，例如，像「用青銅罐蓋吸出($\dot{\alpha}\rho\dot{\nu}\sigma\alpha\varsigma$)人的命」，或「用青銅開刀($\tau\epsilon\mu\dot{\omega}\nu$)得很深」。　14. 其實，在這裡如所說的用吸出($\dot{\alpha}\rho\dot{\nu}\sigma\alpha\iota$)之於開刀($\tau\alpha\mu\epsilon\hat{\iota}\nu$)，或開刀之於吸出，皆是「取出」($\epsilon\check{\iota}\rho\eta\kappa\epsilon\nu$)的意思。　15. 因為，這二者皆是從一物「取走」($\dot{\alpha}\phi\epsilon\lambda\epsilon\hat{\iota}\nu$)之意。　16. 我所謂的類比相似性[1]，當第二個東西之於第一個東西的關係，猶如第四個字之於第三個字。　17. 因此，反過來也可以用第二個對第四個，或第四個對第二個。　18. 有時候，應用些字對提過的那個說過的字。19. 我所謂的就正如，酒杯之對於酒神(Dionysus)，就像一個盾之於戰神(Ares)。　20. 它可說，將酒神(Dionysus)的酒杯稱為盾；而戰神(Ares)的盾則稱為酒杯。　21. 或老年對於生命，猶如夜晚之於一天。　22. 它可以說，夜晚猶如那一天中的老年；或正如Empedocles[1]所說，老年是「生命的夜晚」，或「生命的夕陽」。　23. 這種相似的類比是沒有現成的通用詞[1]，但所使用的絕不下於我們已經說過的。　24. 例如像，撒水果種子為播(種)，而來自太陽的光芒，則無有這個名詞。　25. 但太陽之於光芒正如播撒種子之於水果；因此之故，它可這麼說：「播撒神造出的光芒。」　26. 還有另一種方法，應用這種隱喻詞，使一種屬於其他東西的字，來稱呼它，且很自然的否決它原有的意義，例如像將盾說成不是戰神(Ares)的酒杯，而是「沒有酒的杯」。

　……(這些修飾詞[1]……)。

²⁷* * πεποιημένον δ' ἐστὶν ὃ ὅλως μὴ καλούμενον ὑπὸ
τινῶν αὐτὸς τίθεται ὁ ποιητής, δοκεῖ γὰρ ἔνια εἶναι τοιαῦτα,
35 οἷον τὰ κέρατα ἔρνυγας καὶ τὸν ἱερέα ἀρητῆρα. ²⁸ἐπεκτεταμένον
1458ᵃ δέ ἐστιν ἢ ἀφῃρημένον τὸ μὲν ἐὰν φωνήεντι μακροτέρῳ
κεχρημένον ᾖ τοῦ οἰκείου ἢ συλλαβῇ ἐμβεβλημένῃ, τὸ δὲ ἂν
ἀφῃρημένον τι ᾖ αὐτοῦ, ἐπεκτεταμένον μὲν οἷον τὸ πόλεως
πόληος καὶ τὸ Πηλείδου Πηληιάδεω, ἀφῃρημένον δὲ οἷον τὸ
5 κρῖ καὶ τὸ δῶ καὶ "μία γίνεται ἀμφοτέρων ὄψ". ²⁹ἐξηλ-
λαγμένον δ' ἐστὶν ὅταν τοῦ ὀνομαζομένου τὸ μὲν καταλείπῃ
τὸ δὲ ποιῇ, οἷον τὸ "δεξιτερὸν κατὰ μαζόν" ἀντὶ τοῦ δεξιόν.
³⁰αὐτῶν δὲ τῶν ὀνομάτων τὰ μὲν ἄρρενα τὰ δὲ θήλεα τὰ
δὲ μεταξύ, ἄρρενα μὲν ὅσα τελευτᾷ εἰς τὸ Ν καὶ Ρ καὶ Σ καὶ
10 ὅσα ἐκ τούτου σύγκειται (ταῦτα δ' ἐστὶ δύο, Ψ καὶ Ξ), θήλεα
δὲ ὅσα ἐκ τῶν φωνηέντων εἴς τε τὰ ἀεὶ μακρά, οἷον εἰς Η
καὶ Ω, καὶ τῶν ἐπεκτεινομένων εἰς Α. ³¹ὥστε ἴσα συμβαίνει
πλήθει εἰς ὅσα τὰ ἄρρενα καὶ τὰ θήλεα· ³²τὸ γὰρ Ψ καὶ τὸ Ξ
σύνθετά ἐστι. ³³εἰς δὲ ἄφωνον οὐδὲν ὄνομα τελευτᾷ,
15 οὐδὲ εἰς φωνῆεν βραχύ. ³⁴εἰς δὲ τὸ Ι τρία μόνον, μέλι κόμμι
πέπερι. ³⁵εἰς δὲ τὸ Υ πέντε * *. ³⁶τὰ δὲ μεταξὺ εἰς ταῦτα καὶ
Ν καὶ Σ.

（續前段）27. 新創詞，這些所有的字，皆是不曾被人講過的；因此，每一個皆創作者安排出來的，出現每一個這些；例如像，以角（κέρατα）爲芽苗（ἔρυγας），或以祭司（ἱερέα）作爲祈禱者（ἀρητῆρα）。

28. 增音節詞是增長音節的字；它是應用一個較長的母音取代它已有的音母；或插入一個音節；減音節詞，則減少一個部分。增音節，正例如像，用 πόληος[1] 作爲 πόλεως，及 Πηληιάδεω[2] 爲 Πηλείδου；減音節詞，則如在 μία γένται ἀμφοτέρων ὄψ′ 中的 κρῖ，和 ὄψ′[3]。

29. 代用詞，這種字是放棄詞中的一部分，而創造出來的另一部分。例如像 δεξιτερὸν κατὰ μαζόν（「正中右胸」）中的 δεξιτερὸν 代替 δεξιόν[1]。

30. 這些詞本身，有陽性，陰性及中性；陽性詞是那些以N和P和Σ，及其中出諸結合音的字母(這類只有二個即 Ψ 和Ξ)，連在一起作爲收尾；陰性詞則是那些以長母音，經常是以 H 和 Ω，以及那些與 A 增長音作爲收尾。 31. 正如此，陽性與陰性詞的收尾字母爲數是相等的多。32. 因爲Ψ(psi)和 Ξ(ksi)是相等的結合音[1]字母。 33. 沒有詞是以無母音或以發短母音收尾。 34. 只有三個是以I 收尾，即 μέλι(甘露蜜)，κόμμι (樹脂)和 πέπρι(胡椒)。 35. 五個[1]是以 Υ 收尾，……：πῶυ（群），νάπυ (芥茉)，γόνυ (膝頭)，δόρυ(樹幹)，ἄστυ(城)。

36. 中性詞，這些則是以N和Σ收尾[1]。

【釋義】

I. 詞的八種分類及其實用法

本章有二個重點。首先，枚列名詞的八項種類，計有：通用詞、外地詞、隱喻詞、修飾辭、創新詞、增音節詞、減音節詞及代用詞。這八種詞成爲創作文辭的元素。除了修飾詞的部分由於抄本受損，無法了解實質內容外，每類詞的性質及其使用，皆做了具體說明，一如本文，不一一加以贅言。

II. 確立屬與種的概念：隱喻詞的產生

其中最令人矚目的是亞氏對於隱喻詞及其使用的重視。在文辭部分佔有極特殊重要地位，也是本章核心所在；但並非專指悲劇中的最重要部分。無疑的隱喻詞成爲創作者最具藝術創作法的語言技巧，藉以提昇創作水準。亞氏認爲隱喻有四種形式，其中類比式隱喻最受人歡迎（1411^a1）。尤以亞氏如何推演隱喻的形成最爲重要。在第十八句（$57^b8\text{-}9$）中，亞氏這套推演的基礎，是將語言視爲一種屬（γένος，genus）。在同一屬中，再分爲多少種（εἶδος，species）。而隱喻詞的產生是由屬代替種；或種代替屬；或種代替種；甚至屬代替屬。這類屬與種之間的相類性的推演，形成類比式的隱喻詞。依第十六句這類屬與種的類似關係，即成A←→B的相互關係，正似C←→D的關係。然後，將B轉換成D，是爲B→D的關係；或反過來，由D取代B，其結果均產生隱喻詞義。接著以酒神Dionysus（A）的酒杯（B），與戰神Ares（C）的盾（D）兩者之間的相類似關係爲實例，做出產生隱喻詞的推演示範。這個實例代入上面的公式，在相互交替之後，創造出隱喻義。即由

酒神(A)的酒杯(B)換成了戰神(C)的盾(D)，成爲戰神(D)的酒杯
(B)，而產生新義。再進一步，稱爲沒有酒的杯(B)爲盾(D)。或
反過來，比喻成爲酒神(A)的盾(D)，皆創造隱喻。這種公式化的
推演看似甚爲平凡，卻能做到完全歸納，無一例外的表達隱喻的
形成，這種推理化的方式，則前所未有，難怪乎隱喻成爲現代新
批評主義學派的主要思想之一。這也是學習批評理論歸納方法的
人所折服與學習的。

III. 建立屬種的推理：創作文類的種差方法基礎

其次，在本章亞氏提出語言是一種整體研究對象，應視爲一
「屬」，再將各不同性質的名詞種類作爲這一屬中的不同的
「種」。正如同凡樹葉皆是一屬，而樹葉形狀的不同，有圓，有
長等不同的數量齒，而分成爲各種不同樹種。亞氏延伸語言研究
的屬到種的分類方法，擴大來處理整體創作類爲一屬，而將敘事
體、悲劇、喜劇、酒神頌、音樂、繪畫、舞蹈等列爲創作類這一
屬中不同的種。逐一就各「種」的元素，即種差，加以分析與歸
納形成創作法中的悲劇行動結構體系。由《創作學》第一章開宗
明義確定這個研究法的方向到本章的具體實踐，本章可謂是提供
亞氏方法學，以經解經的源頭基礎。也是本人拙著論亞氏方法的
基礎論據之所在。這種相類似性的相互取代所構成的隱喻方法，
更可進一步解說，將不可能事件成爲可能或可信事件，而完成行
動必然率，是一個相同的推演公式。請參閱第廿四章注釋。

注釋

57ª31.1

(1)ὀνόματος，泛指所有的詞，而非僅名詞而已，當包括動詞
在內的一切詞。

(2)ἁπλοῦν，單一的，係由二個不具意思的母、子音組成一個
單字。它與單一情節是同一個字；據此，不宜譯爲簡單，
或單純。διπλοῦν是兩個單一字而成一個新詞彙，因稱結合
詞。

(3)γῆ，是 γε ＋ α 兩個無意思的音節，經 ε ＋ α 成爲一個音
節成 ῆ，而成爲一個有意思的字 γῆ(大地)。

57ª34.3

(1)τριπλοῦν καὶ τετραπλοῦν，這種是由三和四個單一字所組成
的新結合詞，亞氏雖並未舉出希臘文通用詞，但想來這種
例子一定很多。

(2)Ἑρμοκαϊκόξανθος ， 它 是 由 Ἑρμος(Hermos 河) ＋
καϊκος (Caicus河)＋ξανθος (Xanthus河)三個名詞所組成的
一個新結合詞。係指Μασσιλιά(Massilia)國位於這三條河的
位置。

(3)據Butcher補入，此處是"ἐπευξάμενος Διὶ πατρί"(向天神天父
祈禱)。天神天父是Zeus。

57ᵇ1.4 本句枚列八種詞類。自此至全章結束，皆是在解說這八類
詞。在《修辭學》第三卷第二章大約自1404ᵃᵇ等章節幾乎
可與這個部分進行相互核對的研讀。這八種詞的譯名，殊
難一致。特就本譯文加以解說，以資界定。

(1)κύριον，指當時雅典通行所用的標準詞彙，因譯爲：通用
詞。

(2)γλῶττα外地語，最初可能是指Homer敘事體中那些難懂的
辭彙，作爲當時教學認字的部分；所以，可譯爲：怪字；
然而，參考以下的解釋，其用法並非如此。通行希臘語地
區，包括雅典，各有不同的方言，如Attic，Dorian，和
Ionian等，至今希臘尚且如此。同一詞彙在不同方言地

域,有其不同意思。亞氏將雅典語定為標準的通用詞,則
這些方言應屬外地語,而非外來語。

(3)*μεταφορà*,隱喻詞。依《修辭學》稱有四種方式,它的含
義似乎擴大了英文metaphor的範圍。

(4)*πεποιημένον*,係動詞*ποιεῖν*的過去分詞完成式。意為「已經
創作出來的詞」。英譯invented或coined,係「發明」之
意。本譯文維持*ποιεῖν*原義,譯為:創作新詞或新創詞。

(5)*ἐξηλλαγμένον*,這是新創詞的另一種形式,係保持一個傳
統詞中的一部分不變,另用新的語義取代不要的部分,而
造成一個新詞。暫譯為:(代)借用詞。

57^{b}6.8 自本句至27句(57^{b}6-35)集中討論隱喻詞的形成,即如何從
一個通用詞轉變成隱喻詞。通論由「屬」到「種」,由種
到屬;從種到種,依此類推。並參考《修辭學》第三卷。

(1)*γένους*,屬。例如船是「屬」。

(2)*εἶδος*,種。則錨是「種」。

57^{b}11.11.12 從種到屬。如「一萬」是數目字中的特定數,所以是
「種」,而「很多」,指不定量的多,或必然超過一萬,
所以是「屬」。

57^{b}13.13.14.15 指由種到種。吸出人的命(*ἀρύσας*)與開刀致人於命
(*τεμὼν*),皆是取走人命(*ἀφελεῖν*)。命是屬,而「吸出」,
「開刀」與「取走」皆是同義的「種」。由「吸出」到
「開刀致命」是由種到種。

57^{b}16.16 本句是核心句子,提出如何將類似性的相同對象形成隱
喻詞的公式:A←→B與C←→D相類似時,透過互換而產
生隱喻。

(1)*ἀνάλογον*,類似性。即英文的 analogy。

57^{b}18.17 根據16句公式,B→D,或D→B,皆可創造隱喻詞。

57^{b}20.19到26句，亞氏做了酒杯與盾的實例具體示範。見於本
　　　章釋義，不另重述。

57^{b}22.21.22.再提出二個實例。

57^{b}23.22

　　（1）Ἐμπεδοκλῆς（Empedocles），亞氏專著中曾二次（21.25章）引
　　　　證他，是西西里人，是位哲學家兼創作者，大約在400-
　　　　475B.C之間。他曾以押韻文撰寫他的著作，可能以撰寫技
　　　　巧見長於當時。本句引自他的「語言學」之類的作品。

57^{b}25.23

　　（1）κείμενον，相當於κύριον，通用詞。

57^{b}26.24.25 第三個示範。

57^{b}30.26

　　（1）"···κόσμος δέ"，（······修飾詞）。以下抄本受損，已無從了
　　　　解修飾詞的實質內容。

57^{b}33.27 依創新詞的實例看來，創新詞固然出於創作者的想像。
　　　　但仍遵循隱喻詞中的屬與種之間的關係。角與芽苗；或祭
　　　　司與祈禱者，皆同是「種」的關係。

57^{b}35.28

　　（1）πόληος ᾽ πόλεως（πόλις，城）。

　　（2）Πηλείδου ᾽ Πηληιάδεω（Peleides 之子）。

　　（1）與（2）爲增音節詞（ἐπεικτεταμένον），在原字增加音節之後
　　　　的字，其原義並未改變原義。

　　（3）κριθή（大麥）→ κρῖ ；δῶμα（屋子）→ δῶ ；ὄψις（臉，眼）→
　　　　ὄψ 。這些皆減音節詞（ἀφῃρημένον）的例子。在原字減少音
　　　　節之後的字，也未改變原字的字義。

58^{a}5.29

（1）δεξίον（右方），保留這個字的δεξι，增加（即創造出來的）τερ，意為「正」，再保留原字尾όν，而成δεξιτερὸν（正中右胸），是為一個新創詞彙（*Iliad* V. 393）稱為代用詞（ἐξηλλαγμένον）。

58ᵃ6.30到36句是專指名詞的性（gender）。名詞以不同的字母作為結尾的符號，藉以辨別陽性、陰性與中性名詞。

58ᵃ13.32

（1）σύνθετά，同第二十章注 2.（1）。

58ᵃ16.35

（1）πέντε，五個。以下有缺文。依 Giogia Valla 拉丁文本，這五個字是δόρυ（樹幹，船）；πωῦ（羊群）；νάπυ（芥末）；γόνυ（膝）；ἄστυ（城）。除此之外，該還有兩個：μέθυ 和δάκρυ。此外，中性字，尚有例外，是用 a 收尾，如πράγμα 和δράμα。

58ᵃ16.36 中性詞，除N和Σ 收尾外，還有 A，I，Υ。

第二十二章

XXII   ¹·*Λέξεως δὲ ἀρετὴ σαφῆ καὶ μὴ ταπεινὴν εἶναι.* ²·*σα-*
φεστάτη μὲν οὖν ἐστιν ἡ ἐκ τῶν κυρίων ὀνομάτων, ἀλλὰ
20 *ταπεινή·* ³·*παράδειγμα δὲ ἡ Κλεοφῶντος ποίησις καὶ ἡ*
Σθενέλου. ⁴·*σεμνὴ δὲ καὶ ἐξαλλάττουσα τὸ ἰδιωτικὸν ἡ τοῖς*
ξενικοῖς κεχρημένη· ⁵·*ξενικὸν δὲ λέγω γλῶτταν καὶ μετα-*
φορὰν καὶ ἐπέκτασιν καὶ πᾶν τὸ παρὰ τὸ κύριον. ⁶·*ἀλλ' ἄν*
τις ἅπαντα τοιαῦτα ποιήσῃ, ἢ αἴνιγμα ἔσται ἢ βαρβα-
25 *ρισμός·* ⁷·*ἂν μὲν οὖν ἐκ μεταφορῶν, αἴνιγμα, ἐὰν δὲ ἐκ*
γλωττῶν, βαρβαρισμός. ⁸·*αἰνίγματός τε γὰρ ἰδέα αὕτη ἐστί,*
*τὸ λέγοντα ὑπάρχοντα ἀδύνατα συνάψαι·*⁹·*κατὰ μὲν οὖν τὴν τῶν*
⟨ἄλλων⟩ ὀνομάτων σύνθεσιν οὐχ οἷόν τε τοῦτο ποιῆσαι, κατὰ
δὲ τὴν μεταφορῶν ἐνδέχεται, οἷον "ἄνδρ' εἶδον πυρὶ χαλκὸν
30 *ἐπ' ἀνέρι κολλήσαντα", καὶ τὰ τοιαῦτα.*¹⁰·*τὰ δὲ ἐκ τῶν γλωττῶν*
βαρβαρισμός. ¹¹·*δεῖ ἄρα κεκρᾶσθαί πως τούτοις·* ¹²·*τὸ μὲν*
γὰρ τὸ μὴ ἰδιωτικὸν ποιήσει μηδὲ ταπεινόν, οἷον ἡ γλῶττα
καὶ ἡ μεταφορὰ καὶ ὁ κόσμος καὶ τἆλλα τὰ εἰρημένα
*εἴδη, τὸ δὲ κύριον τὴν σαφήνειαν.*¹³·*οὐκ ἐλάχιστον δὲ μέρος*
1458ᵇ *συμβάλλεται εἰς τὸ σαφὲς τῆς λέξεως καὶ μὴ ἰδιωτικὸν*
αἱ ἐπεκτάσεις καὶ ἀποκοπαὶ καὶ ἐξαλλαγαὶ τῶν ὀνομά-
*των.*¹⁴·*διὰ μὲν γὰρ τὸ ἄλλως ἔχειν ἢ ὡς τὸ κύριον παρὰ*
τὸ εἰωθὸς γιγνόμενον τὸ μὴ ἰδιωτικὸν ποιήσει, διὰ δὲ τὸ κοι-
νωνεῖν τοῦ εἰωθότος τὸ σαφὲς ἔσται.

1. 詞之美[1]是貴在(表達)清晰而又不庸俗[2]。 2. 因而，最清晰的詞[2]是出諸通用語[1]，但是庸俗。 3. Cleophon[1]和Sthenelus[2]的創作品是爲範例。 4. 成就出色的言詞而超越[1]平凡，要使用陌生詞[2]。 5. 我所謂陌生詞是指外地詞，隱喻詞及增長音節字[1]，而這些皆有別於通用語。 6. 但假使整個都是這類創作品的話[1]，則將不是成爲謎語[3]，就是外國番語[2]。 7. 假使謎語，是由隱喻詞構成；而外地詞是由外國番語所構成。 8. 因爲，謎語的意思是表示一件相關真實的事件，但在開始被講到時，而將與不可能的東西連接在一起。 9. 因而，凡像一般其他的詞[1]，創作所不能組合在一起的，而用隱喻詞就可以允許接受，例如像「一個人用火把銅黏在另一個人的身上」。諸如此類。 10. 因而，外地詞就構成爲外國番語。 11. 因此，一定要混合使用[1]這些類詞。 12. 所以，創作者的創作品要不平凡、不庸俗，但要使用，例如像外來詞，隱喻詞，修飾詞，以及前面所講過的各類，雖然通用詞表達清晰。 13. 結合增長音節詞，減音節詞，代用詞等詞，使語言清晰而不平凡，在組成成分中這些詞的貢獻不是最少。 14. 因爲透過另一種方式，這些詞不同於通用詞慣用的形式而創作出的不平凡；同時，又是因它分享慣用的通用詞所產生的清晰。

5 ¹⁵·ὥστε οὐκ ὀρθῶς ψέγου-
σιν οἱ ἐπιτιμῶντες τῷ τοιούτῳ τρόπῳ τῆς διαλέκτου καὶ δια-
κωμῳδοῦντες τὸν ποιητήν, οἷον Εὐκλείδης ὁ ἀρχαῖος, ὡς
ῥᾴδιον ὂν ποιεῖν εἴ τις δώσει ἐκτείνειν ἐφ' ὁπόσον βούλεται,
ἰαμβοποιήσας ἐν αὐτῇ τῇ λέξει " Ἐπιχάρην εἶδον Μαραθῶ-
10 νάδε βαδίζοντα", καὶ "οὐκ †ἂν γεράμενος† τὸν ἐκείνου ἐλ-
λέβορον". ¹⁶·τὸ μὲν οὖν φαίνεσθαί πως χρώμενον τούτῳ τῷ
τρόπῳ γελοῖον·¹⁷τὸ δὲ μέτρον κοινὸν ἁπάντων ἐστὶ τῶν με-
ρῶν·¹⁸καὶ γὰρ μεταφοραῖς καὶ γλώτταις καὶ τοῖς ἄλλοις
εἴδεσι χρώμενος ἀπρεπῶς καὶ ἐπίτηδες ἐπὶ τὰ γελοῖα τὸ
15 αὐτὸ ἂν ἀπεργάσαιτο.¹⁹τὸ δὲ ἁρμόττον ὅσον διαφέρει ἐπὶ
τῶν ἐπῶν θεωρείσθω ἐντιθεμένων τῶν ὀνομάτων εἰς τὸ μέ-
τρον.²⁰καὶ ἐπὶ τῆς γλώττης δὲ καὶ ἐπὶ τῶν μεταφορῶν καὶ
ἐπὶ τῶν ἄλλων ἰδεῶν μετατιθεὶς ἄν τις τὰ κύρια ὀνόματα
κατίδοι ὅτι ἀληθῆ λέγομεν·²¹οἷον τὸ αὐτὸ ποιήσαντος ἰαμ-
20 βεῖον Αἰσχύλου καὶ Εὐριπίδου, ἓν δὲ μόνον ὄνομα μεταθέν-
τος, ἀντὶ κυρίου εἰωθότος γλῶτταν, τὸ μὲν φαίνεται καλὸν
τὸ δ' εὐτελές.

（續前段）15. 然而，那些批評創作者轉向[1]這種對話形成滑稽可笑正像是不正確的指責，例如像老Eucleides[2]所稱，一個創作者想要在他的諷刺創作品的言詞中[3]，如果可以隨意給予增長音節字，那就太容易進行創作了，如：

Ἐπιχάρην[4] εἶδον Μαραθῶ βαδίζοντα.

我曾見 Ἐπιχάρην 走向馬拉松。

及

οὐκ ＊ ἂν γεράμενος ＊[5] τὸν ἐκείνου ἐλλέβορον.

情人不（?）他的黑藜蘆。

16. 所以，依這個情況，很明顯的看出，像這樣使用這個形式是滑稽可笑的。　17. 進而，所有詞彙部分皆要共同的受到節制[1]。　18. 因爲，不適當使用的隱喻詞、外地詞以及其他的語詞種類，而只爲了這些詞的特殊目的，比如就是爲了製造滑稽可笑。　19. 對詞的節制而言，可以撿視在敘事體的押韻文中，以通用詞代替插入，就知道這種調整是何等大的差異。20. 同時，對外地詞和隱喻詞以及其他的表達形式，如果以通用詞與這些相互代替，就可以理會得我們所解說的正確。　21. 比如Aeschylus和Euripides各創作一個短長格六音步的句子，只更換了一個詞，在習慣上，以外地詞代一般通用詞，而使優美的成爲平庸。

22.Αἰσχύλος μὲν γὰρ ἐν τῷ Φιλοκτήτῃ ἐποίησε
φαγέδαιναν ἥ μου σάρκας ἐσθίει ποδός,
ὁ δὲ ἀντὶ τοῦ ἐσθίει τὸ θοινᾶται μετέθηκεν.²³ καὶ
25   νῦν δέ μ' ἐὼν ὀλίγος τε καὶ οὐτιδανὸς καὶ ἀεικής,
εἴ τις λέγοι τὰ κύρια μετατιθεὶς
       νῦν δέ μ' ἐὼν μικρός τε καὶ ἀσθενικὸς καὶ ἀειδής·
24.
καὶ
       δίφρον ἀεικέλιον καταθεὶς ὀλίγην τε τράπεζαν,
30   δίφρον μοχθηρὸν καταθεὶς μικράν τε τράπεζαν·
25. καὶ τὸ "ἠϊόνες βοόωσιν", ἠϊόνες κράζουσιν.

（續前段）22. 因如，Aeschylus在他的*Philoctetes*創作爲：

φαγέδαιναν ἥ μου σάρκας ἐσθίει ποδός.

這毒瘡吃了我腿上的肉。

而他（Euripides）[1]則將它的「吃了」（ἐσθίει）更換成爲「盛餐」（θοινᾶται）。

23. 以及，

νῦν δέ μ'. ἐὼν ὀλίγος(1) τε καὶ οὐτιδανός καὶ ἀεικής.

如今一個一點點[1]醜陋的弱者竟把我。

將這個說法來更換這個通用詞；

νῦν δέ μ' ἐὼν μικρός[2] τε καὶ ἀσθενικὸς καὶ ἀεικής.

如今一個矮小[2]醜陋的廢物。

24. 以及，

δίφρον ἀεικέλιον καταθεὶς ὀλίγην τε τράπεζαν[1].

給他擺隻醜陋的凳子，一張一點點的餐桌。

改爲，

δίφρον μοχθηρόν καταθεὶς μικράν τε τράπεζαν,

給他擺隻破爛的凳子，一張小小的餐桌。

25. 以及，"ἠιόνες βοόωσιν"（海岸在嘯），改爲，"ἠιόνες κράζουσιν[1]"（海岸在叫）。

^{26.}ἔτι δὲ Ἀριφράδης
τοὺς τραγῳδοὺς ἐκωμῴδει ὅτι ἃ οὐδεὶς ἂν εἴπειεν ἐν τῇ δια-
λέκτῳ τούτοις χρῶνται, οἷον τὸ δωμάτων ἄπο ἀλλὰ μὴ
ἀπὸ δωμάτων, καὶ τὸ σέθεν καὶ τὸ ἐγὼ δέ νιν καὶ τὸ
1459ᵃ Ἀχιλλέως πέρι ἀλλὰ μὴ περὶ Ἀχιλλέως, καὶ ὅσα ἄλλα
τοιαῦτα.^{27.}διὰ γὰρ τὸ μὴ εἶναι ἐν τοῖς κυρίοις ποιεῖ τὸ μὴ
ἰδιωτικὸν ἐν τῇ λέξει ἅπαντα τὰ τοιαῦτα·^{28.}ἐκεῖνος δὲ τοῦτο
ἠγνόει.^{29.}ἔστιν δὲ μέγα μὲν τὸ ἑκάστῳ τῶν εἰρημένων πρεπόν-
5 τως χρῆσθαι, καὶ διπλοῖς ὀνόμασι καὶ γλώτταις, πολὺ δὲ
μέγιστον τὸ μεταφορικὸν εἶναι.^{30.}μόνον γὰρ τοῦτο οὔτε παρ᾽
ἄλλου ἔστι λαβεῖν εὐφυΐας τε σημεῖόν ἐστι·^{31.}τὸ γὰρ εὖ
μεταφέρειν τὸ τὸ ὅμοιον θεωρεῖν ἐστιν.^{32.}τῶν δ᾽ ὀνομάτων τὰ
μὲν διπλᾶ μάλιστα ἁρμόττει τοῖς διθυράμβοις, αἱ δὲ γλῶτ-
10 ται τοῖς ἡρωικοῖς, αἱ δὲ μεταφοραὶ τοῖς ἰαμβείοις.^{33.}καὶ ἐν
μὲν τοῖς ἡρωικοῖς ἅπαντα χρήσιμα τὰ εἰρημένα, ἐν δὲ τοῖς
ἰαμβείοις διὰ τὸ ὅτι μάλιστα λέξιν μιμεῖσθαι ταῦτα ἁρ-
μόττει τῶν ὀνομάτων ὅσοις κἂν ἐν λόγοις τις χρήσαιτο·
^{34.}ἔστι δὲ τὰ τοιαῦτα τὸ κύριον καὶ μεταφορὰ καὶ κόσμος.
15 ^{35.}περὶ μὲν οὖν τραγῳδίας καὶ τῆς ἐν τῷ πράττειν μιμήσεως
ἔστω ἡμῖν ἱκανὰ τὰ εἰρημένα.

（續前段）26. Ariphrades譏諷那些悲劇作者，他們所說的句子，無人在日常對話中使用，例如像δωμάτων ἄπο，(從房屋離開)而不是ἀπὸ δωμάτων(離開房屋)，或以及σέθεν(你的)，以及ἐγὼ δέ νιν(我自個兒)，'Αχιλλέως πέρι(Achilles周圍)，不是πέρι 'Αχιλλέως(周圍Achilles)，以及其他諸如此類的用語。　27. 正因如此，這些不是在通用詞之中，在所有這些詞中創作出才是這樣的不俗氣。　28. 但這些他(Ariphrades)竟然不知。　29. 這是重要的，上面所說過的每一種適當的應用，有結合詞，外地詞，但是最重要的還是隱喻詞。　30. 因為，只有它，不但隱喻詞它不是能得自別人的，它也是一種抓住好的天賦的信號。　31. 因此，好的隱喻詞是要能觀察對事物的相似性。32. 在各類詞中，結合詞最適合人羊劇；外地詞之於敘事體英雄格[1]；而隱喻詞之於短長格六音步的悲劇[2]。　33. 而上面所講過的在敘事體創作英雄格中每一種皆可適用；在短長六音步的悲劇中，因為這種創新最接近日常口語的言語；同樣的，用在散文中的詞也適用。　34. 這些類詞，即通用詞，隱喻詞和修飾詞。

35. 因此所論悲劇以及這些在戲劇行動創新[1]中的這些詞，以上我們所講的這些已是足夠了。

【釋義】

I. 論八種詞類在創作中的風格

本章首要的主題是亞氏認定文詞在創作上的使用有四個項目；分別為，(1)表達清晰；(2)規避庸俗；(3)創作不平凡，和(4)適當的使用八個詞類。

亞氏在第一句指出善於文詞的創作，首要在於清晰，而表達清晰則莫過於使用通用詞。然而，通用詞則又嫌庸俗。這二個相互觝觸且矛盾的前提，要如何才能進行創作？這是本章議題之所在。

通用詞是人人所使用，在創作品則不宜。如何規避過度應用已經標準化的通用詞？在第12句(58ᵃ 31-34)提出創作者的創作品要能呈現不平凡。所謂不平凡就是適當($\pi\rho\acute{\epsilon}\pi o\nu$)使用通用詞以外的七類詞，又要能各得其所。問題是在如何使用及又如何各得其所。在廿一章對最具創作法的語言技巧，創造隱喻詞做了公式的歸納。有了這個理論基礎，如何創造由A→B與C→D的代替條件，在適當的情況之下，將七類詞代替通用詞的正常使用而產生「不平凡」的新義。從亞氏所舉的實例，也皆符合這個代替公式的應用。正因此故，亞氏特別點名批評當時的批評者如Eucleides與Ariphrades竟然不能了解在文詞創作上的這種技巧。且就名家的實例，經過實際的應用，立即評出優劣。只要這七類詞能適當代替通用詞的應用，就會超過通用詞的庸俗，呆板，而成雋永。在七類詞中亞氏仍然維持強調掌握隱喻詞的類似性創作，才真是天才。

最後指出不同詞類自然的偏向或適應於不同的文類。例如結合詞較適合於人羊劇；外地詞則對敘事體創作了而隱喻詞更適用於悲劇與散文。如果讀者希望多些了解本章的話，還是請參閱

《修辭學》第三卷。

注釋

58ᵃ18.1本句所指的詞(λέξεως)，但至全章的應用，皆泛指所有的詞，而非特定專指名詞而言。

(1)ἀρετή，指美、善的本質而言，不是一個易於解說的倫理概念。在此當指文詞的本質所表現的美或善。

(2)ταπεινήν，庸俗。依以下對通用詞的解說，並非有所貶抑之意，而是通用詞人人皆用，在創作過度使用，則太呆板。就本字字義言，確是俗不可耐的低俗。它與φορτική (61ᵇ29)在程度上，是有差別的。

58ᵃ18.2

(1)κυρίων，即通用詞，見21章注1.(1)(57ᵇ3的定義)。

(2)ὀνομάτων，同21章注1.(1)。

58ᵃ20.3

(1)Κλεοφῶντος(Cleophon)，見第二章注4.(4)(48ᵃ12)，他的悲劇作品人物一如常人。宜屬寫實主義的作家。由此更得證實，完全使用日常通用詞，被亞氏視爲俗不可耐的庸俗。

(2)Σθενέλου(Sthenelus)，是位公元前五世紀後期的雅典由戲劇小作家，又爲 Aristophanes 所譏諷。可能其作品風格在文詞上的表現平凡，故亞氏引證之；但以上兩位作品皆失傳，如何平凡，則不得而知。此正是文章內容再好，非文藻不足以留傳的通則。

58ᵃ21.4

(1)ἐξαλλάττουσα，避免，或超越(平俗)。

(2)ξενικοῖς，外國人，所以指爲外來語(ξενικόν ὄνομα)。擴大涵義，可包括外地語(γλᾶττων)。本字只用這一次，其定義

　　　無法從字面得之。

58ª22.5 本句界定外來語，指在通用詞之外的詞，亞氏枚舉外地
　　　詞，隱喻詞及增長音節詞三種；不過，從本章其他地方的
　　　解釋，當包括七種詞類而言。如此則可能是將雅典通用詞
　　　定爲主語；其餘的皆屬客語，即外來語。不然，這則界定
　　　甚是難以理解。

　　（1）ἐπέκτασιν，與 ἐπεκτεταμένον（57ᵇ2）同，即增長音節詞。

58ª23.6

　　（1）ἅπαντα τοιαῦτα ποιήσῃ，所有（或任何）的東西是由這些（外
　　　來）客語創作出來的話。…則不是成爲謎語，就是蕃語
　　　了。

　　（2）βαρβαρισμός，蕃語。依希臘人的說法，凡不懂希臘話的
　　　人，就是番邦，而非野蠻（barbarism）之意。相反的，希臘
　　　人也不懂這些蕃語。因此，在亞氏心目中將這客語分爲：
　　　ξινικόν（外來語），γλωτῶν（外地語）與βαρβαρισμός（蕃語）。
　　　可能這三者之間是有差別性。

　　（3）αἴνιγμα，謎語。就其本質，仍然以類似性爲基礎，應屬於
　　　隱喻詞的一種。

58ª27.9

　　（1）⟨ ἄλλων ⟩ ὀνομάτων，大多數的研究者同意插入 ⟨ ἄλλων ⟩
　　　（其他），指除了隱喻詞之外，所有其他的詞類皆無法產生
　　　隱喻所表達類似性的詞義。

58ª31.11 依 Γυδεμαν ，本 δεῖ τὴν λέξιν κεκρᾶσθαί τούτοις τοῖς εἴδεσι 之
　　　略。本譯文據此所譯。

58ᵇ5.15 以上各種詞類對創作者在創作上的應用，當時批評者如
　　　Eucleides譏諷他們的不當。亞氏提出反駁認爲這些批評者不
　　　了解創作。由此可推知當時批評界的見解是相互不一致的。

（1）τρόπῳ，可作形式或方向解，本句皆可適用。

（2）Εὐκλείδης（Eucleides），父子同名可能皆為評論家。這裡的
這位是老的。但他的批評論點則一無所知。

（3）ἐν αὐτῇ τῇ λέξει，在這些文詞中（諷刺某人）。

（4）’Επιχάρην（Epicharin），公元前五世紀的一位政治人物。

（5）此處抄本受損；同時也損及文義。

　　本句的二個例子是批評者刻意將一個句子中不能拉長音節
的字，硬拉長湊齊成長短六音節，藉以批評（或譏諷）那些
創作增長音節詞的可笑。所以，亞氏在下面做了反駁。

58ᵇ12.17.18 在17句提出μέτρον（節制）的概念。要求每一個詞的使
用要做到適當，才能產生不平凡。由節制發展而成
πρέπον（適當）；由適當才能產生規範，規範形成原理，原
則成後來的文學理論。因此17.18兩句要求應用每種詞類，
皆要受到節制。任意的使用，不獨是隱喻詞，外地詞，仍
至其他詞類，皆會產生文詞不當的可笑。

　　19.20.亞氏舉例說明如將押韻體敘事體改用日常通用詞，立
即可以分辨其文義的優美平俗，其差異之大如此。藉以說
明這些客語在創作上造成脫俗，而不平凡，這個見解是正
確的。

58ᵇ22.22 本句進一步舉一位大家，Aeschylus的句子實例，將其中
一個通用詞改用外地詞，其文義立刻不同。

　（1）ὁ δέ是代名詞，在此指 Euripides。

58ᵇ25.23

　（1）ὀλίγος，與（2）μίκρος，兩字皆是日常用語非常普通的字，均
指大小的小，兩者的差別，相當於英文的 little 和 small 的
用法。何以分別在這二個例子裡，亞氏就認為一個是好，
另個是俗。這就不是一般讀者所能體驗的了。因此，繼在

　　　　第 23 句至 25 句所枚舉各例，不一一加注。

58ᵇ29.24

　　（1）出於*Odyssey* 20. 259（或9.515）。

58ᵇ31.25

　　（1）*κράζουσιν*，原義是小鳥的叫聲。在此類比海浪聲。

58ᵇ31.26.27.28 Ariphrade批評悲劇創作中像「海浪像小鳥在叫」這
　　　類句子，在日常生活通用詞中，根本無人使用。亞氏辯稱
　　　這些正是有別於通用詞，才使創作變成不平凡；並指責批
　　　評者竟然連這個理念皆不懂。

59ᵃ4.29.30.31 三句除再度強調每種詞類皆要適當使用，以及隱喻
　　　詞最為重要外，重申凡能掌握事物之間的類似性，藉以創
　　　造隱喻詞者，就是天才。對創作的才能做了明確的界定。

59ᵃ8.32

　　（1）*ἡρωικοῖς*，英雄格。以韻腳做為敘事體創作的代名詞。由本
　　　句指不同的詞類的特性則適合不同的文類創作。

　　（2）*ἰαμβείοις*，短長格六音步，就是指悲劇。

59ᵃ15.35

　　（1）*πράττειν μιμήσεως*，*πράττειν* 是戲劇行動的原動詞。參見以
　　　前各章相關解說。本章論悲劇；所以，亞氏又回到這一組
　　　行動系列的術語詞彙。

第二十三章

XXIII 1. Περὶ δὲ τῆς διηγηματικῆς καὶ ἐν μέτρῳ μιμητικῆς,
ὅτι δεῖ τοὺς μύθους καθάπερ ἐν ταῖς τραγῳδίαις συνιστάναι
δραματικοὺς καὶ περὶ μίαν πρᾶξιν ὅλην καὶ τελείαν ἔχου-
20 σαν ἀρχὴν καὶ μέσα καὶ τέλος, ἵν' ὥσπερ ζῷον ἓν ὅλον
ποιῇ τὴν οἰκείαν ἡδονήν, δῆλον, καὶ μὴ ὁμοίας ἱστορίαις τὰς
συνθέσεις εἶναι, ἐν αἷς ἀνάγκη οὐχὶ μιᾶς πράξεως ποιεῖσθαι
δήλωσιν ἀλλ' ἑνὸς χρόνου, ὅσα ἐν τούτῳ συνέβη περὶ ἕνα
ἢ πλείους, ὧν ἕκαστον ὡς ἔτυχεν ἔχει πρὸς ἄλληλα. 2. ὥσπερ
25 γὰρ κατὰ τοὺς αὐτοὺς χρόνους ἥ τ' ἐν Σαλαμῖνι ἐγένετο
ναυμαχία καὶ ἡ ἐν Σικελίᾳ Καρχηδονίων μάχη οὐδὲν
πρὸς τὸ αὐτὸ συντείνουσαι τέλος, οὕτω καὶ ἐν τοῖς ἐφεξῆς
χρόνοις ἐνίοτε γίνεται θάτερον μετὰ θάτερον, ἐξ ὧν ἓν
οὐδὲν γίνεται τέλος. 3. σχεδὸν δὲ οἱ πολλοὶ τῶν ποιητῶν τοῦτο
30 δρῶσι. 4. διὸ ὥσπερ εἴπομεν ἤδη καὶ ταύτῃ θεσπέσιος ἂν
φανείη Ὅμηρος παρὰ τοὺς ἄλλους, τῷ μηδὲ τὸν πόλεμον καί-
περ ἔχοντα ἀρχὴν καὶ τέλος ἐπιχειρῆσαι ποιεῖν ὅλον· 5. λίαν
γὰρ ἂν μέγας καὶ οὐκ εὐσύνοπτος ἔμελλεν ἔσεσθαι ὁ μῦθος,
ἢ τῷ μεγέθει μετριάζοντα καταπεπλεγμένον τῇ ποικιλίᾳ.
35 νῦν δ' ἓν μέρος ἀπολαβὼν ἐπεισοδίοις κέχρηται αὐτῶν
πολλοῖς, οἷον νεῶν καταλόγῳ καὶ ἄλλοις ἐπεισοδίοις [δὶς]
διαλαμβάνει τὴν ποίησιν.

1. 有關演敘法[1]與在押韻文的創作法，這是非常清楚的，它的情節正如悲劇中組合行動衝突事件[2]的表演法[3]。而它是有關一個整體，而完整的戲劇行動，具有開始，中間與結局[4]；正如一個整體有機體[5]創造它適當的快感[6]；這非常清楚是不像歷史事件[7]的結合[8]，在依它的必需率，歷史指出不是創造一個行動，而是一段時間。發生在這一時間內，係一人或很多人的所有事件；這些事件之間彼此只是或然[9]的關聯。

2. 因為像在Salamis島發生的海戰與Carthage人在Sicily島上的戰爭，雖然在同一(天)[1]時間內；卻沒有趨向同一個結局；在這一段連續的時間裡[2]，雖發生一個事件隨著另一個事件[3]；然而，從中並未發生出同一個結局。　3. 但很多敘事體創作者的創作都是近乎這種表演性的事件[1]。　4. 因此之故，如我們已經說過的，Homer是神聖般[1]的超過其他的人。從這點，也非常清楚的知道，他不曾企圖創作這個完整的(Troy)戰爭[2]，雖然它也具有開始與結局，但它不是整個戰爭的所有[3]。　5. 因為，它的情節[2]或宏偉體裁是過量或太大到要讓人一眼不能看得完的某一定負荷[1]；那末，就要節制那些自身過分交織[3]的細節[4]。　6. 像這樣的一個戰爭，Homer他拿取其中一個應有的部分，而應用為很多發生行動事件場次[1]，諸如《戰艦表》[2]以及很多場次[1]；各別處理成為他的創作品。

⁷·οἱ δ' ἄλλοι περὶ ἕνα ποιοῦσι
1459ᵇ καὶ περὶ ἕνα χρόνον καὶ μίαν πρᾶξιν πολυμερῆ, οἷον ὁ τὰ
Κύπρια ποιήσας καὶ τὴν μικρὰν Ἰλιάδα.⁸·τοιγαροῦν ἐκ μὲν
Ἰλιάδος καὶ Ὀδυσσείας μία τραγῳδία ποιεῖται ἑκατέρας
ἢ δύο μόναι, ἐκ δὲ Κυπρίων πολλαὶ καὶ τῆς μικρᾶς
5 Ἰλιάδος [[πλέον] ὀκτώ, οἷον ὅπλων κρίσις, Φιλοκτήτης,
Νεοπτόλεμος, Εὐρύπυλος, πτωχεία, Λάκαιναι, Ἰλίου πέρσις
καὶ ἀπόπλους [καὶ Σίνων καὶ Τρῳάδες]].

（續前段）7. 但是其他所有創作者創作是相關的一個人，及相關的一段時間，一個行動有很多的成分⁽¹⁾；例如像是與《小Iliad》的創作者們。　8. 由此可見，取自*Iliad*和*Odyssey*只能創作一個悲劇；至多二個；但自*Kypria*則可以創作很多部悲劇⁽¹⁾；從《小Iliad》⁽²⁾可超過八部，像是《甲冑的判決》1，*Philoctetes* 2；*Neoptolemus* 3；*Eurypylus* 4；《乞丐出征》5；《Sparta婦女》6；*Sack of Troy* 7；以及《返航》8；（和*Sinon* 9與《Trojan婦女》10）。

【釋義】

在本拙著注釋中，本人提出亞氏行動體系有四重意義，分別為：創作行動($\pi o \iota \epsilon \hat{\iota} \nu$)；做出行動($\pi \rho \alpha \tau \tau \epsilon \hat{\iota} \nu$)；表演行動($\delta \rho \hat{\alpha} \nu$)及肢體行動($\kappa \iota \nu \epsilon \hat{\iota} \nu$)。且已分別做了詮釋，進而討論與本章的關係。本章起至廿六章為《創作學》的最後四章，自成一個主題集中在敘事體創作。亞氏從第五章第8句到14句(49^{b}9.20)比較了敘事體創作與悲劇兩種文類的種差。得出一個整體概念；即，敘事體創作所擁有的種差元素，而悲劇全具有；反之，則未必。

I. 悲劇與敘事體創作的相似性

要言之，行動情節、品格、思想、言詞，這四者係這兩種文類所共有的元素；敘事體創作缺少合唱隊，也即缺少音樂製作，也沒有場景。僅及於此，亞氏忽然在第六章第一句停止這個議題，留待以後分曉。那末，這最後四章正是進行這個回應。敘事體創作的行動本質成為本章主要內容，依照推理，本章就應集中比較這二種文類範疇之內共有或獨有的差別性；事實上，卻未能看出這二種文類各個個別元素所做的對比。

II. 悲劇與敘事體創作的呈現方式：敘述法與表演法

那末，本章旨意何在呢？第一句即稱敘事體體創作在情節上的「表演化行動($\delta \rho \alpha \mu \alpha \tau \iota \kappa o \grave{v} \varsigma$)，一如悲劇的情節結構」。這兩種文類呈現方式的「表演化」，才是亞氏本章進行比較這兩文類的關鍵詞，也是關鍵概念。接著在第三句歸納出敘事體創作特徵，幾乎都是在呈現這些「表演化行動($\delta \rho \hat{\omega} \sigma \iota$)」(59^{a}29-30)，蓋能顯示這個概念的重要性。

這兩種文類的呈現形式：一個是演敘法($\delta\iota\eta\gamma\eta\mu\alpha\tau\iota\kappa\hat{\eta}\varsigma$)，一是表演法($\delta\rho\alpha\mu\alpha\tau\iota\kappa\upsilon\grave{\varsigma}$)。如何使演敘法轉變成悲劇的(或戲劇的)表演法呢？亞氏推崇Homer如同神聖般的成就，就是在這個方面。將舞台表演行動者來稱呼戲劇藝術(48ª25-29)；換言之，表演行動才是戲劇構成獨立文類的呈現方式。在第四章指「Homer是真正最大的，卓越的創作者，只有他一個人，創作了表演化的創新，……成爲他的表演化創作」(48ᵇ34-38)。再看第廿四章指出敘事體創作中的敘述法Homer是如何創作了表演化，稱Homer「只是開啓一個頭，就直接入戲，時而爲一個男人；時而爲一個女人」(60ª9-11)。具體的說明Homer在表演化的實踐，使敘述者可能轉換，或變成，舞台行動事件的行動者，而達到沒有場景與合唱隊的表演化創作，由此提供奠定後來舞台表演化基礎。這是本章第一個要澄清的主旨。如果表演化($\delta\rho\alpha\mu\alpha\tau\iota\kappa\upsilon\grave{\varsigma}$)一詞，依一般西方注釋者視爲其他行動的同義字，或譯爲dramatic construction等戲劇一般義；或將 $\delta\rho\hat{\omega}\sigma\iota$ 譯爲do的同義字；如此皆使表演化失去了原有的本義，則本章這項主旨，就完全被隱藏而不見了。或不承認 $\delta\rho\hat{\alpha}\nu$ 是獨立的一個行動術語體系的解釋，則本章是無從加以了解的。因確立表演化一詞的概念之故，本章的簡介，再次強調，完全不同於西方學者的看法的。

III. Homer 創作實踐：創作一個行動，且具表演性

其次，特指Homer這種敘事體創作的表演化行動對悲劇會產生何等示範性的功能呢？亞氏始終堅持悲劇行動只有一個，且做爲認定悲劇最佳結構的唯一標準。它的基本原則是創作一個悲劇，行動者只能有一個行動與一組行動事件；且非行動者的一生，更非包括一生中所有行動與事件。也不同於歷史事件(也即日常生活事件)，發生在一段時間之內，可能有很多行動者，做出很

多組行動與行動事件。在這方面,正是Homer創作的實踐,他是一位不同於歷史及一般的敘事體創作者。換言之,他就是一個行動的創作者,他的創作品,只有一個行動;且不僅敘事一個故事,而具有表演性行動特徵。因此,本章藉著Homer創作品中一個完整表演性行動的呈現形式,再由悲劇創作者創作成悲劇的一個做出戲劇行動($\pi\rho\acute{a}\xi\iota\varsigma$)。據此一個行動結構只有一組悲劇行動事件。於是,亞氏枚舉Homer之外的一些敘事體創作作品,每一部可以分成為幾個單一行動,逐一創作成為一部部悲劇。

　　以上二個重點,殊幾乎包括本章的主旨。要借用亞氏的話,本章詮釋 $\delta\rho\hat{a}\nu$ 是這一個表演化體系術語系列的原義,可能是正確的了解本章實質意義。

注釋

59ª17.1

(1)$\delta\iota\eta\gamma\eta\mu\alpha\tau\iota\kappa\hat{\eta}\varsigma$,演述法或敘述的技巧。敘事體創作的呈現形式是敘述。在悲劇定義中的專用術語是"$\dot{a}\pi\alpha\gamma\gamma\epsilon\lambda\acute{\iota}\alpha\varsigma$"(49ᵇ26-7)。但本章討論在Homer敘事體創作中敘述技巧或方法時,邊敘邊演則使用本字,成為另一個專用術語。

(2)$\sigma\upsilon\nu\iota\sigma\tau\acute{a}\nu\alpha\iota$,組合戲劇行動衝突事件。

(3)$\delta\rho\alpha\mu\alpha\tau\iota\kappa\upsilon\grave{\varsigma}$,表演性行動法或技巧。說明敘事體創作中,雖是以敘述方式,但具有表演技巧的本質。

(4)$\pi\epsilon\rho\grave{\iota}\ \mu\acute{\iota}\alpha\nu\cdots\tau\acute{\epsilon}\lambda o\varsigma$,重申第七章悲劇行為是一個整體而完整具有開始的,中間的及結局的事(50ᵇ25-27)。此一定義也當適應於敘事體創作。

(5)$\ddot{\omega}\sigma\pi\epsilon\rho\ \zeta\hat{\omega}o\nu$,猶如有機體。重申悲劇行動猶如一個有機體結構(50ᵇ3-51ª6)。

(6)*τὴν οἰκείαν ἡδονήν*，與第七章第十句(50ᵇ38)幾乎是相同的一個句子，指稱一個有機體爲美(*καλοῦ ζῷον*)。本句則以快感代替美。

(7)*μὴ ὁμοίας ἱστορίαις…εἶναι*，重申第九章創作與歷史的關係。指悲劇情節結構不像歷史事件那般。

(8)*συνθέσεις*，組合。B抄本將 *εἶναι* 改爲 *θεῖναι* (*Bywater*70-73)，則意義不明。爲求全書釋義一致性，故仍依A抄本。

(9)*ὡς ἐτύχεν*，或然發生的。指事件與事件之間是或然發生的，代替創作的必然(率)關係(50ᵇ32-35)。

59ª25.2

(1)*τοὺς αὐτοὺς χρόνους*，同一個時間。據*Herodotus*(VII. 166)，這二場戰爭是在同一天發生的。

(2)*ἐν τοῖς ἐφεξῆς χρόνοις*，在一段連續的時間裡。係表示是一件長期的歷史事件，此處可能是泛指一般歷史事件狀況，故未舉實例。

(3)*θάτερον μετὰ θάτερον*，一件事件在另一件事件之後。表示是事件依時間秩序發展，當指單一情節事件。本句可供爲第十章最後一句 *μετὰ τάδε*(52ª21)注5.(2)解釋的依據。

59ª29.3 本句總結敘事體創作作品中幾乎所有敘述的行動皆具表演化。

(1)*δρῶσι*，表演行動之意。源於 *δρᾶν*。不論是否這些敘事體創作表演行動皆是像這些歷史事件沒有共同的結局。但不影響歸納敘事體創作這種文類具有表演化動作的特徵。

59ª30.4

(1)*θεοπέσιοις*，天神般的。亞氏在這本專書中，一直批評「天神下降」之類不可能的事件，排除在表演之外，卻以天神這個字來推崇Homer的成就，似乎不像亞氏的遣詞用字，

有點出於意表之外，由此可看出Homer的地位了。

(2)πόλεμον，Homer創作戰爭主題，本句提及《戰艦之歌》，
當係指傳說中的Troy之戰。惟不能因英譯而改改變亞氏原
文。按Homer取傳說中Troy之戰中的一部分，如《戰艦之
歌》及其他行動事件場次，進行他的創作，而成爲*Iliad*。

(3)μηδὲ…ὅλον，重申第八章Homer的創作，不論是*Odyssey*或
Iliad，皆是一個行動；而非一個行動者的一生所有事件。

59ᵃ32.5

(1)ἔσεσθαι，本字的字義不明。本句依一般的譯法。

(2)μῦθος，係根字面的意義解釋爲情節。

(3)καταπεπλεγμένον，係κατὰ ＋ πεπλεγμένον的結合詞，指過去
的自身交織(事件)。

(4)ποικιλία，繡花一般。延伸爲複雜之意。

59ᵃ35.6

(1)ἐπεισοδίοις 完整的戲劇行動事件。

(2)νεῶν καταλόγῳ(*Catalogue of Ship*)(*Iliad*. II. 484ff)。暫譯
爲：《戰艦之歌》。亞氏指稱 Homer 的創作只有一個行動
者，一個行動及其一系列事件，但加上其他事件，如《戰
艦之歌》等，此處係亞氏作爲舉例式的說明而已。

59ᵃ37.7 本句係指其他敘事體創作的創作者，像他們的Kypria和
《小 Iliad》。包括很多部分(成分)。如依荷馬創作標準的
話，這些中的每一個部分皆可成爲單獨的敘事創作體裁；
換言之，成爲單獨一的悲劇行動。

(1)πολυμερῆ 很多部分(或成分)；實指很多行動，而非一個行
動中的很多事件。第八句就是針對這些行動做實例說明。

59ᵇ2.8

（1）*ἐκ δὲ Κυπρίων πολλαὶ*，很多個行動出自Kypria。Kypria的內容，敘說Troy戰爭的起因到希臘大軍抵達Troy城為止。傳說是 Stasinus 所作。它的很多部分，可能包括，如 Judgement of Paris, Rape of Helen, Gathering of The Greek Host, Achilles on Scyros, Telephus, Quarrel of Achilles and Agamemnon，Iphigenia at Aulis, 和Protesilaus（Lucas 218）等。這些的每一則皆只是敘事體創作的一個部分（*μέρη*）而已。要注意的是這每一部分，卻皆能構成一個悲劇行動的宏偉體裁。

（2）*τῆς μικρᾶς Ἰλιάδος…Τρῳάδες*，《小 Iliad》……《Troy 的婦女》。傳《小 Iliad》係 Arctinus 所作。據 T.W.Allen, E Bethe 及 G. Else 等西方學者引證咸認《小 Iliad》中的十個名稱目錄係根據拜占庭時間，公元五世紀的 Proclus 的《Photius 摘要》（其原文參見 *Else* 590-592）插增入本文的。雖未能獲得一致的同意，不失為本章考據的重要參考。惟《小 Iliad》失帙不傳，無論從其情節得到實質的認知，但可就這些事件名稱提供其宏偉體裁的想像。僅就其可能的相關情節略介如下：

（1）*ὅπλων κρίσις*，係 Achilles 戰死之後，引起繼任主將之爭。選出 Odysseus，但 Ajax 不服，怒殺主帥 Agamemnon 和其弟 Menelaus；而女神 Athena 以牲畜代之，及 Ajax 清醒後大感羞愧，不聽勸阻，率子返鄉，自己避入森林自殺身亡。Aeschylus 有 *Ajax* 三聯劇，失傳；Sophocles 的 *Ajax* 現存。

（2）*Φιλοκτήτης*（Philoctetes），是希臘軍神弓手。隨軍攻打 Troy，途中為毒蛇所傷，留置 Lemnon 島養病（*Iliad* II. 718-23），為期甚長，甚為怨恨，想對 Odysseus 尤為不

滿。預言稱希臘軍若無 Philoctetes，則攻不下 Troy。
Achilles 之子，Neoptolemus 先去騙取其神弓，但此弓非他
人所能使用。不顧 Odysseus 反對，Neoptolemus 仍前往送
回，被拒，不得已只好實情相告，而 Heracles 告稱此仍天
命，不可違，始往 Troy 作戰。

(3)Νεοπτόλεμος (Neoptoplemus)，Achilles之子。他繼其父死
後，成為希臘軍的一員大將，若攻下Troy預言則非他莫
屬。他受命騙取Philoctetes神弓；也是第一位進入「木
馬」的武士，而後攻下Troy城。

(4)Εὐρύπυλος (Eurypylus)，Telepheus之子，卻為Troy作戰，後
為Neoptolemus所殺。

(5)πτωχεία，《乞丐出征》。指Odysseus化裝成乞丐，進入
Troy城探聽軍情。

(6)Λάκαιναι，《斯巴達的女人》。係Odysseus與Diomede秘
密進入Troy城，竟為Helen所識破，反得Helen之助，竊取
了Troy護城的智慧女神Palladium神像，因而致攻城成功。

(7)Ἰλίου πέρσις《搶奪Troy城》，Sack of Troy)。可能是接前
面情節在竊取神像之後，導致Troy城淪陷。內容無從考
證。傳係Iophon之作品。

(8)ἀπόπλευς，(《返航》)。Troy城陷，毀城之後，男子殺戮
殆盡，女子俘虜。最後殺死Parium之女，Polyxena，以祭
Achilles之墓，而後希臘軍始返航。

(9)Σίνων(Sinon)，即木馬計。

(10)Τρῳάδες《Troy的女人》)，係Euripides作品，現存。係
Troy城淪陷後。公主Crassandra歸Agamemnon；而Hector
之妻 Andromache 則 歸 Neoptolemus，且 極 度 討 好
Neoptolemus，以圖保全己子，但因希臘軍要斬草劃根，

仍捧死城下，王后Hecula 見一切希望全歸灰燼，欲投火中
而死，為人所阻，所有婦女俘虜被驅上船返回希臘。其情
其景，令人見到國亡家恨，不忍卒睹。

據以上這十則實際情節，亞氏要求悲劇創作者，可任選其
中一個宏偉體裁，每個可創作成為單一的單獨行動，都可
構成成功的悲劇創作；相反的，若依《小Iliad》的結構，
成為多人物，多組行動及多組行動事件統納在一個悲劇行
動之中，在一定的演出的時間之內演出，這種創作品則必
然失敗。這就是悲劇創作以一個行動與敘事體創作用多組
行動，在創作情節結構上，這是這兩種文類最基本差異。
在此，要再提醒讀者的，是創作品長度的問題。就現存的
三大家悲劇作品的長度大約在1400行左右。而Homes的敘
事體創作 *Iliad* 約為15,000行及 *Odyssey* 是12,000行。如依它
們的長度可以創作成十部或八部悲劇才是；可是亞氏認為
只能供應悲劇一個，充其量二個行動。令我們奇怪的是
Kypria 約7,000行。若依Lucas的說法，可提供八部悲劇創
作；更令人意外的是《小 Iliad》僅2,500行，依其行數的
長度而論，最多不超過二部悲劇，但本注文已經枚舉它可
以創作成為十部悲劇。這個事實明示，*Iliad* 十部長度僅供
二個悲劇；反之，《小 Iliad》二部長度竟能成為十個悲
劇。由此可知行數長度不是創作考量的事件，亞氏焉有不
知之理。因此，敘事體創作能提供悲劇創作不在行數的長
短，而在提供宏偉體裁事件的多寡。如果任一個行動皆是
宏偉體裁，則可以創作成為悲劇作品。是故，決定悲劇創
作是宏偉體裁，而非長度。這就是本章第五句
μεγέθει（59ª34），本文堅持譯為「宏偉體裁」，而非一般
的「長度」。

第二十四章

XXIV

¹·ἔτι δὲ
τὰ εἴδη ταὐτὰ δεῖ ἔχειν τὴν ἐποποιίαν τῇ τραγῳδίᾳ, ἢ
γὰρ ἁπλῆν ἢ πεπλεγμένην ἢ ἠθικὴν ἢ παθητικήν· ²·καὶ τὰ
10 μέρη ἔξω μελοποιίας καὶ ὄψεως ταὐτά·³·καὶ γὰρ περιπετειῶν
δεῖ καὶ ἀναγνωρίσεων καὶ παθημάτων· ⁴·ἔτι τὰς διανοίας καὶ
τὴν λέξιν ἔχειν καλῶς. ⁵·οἷς ἅπασιν Ὅμηρος κέχρηται καὶ
πρῶτος καὶ ἱκανῶς. ⁶·καὶ γὰρ τῶν ποιημάτων ἑκάτερον
συνέστηκεν ἡ μὲν Ἰλιὰς ἁπλοῦν καὶ παθητικόν, ἡ δὲ
15 Ὀδύσσεια πεπλεγμένον (ἀναγνώρισις γὰρ διόλου) καὶ ἠθική·
⁷·πρὸς δὲ τούτοις λέξει καὶ διανοίᾳ πάντα ὑπερβέβληκεν.

⁸·Διαφέρει δὲ κατά τε τῆς συστάσεως τὸ μῆκος ἡ
ἐποποιία καὶ τὸ μέτρον. ⁹·τοῦ μὲν οὖν μήκους ὅρος ἱκανὸς ὁ
εἰρημένος·¹⁰·δύνασθαι γὰρ δεῖ συνορᾶσθαι τὴν ἀρχὴν καὶ τὸ
20 τέλος. ¹¹·εἴη δ' ἂν τοῦτο, εἰ τῶν μὲν ἀρχαίων ἐλάττους
αἱ συστάσεις εἶεν, πρὸς δὲ τὸ πλῆθος τραγῳδιῶν τῶν
εἰς μίαν ἀκρόασιν τιθεμένων παρήκοιεν. ¹²·ἔχει δὲ πρὸς τὸ
ἐπεκτείνεσθαι τὸ μέγεθος πολύ τι ἡ ἐποποιία ἴδιον διὰ
τὸ ἐν μὲν τῇ τραγῳδίᾳ μὴ ἐνδέχεσθαι ἅμα πραττόμενα
25 πολλὰ μέρη μιμεῖσθαι ἀλλὰ τὸ ἐπὶ τῆς σκηνῆς καὶ τῶν
ὑποκριτῶν μέρος μόνον· ¹³·ἐν δὲ τῇ ἐποποιίᾳ διὰ τὸ διήγησιν
εἶναι ἔστι πολλὰ μέρη ἅμα ποιεῖν περαινόμενα, ὑφ' ὧν
οἰκείων ὄντων αὔξεται ὁ τοῦ ποιήματος ὄγκος.

　　1. 進一步，凡敘事體創作中該有[2]的種類者[1]，則悲劇中一定皆具有；事實上，即，單一[3]，或自身交織，或品格，或受難情節。　　2. 以及它的成分[1]，除悲劇的製曲創作與場面之外，皆具有。　　3. 事件上，一定還會有逆轉，揭發與受難行動事件[1]。　　4. 還有，它擁有非常優美的思想與語言。　　5. Homer不僅是第一個人使用這些；而且充分。　　6. 因為，他組合了他的二個創作品的行動衝突情節事件：*Iliad*是單一與受難；而*Odyssey*則是自身交織。一個貫串全劇的揭發事件以及品格。　　7. 除這些之外，在語言與思想上，他超越所有的人。

　　8. 敘事體創作的差異是在組合行動衝突事件[1]結構的長度[2]與它的押韻。　　9. 現在，它的長度有了合適的限定，已在前面說過了[1]。　　10. 事實上，應儘量的一定要一齊看到(1)它的開始與結局。　　11. 情況應是如此，假如在開始敘事體創作組合行動衝突事件[1]是早期的作品比較短，後來延到一次聽完好多部悲劇的長度[2]。

　　12. 因為，敘事體創作的特殊性[1]可以延長到很多個宏偉體裁長度；但在悲劇只能籍著舞台上[4]演員的部分而已，在這同一時間無法容納創新出的很多個行動[2]成分的[3]。　　13. 敘事體創作是籍著講述之故，它是在同一時間裡，可以完成創作很多部分；這也就是適合，它的創作品體積大量[1]的成長。

^{14.}ὥστε τοῦτ'
ἔχει τὸ ἀγαθὸν εἰς μεγαλοπρέπειαν καὶ τὸ μεταβάλλειν τὸν
30 ἀκούοντα καὶ ἐπεισοδιοῦν ἀνομοίοις ἐπεισοδίοις·^{15.}τὸ γὰρ
ὅμοιον ταχὺ πληροῦν ἐκπίπτειν ποιεῖ τὰς τραγῳδίας.^{16.}τὸ δὲ
μέτρον τὸ ἡρωικὸν ἀπὸ τῆς πείρας ἥρμοκεν.^{17.}εἰ γάρ τις ἐν
ἄλλῳ τινὶ μέτρῳ διηγηματικὴν μίμησιν ποιοῖτο ἢ ἐν πολλοῖς,
ἀπρεπὲς ἂν φαίνοιτο·^{18.}τὸ γὰρ ἡρωικὸν στασιμώτατον καὶ
35 ὀγκωδέστατον τῶν μέτρων ἐστίν (διὸ καὶ γλώττας καὶ με-
ταφορὰς δέχεται μάλιστα·^{19.}περιττὴ γὰρ καὶ ἡ διηγημα-
τικὴ μίμησις τῶν ἄλλων), τὸ δὲ ἰαμβεῖον καὶ τετράμετρον
1460^a κινητικὰ καὶ τὸ μὲν ὀρχηστικὸν τὸ δὲ πρακτικόν.^{20.}ἔτι δὲ ἀτο-
πώτερον εἰ μιγνύοι τις αὐτά, ὥσπερ Χαιρήμων.^{21.}διὸ οὐδεὶς
μακρὰν σύστασιν ἐν ἄλλῳ πεποίηκεν ἢ τῷ ἡρῴῳ, ἀλλ' ὥσ-
περ εἴπομεν αὐτὴ ἡ φύσις διδάσκει τὸ ἁρμόττον αὐτῇ
5 αἱρεῖσθαι.^{22.}Ὅμηρος δὲ ἄλλα τε πολλὰ ἄξιος ἐπαινεῖσθαι καὶ
δὴ καὶ ὅτι μόνος τῶν ποιητῶν οὐκ ἀγνοεῖ ὃ δεῖ ποιεῖν αὐτόν.
^{23.}αὐτὸν γὰρ δεῖ τὸν ποιητὴν ἐλάχιστα λέγειν·^{24.}οὐ γάρ ἐστι
κατὰ ταῦτα μιμητής.^{25.}οἱ μὲν οὖν ἄλλοι αὐτοὶ μὲν δι' ὅλου
ἀγωνίζονται, μιμοῦνται δὲ ὀλίγα καὶ ὀλιγάκις·

(續前段)14. 正如它具有這種適於華麗堂皇長處[1]；而對聽者聽到這種多變化；同時，一個發生行動事件場次不同於另一個發生行動事件場次。　15. 因為，將這相似的情況很快填滿[1]一個悲劇，而致創作出把演員撐下台的那些悲劇。

16. 就它的押韻而言，從它的這種嘗試結果，以英雄格最為適合。　17. 因為，在演敘法[1]的創新中，創作出了其他的押韻格，而且是很多，假如能形成確實可證的一種的話，似乎不曾有過。　18. 事實上，英雄韻格[1]合唱的[2]也是最文雅的押韻格[3]因此之故，最能接納外地詞和隱喻詞。　19. 因為，敘述法的創新，不同於其他的押韻格[1]，對短長三音步韻格與長短四音步韻格，則充滿了身體行動性[2]：一個適合於舞蹈的技巧[3]；另個是適合於做出行動的技巧。　20. 再者，如果將這些全部混合在一起，正如Chaeremon所做的，這該是更荒謬的。21. 是故，沒有人曾在其他(韻格)再創作過更長的行動衝突事件[1]中的創作，沒有超過用英雄格的[2]；但如我們曾說過的，這種文類的本質[3]指導一個人要準備好選擇這種押韻格[4]。22. 從很多方面，Homer是值得我們尊敬的；確定的，在所有的創作者中，只有他[1]，一定不是不知道他自己該怎麼創作出這種文類的。　23. 因為，這種創作者該以(劇中角色)述的很少。24. 事實上，在這種情況之下，就不是一位創新者[1]。　25. 在這方面，其他創作者全都這樣的比賽；那末，創新的就很少，或少之又少。

²⁶·ʃ ὁ δὲ ὀλίγα

10 φροιμιασάμενος εὐθὺς εἰσάγει ἄνδρα ἢ γυναῖκα ἢ ἄλλο τι
ἦθος, καὶ οὐδέν' ἀήθη ἀλλ' ἔχοντα ἦθος·²⁷·δεῖ μὲν οὖν ἐν ταῖς
τραγῳδίαις ποιεῖν τὸ θαυμαστόν, μᾶλλον δ' ἐνδέχεται ἐν
τῇ ἐποποιίᾳ τὸ ἄλογον, δι' ὃ συμβαίνει μάλιστα τὸ θαυ-
μαστόν, διὰ τὸ μὴ ὁρᾶν εἰς τὸν πράττοντα·²⁸·ʃ ἐπεὶ τὰ περὶ
15 τὴν Ἕκτορος δίωξιν ἐπὶ σκηνῆς ὄντα γελοῖα ἂν φανείη, οἱ
μὲν ἑστῶτες καὶ οὐ διώκοντες, ὁ δὲ ἀνανεύων, ἐν δὲ τοῖς
ἔπεσιν λανθάνει.²⁹·τὸ δὲ θαυμαστὸν ἡδύ·³⁰·σημεῖον δέ, πάντες
γὰρ προστιθέντες ἀπαγγέλλουσιν ὡς χαριζόμενοι.³¹·δεδίδαχεν
δὲ μάλιστα Ὅμηρος καὶ τοὺς ἄλλους ψευδῆ λέγειν ὡς δεῖ.
20 ³²·ʃ ἔστι δὲ τοῦτο παραλογισμός.³³·οἴονται γὰρ οἱ ἄνθρωποι, ὅταν
τουδὶ ὄντος τοδὶ ᾖ ἢ γινομένου γίνηται, εἰ τὸ ὕστερον ἔστιν,
καὶ τὸ πρότερον εἶναι ἢ γίνεσθαι·³⁴·τοῦτο δέ ἐστι ψεῦδος.³⁵·διὸ
δεῖ, ἂν τὸ πρῶτον ψεῦδος, ἄλλο δὲ τούτου ὄντος ἀνάγκη εἶναι
ἢ γενέσθαι ᾖ, προσθεῖναι·³⁶·διὰ γὰρ τὸ τοῦτο εἰδέναι ἀληθὲς
25 ὂν παραλογίζεται ἡμῶν ἡ ψυχὴ καὶ τὸ πρῶτον ὡς ὄν.³⁷·παρά-
δειγμα δὲ τούτου τὸ ἐκ τῶν Νίπτρων.

(續前段)26. 但他(Homer)只是啓了一個開場白的頭[1]，就直接入戲，時而爲一個男人，時而爲一個女人，或其他品格；這並非每人無品格，而是人人皆有其品格。

27. 所以，是在這些悲劇之中，創作出它的驚奇；在敘事體創作裡，更可能接受不合理推理，且發生更大的驚奇，係因爲看不見的那些做出行動者。　28. 因爲，有關追趕Hector情況，如放在舞台上，就明顯的令人可笑，雅典戰士站著豎直不動[1]，也不加追趕Hector[2]；而Achilles則掉過頭[3]做手勢叫他們往後站；但在敘事體述說時責逃過了人的注意[4]。　29. 但這種驚奇令人聽起來愉快。　30. 因爲，這證明，述說者總是增添些像似逗樂聽眾的講述內容。　31. Homer，最大的一位，教導其他的創作者以正確的方法[2]說謊的人[1]。　32. 這種就是錯誤推論的謬誤[1]　33. 也就是因爲人們認爲假如當一件(B)事件是事實，或它已發生過；又當另一件(A)事件，也是事實或也已發生過；那末，假如後來一個(B)事件是真；那末第一個(A)事件就一定是真，或會發生。　34. 其實這是說謊。　35. 因此需要，假定第一個(B)事件是說謊，但後者(A)事件視爲前者(B)事件已是事實之後；那末，基於必需(率)，後者(A)事件成爲事實或已發生過的，就傾向第一個(B)事件爲真。　36. 因爲，由於後者(A)事件知道它是真的；雖然出於自己的錯誤推論的謬誤，或空想[1]，而至認爲第一個(B)事件也是真的。37. 這種一個範例就出諸《洗腳》。

^{38.}προαιρεῖσθαί τε δεῖ
ἀδύνατα εἰκότα μᾶλλον ἢ δυνατὰ ἀπίθανα·^{39.}τούς τε λόγους
μὴ συνίστασθαι ἐκ μερῶν ἀλόγων, ἀλλὰ μάλιστα μὲν μη-
δὲν ἔχειν ἄλογον, εἰ δὲ μή, ἔξω τοῦ μυθεύματος, ὥσπερ
30 Οἰδίπους τὸ μὴ εἰδέναι πῶς ὁ Λάιος ἀπέθανεν, ἀλλὰ μὴ ἐν
τῷ δράματι, ὥσπερ ἐν Ἠλέκτρᾳ οἱ τὰ Πύθια ἀπαγγέλλον-
τες ἢ ἐν Μυσοῖς ὁ ἄφωνος ἐκ Τεγέας εἰς τὴν Μυσίαν ἥκων.
^{40.}ὥστε τὸ λέγειν ὅτι ἀνῄρητο ἂν ὁ μῦθος γελοῖον·^{41.}ἐξ ἀρχῆς
γὰρ οὐ δεῖ συνίστασθαι τοιούτους.^{42.}†ἂν δὲ θῇ καὶ φαίνηται
35 εὐλογωτέρως ἐνδέχεσθαι καὶ ἄτοπον† ἐπεὶ καὶ τὰ ἐν Ὀδυσ-
σείᾳ ἄλογα τὰ περὶ τὴν ἔκθεσιν ὡς οὐκ ἂν ἦν ἀνεκτὰ δῆλον
1460^b ἂν γένοιτο, εἰ αὐτὰ φαῦλος ποιητὴς ποιήσειε·^{43.}νῦν δὲ τοῖς
ἄλλοις ἀγαθοῖς ὁ ποιητὴς ἀφανίζει ἡδύνων τὸ ἄτοπον.^{44.}τῇ δὲ
λέξει δεῖ διαπονεῖν ἐν τοῖς ἀργοῖς μέρεσιν καὶ μήτε ἠθικοῖς
μήτε διανοητικοῖς.^{45.}ἀποκρύπτει γὰρ πάλιν ἡ λίαν λαμπρὰ
5 λέξις τά τε ἤθη καὶ τὰς διανοίας.

（續前段)38. 創作者寧願[1]將不可能發生的事[2]使它成為必然
（率)[3]事件；而不願可能將發生的事[4]使它成為不可信的事件
[5]。 39. 另一方面，創作者要的情節[1]是組合行動衝突事件
[3]，不要出自不合推理的組成部分[2]；但最好是沒有不合推理
的事件，如果不是如此，就要排除在情節事件[4]之外，正如
*Oedipus*中，不知Laos是如何的被殺死的；也不能放在表演[5]
中，又如在*Eleetra*之中，只講述Pythian[6]運動比賽；或在
《Mysian人[7]》中的人，從Tegea抵達Mysia一路上不發一語。
40. 如果這說法說中了上面所說過的，那這些情節就變成滑稽
可笑。 41. 因為，這是需要的，即創作者在開始該排除這些
組合行動衝突事件。 42. 但如果創作者安排[1]這些不合推理事
件和甚至離奇事件，那就要使它們變成更具說服性而令人接
受。如在*Odyssey*中，有關Odysseus曝光海灘[2]的不合推理事
件。這是個證明，如果對一位笨拙的創作者來創作而言，是即
不能這麼做，也無法讓人容忍的。 43. 現在同是這些事件，
這位創作者(Homer)用其他好方法[1]，使這種荒謬離奇歡樂到
視而不知覺。

　　44. 在構成的成分[1]中，沒有行動，又沒有品格，也沒有思
想，就該發揮華麗(1)的言詞。 45. 事件上，正好相反，過分
的炫耀華麗言詞，只會使品格與思想晦澀不清。

【釋義】

I. 比較悲劇與敘事體創作兩種文類的創作差異

　　繼廿三章，就敘事體創作與悲劇的比較，本章分為兩個部分。第一部分項目的明顯段落：兩種文類種類；衝突事件情節的對比；作品長度的界定；押韻韻腳的使用適應性，以及以Homer為主要討論對象敘事體創作的三種呈現方式。這些議題應屬於創作技巧的範疇。

II. 戲劇第一原理：行動必然率與理論

　　第二個部分係屬理論的歸納自第27句(60ª11)起至結束，幾佔本章的二分之一篇幅集中在這兩種文類創作理論性的論點上，即：創作驚奇與不合理的推論。這兩項創作基礎以說慌與謬誤為前提，再經邏輯的三段論法，形成行動必然率。這個理論的結論是第38句(60ª25-26)：

> 創作者寧願將不可能發生的事使它成為必然事件；而不
> 願將可能發生的事，使它成為不可信的事件。

　　亞氏並提出《洗腳》情節具體實例表達這行動必然率的推論程序。由此證明《洗腳》之所以使一個不可能(ἀδύνατον)發生的事件，成為必然(εἰκός)事件的結果。這項原理構成是戲劇情節必需(ἀνάγκη)先有一個不合推理(ἄλογος)事件，一個騙人的(ψεῦδος)技巧，由於錯誤推論(παραλογισμός)，造成受騙，最後行動者經過三段論法(συλλογισμός)，產生揭發而至急轉完成戲劇的整體而完整行動。在這個原理下，戲劇行動的產生，亞氏不排斥經驗法則的

因果律，而主要的建立在完全推理上的第一個戲劇理論，使整個情節成為可能（δυνατὰ），且可信（πίθανον）而必然（εἰκός）的結果。這一部分不僅應視為本章的主旨，也是亞氏專書中不可缺少的理論成就。

III.《洗腳》情節實例：行動必然率的實踐與邏輯推理

在Odysseus的《洗腳》中正是發生這麼一件不可能發生的事件。這則故事是Homer的《Odyssey》（19.220-480 ff.），Odysseus離家廿年後返家，假裝成為一個陌生客（19.317），自稱Crete人。Odysseus的妻子Penelope，在丈夫離家的廿年中，有108個求婚者，皆不為所動。當這位陌生客（當然就是Odysseus本人）告訴她，帶來有關她丈夫的消息，稱他曾招待過Odysseus前往Troy。藉此描述Odysseus當時的衣著與隨從模樣（19. 221-248）；因為Penelope知道這些事實是真的，因此錯誤推論而信以為真，這位陌生客是招待過她丈夫的那位Crete人。由於感激往日的盛情，特地叫她的老傭人Eurycleia為他洗腳，就是這件故事。

如果在日常生活中，假設A事件是由一位人物（P），與他所說、所作的事，是存在過或發生過的事實為C：這A事件先於B事件；而這B事件也是由一位人物（P），與他所說、所作的事件是存在過或發生過的事實同為C；那麼，依日常事實的真實，A事件必然與B事件相同；換言之，人們會認同B事件就是A事件。

$$A = P + C$$
$$B = P + C$$
$$A = B$$

在《洗腳》中，如果A事件是由這位Crete人（P），而與他所說、所做曾經招待過Odysseus，所穿的衣服與屬從的模樣是存在過與發生過的事實為C。當Penelope面前的B事件，她不曾見的這位人物，認為就是那位Crete人（P），而與他所說、所做曾經招待過Odysseus，所穿的衣服與屬從的模樣是存在過與發生過的事實同為C。Penelope知道（C）為事實；事實上，當面的這位人物不是Crete人（P），而是其裝扮的Odysseus（q），由於受騙，因而誤為A事件就是B事件，而Penelope出於錯誤的推論而誤信（q）就是（P）。那麼，將上面公式應用在Odysseus《洗腳》的事件上。

$$A = P + C$$
$$B = q + C$$
$$A = B$$
$$P + C = q + C$$
$$P = q$$

於是就將不可能發生的事件，而誤信以為真，成為必然的事件。基於B事件的這位人物（q）根本是騙人的（ψεῦδος），完全是創造性的捏造，但Penelope依據C事件的錯誤推論，認為眼前的這位Crete人就是當年招待過她丈夫的那位Crete人。將一件不可能發生的事件成為必然的結果，而台下的觀眾明知是騙人的事件，但認為Penelope誤信為真是可能的、可信的。Penelope相信A事件是真實，她是被騙了；而不是觀眾被騙；相反的，看到舞台上將不可能發生的事件成為可能，更產生驚奇與快感。

為陌生客洗腳是希臘當時待客的習慣。所以Penelope就叫她的老傭人為他洗腳之後，就離開回自己的房間了。Eurycleia就是Odysseus的乳母，照顧他長大。只有她知道Odysseus小時為熊所傷而留下的疤。這個事件Odysseus並未曾告訴他的妻

子。當 Penelope 聽見 Eurycleia 高聲歡叫時，原來是她認出 Odysseus 的疤。經過這個揭發事件將戲劇情節帶入最高潮。在此刻前以不合推理的事件騙過了 Penelope，立即經過這個高潮的發現夫妻團圓，使不可能的事件，成爲可能。

注釋

$59^b7.1$ 從第一到第五句(59^b7-13)比較敘事體創作與悲劇的種類及情節。除悲劇元素中製曲與場景外，敘事體創作具有悲劇所有的種類。且每種情節的結構與類型也皆相同。

(1)$τὰ$ $εἴδη$，文類的種類。自開宗明義第一句即開始討論這一議題。且常與 $μέρη$(部分或成分)一詞相混使用。不過 $μέρη$ 皆使用於成分或結構部分的「種類」，即分類的種類，而非文類的種類。這二個術語的使用差異性，可參考 W. Lucas 的分析(185)；及在第 6,11，18，24 各章中的應用。

(2)$δεῖ$ $ἔχειν$，該有或應有。指悲劇中該有的類型，敘事體創作中也該有。

(3)$ἁπλῆν$，單一情節。因此使用這個字是非常明確。既然，由第一句明示敘事體創作中並無場面($ὄψις$)這項元素。藉此，反證第十八章第五句(56^a2)討論悲劇情節類型抄本有損的那個字，必爲這兩種文類所共有者，故第十八章第五句則必爲$ἁπλῆν$。

$59^b9.2$

(1)$τὰ$ $μέρη$，見注1.(1)，即指一種文類中所構成的實質元素成分，或形式的部分而言。

$59^b10.3$

(1)$παθημάτων$，受難是所有悲劇，不論單一或自身交織情

節，所共有的成分（參見 52^b11）。

59^b11.4和5.說明敘事體創作中思想與語言的優越性。Homer做了充
分的使用。有關語言與思想的討論，參見廿，廿一，廿二
章。

59^b13.6 本句除指出Honer的*Iliad*和*Odyssey*分別為單一節與自身交
織情節。並進一步指稱*Iliad*為受難情節；而*Odyssey*屬
ήθική(品格情節)。這又是一種悲劇情節結構分類法。就
Achilles之怒，而殺Hector等悲劇行為而論，允當符合亞氏
專書第十一章的受難事件定義，則*Iliad*可屬於受難型的敘
事體創作。同樣的*Odyssey*情節中涉及多次揭發及逆轉事
件，是為自身交織情節，也當予以肯定。至於它為什麼又
屬於品格(ήθική)類型，在此之前，並無前例，因此不易推
論；或從品格基本定義來研判，即這些人物在面臨衝突或
戰鬥時，所做出完全自主的抉擇，一人做事一人當的決
定，展示一個人的品格，則可以理解的，參見第十五章論
品格及注釋。

59^b17.8 自本句到22句是比較這兩種文類情節結構的長度與押韻的
不同。悲劇與敘事體創作的押韻，在第五章第9句(49^b11-
12)提出它們在應用上的不同，在本節先論結構長度
(59^b17-31)，繼續押韻(59^b31-60^a6)。

(1)συστάσεως，組合行動衝突事件。這二種文類情節具有這
種衝突的共用特性。

(2)τὸ μῆκος，專指長度，別無他解。它與宏偉(μέγεθος)是完
全二個不同的術語。其語義的差別性，參讀第七章 15 句
注。

59^b18.9 本句就長度所作過的界定(ὄρος)，「正在前面說過了。」
當指以第七章為依據。

59ᵇ19.10

(1)συνορᾶσθαι，指情節的開始到結局能一眼看得到。在第七章則使用另外一個詞，εὐσύνοπτος（51ª4），指觀眾能記得到。

59ᵇ20.11

(1)συστάσεις，即組合行動衝突事件的結構。與第六章注21同。

(2)πλῆθος τραγῳδιῶν τῶν εἰς μίαν，一次可以看完的多部悲劇。πλῆθος指量的多，在此即為多部悲劇。亞氏在本專書中從未提及三聯劇或四聯劇。即使這兩種形式到亞氏當時已不復演出，但至少在演出形式上應該提及。此處所提「多部悲劇」，可能是唯一的一處暗示這三、四聯劇的情形，但無確論。

其次，由本句的了解在早期敘事體創作較短，悲劇依照這種型式，惟無實例可循。不過，後來敘事體創作的發展增長篇幅長度。

59ᵇ22.12 有關敘事體創作與悲劇長度，在亞氏心目中，以(1)當以Homer為對象，其他人的不合亞氏一個行動結構的要求；(2)不能以三聯劇或四聯劇的總長度與一部敘事體創作長度做比較。依亞氏長度基本定義係以一個戲劇行動中行動者的命運一次的轉變由幸到不幸為限，或反之；而敘事體創作是多組行動。比較當以此為前提。Else所列舉的敘事體創作品，可能不符合這二個條件，但具參考性（604-5）。其他長度與宏偉體裁，已見於第廿三章討論。

本句的另個部分是演員演出的舞台，被後人認為是暗示地點統一率，但缺充分推演的依據，無從進一步肯定這項看法。

(1)ἴδιον，指文類自身所具有的特殊性質。

(2)πραττόμενα，係πραττεῖν 的分詞，已做出的行動事件。

(3)ἐνδέχεσθαι ἅμα πραττόμενα πολλὰ μέρη，在同一個時間接受很多個做出行動事件部分。

(4)ἐπὶ τῆς σκηνῆς，在舞台上。

59ᵇ26.13

(1)ὄγκος，有兩義：(1)體積大；(2)莊重(dignity)。此處採第一義。

59ᵇ28.14

(1)μεγελοπρέπειαν，華麗堂皇，或 elegance。它與ὄγκος在本專書中皆只使用這一次。是否比喻敘事體創作中包括很多適當的宏偉體裁，因此，篇幅自然增加而瀟灑斐然成章。

59ᵇ30.15如果將敘事體創作中非常多的部分，撰寫在一個悲劇行動之中，立即容納不下，而致悲劇創作失敗。

(1)πληροῦν，填滿或塞滿。如作吃膩(satiate)解，則不合推理。

59ᵇ31.16本句至22句(59ᵇ31-60ᵃ6)說明三種文類的押韻。英雄韻腳適用於敘事體創作；短長三音步韻格適用於肢體動作的舞蹈；而長短四音步韻格，則適合悲劇。

(1)ἀπὸ τῆς πείρας，係經嘗試或試驗的結果。

59ᵇ32.17

(1)ἡρωικὸν，是ἥρως(英雄格)的形容詞，全書皆使用此字；ἡρῷος，ἡρῴῳ(60ᵃ3)是指押六音步腳的韻文而言。

(2)διηγηματικήν，係演敘法的或演敘的技術。

59ᵇ34.18

(1)στασιμώτατον，與στάσιμος(悲劇合唱隊)同字源。意為一直繼續唱的歌。

(2)ὀγκωδέστατον，ὄγκος(見注13.(1))的最高比較級。最大體

積或最文雅的韻律。

59^{b}36.19

(1)$\pi\epsilon\rho\iota\tau\tau\grave{\eta}$ $\gamma\grave{\alpha}\rho$，確定英雄格六音步腳在演敘法中超過其他的韻腳。

(2)$\kappa\iota\nu\eta\tau\iota\kappa\grave{\alpha}$，指肢體動作的技巧方法。

(3)$\grave{o}\rho\chi\eta\sigma\tau\iota\kappa\grave{o}\nu$，指舞蹈的技巧方法。

(4)$\pi\rho\alpha\kappa\tau\iota\kappa\grave{o}\nu$，係Bywater的看法，這是$\pi\rho\acute{\alpha}\xi\epsilon\omega\varsigma$ $\mu\iota\mu\eta\tau\iota\kappa\acute{o}\varsigma$兩個字縮寫在一起的，意為：做出行動的創新技巧。

60^{a}1.20 在第一章(47^{b}21)中曾稱Chairemon他創作了混合韻腳的敘事體創作，即在作品中混合各種不同的押韻韻腳。亞氏在此稱這種是荒謬。

60^{a}2.21

(1)$\sigma\acute{v}\sigma\tau\alpha\sigma\iota\nu$，組合行動衝突事件的情節。

(2)$\acute{\eta}\rho\acute{\omega}\acute{\omega}$，見注 17(1)

(3)$\acute{\eta}$ $\phi\acute{v}\sigma\iota\varsigma$，係指敘事體創作的本質。有關本質見於第一章的開宗明義(47^{a}12)。

(4)$\alpha\grave{v}\tau\acute{\eta}$，指示代名詞，係指敘事體創作的押韻韻腳。

60^{a}5.22 本句至26句(60^{a}5-11)陳述Homer在敘事體創作品的演敘技巧所表現的呈現方法；有三：(1)為演敘者不改變他講述者的身分，保持本人的口吻講述故事，並不曾改變自己成為創作品中任何角色(48^{a}20-21)。這種方法最為普通的。(2)演敘者改變本人的身分，化身為創作品的行動者品格(48^{a}22-23)。這種呈現方式，只有Homer做到。以作品中行動者身分直接表達事件的發展(60^{a}5-7)。(3)第三種是Homer所創，除了稍許引文文字之外，立刻將自己化身為一個男人，時而為一個女人，使每個人物品格化(60^{a}9-11)。因此，亞氏推崇Homer為創作表演化

(δραματοποιήσας)（48ᵇ35-38），奠定基礎。

(1)μόνος，言下之意，僅只Homer一人而已。以後或許有之，
但亞氏已經不值一提了。

60ᵃ7.23.24 係指Homer的第二類講述呈現方式。

60ᵃ7.24

(1)μιμητής，創新者。兩次用於Homer(又見於48ᵃ26)。是否以
此來界定自己身分作演敘者，抑僅指Homer是這種表演化
的演敘者，則無從確定。

60ᵃ8.25 指第一類敘事體創作的演敘呈現方式。

60ᵃ9.26 指第三類是Homer所創者，已近於表演的呈現方式。

(1)φροιμιασάμενος，做個引子。

(2)εἰσάγει，一個新角色出場之意。係舞台術語。

60ᵃ11.27 本句至45句(61ᵃ11-61ᵇ5)，是本章由推理而形成爲戲劇必
然率的最主要部分。雖然在形式上是進行比較這兩種文類
在情節上製造驚奇與不合理的差異；實質上，是將這兩種效
果在邏輯推理下如何構成爲這兩種文類的結構部分。亞氏列
舉《洗腳》的情節實例爲基礎，推論出行動必然率。歸納出
第38句的必然率的結論。也是本章企圖訴求的主旨。

(1)διὰ…τὸν πράττοντα，由於敘事體創作係透過講述，而非舞
台上的表演，所以看不見那些沒有講到的行動者在做什
麼。因此，可以接受更多不合理的推理。

60ᵃ14.28

(1)ἑστῶτες καὶ οὐ διώκοντες，此處係指雅典人或Achilles的人，
呆站在那裡而不加追逐Hector，如不將Hector不插入譯文
本文，否則無法懂。

(2)τὴν Ἕκτορος δίωξιν，Hector的追逐。見於 *Iliad 22.131ff*。
Achilles追殺Hector，此刻Hector已經失魂失魄想能繞著

Troy城牆而逃，Achilles緊隨其後，並對希臘軍隊搖頭示意，不要插手，以沾其戰功。此處所指雅典軍士站在那兒不動，在講述時，可以不被看見。若表現在舞台上，亞氏認爲可笑，並批評爲不合理與不可能了。同一看法，又見於第廿五章13句（60ᵇ26）。

(3)ἀνανεύων，擺過頭來。此係指Achilles做手勢叫希臘軍士後退。如不將Achilles插入譯文，則不知所指。

(4)λανθάναι，逃過注意。係指在敘事體創作的演敘時，以上情況就可以逃過讀者或聽眾的注意。因此，在這個動詞之前必須加上「它的主詞」，敘事體作品或演敘者。

60ᵃ17.30 傳話人可儘量利用敘述方法，增加不能表演的內容，以取悅於觀眾。由此可知希臘悲劇的演出是綜合觀看行動表演及敘事體創作敘述法中聽覺的二重成果。

60ᵃ18.31

(1)ψευδῆ，說慌。此一道德觀念係柏拉圖所反對者；而亞氏承認創作中的說慌，並將說慌成爲創作條件，本章將這項主張加以推理合理化。

(2)λέγειν ὡς δεῖ，指說慌應該如此說；也即正確的說慌之道。

60ᵃ20.32

(1)παραλογισμός，英文 paralogism 字源，邏輯術語，意爲：謬誤推論。第 33、34、35、36 句係說慌謬誤推論邏輯公式。參見本章釋義第三節。

60ᵃ24.36

(1)ψυχή，原意爲空氣；轉爲憑空或空想。

60ᵃ25.37 以《洗腳》爲情節實例證明謬誤推論，使不可能發生的事件，創造成爲可能，而後形成行動必然率。參見本章釋義第三節。

60ª26.38 本句係行動必然率的總結，應適用於這兩種文類，即不限制後世的文類，也不受限制。

(1)*προαιρεῖσθαι*，可作寧願解，也可作喜歡解。所以本句也可譯爲：

創作者喜歡選擇將不可能發生的事，使它成為必然事件；
而不喜歡選擇將可能發生的事，使它成為不可信的事件。

(2)*ἀδύνατα*，不可能(發生的事)。

(3)*εἰκότα*，必然(率)。

(4)*δυνατὰ*，可能(發生的事)。

(5)*ἀπίθανα*，不可信(的事件)。

60ª27.39 本句重申第十五章情節不得有不合推理的結構，否則要排除在悲劇外，並舉*Oedipus*實例作爲說明(54ᵇ6)。本句除了再舉Oedipus弒父，不合推理情節之外，又增加二個實例，*Electra*中的Pythian運動比賽與《Mysia人》，亞氏認爲這種情節不合推理(*ἄλογος*)，要排除在表演之外。另一方面，本章又稱不合推理(*ἄλογος*)是構成說慌(*ψευδός*)的原素，也即構成必然率不可少的原素。這二種說法，必須要加以區隔，不可混爲一談。即一方面推崇由說慌的不合推理而產生悲劇驚喜效果；一方面是指不合推事的行動事件，要排除在表演之外。讀者宜加區別的。以下請與第十五章一併參讀。

(1)*λόγους*，係指情節，而非語言(*λόγος*)。

(2)*μερῶν ἀλόγων*，不合推理的行動事件部分。

(3)*συνίστασθαι*，與注8.(1)同。

(4)*μυθεύματος*，本譯爲依其字尾譯爲：情節事件，不宜譯爲plot-structure，因爲情節本身就是事件的整合，也即結構之意。

(5)δράματι，表演行動。不宜做情節、劇本或行動解。

(6)Πύθια，Pythia比賽。Sophocles的*Electra*中680-763行的情節。Orestes僞托捧著自己的骨灰罐返家。自稱他在Pythia比賽中從賽戰車上摔死。藉此騙他母親，而信以爲真，讓他入宮，殺死他的母親與情夫，爲父親Agamemnon復仇。亞式認爲這種情節不宜於表演，可用敘述方式處理；另一說Orestes復仇時，根本就沒有Pythia運動比賽會，所以不合推理。

(7)ἐν Μυσοῖς … Μυσίαν，（《Mysia人》），Aeschylus和Sophocles皆作此劇，唯均失傳。這個情節是Telephus在Tegea殺死他的叔父，而遠行至小亞西亞，在此長途之中，沈默不發一語。亞式認爲這種情節無法放在舞台上表演，僅供敘述可也。由此二則實例增加了解什麼是不合推理的情節（或事件）實質內容；實有別於不合推理所產生的驚喜的創作法。

60ª33.40 ὅτι ἀνήρητο，依靠它說出的話，結果靈驗了。它係代替不合推理事件。以下各句括號的用法皆類此。否則不知所指。

60ª34.42

(1)θῆ 原動詞是τιθέναι 意爲安置。

(2)τὰ ἐν ᾿Οδυσσείᾳ，所引 Odysseus 登陸海灘一節（見於第十三卷）此處涉及一條神奇的船以及海神，才使他在熟睡中，被 Phaeacian 水手將他送上海岸。這些是亞氏在前面所指的不合推理情節，可在敘事體創作中來講述，而不能放在舞台上表演。

60ᵇ1.43

(1)ἀγαθοῖς，好的方法。當是一種美化的技巧。

60^b2.44.45 亞氏指語言如不具戲劇性，則再華麗非但無助，且有害
於戲劇。何謂戲劇性語言？本人歸納幾項原則：(1)表示戲
劇情境；(2)展示衝突；(3)揭露劇中任務或思想；(4)塑造
行動者的品格，以及(5)表現戲劇功能(或文學)。但非本注
釋闡釋範疇，聊供讀者參考，容後當以專書處理。

(1)$\dot{a}\rho\gamma o\hat{\iota}\varsigma$ $\mu\acute{\epsilon}\rho\epsilon\sigma\iota\nu$，非確實必要的情節、段落或行動事件的部
分。此處但不知是否係指發抒情感的合唱隊部分或段落而
言。蓋合唱隊無關於情節或行動事件的發展。

60^b4.45

(1)$\lambda\acute{\iota}a\nu$ $\lambda a\mu\pi\rho\grave{a}$，燦爛發光。此處比喻言詞的華麗。

第二十五章

XXV ¹·Περὶ δὲ προβλημάτων καὶ λύσεων, ἐκ πόσων τε καὶ
ποίων εἰδῶν ἐστιν, ὧδ' ἂν θεωροῦσιν γένοιτ' ἂν φανερόν.
²·ἐπεὶ γάρ ἐστι μιμητὴς ὁ ποιητὴς ὡσπερανεὶ ζωγράφος ἤ τις
ἄλλος εἰκονοποιός, ἀνάγκη μιμεῖσθαι τριῶν ὄντων τὸν ἀριθ-
10 μὸν ἕν τι ἀεί, ἢ γὰρ οἷα ἦν ἢ ἔστιν, ἢ οἷά φασιν καὶ δοκεῖ,
ἢ οἷα εἶναι δεῖ. ³·ταῦτα δ' ἐξαγγέλλεται λέξει ἐν ᾗ καὶ
γλῶτται καὶ μεταφοραὶ καὶ πολλὰ πάθη τῆς λέξεώς ἐστι·
⁴·δίδομεν γὰρ ταῦτα τοῖς ποιηταῖς.⁵·πρὸς δὲ τούτοις οὐχ ἡ αὐτὴ
ὀρθότης ἐστὶν τῆς πολιτικῆς καὶ τῆς ποιητικῆς οὐδὲ ἄλλης
15 τέχνης καὶ ποιητικῆς.⁶·αὐτῆς δὲ τῆς ποιητικῆς διττὴ ἁμαρτία,
ἡ μὲν γὰρ καθ' αὑτήν, ἡ δὲ κατὰ συμβεβηκός.⁷·εἰ μὲν γὰρ
προείλετο μιμήσασθαι * * ἀδυναμίαν, αὐτῆς ἡ ἁμαρτία·⁸·εἰ
δὲ τὸ προελέσθαι μὴ ὀρθῶς, ἀλλὰ τὸν ἵππον ⟨ἅμ'⟩ ἄμφω τὰ
δεξιὰ προβεβληκότα, ἢ τὸ καθ' ἑκάστην τέχνην ἁμάρτημα,
20 οἷον τὸ κατ' ἰατρικὴν ἢ ἄλλην τέχνην [ἢ ἀδύνατα πεποίηται]
ὁποιανοῦν, οὐ καθ' ἑαυτήν.⁹·ὥστε δεῖ τὰ ἐπιτιμήματα ἐν τοῖς
προβλήμασιν ἐκ τούτων ἐπισκοποῦντα λύειν.¹⁰·πρῶτον μὲν τὰ
πρὸς αὐτὴν τὴν τέχνην·¹¹·ἀδύνατα πεποίηται, ἡμάρτηται·
¹²·ἀλλ' ὀρθῶς ἔχει, εἰ τυγχάνει τοῦ τέλους τοῦ αὐτῆς (τὸ γὰρ
25 τέλος εἴρηται), εἰ οὕτως ἐκπληκτικώτερον ἢ αὐτὸ ἢ ἄλλο ποιεῖ
μέρος.

1. 有關問題與題解[1]，出現多少數量[2]以及有何種性質種類[3]，確可藉以觀察下產生出清楚的展示。　2. 因為創作者是創新者，正如一位畫家或任何其他的肖像畫家[1]；在必需（率）下，即將創新出的東西確實一直就在這為數三個方面[2]之一：即為它過去或現在是什麼[3]；它曾說過或想過它是什麼[4]；以及它該是什麼[5]。　3. 進一步，需要語言來講述，這些詞有通用詞，外地詞，隱喻詞，或以及很多的歧義的語言[1]。　4. 因為這些言詞皆是授於創作者所應有的賜予。　5. 除了這些之外，不論政治學與創作學，或其他藝術與創作學正確言詞，並不是同一個標準。　6. 創作法本身的過失[1]有二，即是：它的本質；或它是在偶然中產生[2]。　7. 因為，創作者選其對像物加以創新[2]……，但創新出的是不正確的[1]；此為缺少創新能力[3]；這就是它的本身的過失。　8. 如果選擇其對像物[1]是不正確的話，但如一匹馬，甩出右邊兩條腿一齊奔向前跑，或特定種類的藝術，犯了這種的過失；諸如一個外科醫生，或其他藝術，則不是屬創作法本身的那類性質。　9. 正如，批評[1]這些過失該要檢視這些問題，才做出題解。　10. 首先，那就是對於藝術的本身。　11. 凡創作者創作出的是不可能；這就是過失。　12. 假如（證實這種不可能）是正確性的；因此能達成這種藝術的目的，目的已經敘說過了；如果依這個方法的話，創作出的這個或其他的成分，則更為令人驚奇。

¹³·παράδειγμα ἡ τοῦ ῞Εκτορος δίωξις. ¹⁴·εἰ μέντοι τὸ τέλος ἢ μᾶλλον ἢ ⟨μὴ⟩ ἧττον ἐνεδέχετο ὑπάρχειν καὶ κατὰ τὴν περὶ τούτων τέχνην, [ἡμαρτῆσθαι] οὐκ ὀρθῶς·¹⁵·δεῖ γὰρ εἰ ἐνδέχεται ὅλως μηδαμῇ ἡμαρτῆσθαι. ¹⁶·ἔτι ποτέρων ἐστὶ τὸ
30 ἁμάρτημα, τῶν κατὰ τὴν τέχνην ἢ κατ' ἄλλο συμβεβηκός; ἔλαττον γὰρ εἰ μὴ ᾔδει ὅτι ἔλαφος θήλεια κέρατα οὐκ ἔχει ἢ εἰ ἀμιμήτως ἔγραψεν. ¹⁷·πρὸς δὲ τούτοις ἐὰν ἐπιτιμᾶται ὅτι οὐκ ἀληθῆ, ἀλλ' ἴσως ⟨ὡς⟩ δεῖ, οἷον καὶ Σοφοκλῆς ἔφη αὐτὸς μὲν οἵους δεῖ ποιεῖν, Εὐριπίδην δὲ οἷοι εἰσίν, ταύτῃ
35 λυτέον.¹⁸·εἰ δὲ μηδετέρως, ὅτι οὕτω φασίν, οἷον τὰ περὶ θεῶν·
¹⁹·ἴσως γὰρ οὔτε βέλτιον οὕτω λέγειν οὔτ' ἀληθῆ, ἀλλ' εἰ ἔτυχεν
1461ᵃ ὥσπερ Ξενοφάνει·²⁰·ἀλλ' οὖν φασι. ²¹·τὰ δὲ ἴσως οὐ βέλτιον μέν, ἀλλ' οὕτως εἶχεν, οἷον τὰ περὶ τῶν ὅπλων, "ἔγχεα δέ σφιν ὄρθ' ἐπὶ σαυρωτῆρος"·²²·οὕτω γὰρ τότ' ἐνόμιζον, ὥσπερ καὶ νῦν Ἰλλυριοί.

(續前段)13. 這則範例,即如追趕Hector。　　14. 如果在一開始接受(這種不可能)並照這些藝術原則,如果又將這個目的做得更好,或者至少不差的話,(若將它視為)犯了過失,這是不正確的。　　15. 因此,創作者該完全不算犯了任何一個過失[1]。

16. 再者,要看所犯的過失是藝術本身,抑是其他偶然產生,是在二者之中的哪一個;因而,假如一個畫家因不知道而畫出初生的小母鹿不該有的角,所受到的批評總比創新出不像一頭鹿所犯的過失較少吧。

17. 對這些另一個批評是它的創新不真實;或許是他們就該是那樣[1];正如Sophocles所說的[2],他創作的那些人物應該是那樣;而Euripides的人物則正如其人。這些就是他們的題解。　　18. 假如不是以上的其中任何一項[1],正像有關一般傳說所說的神祇那樣。　　19. 因為,這些神祇,正如從Xenophanes[1]所發現的,即不善,也不真。　　20. 但對神祇人人還是如此的傳說。　　21. 有些事沒有更好的說法,但它到現在就是這樣;正如有關一種工具[1]:

把矛的尾端向下,直插豎在地上。(*Iliad* 10.152-3)

22. 事實上,這是當時人的,正如現在的Illyria人一樣的慣用法。

²³·περὶ δὲ τοῦ καλῶς ἢ μὴ καλῶς
5 εἰ εἴρηταί τινι ἢ πέπρακται, οὐ μόνον σκεπτέον εἰς αὐτὸ τὸ
πεπραγμένον ἢ εἰρημένον βλέποντα εἰ σπουδαῖον ἢ φαῦ-
λον, ἀλλὰ καὶ εἰς τὸν πράττοντα ἢ λέγοντα πρὸς ὃν ἢ
ὅτε ἢ ὅτῳ ἢ οὗ ἕνεκεν, οἷον εἰ μείζονος ἀγαθοῦ, ἵνα γέ-
νηται, ἢ μείζονος κακοῦ, ἵνα ἀπογένηται.²⁴·τὰ δὲ πρὸς τὴν
10 λέξιν ὁρῶντα δεῖ διαλύειν, οἷον γλώττῃ τὸ "οὐρῆας μὲν πρῶ-
τον".²⁵·ἴσως γὰρ οὐ τοὺς ἡμιόνους λέγει ἀλλὰ τοὺς φύλα-
κας·²⁶·καὶ τὸν Δόλωνα, "ὅς ῥ' ἦ τοι εἶδος μὲν ἔην κακός",
οὐ τὸ σῶμα ἀσύμμετρον ἀλλὰ τὸ πρόσωπον αἰσχρόν, τὸ γὰρ
εὐειδὲς οἱ Κρῆτες τὸ εὐπρόσωπον καλοῦσι·²⁷·καὶ τὸ "ζωρό-
15 τερον δὲ κέραιε" οὐ τὸ ἄκρατον ὡς οἰνόφλυξιν ἀλλὰ τὸ
θᾶττον.²⁸·τὸ δὲ κατὰ μεταφορὰν εἴρηται, οἷον "πάντες μέν
ῥα θεοί τε καὶ ἀνέρες εὗδον παννύχιοι"·

（續前段）23. 有關什麼是好或不好，不僅某人所說的，所做出而已；要檢視非僅怎麼做出更好的，或說過更好；嚴肅的，或壞的；而且做出的行動者，或說出話者是誰，以及對誰，何時，怎麼做，爲何做，他才做出了行動。正如變成更大的善，或逃避了更大的惡。

24. 其他的問題只要從語言上看，即該可解套了。如：借用外來語，

　　那先射 οὐρῆας（*Iliad* 1.50）

25. 可能的，他所說的，不是指雜種羊（οὐρῆας），而是指守衛。

26. 又如形容Dolon（的詩句）：

　　他確是長相（εἶδος）很壞。（*Iliad* 10.316）

其意不是指身體上的傴僂，而是指臉的醜。又如Cretans說："εὐειδές"（好形貌）（εὖ ＋ εἶδος ）意爲「好看的面貌。」

27. 或者：

　　把酒弄得更活力些。（*Iliad* 9.202）

其意不是「把純酒不兌水」，如像讓人易醉，而是「更快些」之意。

28. 就如所說的隱喻詞，如：

　　所有的[1]神與人皆睡了一整夜。（*Iliad* 10.1）

²⁹·ἅμα δέ φησιν
"ἦ τοι ὅτ' ἐς πεδίον τὸ Τρωικὸν ἀθρήσειεν, αὐλῶν συρίγγων
τε ὅμαδον".³⁰·τὸ γὰρ πάντες ἀντὶ τοῦ πολλοί κατὰ μετα-
20 φορὰν εἴρηται, τὸ γὰρ πᾶν πολύ τι.³¹·καὶ τὸ "οἴη δ' ἄμμο-
ρος" κατὰ μεταφοράν, τὸ γὰρ γνωριμώτατον μόνον.³²·κατὰ δὲ
προσῳδίαν, ὥσπερ Ἱππίας ἔλυεν ὁ Θάσιος, τὸ "δίδομεν δέ οἱ
εὖχος ἀρέσθαι" καὶ "τὸ μὲν οὗ καταπύθεται ὄμβρῳ".³³·τὰ δὲ
διαιρέσει, οἷον Ἐμπεδοκλῆς "αἶψα δὲ θνήτ' ἐφύοντο τὰ πρὶν
25 μάθον ἀθάνατ' εἶναι ζωρά τε πρὶν κέκρητο".³⁴·τὰ δὲ ἀμφιβολίᾳ,
"παρῴχηκεν δὲ πλέω νύξ".³⁵·τὸ γὰρ πλείω ἀμφίβολόν ἐστιν.

(續前段)29. 又在同一時間的他說：

他向著Troy平原盯著看。

……

還有雙簫與排笛的鬧聲。

30. 因為，在所說過的隱喻詞之下，「所有的」係指「很多的」；所有是很多的一種之意。

31. 還有：

獨獨⁽¹⁾她沒有任何一個……。(*Iliad* 18.489)

事實上，*οἴη*⁽¹⁾(獨獨)是最有名的「唯一」的意思。

32. 依照標音節的重音標，正如Ippias解答了Thasios問題的結：它是將 *δίδομεν* ⁽¹⁾ *δὲ οἱ εὖχος ἀρέθαι.*(*Iliad* 2.15)(我們給予⁽¹⁾他的祈求能如願)以及 *τὸ μὲν οὖ καταπύθεται ὄμβρῳ* (一部分不被小雨腐朽)。(*Iliad.* 23.327)

33. 又改變標點符號也是如此，如在*Empedocles*中：

忽然間一件事成為要死亡前先能確定什麼是不死；在不混雜之前，先知道混雜。

34. 某些則二者皆可(ambiguity)：如

παρῴκηκεν δὲ πλέω νύξ.

夜大半是過了

35. 事實上，這個字與*πλείω*(full)二者皆可。

36.·τὰ δὲ κατὰ τὸ ἔθος τῆς λέξεως.³⁷·τὸν κεκραμένον οἶνόν φασιν εἶναι, ὅθεν πεποίηται "κνημὶς νεοτεύκτου κασσιτέροιο"· ³⁸·καὶ χαλκέας τοὺς τὸν σίδηρον ἐργαζομένους, ὅθεν εἴρηται 30 ὁ Γανυμήδης Διὶ οἰνοχοεύειν, οὐ πινόντων οἶνον.³⁹·εἴη δ' ἂν τοῦτό γε ⟨καὶ⟩ κατὰ μεταφοράν.⁴⁰·δεῖ δὲ καὶ ὅταν ὄνομά τι ὑπεναντίωμά τι δοκῇ σημαίνειν, ἐπισκοπεῖν ποσαχῶς ἂν σημήνειε τοῦτο ἐν τῷ εἰρημένῳ, οἷον τῷ "τῇ ῥ' ἔσχετο χάλκεον ἔγχος" τὸ ταύτῃ κωλυθῆναι ποσαχῶς ἐνδέχεται, ὡδὶ ἢ 35 ὡδί, ὡς μάλιστ' ἄν τις ὑπολάβοι.⁴¹·κατὰ τὴν καταντικρὺ ἢ 1461ᵇ ὡς Γλαύκων λέγει, ὅτι ἔνιοι ἀλόγως προϋπολαμβάνουσί τι καὶ αὐτοὶ καταψηφισάμενοι συλλογίζονται, καὶ ὡς εἰρηκότος ὅ τι δοκεῖ ἐπιτιμῶσιν, ἂν ὑπεναντίον ᾖ τῇ αὑτῶν οἰήσει.⁴²·τοῦτο δὲ πέπονθε τὰ περὶ Ἰκάριον.⁴³·οἴονται γὰρ αὐτὸν Λάκωνα 5 εἶναι·⁴⁴·ἄτοπον οὖν τὸ μὴ ἐντυχεῖν τὸν Τηλέμαχον αὐτῷ εἰς Λακεδαίμονα ἐλθόντα.⁴⁵·τὸ δ' ἴσως ἔχει ὥσπερ οἱ Κεφαλλῆνές φασι·⁴⁶·παρ' αὑτῶν γὰρ γῆμαι λέγουσι τὸν Ὀδυσσέα καὶ εἶναι Ἰκάδιον ἀλλ' οὐκ Ἰκάριον·⁴⁷·δι' ἁμάρτημα δὲ τὸ πρόβλημα †εἰκός ἐστιν†.

（續前段）36. 某些係依語言的慣用語。

37. 一種兌了水的酒，仍是說成 " οἶνος "(酒)，以及從而創作出了「新做護膝盔甲的錫」。(*Iliad* 21.592)

38. 以及凡是青銅的工人習慣語爲打鐵人[1]；從而將 Ganymede 說成是的 Zeus 的斟酒者；雖然神並不飲酒。

39. 它也可列在隱喻詞之下的用法。

40. 再者當一個名詞出現字面相反的意義時，那就得檢視在既有的句子中，它具有多少已經說過的不同意義；如

在此青銅矛插著。(*Iliad* 20.267)

那要讓 τῇ(= τάυτη)有多少種能接受的意思，是這麼或是那樣，要以各人對它做最大的了解，而定它的意思。

41. 另種完全相反的方式，正如 Glaucon 所說的。即某些人先預設一個不合推理的設想爲基礎，再以合理的三段推理法對像那些所說過的事情，如果與他們認爲的意思或他們原先設想的相反，就變成加以指控。　42. 這種情況，就是相關的 Icarius 所遭受到的。　43. 因爲他們先相信 Icarius 他是 Lacon 人（即 Sparta 人）。　44. 當 Telemachus(係 Odysseus 之子)來到 Sparta，而未遇到（他的外祖父）Icarius，而他們感到奇怪。　45. 這種所有的情況，正如 Cephallenian 人所傳說的。　46. 他們說 Odysseus(娶)的女人，她的父親爲 Icadius；但不是 Icarius。47. 所以，這個問題出來的過失……它是（錯誤事件的）必然（率）所變成的[1]。

⁴⁸·ὅλως δὲ τὸ ἀδύνατον μὲν πρὸς τὴν
10 ποίησιν ἢ πρὸς τὸ βέλτιον ἢ πρὸς τὴν δόξαν δεῖ ἀνάγειν.
⁴⁹·πρός τε γὰρ τὴν ποίησιν αἱρετώτερον πιθανὸν ἀδύνατον ἢ
ἀπίθανον καὶ δυνατόν· * *⁵⁰·τοιούτους εἶναι οἷον Ζεῦξις
ἔγραφεν, ἀλλὰ βέλτιον·⁵¹·τὸ γὰρ παράδειγμα δεῖ ὑπερέχειν.
⁵²·πρὸς ἅ φασιν τἄλογα·⁵³·οὕτω τε καὶ ὅτι ποτὲ οὐκ ἄλογόν
15 ἐστιν·⁵⁴·εἰκὸς γὰρ καὶ παρὰ τὸ εἰκὸς γίνεσθαι. ⁵⁵·τὰ δ' ὑπεν-
αντίως εἰρημένα οὕτω σκοπεῖν ὥσπερ οἱ ἐν τοῖς λόγοις
ἔλεγχοι εἰ τὸ αὐτὸ καὶ πρὸς τὸ αὐτὸ καὶ ὡσαύτως, ὥστε
καὶ †αὐτὸν† ἢ πρὸς ἃ αὐτὸς λέγει ἢ ὃ ἂν φρόνιμος ὑποθῆται.
⁵⁶·ὀρθὴ δ' ἐπιτίμησις καὶ ἀλογίᾳ καὶ μοχθηρίᾳ, ὅταν μὴ ἀνάγ-
20 κης οὔσης μηθὲν χρήσηται τῷ ἀλόγῳ, ὥσπερ Εὐριπίδης τῷ
Αἰγεῖ, ἢ τῇ πονηρίᾳ, ὥσπερ ἐν Ὀρέστῃ ⟨τῇ⟩ τοῦ Μενελάου.
⁵⁷·τὰ μὲν οὖν ἐπιτιμήματα ἐκ πέντε εἰδῶν φέρουσιν·⁵⁸·ἢ γὰρ ὡς
ἀδύνατα ἢ ὡς ἄλογα ἢ ὡς βλαβερὰ ἢ ὡς ὑπεναντία ἢ ὡς
παρὰ τὴν ὀρθότητα τὴν κατὰ τέχνην.⁵⁹·αἱ δὲ λύσεις ἐκ τῶν
25 εἰρημένων ἀριθμῶν σκεπτέαι.⁶⁰·εἰσὶν δὲ δώδεκα.

（續前段)48. 就全面性而論，批評創作出從不可能發生的事件，應該是針對其創作的本質；或針對比較更爲善；或該提昇大眾的看法而言。　49. 因爲就創作而言，創作者寧願將不可能發生的事，使它成爲可信的發生事件；而不願將可能發生的事件，使它成爲不可信發生的事件。　50. ⁽¹⁾這些就像Zeuxis⁽²⁾所畫的畫，但比原物更美。　51. 事實上，這個例子，該是對上面提出的辯護。　52. 對一般的說法，不合推理。　53. 然而發生上面此類事件⁽¹⁾，有時不是不合推理的。　54. 因爲必然是由不必然變成的。

55. 考慮創作者所說出的言詞矛盾正像是在辯證中的反駁，他所說的是哪一件事，針對是否相同的一件事相關，以及相等的意思。……要針對什麼是創作者自己所說的那些，什麼是明智之士所相信的，才做出矛盾的題解。

56. 在另一方面，對不合推理事件或卑劣品格，加以批評這是正確的，當即不合必需（率），也沒有需要用這種不合推理的事件，就正如Euripudes所處理的Aegeus⁽¹⁾；或如卑劣品格則在*Orestes*中的Menelaus。

57. 所以，那些批評者負起五個種類。　58. 即，不可能發生的事；不合推理；有毒害的；矛盾；及有關技術性的不正確。　59. 在解題時，要注視上面已說過的每個項目。　60. 共計是十二項。

【釋義】

I. 問題與題解

　　本章是全書中篇幅最長的一章。在古希臘時代Homer敘事體創作品，成爲一般教學的對象，直到公元前五、六世紀，其作品語意的用法，已經造成困難。同時，導致Xenophanes和Heracleitus攻擊Homer認爲他對神的不敬。這些宗教、道德及倫理等諸多問題，已非語言能解釋的範疇。於是提出問題與題解，亦即亞氏 ’Απορήματα προβλήματα（《爭議問題》）或 Ζητήματα Όμηρικό（《Homer問》）。由這本專書的內容對Homer作品提出詮釋。這種情況正如我國經典的考據，是可以了解的。不過，對Homer作品的語言亞氏時代的讀者尙且困難，現代讀者就更不待言。特別是我國的讀者其理由有二；（1）對Homer希臘文固然不了解，對亞氏解釋的希臘文仍然不甚了了，確難能體會其涵義；（2）對Homer作品的基礎知識缺少研究，這是本人深感能力不足之處。雖然西方學者對本章的注釋尤爲詳盡，基於上述二項認知的理由，本人認爲這些再詳實的解說，不是自己直接的了解，總有隔鞋抓癢之感。G. Else認爲本章內容，就亞氏全書而言，應屬相當獨立的一章，並非涉及其他章節詮釋的關鍵。事實上，本章所涉批評技術性的議題，特別是語言部分，僅爲一些古希臘文專家感到興趣，對一般讀者增加創作學的認知有限。因此，本章細節部分不予加以考證或繁加引證，僅就所論三大部分做大意的概說。

II. 批評的五大類標準與十二項題解

　　第一部分是確定創作的三個基本批評方向，由第1句至9句

（60^b6-21），且其批評的標準有別政治學。第三部分是第57句至60句（61^b22-25）提出犯有這五類標準：不可能發生的事件，不合推理，有害道德，矛盾以及有關技術性的不正確。凡犯有這些創作錯誤者，皆予以批評與責難。並就這五大類問題提出十二項題解。第二部分是由第10句到56句（60^b23-61^b21），以極大篇幅枚列第三部分的五大類問題逐一提出解答。是否為十二項，論者殊不一致。據 Gudeman 和 Rostagni 分析則為十二項（*Hardison* 275-277）；W. Lucas 的解說（234-249）更有增益，均資參考，不予轉述。惟在數字上有所增損，徒有湊對之感，無法滿足確立什麼是十二項與五大分類的一個體系解說。大致從10到16句有二種題解，屬不可能發生的事件；第17到22句有三種，屬不合理；第23句一種，屬不道德；第24至39句有六種，屬語言的技術性；第40到47句一種，屬矛盾；及第55句一種，也屬矛盾。總數超過十二種，這種劃分題解的方法，已經打散本章的陳述秩序。因此，即不成定論，也不成系統化，僅供參考而已。

III. 批評者的詮釋真實

本人提出劇場六項真實，來詮釋亞氏創作學涉及的整體戲劇範疇。這六項真實分別為：生活（歷史）事實真實；創作者的形象真實；劇本創作真實；演員的舞台幻覺真實；觀眾的想像真實，以及批評者的詮釋真實。其中四項業經前面各章加以闡釋。本章專論批評，應屬於批評者的詮釋範疇之內部分，係以批評者（包括讀者或觀眾）對創作品真實的認知與批評。

IV. Icarius 情節實例：行動必然率的反面定理

除了以上本章主旨論點之外，在此要特別提出的是本章第49句：

　　　創作者寧願將不可能發生的事，使它成為可信的發生事
　　件；而不願將可能發生的事件，使它成為不可信發生的事
　　件(61^b11-12)。

　　一般西方學者認爲它是重複第廿四章38句必然率的論點；因
而，略而不論。事實上，第廿四章係就行動必然率定義的正面命
題：「創作者寧願將不可能發生的事，使它成爲必然事件」
(61^a26-7)，舉《洗腳》實例爲佐證，進行邏輯推理驗證。本章重
點絕非在於重複前論，而是一項新論點，必然率的反面命題：
「不願將可能發生的事件，使它成爲不可信發生的事件」，進行
推理。這與西方重複論的看法，相差甚遠。如何指可能發生的事
件，反而是創作上成爲不可信，這也是本人多年來惑而不解者。
今仍就第42句到47句，亞氏所舉Icarius實例爲依據，進行論證必
然率反面定義，「可能發生的事件，卻是爲不可信的事件」這個
結論。這一推論，未曾見於任何學者的討論，是否正確，尚有待
各方面的驗證。推論部分，請參閱本章注42。

注釋

60^b6.1 本句至第8句是批評者注釋真實的基本三個方向。

　　(1)προβλημάτων καὶ λύσεων，前者爲問題或詰難；後者原義爲
　　　　把打起來的結給解開；則爲解題，解詰或題解。

　　(2)πόσων，有多少量。可能就是指結論句中所指的十二種
　　　　題解。

　　(3)εἰδῶν，那些種類。當指結論中批評的五種分類。

60^b8.2 本句指創作者與畫家及肖像畫創作做平行類似比較，三者
　　　　同爲創新者。

　　(1)ἄλλος εἰκονοποιός，但不知在肖像畫創作之前，另加

ἄλλος(其他的)有何特別涵意。不過,有人譯爲:any maker of likenesses。如此,則失去肖像畫創作的原義。

(2)τριῶν ὄντων…ἕν τι ἀεί,永遠是爲這三個(真實)方面。在創作上,這三種真實,正是第九章第 6 句(51ᵇ8-10)必然率下的三項原則。也正是本章句批評的三個基本詮釋真實方向。

(3)οἷα ἦν ἔστιν,過去與現在是什麼。回到第二章第 1、2 句與畫家所做類似比較的相同論點。

(4)οἷά φασιν καὶ δοκεῖ,說過與想過什麼。

(5)οἷα εἶναι δεῖ,它應該是什麼。

60ᵇ11.3.4兩句是規範語言範圍內的問題與題解。有關語言部分,已在第廿二章做過討論。

60ᵇ11.3

(1)πάθη τῆς λέξεώς, πάθη 原義爲受難或感情。在此處成爲文法上的專用術語:岐義語言。不過有待商榷。

60ᵇ12.5 本句指出政治學與創作學所使用批評標準是不同的。Plato 從政治學與道德標準,也即處理日常政事、宗教、道德與倫理標準,來批評創作的「正確性」。(參見 Plato, Rep.10.601 d-e;Laws 2.653 b-660 c)。亞氏在此提出兩者的批評標準有異。因此,若以政治學等來論創作,實是不相干的批評標準,當屬批評中的謬誤或問題部分。

60ᵇ15.6 確立批評創作的二個過失;創作本身的過失與偶然疏失造成的過失。

(1)ἁμαρτία,在第十三章(53ᵃ10)指爲行動者的悲劇行爲過失。本章則係創作品中所產生的錯誤,稱爲過失。

(2)κατὰ συμβεβηκός,碰巧發生的過失,即技巧性的過失或瑕疵。

60ᵇ16.7

(1)本句抄本有損，係Vahlen插入 μή ὀρθῶς δὲ ἐμμήσατοδί(已創
　　新出的是不正確的)。可以確定本句文義係創作者選擇創
　　作的對象，若無此創新的能力，使創新的是不正確的，則
　　爲過失。

(2)προείλετο μιμήσασθαι，創作者設定自己創新的對象物。

(3)ἀδυναμίαν，與 ἀδύνατα 是不同義的，它係創作者無能力表
　　達自己的對象物之意。

60ᵇ17 8

(1)προελέσθαι，即創作者選擇的對象物。

60ᵇ21.9

(1)ἐπιτιμήματα，批評，褒貶，評價，審察等意。本譯文採用
　　批評義。

60ᵇ22.10本句至56句(60ᵇ22-61ᵇ21)爲本章第二部分，篇幅特長，仍
　　以第一句到第9句爲前提，進行題解部分。首先，第10句到
　　15句，討論什麼是藝術本身的可能與不可能的本質。凡不
　　可能的事件是要批評的，但在必然率下，能將不可能成爲
　　可能，則不在此限，11-15 句語意難明，當一連貫解讀，
　　本譯文參照Bywater 本。不可能事件，已在十五章加以討
　　論，不另述說。

60ᵇ28.15

(1)μηδαμῆ，沒有任何一個。即前面所述說的那些任何一種過
　　失。

60ᵇ29.16 回到第6句「碰巧而產生的過失」的議題，本句討論過失
　　的本質。畫家由於不知道而將初出生的小母鹿頭上畫出
　　角；正如把馬的右邊兩條腿畫在同一邊，而向前跑。前者
　　是不了解動物；後者是不知馬生活。同屬技術性的過失，
　　而非創作或創新的實質過失。凡偶然過失與本質不相干的

問題與批評，經過檢視之後，諸如此類問題，就可以得到其題解。

60ᵇ32.17 本句到23句（60ᵇ32-61ᵃ9）回到本章第二句中三個批評基本方向之一的「該是什麼」的議題上，也即本質範疇中的討論。17句說Sophocles的人物較為理想，較崇高，正如畫家Polygnotus較一般人好（48ᵃ5）；而Euripides的人物則現實，正如常人，像畫家Dionysius（48ᵃ6）。因此，這些批評的問題，不是批評這二位劇作者的人物「該好」或「該壞」的問題，而是要問這些人物他們「該不該是這個樣子的問題」。這是人物的本質，也即創作的本質問題。

(1)ἴσως 〈ὡς〉 δεῖ，就該如他們那個樣子。

(2)ἔφη，所說。

60ᵇ35.18 那末，神祇倒底又該是什麼樣子呢？則不屬上述兩種情況中任何一個，而本句又回到第十五章16句（54ᵇ4-5）的神祇議題。

(1)μηδετέρως，不是上面所指Sophocles和Euripides之中的任何一種之意。神的好壞，不能以人的標準批評，而採用已用的說法。

60ᵇ36.19

(1)Ξενοφάνει（Xenophanes），懷疑傳說故事中的神，因而貶謫Homer神話中諸神為不道德。

61ᵃ1.21

(1)ὅπλων，指一種工具。實指Iliad中的一種兵器，按下文所指的是一種長矛。

61ᵃ9.24本句到39句（61ᵃ9-31），超過本章三分之一篇幅，從語言的檢視才能解答所提的問題，這是本章第3句所論語言範疇所提要解決問題。由於Homer與亞氏兩個時期的古希臘文皆

非我國讀者所能了解，即使再多的轉錄引證，對創作增加
的知識有限，因此僅勉強翻譯，而注釋從略。唯提論及批
評語言有六：(1)外地語；(2)隱喻詞；(3)二者皆可的語
意；(4)音節的重音標與標點符號；(5)習慣法；及(6)名詞
多義或岐義。對這六項語言皆可產生技術性批評。

61ª16.28

(1)πάντες，按今人考證Homer原文中並無此字。出於亞氏的
記憶，或現存版本之誤。

61ª20.31

(1) οἴη δ' ἄμμορος⋯，見於 *Iliad*，18.489，*Odyssey*5.275。原句
意爲：「唯獨牠沒有下 Okeanos 河中沐浴。」此據表示
Homer 的天文知識，牠是指小熊星座。按此刻其他星座皆
沉到地平面之下，οἴη(唯獨)小熊星座還在上面。所以回答
「唯獨」隱喻爲「最有名」或「最爲出名」。

61ª21.32

(1)δίδομεν → διδόμεναι，由於重音的改變，將原意爲「讓他」
變成爲「給他」，或「成爲他」。

61ª28.38

(1)在當時打鐵匠的地位高過銅匠之故。

61ᵇ3.42

(1)本句到49句(61ᵇ3-12)，不僅成爲一項批評項目。而它更是
亞氏引證Glaucon所提出的原理，它的題解是要經過不合
推理的前提到三段推論法的結構，才能解答問題的所在。
它的主旨是第49句，也是結論：「⋯⋯，而不願將可能發
生的事物，使它成爲不可信的事件。」一般西方學者皆將
這一項列入題解的矛盾類。但本人認爲可將這項獨立出
來，成爲行動必然率定義的反面命題。也就是如何才能使

創作者將可能發生的事件,成為不可信的事件。亞氏提出
*Icarius*實例,在創作上說明邏輯推理與驗證,其功能當不
下於《洗腳》一例。

在Homer的*Odyssey*中,Odysseus岳父,也就是他的妻子
Penelope的父親。這是已經發生的事實(當然包括可能發生
的事),如何從行動必然率定義的反面命題,經過什麼邏
輯推理使它成為不可信的事實呢?

據*Icarius*實例,批評者先做了一個錯誤前提,設定Icarias
是Sparta人,代替應有的事實真實。經過三段論法,這個
三段論法是說Odysseus的兒子Telemachus,也就是Icarius
的外孫,前往Sparta時,為什麼沒有見到他的外公,經過
這個行動證明Homer創作的真實是錯誤,所以批評者批評
Homer將發生的事,變成不可信事件。Homer的可能事件
是否就真的成為不可信事件呢?

亞氏根據Cephallenia人的說法,毫無疑問的是這個當地傳
說,指出Telemachus的母親根本不是Icarius的女兒,而是
Icadius的女兒。因此,證明這個假設前提是錯誤。所以這
派批評,從否定的前提,所做出的結論,是錯誤的,因而
成為是不可信的事。

如果,從肯定這派批評的前提,經過三段論法,推出的結
論就是它的原有的前提。也即Telechamus在Sparta見到一
位叫做Icarius的人。由於Icadius才是正確的答案,雖然
Icarius的結果符合前提,卻仍然是錯誤的,還是一個不可
信的事件。

以上兩種結論,依亞氏行動必然率,皆是創作者所不願選
擇的創作事件。此說證明反面定義的推理,尚未見於其他
注釋者,要請讀者驗證了。

61ᵇ8.47

(1)ἐστιν，別的抄本改用γενέσθαι（變成為）。

61ᵇ9.48 本句是行動必然率定義反面命題的結論，已如上述。

61ᵇ12.50

(1)本句有損，據Vahlen增入〈καὶ ἴσως ἀδύνατον〉（是如同一
樣的不可能），增入後Zeuxis畫的理想性，以便於解說。

(2)Ζεῦξις（Zeuxis），見於第六章（50ᵃ26），是位理想畫家。據
稱他畫Helen時，集五名美人模特兒之美於一人之身。當然
在日常生活中，是不可能的。但使創造出更完美的對象物。

61ᵇ13.51由於Zeuxis的畫，使平凡成為理想。因此作為創作追求更
好，將不可能而成為更好，進行辯護。

61ᵇ14.53

(1)οὕτω τε，這種情況（或樣子）。指畫家畫得比原物更美，不
是不合推理，而追求完美才是創作的本質。

61ᵇ19.56

(1)τῷ Αἰγεῖ（在其中的 Aegeus），此處是指 Euripides 處理
Aegeus的不合推理（ἄλογος），也正是第十五章14句（54ᵇ1）
中對本劇做相同的批評。按Aegeus從Delphi到Troezen路經
Corinth，與Medea相遇，得知她無法安全逃過她的敵人，
也就無法達成她的復仇，所以概允她的要求，予以庇護。
由於Aegeus自己無子，仍建議她去殺Joson的孩子（也是她
自己的孩子），而不殺Joson本人。但Aegeus的出現對這個
情節沒有必要性，（即使他不建議，她也是如此行兇）。因
此，亞氏批評情節不合推理。這也是亞氏明確的表示在戲
劇情節中一個不合推理的實例。

(2)τοῦ Μενελάου，批評Menelaus卑陋品格，屬於批評為不道德
的一類。Plato在《理想國》中批評 *Odyssey* 和 *Iliad* 的不道

德行爲。從本句看出亞氏並不反對批評創作品有害道德的部分，且以Menelaus爲具體說明，這種批評者的詮釋性真實，是可以理解的，但非絕對的，難道一個人就該永遠有道德嗎？就是因爲本句確立Menelaus品格卑陋。因而被引來解說第十五章11句（54ᵃ29）中Menelaus品格的不統一有害道德是可以批評的，但不統一未畢就是不道德。至於Menelaus品格是否統一，請參閱十五章注，不另贅述。

61ᵇ22.57 本句到60句是本章第三部分，指明批評者的五類批評範疇及十二類解決之道，已見於本章釋義。

第二十六章

XXVI　[1.]Πότερον δὲ βελτίων ἡ ἐποποιικὴ μίμησις ἢ ἡ τραγική,
διαπορήσειεν ἄν τις. [2.]εἰ γὰρ ἡ ἧττον φορτικὴ βελτίων, τοιαύ-
τη δ' ἡ πρὸς βελτίους θεατάς ἐστιν ἀεί, λίαν δῆλον ὅτι ἡ
ἅπαντα μιμουμένη φορτική· [3.]ὡς γὰρ οὐκ αἰσθανομένων
30 ἂν μὴ αὐτὸς προσθῇ, πολλὴν κίνησιν κινοῦνται, οἷον οἱ φαῦλοι
αὐληταὶ κυλιόμενοι ἂν δίσκον δέῃ μιμεῖσθαι, καὶ ἕλκοντες
τὸν κορυφαῖον ἂν Σκύλλαν αὐλῶσιν. [4.]ἡ μὲν οὖν τραγῳδία
τοιαύτη ἐστίν, ὡς καὶ οἱ πρότερον τοὺς ὑστέρους αὐτῶν ᾤοντο
ὑποκριτάς· [5.]ὡς λίαν γὰρ ὑπερβάλλοντα πίθηκον ὁ Μυννίσκος
35 τὸν Καλλιππίδην ἐκάλει, τοιαύτη δὲ δόξα καὶ περὶ Πιν-
1462[a] δάρου ἦν· [6.]ὡς δ' οὗτοι ἔχουσι πρὸς αὐτούς, ἡ ὅλη τέχνη
πρὸς τὴν ἐποποιίαν ἔχει. [7.]τὴν μὲν οὖν πρὸς θεατὰς ἐπιεικεῖς
φασιν εἶναι ⟨οἳ⟩ οὐδὲν δέονται τῶν σχημάτων, τὴν δὲ τραγι-
κὴν πρὸς φαύλους· [8.]εἰ οὖν φορτική, χείρων δῆλον ὅτι ἂν εἴη.
5 [9.]πρῶτον μὲν οὐ τῆς ποιητικῆς ἡ κατηγορία ἀλλὰ τῆς ὑποκριτι-
κῆς, ἐπεὶ ἔστι περιεργάζεσθαι τοῖς σημείοις καὶ ῥαψῳδοῦντα,
ὅπερ [ἐστὶ] Σωσίστρατος, καὶ διάδοντα, ὅπερ ἐποίει Μνασί-
θεος ὁ Ὀπούντιος.

　　1. 或許在敘事體創作法[1]或悲劇性[2]創作的創新，在完成各自的效果上，是哪一種比較更好。　　2. 事實上，假如一種較不低俗[1]的藝術是比較好的話；那末，這種較不低俗的，就永遠是對好的觀眾[2]而言。這明顯的展示，它就是過分[3]，即全憑藉著表演者創新出[4]的，都是低俗的。　　3. 假如哪些不能了解，正因觀眾感覺不出來[1]那些[2]，表演者們認為除非加上應用自己身體行動就動得很多動作[3]，正如低劣的雙管簫表演者[4]在創新時，一直幌動[5]像擲石餅[6]一般；或像在*Scylla*[8]時，吹雙管簫的演員[9]與合唱隊隊長極力的拉拉扯扯[7]。　　4. 因而悲劇就是這一類[1]；正如同，拿演員前輩[2]比之於後輩[3]演員[4]。　　5. 因為，比如Mynniscus[1]曾稱Callippides[2]是猴子。正如他過分到超過了界。論及Pindarus現在情況，也是這種相同的意見。　　6. 就整體悲劇藝術所擁有的之於敘事體創作，正如同後來演員[2]所有的之於前輩演員[1]。　　7. 因而有人主張說[2]，後者是對那些好教養的觀眾[1]，他們不需要這些體姿[3]；所以，悲劇性的只是對低品味的觀眾[4]。　　8. 因而假如悲劇它是低俗的，這就清楚的展示，它就是比較壞的。

　　9. 首先這種指控不是對創作法[1]；而是對演員表演演技法[2]。因為這是可能在抒誦文類的唱誦時[3]，如*Sosistratus*[4]是刻意發揮做出這種特徵；又如在抒情競賽[5]中的Opuntia人*Mnasitheus*[6]的創作。

¹⁰εἶτα οὐδὲ κίνησις ἅπασα ἀποδοκιμαστέα,
εἴπερ μηδ' ὄρχησις, ἀλλ' ἡ φαύλων, ὅπερ καὶ Καλλιππίδῃ
10 ἐπετιμᾶτο καὶ νῦν ἄλλοις ὡς οὐκ ἐλευθέρας γυναῖκας μιμου-
μένων. ¹¹·ἔτι ἡ τραγῳδία καὶ ἄνευ κινήσεως ποιεῖ τὸ αὑτῆς,
ὥσπερ ἡ ἐποποιία· ¹²διὰ γὰρ τοῦ ἀναγινώσκειν φανερὰ ὁποία
τίς ἐστιν· ¹³·εἰ οὖν ἐστι τά γ' ἄλλα κρείττων, τοῦτό γε οὐκ ἀναγ-
καῖον αὐτῇ ὑπάρχειν. ¹⁴·ἔπειτα διότι πάντ' ἔχει ὅσαπερ ἡ ἐπο-
15 ποιία (καὶ γὰρ τῷ μέτρῳ ἔξεστι χρῆσθαι), καὶ ἔτι οὐ μικρὸν
μέρος τὴν μουσικήν [καὶ τὰς ὄψεις], δι' ἧς αἱ ἡδοναὶ συνίσταν-
ται ἐναργέστατα· ¹⁵·εἶτα καὶ τὸ ἐναργὲς ἔχει καὶ ἐν τῇ ἀναγνώ-
σει καὶ ἐπὶ τῶν ἔργων· ¹⁶·ἔτι τῷ ἐν ἐλάττονι μήκει τὸ τέλος
1462ᵇ τῆς μιμήσεως εἶναι (τὸ γὰρ ἀθροώτερον ἥδιον ἢ πολλῷ κεκρα-
μένον τῷ χρόνῳ, ¹⁷·λέγω δ' οἷον εἴ τις τὸν Οἰδίπουν θείη
τὸν Σοφοκλέους ἐν ἔπεσιν ὅσοις ἡ Ἰλιάς) ¹⁸·ἔτι ἧττον μία ἡ
μίμησις ἡ τῶν ἐποποιῶν (σημεῖον δέ, ἐκ γὰρ ὁποιασοῦν
5 μιμήσεως πλείους τραγῳδίαι γίνονται), ὥστε ἐὰν μὲν ἕνα
μῦθον ποιῶσιν, ἢ βραχέως δεικνύμενον μύουρον φαίνεσθαι, ἢ
ἀκολουθοῦντα τῷ τοῦ μέτρου μήκει ὑδαρῆ· ¹⁹·λέγω δὲ οἷον
ἐὰν ἐκ πλειόνων πράξεων ᾖ συγκειμένη, ὥσπερ ἡ Ἰλιὰς
ἔχει πολλὰ τοιαῦτα μέρη καὶ ἡ Ὀδύσσεια ⟨ἃ⟩ καὶ καθ' ἑαυτὰ
10 ἔχει μέγεθος·

(續前段)10. 其次,這也非一定排斥所有身體行動,如不該是所有的舞蹈[1],而是其他低俗的表演;正是Callippides所受的批評;以及現在的某些人,如表演出來的婦女不像是自由人[2]。11. 再者,悲劇沒有身體行動[1],仍然可以創作出它的效果[2]一如敘事體創作。　12. 事實上,只要透過閱讀,得到相同的效果[1],是非常明顯的。　13. 所以,假如悲劇它在其他方面是更為優越,就沒有必需(率)將這個方面作為比較的開始。

14. 接下來談[1],悲劇它擁有敘事體創作的所具有的全部成分。以及採用它的押韻,還有不少的音樂成分,以及扮相場景效果,透過這些最能看[3]到組合行動衝突事件[2]所產生的歡樂。　15. 隨之,這種明顯[1]的效果[2],在閱讀或觀看演出皆會具有的。　16. 再者,在較更短的時間內它的創新達成目的[1]。因為,集中在一起則最歡樂;但太長時間則就沖淡了[2]。　17. 我舉一個例子說,就如Sophocles的*Oedipus*在放長到和*Iliad*一樣。　18. 還有在一個創新的整體性上敘事體創作比較差[1],因為這是一個標記:即,不管什麼性質的敘事體創作的創新皆可以產生多部悲劇。比如像它創作出一個單一情節,倘若以簡短陳述,則現出產生一種虎頭鼠尾之感[2];倘若遵循敘事體創作的那麼長的押韻,則又有灌了水[3]的感覺。　19. 我所說不論結合[1]或有很多行動,正如*Iliad*具有很多這類行動組成部分[2]或*Odyssey*也如此;而每一這個部分皆具有宏偉體裁[3]。

20.
καίτοι ταῦτα τὰ ποιήματα συνέστηκεν ὡς ἐν-
δέχεται ἄριστα καὶ ὅτι μάλιστα μιᾶς πράξεως μίμησις.
21. εἰ οὖν τούτοις τε διαφέρει πᾶσιν καὶ ἔτι τῷ τῆς τέχνης
ἔργῳ (δεῖ γὰρ οὐ τὴν τυχοῦσαν ἡδονὴν ποιεῖν αὐτὰς ἀλλὰ
τὴν εἰρημένην), φανερὸν ὅτι κρείττων ἂν εἴη μᾶλλον τοῦ
15 τέλους τυγχάνουσα τῆς ἐποποιίας.
22. περὶ μὲν οὖν τραγῳδίας καὶ ἐποποιίας, καὶ αὐτῶν
καὶ τῶν εἰδῶν καὶ τῶν μερῶν, καὶ πόσα καὶ τί διαφέρει,
καὶ τοῦ εὖ ἢ μὴ τίνες αἰτίαι, καὶ περὶ ἐπιτιμήσεων καὶ
λύσεων, εἰρήσθω τοσαῦτα. * * * 23.

(續前段)20. 雖然，這些[1]創作品都組合行動衝突事件[2]，可相信
爲最佳的，而且各部作品儘可能的皆創新出一個整體的行動。

21. 現在，除了這些所有的差異，以及它的藝術效果，因
爲二者該不是或然創作出[1]的歡樂；這些前面已經討論過的了
[2]。這證明；即它是[3]更強烈，而且它獲得的目的[4]比敘事體
創作更優越。

22. 那末，有關悲劇與敘事體創作，這些文類以及它們的
種類與那些組成成分與多少數量的部分，又及它們的差異，並
及它們好與不好的原因，及有關它們的批評和題解，讓我們講
到此[1]。

23....περὶ δὲ ἰάμβων καὶ κωμῳδίας ...[1]

……現在進而討論酒神頌與喜劇……

【釋義】

本章是全書最後一章，進行比較悲劇與敍事體創作這兩種文類的優劣。討論比較的依據或標準，是爲本章的主旨。本章比較分爲二大部分。即第1句到13句（61^{b}26-62^{a}14）與第14句到21句（62^{a}14-62^{b}15）。分述如下：

I. 身體行動（κίνησις）：演員的舞台幻覺眞實

在第十七章釋義中提出亞氏本專書中呈現戲劇六種眞實不同層次，本章的重點是演員的舞台幻覺眞實，也是本專書中所討論的最後一項眞實。討論演員舞台幻覺眞實的關鍵術語是身體行動（κίνησις），本術語的使用最主要即在本章，計三次，加上二處代名詞，合計五處。係指演員演出時舞台上的身體行動（涵蓋肢體行動），來表達劇本的創作眞實。然而，這個術語如被視爲行動（πράξις，action）的同義字，則所造成對亞氏行動概念體系的誤解。例如，本章第11句：

（1）ἔτι ἡ τραγῳδιά καὶ ἄνευ κινήσεως ποεῖ τὸ αὑτῆς.（62^{a}11）

Tragedy produces its effects without action.（Butcher 109）

悲劇甚至沒有行動可產生它的效果。

這句英譯將κινήσεως（多數）譯爲action；那末，與第六章18句：

（2）ἄνευ μὲν πράξεως οὐκ ἄν γένοιτο τραγῳδία.（50^{a}23-4）

Without action cannot be a tragedy.（Butcher 27）

沒有行動則不成悲劇。

而將 πράξεως（多數）亦譯爲：action。於是乎 πράξεως 與 κινήσεως 就成爲同義字。如此，這兩句意義在亞氏行動理論的解說，立即造成明顯的牴觸，令讀者無法辨別悲劇（甚至敘事體創作）倒底要與不要行動的困繞。行動是亞氏悲劇整體體系核心，那又如何解說呢？如依本譯文，解說 κινήσεως 爲演員的身體行動，則（1）句譯爲：

　　(1)悲劇甚至沒有身體行動也可產生它的效果。

接著第12句：

　　(3) διὰ γὰρ τοῦ ἀναγινώσκειν φανερὰ ὁποία τίς ἐστιν.（62a12-3）
　　　　因爲透過它的閱讀，很明顯的，得到相同的效果。

由(3)的說明，產生悲劇功能，只要藉著閱讀劇本真實，不必透過演員的身體行動，會得到相同的結果；如此(1)，(2)二句原文義理明析斷無困惑費解之處。截然的分辨出身體行動與做出戲劇行動（πράξις），在悲劇整體架構中二個不同範疇的行動概念，經此解說文理兩訖，毫無疑義。有了這些認知，再看本章兩種文類的比較。本章第一個部分再可分爲二個段落，由第1句到8句，陳述敘事體創作優於悲劇的一般評定的標準；而第9句到13句是亞氏對這些批評標準的糾正。第二部分是亞氏就創新文類產生的快感，即文類的功能，依本專書的理論爲基礎，分四個不同層次評定悲劇優於敘事體創作。

II. 敘事體創作優於悲劇的一般誤解認知

由於第7句提出「有人（主張）說」，敘事體創作優於悲劇。這可能是泛指當時一般人或批評者的看法，也可能專指某一個人。

在此處，有充分的理由，是暗示Plato，至少屬於Plato學園的看
法。所以，這些評定的標準不是亞氏的見解；相反的，亞氏藉此
揭示這些一般看法是屬於即興的、無依據性的批評。第7句代表著
一般看法評定創作文類的優劣，係決定於觀眾教養的優劣。依據
這句的結論，在第2句做出假定這些一般認定的推理前提，即由教
養好的觀眾認定創新文類的低俗與不低俗。從創新文類呈現方式
的現象，舉出教養良好的聽眾聽著敘事體創作品時，不需要敘述
者身體行動的表演就可以了解它的意義與效果。到了表演文類的
創新作品呈現，表演者要應用身體行動才能使觀眾了解。由此可
以證明劇場觀眾較敘事體創作的教養聽眾低俗；所以，觀眾的優
劣就決定文類的俗與不俗。進而，列舉雙管簫的表演者在表演時
身體幌動像海上風波中的船，或與合唱隊隊長間造成過份拉扯，
因此它是低劣的表演。老一輩悲劇表演者及評論者批評後一輩的
缺點就像雙管簫表演者；這種情況，又正如敘事體創作的講述者
批評老一輩悲劇表演者。這種現象證明雙管簫表演者低俗；即為後
一輩之於老一輩；又正為老一輩悲劇表演者之於敘事體創作講述
者。所以，這就是第8句總結悲劇較敘事體創作俗不可耐的依據。

III. 對演員表演法的批評

觀眾想像真實來自演員舞台幻覺真實。從以上的討論中，創
新文類優劣決定於表演者身體行動；當演員舞台幻覺真實不能符
合觀眾想像真實，而受到批評，不論這項一般看法的認定標準是
對或錯，亞氏在這本專書中提出當時演員希望他們舞台幻覺真實
能成為觀眾想像真實的實況，是存在的、肯定的與理解的。

對這一般認定的標準，亞氏在第9句提出糾正，這一般指控是
演員的表演法或技巧(ὑποκριτικῆς)，而非悲劇創作法或技巧
(ποιητικῆς)。換言之，演員身體行動呈現舞台幻覺真實的成功或失

敗，與劇本創作真實不是無關，而是不同的批評基礎。既然，應用表演者身體行動呈現舞台幻覺真實，作爲評定標準；不僅舞蹈利用身體作爲表達品格、思想與行動的媒介物，而同時，敘事體創作的講述者，如*Losistratus*和*Mnasitheus*，在講述時，同樣的使用身體行動。如此，何獨對悲劇演員的身體行動做批評之有呢？因此，亞氏指出，悲劇表演者不在於身體行動的有無，而在身體行動的適當與不適當性。就依據表演者的表演技巧相同標準而論，不在於批評Callippides 他是否亂動的像猴子；而是該批評他能不能表達一個自由出身的雅典婦女（這才是第10句本義的所在）；也即演員舞台幻覺真實能不能表達劇本創作真實，又能不能符合觀眾認同的日常生活真實，這才是應該批評的。這一段的糾正，是亞氏爲演員舞台幻覺真實制定了一個正確推理方向，也是本專書戲劇六項真實的最後一項陳述；進而，與劇本創作真實做出區離。

其次，敘事體創作真實，僅透過講述，而不需要身體行動；同樣的，只要聽到悲劇的衝突事件，就令人不寒而慄(53^b3-6)。就聽眾與觀眾而言，這又何足以用來區分與鑑定這二種文類的優劣呢？第12句說明悲劇只要透過閱讀即產生悲劇效果，此爲第六章36句悲劇效果「不靠比賽；也不是演員」(50^b18-20)，以及舞台表演「能勾人的魂……而與悲劇創作法($ποιητικῆς$)關係最少」(50^b15-8)的兩項前提，做出演員身體表演不是創作者的藝術最徹底的回應。

IV. 悲劇優於敘事體創作的四項實質理由

創作文類創作品的優劣，不是決定於表演者（的技巧），與觀眾的認知，而亞氏將這個文類比較議題，自第14句回到創作品的本身批評範疇。就本專書形成悲劇的結構元素、行動體系理論與

功能爲基礎，分爲四個不同層次論定悲劇優於敘事體創作。

首先，悲劇是興新創作文類，除敘事體創作所有構成元素完全具有之外，還有提昇情感的音樂與舞台呈現方式。結合這些更多的元素在一起呈現悲劇衝突事件給予觀眾的快感與歡樂更大；故而，悲劇在構成元素上優於敘事體創作。

其次，就演出功能的時間效應言，悲劇將所有的行動事件濃縮在限定的演出時間之內，呈現給觀眾的悲據效果較強；而敘事體創作需要太長的時間，因而沖淡觀眾的歡樂。

第三，從悲劇行動在處理宏偉體裁上，是以英雄命運一次改變爲限的一個行動，才是行動的最佳結構，這是亞氏一貫主張，反對一般人所認爲的雙組情節(53ª30-3)；而敘事體創作則爲多個行動結構，亞氏一再警告悲劇創作不可加以採用；因此，悲劇爲優。既使將敘事體創作創新爲一個行動，如照舊依悲劇的限定時間內以講述的方式呈現，將是詳盡的敘說開始，到結尾而成匆匆結束，造成虎頭鼠尾，其悲劇效果並不佳，既使將最佳悲劇 *Oedipus* 改編也不例外。反之，將一個行動回到敘事體創作應有的長度，則有「灌了水的感覺」仍然失去悲劇效果。因此，在結構上，還是以悲劇爲優。

最後就兩種文類結構本身考量，敘事體創作，如 *Iliad*，由很多個行動所組成，每一個部分皆具有宏偉體裁。亞氏認爲既使將這敘事體創作中諸多事件創新成悲劇的一個個衝突事件行動結構，就整體效果而言，由於拖得太長，或解釋成每個行動未畢皆產生悲劇性恐懼與哀憐效果，當然也就不足比得上悲劇單一行動結構效果。

所以，第21句歸納以上比較，雖然，這兩種文類產生效果皆出於必然率，而非或然事件，但無論那一種基礎所產生的快感功能，皆是悲劇優於敘事體創作。到此，本章已經結束。

第22句不僅是將這兩種文類做了總結，又回到第一章第一句所提出所有創新文類創作本身、組成的成分、結構形式的部分與種差等等各項前提，一一加以推演，做到滴水不漏，達成一個整體而完整體系的推理與結論。用一句亞氏這本專書中稱讚悲劇效果的一個字，移做讚許亞氏這套理論的形成，真是如此驚奇(θαυμάσια)棒極了。

V. 討論喜劇創作

第23句是從Riccardinus 46號抄本借來的。由於抄本的這句話，讓讀者知道，悲劇與敘事體創作沒有任何遺漏，完全討論完畢。繼此之後的是酒神頌與喜劇兩種創作文類。遺憾的是它失傳了。

不過，從十世紀以來所留下論及希臘喜劇的各個不同抄本，可能係屬於亞氏的論點，其原創概念之豐富與歸納分析的條理化，一如其論述悲劇；故其學術價值當更重於Henri Bergson的理論。自1839年以來，西方學者已不斷研究，惟國人涉獵甚少，甚至聞所未聞。因此，本拙著未加作任何引證。容本人一些時間，重新檢讀抄本及相關論著，儘快作較周全性的介紹，（其中某些詮釋本人有別於既有的西方看法）充當亞氏《創作學》的續論，即《論喜劇》，以供國人同好的參考。

注釋

61^{b}26.1

(1)ἐποποιηκή，敘事體創作方法或技巧。

(2)τραγική，悲劇性方法。指如何製造悲劇性的技巧。

61^{b}27.2

(1)φορτική，教人受不了。特指低品味令人感到俗不可耐。與

ταπεινήν(58ª18)譯爲庸俗，在程度上是有差別性的。

(2)θεατάς，觀眾或聽眾。蓋盡當時敘事體創作的講述，必須到現場聽，故爲聽眾也是觀眾。

(3)λίαν δηλον ὅτι. λίαν是過分，超過極端(too, much, exceeding)的意思。這是一個加強λίαν 的句子。近乎英文句型It is evidently(the)exceeding that…。接著批評Callippides的理由，正是這個字。語意一致，足資證明。

(4)μιμουμένη，創新出的東西。按本章專論表演真實；所以，Lucas 譯爲表演者，這個解釋是比較可以接受的。再加上(3)注，本句核心的意思是：不管那種藝術(ἄπαντα)全得憑著演員過分的表演，就是低俗的。這一前提至少可以貫串本章前一半的批評推理。不然，迄今所見到的英譯皆缺少實質意義。

61ᵇ29.3

(1)οὐκ αἰσθανομένων，感覺不出來。指這種缺少教育的觀眾無法了解，需要其他的一些輔助。

(2)αὐτὸς，係指前μιμουμένη，見注 2.(4)。

(3)κίνησιν κινοῦνται，前者爲名詞；後者爲動詞κινεῖν，意爲「動」，當指表演者身體動作。因此，本譯文將其名詞κίνησις 譯爲：身體行動。作爲做爲演員舞台行動的媒介物，而成爲演員舞台幻覺真實的一項行動意義，也是解釋亞氏四重行動意義中最後的一種。

(4)οἱ φαῦλοι αὐτηταί，那些低俗的雙管簫表演者。

(5)κυλιόμενοι，原意爲風浪中搖晃的船。以此比喻身體搖動得太厲害，像大風浪的船。

(6)δίσκον，石餅。後來也用鐵或木製。即擲鐵餅比賽運動員轉動身體才擲出鐵餅，以喻表演者身體動作的激烈。

(7)ἕλκοντες，強烈相互拉扯的動作。

(8)Σκύλαν(Scylla)，見十五章注11.(54ᵃ31)在劇中，表演 Odysseus的六位扈從為海怪(Scylla)所吞噬，做出那些激烈身體扭動動作，是可以理解的。

(9)αὐλῶσιν，這是指吹雙管簫的表演Scylla的表演者，如何一面雙手拿著樂器，另一面又能與合唱隊隊長拉扯。雖然可解釋為拉扯時則不吹樂器，只有兩者之間的動作。只好憑想像他們是如何進行這種表演。

61ᵇ32.4

(1)τοιαύτη，這些(表演)。係指老一輩演員對後輩演做出表演的那些看法。換言之，即這些表演是低俗的。

(2)πρότερον，前者。指老一輩演員。

(3)ὑστέρους，後者。指後輩演員。

(4)ὑποκριτάς，原意為公開傳達出來的表演者，而轉為演員。

61ᵇ34.5

(1)Μυννίσκος(Mynniscus)，一位悲劇傑出演員直到422B.C.還在演出，曾獲過演員的首獎。

(2)Καλλιππίδην(Callippides)悲劇演員，在Lenaea得過獎；毫無疑問的，他比Mynniscus晚出。在Xenophon的*Symposium* 3.中稱他對自己的表演能力甚為誇許，能賺得觀眾的眼淚。雖對Pindarus也有相同的批評，但無資料可茲佐證。

62ᵃ1.6

(1)αὐτούς，指前輩演員。

(2)οὗτοι，指後輩演員。

62ᵃ2.7

(1)πρὸς θεατὰς ἐπεικεῖς，有理性的，或有教養的，或很不錯的觀眾，即本章第1句(61ᵇ28)所指的觀眾。

(2)φασιν，有人（主張）說。是誰說，亞氏並未指明；此處或許暗指 Plato。參見本章釋義。

(3)τῶν σχημάτων，指演員肢體的各種表演姿態。

(4)πρὸς φαύλους，指(1)對比，當指品味低俗的觀眾，省去 θεατάς一字。

62ª5.9

(1)ποιητικῆς，創作法或技巧。

(2)ὑποκριτικῆς，演員表演法或技巧。當不限於發音用辭而已。

(3)ῥαψῳδοῦντα，一種抒誦體的文類（rhapsode），似乎是取自一部敘事體創作品中的一段事件；也可能是一種比較短的敘事體創作文類。由於無實例可以參證，無從確定它的實質形式與內容。但據本句而推測，這種文類的講述者，除講述之外，有相當程度的表演成分，近於我國的彈詞或快書之屬的呈現方式，藉可了解戲劇文類形成過程中所採用的元素來源。這是在研讀本專書第一章（這種文類）時所不能了解的。參見第一章注 11.(3)。

(4)Σωσίστρατος（Sosistratues）係一部抒誦文體，（失傳）已無人知其內容。

(5)διάνοντα，在比賽中的詠唱。

(6)Μνασίθεος（Mnasitheos），也是一部失傳的抒誦文體。

62ª8.10

(1)εἴπερ μηδ᾽ ὄρχησις，舞蹈不是可以批評的。舞蹈以韻律為媒介物，也即以身體動作來表現情節、品格與情感；所以，不是所有舞蹈的「動」可以被指責的。

(2)οὐκ ἐλευθέρας γυναῖκας μιμουμένων，已經創新出的東西不是一個自由出身的婦女。本句有不同的譯法與認知，每種皆

影響到這一個段落的意義解釋。如將前三字訓爲"low women"(*Else* 639);或"degraded women"(*Butcher* 109),如果劇中人物是low women,而Callippides經創新而表演出low wonen,不但不應加以批評,而應於嘉許才對,又何指責之有。本人認爲*οὐκ*(不,沒有),是分詞 *μιμοῦνων*(已經創新出的東西)的否定;即表演行動者(就是演員),在舞台上創新的婦女不是劇本中的自由出身的婦女;換言之,演員的舞台真實未能達到劇本的創作。那末,這是應該加以批評的。類似本譯文的譯法如"not representing free form women"(*Golden* 51)。如果 *οὐκ* 與 *ἐλευθέρας γυναῖκας*(自由出身的婦女)三個字才構成low women 這個新詞意,亞氏大可使用其他的字如 *μουγγρίζω*(出身低微)或*μυκῶμαι*, *χαμηλός*(低級)等現有詞彙,加以取代。因此,重申本句意思,如果劇本中的行動者是一位出身高貴的婦女;而演員的身體行動無法創新出她的姿態、品格、情感,對演員而言,才是應該加以批評的,即非演員是否動得像不像隻猴子。

62ᵃ11.11

(1)*κινήσεως*,演員的身體行動。參見本章釋義第一節。

(2)*τὸ αὐτῆς*,這些。指悲劇的功能或目的而言。

62ᵃ12.12

(1)*ὁποίατίς*,指悲劇的本質;即令人感到的恐懼與哀憐。

62ᵃ14.14自本句到20句(62ᵃ14-62ᵇ11),在悲劇的特徵下,亞氏臚列各項理由說明它優於敘事體創作,第14句指出悲劇除擁有敘事體創作的所有元素之外,音樂與舞台的呈現場景,係悲劇所獨特有的元素,雖對有教養的觀眾無太大差異,但其發揮出的悲劇功能具更佳效果,而優於敘事體創作的講

述。

(1)ἔπειτα，繼之或接著下來。係指前一段的議題，即第 9 句 πρῶτον(首先)已結束，本句另起一個看法。

(2)συνίστανται，組合行動衝突事件。就是說悲劇所有元素呈現「組合衝突事件」所引起觀眾的歡樂效果，較敘事體創作以講述的方式呈現「組合衝突事件」更大；所以，悲劇優於敘事體創作。由於這個字的使用，使得這兩種文類的比較在結構上更具實質及突出的意義。

(3)ἐναργέστατα，係ἐναργής 的最高比較級。意爲：最爲明顯而易見的，看得頂頂清楚。

62ᵃ17.15

(1)ἐναργὲς，見注 14(3)。

(2)ἐπὶ τῶν ἔργων，ἔργων，原意爲功能或工作。此指演員演出所做出的功能，即表演效果。

62ᵃ18.16

(1)ἐν ἐλάττονι μήκει τὸ τέλος，在比較短的時間長度之間達到它(悲劇)的目的。τὸ τέλος，它的目的，本句是延伸上句，意指爲悲劇達成它的目的效果，恐懼與哀憐。在此，特別請注意μήκει，意爲長度。不論係指舞台上實際演出時間；或不論是指兩種文類創作品的實際篇幅行數的多寡，皆指長度而言，絕不涉及體裁的宏偉(μέγεθος)一義。因此，要問，如果將μήκος 與μέγεθος 視爲同義字的話；那末，爲什麼亞氏在本章要將這兩個詞同時並用呢？如果依同義字來解說的話，本章第16，18兩句就分辨不出它們的差別義，也就分辨不出這兩種文類的差異性了。

(2)κεκραμένον，意爲：酒兌了水，酒就沖淡了。以此成爲比喻，用來比喻悲劇拖長篇幅或拖長演出時間，到敘事體創

作時，悲劇效果就沖淡了。

62ᵇ2.17 亞氏舉最喜歡的Sophocles的*Oedipus*爲例，演出或增長篇
幅到*Iliad*，其悲劇效果就沖淡了。在敘事體創作中有一部
*Oedipodeia*長達6,600句，約佔*Iliad*頭十卷（一半長度）。它
從人面獅身到Thebes城，再到Oedipus之死，當然其效果就
不及悲劇*Oedipus*。此指出敘事體創作的長度，不能成爲悲
劇創作的長度，而且是成爲短處。反之也然，從在第18句
申說之。

62ᵇ3.18

(1)ἔτι ἧττον μία，即使一個（行動）整體也是較差。係緊接上
句，既使將敘事體創作改同與悲劇相同，使整體成爲一個
行動，其效果如何呢？亞氏認爲效果不佳。

(2)μύουρον，老鼠尾巴。藉此比喻，就一個行動一開始依敘事
體創作的創作法，講述者非常詳盡的述說發生行動的情
境，像是一個老虎頭，在悲劇實際篇幅大約1500行左右的
限制下，其結尾勢必草草結束，故喻爲老鼠尾巴。

(3)ὑδαρῆ，意爲太多的水與κεκραμένων同，見注16.(2)。如將
這鼠尾部分依據敘事體創作法，拖長到一部完整的敘事體
創作的應有長度，又如何呢？比如將*Oedipus*改到像一部
*Iliad*那麼長；同樣的，其效果還是有ὑδαρῆ（沖灌水之感）。
本句，這裡的長度(μήκει)絕不能以μέγεθος（宏偉體裁）一詞
取代。

本句說明一個完整行動在一定時間之內完成，這是悲劇之
所長，但不能成爲敘事體創作之所長；用之，反而成爲所
短。

62ᵇ7.19 本句重申*Iliad*與*Odyssey*皆屬多個行動所組成的。而每一行
動皆具有宏偉體裁足以成爲一部悲劇。依據定義一個宏偉

體裁只能表達一個行動者一次命運的改變，由幸到不幸，或反之。但一個行動僅適用於悲劇，而不宜於敘事體創作。多次命運改變或多個行動則合於敘事體創作；但用於悲劇則失敗。

(1) *συγκειμένη*，組成。敘事體創作品是由多個行動，即多組行動事件所組成的。但亞氏並未使用情節形式定義的 *σύνθεσις*，也未用其實質定義的 *σύστασις* 兩個系列詞彙。在此另用一專用術語，可見本字的組成的意思，是僅指如將一個行動連接另一個行動事件的組合，而終能成為一個敘事體創作品，顯然易見與「組合衝突事件」有別。本字分別用在第廿，廿一章(57ᵃ25，32，34；58ᵃ10)兩章之中，全係組成之意，無一例外。

(2) *τοιαῦτα*，指組成敘事體創作品的那些部分。每一個部分相當於一個行動。

(3) *μέγεθος*，宏偉體裁。亞氏在本專書最後的討論中又回到這個原始議題，一切創作學的元素與原理，皆為宏偉體裁而服務，而絕非為創作品的長度而服務。悲劇與敘事體創作兩種文類皆表達宏偉體裁，雖敘事體創作的每一部分皆具有宏偉體裁，但在一個完整行動的表現上，悲劇優於敘事體創作。且這兩種文類旨在表達宏偉體裁，與長度無關，本人不贊同將 *μέγεθος* 譯為bulk(*Else* 639)。

62ᵇ10.20 亞氏舉出Homer的*Iliad*與*Odyssey*為例，也是亞氏心目中最好的敘事體創作。亞氏推崇Homer如同神般的成就，就是完成情節的統一。敘事體創作品有很多行動組成，而每一部分(即每一行動)皆是衝突事件所組成。它與悲劇無異。但由於敘事體創作出於第三人稱(即使以第一人稱)講述，其效果仍然不及悲劇以第一人稱直接演員演出。這個

演出效果在下句申說之。

(1)ταῦτα，這些。當指上句的*Iliad*和*Odyssey*所組成的那些諸多行動。

(2)συνέστηκεν，組合行動衝突事件。這是在本專書中最後一次使用這個情節實質定義的詞彙。據此，可知Homer敘事體創作品中每一個行動同屬由衝突事件所組合而成的。

62ᵇ12.21 本句極不易領悟，僅能從義理中求解。首先，本句總結這兩種文類前面的優劣比較；進一步再就它們的功能，即所產生的快感來比較優劣。亞氏認爲既使這兩種文類所產生的快感，皆出於行動必然率，而非或然率，但就快感本身而言，悲劇也優於敘事體創作。如何解說呢？悲劇唯一的快感，正如已經討論的，是受難事件所產生的恐懼與哀憐；而敘事體創作是諸多行動，每一行動所產生快感，則未必盡然，故亞氏稱悲劇產生的快感強於敘事體創作。自此，討論悲劇優於敘事體創作的理由全部結束，亞氏專書自此也結束。

(1)ποιεῖν αὐτάς，αὐτάς 做爲ποιεῖν(創造出行動)的主詞。這裡明白的是指悲劇與敘事體創作兩種文類所產生的快感(ἡδονήν)皆不是出於或然率；換言之，是產生於行動必然率。

(2)εἰρημένην，已經討論過的。亞氏在此處是極其概括性的涵蓋所有議題。除直接的指悲劇恐懼與哀憐的功能之外，當亦包括悲劇屬差所有特徵，悲劇皆比敘事體創作所產生效果爲佳。

(3)ἂν εἴη，這是動詞 to be 或 being。故英譯爲 proper to it(pleasure)，係指存在的快感本身。

(4)τέλους，目的。明指悲劇所產生的功能，即受難事件所產

生的恐懼與哀憐。

62^{b}16.22 本句將本專書開宗明義第一章第1句所枚舉的所有前提要
件已經逐一獲得總結。

(1)*εἰρήσθω τοσαῦτα*，說到此爲止。不僅是說明這兩種文類，
且指本專書的討論到此爲止。

62^{b}19.23

(1)本句是由Riccardinus抄本，即B本，借用。由於這本B抄本
的存在，足以證明亞氏討論悲劇的《創作學》與敘事體創
作已經全部結束。下面討論的是另二種文類酒神頌與喜
劇，也就是世傳的《創作學》抄本的下卷，或稱論喜劇創
作卷，已失傳。

參 考 書 目

說明：本書目僅以本書所引證為原則。如讀者進一步研究亞氏《創作學》，提供以下較為周延的書目，請自行查閱：

1. Cooper, Lane and Gudeman, Alfred. *A Bibligraphy of the Poetics of Aristotle.* New Haven, 1928. 及增訂部分見於 Herrick, Marvin T. *American Journal of Philology,* 52(1931), 168-74.

2. Rostagni, Augusto *Aristotle Poetica.* 2nd edn. 所列書目見於，頁199-206.

3. Else, G. F. "Survey of Work on Aristotle's Poetics, 1940-1954." The *Classical Weekly.* 48(1954-55), 73-82.

外文書目

亞氏《創作學》抄本、原文、外文主要譯文與注釋

'Αριστοτελους *ΠΕΡΙ ΠΟΙΗΤΙΚΗΣ.* (Aristotle's *Poetics* 1741Ac)

'Αριστοτελους *ΠΕΡΙ ΠΟΙΗΤΙΚΗΣ.* (Aristotle's *Poetics* Riccardinus 46)

Butcher, S. H. *Aristotle's Theory of Poetry and Fine Art.* 4th edn. New York: Dover Publications, 1951.

Butterworth, Charles E. *Averroes' Middle Commentary on Aristotle's Poetics.* New Jersey: Princeton UP, 1986.

Bywater, Ingram. *Aristotle on the Art of Poetry.* London and New York: Oxford UP, 1909.

Cooper, L. *Aristotle on the Art of Poetry.* Ithaca and London: Cornell UP, 1947.

Dupont- Roc, Roselyne et Lallot, Jean. *Aristote La Poétique, Texte, Traduction, Notes.* Paris: Seuil, 1980.

Else, Gerald F. *Aristotle Poetics.* Ann Arbor, Mich.: Michigan UP, 1970.

———. *Aristotle's Poetics: The Argument.* Cambridge, Mass.: Harvard UP, 1963.

Epps, Preston H. *The Poetics of Aristotle.* Chapel Hill, N.C.: North Carolina UP, 1970.

Fergusson, Francis. *An Introduction to Aristotle's Poetics.* Trans. Butcher S. H. New York: Hill & Wang, 1961.

Golden, Leon and Hardison, O. B. Jr. *Aristotle's Poetics.* Englewood Cliffs, N.J.: Prentice-Hall, 1968.

Grube, G. M. A. *Aristotle on Poetry and Style.* New York: Library of Liberal Arts, 1958.

Gudeman, A. *Aristotles: Poetik.* Berlin: Walter De Grugter, 1934.

Halliwell, Stephen. *The Poetics of Aristotle.* Chapel Hill: North Carolina UP, 1987.

House, Humphrey. *Aristotle's Poetics: A Course of Eight Lectures*. Rev. C. Hardie. London: R. Hart Davis, 1956.

Hutton, James. *Aristotle's Poetics*. New York, London: W.W. Norton & Company, 1982.

Janko, Richard. *Aristotle's Poetics*. Indianapolis: Hackett Publishing Company, 1987.

Kassel, Rvdolfvs. *Aristotelis de Arte Poetica Liber*. (Oxford Classical Texts.) Oxford: Oxford UP, 1965.

Lucas, D. W. *Aristotle Poetics*. Oxford: Oxford UP, 1968.

Margoliouth, D. S. *The Poetics of Aristotle*. London: Hodder of Stoughton, 1911.

Montmollin, Paniel de. *La Poétique d' Aristote*. Paris: Neuchâtel, 1951.

Rostagni, A. *Aristotle Poetica*. 2nd edn. Turin, 1945.

Telford, K. *Aristotle's Poetics: Translation and Analysis*. Ill.(Illinois?): Henry Regnery Co, 1965.

Twining, T. *Aristotle Treatise on Poetry*. 1789. London: rpr. Faruborough, 1972.

Vahlen, J. *Beiträge zu Aristotles' Poetik*. Leipzig, 1914, rpr. 1965.

Whalley, George. *Aristotle's Poetics*. Montreal & Kingston, London, Buffalo: McGill-Queen's UP, 1997.

相關引證的原著與作品

Aeschylus. *Choëphori*.

———. *Philoctetes*

————. *Oresteia.*

Aristophanes. *Frogs.*

————. *Ethica Nicomachea.*

————. *Meteorologica.*

————. *Physica.*

————. *Problemata.*

————. *Rhetoric.*

Brecht, Bertolt. *The Good Person of Szechwan.* Trans. Willet, J. London:
   Methuen Drama, 1987.

————. *The Good Woman of Setzuan.* Trans. Bentley, E. and Aplman, M.
   New York, 1957.

Cicero. *De Finibus.*

————. *De Oratore.*

————. *Heracleitus.*

Coleridge, S. T. "Imagination." *Biographia Literassia.. X.*

Corneille, Pierre. *Le Cid.*

Euripides. *Electra.*

————. *Helen*

————. *Helen.*

————. *Iphigenia in Aulis.*

————. *Iphigenia in Tauris.*

————. *Medea.*

Grayelf, F. *Phronesis.*

Herodolus. *Book IV.*

Homer. *Iliad.*

———. *Odyssey.*

Horace. *Ars Poetica.*

Ibsen, H. *Ghosts.*

———. *Hedda Gabler.*

Jebb, Richard C. *Sophocles, the Plays and Fragments. Vol* I. Cambridge UP, 1914.

Moliere. *L' Ecole des Femmes.*

———. *Tartuffe.*

Plato. *Cratylus.*

———. *Gorgias.*

———. *Ion.*

———. *Law*(律法，或法律).

———. *Laws.*

———. *Phaedo.*

———. *Politicus*（政治家）.

———. *Republic*(理想國).

———. *Sumposuim*（晚宴）.

Diels-Kranz, Fragments, Vorsokratiker. *Pre-Socratic Philosophers and Sophists.* (Berlin) 5th-7th edn.

Racine, J. *Phedre.*

Shakespeare, William. *As You Like It.*

———. *King Lear.*

———. *Othello.*

————. *Hamlet.*

————. *Mid-summer Night Dream.*

Sophocles. *Antigone.*

————. *Oedipus.*

Xenophanes.

其他外文論著

Baker, George P. *Dramatic Technique.* Connecticut: Greenwood Press, 1919.

Brecht, Bertolt. *Brecht on Theatre. The Development of an Aesthetic.* Trans. Willett, J. New York: Hill and Wang, 1979.

Brink, C. O. *Horace on Poetry: Prolegomena.* Cambridge UP, 1963.

British Museum. *A Guide to the Exhibition Illustrating: Greek and Roman Life.* 2nd edn. London: Order of the Trustees, 1920.

Clark, Barrett H. ed. *European Theories of the Drama.* New York: Crown, 1965.

Fergusson, Francis. *The Idea of a Theater.* New York: Doubleday, 1953.

Freytag, G. *Freytag's Technique of the Drama.* Trans. MacEwan Elias. J. New York and London: Beujauain Blom, 1968.

Gassner, J. and Allen, R. G. *Theater and Drama in the Making.* Vol. I. Boston: Houghton Mifflin Company, 1964.

Gomme, A. W. *The Greek Attitude to Poetry and History.* California: Berkeley, 1954.

Guerin, Wilfred L., Labor, Earle G., and Morgan, Lee. *A Handbook of*

Critical Approaches to Literature. N.Y. and London: Harper & Row, 1966.

Harsh, Philip Whaley. *A Handbook of Classical Drama.* California: Stanford Up, 1944.

Kitto, H. D. F. *Greek Tragedy.* London: Methuen Company, 1971.

Lessing, G. E. *Hamburgische Dramaturgie.* Trans. Beasley, E. C. and Zimmern, H. New Bohn, 1768.

Magarshack, D. *Chekhov: A Life.* New York: Greenwood, 1952.

Matheus, B. *The Development of the Drama.* New York: Chas Scribner's Son, 1903.

Murray, G. *Euripides and His Age.* London: Oxford UP, 1965.

Nicoll, Allardyce. *The Theory of Drama.* New York: Benjamin Blom, 1966.

Nietzsche, F. *The Birth of Tragedy.* Trans. Kaufmann. New York, 1968.

Pfister, M. *The Theory and Analysis of Drama.* Trans. Halliday, J. Cambridge UP, 1991.

Pickard-Cambridge, A. *The Dramatic Festivals of Dionysus.* Oxford UP, 1953.

Pütz, P. *Die Zeit im Drama.* Zur Techuik dramatischer Spannung. Göttingen, 1970.

Schiller, J. C. F. Von. *On the Aesthetic Education of Man.* Trans. Snell, Reginald. New Haven, 1954.

Shakespeare, W. *The Complete works of Shakespeare.* Ed. Craig, Hardin N.Y.: Scott, Foresmai, 1961.

Sidney, P. *Apology for Poetry.*

Steiner, G. *The Death of Tragedy.* London: Faber and Faber, 1961.

Tylor, E. B. *Anthropology.* Ann Arbor Paperbacks, Michigan UP, 1965.

Windelband W. *History of Ancient Philosophy.* New York: Doven, 1956.

Zucker, A. E. *Ibsen: The Master Builder.* New York: Henry Holt, 1929.

部分相關論文

Anderson, Maxwell. "The Essence of Tragedy." *European Theories of the Drama.* Ed. Clark, Barrett H. New York: Crown, 1965. 510-74.

Belfiore, Elizabeth. "Aristotle and Iphigenia." *Essays on Aristotle's Poetics.* Ed. Rorty, Amelie Oksenberg. New Jersey: Princeton UP, 1992. 359-378.

Bitter, Rudiger. "One Action." *Essays on Aristotle's Poetics.* 1992. 97-110.

Brecht, Bertolt. "Theatre for Learning." *European Theories of the Drama.* Ed. Clark, B. H. New York: Crown Publishers, 1947. 307-312.

Corneille, Pierre. "Discourse the Uses and Elements of Dramatic Poetry." *European Theories of the Drama.* Ed. Clark, B. H. New York: Crown, 1965. 100-110.

———. "The Three Unities of Action, Time, and Place." *Critical Theory since Plato.* Ed. Adams, H. Irvine: California UP, 1971. 219-226.

Croix, G. E. M. de Ste. "Aristotle on History and Poetry." *Essays on Aristotle's Poetics.* 23-32.

Frede, Dorothea. 'Necessity, Chance, and "What Happens for the Most

Part" in Aristotle's Poetics.' *Essays on Aristotle's Poetics.* Ed. Rorty, A.O. New Jersey: Princeton UP, 1992. 197-220.

Freeland, Cynthia. A. "Plot Imitate Action: Aesthetic Evaluation and Moral Realism in Aristotle's Poetics." *Essays on Aristotle's Poetics.* 111-132.

Freud, Sigmund. "Oedipus and Hamlet." *European Theories of the Drama.* 1965. 304-307.

Gassner, John. "Catharsis and the Modern Theater." *European Theories of the Drama.* Ed. Clark, B. H. New York: Crown Publishers, 1965. 514-518.

Halliwell, Stephen. "Pleasure, Understanding, and Emotion in Aristotle's Poetics." *Essays on Aristotle's Poetic.* 221-240.

Janko, Richard. "From Catharsis to the Aristotelian Mean." *Essays on Aristotle's Poetics.* Ed. Rorty, A. O. New Jersey: Princeton UP, 1992. 341-358.

Lear, Jonathan. "Katharsis." *Essays on Aristotle's Poetic.* 315-340.

Murray, G. "An Essay in the Theory of Poetry." *Yale Review.* X (1921). 482-99.

Nehamas, Alexander. "Pity and Fear in the Rhetoric and the Poetics." *Essays on Aristotle's Poetics.* 291-314.

Nussbaum, Martha C. "Tragedy and Self-sufficiency: Plato and Aristotle on Fear and Pity." *Essays on Aristotle's Poetics.* 241-260.

Olson, Elder. "The Elements of Drama: Plot." *Drama & Discussion.* Ed. Clayes, Stanley A. 台北：文鶴翻印，1967. 633-642.

Rorty, A.O. "The Psychology of Aristotelian Tragedy." *Essays on Aristotle's Poetics*. New Jersey: Princeton UP, 1992. 1-22.

──. ed. *Essays on Aristotle Poetics*. New Jersey: Princeton UP, 1992.

Silk, M. S. ed. *Tragedy and the Tragic: Greek Theatre and Beyond*. Oxford: Clarendon Press, 1996.

Stinton, T. C. W. ed. *Collected Papers on Greek Tragedy*. Oxford: Clarendon Press, 1990.

White, Stephen. A. "Aristotle's Favorite Tragedies." *Essays on Aristotle's Poetics*. 198-220.

Woodruff, Paul. "Aristotle on Mimesis." *Essays on Aristotle Poetic*. Ed. Rorty, A. O. New Jersey: Princeton UP, 1992. 73-75.

希臘文法與辭典

Goodwin, Willian W. *A Greek Grammar*. London: MacMillan St. Martin's Press, 1970.

Liddell and Scott. *Greek-English Lexicon*. Oxford: Oxford UP, 1984.

Stein, I. ed. *Random House Dictionary of the English Language*. 1967.

Wartellé, André. *Lexique de La Poétique D' Aristote*. Paris: Societe. 1985.

中文書目

中譯文與注釋

王士儀。《論亞理斯多德《創作學》》。台北：里仁書局，民國89年。

姚一葦。《詩學箋註》。台北：國立編譯館，民國55年。

胡耀恆。《詩學》。手抄影本。

崔延強。《論詩》。《亞理士多德全集》。Ⅸ。苗力田主編。北京：
　　中國人民大學出版社，1997。

陳中梅。《詩學》。北京：商務印書館，1996。

傅東華。《詩學》。上海：商務印書館，1936。

羅念生。《詩學》。《西方文藝理論名著選編》上卷。伍蠡甫，胡經
　　之主編。北京：北京大學出版社，1985。頁42-95。

羅念生。《詩學》。北京：人民出版社，1982。

———。《詩學》。北京：人民出版社，1997。

其他論著

Stace, W.T. 《希臘哲學史》（*A History of Greek Philosophy*）。譯者，
　　出版地，出版者，出版年份；不詳。

元稹。唐。《會真記》。

方東美。《科學哲學與人生》。1936。台北：虹橋書局，民國48年，
　　翻印。

王士儀。《戲劇論文集；議題與爭議》。台北：和信文化，民國88年。

史坦尼斯拉夫斯基。《斯坦尼斯拉夫斯基全集》。鄭雪來譯。北京：
　　中國電影出版社，1961。

朱光潛。《西方美學史》。上，下卷。台北：漢京文化公司，民國71
　　年。

李漁。清。〈閑情偶寄〉。《中國古典戲曲論著集成》。第七冊。北
　　京：中國戲曲研究院，1959。

姚一葦。《戲劇原理》。台北：書林出版社，民國81年。

———。《戲劇論集》。台北：開明書局，民國85年。

柯羅齊。《美學原理》。傅東華譯。台北：台灣商務印書館，民國56年。

索縛克勒斯。《窩狄浦斯王》。（羅念生譯）。哲布（R. C. Jebb）〈引言〉。台北：華岡。出版日期不詳。

黑格爾。《美學》。I-II。朱光潛譯。民國20年。台北：里仁書局，民國70年。

董解元。金。《西廂記》。

齊如山。《齊如山全集》。（第一至十冊）。台北：聯經出版公司，民國68年。

羅念生。《論古希臘戲劇》。北京：中國戲劇出版社，1985。

顧仲彝。《編劇理論與技巧》。北京：中國戲劇出版社，1981。

相關論文

王士儀。〈亞氏《詩學》中行動一詞的四重意義〉。《中外文學》。（台北：台灣大學外文系）第27卷，第8期（1999.1）：頁97-110。

———。〈試論《衣狄浦斯王》與《哈姆雷特》情節結構分析〉。《紀念姚一葦先生學術研討會學術論文集》。台北：中華戲劇學會，民國87年。頁76-92。

胡耀恒。〈「詩學」的版本及其主要英文翻譯 —— 兼述Aristotle著作的傳遞〉。《中外文學》。（台北：台灣大學外文系）第十五卷，第九期（1987, 2）：頁4-26。

曹明。〈台灣文藝界悼念姚一葦〉，《評論與研究》。（南京：1997.8）。

頁77-78。

梅蘭芳口述。《我心目中的楊小樓》。許姬傳，朱家譜整理。《戲劇
　　藝術論》，第三輯。1980。（轉載《楊小樓藝術評論集》，戴
　　淑娟編，北京：中國戲劇出版社，1990。）

許地山。〈梵劇體例及其在漢劇上底點點滴滴〉。《中國文學研究》。
　　1925。香港：東亞圖書公司，1980，翻印。

陳洪文，水建馥選編。《古希臘三大悲劇家研究》。北京：中國社會
　　科學出版社，1982。

黃美序。〈對一個老問題的再思：中國戲曲中有悲劇嗎？〉。《藝術
　　百家》。（南京：藝術百家出版社）1999年第三期。頁30-38。

葉・霍洛多夫。〈劇情的時間〉，《編劇藝術》。羅曉風編。北京：
　　文化藝術出版社，1986。頁328-364。

尤瑞皮底斯(Euripides)◎著
胡耀恆、胡宗文◎譯注

戴神的女信徒
The Bacchae

祂回到故鄉，目的在展現祂是一位真神，並且招收信徒，建立自己的新教。……為了報復，祂來到希臘後誘迫婦女們離開家庭，到郊外上山歌舞狂歡——

　　本劇劇名一般譯為《酒神的女信徒》，現在根據希臘原文，譯為《戴神的女信徒》。基本上此劇刻畫政治與宗教的衝突。但因為在所有希臘神祇中，戴歐尼色斯最為複雜又最多層面，劇情隨之顯得浩瀚深邃。它一方面回映著希臘的歷史與傳說：戴神來到希臘要建立自己的新教，遭到國王彭休斯的強烈反對。另一方面，它也是人類政治與宗教發展的縮影，其前瞻性至今仍可成為處理類似衝突的南針。

尤瑞皮底斯

約公元前480-406，希臘悲劇家。25歲左右就開始寫作，終生完成了90個以上的劇本。他的作品在當時評價不高，只有四次獲得首獎，但後世卻受到熱情歡迎：在現存的31本悲劇中，他一人就獨占17本。他長年隱居，博覽群書，獨立特行。他懷疑傳統的信仰，攻擊當代的文化，挑戰戲劇的成規。最近幾十年歐美批評界流行「女性主義」、「後現代主義」或「後殖民主義」等，尤瑞皮底斯可說是這些主義的始祖。

譯者

　　胡耀恆，台灣大學外文系學士，美國印地安那大學戲劇系及比較文學博士。現為台灣大學外文系及戲劇系榮譽教授，世新大學英語系客座教授。先後任教美國密西根大學、夏威夷大學及澳洲墨爾本大學。

　　胡宗文，美國瑞德學院（Reed College）古典文學學士，加州大學Santa Barbara分部古典文學碩士，現在該校攻讀博士學位，兼任助教。譯注《伊底帕斯王》。

聯經經典

出版日期：2003年6月
價格：160元
ISBN：957-08-2594-4
類別：戲劇【國科會經典譯注計畫】
規格：25開橫排136頁

翁托南·阿鐸（Antonin Artaud）◎著
劉俐◎譯注

劇場及其複象
Le Théâtre et son Double
阿鐸戲劇文集

本書蒐集了阿鐸1931至1937年間發表有關
劇場的論述、宣言及書信。它不是系統性
的理論著述，也不是一本劇場教戰手冊，
而是一個生命宣言，一個投向西方傳統文
化的挑戰書。

阿鐸反對以模仿與再現為目的的寫實劇
場，主張找回原始儀式和神話的生命力；
他破除語言的獨霸，提倡一種直接敲打感
官的舞台語言；他追求巫術、超感世界，
撼動了西方理性和人本傳統。本書中所揭
櫫的劇場觀，啟發了無數當代最傑出的劇
場工作者，是當代劇場重要文獻。

翁托南·阿鐸

（1896-1948），當代劇場先知，也是
詩人、畫家、全方位的劇場人。終生被
精神病症糾纏，一生創作不輟，作品包
括詩、書信和劇場論文。他對劇場本質
的深刻思考，影響了五十年來的劇場走
向；他痙攣的文體、舉動的類比、對純
度的嚴峻要求和對神秘主義的嚮往，使
他成為法國文學史上廣受推崇，卻不被
了解的一則傳奇。

譯者

劉俐，東海大學外文系畢業、
巴黎第七大學博士、巴黎第三
大學影劇學院研究。現任淡江
大學法文系副教授。譯有《電
影美學》、《趙無極自畫像》、
《攝影大師對話錄》等。

聯經經典

出版日期：2003年1月
作者：翁托南·阿鐸
價格：250元
ISBN：957-08-2546-4
類別：戲劇—論文、講詞
【國科會經典譯注計畫】
規格：25開橫排204頁
　　　21×14.8cm

聯經經典

亞理斯多德《創作學》譯疏

2003年10月初版　　　　　　　　　　　　　定價：新臺幣550元
有著作權・翻印必究
Printed in Taiwan.

著　　　者	Aristotle
譯　　　注	王　士　儀
發　行　人	劉　國　瑞

出　版　者　聯經出版事業股份有限公司	責任編輯　邱　靖　絨
台 北 市 忠 孝 東 路 四 段 5 5 5 號	校　　對　劉　耀　武
台北發行所地址：台北縣汐止市大同路一段367號	封面設計　沈　志　豪

電　　　　　話：（02）26418661
台北忠孝門市地址：台北市忠孝東路四段561號1-2樓
電　　　　　話：（02）27683708
台北新生門市地址：台北市新生南路三段94號
電　　　　　話：（02）23620308
台 中 門 市 地 址： 台 中 市 健 行 路 3 2 1 號
台中分公司電話：（04）22312023
高雄辦事處地址：高雄市成功一路363號B1
電　　　　　話：（07）2412802
郵 政 劃 撥 帳 戶 第 0 1 0 0 5 5 9 - 3 號
郵　撥　電　話： 2 6 4 1 8 6 6 2
印 刷 者　雷 射 彩 色 印 刷 公 司

行政院新聞局出版事業登記證局版臺業字第0130號

國家圖書館出版品預行編目資料

亞理斯多德《創作學》譯疏 / Aristotle 著 .
--初版 . 王士儀譯注 . --臺北市：聯經，2003 年（民 92）
528 面；14.8×21 公分 .（聯經經典）

ISBN　957-08-2633-9(平裝)

1.亞理斯多德（Aristotle, 384-322 B.C.）-學術思想-文學
2.西洋文學-哲學,原理-歷史-上古（原始至公元 500）

870.191　　　　　　　　　　　　　　　　　92015614

聯經經典

●本書目定價若有調整，以再版新書版權頁上之定價爲準●

聯經出版公司信用卡訂購單

信用卡別：　　　　□VISA CARD □MASTER CARD □聯合信用卡

訂購人姓名：　　_____

訂購日期：　　　_____年_____月_____日

信用卡號：　　　_____ _____ _____ _____

信用卡簽名：　　_____(與信用卡上簽名同)

信用卡有效期限：_____年_____月止

聯絡電話：　　　日(O)_____夜(H)_____

聯絡地址：　　　□□□_____

訂購金額：　　　新台幣_____元整
　　　　　　　　（訂購金額 500 元以下，請加付掛號郵資 50 元）

發票：　　　　　□二聯式　　　　□三聯式

發票抬頭：　　　_____

統一編號：　　　_____

發票地址：　　　_____

　　　　　　　　如收件人或收件地址不同時，請填：

收件人姓名：　　　　　　　　　　　　　　□先生
_____　　　□小姐

聯絡電話：　　　日(O)_____夜(H)_____

收貨地址：　　　_____

・茲訂購下列書種・帳款由本人信用卡帳戶支付・

書名	數量	單價	合計
		總計	

訂購辦法填妥後

直接傳真 FAX：(02)8692-1268 或(02)2648-7859

洽詢專線：(02)26418662 或(02)26422629 轉 241